W0470505

«Meglio dirlo subito: è lo scrittore più amato dagli italiani.»
LA GAZZETTA DELLO SPORT

**Wilbur Smith** (1933-2021) è nato nella Rhodesia del Nord (l'attuale Zambia) da genitori inglesi, ma è cresciuto e ha studiato in Sudafrica. Con il suo primo libro, *Il destino del leone*, pubblicato nel 1964, ha ottenuto un successo immediato. Da allora si è dedicato a tempo pieno alla narrativa, pubblicando numerosi romanzi, basati su attente ricerche e appassionanti esplorazioni condotte in ogni angolo del pianeta. È stato il maestro incontrastato dell'avventura e uno dei massimi autori di best seller, con oltre 130 milioni di copie vendute nel mondo, 26 milioni solo in Italia. Tra i suoi romanzi più famosi ricordiamo *I fuochi dell'ira*, *Il dio del fiume*, *Il settimo papiro*, *Il destino del cacciatore*, *La legge del deserto* e *Il dio del deserto*.
www.wilbursmith.longanesi.it
www.wilbursmithbooks.com

Dello stesso autore in edizione TEA:

Il ciclo dei Courteney
*Uccelli da preda*
*Monsone*
*Orizzonte*
*Il destino del leone*
*La voce del tuono*
*Gli eredi dell'Eden*
*Il trionfo del sole*
*Il destino del cacciatore*
*Il leone d'oro*
*Grido di guerra*
*La spiaggia infuocata*
*Il potere della spada*
*I fuochi dell'ira*
*L'ultima preda*
*La Volpe dorata*
*Il giorno della tigre*

Il ciclo dei Ballantyne
*Quando vola il falco*
*Stirpe di uomini*
*Il trionfo del sole*
*Gli angeli piangono*
*La notte del leopardo*

Le avventure di Hector Cross
*La legge del deserto*
*Vendetta di sangue*
*La notte del predatore*

La saga del mago Taita
*Il dio del fiume*
*Figli del Nilo*
*Alle fonti del Nilo*
*Il settimo papiro*
*Il dio del deserto*
*L'ultimo faraone*

Gli altri romanzi
*Come il mare*
*L'orma del Califfo*
*Dove finisce l'arcobaleno*
*Un'aquila nel cielo*
*L'ombra del sole*
*L'Uccello del sole*
*Cacciatori di diamanti*
*Il canto dell'elefante*
*Una vena d'odio*
*Sulla rotta degli squali*
*Ci rivedremo all'inferno*

Wilbur Smith

# Vendetta di sangue

Romanzo

Traduzione di
Lucio Zarchini

TEA

Per informazioni sulle novità
del Gruppo editoriale Mauri Spagnol visita:
www.illibraio.it

TEA - Tascabili degli Editori Associati S.r.l., Milano
Gruppo editoriale Mauri Spagnol
www.tealibri.it

La casa editrice ringrazia per la collaborazione a questa edizione:
Elisa Banfi, Annamaria Biavasco, Andrea Carlo Cappi, Valentina Guani,
Marco Sartori

Copyright © Orion Mintaka (UK) Ltd, 2013
© 2013 Longanesi & C., Milano
Edizione su licenza della Longanesi & C.

Titolo originale
*Vicious Circle*

Prima edizione «I Grandi» TEA maggio 2014
Prima edizione SuperTEA giugno 2015
Terza ristampa «I Grandi» TEA ottobre 2017
Terza ristampa SuperTEA gennaio 2023

# VENDETTA DI SANGUE

*A Mokhiniso,*
*che mi ha reso felice come mai ero stato.*
*Non potrei sopravvivere un giorno senza di lei.*

*Con il mio eterno amore,*
*Wilbur*

Si svegliò e rimase un attimo lì, immobile e con gli occhi chiusi, a valutare la situazione. Il suo istinto di guerriero doveva controllare se c'erano pericoli in agguato. Sentì il profumo di lei, il suo respiro leggero e regolare come il rumore delle onde che si frangono sulla spiaggia. Va tutto bene, pensò con un sorriso, e aprì gli occhi. Voltò la testa senza far rumore, per non svegliarla.

Una lama di sole filtrava fra le tende socchiuse disegnando una striscia dorata sul soffitto e su di lei, che giaceva supina con un'espressione serena. Era bellissima, nuda fra le lenzuola. I riccioli biondi sul pube erano lievemente più scuri di quelli che le incorniciavano il viso, i seni erano ingrossati per la gravidanza ormai quasi al termine. La pelle pareva più lucida, da quanto si era tesa per far posto al bambino. Ebbe un piccolo sussulto e lui, pensando alla creatura che si muoveva in quel grembo, si sentì sopraffare dall'amore che provava per la sua donna e per il figlio che stava per nascere.

« Piantala di guardarmi il pancione e dammi un bacio » disse lei, senza aprire gli occhi. Lui rise e le si avvicinò. Lei gli cinse il collo con le braccia e socchiuse le labbra, lasciandogli aspirare il suo alito dolcissimo. Dopo, gli sussurrò: « Non riesci proprio a tenerlo a bada, vero? » Allungò la mano, lo carezzò e soggiunse: « Eppure dovrebbe sapere che in questo momento non c'è posto per lui... »

«Sarà anche indisciplinato, ma tu non aiuti» replicò lui. «Toglimi le mani di dosso, femmina tentatrice!»

«Fra qualche settimana ti farò vedere io che cosa significa avere accanto una femmina tentatrice, Hector Cross!» lo ammonì. «Adesso chiama la cucina e di' che ci portino su il caffè.»

Mentre aspettavano la colazione, Hector si alzò e aprì le tende. La stanza si riempì di sole.

«Nella Mill Pool ci sono i cigni» le disse. Lei si tirò su a sedere, tenendosi il pancione con le mani. Hector si affrettò ad aiutarla a scendere dal letto. Hazel prese la vestaglia di raso azzurro dalla sedia e se la infilò andando verso la vetrata.

«Mi sento così goffa» si lamentò, allacciandosi la vestaglia. Hector, dietro di lei, l'abbracciò, tenendole le mani sulla pancia.

«Eccolo che scalcia di nuovo» le sussurrò all'orecchio. Poi le prese il lobo fra le labbra e glielo mordicchiò.

«Come se io non lo sapessi. Mi sento un pallone da football.» Si voltò e gli diede uno schiaffetto sulla guancia. «Fa' il bravo! Sai che mi viene la pelle d'oca, quando fai così.»

Guardarono in silenzio i cigni nel laghetto. I più grandi erano di un bianco splendente alla luce del mattino, mentre i tre piccoli erano grigi. Il maschio infilò il lungo collo nell'acqua smeraldina per mangiare le piante che crescevano sul fondo.

«Sono bellissimi, vero?» disse Hector dopo un po'.

«Sono uno dei tanti motivi per cui adoro l'Inghilterra» rispose Hazel. «È un panorama stupendo: dovremmo farlo immortalare da un pittore.»

Il fiume gettava le sue acque limpidissime nel laghetto con una cascatella, e dalla vetrata Hector e Hazel vedevano l'ombra di una grossa trota che nuotava sul fondo. I rami dei salici piangenti sulla riva sfioravano il pelo dell'acqua. I campi oltre gli alberi erano verdissimi e le pecore che vi pascolavano erano bianche come i cigni.

« È un posto perfetto, per la nostra bambina. L'ho comprato apposta » disse Hazel, con un sospiro soddisfatto.

« Questo lo so, perché lo dici sempre. Quello che non so è come fai a essere tanto sicura che sia una bambina. » Le accarezzò la pancia. « Non vuoi che ce lo dicano i medici, invece di tirare a indovinare? »

« Non tiro a indovinare. Lo so e basta » rispose lei, posando le mani, bianche e affusolate, su quelle grosse e scure di lui.

« Potremmo chiederlo ad Alan stamattina, appena saremo a Londra » provò a insistere lui. Si riferiva ad Alan Donnovan, il ginecologo.

« Sei proprio un testone. Non ti azzardare a chiedergli niente: mi rovineresti la sorpresa. Adesso mettiti la vestaglia: non voglio che spaventi la povera Mary, quando arriva con il caffè » gli disse affettuosamente. Poco dopo sentirono bussare alla porta. « Avanti! » disse Hector. La cameriera entrò con un vassoio in mano.

« Buongiorno! » disse allegra, con il suo accento irlandese, posando il vassoio sul tavolo.

« Mary, sono forse biscotti, quelli che vedo su quel piattino? » chiese Hazel.

« Sono soltanto tre, e piccolini. »

« Portali via! »

« Due per il signore e uno per lei, signora. Di avena, senza zucchero. »

« Mi hai sentito? Via! »

« Il piccolino morirà di fame » borbottò Mary, portando via il piatto con i biscotti. Hazel si sedette sul divano e versò in una tazza il caffè, forte, nero e profumatissimo.

«Mmm! Che aroma delizioso» disse, porgendo la tazza di porcellana a Hector. Nella propria versò latte scremato caldo, senza zucchero.

«Blah» esclamò disgustata, dopo averlo assaggiato. Eppure lo bevve tutto, come fosse una medicina. «Cosa farai, mentre io sono con Alan? La visita durerà un paio d'ore, lo sai. Alan è molto scrupoloso.»

«Devo portare i fucili da caccia da Paul Roberts e andare dal sarto a misurare un abito.»

«Non vorrai metterti a girare per Londra con la mia bella Ferrari nel traffico dell'ora di punta, vero? Rischi di ammaccarla come hai fatto con la Rolls.»

«Non me la perdonerai mai, vero?» Hector allargò le braccia, fingendosi disperato. «Non è stata colpa mia. Quella stupida è passata con il rosso e mi è venuta addosso!»

«Guidi come un pazzo, Cross. Lo sai benissimo.»

«Va bene. Per fare le mie commissioni prenderò un taxi. Non voglio tirarmela andando in giro con il tuo bolide. Mi prenderebbero per un calciatore. E comunque la mia Range Rover nuova mi aspetta a Park Lane, dal concessionario, che mi ha telefonato proprio ieri per dirmi che è pronta. Se farai la brava, ti porterò a pranzo sul mio bel fuoristrada.»

«A proposito, dove pranziamo?» chiese Hazel.

«Non so perché mi do tanto da fare, se poi mangi solo due foglie di lattuga. Comunque ho prenotato il nostro solito tavolo all'Alfred's Club.»

«Allora mi ami davvero!»

«Certo che ti amo, Hazel.»

«Che bello!» gli disse con un gran sorriso.

La Ferrari coupé rossa di Hazel era sotto il porticato davanti all'ingresso, scintillante come un rubino. Robert, l'autista di Hazel, la lucidava sempre con amore. Era la sua preferita, fra le tante vetture nel garage. Hector prese Hazel sottobraccio mentre scendevano la scala e l'aiutò a prendere posto alla guida. Quando Hazel si fu sistemata al volante, le regolò il sedile perché fosse comoda e la cintura in maniera che non le premesse sul pancione.

« Non vuoi che guidi io? Sei sicura? » le chiese, premuroso.

« Mai e poi mai. Dopo tutte quelle cose orribili che hai detto sulla mia macchina? » Batté sul volante. « Dai, sali, così andiamo. »

La strada privata che dalla villa portava alla statale era lunga più di un chilometro, ma era asfaltata e molto ben tenuta. Prima del ponte sul fiume Test c'era un'ampia curva da cui si godeva una vista spettacolare della villa. Hazel si fermò un istante, cedendo come sempre alla tentazione di voltarsi ad ammirare quello che definiva umilmente « il più squisito esempio di architettura georgiana ancora esistente ».

Brandon Hall era stata costruita nel 1752 per il duca di Brandon da Sir William Chambers, l'architetto che aveva progettato anche la Somerset House di Londra. Brandon Hall era in condizioni pessime, quando Hazel l'aveva acquistata, dopo anni e anni di incuria, per ristrutturarla. Se pensava a quanti soldi erano stati spesi per riportarla all'attuale splendore, a Hector venivano i brividi, ma non si poteva negare che la villa fosse bellissima e molto elegante. E comunque l'anno prima Hazel era settima nella classifica di *Forbes* delle donne più ricche del mondo, e quindi se lo poteva permettere.

Che bisogno avrà mai di sedici camere da letto? Comunque, ne vale la pena, perché pescare nel fiume è davvero divertente, disse fra sé. A voce alta, invece, disse: « La guardi al ritorno, dai. Arriverai tardi dal ginecologo! »

« Adoro le sfide » replicò lei con dolcezza, e partì sgommando in una nuvola di fumo azzurrino. Dopo essere entrata in retromarcia nel parcheggio sotterraneo del palazzo di Harley Street, nel posteggio che le aveva appena fatto liberare Alan Donnovan, guardò l'ora. « Un'ora e quarantotto minuti! Credo sia il mio record personale. Manca un quarto d'ora all'appuntamento. Vuoi rimangiarti quello che mi hai detto a proposito dell'arrivare in ritardo, Mister So-tutto-io? »

« Prima o poi ti beccheranno e ti ritireranno la patente, amore mio. »

« La mia patente è americana. Non possono ritirarmela, qui in Inghilterra. »

Hector l'accompagnò nello studio medico. Non appena sentì la voce di Hazel, Alan uscì dall'ambulatorio per salutarla. Lo faceva solo con le persone importanti. Si fermò sulla porta e la squadrò da capo a piedi. Hazel aveva gli occhi brillanti e una pelle stupenda. Alan le fece un inchino e il baciamano.

« Se tutte le mie pazienti fossero palesemente sane come lei, resterei senza lavoro » commentò.

« Quanto la tratterrà, Alan? » chiese Hector, stringendo la mano al dottore.

« Capisco che sia tanto ansioso di riaverla » disse Alan, che di solito era molto più serioso. Hector rise, e ripeté la domanda.

« A che ora devo venire a prenderla? »

« Voglio farle qualche esamino e magari parlare con i miei colleghi. Fra due ore e mezzo, direi. Va bene, Hector? »

Prese Hazel sottobraccio e l'accompagnò nello studio. Hector la guardò finché la porta non si fu richiusa, in preda a uno strano presentimento. Tutto a un tratto, aveva una gran paura di perderla. Gli venne voglia di correrle dietro e abbracciarla. Gli ci volle un po' per riprendersi.

*Non fare lo scemo, Cross. Datti una regolata.* Si voltò e si avviò verso gli ascensori, sotto lo sguardo impassibile della segretaria di Donnovan, una ragazza afro-britannica molto graziosa, con gli occhi neri e un fisico statuario. Dimostrava poco più di venticinque anni. La ragazza aspettò che l'ascensore si fermasse al piano e Hector vi entrasse e, quando sentì chiudersi di nuovo le porte, prese il cellulare dalla tasca del camice. Aveva memorizzato il numero da chiamare in rubrica, alla voce «LUI». Dopo un solo squillo l'uomo rispose.

«Pronto? Sei tu, Aleutian?» chiese la ragazza.

«T'ho detto di non fare nomi, troia.» La ragazza rabbrividì nel sentirsi chiamare a quel modo. Quell'uomo, così maschio, era diverso da tutti quelli che aveva incontrato. Istintivamente, si toccò il seno sinistro, ancora livido e dolorante per i morsi che lui le aveva dato la sera prima. Se lo massaggiò e le si inturgidì il capezzolo.

«Scusa. Me n'ero dimenticata» disse con voce roca.

«Non ti dimenticare di cancellare la chiamata, quando abbiamo chiuso. E adesso dimmi: è lì?»

«Sì, è qui, ma il marito è andato via. È rimasto d'accordo con il dottore che torna a prenderla all'una e mezzo.»

«Bene» disse l'uomo, e chiuse la telefonata. La ragazza guardò il cellulare. Sospirò, pensando a lui e si eccitò.

Due ore dopo Hector tornò e si sedette nella sala d'attesa, su una poltrona di pelle davanti alla porta dello studio. Prese il *Financial Times* dal tavolino e si mise a leggere i listini della borsa londinese. Non alzò neppure lo sguardo, quando suonò l'interfono. La segretaria rispose a voce bassa, poi lo chiamò.

«Signor Cross? Il dottor Donnovan le vorrebbe parlare. Può accomodarsi nello studio?»

Hector posò il giornale e si alzò di scatto, in preda all'ansia. Si fidava molto del proprio istinto. Che cosa doveva dirgli il dottore? Attraversò a passo veloce la sala d'attesa e bussò alla porta dello studio. Alan lo invitò a entrare. L'ambulatorio con le pareti rivestite di rovere aveva una grande libreria, piena di volumi rilegati in pelle, e un'imponente scrivania antica. Alan Donnovan era seduto da una parte, Hazel dall'altra. Lei si alzò, nel vedere entrare il marito, e gli andò incontro sorridendo raggiante.

Hector si tranquillizzò e l'abbracciò.

«Tutto bene?» chiese, guardando Alan.

«Tutto perfetto» rispose il dottore. «Sedetevi.»

Hector e Hazel si misero vicini e lo guardarono attenti. Il dottore si tolse gli occhiali e li pulì con una pelle di daino.

«Ci dica» lo incoraggiò Hector.

«Il bimbo sta bene, ma Hazel non è più giovanissima.»

«Nessuno di noi è più giovanissimo» concordò Hector. «Ma ha fatto bene a sottolinearlo, Alan.»

«Il parto è vicino, ed è possibile che Hazel abbia bisogno di un po' di aiuto.»

«Vuole farmi il cesareo?» domandò lei preoccupata.

«No, no» si affrettò a rassicurarla il dottore. «Non c'è bisogno di misure così drastiche. Ma è possibile che si renda necessario indurre il travaglio.»

« Ci spieghi meglio, Alan » disse Hector.

« Hazel è alla quarantesima settimana di gestazione. Il bambino può nascere in qualsiasi momento, ormai, e voi state in mezzo alla campagna dello Hampshire. Quanto tempo impiegate per raggiungere Londra? »

« Due ore e mezzo nella migliore delle ipotesi » rispose Hector. « Ma c'è chi ci mette molto meno. » Hazel fece una smorfia maliziosa.

« Vorrei che vi trasferiste nella vostra casa londinese. È nel quartiere di Belgravia, giusto? » Alan era stato loro ospite a cena in più di un'occasione. « Prenoterò una camera privata per Hazel al Portland Maternity Hospital di Great Portland Street a partire da giovedì. È uno degli ospedali migliori del paese. Ma, se dovesse entrare in travaglio prima, sarete a un quarto d'ora di distanza. Se invece non entrerà in travaglio spontaneamente, venerdì indurremo il parto. » Hector si voltò verso la moglie.

« Tu cosa dici? »

« Per me va bene. Prima nasce, meglio è. È tutto pronto, qui a Londra: devo solo prendere un paio di cosette e il libro che stavo leggendo. Possiamo trasferirci già domani. »

« Siamo tutti d'accordo, allora » concluse Alan. Si alzò. « Ci vediamo venerdì al più tardi. »

Prima di uscire, Hazel si fermò un attimo dalla segretaria e frugò nella borsa. Poi le porse un pacchetto. Era un profumo di Chanel.

« Volevo ringraziarla di tutto quello che ha fatto per me, Victoria. »

« Lei è troppo gentile, signora Cross. Non doveva disturbarsi. »

Mentre scendevano con l'ascensore, Hazel chiese: « Hai ritirato la Range Rover dal concessionario? »

« Sì. È parcheggiata qui davanti. La prendiamo per andare a pranzo, poi ti riaccompagno a prendere la tua vecchia carretta, okay? »

Lei gli diede un pugno scherzoso sulla spalla e uscì per prima dall'ascensore. Hector la prese sottobraccio per attraversare Harley Street, fra una miriade di taxi. I tassisti, nel vedere una donna incinta così bella, frenarono per lasciarla passare. Uno di loro si sporse dal finestrino, le fece segno di passare con un gesto galante, e le disse, con un sorriso: « Auguri, bella! Speriamo che sia maschio! » Hazel gli fece un cenno di ringraziamento.

« Glielo farò sapere. »

Né lei né Hector notarono la moto ferma in un'area di scarico merci cento metri più in là. L'uomo alla guida e quello seduto in sella dietro di lui indossavano guanti e casco integrale con la visiera scura, che nascondeva completamente i loro volti. Non appena Hazel e Hector raggiunsero la Range Rover, il motociclista davanti accese il potente motore del suo bolide giapponese. L'uomo sul sedile posteriore prese posizione, con i piedi sui predellini. Hector aprì la portiera a Hazel, l'aiutò a sedersi e girò intorno al fuoristrada per salire al posto di guida. Poi mise in moto immettendosi nel traffico. Il motociclista alla guida lasciò passare cinque macchine e cominciò a seguire la Range Rover. Si teneva a distanza per non farsi vedere. Oltre Marble Arch, attraversarono Berkeley Square e si fermarono davanti al numero 2 di Davies Street. La moto li superò e all'incrocio successivo svoltò a sinistra, fece il giro dell'isolato e si fermò in un punto da cui poteva tenere d'occhio l'ingresso dell'Alfred's Club. Vide che l'inserviente del locale parcheggiava la Rover poco più avanti.

Mario, il maître, li aspettava sulla porta con un sorriso.

« Benvenuti, signori. È un po' che non ci vediamo. »

« Sciocchezze, Mario » lo contraddisse Hector. « Eravamo qui dieci giorni fa con Lord Renwick. »

« Appunto, signore. È passato molto tempo. » Li fece accomodare al loro tavolo preferito.

Mentre attraversavano la sala, le conversazioni agli altri tavoli si zittirono. Tutti li guardavano, perché tutti li conoscevano. Hazel era bellissima nonostante il pancione, ed era molto elegante nel suo abito Chanel, con una borsetta di coccodrillo che suscitava l'invidia di tutte le donne.

Mario le scostò la sedia e disse: « Insalata al pompelmo e capesante gratinate per la signora e tartare piccante seguita da aragosta allo Chardonnay per il signore, o gradite qualcos'altro? »

« Il solito, Mario » replicò Hector. « E, da bere, Perrier per la signora, in un cestello di ghiaccio, per cortesia. Per me, una bottiglia di Vosne-Romanée Malconsorts del 1993. Della mia riserva personale. Grazie. »

« Mi sono preso la libertà di andare a prenderla in cantina con un certo anticipo, signor Cross, in maniera che fosse alla temperatura giusta. Sedici gradi, signore. Chiamo il sommelier perché gliela stappi? »

« Grazie, Mario. È bello poter contare su di lei. »

« Piacere mio, signore. »

Quando il maître si fu allontanato, Hazel si protese verso Hector e gli mise la mano sul braccio. « Mi piacciono i nostri rituali, signor Cross. Li trovo molto rassicuranti. » Sorrise. « Anche Cayla li amava molto. Ti ricordi come ti imitava bene? Che risate! »

« Tale madre, tale figlia. » Hector sorrise. Nei primi tempi Hazel non riusciva neanche a nominarla, dopo la sua morte brutale a opera di quel branco di efferati assassini. Da quando era incinta, era cambiato tutto. Appena l'aveva saputo, Hazel si era buttata fra le braccia di Hector ed era scoppiata in lacrime. «Cayla! Sarà un'altra Cayla!» Aveva pianto molto, ma poi le ferite si erano pian piano rimarginate e adesso riusciva a parlare tranquillamente della figlia. In quel momento, aveva una gran voglia di parlare di lei e, non appena il sommelier se ne fu andato dopo averle portato la Perrier, bevve un sorso d'acqua e chiese: «Pensi che Catherine Cayla avrà i capelli biondi e gli occhi azzurri come la sorella?» Aveva già scelto il nome della piccola.

«Probabilmente avrà la barba nera come suo papà» la prese in giro lui. Anche Hector aveva voluto molto bene a Cayla. Era stato grazie a lei se lui e Hazel si erano innamorati, contro ogni aspettativa. Hector ai tempi era il capo del servizio di sicurezza della Bannock Oil, la grande multinazionale di cui Hazel era amministratore delegato. Alla morte di Henry Bannock, il padre di Cayla, Hazel aveva preso le redini della Bannock Oil.

Nei primi tempi Hazel aveva detestato profondamente Hector, benché il marito lo avesse scelto e si fidasse di lui. Conosceva il suo passato e la sua reputazione e guardava con orrore le tattiche talvolta brutali che adottava per difendere la Bannock Oil e il suo personale da pericoli e minacce. Hector era un militare e agiva da militare, senza pietà. Per Hazel, in quanto donna, questo era spesso inaccettabile. La prima volta che si erano parlati, gli aveva intimato di stare attento, dicendogli che avrebbe colto al volo la prima occasione utile per licenziarlo.

Poi però l'esistenza ovattata e serena di Hazel era stata sconvolta dal sequestro della figlia, unico conforto alla sua vita solitaria, a opera di un gruppo di pirati africani.

Per liberarla, Hazel aveva fatto leva su tutti i suoi contatti, anche ad altissimo livello, e sulle sue disponibilità economiche. Ma nessuno era riuscito ad aiutarla, neppure il presidente degli Stati Uniti. Nessuno era riuscito nemmeno a scoprire dove fosse tenuta prigioniera. Allora Hazel aveva messo da parte l'orgoglio e si era rivolta a quel soldato crudele, brutale e spietato che tanto odiava: Hector Cross.

Dopo avere scoperto che Cayla era prigioniera in una remota fortezza nei deserti africani, selvaggiamente torturata dai suoi sequestratori, Hector vi si era introdotto con i suoi uomini ed era riuscito a liberarla. In quella circostanza, Hazel si era accorta che Hector era una persona rispettabile, dai saldi principi morali, degna della massima fiducia. E così aveva ceduto all'attrazione che aveva sempre combattuto, scoprendo che dietro la corazza di uomo rude si nascondeva un animo affettuoso e gentile.

Lo guardò e gli prese la mano. « Con te accanto e Catherine Cayla in grembo, sono di nuovo felice. »

« Vivremo felici per sempre » le assicurò lui, ma nel momento stesso in cui pronunciava quelle parole temette di aver sfidato la sorte. Le sorrise teneramente, sebbene intanto pensasse che quella brutta storia non si era conclusa con la liberazione di Cayla: i fanatici che l'avevano sequestrata non si erano arresi. E infatti avevano reagito, mandando una squadra di sicari a uccidere Cayla, la cui testa mozzata era stata poi recapitata alla madre.

Hector e Hazel a quel punto erano stati costretti a reagire a loro volta, per eliminare definitivamente il mostro che aveva rovinato loro la vita.

Forse stavolta ce l'abbiamo fatta davvero, pensò Hector, guardando in faccia Hazel che continuava a parlare di Cayla.

« Ricordi quando le hai insegnato a pescare? »

« Era molto portata per la pesca. Ha subito imparato a lanciare l'amo a cinquanta metri di distanza, per prendere i salmoni, anche controvento. E sapeva leggere la corrente. »

« Ti ricordi quanto era grosso il salmone che avete preso insieme in Norvegia? »

« Un bestione. Tirava talmente che ho dovuto tenere Cayla per la cintura. E a momenti ci trascinava in acqua tutti e due. » Hector rise.

« Non dimenticherò mai il giorno in cui ha annunciato che non avrebbe fatto la gallerista, come io speravo, ma che aveva deciso di iscriversi alla facoltà di veterinaria. Mi è quasi venuto un colpo! »

« È stata molto indelicata, a dirtelo a quel modo » replicò Hector, con espressione seria.

« Ah, lei è stata indelicata? E tu, che la difendevi? Avete tanto insistito che alla fine mi avete convinto che era meglio così. »

« Be', è vero, mi lasciavo influenzare da lei. »

« Ti adorava, Hector! Lo sai, vero? Ti voleva bene come al suo stesso padre. »

« È una delle cose più belle che mi siano mai state dette. »

« Sei un uomo eccezionale, Hector Cross » disse Hazel, con le lacrime agli occhi. « Anche Catherine Cayla ti adorerà. Potrai contare sull'amore di tre donne. » Improvvisamente fece una smorfia e si portò le mani alla pancia. « Oh, mio Dio! Che calcione! Ma forse voleva comunicarmi che è d'accordo con me... » Scoppiarono a ridere talmente di cuore che più di una persona dagli altri tavoli si girò a guardarli, sorridendo benevolmente. Era come se fossero soli nella sala, tanto erano presi l'uno dall'altra.

Avevano tante cose di cui parlare, tanti ricordi da condividere. Avevano avuto una vita molto intensa, tutti e due, piena di grandi soddisfazioni, ma anche di tragedie. La carriera di Hazel, tuttavia, era davvero spettacolare, e se l'era costruita solo grazie al proprio coraggio e alla propria determinazione. A diciannove anni aveva vinto il primo Grande Slam di tennis, a ventuno aveva sposato il magnate del petrolio Henry Bannock, a cui aveva dato una figlia. A trent'anni era rimasta vedova e aveva assunto il controllo della Bannock Oil. Ma non era stato facile, per lei, farsi accettare in quel mondo esclusivo, dove le new entry sono mal tollerate, specie se sono ex tenniste entrate nell'alta società grazie al marito.

Nessuno avrebbe mai scommesso su Hazel, che però aveva un grande senso degli affari e con il marito Henry Bannock aveva imparato più che in cento master in Business Administration. I suoi detrattori aspettavano soltanto che finisse divorata dalle fiere, come gli antichi romani al Colosseo. Ma Hazel li aveva sorpresi tutti quanti con lo Zara 8.

Hector ricordava benissimo come la rivista *Forbes* l'avesse celebrata in copertina, con una sua foto in tenuta da tennis e la racchetta nella mano destra, e il titolo, *Ace di Hazel Bannock schiaccia gli avversari. Il più grosso colpo petrolifero degli ultimi sessant'anni*.

L'articolo riferiva come, nell'interno desertico di un paese impoverito e abbandonato da Dio qual era l'emirato di Abu Zara, si trovasse una concessione un tempo appartenuta alla Shell. Nel periodo immediatamente successivo alla seconda guerra mondiale, la Shell aveva prosciugato il giacimento fino all'ultima goccia, per poi abbandonarlo, e i pozzi erano stati dimenticati da tutti.

In seguito, Hazel aveva rilevato la concessione per qualche misero milione di dollari, e i magnati si erano dati di gomito, ridacchiando. Senza far caso alle proteste dei suoi consulenti, lei aveva investito altri milioni per affondare una trivella in una piccola anomalia sotterranea all'estremità settentrionale del campo. Un'anomalia che, con le tecniche di esplorazione meno sofisticate in uso trent'anni prima, era stata classificata solo come un ramo secondario. I geologi dell'epoca si erano trovati d'accordo nello stabilire che tutto il petrolio fosse confluito nel giacimento principale e fosse stato quindi estratto da tempo, lasciando l'area a secco e ormai priva di qualsiasi valore.

Tuttavia, quando la squadra di Hazel aveva perforato la cupola di diapiro – una vasta camera sotterranea in cui erano rimasti intrappolati i depositi di petrolio – la sovrappressione aveva espulso quasi otto chilometri di acciaio come dentifricio da un tubetto, e un getto di greggio di alta qualità si era levato in aria per centinaia di metri. A quel punto era chiaro che i vecchi campi Zara 1-7 abbandonati dalla Shell rappresentavano solo una frazione della riserva totale.

« Mio Dio, donna, ti sei mai lasciata scoraggiare, nella vita? Hai fatto tutto da sola, senza prendere scorciatoie. »

Lei lo osservò con quei suoi occhi meravigliosi e sorrise. « Non l'ha detto nessuno che la vita dev'essere facile. Se lo fosse, non le daremmo alcun valore. Ma adesso basta parlare di me. Parliamo di te. »

« Sai già tutto quello che c'è da sapere. Te l'ho raccontato cinquanta volte. »

« Okay, facciamolo per la cinquantunesima. Raccontami di quando hai ucciso il leone. Voglio sentire di nuovo tutti i dettagli. Attento: se tralasci qualcosa me ne accorgo. »

« E va bene. Allora: sono cresciuto in Kenya, ma i miei genitori erano tutti e due sudditi di Sua Maestà, il che fa di me un autentico cittadino inglese. »

« Si chiamavano Bob e Sheila » lo esortò lei.

« Si chiamavano Bob e Sheila Cross. Mio padre era proprietario di quasi venticinquemila ettari di terreno da pascolo al confine con la riserva tribale masai, dove allevava duemila capi di bestiame. Per cui i miei amici d'infanzia erano per la maggior parte ragazzi masai della mia età. »

« Avevi un fratello minore... »

« Il mio fratellino era destinato a diventare un allevatore come nostro padre. Io invece volevo essere un guerriero, come mio zio, che era morto combattendo contro Rommel nel deserto, a El Alamein. Il giorno in cui mio padre mi ha spedito alla scuola maschile Duke of York a Nairobi è stato il più brutto di tutta la mia vita. »

« La detestavi » incalzò lei.

« Non sopportavo le regole e le restrizioni. Ero abituato a correre libero, allo stato brado. »

« Eri un ribelle. »

« Mio padre diceva che ero un ribelle e un dannato selvaggio. Anche se nel dirlo sorrideva. In ogni caso, ero il terzo della mia classe e all'ultimo anno sono diventato capitano della squadra di rugby della Duke. Per me andava bene. Avevo sedici anni. »

« L'anno del tuo leone! » Hazel si protese in avanti e gli prese una mano, con gli occhi che brillavano, pregustando il racconto. « Adoro questa parte. L'inizio è un po' debole. Sai, niente sangue... »

« I miei compagni masai stavano diventando grandi. Allora sono andato al villaggio e ho parlato col capo. Gli ho detto che volevo diventare un moroni come loro. »

« Un moroni è un guerriero, giusto? »

Lui annuì. « Il capo ha ascoltato le mie richieste. Poi mi ha detto che non ero un vero masai, perché non ero circonciso. Mi ha proposto di rivolgermi al loro stregone. Ci ho pensato su, e poi ho declinato l'offerta. »

« Grazie a Dio » disse Hazel. « Ti preferisco così come Dio ti ha fatto. »

« È bello sentirtelo dire. Ma, per tornare alla storia della mia vita, ho discusso la cosa con i miei compagni. Erano delusi quanto me. Ne abbiamo parlato per giorni e alla fine abbiamo concluso che, anche se non potevo diventare un vero moroni, potevo almeno affrontare il mio primo leone. E a quel punto sarei stato sulla buona strada per essere un moroni. »

« Ma c'era solo un problemino... » gli rammentò lei.

« Il problema era che il governo keniota, presso il quale la tribù masai è scarsamente rappresentata, aveva bandito quella cerimonia di passaggio. I leoni erano ormai una specie protetta in tutto il territorio. »

« Ma c'è stato quasi un intervento divino » suggerì lei.

Lui fece un sorrisetto. « Direttamente dal cielo! » confermò. « Nel parco nazionale Masai Mara, adiacente alla riserva, un vecchio leone era stato scacciato da un rivale più giovane e più forte. Senza le sue leonesse a guidare la caccia, si era visto costretto ad abbandonare la protezione del parco per andare in cerca di prede più facili di zebre e gnu. Ha cominciato ad aggredire il bestiame dei masai, l'unica ricchezza della tribù. Come se non bastasse, ha ucciso una giovane donna che andava al pozzo a raccogliere acqua per la famiglia.

« Con grande gioia dei miei amici masai, il governo ha dovuto concedere una licenza per eliminare il vecchio leone sbandato. Dati i miei legami di vecchia data con la tribù, visto che ero grande e grosso, e visto che gli anziani sapevano quanto mi fossi esercitato con i bastoni da combattimento e la lancia da guerra, sono stato invitato a unirmi ai giovani moroni nella caccia.»

Hector fece una pausa, mentre il sommelier gli versava un dito di vino nel bicchiere e vuotava la bottiglietta di Perrier in quello di Hazel. Lui mormorò un ringraziamento e si bagnò le labbra con il borgogna, prima di riprendere la storia.

«Era quasi una settimana che il leone non uccideva e quindi non mangiava. Con angoscia, aspettavamo tutti che la fame lo spingesse a colpire di nuovo. Poi, la sera del sesto giorno, due pastorelli nudi sono arrivati di corsa al villaggio: mentre portavano il bestiame al pozzo, il leone aveva intercettato la mandria. Era in agguato sottovento nell'erba alta ed era partito all'attacco da una distanza di dieci passi o poco più. Prima che il bestiame avesse tempo di disperdersi, era balzato in groppa a una mucca di cinque anni, appesantita dalla gravidanza, azzannandola alla base del collo; le aveva piantato gli artigli nel muso e le aveva spezzato le vertebre, uccidendola all'istante. Mentre le zampe anteriori della mucca cedevano, facendola stramazzare a terra in una nuvola di polvere, il leone era balzato via, prima di restare schiacciato da sette quintali di peso morto.»

«Era così forte da ammazzare un animale così grosso?» domandò Hazel, impressionata.

«Non solo. L'aveva afferrata con le zanne per trascinarla nell'erba, sollevandola da terra, tanto che solo gli zoccoli strisciavano nella polvere.»

«Vai avanti» insistette lei. «Non fare caso alle mie domande stupide. Continua con la storia.»

«Be', ormai era buio, per cui ci toccava aspettare l'alba. Nessuno di noi ha dormito molto, quella notte. Siamo rimasti intorno al fuoco, con gli anziani che ci spiegavano allegri che cosa ci saremmo dovuti aspettare quando fossimo andati a uccidere il leone. Di noi ragazzi nessuno rideva. Parlavamo sottovoce. Non era ancora sorto il sole quando abbiamo indossato i nostri mantelli neri di pelle di capra per ripararci dal freddo del mattino. Sotto eravamo nudi. Eravamo armati di scudi di cuoio grezzo e lance corte, che avevamo affilato tanto da poterci radere i peli delle braccia. Eravamo trentadue. All'alba ci siamo messi in marcia cantando, mentre andavamo ad affrontare il nostro leone.»

«Cantavate?» chiese Hazel. «Ma non c'era il rischio che il leone vi sentisse e si nascondesse?»

«Ci vuole ben altro per allontanare un leone dalla sua preda» rispose Hector. «Il nostro era un canto di sfida, un invito alla battaglia. E, naturalmente, uno stimolo per il nostro coraggio. Cantavamo e danzavamo per riscaldarci il sangue. Fendevamo l'aria con le lance per sciogliere i muscoli delle braccia. Le ragazze senza marito del villaggio ci seguivano a distanza, per vedere chi avrebbe affrontato il leone e chi invece sarebbe scappato, quando avesse risposto alla nostra sfida con tutta la sua nobile potenza.»

Hazel aveva sentito quella storia almeno una dozzina di volte, ma lo ascoltava fissandolo rapita, come se fosse la prima.

«Il sole è spuntato all'orizzonte proprio di fronte a noi, luminoso e abbagliante come metallo fuso. Noi sapevamo dove avremmo trovato il leone. Abbiamo visto l'erba alta muoversi e abbiamo sentito i suoi ruggiti sommessi, un suono terribile che ci colpiva nel cuore e nelle viscere. Le gambe venivano meno e ogni passo di danza era uno sforzo cosciente, mentre ci avvicinavamo a lui. Poi il leone, accovacciato accanto alla carcassa della sua preda, si erse sulle zampe. La criniera che gli circondava la testa, illuminata dal sole dietro di lui, risplendeva come un'aura dorata. Lo faceva sembrare grosso il doppio. Poi ci ha investiti con un potente ruggito che per un momento ci ha zittiti. A quel punto siamo partiti all'attacco, urlando per invitarlo a scegliere qualcuno di noi e circondandolo per non lasciargli via di scampo. Lui si è guardato intorno lentamente, mentre il cerchio si chiudeva. »

« Oddio » sospirò Hazel. « So già come va a finire, ma quasi non reggo la tensione. »

« Poi ha smesso di girare la testa e ha cominciato a fustigare l'aria con la coda, sferzandosi i fianchi. Io ero al centro, al posto d'onore, e potevo vedere i suoi occhi. Erano gialli, di un giallo ardente. Ed erano fissi su di me. »

« Perché su di te, caro? » Lei gli strinse la mano spaventata, come se tutto ciò stesse avvenendo in quel momento.

« Dio solo lo sa. Forse perché mi trovavo proprio davanti a lui. O forse perché al sole il mio corpo bianco spiccava in mezzo agli altri. »

« Continua. Dimmi com'è andata. »

« Il leone si è accucciato, pronto ad attaccare. La coda ha smesso di muoversi a destra e a sinistra. L'aria intorno a me sembrava densa e pesante, difficile da respirare. Avevo la sensazione di trovarmi in una palude fangosa. Ogni movimento mi costava un grande sforzo. Sapevo che stavo urlando, ma la mia voce sembrava provenire da molto lontano. Mi sono riparato dietro lo scudo e ho sollevato la mia lancia. Il sole scintillava sulla punta di metallo lucido, ferendomi gli occhi con il suo riflesso. La sagoma del leone si è ingrandita fino a occupare tutto il mio campo visivo. Ho puntato la lancia verso il centro del suo petto, che pulsava di furia assassina. I ruggiti erano assordanti come una locomotiva a pieno regime.

« Mi sono preparato all'impatto. Un attimo prima che la sua massa investisse il mio scudo, mi sono proteso in avanti con la lancia, lasciando che fosse il suo stesso peso a fargliela penetrare con forza nel petto, fino a metà dell'asta. Stava già morendo quando si è abbattuto su di me, spingendomi a terra, graffiando lo scudo con gli artigli, lanciando gemiti di rabbia e agonia. »

Hazel rabbrividì a quell'immagine. « È orribile. Ho la pelle d'oca. Ma non ti fermare. Raccontami la fine. »

« All'improvviso si è irrigidito, ha inarcato la schiena e mi ha vomitato addosso il suo stesso sangue, inondandomi la testa e la metà superiore del corpo, prima che i miei compagni me lo levassero di dosso, trafiggendolo centinaia di volte con le loro lance. »

« È terrificante pensare a come sarebbe potuta andare » commentò lei. « Avremmo potuto non incontrarci mai e non condividere ciò che abbiamo avuto. Ma raccontami che cosa ti ha detto tuo padre quando sei tornato al ranch. »

« Sono arrivato alla nostra casa con il tetto di paglia nel pomeriggio. La mia famiglia era riunita al tavolo da pranzo, sotto il portico. Ho legato il cavallo e ho salito lentamente i gradini. La mia euforia è sfumata quando ho visto le loro facce. Mi sono reso conto che non avevo pensato a lavarmi. Il sangue del leone mi si era coagulato sui capelli e sulla pelle. Ce l'avevo addosso e mi aveva annerito le unghie. Mio fratello Teddy ha rotto il silenzio, mettendosi a ridacchiare come una ragazzina, come faceva sempre. Mia madre è scoppiata a piangere prendendosi la testa fra le mani. Sapeva già che cos'avrebbe detto mio padre.

« Lui si è alzato in piedi in tutto il suo metro e ottanta, con la faccia cupa livida di rabbia. Ha ringhiato qualcosa di incomprensibile, poi ha detto, minaccioso: 'Sei stato con quei selvaggi, i tuoi amici neri, vero, ragazzo?' 'Sissignore' ho risposto io; lo chiamavo sempre 'signore', mai 'papà'. 'Sissignore' ho ripetuto. Lui ha cambiato espressione. 'Sei stato a cacciare il leone, come un maledetto moroni masai. È così?' 'Sissignore' ho ammesso, e mia madre è scoppiata di nuovo a piangere. Mio padre ha continuato a fissarmi per un po' con quell'espressione strana. Io gli stavo davanti, sull'attenti. Poi mi ha chiesto: 'Hai resistito o sei scappato?' E io ho risposto: 'Ho resistito, signore'. C'è stato un lungo silenzio, prima che parlasse di nuovo. 'Vai al tuo *rondavel* e lavati. Poi ci vediamo nel mio studio.' Quell'ordine equivaleva a una condanna a morte, o quantomeno a un centinaio di frustate.»

«Poi cos'è successo?» chiese Hazel, anche se lo sapeva già.

«Quando ho bussato alla porta del suo studio, poco più tardi, avevo indosso l'uniforme della scuola, con la camicia bianca e la cravatta, le scarpe lustre e i capelli umidi pettinati all'indietro. Lui ha gridato 'Avanti!' Io sono andato alla sua scrivania e lui mi ha detto, imperioso: 'Sei un maledetto selvaggio. Un incivile. Per te c'è una sola speranza'. Dentro di me tremavo: pensavo di sapere cosa stava per arrivare. Ma lui mi ha colto di sorpresa: 'Siediti, Hector', ha detto, indicando la poltrona davanti alla scrivania. Non mi ci ero mai seduto e non ricordavo quando fosse stata l'ultima volta che mi avesse chiamato 'Hector' e non 'ragazzo'.

«Quando mi sono seduto davanti a lui, ha detto: 'Tu non sarai mai un bravo allevatore, sbaglio?' 'Credo di no, signore'. 'In quanto figlio maggiore, il ranch avrebbe dovuto essere tuo. Ma io lo lascerò a Teddy.' 'Sono felice per lui' ho risposto. E l'ho visto sorridere, solo per un istante. Perché poi ha detto: 'Non sarà per molto, naturalmente. Nel giro di qualche anno saremo scacciati dalle persone a cui abbiamo rubato queste terre in passato. Alla fine l'Africa vince sempre'. Io non ho risposto, non sapevo cosa dire. 'Ma tu, figliolo... Che cosa dobbiamo fare con te?' Ho tenuto la bocca chiusa, sapevo da tempo che in quei casi era la cosa migliore. Lui ha continuato: 'Dentro di te sarai sempre un selvaggio, Hector. Ma non è grave. La maggior parte dei nostri eroi, da Clive a Kitchener, da Wellington a Churchill, erano dei selvaggi. Senza di loro non sarebbe mai esistito un impero. Ma io voglio che tu sia un selvaggio britannico, colto e istruito. Per questo ti manderò alla Reale accademia militare di Sandhurst, perché tu impari a suonarle a chi vale meno di te'. »

Hazel scoppiò a ridere e batté le mani. « Che uomo incredibile. Doveva essere tremendo. »

« Faceva lo spaccone, ma era tutta una commedia. Voleva che la gente lo considerasse un duro, ma dietro la maschera era un brav'uomo. Credo che mi volesse bene e io lo adoravo. »

« Vorrei averlo conosciuto » fece Hazel, malinconica.

« Forse è meglio così » assicurò lui. Poi si voltò verso Mario, che tossiva educatamente di fianco a lui.

« I signori desiderano ancora qualcosa? » Hector lo guardò come se non l'avesse mai visto prima, poi si rese conto che nella sala non c'era più nessuno, a parte un paio di camerieri annoiati.

« Accidenti! Che ora abbiamo fatto? »

« Le quattro, signore. »

« Perché non ci ha detto niente? »

« Vi stavate talmente divertendo che non ho avuto cuore di interrompervi, signore. »

Hector gli lasciò cinquanta sterline di mancia e si incamminò con Hazel verso la Rover, che l'inserviente aveva parcheggiato davanti al ristorante con il motore acceso. Arrivati in Harley Street, Hector scese la rampa del garage sotto il palazzo in cui Alan aveva lo studio e aiutò Hazel a salire sulla Ferrari.

«Adesso, cara la mia ape regina, ricordati che io ti vengo dietro e che non è una gara a chi arriva primo. Ogni tanto, guarda nello specchietto.»

«Non farla tanto lunga, amore mio.»

«Zittiscimi con un bacio.»

«Vieni qua, prepotente.»

Hector aspettò che lei uscisse dal garage, si infilò un paio di guanti di morbida pelle per guidare e seguì la Ferrari. Mentre attraversavano Londra per andare a prendere la M5, la moto che li seguiva si tenne a distanza, lasciando che fra sé e i suoi bersagli si frapponesse qualche macchina. Non c'era bisogno di restargli sempre attaccati al parafango, correndo il rischio che si insospettissero: sapevano esattamente dove erano diretti. E poi erano stati avvertiti che l'uomo era uno con cui era meglio non scherzare. Sarebbero entrati in azione solo dopo la città di Winchester. Ogni tanto quello che guidava parlava nel microfono inserito nel casco, aggiornando chi lo ascoltava sull'andamento della situazione. Ogni volta, a conferma del fatto che il messaggio era arrivato a destinazione, sentiva un *clic*.

Hector, duecento metri davanti alla moto, batteva le dita sul volante a tempo di musica. Stava ascoltando Magic Radio, la sua stazione preferita; Don Maclean cantava *American Pie*. Anche Hector cantava: conosceva tutte le parole di quella canzone. Ma non aveva abbassato la guardia: ogni pochi secondi guardava nello specchietto retrovisore per controllare i veicoli dietro di lui. Cambiavano continuamente, ma lui li memorizzava tutti. « Guardati sempre le spalle » era il suo motto. Appena prima dell'uscita 10, il traffico si diradò e Hazel partì a tutta birra. Hector dovette spingere la Range Rover fino a quasi duecento chilometri orari, per non perderla di vista. La chiamò con l'auricolare: « Datti una calmata, amore. Ricordati che hai a bordo un passeggero molto importante ». Lei gli rispose con una pernacchia, ma rallentò fino quasi a rispettare il limite di velocità.

« Vedi che se vuoi riesci a fare la brava? » disse Hector, e rallentò anche lui.

« Siamo quasi all'uscita 9. Veicolo rosso sempre davanti. Ha imboccato lo svincolo per la A272. Anche veicolo nero in uscita » disse il motociclista nel microfono nascosto e attese il segnale di « ricevuto ».

Hazel prese la tangenziale di Winchester, l'antica cittadina famosa, oltre che per la cattedrale, per essere stata capitale e roccaforte del regno di Alfredo il Grande. A tratti Hector vedeva il campanile che sovrastava i tetti della città. Proseguirono e la Ferrari rossa rallentò in prossimità del cartello che indicava SMALLBRIDGE ON TEST e BRANDON HALL. Hector seguì Hazel e, poco dopo aver svoltato, notò due operai lungo la strada. Avevano giacconi impermeabili gialli con strisce catarifrangenti e sulla schiena la scritta BRITISH ROADS. Stavano scaricando transenne di acciaio da un camion. Hector prestò poca attenzione agli operai perché il distacco fra lui e la Ferrari stava aumentando. A parte loro, la strada era deserta.

Meno di un minuto dopo, anche la moto prese lo svincolo per Smallbridge. Passando davanti agli operai, il motociclista seduto dietro alzò la mano guantata. A quel segnale i due entrarono in azione. Sistemarono le transenne in mezzo alla strada bloccando il traffico in entrambe le direzioni, e misero un grosso cartello giallo e nero con la scritta STRADA CHIUSA. DIVIETO DI ACCESSO. DEVIAZIONE.

Una grande freccia nera indirizzava il traffico lungo la strada principale, isolando Hazel e Hector e la moto che li seguiva. Gli operai risalirono in fretta sul camion e si allontanarono. Avevano concluso il lavoro per cui erano stati pagati.

Vicino a casa, Hector era più rilassato. Guardò nello specchietto retrovisore una sola volta, notò una moto a duecento metri da lui e riprese a guardare la strada che serpeggiava stretta fra le colline, in mezzo a campi verdi e boschetti. Lì Hazel era costretta a ridurre la velocità.

« I due veicoli sono nella zona stabilita » annunciò il motociclista davanti. Questa volta gli arrivò la risposta: « Ricevuto, stazione uno. Vi vediamo, sia voi sia il bersaglio ».

Improvvisamente fra la moto e la Rover di Hector si frappose un altro veicolo, che sbucò dallo sterrato di una fattoria, da un gruppetto di alberi dov'era rimasto nascosto in attesa del passaggio di Hector. Era un grosso furgone Mercedes Benz con targa francese e guida a sinistra. A parte questo, era un veicolo che sarebbe passato inosservato. Il motociclista alla guida accelerò fino ad arrivare a cinque o sei metri dal furgone. Nel frattempo la Rover di Hector aveva oltrepassato la collina. Quando il Mercedes e la moto arrivarono in cima alla salita, videro che la strada scendeva in un'ampia vallata paludosa. Nel punto più basso, la strada correva su uno stretto terrapieno che Hector stava percorrendo in quel momento, mentre la Ferrari rossa era già in procinto di superare un'altra collina. L'autista del Mercedes sorrise soddisfatto: la trappola stava per scattare. Premette l'acceleratore, sfrecciò giù per la discesa e si avvicinò alla Rover strombazzando. Hector guardò nello specchietto retrovisore.

« E tu da dove spunti, stronzo? » esclamò sorpreso. L'ultima volta che aveva guardato, dietro di lui non c'era nessun furgone.

Calcolò che, benché la strada fosse molto stretta, c'era abbastanza spazio per lasciarlo passare e rallentò per farsi sorpassare. Il Mercedes gli sfrecciò accanto, vicinissimo.

Hector si trovò fianco a fianco con la cabina del furgone solo per una frazione di secondo. Il guidatore, che era a sinistra, lo guardò dall'alto in basso e Hector rimase sbigottito nel vedere che indossava una maschera di gomma con le fattezze di Richard Nixon. L'uomo teneva il braccio sinistro fuori dal finestrino: Hector notò che era molto muscoloso e scuro di pelle e che aveva un tatuaggio rosso.

Subito dietro il furgone, con la ruota davanti che quasi lo sfiorava, c'era una Honda Crossrunner nera, con due uomini in sella. Avevano il casco integrale con la visiera scura e indossavano una tuta di pelle nera da motociclista.

La Ferrari era quasi in cima alla collina e Hector si allarmò per l'intrusione di quei due veicoli.

« Hazel! » gridò, in preda a un brutto presentimento. L'istinto gli diceva che sua moglie era in pericolo.

Il suo primo impulso fu di telefonarle, ma si trattenne per non sprecare secondi preziosi. Il Mercedes e la moto lo stavano lasciando indietro. Hector premette sull'acceleratore e si lanciò all'inseguimento. Vide la Ferrari scomparire oltre il crinale e si concentrò sui due veicoli davanti a sé, cercando di accorciare le distanze. Il motore della sua Range Rover era nuovo e in ottime condizioni. D'istinto portò la mano destra sotto la giacca, dove di solito teneva la Beretta

9mm in una fondina ascellare. Ma naturalmente non la trovò: nella vecchia Inghilterra era proibito girare armati.

« Maledetti politici » ringhiò. Fu un pensiero fugace, tuttavia: non era il momento di distrarsi. Decise di speronare prima il Mercedes, che era il bersaglio più facile. Doveva semplicemente accostarlo e ricorrere alla vecchia tattica di urtare una delle ruote posteriori per farlo finire fuori strada. Neutralizzare la moto sarebbe stato più difficile, ma una volta tolto di mezzo il furgone avrebbe trovato una soluzione.

Li aveva praticamente raggiunti. La Honda si spostò sull'altra corsia e accelerò, preparandosi a sorpassare il furgone. Hector si trovò davanti il portellone posteriore. L'autista del Mercedes cominciò a zigzagare per impedire a Hector di superarlo.

« Merda! » imprecò Hector, nel vedere che le porte posteriori del furgone si aprivano. « Cosa...? »

Dal portellone aperto, vide un enorme pallet carico di blocchetti di cemento avvolti in plastica trasparente. Doveva esserci un uomo nascosto dietro, che stava spingendo fuori il pallet munito di rotelle. Hector capì cosa stava per succedere e frenò di colpo. Appena in tempo.

Il pallet rotolò giù dal furgone, davanti alla Rover. L'involucro di plastica cedette e sulla strada si sparsero tonnellate di grossi mattoni di cemento, bloccando il passaggio. Formavano una barriera che si estendeva da un ciglio della strada all'altro e che avrebbe messo a dura prova qualsiasi mezzo, persino il suo. Hector riuscì a fermarsi a pochi centimetri di distanza. Vide che il furgone aveva scaricato altri due pallet, rendendo impraticabile la strada per cinquanta metri buoni, e stava proseguendo insieme con la moto su per la salita oltre la quale la Ferrari di Hazel era già scomparsa.

In un attimo Hector valutò la situazione. L'ostacolo era insuperabile, ma lui doveva provarci comunque. Innestò la marcia ridotta, premette l'acceleratore e si lanciò contro la barriera. Cominciò a inerpicarsi faticosamente, con il telaio che strisciava e sbatteva contro i blocchetti di cemento, che si spostavano sotto il peso del fuoristrada impedendogli di far presa. Perse velocità fino a rimanere fermo a metà della barriera, con tre ruote che giravano a vuoto e la quarta, anteriore, incastrata fra due blocchi.

Il furgone e la moto scomparvero oltre la collina. Hector, disperato, innestò la retromarcia e accelerò. La Rover slittò di lato, ondeggiando e minacciando di rovesciarsi. Finalmente la forza di gravità ebbe il sopravvento e Hector si ritrovò sulla strada con le quattro ruote sull'asfalto. Aprì la portiera e, in piedi sul predellino, si guardò disperatamente intorno alla ricerca di un modo per aggirare l'ostacolo.

Vide che la strada era costeggiata su entrambi i lati da una recinzione di filo spinato che doveva servire a impedire al bestiame di uscire dai campi. Oltre la recinzione correvano due canali pieni di un fango nero e denso, uno per lato.

« L'hanno studiata bene. La strada è stretta, i blocchi di cemento sono una barriera insuperabile, e sia da una parte che dall'altra ci sono una recinzione, un canale e un pantano. Maledetti bastardi! » Imprecando, Hector si rimise al volante, allacciò la cintura di sicurezza e fece inversione, fermandosi di fronte a un punto della recinzione in cui il filo di ferro era quasi del tutto arrugginito. Trasse un profondo respiro e borbottò: « Proviamo! »

La Rover partì verso la recinzione, il filo spinato cedette rimbalzando contro la carrozzeria come una frusta, e l'auto atterrò nel fosso fangoso. Hector venne sbalzato in avanti con tanta violenza che temette che la cintura gli fratturasse la clavicola. Incurante del dolore, strinse il volante con tutta la sua forza per non perdere il controllo della vettura. Con grande sforzo, la Rover si trascinò fuori del pantano e cominciò ad avanzare sull'erba. Hector sterzò per proseguire parallelamente alla strada. Non era facile: per due volte rischiò di impantanarsi ancora, ma, slittando faticosamente e sollevando schizzi di fango e zolle, riuscì a proseguire. Aveva il parabrezza così infangato che quasi non vedeva dove andava e azionò il tergicristallo. Superati i blocchetti di cemento, si accinse a tornare sulla strada sterzando molto dolcemente. Il terreno era più asciutto e Hector aumentò di poco la velocità. Vide che in quel punto il canale era meno profondo e provò ad attraversarlo. Sobbalzando e sbandando, il fuoristrada riuscì ad arrivare dall'altra parte e a inerpicarsi verso la strada asfaltata. La pendenza non era così forte, in quel punto. Hector accelerò e si buttò contro la recinzione. Il filo spinato non cedette subito e Hector temette di non farcela, ma poi un paletto si spezzò e la Rover vi passò sopra. Hector tirò un sospiro di sollievo e sterzò per riprendere la sua corsa verso la collina, oltre la quale erano scomparsi Hazel e i suoi inseguitori.

A cinque chilometri dal bivio per Brandon Hall, come un cavallo che sente l'odore della stalla, Hazel accelerò e, senza rendersene conto, aumentò la distanza dal Mercedes che la seguiva. Non si era nemmeno accorta della sua presenza: di norma, guardava poco nello specchietto retrovisore, se non per controllare il trucco.

L'uomo con la maschera di Nixon stava già andando al massimo. Nel vedere che il bolide rosso accelerava, capì che doveva assolutamente raggiungere Hazel prima del bivio per Brandon Hall, che era a meno di due chilometri di distanza. Aprì il finestrino e si sporse con tutta la testa, facendo lampeggiare i fari e agitando un braccio. Suonò anche il clacson. La Ferrari frenò e lui continuò a strombazzare e a lampeggiare.

Hazel, sorpresa, impiegò un po' a capire che l'uomo stava cercando di dirle che doveva fermarsi... ma perché? Poi vide che dietro il furgone la strada era vuota e che della Range Rover di Hector non c'era traccia. Impallidì.

È successo qualcosa a Hector e il guidatore del furgone sta cercando di avvertirmi. Avrà avuto un incidente. Forse è ferito o... Lasciò la frase a metà. Non voleva nemmeno pensarci. Frenò di colpo e accostò sul ciglio erboso. Il furgone si avvicinò, continuando a strombazzare e lampeggiare. Dietro la maschera, l'uomo al volante sorrise nel vedere che il trucco aveva funzionato e che la donna era confusa e allarmata. Si era fermata nella posizione ideale: la Ferrari era sull'orlo del canale che correva lungo la strada, in un tratto non protetto da nessuno steccato.

In quel momento Hector arrivò in cima alla salita e inquadrò subito la situazione.

« No! » gridò disperato. « Non ti fermare per quel bastardo! Scappa più veloce che puoi, amore mio! » Schiacciò l'acceleratore a tavoletta e la Rover sfrecciò giù per la discesa, ma la distanza era troppa. Hector si trovava a circa quattrocento metri di distanza, spettatore impotente della tragedia che stava per consumarsi sotto i suoi occhi.

Il Mercedes non rallentò e, arrivato all'altezza della Ferrari ferma sul ciglio della strada, sterzò all'improvviso e le andò contro. Si sentì uno schianto terrificante e dalle lamiere si alzò una pioggia di scintille. La Ferrari, più leggera, venne sbalzata nel fosso e atterrò sulla fiancata sinistra; rimase lì, con due ruote per aria e la fiancata destra ammaccata malamente. Il Mercedes ondeggiò paurosamente e sbandò verso il lato opposto della strada, ma il conducente riuscì a mantenere il controllo e sfrecciò via sgommando.

La moto, che seguiva il furgone, inchiodò nel punto in cui la Ferrari era uscita di strada. Il guidatore rimase in sella con il motore acceso, pronto a ripartire, mentre il passeggero scendeva e correva verso la Ferrari rovesciata, agile e veloce come una scimmia. Dal ciglio del fosso saltò sulla fiancata destra dell'auto e, tenendosi in equilibrio vicino al finestrino del guidatore, sollevò le braccia sopra la testa. Fu solo in quel momento che Hector si rese conto che impugnava un mazzuolo. Il vetro del finestrino, pur essendo infrangibile, non poteva resistere al colpo tremendo che l'uomo gli sferrò dall'alto, e si incrinò. L'uomo sollevò di nuovo il mazzuolo e diede un'altra botta. Questa volta il vetro andò in mille pezzi, che piovvero addosso a Hazel, trattenuta sul sedile dalla cintura intorno al pancione. Si coprì il volto con le mani per proteggersi dalla cascata di schegge di vetro, mentre l'uomo si liberava del mazzuolo e tirava fuori una pistola dalla tasca del giubbotto di pelle.

Con la mano libera il motociclista sollevò la visiera del casco e con l'altra puntò la pistola nell'abitacolo.

Hazel si voltò, vide la pistola con il silenziatore, poi alzò lo sguardo, vide che il suo aggressore era giovane e con la pelle scura e aveva lo sguardo indifferente e spietato.

« No! » mormorò. « Ti prego, aspetto un bambino. Non puoi farmi questo. Mia figlia... » L'uomo non cambiò espressione e sparò, senza produrre alcun rumore, a parte uno schiocco attutito. Poi sollevò lo sguardo e vide la Range

Rover di Hector che puntava dritto verso di lui. Non ebbe il tempo di sparare un secondo colpo, ma era un professionista e sapeva di aver fatto centro con il primo. Si voltò di scatto e spiccò un balzo. Nel momento in cui toccò terra, la Range Rover lo investì. Si udì un tonfo e il corpo dell'uomo venne sbalzato all'indietro, oltre il tettuccio della Rover. Hector, senza rallentare, proseguì puntando verso il motociclista ancora in sella.

Questi, nel tentativo di non farsi investire, inclinò la moto e diede gas. Riuscì quasi a evitare la Rover, ma Hector fu più veloce, sterzò bruscamente e con il parafango anteriore gli colpì la ruota posteriore. La moto si capovolse e l'uomo fu sbalzato di sella. Hector guardò nello specchietto retrovisore e vide l'uomo steso sull'asfalto che si muoveva. Il casco doveva averlo protetto. Hector frenò, innestò la retromarcia e ripartì. Il motociclista se ne accorse e cercò di alzarsi, ma Hector lo investì e gli passò sopra finché non lo vide immobile, steso a faccia in giù sull'asfalto. A quel punto scese dal fuoristrada e corse a vedere. Si chinò, gli sganciò velocemente il cinghino del casco e glielo tolse. Poi gli puntò un ginocchio fra le scapole, gli prese la nuca con una mano, gli afferrò il mento con l'altra e con una mossa rapidissima gli torse il collo, voltandogli la faccia quasi completamente all'indietro. Si udirono gli schiocchi delle vertebre che si spezzavano come legna secca. Hector raccolse il casco, glielo rimise in testa, glielo riallacciò sotto il mento ed ebbe cura di sollevare la visiera in modo che si vedesse la faccia. La polizia gli avrebbe fatto delle domande: meglio non farsi cogliere alla sprovvista. Non aveva lasciato impronte, perché indossava ancora i guanti. Avrebbe voluto correre da Hazel, perché temeva il peggio, ma non osava lasciarsi dietro un nemico vivo. Doveva prima coprirsi le spalle. Era la regola numero uno per sopravvivere. L'uomo che aveva sparato a Hazel si trascinava sui gomiti, con le gambe paralizzate. Evidentemente, quando Hector lo aveva investito gli aveva fratturato la colonna vertebrale o il bacino, ma era ancora armato. Bisognava metterlo fuori combattimento. Il mazzuolo era sul ciglio della strada. Hector lo raccolse e si mise a correre verso l'uomo, che era di spalle, con il mento che pendeva sul petto e il casco spostato in avanti, che gli lasciava scoperta la nuca sopra la quarta cervicale. Per completare l'opera occorreva precisione, più che forza bruta. Hector non sollevò il mazzuolo più di tanto, ma vi impresse una gran forza con il polso. L'impatto sull'osso fu tale che il mazzuolo rischiò di sfuggirgli di mano. Si udì il rumore della vertebra che si fratturava e l'uomo rimase immobile, con la testa in avanti. Hector si inginocchiò e lo rovesciò sulla schiena. La visiera era sollevata. L'uomo aveva gli occhi aperti, ma senza vita, e un'espressione di vaga sorpresa sul viso scuro, dai lineamenti nilotici.

Soddisfatto, Hector emise un lieve grugnito. « Da dove vieni è chiaro, amico. Non sei il primo che vedo della tua razza » disse, tetro, guardando in faccia il morto. Lasciò volutamente la visiera del casco aperta e si soffermò ancora un attimo per sistemargli in mano il mazzuolo, stringendogli le dita intorno all'impugnatura. Difficilmente la polizia, nell'esaminare la scena, avrebbe pensato che si fosse rotto il collo a martellate da solo.

« Meglio non sprecare altro tempo a cercare la pistola. Che ci pensi la polizia » decise poi, rialzandosi e correndo verso la Ferrari. Si arrampicò fino al finestrino sfondato e guardò dentro. Hazel era accasciata sul volante.

Hector si tolse i guanti, si inginocchiò e le prese la testa fra le mani. La sollevò con delicatezza per riuscire a vederla in faccia e, con grande sollievo, vide che il suo bel viso era intatto. Aveva gli occhi aperti, ma fissi nel vuoto.

Commozione cerebrale, pensò, cercando una spiegazione razionale al fatto che Hazel non reagiva. Deve aver battuto la testa quando la macchina si è rovesciata. Poi, a voce alta, disse: «Andrà tutto bene, bambina mia. Adesso ti tiro fuori». Ma le mise le dita sotto la mandibola per toccarle la carotide.

«Dio sia lodato.» L'arteria pulsava, piano ma regolarmente. Hector infilò la testa e il busto nell'abitacolo per sganciare la cintura di sicurezza, cingendo le spalle di Hazel con un braccio per sorreggerla. Quindi le infilò le mani sotto le ascelle e provò a sollevarla. Era pesante, con il bambino nel ventre, e lui era in equilibrio precario sulla carrozzeria della Ferrari rovesciata, ma con tutta la forza che aveva, lentamente, riuscì a farle uscire la testa dal finestrino. Il mento le ricadeva sul petto.

«Forza, così, da brava. Dai che ci siamo quasi, su» la incoraggiò, ansimando. Poi, contraendo tutti i muscoli, la sollevò ancora un po', quanto bastava per far passare dall'apertura anche il pancione. A quel punto l'adagiò in posizione seduta, facendosi passare il braccio sinistro sulle proprie spalle, affinché non cadesse all'indietro. Riprese fiato in un attimo: era ancora in ottima forma, nonostante in quegli ultimi tempi avesse poltrito parecchio. Le diede un bacio sulla guancia e le mormorò all'orecchio: «Sei una donna coraggiosa, amore mio».

Nel sistemarle meglio il braccio, vide che le sanguinava la mano sinistra ed ebbe un tuffo al cuore. La esaminò, trepidante, e si accorse che la grossa fede d'oro che Hazel portava al dito era deformata, schiacciata. Il metallo le aveva provocato un taglio nel dito, che sanguinava.

«Il proiettile!» sussurrò. «Deve essersi protetta il viso con le mani quando quel porco le ha puntato la pistola alla testa e l'anello deve aver deviato il proiettile che era piccolo, un calibro 22.» Esultò. «Se la caverà! Andrà tutto bene!»

Hector ritrovò di colpo tutte le sue forze, si spostò in modo da sedersi sulla fiancata dell'auto e, da quella posizione, riuscì a farle scivolare fuori dell'abitacolo anche le gambe. Girò Hazel in modo da farle appoggiare la testa sulla propria spalla, riappoggiò i piedi a terra e corse verso la Range Rover, tenendola in braccio come una bambina addormentata. Aprì la portiera posteriore e la adagiò con grande cautela sul sedile. Le sistemò intorno alcuni cuscini e un plaid in modo che non cadesse, poi la osservò un attimo e sorrise. Fu un sorriso a denti stretti, pieno di disperazione: il suo sguardo rimase serissimo.

«Non sai quanto ti amo» le disse, e stava per chiudere la portiera quando vide qualcosa che lo atterrì nuovamente. Sotto i capelli biondi c'era un rivolo di sangue che correva lungo la guancia, sul mento e sul collo.

«No!» esclamò. «Oddio, no!» Fece per toccarla, ma si fermò, per paura di scoprire il peggio. Poi si impose di guardare e le scostò i capelli. La ferita era nascosta sotto i riccioli dorati. Hector si chinò per esaminare da vicino il foro lasciato dal proiettile. Era un soldato e aveva visto molte ferite da arma da fuoco. Trovò conferma della sua valutazione iniziale: la pallottola era stata deviata dall'anello, anche se l'aveva colpita comunque: aveva cambiato traiettoria e l'aveva raggiunta alla testa, sopra la fronte. Il foro d'ingresso non era una ferita circolare, dai margini netti, bensì una lacerazione di forma allungata. Il proiettile doveva aver ruotato su se stesso prima di colpirla.

Le passò delicatamente le dita fra i capelli, esaminando

tutto il cuoio capelluto, senza trovare nessun foro d'uscita. Il proiettile era penetrato nel cranio, nel cervello, e vi era rimasto.

Hector chiuse gli occhi. Sì, era un soldato e aveva visto cadere in battaglia tanti commilitoni, ma questo no: non gli era mai successo di perdere la donna che amava. Si era sempre considerato un duro e pensava di poter reggere di fronte a qualsiasi avversità; in quel momento però si rese conto che non era in grado di farlo. Fu preso dallo sgomento e si sentì crollare il mondo addosso, ma si costrinse a reagire, compiendo uno sforzo immane. Ad alta voce, si disse: « Non stare qui a piangerti addosso mentre lei rischia di morire. Datti una mossa, cazzo! »

Chiuse la portiera, corse davanti e si sedette al volante. Il motore si era spento. Rimise in moto e intanto fece, velocissimo, il punto della situazione. L'ospedale più vicino era il Royal Hampshire County Hospital di Winchester. La strada dietro di lui era bloccata, impraticabile. Doveva scegliere un percorso alternativo che, nella migliore delle ipotesi, allungava la strada di dieci chilometri.

« Non c'è altro da fare » si disse, cupo, e diede gas. Andò al massimo, compiendo vari sorpassi azzardati. Avrebbe potuto essere la sua rovina, invece fu la sua salvezza: mentre superava a gran velocità un camion pesantissimo, che arrancava in salita in una curva cieca, evitò per un pelo il frontale con una macchina della polizia, che fece subito inversione e si lanciò all'inseguimento a sirene spiegate. Hector vide nello specchietto retrovisore che alla guida c'era un poliziotto, ringraziò il cielo e accostò. L'auto si fermò davanti a lui e ne scesero due agenti, che gli andarono incontro con espressione cupa. Hector aprì il finestrino, si affacciò e, senza dare ai due agenti il tempo di aprire bocca, gridò: « Mia moglie è ferita gravemente. Le hanno sparato alla testa. Dovete scortarmi fino all'ospedale di Winchester». I poliziotti lo fissarono costernati. «Guardate! È sul sedile di dietro» insistette Hector. Il poliziotto con le mostrine da sergente sulla manica corse a guardare dal finestrino posteriore.

«Gesù!» esclamò. «Ha la faccia tutta insanguinata.» Si rimise dritto, guardò Hector e disse: «Okay! Ci segua!»

«Faccia salire dietro il suo collega, così regge la testa a mia moglie.»

«Peter, hai sentito?» disse il sergente in tono severo. Il suo giovane collega salì sulla Rover. Hector lo aiutò a spostare Hazel in modo che posasse la testa sulle sue ginocchia e poi gridò al sergente: «Siamo pronti. Andiamo!» L'auto della polizia partì sgommando, a sirene spiegate, e la Range Rover di Hector la seguì.

Davanti al pronto soccorso era parcheggiata un'ambulanza. I poliziotti la fecero spostare per lasciar passare Hector. Il sergente scese dall'auto, corse dentro l'ospedale e tornò con un portantino in camice bianco e una barella. Hector lo aiutò a trasferirvi Hazel, sempre incosciente, e a coprirla con un lenzuolo.

«Vada con sua moglie» gli disse il sergente. «Io l'aspetto qui: ho bisogno di una sua dichiarazione. Dovrà spiegarci come sono andate le cose.»

«Grazie, sergente.» Hector si voltò e seguì la barella nel pronto soccorso. Una giovane dottoressa gli si avvicinò e chiese: «Che cos'è successo?»

«Le hanno sparato con una calibro 22. Ha una pallottola in testa.»

«La porti in radiologia» ordinò la dottoressa al portantino. «Dica che mi serve una TAC cerebrale.» Poi guardò Hector. «Lei è un parente?»

« Sono il marito. »

« Nella sfortuna, è stato fortunato: oggi è il giorno di visite del neurochirurgo da Londra. Gli chiederò di visitare sua moglie appena possibile. »

« Posso restarle accanto? »

« Purtroppo devo chiederle di aspettare qui. Dobbiamo farle la TAC e poi la deve visitare il neurochirurgo. »

« Capisco » disse Hector. « Allora ne approfitterò per rispondere alle domande della polizia. »

Hector trascorse la mezz'ora successiva sulla macchina della polizia con il sergente, Evan Evans. Gli spiegò dove era avvenuto l'incidente e gli descrisse brevemente come si era svolta l'aggressione.

« Ho cercato di difendere mia moglie » spiegò, stando attento a non dire troppo. Tecnicamente, era reo di duplice omicidio. Doveva stare attento a quello che raccontava. « Ho investito i due sulla moto con la Range Rover. Credo che siano rimasti feriti, ma non ho avuto il tempo di soccorrerli, perché ero preoccupato soprattutto per mia moglie. »

« Capisco. Telefono subito in centrale perché mandino una macchina sul posto. Temo che dovremo sequestrare l'auto di sua moglie per sottoporla a tutti i controlli del caso. » Hector annuì e il sergente continuò: « Immagino che adesso lei voglia stare vicino a sua moglie, ma abbiamo bisogno di verbalizzare ufficialmente la sua dichiarazione al più presto ».

« Avete il mio indirizzo e numero di cellulare. » Hector aprì la portiera. « Sono a vostra disposizione, in qualsiasi momento. Grazie, sergente. Se mia moglie si riprenderà, sarà soprattutto merito suo. »

Hector tornò al pronto soccorso e vide la dottoressa che gli andava incontro.

« Signor Cross, il neurochirurgo ha visitato sua moglie, ha visto la TAC e vorrebbe parlarle. È ancora di là con lei. Venga, l'accompagno. »

Il dottore era in una saletta, dietro un paravento, chino su Hazel ancora distesa sulla barella. Alzò la testa quando Hector entrò e gli andò incontro. Era un bell'uomo di mezz'età e aveva l'aria sicura del professionista preparato.

« Buonasera, sono Trevor Irving. »

Hector non perse tempo in convenevoli. « Cross, Hector Cross. Come sta mia moglie? »

« Il proiettile non è fuoriuscito » rispose il dottor Irving, andando subito al punto. « Si trova in una posizione molto delicata e c'è un'emorragia in atto. Bisogna toglierlo al più presto. » Indicò la TAC sullo schermo accanto al lettino di Hazel. L'immagine densa del proiettile, piccolo e con la punta arrotondata, risaltava nella massa di tessuto circostante.

« Capisco. » Hector distolse gli occhi. Non riusciva a guardare quell'immagine spaventosa.

« C'è un'ulteriore complicazione, purtroppo, ed è il fatto che sua moglie è incinta. A che settimana di gravidanza è? »

« Quarantesima. È stata dal ginecologo stamattina. »

« Immaginavo che fosse al termine » disse il dottor Irving. « Un intervento chirurgico potrebbe essere molto rischioso per il bambino e, qualora l'esito fosse infausto, rischieremmo di perdere anche lui. »

« Salvate mia moglie, a qualsiasi costo. L'unica cosa che conta è lei » ribatté Hector, rabbioso. Il dottor Irving sbatté gli occhi.

« No, signor Cross, contano tutti e due. Sia la madre sia il bambino, se lo ricordi » replicò in tono altrettanto fermo.

« Mi scusi, dottore. Mi sono espresso male. Sono sconvolto.» Irving intuì che Hector Cross era uno che non chiedeva scusa facilmente.

«Farò il possibile per salvare entrambi. Appena lei ci avrà firmato il consenso informato, il dottor Naidoo praticherà a sua moglie un'anestesia spinale e procederà al cesareo per far nascere il bambino. A quel punto interverrò io per rimuovere il proiettile.» Si voltò a guardare il collega, che si fece avanti e strinse la mano a Hector. Era un giovane medico indiano, ma non aveva quasi accento.

«Il bambino è sano e il cesareo è un intervento molto semplice, che non comporta quasi nessun rischio.»

«Allora procedete pure. Firmerò tutto quel che c'è da firmare» disse Hector, in un tono freddo come il gelo che gli attanagliava il cuore.

Un'infermiera accompagnò Hector in una sala d'aspetto, dov'erano sedute altre cinque o sei persone. Nel vederlo arrivare alzarono speranzose la testa, ma poi la riabbassarono, deluse e rassegnate. Hector si versò una tazza di caffè dal thermos a disposizione dei visitatori e si rese conto che gli tremavano le mani. Andò verso una sedia libera in un angolo, cercando di ricomporsi.

Era abituato ad avere il controllo della situazione e a comandare in qualsiasi circostanza. In quel momento, invece, si sentiva impotente: poteva solo aspettare. E cercare di non lasciarsi prendere dalla disperazione.

Non aveva avuto un attimo per riflettere con calma su quello che era successo dopo che il furgone con l'uomo mascherato alla guida lo aveva sorpassato sulla strettoia in fondo alla valle. Da allora in poi era andato avanti soltanto grazie all'adrenalina e all'istinto di sopravvivenza pur di salvare

Hazel e il bambino. Solo adesso poteva, per la prima volta, valutare con calma la situazione.

Una cosa era certa: si trattava di una lotta all'ultimo sangue e occorreva prepararsi anima e corpo al prossimo attacco da parte di un nemico misterioso e senza volto. Non sapeva da dove sarebbe venuto, ma era sicuro che prima o poi sarebbe arrivato.

Ciononostante, la mente continuava a giocargli brutti scherzi: fu assalito di nuovo dalla disperazione, da un senso di confusione e incertezza, da una paura infinita. L'unica cosa su cui riusciva a concentrarsi era il ricordo del sangue sul viso di Hazel, del suo sguardo vacuo.

Bevve un sorso di caffè e si premette due dita sugli occhi fino a farsi male, cercando di raccogliere le forze. Ci volle un po', ma alla fine ritrovò la padronanza di sé.

Okay. Che cosa sappiamo dell'agguato? si chiese. Mise una mano nella tasca interna della giacca e tirò fuori il suo Moleskine. Il furgone era quasi sicuramente rubato, ma ho memorizzato la targa. Se l'annotò. Poi l'uomo al volante. Su di lui so ben poco. Viso nascosto da una maschera. Fece mente locale, cercando di mettere a fuoco i dettagli. Camicia di jeans, probabilmente comprata in qualche grande magazzino per quindici sterline al massimo. Dopo una breve riflessione, scrisse ancora: Braccio sinistro scoperto. Muscoloso, pelle scura. Giovane e in forma. Infine aggiunse, con il suo sistema di stenografia personale: Segno dell'orologio al polso, ma niente orologio. Prudente, lo stronzo: si è spogliato per entrare in azione. Tatuaggio rosso sul braccio. Un cuore? Uno scorpione? Un serpente arrotolato? Non saprei. Rifletté ancora un po'. Nient'altro. E i due cari estinti? La Scientifica prenderà loro le impronte e ricaverà chissà quante altre informazioni dai cadaveri, ma sull'etnia di provenienza ci sono ben pochi dubbi. Li ho guardati bene, dopo averli fatti fuori. Lineamenti nilotici inconfondibili. Labbra e naso sottili, denti davanti sporgenti, zigomi alti. Erano belli, alti e magri. Quasi sicuramente somali. Sorrise amaramente al pensiero della propria ingenuità. Masai, o etiopi, o samburu, o qualche altra tribù nilotica. Somali resta l'ipotesi più probabile, secondo me. Della dinastia di Tippu Tip, il signore della guerra. La Bestia, quelli che hanno dirottato lo yacht di Hazel e sequestrato e ucciso Cayla, di cui ci hanno poi fatto trovare la testa in un vaso di vetro. È il loro stile. Pensavo di averli eliminati tutti, di aver cancellato l'intero clan dalla faccia della terra, ma un nido di scorpioni fa presto a ricostituirsi. Evidentemente ce n'è sfuggito qualcuno, che adesso continua la faida.

Hector si era arrovellato spesso sulla tradizione dei delitti d'onore secondo la *sharia*, uno dei principi della legge islamica che risultavano più ostici alla mentalità occidentale. Lo scopo non era né punire né castigare. Se così fosse stato, una volta ucciso il colpevole del delitto originario, non ci sarebbe stato bisogno di ulteriori spargimenti di sangue. L'obiettivo era restituire l'onore alla famiglia uccidendo un membro della famiglia che l'aveva disonorata. Naturalmente ogni nuova vittima richiedeva un nuovo spargimento di sangue per lavare l'onta, in un circolo vizioso senza fine.

Hector sospirò. *Ho bisogno di aiuto.* Sapeva già a chi chiederlo. Paddy O'Quinn, pensò. Il buon vecchio Paddy e i suoi compagni di ventura.

All'epoca in cui aveva conosciuto Hazel, Hector era proprietario e direttore della Cross Bow Security, un'azienda specializzata in servizi di sicurezza che aveva come unico cliente la Bannock Oil, la multinazionale petrolifera di cui Hazel era amministratore delegato. Quando si erano messi insieme, Hazel lo aveva convinto a entrare nel consiglio di amministrazione della Bannock Oil per averlo sempre al proprio fianco. Così Hector aveva ceduto alla Bannock Oil tutte le sue quote della Cross Bow, in modo da poter sposare Hazel senza conflitti di interesse. La Bannock Oil aveva rilevato le quote a un prezzo considerevole, ma equo, in modo che Hector fosse economicamente indipendente e padrone del proprio destino. Hazel aveva voluto in tal modo fare di Hector un uomo libero e assicurarsi che i rapporti tra loro rimanessero alla pari. Non voleva che suo marito si sentisse inferiore o che la rispettasse soltanto perché lei era ricca. Sapeva che era un maschio alfa e che non avrebbe voluto, né potuto, tollerarlo. Un gesto tipico di Hazel.

*Furba come una volpe e bella come il sole!* Hector si rincuorò per un attimo al pensiero di Hazel, ma subito si rabbuiò.

Paddy O'Quinn era stato il suo braccio destro alla Cross Bow. Lo aveva aiutato a mettere su l'azienda ed era l'uomo di cui più si fidava al mondo. Solido come una montagna, Paddy era dotato di grande esperienza e prontezza di riflessi, ma soprattutto aveva l'istinto del guerriero ed era in grado di captare le situazioni di pericolo quanto e più di Hector. Hector si sentì sollevato al pensiero che gli bastava una telefonata per mettersi in contatto con Paddy.

Fu interrotto nelle sue riflessioni da un'infermiera che entrò nella sala d'aspetto e lo chiamò per nome. Balzò in piedi.

«Sono io!»

«Venga con me, signor Cross, per cortesia.» Hector la seguì, controllando l'ora. Aveva aspettato poco più di un'ora e mezzo. Raggiunse l'infermiera nel corridoio.

« Tutto bene? » le chiese.

« Sì, sì, certo » rispose la donna con un sorriso.

« Mia moglie? »

« È in sala operatoria. Il dottor Irving la sta operando. Ma c'è una persona che vorrei farle conoscere. » Gli fece strada in un labirinto di corridoi, fino a una porta con la scritta REPARTO MATERNITÀ. NIDO.

Entrando, Hector vide una fila di sedie lungo il muro di fronte a una vetrata che dava su un piccolo reparto. L'infermiera si avvicinò al microfono sotto la vetrata e disse: « Bonnie? È arrivato il signor Cross ».

Una voce rispose: « Arrivo! »

Hector aspettò e, pochi minuti dopo, nella stanza dall'altra parte del vetro entrò un'infermiera, con la divisa da caposala. Dimostrava una trentina d'anni e Hector pensò che era giovane per avere un incarico così importante. Era graziosa, piuttosto in carne, con il viso tondo e allegro. Teneva in braccio un fagottino avvolto in una coperta azzurra con la sigla RHCH ricamata in rosso, quella del Royal Hampshire County Hospital. Si avvicinò alla vetrata e rivolse un bel sorriso a Hector, che ricambiò con una smorfia tesa.

« Salve, signor Cross. Mi chiamo Bonnie. Posso avere l'onore di presentarle questa signorina? » Aprì la coperta e gli mostrò un faccino rosso e raggrinzito, con gli occhi chiusi. « Ecco a lei... sua figlia! »

« Santo cielo, è pelata! » Hector aveva detto la prima cosa che gli era venuta in mente e subito si rese conto che suonava insulsa.

« È bellissima! » ribatté l'infermiera in tono severo.

« A modo suo, diciamo di sì. »

« Non solo a modo suo » lo corresse la caposala. « Pesa

esattamente due chili e settecentoventi grammi ed è sveglissima. Come volete chiamarla? »

« Catherine Cayla. Sono i nomi che ha scelto sua madre. » Si rendeva conto che avrebbe dovuto provare qualcosa di più davanti alla sua prima figlia, ma riusciva a pensare soltanto a Hazel stesa su un tavolo operatorio in quello stesso ospedale con un proiettile in testa. Aveva una gran voglia di piangere. Tossì e ingoiò le lacrime.

Catherine Cayla spalancò la bocca e sbadigliò, mettendo in mostra le gengive rosee. Hector sorrise, e questa volta fu un sorriso sincero, che veniva dal cuore.

« È bellissima » disse sottovoce. « È splendida, come sua madre. »

« Oh, la piccina ha già fame » disse Bonnie. « La porto di là per la prima poppata. Di' ciao al papà, tesoro. »

« Ciao » replicò Hector. Era la prima volta che si sentiva chiamare papà. Rimase a guardare l'infermiera che portava via la bambina. La sua presenza era stata come la fiammella di una candela che illumina una notte d'inverno, ma ora che se n'era andata Hector si sentì avvolgere dal gelo della disperazione. Voltò le spalle alla vetrata e tornò in sala d'attesa.

Si sedette nel suo angolo, a capo chino, piegato dal dolore. Cercò dentro di sé il coraggio per rassegnarsi alla tragedia, ma trovò soltanto una grande rabbia.

*Conosco una cura migliore della rassegnazione: la rabbia.* Raddrizzò le spalle e uscì dalla sala d'attesa a testa alta. Andò nel corridoio, cercò il bagno, si chiuse a chiave in uno dei gabinetti e si sedette sul coperchio del water. A quel punto prese il telefonino che teneva in una custodia di pelle appesa alla cintura, cercò il numero di Paddy O'Quinn nella rubrica e lo chiamò. Paddy rispose al terzo squillo.

« Pronto? »

« Paddy, dove sei? » chiese Hector, con la voce chiara e decisa di sempre.

« Gesù! Pensavo che fossi sparito dalla faccia della terra, Hector. » Erano mesi che non si parlavano, ma Paddy lo aveva riconosciuto subito.

« Hanno sparato a Hazel. »

Paddy rimase senza parole. Hector lo sentiva respirare. Dopo un po' Paddy chiese: « Chi? Come? » La sua voce suonò come il sibilo di una sciabola quando viene sguainata.

« Quattro ore fa siamo caduti in un'imboscata. Hazel è gravissima. Ha un proiettile calibro 22 in testa. È sotto i ferri e non so ancora se se la caverà, ma almeno la bambina è salva. »

« È una donna forte, Hector. Sai quanto le sono affezionato. »

« Lo so, Paddy. » Erano guerrieri, non era da loro lamentarsi o piangersi addosso.

« Hai idea di chi possa essere stato? »

« Ne ho eliminati due. Erano somali. »

« Allora è di nuovo la Bestia! » esclamò Paddy. « Credevo che li avessimo fatti fuori tutti. »

« Lo credevo anch'io, ma evidentemente ci sbagliavamo. »

« Che cosa devo fare? » chiese Paddy.

« Trovameli, Paddy. Qualcuno della stirpe di Tippu Tip dev'essere sopravvissuto. Devi trovarmeli. »

La Cross Bow Security prosperava grazie alla convinzione di Hector che l'attacco fosse la miglior difesa e che le informazioni fossero l'arma più efficace. Quando Paddy gli era succeduto, aveva continuato l'opera in base allo stesso principio. Hector, come membro del consiglio di amministrazione della Bannock Oil, aveva ancora accesso ai bilanci della Cross Bow e sapeva quanto Paddy avesse investito nell'intelligence. Se prima era efficientissimo, adesso doveva esserlo ancora di più. Chiese: « Tariq Hakam è ancora con te? »

« È uno dei miei uomini più fidati. »

« Mandalo nel Puntland a cercare i superstiti della famiglia dell'*hajji* Mohammed Khan Tippu Tip. Nessuno conosce quella zona meglio di lui che c'è nato. »

« Dopo quello che abbiamo fatto nel Puntland, i pochi sopravvissuti si saranno sparpagliati per il Medio Oriente. »

« Dovunque siano finiti, me li devi trovare. Di' a Tariq di preparare un elenco di tutti i discendenti maschi di Tippu Tip al di sopra dei quindici anni. Li staneremo tutti, uno per uno. »

« Ho capito, Hector. Nel frattempo, farò il tifo per Hazel. Se c'è una che ce la può fare, è lei. Ci scommetto la testa. »

« Grazie, Paddy. » Hector chiuse la comunicazione e tornò nella sala d'attesa.

Un'ora si trascinò lenta come un'agonia, e poi ne passò quasi un'altra ancora più difficile, prima che un'infermiera venisse a chiamarlo. Aveva i capelli coperti da una cuffia di plastica, una mascherina al collo e portava i calzari da sala operatoria.

« Come sta mia moglie? » le chiese Hector scattando in piedi.

« Il dottor Irving le spiegherà tutto. Mi segua, per favore. »

L'infermiera lo accompagnò in un reparto riservato adiacente alla zona delle sale operatorie, in una delle stanze di risveglio postoperatorio. Aprì la porta, si spostò e lo fece entrare. Hector si ritrovò in una stanza dipinta di verde. In fondo c'era un letto e accanto un carrello con il monitor cardiaco che emetteva un *bip* quasi impercettibile. Sullo schermo elettronico si vedeva il tracciato luminoso dei battiti della paziente che lasciava una linea seghettata di un verde brillante, ma Hector già nei pochi secondi in cui si era soffermato sulla porta si era reso conto che il segnale non era regolare. Una serie rapida di battiti era seguita da una pausa marcata, poi da un battito quasi esitante, da un'altra pausa e poi da tre o quattro battiti rapidi.

Il dottor Irving era chino sulla paziente supina, e la stava visitando. Quando si accorse della presenza di Hector si fece di lato per permettergli di vedere Hazel.

La testa era fasciata in un turbante strettissimo di bende bianche che arrivava fin sotto il mento. Un lenzuolo le copriva le gambe. Aveva ancora indosso il camice da sala operatoria. Aveva diverse flebo nelle vene delle braccia e sul dorso delle mani, collegate alle sacche di liquido sospese sopra di lei, su una piantana.

Irving gli andò incontro.

«Come sta?» chiese Hector riuscendo a mantenere un tono di voce tranquillo. Il dottore ebbe un attimo di esitazione. Il monitor cardiaco fece due *bip* prima della risposta.

«Ho rimosso il proiettile, ma i tessuti molli hanno subito più danni di quello che avevamo previsto. Dalla TAC non era così evidente.»

Hector si avvicinò al letto e guardò la moglie. Il volto era bianco come il latte, gli occhi socchiusi, ma tra le lunghe ciglia ricurve si intravedeva solo il bianco. Nella narice sinistra entrava un tubicino collegato alla macchina dell'ossigeno. Il respiro era così leggero che per coglierlo Hector dovette piegarsi fin quasi a sfiorarla con il viso. Le posò un bacio sulle labbra, lieve come una farfalla. Poi si rialzò guardando il medico.

« Quante probabilità ha? » gli chiese. « Mi dica la verità. »

Irving ebbe un'altra esitazione, poi si strinse nelle spalle. « Cinquanta e cinquanta. Forse un po' meno. »

« E se si riprende recupererà tutte le sue funzioni cerebrali? »

Un'altra esitazione. « Improbabile. »

« La ringrazio per la sincerità. Posso stare qui con lei ad aspettare? »

« Certo. Quella sedia è per lei. » Gli indicò la sedia dall'altro lato del letto. « Ho fatto tutto il possibile, adesso devo lasciare sua moglie nelle mani del dottor Daly, l'internista. L'ha già visitata. La sua stanza è in corridoio. Basta che l'infermiera Palmer, qui presente, lo chiami e sarà qui in due secondi » disse, accennando alla donna che stava sistemando i rubinetti delle flebo di Hazel.

« Arrivederci, signor Cross. Dio protegga lei e sua moglie. »

« Arrivederci e grazie, dottor Irving. So che nessun altro avrebbe potuto fare di più per lei. E il suo onorario? »

« Non si preoccupi. La mia segretaria le manderà un numero di conto. »

Quando il dottor Irving se ne fu andato, Hector si rivolse all'infermiera.

« Sono il marito. »

« L'avevo capito. Si accomodi, signor Cross. L'attesa potrebbe essere lunga. » Hector avvicinò la sedia al letto e si sedette.

« Posso tenerle la mano? »

« Sì, ma stia attento a non toccare i tubi delle flebo. » Hector allungò una mano con circospezione e le prese tre dita. Erano gelide. Le studiò il viso. Le palpebre erano ancora semichiuse e gli occhi ruotati all'interno. Non riusciva a scorgere le pupille, ma solo una piccola parte dell'iride, che aveva quasi perso la solita lucentezza color zaffiro. Erano spenti, privi di vita.

Avvicinò ancora la sedia, in modo da trovarsi seduto sulla sua linea di visuale quando avesse aperto gli occhi. Sarebbe stato la prima cosa che avrebbe visto riprendendo conoscenza; evitò con cura anche solo di pensare a un « se ».

Ascoltava il *bip* irregolare del monitor cardiaco e ogni tanto lanciava una breve occhiata al movimento dei mantici della macchina dell'ossigeno. I soli altri suoni erano il rumore dei tacchi dell'infermiera sulle mattonelle e il fruscio del suo camice mentre si muoveva per la stanza. Hector diede un'occhiata all'orologio. Era un regalo di Hazel per il suo ultimo compleanno, un Rolex in platino con il quadrante azzurro a edizione limitata. Erano le due meno venti del mattino. Era sveglio dalla mattina del giorno prima. Il mento gli ciondolava sul petto e, senza lasciarle la mano, ogni tanto si assopiva, ma bastava una variazione nel ritmo del cuore di Hazel a farlo sobbalzare.

In quel momento sognava che stavano risalendo la collina nel ranch in Colorado. Mano nella mano, lui e Hazel seguivano il sentiero nella foresta che portava al mausoleo di Henry Bannock. Cayla li precedeva di corsa.

« Voglio andare da papà! » diceva ridendo, mentre si girava a guardare indietro. Era impressionante quanto la figlia somigliasse alla madre.

« Aspettami! » le gridava Hazel. « Vengo con te. » Il terrore gli strinse il cuore in una morsa e serrò ancora più forte la mano della moglie.

« No, resta con me. Non puoi lasciarmi. Non devi lasciarmi mai. » Sentì una mano sulle spalle e poi un'altra voce.

« Signor Cross, tutto bene? » Aprì gli occhi: era l'infermiera in piedi vicino a lui. Aveva un'espressione preoccupata. « Stava gridando nel sonno. » Ci vollero alcuni istanti prima che Hector fosse di nuovo padrone di sé e si rendesse conto di dov'era. Guardò il viso di Hazel. La posizione del capo non era cambiata, ma gli occhi erano aperti e per un istante scorse di nuovo lo splendore di un tempo.

« Hazel! » sussurrò ansioso. « Stringimi la mano! » Ma non ci fu alcuna reazione. Le dita erano prive di forza, fredde. Con la sinistra le accarezzò il viso. Gli occhi non si muovevano, fissi su un punto lontano.

« Sono Hector. Ti amo. Credevo di averti perduta. » La fissava negli occhi e gli sembrò di vedere le pupille restringersi; o forse era solo una sua vana speranza. Poi si mise in ascolto del battito sul monitor cardiaco. Era rapido e regolare.

« Riesce a vedermi. A sentirmi » disse a voce più alta.

« Si calmi, signor Cross. Non sia precipitoso. Il danno cerebrale... »

Non voleva ascoltare. « Le dico che mi vede e mi sente. » Allungò una mano a toccare la guancia fredda e pallida di Hazel e sentì tornare il coraggio e la determinazione.

« Signora Palmer » le disse con tono deciso, « scenda in maternità e dica all'infermiera di turno, Bonnie, di portare qui mia figlia. »

« Non possiamo, signore. Questo è un reparto... »

« Ha dei figli, signora Palmer? » la interruppe Hector.

Dopo un attimo di esitazione la donna cambiò voce e tono. « Uno di sei anni. »

« E allora può immaginare che cosa significherebbe morire senza nemmeno posare gli occhi su di lui? »

« Ci sono delle regole... » protestò lei debolmente.

« Me ne frego delle regole. Mia moglie potrebbe morire da un momento all'altro. Vada giù in maternità e le porti sua figlia. Adesso! » L'infermiera restò in forse ancora un momento, ma poi disse a bassa voce: « A quest'ora non ci sarà quasi nessuno in giro ». Si raddrizzò e andò alla porta, che chiuse silenziosamente uscendo in corridoio. Hector accostò le labbra all'orecchio di Hazel per sussurrarle: « Avevi ragione, cara. È una bambina. Si chiama Catherine Cayla, proprio come volevi tu ». La fissava negli occhi, in cerca di un segnale di vita. Era come guardare in due pozze senza fondo. « Adesso te la portano. Vedrai come è bella. I capelli saranno biondi come quelli di sua sorella. E pesa quasi tre chili. » Mentre parlava, le accarezzava dolcemente le guance, le faceva coraggio sussurrandole parole affettuose.

Il monitor segnalava un battito costante: il tracciato seghettato sullo schermo era regolare e uniforme.

Gli sembrò che fosse passato un secolo, ma poi la porta si aprì ed entrò l'infermiera Palmer, sorridendo. Subito dietro c'era Bonnie, che teneva tra le braccia un fagotto avvolto in una coperta azzurra. Hector balzò in piedi e le andò incontro. Senza una parola Bonnie gli porse il fagottino. Hector allungò le mani, un po' incerto, poi fece un passo indietro: « Come devo prenderla? Ho paura di farla cadere ».

« Allunghi le braccia » gli ordinò Bonnie. Hector obbedì e l'infermiera gli posò Catherine in braccio, come in una culla. Lo sguardo di Hector tradiva tutto il suo nervosismo, come se stesse maneggiando una bomba a orologeria: « Non l'ho mai fatto prima ».

« Guardi che non si rompe. I bambini non sono vasi di cristallo. La tenga come se fosse il suo innamorato... »

Hector cominciava lentamente a rilassarsi e a sorridere.

« Ha un buon profumo. » Il sorriso gli si era allargato. « È calda, e morbida. »

« Certo. Come tutti i bambini. »

Hector si girò verso il letto con la neonata in braccio. Si chinò verso Hazel, finché il viso di Catherine non fu all'altezza del suo.

« Guardala! Non è un piccolo miracolo? » mormorò.

Ma nulla si mosse sul viso di Hazel, la sua espressione non cambiò e gli occhi restarono inespressivi. Allora Hector le avvicinò ancora di più la bambina.

« Tua figlia vuole un bacio, signora Cross. » Le labbra della piccolina sfiorarono quelle della madre e subito cominciarono a muoversi come se volessero succhiare in una ricerca istintiva del seno. Poi mosse la testolina, sfregandosi contro la guancia della madre. Ma Hazel non cambiò espressione. Rimase insensibile e pallida come gesso.

Delusa, Catherine cominciò a piagnucolare. Molto presto la sua frustrazione divenne rabbia ed emise una serie di lamenti e di brontolii; i suoni più dolci per l'orecchio materno. Eppure Hazel continuava a rimanere inerte.

Abbattuto, Hector sollevò di nuovo la figlia. Aveva sperato in qualcosa, in un segnale che Hazel avesse riconosciuto la sua bambina.

Ma poi si verificò un piccolo miracolo. Dalle profondità azzurre dell'occhio sinistro di Hazel sgorgò una lacrima, grossa e luminosa come una perla.

« Piange. » La voce di Hector era flebile, quasi in soggezione. « Sa che cosa vede. Capisce. »

Bonnie gli si era avvicinata per riprendersi la bambina. « È ora di andare. Non posso restare ancora, sto già rischiando grosso. » Si diresse rapidamente alla porta e da lì gli rivolse un ultimo sguardo, sorridendogli.

« È stato un azzardo, ma sono contenta di averlo corso. »

« Anch'io. » La voce di Hector suonò dura. « Ho un debito con lei, signora Bonnie. Un grosso debito. » Poi, dopo che Bonnie e Catherine se ne furono andate, Hector guardò l'infermiera Palmer: « E devo molto anche a lei! »

Hector tornò a sedersi accanto al letto. Prese le dita di Hazel cercando di scaldarle. Le parlò piano ancora per un po', ma poi la stanchezza e lo stress ebbero di nuovo la meglio e il sonno calò su di lui come una nebbia scura.

Qualcosa lo svegliò. Non era sicuro di cosa fosse e si guardò intorno confuso. Poi, in rapida successione, registrò due cose: il *bip* della macchina era molto irregolare e il tracciato sullo schermo del monitor cardiaco danzava e saltava come impazzito. Preso dal panico, scattò in piedi e si chinò su di lei. Il petto di Hazel si sollevava e dalla bocca aperta proveniva un suono stridulo.

« Hazel... » Poi, con disperazione crescente: « Combatti, amore mio. Combatti quel bastardo ». Sapeva che l'angelo nero era giunto a portarla via. « Non lasciare che ti prenda! »

Sulla sedia in fondo alla stanza l'infermiera Palmer si era svegliata per le grida. Fu subito in piedi e corse accanto al letto. Osservò Hazel e disse: « Chiamo il medico di guardia » precipitandosi fuori dalla stanza. Hector non la seguì nemmeno con gli occhi. Scuoteva la mano di Hazel.

« Ascoltami! Resta con noi. Abbiamo bisogno di te. Catherine e io abbiamo bisogno di te. Non andartene! Non andare con lui » la supplicò.

Il pulsare irregolare del monitor cardiaco si abbassò, mentre i picchi del tracciato sullo schermo si facevano sempre meno frequenti.

« Combatti con tutte le forze. Non arrenderti » le disse Hector in lacrime. Aveva visto quella scena un sacco di volte sul campo di battaglia, ma non aveva mai pianto. « Pensa a noi. Tu non ti arrendi mai. Resisti. Hai un cuore da guerriera. »

Hazel vuotò i polmoni con un lungo sospiro, quasi un sussurro. Poi, smise di respirare. Il monitor emise un ultimo *bip* e tacque, il tracciato ridotto a una linea verde piatta alla base dello schermo.

Hector era chino su di lei e le sue lacrime le bagnavano il volto mentre l'afferrava per le spalle e la scuoteva. « Torna da me! Non puoi andartene! »

Alle sue spalle la porta si era aperta e il giovane medico di guardia gli si avvicinò e lo prese per un braccio, allontanandolo dal letto.

« Per favore, signor Cross. Si faccia da parte e mi lasci lavorare. » Il medico svolse rapidamente il suo compito. Le collocò lo stetoscopio sul petto, restò in ascolto qualche secondo e corrugò la fronte. Poi le sentì il polso e disse piano: « Mi dispiace, signor Cross ».

Passò delicatamente la mano sul viso di Hazel e chiuse quegli occhi azzurri ormai vuoti. Poi prese il lenzuolo e lo sollevò a coprirle il viso.

« No! » Hector lo bloccò afferrandogli il polso. « Non la copra. Voglio guardarla in viso per l'ultima volta. Ci lasci soli qualche istante. » Guardò anche l'infermiera, che si muoveva ai piedi del letto. « Anche lei, per favore. Qui non potete più fare nulla. » Tutti e due uscirono in silenzio dalla stanza.

Hector si inginocchiò accanto al letto. Era da tempo che non pregava, ma ora lo fece. Poi si rialzò, asciugandosi gli occhi.

« Questo non è un addio, Hazel. Dovunque tu sia andata, aspettami. Un giorno saremo di nuovo insieme. Aspettami, amore mio. » La baciò sulla bocca, su quelle labbra che cominciavano a diventare fredde. Le tirò il lenzuolo sul viso e si diresse alla porta.

Prima di uscire dall'ospedale, si fermò al reparto maternità e suonò il campanello dello stanzino del personale. Venne ad aprirgli un'infermiera che non conosceva.

« In cosa posso aiutarla, signor Cross? » Hector rimase un po' sorpreso: sapeva chi era. Non si era reso conto del trambusto che aveva creato nella sala d'aspetto. La voce si era diffusa, evidentemente.

« Cerco l'infermiera Bonnie. »

« Bonnie Hepworth? Ha finito il turno un'ora fa. »

« A che ora riprende? »

« Questa sera alle sei. »

« Grazie. Adesso posso vedere mia figlia? È nata la notte scorsa. »

« Lo so » rispose la donna dando un'occhiata all'elenco. « Catherine, sì. Sa dov'è il nido? L'aspetto là. »

Hector rimaneva schiacciato contro il vetro. « Sembra più umana di qualche ora fa. »

L'infermiera gli rivolse uno sguardo severo.

« Quando posso portarla a casa? » si affrettò ad aggiungere Hector. Aveva capito che non amavano sentire commenti negativi sui neonati.

« Be' » rispose dubbiosa l'infermiera, « la mamma... Oh! Mi scusi... » S'interruppe imbarazzata.

« Ma quando posso venire a prenderla? » insistette Hector.

« Probabilmente fra tre o quattro giorni, se tutto fila liscio, ma deve deciderlo il medico. »

« Tornerò a trovarla questa sera. »

Hector uscì nel parcheggio, diretto alla Range Rover. Fece un giro attorno all'auto per controllare i danni. Era sporca di fango ormai secco e il parafango anteriore era deformato. Salì, avviò il motore e fece ritorno a Brandon Hall.

Era sulla strada diretta a Winchester, che passava dal luogo dell'imboscata. C'erano i nastri della Scientifica, ma la Ferrari di Hazel era stata portata via ed erano rimasti solo tre poliziotti a prendere misure e a esaminare la scena in cerca di altre tracce.

Hector rallentò al blocco sulla strada ma uno degli agenti gli fece cenno di proseguire.

Venne ad aprirgli il maggiordomo. « È un sollievo vederla, signore. Eravamo molto preoccupati quando lei e la signora non siete rientrati a casa, ieri sera. La signora non è con lei? » disse guardando alle sue spalle. Hector ignorò la domanda.

« Per favore, di' a Mary di portarmi un bricco di caffè in camera. Questo pomeriggio alle due voglio tutto il personale riunito nel salotto verde. »

Hector salì di sopra e si fece la doccia. Stava per radersi quando decise di lasciar perdere, come segno di lutto per Hazel. Quando arrivò nello spogliatoio, in vestaglia, Mary portò il vassoio con il caffè.

« Lei e la signora avete fatto colazione? »

« Lascia perdere la colazione. Il signor Reynolds ti ha informata della riunione del personale? »

« Sì, signore. »

Hector indossò calzoni di velluto e scarpe sportive e raggiunse lo studio in fondo al corridoio. Si sedette alla scrivania e afferrò il telefono. Paddy rispose al quarto squillo.

« Paddy, ho una notizia terribile. Hazel non ce l'ha fatta. È morta questa mattina alle cinque. » Dall'altro capo, il silenzio si amplificò, mentre Paddy accusava il colpo.

« Mi dispiace tanto, Heck » disse infine con asprezza. « Prenderemo quei figli di puttana che l'hanno uccisa, te lo giuro. Quando è il funerale? Io e Nastja vorremmo esserci. »

Nastja era la moglie russa di Paddy, una splendida bionda addestrata nei servizi segreti che aveva fatto la controfigura di Hazel nell'Operazione cavallo di Troia, con cui avevano cancellato dalla faccia della terra la roccaforte dei pirati in Somalia.

« Sarà una cremazione privata. Niente clamore, come voleva lei. Però se ce la fate, sono sicuro che Hazel, fra tutti, avrebbe voluto voi due. Dove siete, adesso? »

« Abu Zara. La Emirates ha un volo diretto per Heathrow. Prenderemo quello » rispose Paddy.

« Vi aspetto! Per la cremazione ci vorrà un po'. La polizia richiederà un'autopsia, ma venite comunque. Dobbiamo parlare. Ideare un piano. »

« E la bambina, Heck? Sta bene, allora? »

« Sì. Si chiama Catherine » disse in fretta. « È bellissima. »

« Allora ha preso da Hazel. Non certo da te. » Hector gracchiò una specie di risata. « Dovremo nasconderla, Heck » continuò Paddy. « Se la Bestia scopre la bambina sarete di nuovo nel loro mirino, tutti e due. »

« È proprio questo che mi angoscia, Paddy. Non era me che volevano. Il bersaglio era Hazel. »

« Spiegami tutto » lo incoraggiò Paddy.

« Potevano prendermi con facilità, ma non lo hanno fatto. Mi hanno tagliato fuori dall'azione deliberatamente. Hanno rovesciato un carico di mattoni in mezzo alla strada per impedirmi di raggiungere Hazel. » Restarono entrambi in silenzio, a riflettere su questo elemento.

« Non so cosa dire » ammise Paddy alla fine. « Non è logico. Forse qualcuno ha deciso di tenerti fuori. Non capisco. Ci diventerà più chiaro man mano che ci lavoreremo. Ma non possiamo correre dei rischi con la piccola Catherine. Dobbiamo nasconderla in un posto sicuro. »

« Va bene, Paddy. Prima di partire da Abu Zara devi prepararmi una casa per Catherine, lì. Cerca di prendere l'ultimo piano di uno di quei nuovi grattacieli che l'emiro sta costruendo sul lungomare; qualcosa di facilmente difendibile. »

« Parlerò direttamente con il principe Mohammed, non c'è problema. » Il principe era il cognato dell'emiro e controllava non solo il tesoro, l'esercito e la polizia, ma anche il programma edilizio del paese. Ed era debitore alla Bannock Oil, la compagnia che aveva scoperto il giacimento che aveva reso il suo paese uno dei più prosperi del mondo.

« Bravo! Mandami un'email con i dettagli del tuo volo, Paddy. Verrò a prenderti. » Riattaccò e schiacciò il pulsante dell'interfono. Nell'ufficio in fondo al lungo corridoio Agatha, la segretaria di Hazel, rispose subito.

« Agatha, per favore, venga nel mio ufficio. »

« Sua moglie è con lei, signor Cross? Ho delle lettere da farle firmare. »

« Venga nel mio ufficio e le spiegherò tutto. »

Quando Agatha bussò, Hector premette un pulsante sotto la scrivania e la porta si aprì con uno scatto. Agatha entrò. Indossava un sobrio tailleur grigio e i capelli grigi erano pettinati con cura. Lavorava per Hazel fin dai tempi del matrimonio con Henry Bannock.

« Si sieda, prego. » Agatha si sedette sulla sedia di fronte a lui, sistemandosi la gonna sulle ginocchia.

« Ho brutte notizie, Agatha. » La donna balzò dalla sedia, con una smorfia di terrore.

« Non si tratta della signora Cross, vero? Qualcosa di brutto... »

« Si sieda, Agatha. So che lei è una donna forte... » Hector si interruppe e prese fiato: « Mia moglie è morta ».

Agatha scoppiò in lacrime. « Com'è accaduto? Stava così bene. Non riesco a crederci... »

« È stata assassinata. »

A quelle parole Agatha scattò in piedi. « Mi scusi, ma mi sento male... Posso usare il suo bagno? »

« Si prenda il tempo necessario. » Dopo un po', finalmente, si sentì scorrere l'acqua e Agatha uscì dal bagno. Gli occhi erano rossi, ma non aveva un solo capello fuori posto. Si sedette e lo guardò.

« Ha pianto anche lei » disse. Hector annuì. « L'ammiro ancora di più per questo » continuò Agatha. « E il nostro bambino? »

« È una bambina » rispose Hector.

Agatha sorrise, triste. « Sì. Io e Hazel lo sapevamo. Sta bene? »

« Benissimo. Ma dobbiamo fare la massima attenzione affinché la notizia non diventi di dominio pubblico. Se questo accade sarà in pericolo mortale. Avrò bisogno del suo aiuto. »

« Conti su di me. »

« Partiamo con la prima cosa da fare. Deve trovarmi un'agenzia di pompe funebri a Winchester. Non appena la polizia avrà svolto le indagini e ci avrà restituito il corpo, voglio che Hazel venga cremata.»

«C'è altro?»

«Nella cassaforte di mia moglie c'è una grossa busta marrone con dei sigilli di ceralacca. Può portarmela, per cortesia?»

«Sì. So di che busta sta parlando.» Agatha si alzò, guardandolo dritto negli occhi. «Dobbiamo farci coraggio, tutti e due. Lei avrebbe voluto così.»

Uscì dalla stanza, per ritornare qualche minuto più tardi con la busta marrone, che appoggiò sulla scrivania di Hector.

«Grazie, Agatha. Un'ultima cosa. Dobbiamo informare di quello che è successo a mia moglie tutti quelli che la conoscevano. Per favore, mi prepari una lista dei nomi, cercandoli nell'agenda di Hazel. Scriverò un messaggio da mandare a tutti.»

Hector aspettò che Agatha uscisse dalla stanza, poi guardò la busta. Era indirizzata a lui, nella calligrafia di Hazel. La girò per accertarsi che i sigilli fossero intatti. Sul retro, in stampatello, Hazel aveva scritto: DA APRIRE NEL CASO DELLA MIA MORTE. Poi l'aprì con il pugnale arabo che usava come tagliacarte. Estrasse un fascio di documenti. In cima era fissata una lettera, con una graffetta. Hector riconobbe ancora la scrittura di sua moglie e nel leggere il saluto provò una fitta al cuore.

*Hector, amore mio,*

*spero che non leggerai mai questa mia, perché se lo farai significherà che l'impensabile è accaduto e che io e te saremo separati per sempre...*

Poi il tono si faceva più professionale. Hazel gli spiegava in dettaglio la vastità e la destinazione del suo patrimonio.

*... La maggior parte del patrimonio a mia disposizione in realtà appartiene all'Henry Bannock Family Trust. Questo Fondo include il ranch di Houston come anche quello in Colorado, gli appartamenti di Washington e di San Francisco, la casa di Belgravia e Brandon Hall nello Hampshire. Tutte queste proprietà torneranno al Fondo al momento della mia morte...*

Hector borbottò. Niente di tutto ciò lo sorprendeva. Non avrebbe mai voluto continuare a vivere in una di quelle case sfarzose. Non con il fantasma di Hazel che gli camminava a fianco nelle stanze vuote.

*Tutto quello che possiedo a mio nome è l'isola delle Seychelles e il 2,5 per cento del capitale versato della società.*

*Se noi due avremo dei figli il Fondo provvederà a loro con generosità. Henry era davvero un sant'uomo. Sapeva che quasi sicuramente sarebbe venuto a mancare lui per primo, e che io probabilmente mi sarei risposata. E non voleva che fossi punita per questo, insieme ai miei figli non ancora nati. Sono certa che avrà lasciato disposizioni in merito, che fosse lui il padre o meno.*

*Non ti piacerà granché avere a che fare con i consiglieri del Fondo, e comunque dovrai farlo per conto dei nostri figli. Voglio descriverti questi gentiluomini con le tue stesse parole: un branco di avvocati bacchettoni con delle grandi facce di culo.*

*Sii gentile con loro, amore mio, anche se ti faranno impazzire. Henry ha imposto loro il voto del silenzio. Non pos-*

*sono dirti niente riguardo al Fondo, e non lo faranno. Non ti diranno i nomi degli altri beneficiari e nemmeno i beni che il Fondo possiede. Di proposito, Henry ha scelto le isole Cayman come base, proprio perché questo stato applica il segreto bancario. Non li smuoverebbe nemmeno un ordine della Corte Suprema degli Stati Uniti.*

*Tuttavia puoi stare certo che i nostri figli avranno tutto il necessario, e anche molto del superfluo, senza che i consiglieri battano ciglio. Henry è sempre stato molto generoso. Una delle clausole che ha stabilito è che ogni dollaro guadagnato da un beneficiario venga integrato con tre dollari dal Fondo. Così la volta che Cayla ha guadagnato 100 dollari facendo la baby-sitter per i vicini di casa, il Fondo gliene ha pagati altri 300. Quando io ho ricevuto dalla Bannock Oil qualche milione di dollari in emolumenti come dirigente... Be', devo aggiungere altro?*

*L'amministratore fiduciario dell'Henry Bannock Family Trust è Ronald Bunter di Bunter & Theobald, uno studio legale di Austin. Agatha ti fornirà il suo indirizzo e i numeri di telefono.*

*Ho altro da dirti? Ah, sì! Oltre a quanto ti ho elencato, ho qualche rublo e sheqel e un po' di altra valuta sparsi in diverse banche d'investimento e istituti finanziari in giro per il mondo. Non so con esattezza quanto ci sia, ma all'ultimo conteggio risultavano all'incirca cinque o seicento milioni di dollari. Allegato alla lettera c'è un elenco delle banche, insieme ai nomi dei funzionari che gestiscono i miei conti e le relative password per accedere. Sono tutti conti numerati, così potrai accedere subito senza doverti districare fra mille difficoltà. Non dovrai neppure pagarci le tasse, a meno che tu non lo voglia. Ma se ti conosco bene, ti ostinerai a farlo.*

*Com'è il Vangelo secondo san Hector?*

*« Paga tutte le tasse che devi. Non un centesimo in più e non un centesimo in meno. È l'unico modo per dormire in pace la notte. »*

*Hai sempre saputo come farmi ridere.*

*Il G5 appartiene alla Bannock Oil, e il Boeing Business Jet è del Fondo. Ma come membro del consiglio di amministrazione della Bannock Oil avrai sempre a disposizione uno degli altri jet della compagnia. Scherzavo, lo so che preferisci i voli di linea, tirchio che non sei altro. Tutte le auto e i cavalli da corsa sono miei. Perciò guida con prudenza e scommetti con saggezza. I quadri purtroppo appartengono al Fondo; tutti quei meravigliosi Gauguin e Monet (sigh!). Vestiti, scarpe, borse, pellicce e gioielli sono miei; come anche le altre cianfrusaglie che trovi in giro. Con questo è tutto.*

*Lascio tutto a te nel mio testamento, al quale la presente è allegata.*

*Addio, Hector, amore mio. Non mi andava proprio di lasciarti; stavo troppo bene con te.*

*Ti amerò per sempre.*

*Hazel*

*Un ultimo pensiero, amore mio dolcissimo. Non struggerti troppo a lungo per la mia dipartita. Ricordami con gioia, ma trovati un'altra compagna. Un uomo come te non è fatto per vivere come un frate. Accertati però che sia una donna in gamba, altrimenti verrò a tormentarla.*

Hector abbandonò la scrivania di scatto e attraversando la portafinestra corse sul balcone. Si sporse sul parapetto per guardare giù, verso il fiume sotto di lui, ma le lacrime che aveva negli occhi gli offuscavano la splendida vista.

*Non me n'è mai importato niente di tutto questo. È troppo. Il 2,5 per cento del capitale versato della Bannock Oil? Mio Dio! È una quantità di denaro oscena. Il mio solo interesse eri tu!*

Nello studio alle sue spalle trillò l'interfono. Hector tornò alla scrivania e prese il ricevitore. « Sì, Agatha? »

« La lista che mi ha chiesto è pronta, signor Cross. »

« Grazie. Me la porti, per favore. »

L'elenco che Agatha aveva preparato comprendeva oltre cinquecento nomi: tutti gli amici di Hazel e i partner d'affari. Con una biro, Hector lo sfrondò riducendolo all'osso. Poi ne cerchiò diversi.

« Questi vanno informati subito. Devono saperlo prima di tutti gli altri e prima che scoppi la tempesta mediatica. Gli altri li può informare domani. » Fra i messaggi urgenti c'erano quelli per John Nelson in Sudafrica, il fratello della madre di Hazel, Grace Nelson, e John Bigelow a Houston, l'ex senatore vicepresidente della Bannock Oil, il vice di Hazel che ricopriva le cariche di presidente e amministratore delegato. Un altro nome che aveva cerchiato era quello di Ronald Bunter, dello studio legale Bunter & Theobald di Austin.

Hector girò foglio nel suo blocco degli appunti e scrisse su una pagina pulita:

> È con grande dolore che vi annuncio la morte della mia adorata moglie Hazel Bannock-Cross in tragiche circostanze. Comunicazioni relative alla funzione religiosa seguiranno a breve.
>
> Hector Cross

Agatha prese la lista corretta e la bozza del messaggio.

« Sono quasi le due » gli ricordò. « Il resto del personale la sta aspettando nel salotto verde, signore. »

Tutto il personale di Brandon Hall era riunito nel salotto verde: dal maggiordomo ai guardacaccia e i guardapesca, dalla governante alle cameriere. Gli uomini erano in piedi lungo la parete, mentre le donne, in imbarazzo, erano timidamente sedute sui divani e sulle poltrone.

Hector voleva assolutamente sistemare la cosa. Erano tutte brave persone, ottimi lavoratori. E lui non intendeva gettarli in un mercato del lavoro al collasso a causa della recessione economica. Si fece coraggio e raccontò loro di Hazel. La notizia, accolta da esclamazioni di incredulità, fu uno shock che lasciò tutti senza fiato. Alcune delle donne scoppiarono in lacrime.

« Probabilmente Brandon Hall verrà messa in vendita. Farò il possibile perché siate assunti dal nuovo proprietario. Qualsiasi cosa accada, riceverete comunque una buonuscita pari a due anni di stipendio. » Poi passò a ringraziarli per lo zelo e il grande impegno e li invitò tutti a porgere l'ultimo saluto a Hazel alla cerimonia funebre al crematorio. Infine li avvertì: « Verranno sciami di reporter come mosche, e cercheranno di estorcervi qualcosa sulla nostra vita privata e sulla morte di mia moglie. Vi prego di non parlare con loro. Se vi offrono del denaro ditemelo, vi pagherò il doppio per il vostro silenzio. Grazie ».

Quando cominciarono a uscire dalla sala, Hector chiese alle due bambinaie assunte da Hazel di fermarsi.

« La fine del rapporto di lavoro non vi riguarda, signore.

Prima di morire mia moglie ha dato alla luce una bambina. Avrò bisogno di entrambe per crescerla.»

Le due si rincuorarono all'istante.

«Una bambina! Che meraviglia. Come si chiama, signore?»

«Catherine. Ma mi raccomando di non parlarne con nessuno. Adesso voglio dare un'occhiata alla nursery per vedere se tutto è in ordine per quando la bambina uscirà dall'ospedale.» La nursery era in fondo al corridoio, dove si trovava la suite padronale. Era in tutto e per tutto una creazione di Hazel. Hector si era volutamente tenuto fuori dalla progettazione e dalla realizzazione. Era costituita da cinque stanze, comprese le due camere da letto per le bambinaie. La tonalità prevalente era rosa confetto. Quando entrò nella stanza della bambina, Hector pensò di essere finito in una reggia. Al centro della stanza troneggiava una grande culla, bianco e oro, coperta da un baldacchino rosa. Alle pareti c'era una fila di scaffali sui quali erano schierati peluche di ogni tipo, un vero e proprio serraglio di conigli, giraffe, zebre, leoni e tigri. Un'esposizione da far impallidire quella di Hamleys nel periodo di Natale.

Le due bambinaie erano giovani e rispettose. Durante la visita alla nursery Hector mantenne invece un atteggiamento serio e silenzioso. Alla fine commentò: «Bene, direi che avete tutto il necessario». E poi aggiunse fra sé: Tranne una mano più matura ed esperta al timone. Le ringraziò e corse a rifugiarsi nel proprio studio.

Sprofondato nella poltrona girevole, vide sullo schermo del computer che John Nelson, lo zio di Hazel, aveva già risposto alla sua email. L'aprì. Non c'erano le formule di cortesia e il testo era crudo e amaro.

« Sei direttamente responsabile della morte delle tre persone che ho amato di più: mia sorella Grace, Cayla Bannock, la figlia di Hazel, e adesso anche Hazel.

« Hai addosso l'odore della morte, Hector Cross. Sei ripugnante come una iena nera. Ti maledirò fino alla tomba, e verrò a sputarci sopra quando finalmente ci finirai. »

Hector si appoggiò allo schienale della poltrona. *Povero John, sei davvero distrutto. Ti capisco. Lo sono anch'io*. Cancellò il messaggio, ma gli ci volle un po' per riprendersi.

Tieniti occupato! si disse facendosi coraggio. Non star lì a rimuginare. Muoviti. Continua a lottare. Ruotò la poltrona e prese il telefono. Aveva memorizzato il numero di cellulare che gli aveva dato il sergente Evans. Lo compose ed Evans rispose quasi subito: « Mi fa piacere che mi abbia chiamato, signor Cross. E mi dispiace per sua moglie. I due colpevoli dell'aggressione erano morti quando i miei colleghi sono arrivati sulla scena. A questo stadio delle indagini pensiamo che siano rimasti uccisi nello scontro con il suo veicolo. L'inchiesta è stata affidata all'ispettore Harlow, del comando di polizia di Winchester, che è ansioso di ascoltare la sua deposizione. Lo chiami al 101 e fissi un appuntamento, per favore ». Hector riappese e fece il 101, che lo mise in contatto con il centralino e da lì, risalendo tutta la catena di comando, raggiunse infine l'ispettore Harlow. Si accordarono per incontrarsi quella sera stessa al comando di polizia. Riappese, controllò l'ora e telefonò al garage. « Portami la Bentley davanti all'ingresso » ordinò all'autista. « Subito. Vado in città. »

« Devo guidare io, signore? » chiese l'autista in tono affranto. Era chiaro che si sentiva messo da parte.

« Non oggi, Robert. Comunque puoi portare la Range Rover dal carrozziere per far riparare il danno. » Poi lasciò lo studio afferrando al volo il soprabito dall'appendiabiti. Se lo buttò sulle spalle mentre scendeva le scale due scalini alla volta. Arrivato nell'atrio ansimava.

Sei senza fiato come un vecchio, si disse. Dovrai rimetterti in forma, se vuoi uscire da questa situazione di merda. Il maggiordomo l'aveva sentito arrivare e gli teneva aperto il portone.

« Torna per cena, signore? »

« Porgi le mie scuse allo chef. Mangerò fuori. » Si sentiva già oppresso da quella enorme dimora e da tutte quelle stanze vuote. Avrebbe cenato da qualche parte, in un pub. Forse sarebbe capitato al tavolo con dei guardacaccia o guardapesca con i quali chiacchierare, e scrollarsi di dosso per qualche ora le nubi nere della sua pena. L'autista gli aveva già preparato la Bentley.

Andò prima all'ospedale, dove passò una buona mezz'ora nell'ufficio dello stato civile per svolgere tutte le procedure relative al certificato di morte di Hazel e a quello di nascita di Catherine, compreso il rilascio del suo passaporto. Avrebbe avuto bisogno di questo documento, se voleva essere preso in considerazione dai consiglieri dell'Henry Bannock Family Trust.

Dall'ufficio anagrafe tornò al reparto maternità, dove ormai le infermiere lo conoscevano bene a causa della tragedia di Hazel.

« Non è ora di visite » lo apostrofò una di loro, ma poi il suo tono si addolcì. « Ma per lei faremo un'eccezione, signor Cross. »

Lo condusse oltre una porta su cui spiccava la scritta VIETATO ENTRARE. PRIVATO, poi gli fece indossare una mascherina sterile e lo introdusse nel nido vero e proprio. Solo tre delle culle erano occupate. Da quella di mezzo l'infermiera sollevò un fagottino avvolto in una coperta e glielo mise fra le braccia.

« Dieci minuti, non uno di più. Poi la caccio via » lo ammonì.

La conversazione con Catherine era ovviamente a senso unico. A ogni suo tentativo, la piccolina rispondeva gorgogliando e addormentandosi. Hector la cullò, osservandole il visetto mentre dormiva. Quando l'infermiera ritornò, gliela consegnò con riluttanza.

Alle sei meno dieci uscì nel parcheggio, dove aspettò l'arrivo di Bonnie Hepworth. L'infermiera sopraggiunse in una vecchia Mini Cooper verde inglese e con le strisce da Formula Uno. Appena ebbe parcheggiato, Hector le aprì la portiera. La donna si spaventò ma poi lo riconobbe.

« Posso parlarle un istante? »

« Certo, signor Cross » disse.

« Lei ha dei figli? » le chiese Hector serio.

Bonnie prese fiato e rispose: « No, purtroppo non ne ho ».

« Forse ho la soluzione. Vorrei offrirle un lavoro. »

« Ce l'ho già, un lavoro » rispose lei istintivamente, per poi fare subito marcia indietro. « Che lavoro? »

« Prima bambinaia di mia figlia Catherine. So che ha molta esperienza e che è molto brava con i neonati. Avrà altre due bambinaie più giovani alle sue dipendenze. »

« Ma come le ho detto, io ho già un lavoro... » ripeté la donna agitata.

« Quanto guadagna? » insistette Hector.

« Quarantamila all'anno. »

« Gliene offro tre volte tanto. » La donna deglutì. « Potrà restare con noi fintanto che lo vorrà. Le chiedo solo di non farne parola con nessuno. Ci pensi, Bonnie. Può comunicarmi la sua decisione domani quando verrò a trovare Catherine. » Si voltò e si avviò verso la Bentley argentata parcheggiata in fondo alla fila. Bonnie guardò la splendida vettura e vide un nuovo mondo che le si apriva davanti.

« Signor Cross? » lo richiamò. « Ci ho pensato. »

Hector si fermò.

« E allora? »

« Affare fatto. »

Hector si voltò verso di lei.

« È meglio che mi dia il suo numero di cellulare. »

« Glielo scrivo. »

« No, me lo dica. Me lo ricorderò. » La donna recitò il numero.

« La chiamo per definire i particolari. Nel frattempo è meglio che dia il preavviso al Servizio sanitario nazionale. Benvenuta a bordo, infermiera Bonnie » aggiunse con una rapida e decisa stretta di mano. Poi tornò alla Bentley e raggiunse il comando di polizia.

L'ispettore Harlow era un uomo sulla quarantina, sovrappeso e con una calvizie incipiente. Dietro la montatura d'acciaio degli occhiali gli occhi apparivano di un marrone sbiadito, saggi e disincantati. Si alzò dalla scrivania e andò incontro a Hector per stringergli la mano.

« Le mie più sentite condoglianze, signore. Si accomodi, prego. Posso offrirle una tazza di tè o di caffè? »

« Caffè. Nero, senza zucchero. »

« È pronto? » gli chiese poi Harlow.

Hector posò la tazza dopo avere sorseggiato il caffè e riferì una sommaria ricostruzione degli avvenimenti conclusisi con l'aggressione omicida a Hazel, fino all'incontro fortuito con il sergente Evans sull'auto della polizia.

Hector si mostrò vago anche sulla descrizione del conducente del furgone francese che aveva scaricato i mattoni sulla strada per bloccarlo. Su insistenza di Harlow però dichiarò: « Indossava una maschera di gomma e l'ho visto solo per un secondo mentre mi sorpassava ».

« Non saprebbe dire nemmeno se era bianco o nero? »

« Il braccio era scuro, ma l'ho visto solo di sfuggita. » Ma dentro di sé aggiunse: Se ci sarà qualcuno che interrogherà quel bastardo saremo io e Paddy O'Quinn. Non ci sarà nessun giusto processo e nessuno gli leggerà i suoi diritti quando lo faremo a pezzi. « Il sergente Evans mi ha detto che i due colpevoli erano morti quando li avete trovati. È vero? » chiese poi.

« Esatto, signor Cross » confermò Harlow.

« Sono stati identificati? »

« Sì, grazie alle impronte digitali. Erano entrambi già schedati. » Aprì un cassetto della scrivania ed estrasse un fascicolo. Passò a Hector il primo foglio, che era la stampa di una foto segnaletica. Hector lo riconobbe subito.

« È lui! Il conducente della moto. »

Harlow abbassò gli occhi sulle carte che aveva in mano mettendosi a leggere ad alta voce. « Si chiamava Victor Emmanuel Dadu. Ventiquattro anni. Cittadino britannico, nato a Birmingham. Entrambi i genitori emigrati dal Kenia nel 1981. Senza fissa dimora. Tre precedenti penali. Ha scontato 6 mesi nel 2004 nel riformatorio di Feltham per furto d'auto; 3 mesi nel 2009 per rapina aggravata; 3 mesi nel 2011 per atti di violenza perché coinvolto nei disordini dell'estate del 2011. A parte ciò, un amore di ragazzo. » Girò l'altro foglio e lo passò a Hector. « Si chiamava Ayan Brightboy Daimar. Ventitré anni. Nato in Somalia, a Mogadiscio. Immigrato clandestino. Ha scontato un anno nel 2007 per furto con scasso. Ha chiesto asilo e ha ottenuto lo status di rifugiato politico nel 2010.»

Hector annuì distratto, compiaciuto che la sua prima intuizione avesse trovato conferma.

La Somalia. Un ulteriore indizio che punta al clan di Tippu Tip. Il quadro comincia a delinearsi con chiarezza, pensò mentre guardava Harlow.

«Posso fare altro per aiutarla?» gli chiese.

«Grazie del tempo che ci ha dedicato, signor Cross. Ma avrò ancora bisogno di parlare con lei per chiarire diverse cose. Se riusciremo a catturare il conducente del furgone francese dovrà testimoniare al processo. E ancora le più sentite condoglianze per la morte di sua moglie. Stia sicuro che non lasceremo nulla di intentato.»

Mentre tornava a Brandon Hall Hector si fermò a Smallbridge, al Flag and Bear Inn. Riuscì a mangiare metà di una porzione di pasticcio di carne piuttosto unto e bevve meno di metà di una pinta di birra alla spina calda, prima di sentirsi infastidito dagli sguardi audaci e dalle risatine ammiccanti di due donne sedute al bancone, giovani e pesantemente truccate. Tornato a casa, prese un paio di pillole di sonnifero e si accasciò nell'enorme letto matrimoniale.

Si svegliò all'alba, oppresso dal peso di quella terribile ingiustizia. Restò immobile ad ascoltare il suo respiro. Il silenzio era totale. Senza aprire gli occhi allungò la mano verso il lato di lei, ma le lenzuola erano fredde. Aprì gli occhi, girò la testa e vide che se n'era andata davvero. Allora il dolore si ridestò, come un cancro dalle radici profonde, inesorabile e impossibile da sopportare.

Doveva trovare qualcosa da fare per tenere a bada la collera. Con un balzo fu fuori dal letto e andò in bagno. Si fece una doccia e scese nello studio. Accese il computer. Anche se sapeva che era presto, sperava che Paddy avesse già qualcosa per lui. All'apertura del programma di posta si accorse che la casella era strapiena. Fece scorrere rapidamente le prime email e vide che erano tutti messaggi di condoglianze. Capì subito quello che era accaduto.

« La storia è finita in pasto ai cani rabbiosi della stampa. Come hanno fatto a scoprirlo così presto? »

Pur sapendo che se ne sarebbe pentito, aprì la home page del *Sun*, uno dei famigerati fogliacci di Rupert Murdoch. C'era una foto di Hazel impellicciata e ingioiellata che scendeva dalla Rolls; Hector era in secondo piano, sullo sfondo. Sopra, il titolo fu un pugno in faccia: « Miliardaria assassinata su una strada di campagna. Uccide due degli aggressori prima di morire ».

L'articolo era pieno di errori e imprecisioni. La sola notizia esatta era che Hazel era morta. Non si parlava della nascita di Catherine.

*Accontentati di questo piccolo favore*. Guardò tutti gli altri siti. La notizia era su tutti i giornali più importanti. L'articolo del *Times* era dignitoso e discreto, quelli del *Mail* e del *Telegraph* un po' meno, ma nessuno parlava della nascita di Catherine. Tirò un grande respiro di sollievo.

*Devo tirarla fuori alla svelta da quel dannato ospedale. Probabilmente i giornalisti lo tengono sotto controllo*. Il sangue ricominciò a circolargli nelle vene: era pronto ad affrontare la giornata. Non c'era nulla da parte di Paddy, ma era davvero troppo presto per aspettarsi qualcosa.

C'era invece una lunga email di John Bigelow. A nome di tutti gli altri dirigenti della Bannock Oil esprimeva tutto lo shock e l'orrore per l'assassinio di Hazel. Gli diceva di aver già predisposto una cerimonia a Houston, e continuava: « Vorrei il suo permesso per organizzare una cerimonia di suffragio anche a Londra, dove Hazel ha tanti amici e soci in affari. Ho chiesto all'ambasciatore americano alla St James' Court, che è un mio vecchio amico, di ricorrere alla sua influenza per riservare la chiesa di St Martin in the Fields, a Trafalgar Square. Ho suggerito di aspettare almeno due settimane per permettere a quanti lo desiderano di essere presenti e quindi, visto che non saranno pochi, di organizzare il viaggio.

« Spero vivamente che lei non abbia alcuna intenzione di dimettersi dal consiglio di amministrazione della Bannock Oil a causa di questo tragico evento. Lei è molto stimato da tutti i colleghi della dirigenza e il suo contributo è prezioso ».

*Non ti sbarazzerai facilmente di me, Biggles. Ho bisogno di te almeno quanto tu dici di aver bisogno di me. La Bannock mi darà tutto il suo peso e tutto il necessario per consentirmi di eliminare i bastardi che hanno fatto questo a Hazel.*

Rispose a John « Biggles » Bigelow che lo ringraziava, accettava la sua offerta e gli assicurava che sarebbe rimasto nel consiglio di amministrazione della Bannock Oil. Gli disse che voleva onorare la memoria di Hazel continuando il lavoro al quale lei aveva dedicato buona parte della sua vita.

Evase rapidamente la colonna di email cancellandone la maggior parte. Poi una di queste catturò la sua attenzione. L'aprì. Il mittente era Ronald Bunter, l'amministratore fiduciario dell'Henry Bannock Family Trust.

Caro signor Cross,

la sua email mi ha rattristato profondamente. Voglia accettare le mie condoglianze per la scomparsa di sua moglie, la signora Hazel Bannock-Cross. Era una donna incantevole, di grande presenza e statura morale, unite a una grande intelligenza. La consideravo degna del mio più profondo rispetto e della mia ammirazione.

Per un caso fortuito, in questo preciso momento mi trovo a Londra per affari. Alloggerò fino a sabato all'Hotel Ritz a Piccadilly. Il numero del centralino è 0207 493 8181 e la suite è la 1101.

Lei è l'esecutore delle ultime volontà e del testamento di sua moglie, pertanto credo sia molto importante che ci incontriamo il prima possibile. Mi telefoni per fissare un appuntamento. Grazie.

Distinti saluti,

Ronald Bunter

Hector fece subito il numero. L'operatore del centralino trasferì la chiamata alla suite 1101. Rispose una voce femminile: « Buongiorno. Sono Jo Stanley, assistente del signor Ronald Bunter. Posso esserle utile? » L'accento era della costa est americana, il tono deciso e controllato.

« Potrei parlare col signor Bunter? »

« Chi devo dire? »

« Hector Cross. »

« Oh, santi numi. Il signor Bunter aspettava la sua chiamata. Prego, resti in linea. »

Lo aveva fatto sorridere quell'espressione un po' antiquata, santi numi! La sola persona dalla quale l'aveva sentita era sua madre.

In un minuto, Bunter fu al telefono. Un tono sottile e pedante; una voce ipocrita, da vecchia zitella.

« Signor Cross, è stato gentile da parte sua chiamare. »

« Signor Bunter, mi dica quando e dove possiamo incontrarci. »

« Sarò libero nel pomeriggio, alle sei. So che lei abita fuori città. Ma sfortunatamente sono impossibilitato a spostarmi... »

« Posso venire io da lei, al Ritz? »

« Sì, sarebbe più pratico. »

Hector lavorò tutto il resto della mattinata, a fare telefonate e a riceverne, e a ripulire la scrivania da tutte le scartoffie. Qualche minuto dopo l'una scese nella stanza degli attrezzi da pesca e si infilò gli stivaloni, prese la canna da mosca e uscì diretto al fiume. C'era un bel pesce vicino al pelo dell'acqua, sotto i rami penzolanti del salice, ma si trovava in una posizione difficile da raggiungere dalla riva dove si era sistemato. Hector legò una Daddy Longlegs e al terzo tentativo descrisse un lancio perfetto proprio sopra la buca della trota. Quella uscì dall'acqua con un guizzo scintillante argento e cremisi, e inghiottì l'amo. Per un quarto d'ora Hector non pensò a nulla se non al pesce che nuotava nello stagno. Quando finalmente lo ebbe tratto a riva vi si inginocchiò accanto per un momento, per ammirarne la sagoma elegante e la lucentezza, poi, con una botta netta del maglio, gli diede il colpo di grazia. Il cuoco glielo cucinò alla griglia con contorno di funghi freschi e Hector pranzò sulla terrazza.

Dopo mangiato si cambiò, indossò un completo scuro, e si fece riportare la Bentley. Gli piaceva guidarla. Quella macchina si affidava a lui con dolcezza, docile da governare. Si fermò all'ospedale e trascorse un'ora di nascosto con Catherine.

« Diventa ogni giorno più bella » sentenziò. Quando lo

costrinsero a uscire dal nido andò a cercare il medico responsabile del reparto.

« Quando sarà possibile portare a casa mia figlia, dottore? »

Il dottore esaminò la cartella clinica di Catherine.

« La bambina sta bene. È pronto ad accoglierla, signor Cross? »

« Sì. »

« Purtroppo lo so. Mi ha portato via una delle mie infermiere migliori. »

« Colpito e affondato » commentò Hector. Il dottore lo guardò triste.

« Pazienza. Ho intenzione di dimettere la piccola domani mattina dopo il giro di visite. Potrà firmare e portarla via. »

Mentre usciva nel parcheggio Hector provò una strana sensazione di sollievo alla prospettiva di portarsi via quel piccolo frammento di Hazel. La piccola era tutto ciò che gli rimaneva di sua moglie.

Imboccò la strada per Londra.

Consegnò la Bentley al portiere all'entrata laterale del Ritz e salì di corsa le scale che portavano all'atrio. Si fermò alla reception. C'erano tre o quattro persone davanti a lui che aspettavano di parlare con il concierge, e si mise in fila. Da lì diede un'occhiata distratta al grandioso atrio e alla sala.

Il rito del tè era in pieno svolgimento e i tavoli della sala erano quasi tutti occupati. Seduta a un tavolo che dava sull'atrio c'era una donna, sola. Mentre lo sguardo di Hector passava oltre si alzò, guardando dritto verso di lui. Gli occhi di Hector tornarono subito su di lei. Era alta e di una bellezza mozzafiato. I capelli erano di un nero lucido, con colpi di sole ramati. Gli occhi erano ben distanziati nel viso a forma di cuore, e anche a quella distanza si intuiva che erano verdi, di un verde mare, e sereni. La donna avanzava verso di lui sulle lunghe gambe snelle. La gonna a tubo era un dito sopra il ginocchio e i tacchi alti accentuavano la linea elegante dei polpacci. I fianchi erano stretti ma pieni, e sotto il tailleur grigio di sartoria si intravedevano i seni alti e sodi. La donna si fermò davanti a lui con un sorriso. Un sorriso discreto e cauto, ma sufficiente a rivelare denti regolari di un candore scintillante. Gli porse la mano.

« Signor Cross? Sono Jo Stanley. » La voce era sommessa e delicata, eppure decisa. Hector le prese la mano.

« Sì, sono Hector Cross. Lieto di conoscerla, signorina Stanley. »

« Il signor Bunter la sta aspettando. Posso accompagnarla nella suite? »

C'erano altre persone con loro nell'ascensore, quindi non si dissero altro fino all'ultimo piano. Mentre percorrevano il corridoio, prima di arrivare alla porta in fondo, la donna gli sfiorò il braccio per trattenerlo. « Sono davvero addolorata per sua moglie » gli disse con pacatezza. « La conoscevo bene. Era una persona meravigliosa, onesta e forte. Le sono accanto nel dolore. » Hector capì che erano parole sincere e ne fu profondamente commosso.

« Grazie. È davvero gentile. »

Al loro ingresso nella suite, Ronald Bunter si alzò dal divano in fondo al salotto. Era un uomo dall'aria azzimata con i capelli argentei e gli occhiali dalla montatura in oro. Era in maniche di camicia e indossava un paio di bretelle rosso scarlatto, in vistoso contrasto con la sobrietà dell'abbigliamento. L'espressione del volto era arcigna. Ricordando la descrizione di Hazel, Hector soffocò a fatica una risata: « Un branco di avvocati bacchettoni con delle grandi facce di culo ». Mentre si stringevano la mano Hector colse una scintilla negli occhi chiari di Bunter. Forse quelle vistose bretelle rosso scarlatto rivelavano la sua vera personalità.

« Le porgo ancora una volta le mie condoglianze. Ci incontriamo in circostanze tragiche, signor Cross. » Indicò i giornali scandalistici sparpagliati sul tavolo davanti a sé. La fotografia di Hazel era sulla prima pagina di tutti. « E dovremo occuparci di una gran brutta faccenda. »

« Molto gentile da parte sua, signor Bunter. »

« Ma prima posso offrirle qualcosa? Tè o caffè? »

« Un caffè, grazie. »

« Anche per me. » Bunter guardò la sua assistente. « Te ne occupi tu, Jo? » Mentre lei passava l'ordine al servizio in camera, Bunter indicò la poltrona davanti a sé e Hector vi si accomodò, appoggiando la ventiquattrore sul tavolo.

« Spero che non le dispiaccia che la mia assistente partecipi al nostro incontro. Faccio affidamento sulla sua accurata verbalizzazione. »

« No, affatto. »

Mentre aspettavano il cameriere parlarono del tempo, concordando che era davvero piacevole in quel periodo dell'anno, e della campagna per le elezioni presidenziali in America. Bunter era un repubblicano di vecchia data e la cosa fece sentire Hector meglio disposto verso di lui. All'arrivo del cameriere, Jo versò il caffè e quando tutti furono serviti Bunter guardò Hector dritto negli occhi: « Vogliamo iniziare, signor Cross? Come lei certo saprà » continuò senza aspettare la risposta, « sono l'amministratore fiduciario dell'Henry Bannock Family Trust, in quanto ho il voto decisivo nel consiglio di amministrazione ».

« Sì, mia moglie me l'ha spiegato. »

« Sua moglie era uno dei beneficiari del Fondo. »

« Quanti altri beneficiari ci sono? »

Bunter schivò l'affondo. « Non posso rivelare questo tipo di informazioni. » La scintilla negli occhi era sparita e la sua espressione si era fatta di pietra. Hazel glielo aveva detto che sarebbe andata così, ma doveva sbatterci il naso. « Sua moglie godeva di alcune delle proprietà del Fondo che non fanno parte del suo patrimonio e che devono tornare al consiglio di amministrazione. »

« Sì, mi aveva informato anche di questo. Avrete la mia piena collaborazione. »

Bunter si rasserenò un poco. « La ringrazio, signor Cross. Potrebbe anche fornirci una copia del certificato di morte della signora Bannock-Cross appena glielo faranno avere? Ci risparmierebbe parecchi problemi. »

« Senz'altro. Intanto credo che le occorra il certificato di nascita della figlia di mia moglie, giusto? » disse Hector sfilando un documento dalla ventiquattrore.

« La ringrazio, ma il nostro archivio è già in possesso dei certificati di nascita e di morte originali di Cayla Bannock. »

« No, non mi riferivo a Cayla Bannock. Sto parlando di Catherine Cayla Bannock-Cross. »

Bunter lo guardò sbalordito.

Uno a zero per me, mio caro, pensò Hector con soddisfazione. Immaginava che non fosse cosa facile avere la meglio su quel leguleio.

Bunter si riprese subito: « Le chiedo scusa, ma non la seguo, signor Cross. Sua moglie ha avuto una sola figlia, non è così? » Hector assaporò il suo disagio per qualche istante, prima di informarlo.

« Cinque ore prima di morire mia moglie ha dato alla luce, con parto cesareo, una bambina. Desiderava che la piccola fosse chiamata Catherine Cayla. Ecco il suo certificato di nascita. »

Bunter allungò la mano al di sopra del tavolo e prese il documento. Si mise a studiarlo con attenzione, borbottando fra sé. « È straordinario. Che colpo di scena eccezionale. Una scintilla di bellezza che per un istante illumina le nubi cupe e tetre della tragedia. » Poi alzò gli occhi verso Hector e sorrise. Un sorriso sincero. « Allora devo congratularmi con il padre, signor Cross. »

« Grazie, signor Bunter. » Hector ricambiò il sorriso e sentì una leggera pressione sul braccio. Si accorse che Jo Stanley si era chinata verso di lui e gli aveva appoggiato la mano sul braccio.

« Sono così felice per lei. Catherine le sarà di grande consolazione » disse con sincerità.

Bunter aveva ricominciato a parlare.

« Questa notizia è della massima importanza per il Fondo. Catherine è una beneficiaria a pieno titolo. »

« Anche se non è consanguinea di Henry Bannock? » Hector lo stava attirando di nuovo allo scoperto.

« Senza il minimo dubbio. Henry era un uomo di levatura eccezionale, uno dei migliori che abbia mai conosciuto. Non c'era traccia di meschinità in lui. Da questo momento in poi fino alla fine dei suoi giorni il Fondo provvederà a tutte le esigenze di sua figlia. Lei dovrà mandare le ricevute a noi e, se non sarà in grado di produrre ricevute, basterà una breve descrizione e un preventivo dei costi. Il Fondo provvederà subito al rimborso. E quando sua figlia sarà abbastanza grande da cercarsi un lavoro retribuito di qualsiasi genere, il Fondo triplicherà i suoi guadagni. E questo varrà vita natural durante. »

« Henry Bannock era un individuo davvero straordinario » concordò Hector. « Ci siamo incontrati per lavoro diverse volte. Era stato lui ad affidarmi l'incarico alla Bannock Oil. »

« Lo so, me lo aveva detto. Aveva una grande stima di lei. »

« La ringrazio. »

Bunter diede un'occhiata all'orologio. « Sono le sei meno dieci. Forse è ancora un po' presto, ma penso sia il caso di festeggiare sua figlia brindando alla sua venuta in questo mondo ostile. Cosa ne pensa? » Senza aspettare una risposta si rivolse a Jo Stanley. « Mia cara, c'è una bottiglia di Dom Perignon nel minibar. »

Hector bevve lo champagne lentamente. La compagnia era gradevole ed era riluttante all'idea di ritornare a Brandon Hall. Fu ben felice perciò di accettare quando Bunter lo invitò a cena. Cenarono tutti e tre nello splendore del ristorante del Ritz. Bunter era un ospite raffinato e Jo Stanley sapeva ascoltare. Non era una circostanza allegra, ma quando la donna era scoppiata a ridere per qualcosa che Hector aveva detto la sua risata gli era sembrata più dolce di qualunque musica. Giunta l'ora di andare, lo accompagnarono entrambi fino alla porta dell'hotel. Nonostante la cena non erano così in confidenza da darsi del tu: erano ancora il signor Cross, il signor Bunter e la signorina Stanley.

« Noi torniamo a Houston, ma sappia che basta una telefonata, se dovesse aver bisogno di qualunque cosa » disse Bunter.

Hector porse la mano a Jo per accomiatarsi, e lei la strinse senza esitazione. Non poté fare a meno di ammirare la sua bellezza, ma si trattò di un pensiero fugace, come una nuvola che passava nel cielo, o l'immagine di una rosa che sbocciava.

Il facchino lo aspettava tenendogli aperta la portiera della Bentley. Hector girò le spalle alla donna, si infilò al volante e partì, senza nemmeno guardare nello specchietto retrovisore.

La mattina dopo, Hector arrivò all'ospedale in Range Rover accompagnato da Bonnie Hepworth e dalle altre due bambinaie. Avevano con sé tutto il necessario per portare via la bimba: port enfant, biberon, una scorta di pannolini.

Al reparto di maternità li aspettava un piccolo comitato di accoglienza. Tutte le infermiere in servizio erano accorse per salutare Catherine e dare un'ultima occhiata a suo padre. Fu Hector in persona a portare la figlia sino alla macchina. Al loro arrivo a Brandon Hall c'era tutto il personale, con Agatha e il maggiordomo in testa, in fila sotto il colonnato per dar loro il benvenuto.

Catherine fu mostrata a tutti loro con una sobria cerimonia, e subito rigettò metà del biberon sulla tutina ricamata e sul risvolto della giacca di suo padre. Hector si fece prendere dall'ansia e, se Bonnie non l'avesse dissuaso, sarebbe tornato indietro all'ospedale.

« Lo fanno tutti i bambini, signor Cross. »

« Okay, però preferirei che non lo facesse addosso a me. »

Una volta che Catherine si fu insediata nella nursery, sembrò che la grande casa tornasse di nuovo a vivere: l'eccitazione e l'animazione erano continue e le risate femminili riecheggiavano nei corridoi.

Nel testamento, Hazel aveva stabilito che alla sua morte dovesse essere cremata quanto prima. Tuttavia, trattandosi di omicidio, il coroner non avrebbe restituito la salma finché non fossero stati espletati tutti gli esami post mortem. La notte Hector restava sveglio, torturato dalle immagini delle mutilazioni perpetrate sul corpo della donna che avrebbe amato per tutta la vita. L'attesa gli parve interminabile, ma finalmente gli furono consegnate le spoglie di Hazel.

Avrebbe voluto che la cremazione fosse una cerimonia per pochi intimi, ma durante l'attesa la notizia della morte si era diffusa e centinaia di persone da tutto il mondo erano venute a renderle l'estremo omaggio. Anche il personale delle case di Brandon Hall e di Belgravia aveva chiesto di partecipare. Hector stava ancora cercando di mantenere segreta la notizia della nascita di Catherine Cayla, che in quel momento era affidata alle cure delle bambinaie.

La bara di Hazel era chiusa. Hector le aveva fatto visita la sera precedente, alle pompe funebri, non voleva che il suo volto fosse esposto agli occhi dei curiosi. Sedette solo nella prima fila di panche. La cappella era piena di gigli bianchi. La funzione venne officiata da un sacerdote che Hector non conosceva.

Rimase inespressivo quando premettero il pulsante: la bara si mosse sul nastro e gli sportelli si aprirono per accoglierla. Appena li vide richiudersi, Hector si alzò e percorse il corridoio guardando dritto davanti a sé, senza far caso alla folla che riempiva la cappella.

Quella notte restò seduto al lungo tavolo della sala da pranzo di Brandon Hall e bevve due bottiglie di vino cercando un minimo di sollievo. Non riuscì a ubriacarsi, anzi, a ogni bicchiere la sua collera ardeva sempre più forte, trasformandosi in un inferno che minacciava di consumarlo.

Al risveglio, la mattina dopo, era sobrio e lucido. Prese tre aspirine e si lavò con vigore i denti: la sua cura contro il mal di testa da sbornia. Poi fece la doccia, si vestì e scese nello studio. La cameriera gli aveva lasciato sulla scrivania il *Times*. Visto che la prima pagina era rivolta verso di lui, Hector poté leggerne il titolo mentre si trovava ancora sulla soglia. Per un momento l'orrore lo raggelò, ma si riprese subito e si precipitò alla scrivania afferrando il giornale.

> « DONNA ASSASSINATA PARTORISCE SUL LETTO DI MORTE. Hazel Bannock-Cross, l'ereditiera uccisa, ha partorito una figlia cinque ore prima di morire per il proiettile sparato dal suo assassino. La bambina è in buona salute ed è stata dimessa dal Royal Hampshire County Hospital di Winchester e affidata al padre Hector Cross, che vive a Brandon Hall vicino a Smallbridge, Hampshire... »

Gli occhi di Hector divorarono la pagina. C'era tutto quello che era successo, e i fatti erano nel complesso corretti. Appallottolò la pagina e la scagliò contro la parete.

« Bastardi! » gridò al culmine della collera. « Maledetti bastardi! » Rifece di corsa il corridoio e, salendo due scalini alla volta, arrivò al piano di sopra. Irruppe nella nursery ma poi, giunto sulla porta della stanza, riprese il controllo. Catherine era nuda a pancia in giù sul fasciatoio. Agitava le gambette mentre Bonnie, curva su di lei, le spargeva del talco sul sederino roseo.

« Signor Cross! » Era senza fiato per la sorpresa. « Che cosa è successo? »

« Niente » rispose lui ritraendosi. « Volevo solo dare un'occhiata. Va tutto bene? »

Bonnie sorrise. « Sì. Abbiamo appena finito tutto il nostro biberon e fatto una bella cacca. » Usava il plurale evocando un'immagine imbarazzante nella mente di Hector.

« Bene, molto bene. Adesso mi ascolti, Bonnie. Deve fare le valigie con tutto quello che c'è qui. Ci trasferiamo nella casa di Londra. » La stampa aveva divulgato la notizia della nascita di Catherine a tutto il mondo. La Bestia avrebbe saputo esattamente dove trovarli.

« Tutto quello che c'è qui? » Bonnie lo guardò incredula. « Ma se siamo appena arrivati! Dice sul serio, signore? »

« Sì. Fate in modo di essere pronte a partire all'una dopo pranzo. » Hector le lasciò per tornare nello studio. Con il telefono interno chiamò il cottage del guardacaccia, che rispose subito.

« Paul, fai chiudere tutti i cancelli di ingresso alla tenuta. Metti uno dei tuoi uomini a sorvegliare ogni entrata. Devono essere tutti armati. Nessun estraneo può entrare nella tenuta. Mi hai capito? »

« Come facciamo con le consegne dal villaggio, signor Cross? Aspettiamo un furgoncino da Farnham's con il mangime per i fagiani. »

« Accertati che conoscano l'autista. Niente estranei. » Riagganciò, e poi passò in rassegna la stanza facendo un elenco dei pochi oggetti che voleva portare con sé a Londra.

Si chiese con amarezza quale fosse il libro di cui Hazel gli aveva accennato.

Fece una telefonata al maggiordomo di Belgravia.

« Qui è casa Cross. Posso esserle utile? »

« Buongiorno, Stephen. »

« Signor Cross! Come sta? Siamo tutti addolorati per la signora, era una donna straordinaria. Ci mancherà molto. »

« Grazie, Stephen » disse Hector, brusco. « Ascoltami, questo pomeriggio arriverò con la bambina e le sue babysitter. Non so ancora quanto ci fermeremo. Ti prego di predisporre ogni cosa per il nostro arrivo. »

Il piccolo convoglio guidato da Hector sulla Range Rover uscì dai cancelli di Brandon Hall all'una meno un quarto. Hector era soddisfatto di aver scelto Bonnie Hepworth come prima bambinaia. Aveva seguito alla lettera le sue istruzioni. I cancelli della tenuta erano chiusi e Paul Stowe, il capo dei guardacaccia, era di sentinella con la doppietta. Hector abbassò il finestrino della Range Rover e parlò con lui. Paul era stato arruolato nei SAS, lo stesso reggimento di Hector. In Afghanistan aveva rimediato una brutta ferita in uno scontro a fuoco con i talebani e uscito dall'ospedale era stato congedato. Hector non aveva avuto alcuna esitazione quando Paul aveva fatto domanda per un posto di guardacaccia, e non si era mai pentito della decisione. Gli ribadì di tenere i cancelli chiusi e di non permettere ad alcun estraneo di entrare nella tenuta. Mentre ripartiva, osservò dallo specchietto Paul che chiudeva dietro di loro i pesanti cancelli di acciaio. Tre ore più tardi entrava nel garage sotterraneo del n. 11 di Belgravia. Era andato piano per non far prendere scossoni a Catherine.

Dopo un'ora dal loro arrivo, quando entrò nella nursery, trovò Catherine che aveva già mangiato, fatto il ruttino, ed era al caldo nella culla immersa in un sonno profondo. Finalmente poté rilassarsi.

Uno degli oggetti che aveva portato con sé da Brandon Hall era il suo ritratto preferito di Hazel. Lo appese al muro di fronte alla scrivania del suo studio ancor prima di accendere il computer.

Non appena il pc si avviò, aprì la posta. Quasi in cima alla colonna delle email in arrivo c'era il messaggio che aspettava con ansia.

« Purtroppo non ce l'abbiamo fatta, per la cremazione. Nastja e io arriviamo con Emirates Volo EK005 alle 18.00 ora locale giovedì. Heathrow terminal 3. Riesci a venirci a prendere? Ho delle informazioni. Paddy. »

Ventiquattr'ore più tardi, mentre i due uscivano dal gate degli arrivi, Hector era fuori ad aspettarli. La faccia di Paddy, dai tratti marcati, era scura come il cioccolato, il viso e le braccia nude di Nastja avevano invece una sfumatura lucente, fra il rame e l'oro. Erano entrambi in perfetta forma fisica. Hector li abbracciò. I loro corpi erano sodi e agili come quelli degli atleti professionisti.

« Starete da me a Belgravia » li informò.

« Speravo che lo dicessi » ribatté Nastja. « È bello essere trattata come una duchessa, ogni tanto. »

« Tu non sei una duchessa, Nazzy, sei una zarina. »

« Ma quante sciocchezze dici, Hector Cross? » ribatté la donna sforzandosi di apparire sdegnosa, anche se in realtà le piaceva tantissimo essere chiamata così. Lo baciò su tutte e due le guance.

Caricarono i bagagli nella Range Rover. Paddy si sedette sul sedile davanti e Nastja prese posto dietro di lui. Hector represse un sorriso al pensiero di Nastja che interpretava il ruolo della moglie sottomessa: certo, quando non era impegnata a far uscire le budella a forza di calci a qualcuno che le aveva dato fastidio.

Nastja e Paddy rinnovarono le condoglianze per l'assassinio di Hazel e si dichiararono decisi a vendicarla. Hector rispose imbarazzato, riuscendo a fatica a mantenere il controllo. Poi con grande sollievo di tutti e tre la conversazione si fece più rilassata. Era da un po' che non si vedevano e così si scambiarono le notizie relative ad amici e conoscenti comuni. Paddy aggiornò Hector sulle attività della Cross Bow Security Company.

E una volta in autostrada, dove il traffico era più scorrevole, Hector poté dedicare piena attenzione alle questioni importanti.

« Mi hai detto di avere delle informazioni per me, Paddy? Notizie buone o cattive? »

« Buone e cattive. Per prima ti darò quella buona. Nazzy ha trovato la casa sicura e perfetta per la tua Catherine. Come avevi suggerito, è tutto l'ultimo piano di uno dei nuovi grattacieli del principe Mohammed sul lungomare di Abu Zara. Si raggiunge con un ascensore privato. Sul tetto ha anche una piattaforma d'atterraggio per l'elicottero e una piscina. C'è spazio in abbondanza per ospitare una squadra di addetti alla sicurezza. Possiamo renderlo inespugnabile. »

« E quella cattiva? » chiese Hector aggrottando un sopracciglio.

« Il principino vuole centoventi milioni di dollari per vendere in un'unica soluzione, pagamento in contanti alla firma del contratto. »

« Cristo! » esclamò Hector.

Paddy scosse la testa in segno di disaccordo.

« Cristo non c'entra in questo affare. Il principino non crede in lui. »

« E non gli andrebbe di affittarcelo? »

« Sì che gli andrebbe. Ma le cose non cambiano di molto.

Chiede quindici milioni per un anno di affitto. Dice che è il prezzo di favore per gli amici.»

Hector si mise a pensare velocemente.

«Ci tiene per le palle» sbottò alla fine.

«No, non me» intervenne Nastja compiaciuta.

«Non ce la fai proprio a tenere la tua donna sotto controllo, Paddy?» Hector sprofondò di nuovo nel silenzio, riflettendo. Ronald Bunter gli aveva assicurato che il Fondo Bannock si sarebbe fatto carico di tutte le spese per Catherine. Questo non era un lusso, ma una necessità. Riguardava la sicurezza di Catherine. Era il momento di mettere alla prova la parola del vecchio Ronny. Se Bunter rifiutava, Hector era deciso a farsi carico della spesa personalmente. Grazie a Dio Hazel gli aveva lasciato abbastanza spiccioli per farcela, e ne sarebbero avanzati un po'. Catherine andava trasferita in una casa sicura, a qualsiasi prezzo.

«Prendiamolo. Un anno o poco più dovrebbe bastare a tirarcene fuori. Quando possiamo trasferirci, Paddy?»

«Anche subito. Arredi e suppellettili sono inclusi nel prezzo. La proprietà è decisamente abitabile. Potrai aggiungere il tocco finale una volta che Catherine sarà installata lì in tutta sicurezza. Quanto ci impiegherai a portarla ad Abu Zara?»

«Prima facciamo, meglio è. Ogni giorno che passa il rischio aumenta in maniera esponenziale. Scusatemi un attimo. Devo fare una telefonata.»

Aveva memorizzato sul cellulare il numero privato di Ronald Bunter.

«Pronto?» L'inconfondibile voce da vecchia zitella di Bunter interruppe il filo dei suoi pensieri.

«Buon pomeriggio, sono Hector Cross.»

«Che piacere sentirla, signor Cross. In cosa posso esserle utile?» Hector glielo spiegò e Bunter ascoltò in silenzio, poi gli chiese: « E che alternative ci sono per proteggere Catherine, signor Cross? »

« Nessuna, signor Bunter. Sa bene che cosa hanno fatto a sua madre. »

« Dovrò parlarne agli altri membri del consiglio. La richiamerò entro sera, signor Cross. »

« La ringrazio. »

Interruppe la telefonata e lanciò un'occhiata a Paddy. « Okay, che altro devi dirmi? Hai una strana espressione... Quella di chi ha un asso nella manica. »

« Ci siamo quasi » esitò Paddy. « Lo terrò per me fino a quando non saremo arrivati. »

« E va bene » acconsentì Hector di malavoglia. « La vostra solita suite è pronta. Ma prima voglio presentarvi Catherine. Poi vi concederò mezz'ora per farvi belli. Hazel aveva stabilito che i signori scendessero a cena in giacca. »

« Io qui di signori non ne vedo » obiettò Nastja.

« Non darle corda, Hector » disse Paddy demoralizzato. « Le battute dei russi sono come i loro cecchini: ben nascosti e difficili da individuare. »

Quando Nastja vide Catherine, subì una strana trasformazione: sembrò sciogliersi come un foglio di acciaio al calore incandescente di una fornace. Prese la piccola fra le braccia e le parlò in russo. Gli occhi azzurri di Catherine roteavano nel tentativo di localizzare la fonte di quei suoni così strani. Poi la donna guardò Paddy dritto in volto, con espressione d'accusa: « Perché non ne dai una anche a me? »

« Non essere ingiusta! » ribatté Paddy indignato. « L'impegno in quel senso non mi manca, mi sembra. » Alla fine

Paddy riuscì a trascinare Nastja fuori dalla nursery e la guidò alla loro suite.

Quando, un'ora dopo, scesero nella tana di Hector, Paddy indossava una cravatta scura, mentre Nastja aveva i capelli raccolti e un abito scollato.

« Cavolo, Paddy! Tu sì che sai sceglierle bene » esclamò Hector ammirandola incantato. « La signora è bellissima. »

Nastja gli mandò un bacio. Per lei Hector aveva preparato vodka e succo di lime, e una generosa dose di Jameson per Paddy.

« Okay, ora sedetevi e bevete. E poi parlate. »

Paddy assaggiò un sorso del suo whisky e sospirò: « Non si produce niente del genere, fuori da Dublino » esclamò calcando il suo accento.

« Dimmi qualcosa di più interessante » lo incalzò Hector.

« Tariq ha scoperto una pista che porta a un tizio che ci era sfuggito quando abbiamo sfoltito la progenie di Tippu Tip. »

Hector si raddrizzò sulla sedia dallo schienale alto e posò il bicchiere. « Spiegati meglio. »

« Come d'accordo, ho rispedito Tariq nel Puntland. È la sua patria e si integra benissimo con la popolazione. Ha ancora famiglia e amici laggiù. Ha viaggiato in autobus. Per prima cosa è andato alla vecchia base dei pirati alla baia di Gandanga. E l'ha trovata deserta. »

« Niente di strano » assentì Hector con un ghigno spietato. « L'abbiamo ripulita da cima a fondo. »

« Abbiamo fatto terra bruciata. Poi Tariq è tornato alla roccaforte di Tippu Tip, nell'Oasi del Miracolo, dove avevi salvato Cayla dalla Bestia. C'erano alcuni sopravvissuti fra le macerie, tra cui una donna che era stata una delle concubine del Khan. Tariq dice che è una vecchia megera, cieca come un pipistrello e morta di fame. Le ha dato da mangiare e le ha fatto un po' di moine. Si chiamava Almas e anche se non era in grado di ricordarsi cosa aveva mangiato a colazione, riusciva a ricordare tutto quello che era successo vent'anni prima con assoluta chiarezza. Conosceva a memoria l'albero genealogico di Tippu Tip, fino a due secoli prima. Si è vantata di aver dato due gemelli al Khan. Un maschio e una femmina. A Tariq ha detto che uno dei suoi figli era Kamal, quello che comandava la flotta dei motoscafi dei pirati del Khan. Con ogni probabilità è il tizio che hai fatto fuori a bordo della *Golden Goose.* »

« Come posso dimenticarlo? » disse Hector sorridendo. « Gli ho dovuto scaricare addosso il serbatoio della Beretta per metterlo a cuccia. »

« Un bastardo dei peggiori » osservò Paddy.

« Non dei peggiori » lo corresse Nastja, intervenendo per la prima volta. « Si è messo a strillare come un neonato quando gli ho staccato quasi tutto il dito con un morso. »

Hector scoppiò in una sonora risata. « Devo ricordarmi bene di non far mai arrabbiare la tua mogliettina. »

« In verità, chi la conosce bene sa che è uno zuccherino » ribatté Paddy lanciandole uno sguardo pieno d'affetto. « Ma sto divagando. Stando a quello che diceva la vecchia, la sorella di Kamal ha avuto un figlio, che dovrebbe essere il nipote di Tippu Tip. »

« Non dirmelo! » esclamò Hector impaziente. « Tariq è riuscito a farsi dire il nome? Cosa gli è successo? È ancora vivo? »

« Si chiama Azim Mukhtar Tippu Tip. Se ne è andato dall'Africa quando aveva circa vent'anni ed è venuto a Londra per studiare diritto islamico alla Grande Moschea di Regent's Park. »

« Ed è ancora qui a Londra? Quella donna ne sa qualcosa? » chiese Hector.

« Per la maggior parte del tempo vive persa nelle sue fantasie. Non sa nemmeno dove si trova lei, figuriamoci. Comunque, ho telefonato alla Moschea di Londra e ho parlato con uno dei mullah. Conosceva bene Azim Mukhtar. È diventato una figura di spicco, molto stimato in tutto il Medio Oriente. È un uomo che ha potere e influenza. »

« Benissimo, ma dove possiamo trovarlo? »

« Dall'altro lato del Golfo rispetto ad Abu Zara. Attualmente è uno dei mullah più importanti della moschea di ibn-Baaz. Ho mandato Tariq a fare una ricognizione. Tariq ha presenziato alle preghiere diverse volte. Ha visto Azim Mukhtar in carne e ossa e lo ha sentito pregare. A quanto pare la moschea era piena. I fedeli pendevano dalle sue labbra. Vengono da tutto il Medio Oriente per sentirlo. Anche Tariq è rimasto molto colpito. Dice che Azim Mukhtar è un vero santo. »

« Mi fa piacere saperlo. Così, quando avrò finito con lui, Azim Mukhtar avrà un posto dove andare e troverà Allah a dargli il benvenuto » osservò Hector con ferocia. « Che possibilità abbiamo di prenderlo, Paddy? »

Paddy rifletté sulla domanda, e rispose con un'altra. « Devo dedurre che non vuoi fargli sparare da un cecchino quando esce dalla moschea? »

« Esatto. Voglio guardarlo negli occhi e scavare fino in fondo nella sua anima. Voglio che sappia chi sono, e per cosa deve pagare. Voglio raccontargli di Hazel. Poi voglio che veda l'angelo nero che viene a prenderlo. Voglio che muoia lentamente e voglio sentire le sue urla. »

La forza della sua rabbia aveva scosso persino Paddy, che ci mise un po' per formulare una risposta. « Non sto dicendo che è impossibile, ma una cosa del genere avrà i suoi problemi. Ma almeno non dovremo paracadutarci in una fortezza nel deserto come abbiamo dovuto fare la scorsa volta. Dopo una delle preghiere, Tariq ha pedinato lui e il suo seguito fino alla sua abitazione. Non ha potuto avvicinarsi all'edificio per non attirare l'attenzione, però dice che è un posto grande circondato da un muro solido. È difficile avvicinarvisi; troppi occhi che guardano, e sentinelle armate all'ingresso. Questa volta, eseguire i tuoi ordini potrebbe non essere così facile come sarebbe piaciuto a me.»

Hector prese il bicchiere e fissò l'interno, rimescolando lentamente il whisky dorato sul fondo.

Prima che potesse ribattere, il telefono che aveva agganciato alla cintura intonò le note di *American Pie*.

«Scusa, a questa devo rispondere.» Si portò il telefono all'orecchio. «Pronto, sono Cross! Grazie per aver richiamato, signor Bunter. Ci sono novità per me?»

«Mi sono consultato con i miei colleghi e tutti abbiamo convenuto che la casa sicura per Catherine è una spesa legittima per il Fondo, insieme ai costi di tutte le altre misure di sicurezza. E c'è di più: in questo momento il Boeing del trust è all'aeroporto di Farnborough. L'equipaggio ha ricevuto istruzioni di tenersi pronto per portare lei e Catherine ad Abu Zara. Prima la allontaneremo dai pericoli, meglio sarà.»

«Sono molto grato a lei e agli altri consiglieri, signor Bunter.»

«È il meno che possiamo fare, signor Cross. Si senta libero di rivolgersi a noi per qualunque altra necessità di Catherine. Arrivederci.» Hector rimise il telefono nella custodia.

«È una brava persona, Bunter» sentenziò prima di tornare a guardare Paddy. «Grazie. Mi hai dato molto a cui pensare.» Diede un'occhiata all'orologio che aveva al polso.

« Ma in questo preciso istante sento i morsi della fame. Che ne dite di andare in sala da pranzo a vedere che cosa ci ha preparato lo chef? »

La prima portata erano ostriche Fine de Claire grigliate nella mezza valva, guarnite da un velo di salsa olandese profumata al tabasco e accompagnate da uno Chablis ghiacciato. Hector si era appena fatto scivolare in bocca la prima ostrica, con gli occhi che brillavano di piacere, che il telefono squillò ancora. A bocca piena imprecò.

« Chi diavolo telefona a quest'ora? » Guardò il display. « È il mio guardacaccia di Brandon Hall. Non c'è bisogno che gli parli nel bel mezzo della cena. Scusatemi, che spengo questo aggeggio infernale. »

« *Net*, Hector. Non è molto saggio da parte tua se chiama a quest'ora » lo trattenne Nastja storpiando la pronuncia. Hector ebbe un momento di esitazione. Aveva imparato che il consiglio di Nastja andava rispettato perché quella donna aveva un istinto da guerriero particolarmente sviluppato. Accostò il telefono all'orecchio.

« Paul, di qualsiasi cosa si tratti, falla breve. Siamo a cena. » Ma la voce dell'uomo era così alta e tesa che anche gli altri riuscirono a sentirla chiaramente.

« Signore, è scoppiato un incendio a Brandon Hall. Almeno quattro dei nostri sono intrappolati dalle fiamme e i pompieri dicono che gli ci vorrà un'ora prima di arrivare. »

« Mio Dio, Paul. Che cosa l'ha provocato? »

« Granate incendiarie, signore. » Paul era un vecchio soldato. « Riconosco benissimo l'odore del fosforo bianco che brucia. Ce ne sono state due in rapida successione. Ho sentito le esplosioni e un secondo dopo la casa ha preso fuoco come un falò.»

«Quale parte della casa hanno colpito?»

«L'ala delle camere da letto. Pare che una delle granate sia entrata attraverso le finestre del suo studio, sotto la camera da letto padronale, e una dalla finestra della biblioteca sotto la nuova nursery.» Hector colse al volo il messaggio. Chi aveva compiuto quell'attentato conosceva bene la disposizione della casa. L'attacco aveva un bersaglio ben preciso e Hector si fece un quadro mentale di cosa sarebbe successo se lui e Catherine fossero rimasti a dormire a Brandon Hall quella sera.

«Gli attentatori... Qualcuno è riuscito a vederli? Hai un'idea di chi siano?»

«Quei farabutti sono entrati nella proprietà sul tardi, probabilmente al tramonto. Erano in due.» La voce di Paul al telefono era ferma e rabbiosa.

«Come fai a saperlo?»

«Ho trovato la loro macchina, una Vauxhall Zafira nuova, dove l'avevano nascosta, al di là del muro di confine di fronte a Corner Stone Drive. Stavo andando a casa quando ho notato qualcosa che ieri non c'era, una catasta di rami verdi. Lei mi aveva avvisato di stare in guardia, allora ho dato un'occhiata e ho trovato la macchina nascosta sotto i rami. Da lì mi sono messo a seguire le tracce di quei due assassini e ho scoperto dove si erano arrampicati sul muro. Mi ci è voluta quasi mezz'ora per ritornare alla casa perché ho dovuto fare il giro del ponte di pietra per superare il fiume. Era già buio e stavo attraversando il prato quando ho sentito l'esplosione delle granate e ho visto le fiamme. Era inutile cercare di seguirli, con quel buio. Di certo quei delinquenti sono tornati dove hanno lasciato la macchina, che in ogni caso non partirà. Ci ho pensato io.»

«Come?»

«Avevo il coltello multiuso e con quello ho tirato fuori dal motore tutte le candele che poi ho buttato nel fiume. Se stasera vogliono andare da qualche parte dovranno farlo a piedi.»

«Adesso cosa fai?»

«Non lo so. Temo che qualcuno sia rimasto intrappolato dentro, e non credo che ci siano molte speranze. Le fiamme sono così alte che non possiamo nemmeno avvicinarci. E il tetto comincia a crollare in più punti.»

«Va bene, Paul. Vengo subito ad aiutarvi. A quest'ora non ci sarà traffico; dovrei essere lì in meno di due ore.» Chiuse la comunicazione e guardò Paddy. «È la Bestia. Ancora.»

«Non c'è dubbio» disse Paddy. «Hanno saputo di Catherine dai giornali e avranno pensato che fosse a Brandon Hall. Le stanno addosso.» Fece una pausa, poi aggiunse: «E anche a te, Hector».

«Cambiatevi e andiamo.» Lasciarono le ostriche e il vino sulla tavola. Si precipitarono su per lo scalone e corsero nelle stanze. Nel giro di pochi minuti tutti e tre si trovavano di nuovo sulle scale, con indosso vestiti più comodi. Hector portava uno shillelagh, una mazza irlandese da combattimento fatta di legno di prugnolo. Una volta scesi nel garage, lo lanciò sul sedile posteriore della Rover.

L'autostrada era quasi deserta, e guidando a tavoletta ci volle solo un'ora e venti per arrivare a Winchester. Mentre attraversavano la città Hector chiamò ancora Paul Stowe.

«Puoi aggiornarmi, Paul?»

«I pompieri sono arrivati mezz'ora fa. Adesso il fuoco è

sotto controllo, comunque si era già esaurito da solo. Hanno trovato due corpi, ma è impossibile identificarli. Sono quasi carbonizzati. »

« Poveretti! Lascia lavorare i pompieri. Dobbiamo cercare di prendere i bastardi che hanno tirato le granate. Se sono rimasti a piedi, devono essere ancora per strada. Adesso siamo a Winchester. Ci mettiamo a setacciare la strada che porta a Brandon Hall. Forse però non hanno preso da questa parte e si sono diretti a Southampton, a sud. Prendi una delle Land Rover e copri quel tratto. Portati dietro un paio dei tuoi uomini e ricordatevi le doppiette. Ci troviamo di fronte a dei porci assassini. » Hector chiuse la comunicazione e si rivolse a Nastja, seduta dietro.

« C'è un faretto nel portaoggetti dietro di te. Tiralo fuori e inseriscilo nella presa per l'accendino in mezzo ai sedili. Poi apri il tettuccio. Mettendoti in piedi sul sedile riesci tranquillamente a sporgere la testa e le spalle dall'apertura. Usa il faretto per illuminare tutti e due i lati della strada. Il terreno è quasi tutto aperto da qui fino all'uscita per Brandon Hall, ma vedendoci arrivare potrebbero nascondersi tra gli alberi. »

La strada che percorrevano a tutta velocità era già deserta. La gente di campagna non fa le ore piccole, e i tre non incontrarono altri veicoli per sei o sette chilometri. Imboccarono una curva secca e attraversarono un tratto di bosco, ma poi la strada prese a discendere in mezzo a terreni aperti da entrambi i lati. Altri duecento metri e il potente faro di Nastja colse, illuminandole in pieno, due figure maschili che arrancavano verso di loro seguendo la riga bianca al centro della carreggiata.

Il bosco aveva schermato le luci che si avvicinavano finché la Range Rover non era piombata su di loro di sorpresa, facendoli bloccare per alcuni secondi.

Le facce non si vedevano perché entrambi portavano giubbotti con il cappuccio abbassato. Si ripresero quasi subito dalla sorpresa. Abbastanza stupidi da lasciarsi cogliere all'aperto e abbastanza ottusi da darsela a gambe e confermare così la loro colpevolezza, ebbero almeno l'accortezza di separarsi, come se avessero avuto un accordo precedente. Uno di loro abbandonò la strada, saltò oltre uno steccato e si mise a risalire di corsa il pendio in mezzo a un campo di segale appena seminata puntando verso una macchia scura di alberi che si stagliavano contro le stelle in prossimità della cresta.

L'altro intanto aveva preso la direzione opposta; aveva scavalcato lo steccato e, attraversando il campo, andava verso quello che sembrava un piccolo corso d'acqua parallelo alla strada, ai piedi della collina.

Hector inchiodò nel punto dove i due avevano abbandonato la strada e spalancò la portiera. Allungandosi per prendere lo shillelagh sui sedili posteriori gridò: « Paddy, tu e Nazzy beccate quello dalla vostra parte. All'altro bastardo ci penso io ».

Con un salto Nastja uscì dal tettuccio della Rover e atterrò agilmente sul margine della strada. Era già allo steccato prima che Paddy fosse sceso dall'auto. Sfruttando il pendio del terreno per darsi slancio saltò oltre lo steccato, e puntellandosi su uno dei pali si tuffò con il corpo in avanti per ricadere dall'altra parte. Nel campo la segale che germogliava non era alta più di una spanna e non la rallentava. Si avvicinò al fuggitivo con la rapidità di un levriero che insegue una lepre. Gli fu addosso prima che raggiungesse la linea degli alberi, mentre Paddy era indietro di una ventina di metri.

L'uomo aveva sentito il fruscio di quei passi leggeri appena dietro di sé e, sentendosi in trappola, si era girato. Quando vide che a inseguirlo era una donna si frugò in tasca, estrasse un coltello a serramanico e fece scattare la lama. Si accucciò a terra in posizione di difesa, puntandole contro l'arma.

« Fatti sotto, puttana » le disse ansimando.

Nastja non rallentò l'impeto della sua carica e all'ultimo istante si buttò con i piedi avanti, spostando il peso del corpo sulle spalle di lui mentre atterrava. Poi fece una capriola con la velocità e la forza di una freccia scagliata da un arco.

Colto alla sprovvista, l'uomo fu lento a reagire. Le suole di Nastja avevano colpito con violenza il suo polso destro, strappandogli un grido di dolore. Nonostante quell'acuto straziante, lo schianto delle ossa del carpo che si rompevano si sentì forte e chiaro. Il coltello gli volò dalla mano roteando in aria con una parabola. Nastja ritornò in piedi con una capriola, e atterrando afferrò il coltello per l'impugnatura con una presa perfetta.

Stringendosi la mano fratturata, l'uomo indietreggiò, ma lei lo inseguì senza dargli tregua, agitandogli la lama a pochi centimetri dalla faccia.

« Stai giù! » gli ordinò. « In ginocchio, lurido figlio di Satana, o ti taglio le palle e te le faccio ingoiare. »

« Aspetta! » piagnucolò l'uomo. « Farò tutto quello che mi dici. » Si gettò in ginocchio reggendosi la mano fratturata, in una posizione perfetta per ricevere il colpo successivo, che lo centrò sotto il mento e lo mandò all'indietro a gambe all'aria. Restò immobile, mezzo soffocato dal sangue della lingua che si era morso, troncata quasi di netto.

Paddy nel frattempo aveva raggiunto Nastja e guardava la figura che si contorceva nella segale.

« Dio santo, donna! Non mi hai lasciato quasi niente! »

Dal lato più basso della strada, Hector aveva accorciato le distanze con l'uomo che stava inseguendo.

Hector voleva evitare un corpo a corpo con qualcuno che quasi sicuramente portava addosso un coltello. Quando fu a una decina di passi dalla preda, fece oscillare lo shillelagh dietro la spalla e lo scaraventò in avanti. Aveva trascorso l'infanzia in Africa e i suoi piccoli compagni di giochi neri erano esperti nel lancio dei bastoni. Persino i più piccoli riuscivano ad abbattere un fagiano a venti passi. Erano stati ottimi maestri. Lo shillelagh roteò colpendo l'uomo alle gambe e questi cadde come un sacco, con un grido di sorpresa.

Hector prese al volo lo shillelagh e, mentre piombava alle spalle della sua vittima, fece un rapido calcolo. Se gli spezzava una gamba l'avrebbe certamente bloccato, ma avrebbe dovuto riportarlo su per la collina, dove aveva parcheggiato la macchina. Invece, un braccio fratturato l'avrebbe fermato quasi con la stessa efficacia e l'uomo sarebbe stato in grado di ritornare zoppicando alla Range Rover, soprattutto se opportunamente pungolato con l'estremità smussata della mazza. Fu addosso all'uomo, che d'istinto sollevò entrambe le mani per proteggere il viso. Hector lo colpì con una rotazione completa dello shillelagh sul gomito facendolo urlare di dolore mentre il legamento si rompeva.

Poi gli prese il polso e lo torse, sollevandolo. L'uomo urlò ancora mentre Hector lo rimetteva in piedi.

« Cazzo, mi stai facendo male » frignò.

« Non dire così. Mi spezzi il cuore. » Gli torse ancora il braccio fratturato e lo trascinò su per la collina. Raggiunse la Range Rover intanto che Nastja e Paddy scendevano verso la macchina. Paddy portava il prigioniero sulle spalle come un sacco di patate. Allo steccato scaricò quel peso a terra e chiamò Hector: « Hai già annusato il tuo giovane amico? »

« Certo. Il mio puzza di aglio. E il tuo? »

« Puzza di quella roba. » Paddy aveva uno sguardo severo.

« Che cos'altro puzza come l'aglio? Ricordamelo un po'... » gli chiese Hector. « Forse il fosforo bianco di una granata incendiaria? » disse poi schioccando le dita. « Bingo! » Diede un altro strattone al braccio fratturato dell'uomo. « Dimmi un po': non è che di recente abbiamo bruciato una casa? » La sua vittima lanciò un grido. « Lo prendo per un sì » gli disse Hector spingendolo brutalmente dentro la macchina che aveva il portellone posteriore aperto.

Paddy scavalcò lo steccato e trascinò il secondo uomo tirandolo per i piedi, poi lo sollevò di peso gettandolo nel bagagliaio della Range Rover sopra il suo compagno. Hector sbatté la portiera e la chiuse.

« Nazzy, fammi un piacere. Tieni a portata di mano il tuo nuovo coltello nel caso uno di questi due gentiluomini faccia un po' di storie » le chiese Hector mentre salivano a bordo. Prima di mettere in moto chiamò Paul Stowe al cellulare.

« Okay, Paul. Puoi tornare a casa. Abbiamo preso noi tutti e due i fuggitivi. »

Mise in moto e partì per Brandon Hall. Quando ebbe attraversato il Test Bridge, anziché dirigersi al corpo principale svoltò a sinistra prendendo il vialetto in ghiaia che portava al vecchio granaio. L'edificio, ristrutturato, era usato come sede per i rinfreschi durante le battute di caccia. Distava almeno un chilometro e mezzo dal palazzo, ed era nascosto dagli alberi. Hector parcheggiò sul lato dell'edificio più lontano dalla strada maestra. Nessuno avrebbe potuto vederli.

Mentre Nastja andava avanti ad aprire il portone e ad accendere le luci, Hector e Paddy trascinavano fuori i due prigionieri dal bagagliaio e la seguivano nello spazioso locale.

« Tienili d'occhio, Paddy » disse Hector, anche se era evidente che nessuno dei due aveva più intenti bellicosi. Andò alla fila di armadi nel retro del granaio e tornò con un grosso rotolo di filo elettrico giallo e un paio di tronchesi per cavi. Legò i prigionieri a due sedie dallo schienale alto lasciando liberi solo il braccio con la mano fratturata dell'uno e il braccio rotto dell'altro. Un lavoro pulito, da esperti. Erano immobilizzati.

« Okay, mettete il braccio libero sul tavolo davanti a voi » ordinò. Quando i due esitarono, Hector si allungò verso di loro e ne afferrò uno per il polso. Glielo torse con violenza. L'uomo gridò.

« Fate come vi dico » li incalzò Hector.

« Okay! Okay! Vacci piano, amico » biascicò il compare con la lingua lacerata che si era gonfiata al punto da riempirgli tutta la bocca. Con cautela allungò il braccio verso Nastja, che dall'altro lato del tavolo si protendeva verso di lui. Gli infilò un cappio del filo giallo attorno al polso gonfio e lo strinse.

« Oh, merda, amico! » piagnucolò. « Mi vuoi ammazzare? »

« Ci sono alcune cosette che devi sapere, compagno » esclamò Nastja. « Per prima cosa, il tuo linguaggio scurrile continua a non piacermi. Secondo, non sono un uomo. Terzo, sì, mi piacerebbe molto ammazzarti. Ti prego, dammi una scusa per farlo. »

Il secondo prigioniero, vedendo quello che succedeva al compare, si affrettò a collaborare e posò il braccio fratturato sul tavolo offrendolo senza fiatare a Paddy, che gli infilò un cappio del filo attorno al polso.

In piedi dietro i prigionieri Hector tirò giù i cappucci sulle spalle, scoprendo loro la testa. Poi andò a mettersi dall'altro lato del tavolo tra Paddy e Nastja. Per un po' rimase a studiare i due che aveva di fronte.

Erano sulla trentina, entrambi bianchi. Si aspettava che fossero neri o comunque scuri, come gli uomini che avevano ucciso Hazel.

Il colore non significa niente, pensò. Ho conosciuto dei porci terribili che erano bianchi e degli ottimi individui che erano neri.

Osservò bene quello che era stato catturato da Nastja. Era tarchiato, con una chioma scura e ribelle, i lineamenti da slavo e i segni dell'acne che gli deturpavano il mento e le guance. Sudava moltissimo e non riusciva a staccare gli occhi da Nastja, che lo teneva dall'altra estremità del cavo e lo fissava con freddezza.

Il secondo era dinoccolato e dal colorito olivastro, con i radi capelli biondo rossicci, gli occhi di un ruggine slavato e i denti storti e nerastri. Il suo alito puzzava tanto che lo si sentiva anche dall'altro lato del tavolo.

«Molto bene, signori. Ora vi prego di prestare la massima attenzione. Sono Hector Cross, e sono colui che avete appena cercato di bruciare vivo. Mia figlia si chiama Catherine. È una neonata, ma avete cercato di uccidere anche lei. Dunque non sono molto ben disposto verso nessuno di voi due.» Si interruppe per qualche secondo per dare loro il tempo di digerire quelle parole, poi continuò: «Che vi piaccia o no, dovrete rispondere a delle domande. Se risponderete con sincerità, avrete dieci punti fedeltà. Se mi racconterete una balla, vi ritroverete il braccio un po' storto». Hector sorrise al tipo brufoloso.

«Lo sai cos'è una balla, tesoro?»

«Una bugia» bofonchiò l'uomo mentre un sottile filo di sangue gli usciva dall'angolo della bocca. Se lo leccò. La lingua, gonfia e lacerata in profondità, stava diventando blu.

«Esatto. Allora, giochiamo?» Senza aspettare risposta prese i cappi dei cavi gialli dalle mani di Paddy e di Nastja, uno in ogni mano.

«La prima domanda è per te» esclamò guardando quello con i denti marci. «Lo sai che ti puzza il fiato?»

«Non è vero.»

«Risposta sbagliata» ribatté Hector dando uno strattone al cavo. Le ossa fratturate del gomito schioccarono come dadi, e l'uomo gridò, cercando di divincolarsi. Alla fine rinunciò, boccheggiando e singhiozzando.

«Facciamo chiarezza, puzza o non puzza?»

«Sì! Sì! Puzza.»

«Ottimo. Allora ti chiamerò Macchie, che è l'abbreviazione di Fiato di Leopardo. Lo sai che hai i brufoli?» continuò rivolgendosi a quell'altro.

«Sì, okay. Ho qualche foruncolo.»

«Parecchi, direi. E comunque, questo è il tuo nuovo nome. Dimmi, Mister Brufoli, dov'è che le avete prese le granate incendiarie?» Gli occhi scuri si mossero. Hector sollevò la mano sinistra che reggeva l'estremità del cavo.

«Veloce» lo ammonì.

«Me le ha date il negro.»

«Risposta molto interessante, anche se offende la mia coscienza etica.» Hector gli rivolse un sorriso più minaccioso di qualunque occhiata torva. «Non è meglio invece che ci riferiamo al tuo fornitore di granate come al Degno Gentiluomo Africano, o DGA in breve? »

« Come vuoi. » Mister Brufoli alzò le spalle e sussultò per il dolore che il movimento gli aveva procurato.

« Come si chiamava, questo DGA? »

« Non so. »

« Attento! » lo minacciò Hector mostrandogli il cappio del cavo.

« Lo giuro sulla testa di mia madre. Non so come si chiama. Non gliel'ho chiesto e lui non me l'ha detto. »

« Come vi siete conosciuti? »

« Ha avuto il mio nome da una persona che mi aveva fatto fare un altro lavoro. »

« Che altro lavoro hai fatto prima di questo? Un lavoro sporco? »

« Sì, abbiamo fatto fuori un vecchio che doveva dei soldi e non aveva pagato. Doveva essere un avvertimento per gli altri. »

« Come si chiamava il vecchio, e soprattutto dove lo avete ammazzato? »

« Charley Bean, mi pare, ma non mi ricordo l'indirizzo; da qualche parte a Croydon. » Girò la testa verso il complice. « Dov'è che era, Bonzo? »

« Paulson Street 16 » mugugnò Macchie.

« State proprio facendo i bravi tutti e due » disse Hector applaudendo la loro recita. « E cosa avete usato per far fuori Charley Bean? Il coltello? »

« No. Una mazza da golf. »

« E dove l'avete trovata? »

« In una sacca appesa dietro la porta di camera sua. »

« Ferro da alzo o ferro 5? Quanti colpi? » chiese Hector. Mister Brufoli lo guardò inespressivo.

«Non ha importanza, vi stavo soltanto prendendo un po' in giro» lo consolò Hector. «Chi vi ha assoldato per Charley Bean e vi ha raccomandato al DGA?»

«Non ricordo.» Hector diede un deciso strattone al cavo giallo, e Mister Brufoli esplose in un ululato, ormai in un bagno di sudore.

«Rifletti bene» lo incoraggiò Hector.

«Un bookmaker, Aaron Herbstein» rispose fra i singhiozzi. «Raccoglie le scommesse sui cani ai cinodromi di Romford e di Sunderland.»

«Grazie, Mister Brufoli. Come ha fatto il bookmaker a organizzare un rendez-vous con voi e il vostro DGA?»

«Un randeche?» Mister Brufoli era rimasto spiazzato.

«Un incontro. Dove e come vi siete incontrati?»

«Abbiamo aspettato fuori dall'uscita della metro di Brixton alle nove di domenica mattina scorsa e lui è passato di lì in macchina e ci ha fatti salire.»

«Che macchina?»

«Una Ford nera.»

«Avete annotato la targa?»

«Non ce ne fregava niente.»

«E perché?» chiese Hector.

Mister Brufoli alzò le spalle. «Era rubata, non è vero, Bonzo?»

«Non faccio fatica a crederlo. Così vi siete infilati sui sedili dietro di questa Ford e avete guardato il conducente. Ditemi che cosa avete visto.»

«Ho visto un tipo nero con una strana maschera» rispose Mister Brufoli.

«Una maschera da Richard Nixon?»

«No, di Dolly Parton.»

«E come hai fatto a capire che era nero?»

« Gli guardavo la nuca. Era nero, non è vero? »

« Che altro hai notato? »

« Be', era un marocco. »

« Un marocco? »

« Un musulmano. Un *hajji*. »

« E lo hai capito dalla nuca? »

« No, aveva un tatuaggio dei Malik. »

« Cos'è un Malik? »

« È un angelo. Un angelo musulmano. Quelli della banda credono di essere i guerrieri di Allah, o qualche stronzata del genere. Si fanno tatuare il simbolo addosso e credono di trasformarsi in qualcosa di speciale. Ma sono soltanto una banda di mercenari da strada che cercano di fare un po' di soldi come tutti noi. Di solito ci scontriamo per questioni di territorio. Ma questa volta abbiamo fatto affari. Questo Malik ci ha offerto un cinquemila se davamo fuoco a una vecchia casa in campagna. »

« Casa mia » osservò Hector.

« Scusaci, capo. Se solo lo sapevo, gli avrei detto di ficcarseli nel culo, quei cinquemila » si affrettò ad aggiungere Mister Brufoli. « Sapevo che subappaltava il contratto. È così che fanno quelle facce di merda dei Malik. Qualcuno gli offre un diecimila per fare un lavoro e loro te ne offrono cinquemila per fare la stessa cosa. Sono una merda, giuro. »

« E così avete accettato il lavoro? »

« Vorrei non averlo fatto » mugugnò contrito Mister Brufoli. « Non sapevo di te e di tua figlia. Ma in fin dei conti un cinquemila sono sempre soldi. Ci si compra un po' di roba. Questo Malik mi aveva detto che la casa era di un vecchio che non era capace di difendersi e che si sarebbe cagato sotto. »

« E guarda che fine hai fatto, tesoruccio. » Hector diede un doppio strattone al cavo giallo.

Mister Brufoli lanciò un gemito con voce rotta e cominciò a frignare: « Basta, per piacere. Ti sto raccontando tutto. Per piacere smettila ». Le lacrime gli rigavano le guance, scendendo a zig-zag in mezzo alle pustole. E siccome non poteva asciugarle, gli sgocciolavano sulla maglia.

« No, non mi hai ancora detto tutto, Mister Brufoli. Parlami di questo tatuaggio Malik. Descrivimelo. »

« È grosso come una moneta da dieci pence, più o meno. Assomiglia a un verme che vien fuori da uno stronzo; tutto attorcigliato. Credo che è una specie di codice dei musulmani. Non tutti hanno il permesso di farselo, solo i pezzi grossi di ogni ramo del clan. »

« Di che colore è il tatuaggio? »

« Ogni ramo ha un colore diverso. »

« Il tuo uomo, quello che ti ha dato i cinquemila bigliettoni. Di che colore era il suo? »

« Era americano, non è vero? »

« Perché me lo chiedi? »

« Per cominciare aveva l'accento yankee. Secondo, il suo tatuaggio è rosso. Io e Bonzo abbiamo controllato, prima di accettare il contratto. Il rosso rappresenta il ramo della California. »

« E cosa ci fa da questa parte dell'Atlantico? »

« Che ne so! Sarà uno dei loro Capi dei Capi, come Robert de Niro al cinema, qualcosa del genere. »

« Non sai come si chiamava? » insistette Hector. Mister Brufoli scosse la testa con veemenza: « No! Non so altro ».

« Dove sono le cinquemila sterline che vi ha dato per il lavoro? »

« Non qui, non ce le ho qui. »

« Ti ho chiesto dove sono, non dove non sono. »

« Le ho date alla mia ragazza. »

« Hai una ragazza? Faccio fatica ad apprezzare i suoi gusti in fatto di uomini. Comunque, questo è il suo giorno fortunato. Ha in mano cinquemila sterline e non dovrà più guardare la tua faccia schifosa. Perché? Perché se non ti ammazziamo noi, gli sbirri ti rinchiuderanno per venti o trent'anni, e forse anche di più. Lo sai, non è vero? Incendio doloso e omicidio plurimo, non è vero? » disse Hector scimmiottando l'intercalare di Mister Brufoli. « Voi due, signori, siete fra l'incudine e il martello. »

I due lo fissarono con cupa rassegnazione.

Poi si rivolse a Nastja.

« Non hanno molto altro da dirci di interessante. Secondo te che cosa dovremmo fare con questi due, Nazzy? Io qualche idea ce l'ho... »

« Secondo me dobbiamo ucciderli. Lasciami quello coi brufoli. Mi ha detto delle cose proprio brutte. Sono ancora molto, molto arrabbiata. »

« Sarà uno spettacolo entusiasmante. » Poi Hector si rivolse a Paddy. « E tu per cosa voti? »

« Non abbiamo tempo da sprecare con questo mucchio di letame. Facciamo quello che dice Nazzy e andiamocene in fretta. » Hector finse di riflettere. I due prigionieri lo guardavano in volto, ansiosi. Alla fine Hector sospirò.

« In effetti è una proposta affascinante. Ma ci resterebbe molto da pulire, dopo. Una coppia di carcasse umane non è facile da eliminare. Secondo me dovremmo essere buoni e lasciargli un po' di tempo per riflettere sulle loro azioni e pentirsi dei loro peccati, qualcosa come venti o trent'anni a spese di Sua Maestà. Dovrebbe favorire il miracolo. » Hector estrasse il cellulare e compose il 999. Nel giro di quarantacinque minuti due auto della polizia arrivarono a Brandon Hall dal comando di Winchester.

Solo dopo la mezzanotte i pompieri trovarono il quarto e ultimo cadavere fra le ceneri.

Si trattava del maggiordomo, che era rimasto intrappolato dalle fiamme nella dispensa. Negli ultimi momenti, prima che il fumo avesse la meglio su di lui, si era riparato la testa con una coperta ignifuga del kit di emergenza. Solo il volto, bruciato superficialmente, era ancora riconoscibile, ma dal collo in giù era un moncone annerito e rinsecchito.

I pompieri infilarono il suo corpo in un sacco verde, e a quel punto Hector si allontanò con Paddy e Nastja seguendo a bordo della Range Rover le auto della polizia fino al comando di Winchester, per rilasciare la propria deposizione.

Erano le due del mattino quando finalmente lasciarono la stazione di polizia di Winchester. Nessuno di loro aveva mangiato o dormito nelle ultime ventiquattr'ore, ma erano ancora in pieno picco di adrenalina. Hector si fermò al primo McDonald's lungo la strada e si fece riempire un grosso sacchetto con cheeseburger doppi e caffè in bicchieri da asporto. Una volta rifocillati, discussero animatamente lungo il tragitto verso casa, cercando di dare un senso ai due attentati a Hector e alla sua famiglia, e al ruolo in entrambi del misterioso individuo mascherato, capo della gang californiana.

«È chiaro che è l'anello superiore nella catena di comando. I due in moto che hanno ucciso Hazel e quelli che abbiamo messo in gabbia stanotte sono solo bassa manovalanza. Non avevano idea del perché agivano. Non sapevano chi dava loro gli ordini, li hanno solo eseguiti ciecamente. Il che di per sé è significativo» disse Hector.

«Spiegami perché» chiese Paddy.

«Semplice: al primo attacco mi hanno ignorato. Avrebbero potuto farmi fuori con facilità, ma non ne hanno approfittato. Mi hanno tagliato fuori dall'azione, o almeno hanno provato a farlo. Perché? Spiegamelo. Mi preoccupa.»

«Domanda difficile» ammise Paddy.

«Se avessero agito secondo logica, avrei dovuto essere io il bersaglio, non Hazel. Sono stato io a uccidere il capo del clan, Tippu Tip. Ho anche eliminato almeno cinque dei suoi uomini migliori, compresi i suoi prediletti Kamal e Adam. Sono stato io a organizzare l'Operazione cavallo di Troia, che ha distrutto la loro flotta pirata. Avrei dovuto esserci io in cima alla loro lista della spesa.»

«Hazel era responsabile quanto te, anche di più. Era lei a firmare gli assegni. Tu eri solo il suo mercenario. E soprattutto è stata lei a premere il grilletto per giustiziare Adam» gli fece presente Paddy.

«È vero» ribatté Hector, «ma i bastardi non potevano saperlo. E anche in quel caso, avrebbero dovuto farci fuori entrambi. Perché se la sono presa solo con lei?»

«È vero, zuccherino.»

Hector trovava divertente che Nastja chiamasse Paddy con quel nomignolo.

«E che ne dite di stanotte? Chi volevano colpire con le loro granate incendiarie? Hector o la nostra piccola Catherine?»

«Hai sposato una ragazza sveglia» commentò Hector. «Nastja ha ragione. Perché d'un tratto la Bestia ha cambiato idea e ha deciso che dopotutto voleva liberarsi anche di me?»

«E perché un nuovo attentato, subito dopo che i giornali

hanno spiattellato tutto sulla nostra Catherine? » Il tono di Nastja suonava compiaciuto.

« Secondo te stanotte ce l'avevano con Catherine, non con Heck? » chiese Paddy, in tono scettico. « Per me non ha senso. Che cosa ci guadagnano a bruciare viva una neonata? »

La discussione si protrasse fino a Londra. Continuavano a girarci intorno, trovando i punti deboli di ogni ipotesi, e alla fine convennero che i conti non tornavano. La Bestia aveva agito in modo irrazionale e già questo non quadrava. La Bestia non agiva mai in modo irrazionale.

Mentre attraversavano il West End, Hector tirò le somme. « L'unica certezza è che dobbiamo portare Catherine fuori dall'Inghilterra. Solo quando sarà al sicuro in cima al Seascape Mansions ad Abu Zara, con un plotone degli uomini migliori di Paddy a vegliare su di lei, sarò pronto a lasciarla. »

« Per andare dove, a fare cosa? » chiese Paddy. « Qual è il tuo piano, Heck? »

« Andare alla Mecca con Tariq Hakam. Scovare l'ultimo rampollo del clan Tippu Tip, catturarlo e portarlo in un posto sicuro dove posso metterlo sotto torchio. Poi, se scoprirò che è colpevole, lo manderò a bruciare tra le fiamme dell'inferno da cui è spuntato. »

Bastarono pochi giorni per prepararsi al trasferimento ad Abu Zara. Hector non aveva grosse necessità, giusto uno spazzolino da denti e un cambio di biancheria. La Cross Bow Security disponeva di tutto l'equipaggiamento di cui lui potesse avere bisogno per la fase due dell'operazione, presso la base della Bannock Oil nel deserto, centosessanta chilometri a sud di Abu Zara.

Ciò che più lo inquietava era la parte di cui sapeva meno:

rifornimenti e logistica per mantenere un bambino. Convocò l'esperta di casa, Bonnie Hepworth, che rispose sollecita alla sua chiamata piombando di fronte alla sua scrivania con un'espressione carica di attesa non dissimile da quella di un cagnolino che aspetti un osso.

« Mi voleva, signor Cross? »

Hector, cautamente, riformulò la frase della donna. « Volevo vederla. Bonnie, sa dov'è Abu Zara? »

« È un albergo, signor Cross? »

« Acqua, acqua. Riproviamo. Sa dove sono gli Emirati Arabi Uniti? »

« Be', più o meno. Anche se non ci sono mai stata. Da qualche parte tra l'Egitto e l'India, mi sembra. »

« Fuochino. È lì che stiamo andando. Il che vuol dire anche lei e Catherine. »

« Santo cielo! Lavorare per lei non è certo noioso. Non si sa mai cosa può succedere. »

« Quello che succede adesso è che ora stilerà una lista di tutto ciò di cui lei e Catherine potrete avere bisogno o voglia nel corso dei prossimi sei mesi. Tenga presente che gli antibiotici non sono facili da trovare negli Emirati, quindi se le occorre una ricetta di qualsiasi tipo, questo è il biglietto del mio medico di base. » Glielo consegnò. « Ordini tutto quello di cui ha bisogno, lo metta in valigia e si tenga pronta a partire fra tre giorni. » Fece una pausa e riprese. « Ha un passaporto valido? »

« Oh, sì, signore. Sono andata a Parigi a Pasqua con alcune colleghe dell'ospedale, mi serviva. »

« Eccellente. Non dimentichi di portare anche quello. » Hector sapeva che le due bambinaie più giovani avevano già i documenti necessari: Hazel se n'era assicurata prima di assumerle. Fece scivolare verso Bonnie la sua carta di credito Black di Harrods. « Paghi con questa. E faccia consegnare tutto qui. »

Bonnie corse alla porta, ma lui la richiamò.

« Ho deciso di trasferire Catherine nella mia camera da letto, fino alla partenza per Abu Zara. »

« Oh, cielo! » Bonnie parve turbata. « E chi le darà il biberon e le cambierà i pannolini? »

« Lo farò io » assicurò Hector.

« Potrei stare con voi due, per dare una mano. Non sarebbe un problema. »

« Grazie, Bonnie. Ma sono sicuro che Catherine e io sapremo cavarcela piuttosto bene da soli. »

Hector immaginava che il compito di bambinaio notturno che si era autoimposto sarebbe stato oneroso, ma l'esperienza si rivelò più piacevole del previsto. Spostò la lampada da lettura sul suo comodino in modo da proiettare una luce attenuata sul viso di Catherine quando la teneva in grembo. Mentre la piccola succhiava il biberon, lui si beò dell'odore e della sensazione del suo corpicino. La guardò con attenzione, cercando le tracce di Hazel nei suoi tratti e si convinse di ritrovarle nella forma della bocca e del mento. In qualche modo, alleviava il suo senso di perdita e solitudine.

Conosci il tuo nemico. Studialo a lungo e a fondo, poi colpiscilo con la forza e il veleno di un cobra reale. Così recitava il motto di Hector Cross.

Prima dell'alba, si alzò e si fece una doccia. Indossò una veste da camera, chiamò la nursery e chiese di Bonnie.

Nell'affidarle la piccola, le disse: « Ho chiesto alla signora O'Quinn di passare la giornata con lei e Catherine ». Nastja aveva accettato il ruolo di guardiana con un sorrisetto soddisfatto. Con la figlia nelle mani di quelle due donne, Hector poteva occuparsi senza problemi delle altre questioni. « Sarò fuori per un po'. In ogni caso con la signora O'Quinn starete tranquille in mia assenza. Non avrà niente di cui preoccuparsi. »

Senza cambiarsi, andò nel suo studio. Di fronte alla scrivania c'era un caminetto di marmo decorato da un fregio raffigurante cinque teste di leone. Premette la testa centrale e, quando sentì lo scatto attutito del meccanismo nascosto, la ruotò in senso orario. Si udì un altro scatto e, dopo una breve pausa, la libreria accanto al caminetto ruotò fluida e silenziosa, rivelando una porticina d'acciaio.

Hector digitò la password sulla tastiera della serratura elettronica. La porticina si spalancò e lui entrò in una stanzetta la cui parete di fondo era coperta da scaffali dal pavimento al soffitto. Su ognuno c'erano scatole di cartone addossate l'una all'altra, tutte con scritte su un lato che ne indicavano il contenuto. Per la maggior parte si trattava di armi da offesa e altro materiale simile: dai coltelli agli sfollagente alla sua pistola semiautomatica preferita, una Beretta 9mm, con una riserva di duecento colpi. Quasi tutte erano armi severamente proibite dalle leggi britanniche. C'era persino una scatola con la dicitura PASSAPORTI, che ne conteneva più di trenta di varie nazionalità, con la sua fotografia ma con nomi diversi, in ordine alfabetico da Abraham a Zakariya. Hector si sollevò fino allo scaffale più in alto e tirò giù lo scatolone con la scritta ABITO ARABO.

Richiuse la porta, fece scattare la serratura e attivò il meccanismo per far ruotare nuovamente la libreria al suo posto. Portò la scatola nella sua stanza, si tolse la veste da camera restando in mutande e trascorse i minuti successivi a scurirsi la pelle già di per sé abbronzata con un tubetto di tintura, fino a raggiungere una sfumatura mediorientale. Ormai la barba era lunga, e contribuiva a dargli un'aria mediorientale.

Indossò la *dishdasha* bianca lunga fino ai piedi presa dalla scatola, poi si legò la kefiah in modo che un'estremità gli ricadesse sulle spalle. Cambiò il suo Rolex di platino con un semplice Seiko di acciaio, si infilò un paio di sandali di cuoio, si mise sul naso un paio di occhiali scuri da aviatore e si guardò allo specchio.

Puoi andare, decise. Il suo arabo era fluente e colloquiale, la sua conoscenza dei costumi e dei modi del Medio Oriente impeccabile. Poteva passare senza difficoltà per un nativo musulmano tanto nelle situazioni sociali più rilassate quanto nei rituali religiosi tradizionali.

Prese l'ascensore privato per scendere nel garage. Uno dei veicoli parcheggiati in seconda fila era una piccola berlina dall'aria vissuta, con qualche ammaccatura. Le apparenze ingannavano, e in modo intenzionale. Hector l'aveva equipaggiata di vetri oscurati, sospensioni da corsa e un motore nuovo e potente capace di una ripresa sorprendente. La usava in occasioni particolari come quella, quando non voleva attirare l'attenzione. L'aveva soprannominata Q-Car, pensando alle Q-Ships, le navi con cui la Royal Navy attirava gli U-boot nazisti a portata di tiro durante la seconda guerra mondiale.

Hector avviò il motore e per qualche secondo ne ascoltò con soddisfazione il ruggito, poi salì la rampa fino alla porta a saracinesca che dava sulla strada. Era venerdì e anche se era presto il traffico era frenetico. Ed era anche il giorno in cui i musulmani avevano il sacro dovere di partecipare alla preghiera. Trovò un parcheggio a Regent's Park, a poche centinaia di metri dalla Grande Moschea. Lasciò la macchina e vi si diresse.

C'era un flusso costante di fedeli che si affrettavano nella stessa direzione. Indossavano tutti l'abbigliamento tradizionale. Hector era uno dei tanti che entravano nei confini della moschea. Non era la prima volta che vi andava e conosceva il percorso all'interno dell'edificio. Per prima cosa andò a sedersi con tutti gli altri sulla lunga panca di cemento, di fronte alla fila di rubinetti, per le abluzioni di rito. Si lavò le mani, i piedi e poi la faccia. Si sciacquò la bocca.

Era in netto anticipo sull'ora prestabilita, ma l'area contrassegnata della sala della preghiera, il *masjid*, era già affollata da file e file di figure in bianco, inginocchiate. Tuttavia c'erano ancora un po' di posti in fondo. Hector si mise in ginocchio sui tappeti, con le spalle che quasi toccavano i suoi vicini da entrambi i lati.

Le preghiere ebbero inizio. Hector entrò nella rassicurante sequenza di prostrazioni e risposte. Non era ateo. Era stato prossimo alla morte così tante volte da sapere quanto fragile e incostante fosse la vita. Credeva nel profondo che dovesse esistere una forza superiore che controllava i meravigliosi meccanismi dell'universo e il dispiegarsi dell'infinito. Da questo punto di vista era un credente, pur non essendo legato ad alcun particolare credo religioso. Voleva essere libero di scegliere il meglio di ogni dottrina che lo attraesse e adattarlo alla sua personale visione di Dio e dell'universo. Per lui sia il Cristianesimo sia l'Islam erano tempestati di brillanti di verità e bellezza, che in molti casi coincidevano. Considerava entrambe le religioni alla pari, su quel versante. In quel momento si trovò a pregare con sincerità assoluta, in particolar modo per Hazel, ovunque fosse andata. Quando la cerimonia si concluse, si sentì meglio.

Lasciò il *masjid* e vagò nei chiostri adiacenti. Passò davanti ad alcuni dei cubicoli in cui i mullah del tempio attendevano di incontrare i membri della congregazione che desiderassero guida e consigli.

Trovò la persona che cercava quasi in fondo al secondo colonnato: un uomo dagli occhi acuti e intelligenti segnati da rughe sottili, con una barba bianca. Aveva l'aria di occupare quel posto da lungo tempo. Hector entrò nel cubicolo e si inchinò.

« La pace sia con te. »

« E con te. »

Dopo lo scambio di saluti, il mullah indicò il tappeto steso davanti al basso tavolino, su cui c'era una copia consunta del Corano, così come altri testi e commentari religiosi. Hector si sedette a gambe incrociate davanti a lui e chiacchierò per qualche minuto.

Il mullah riconobbe subito il suo accento. « Vieni dall'Africa orientale, se non sbaglio. »

Hector allargò le mani in un gesto di ammissione. Aveva perfezionato il suo arabo con Tariq Hakam, che veniva dal Puntland, e da lui aveva preso l'accento. « È così evidente, Shaykh? » Usò il termine in segno di rispetto. « Ho vissuto in questo paese per molti anni. »

Il mullah esibì il sorriso di un uomo vissuto. « Come posso aiutarti? »

« Maestro, ho intenzione di compiere presto il pellegrinaggio alla Mecca, *Inshallah*! »

« *Mashallah!* Così sia » intonò il vecchio.

« Ho sentito parlare di un mullah di laggiù che un tempo ha predicato in questa stessa moschea. Mi hanno detto che, nonostante la giovane età, è un uomo di grande santità e saggezza. Vorrei sapere se lo ha conosciuto quando era qui e se crede che ascoltarlo valga il tempo e la spesa necessari per allungare il mio soggiorno alla Mecca. Vorrei sapere anche se predica in accordo con gli insegnamenti del Profeta Maometto. »

« Chi è questo mullah? Dimmi il suo nome. »

« Si chiama Azim Mukhtar... »

Prima che Hector potesse finire la frase, il volto del vecchio si illuminò di gioia. Batté le mani ed esclamò: « Nel nome di Allah e del suo Profeta, che siano lodati in eterno! Tu parli nientemeno che di Azim Mukhtar Tippu Tip ».

Hector si sorprese della sua reazione entusiasta. « Lo conosce? »

« Lo conosco come se fosse uno dei miei figli. E in verità vorrei che lo fosse. »

« Lo ammira dunque, anziano maestro? »

« È come se Azim Mukhtar fosse stato toccato dalla mano di Gabriele, primo di tutti gli angeli di Allah. » Il mullah abbassò la voce, riverente. « Gli è stata data la possibilità di vedere più in là di qualsiasi uomo. Possiede la saggezza necessaria per comprendere chiaramente ciò che agli altri è nascosto. Il suo cuore è pieno dell'amore per Allah e per il prossimo. »

« Allora secondo lei vale la pena di sentirlo parlare? »

« Se perdi questa occasione te ne dispiacerai per il resto dei tuoi giorni. La sua voce è come il suono dei più eccelsi strumenti musicali, come il sospiro del vento tra i rami di cedro del monte Oreb, l'unica montagna dell'unico Dio. »

« Mi descriva il suo aspetto, anziano maestro, così che io possa riconoscerlo appena lo vedo. »

Il mullah giunse le dita, contrasse le labbra, valutò la domanda e rispose: « È alto, ma non altissimo. È snello e si muove con la grazia di un leopardo. La fronte è ampia e profonda. La sua barba non è ancora toccata dal biancore dell'età. Ha un naso forte, come il becco di un'aquila. Il suo sguardo è acuto, ma gentile e bonario. In breve non possiede una bellezza appariscente». D'un tratto, e con sorpresa di Hector, il mullah si guardò intorno con fare da cospiratore, poi si protese in avanti e abbassò la voce. «Molti ritengono che quest'uomo sia il Mahdi, il Messia che arriverà alla fine del mondo, per stabilire un regno di pace e di giustizia. Forse, quando lo avrai ascoltato, sarai d'accordo con loro. In tal caso, quando ritorni a Londra, devi tornare a parlare con me.»

Hector lo fissò mentre la sua visione del futuro cambiava in modo drammatico. Niente era così nitido come aveva immaginato al principio. C'erano molti strati nascosti in profondità.

Quella sera prima di cena Hector, Paddy e Nastja si riunirono in salotto. Come al solito, gli uomini erano in alta uniforme con tanto di decorazioni, mentre la donna portava la sua collana di diamanti sopra il seno alto e sodo evidenziato dalla scollatura. I suoi occhi brillavano e le guance erano colorite.

Mentre Hector versava Dom Perignon nelle flûte, Nastja annunciò: «I bambini sono meravigliosi. Non me ne ero mai resa conto prima».

«Tutti i bambini» la stuzzicò Paddy, «o solo uno in particolare?»

«Non essere sciocco. Ne conosco solo uno. Ed è una bambina meravigliosa. Oggi le ho dato il biberon e le ho anche cambiato i pannolini. Non avrei mai pensato che ne sarei stata capace, ma la bambinaia mi ha fatto vedere come si fa. Credevo che mi sarebbe venuto da vomitare, ma sapete una cosa? Non c'è quasi odore.»

« Ti spiace, amore mio? Stiamo per gustare una delle leggendarie cene di Heck. Possiamo trovare un soggetto di conversazione migliore della cacca dei bambini? » protestò Paddy, cambiando in fretta argomento. « Nel pomeriggio ho parlato con il principe Mohammed dell'affitto dell'appartamento del Seascape Mansions. Naturalmente Princey si è sentito in dovere di dirmi che ha un altro aspirante inquilino con un'offerta migliore. Abbiamo mercanteggiato un po', ma alla fine sono sceso del dieci per cento rispetto al suo prezzo iniziale e abbiamo chiuso l'affare. L'appartamento è tuo, Heck. La seconda buona notizia è che ci sono solo altri dodici inquilini nell'intero edificio e sono tutti membri della famiglia reale o anziani ministri del governo di Abu Zara, o entrambe le cose. A quanto dice lui, quel palazzo è sicuro come una cassaforte. »

« Gli possiamo credere? »

« No, Heck. Non crediamo a nessuno, in materia di sicurezza. Subito dopo aver parlato con Princey, ho chiamato Dave Imbiss. » Dave era il braccio destro di Paddy e l'esperto di elettronica della Cross Bow Security. « Ha promesso di ispezionare l'appartamento fino all'ultimo centimetro, nel caso ci fossero cimici o altre sorprese lasciate da qualcuno con cattive intenzioni. Dave installerà anche sensori di movimento a pressione con allarmi silenziosi, e telecamere a circuito chiuso, scanner dell'iride, tutte le attrezzature più moderne. Nessun essere vivente potrà muoversi all'ultimo piano del Seascape Mansions, o in qualsiasi altra parte dell'edificio, senza che Dave lo sappia. Quando arriveremo ad Abu Zara l'appartamento sarà una fortezza elettronica. » Accettò il bicchiere di Jameson che Hector gli offriva e bevve un sorso. Ne espirò i vapori prima di chiedere: « Allora, che cos'hai scoperto oggi a Regent's Park che possa rallegrare i nostri cuori? »

« Molto poco, temo. Sembra che il nostro bersaglio sia un demagogo religioso con il potere di scatenare l'entusiasmo del pubblico grazie alla sua appassionata arte oratoria. I suoi seguaci, e sono una legione, lo considerano il Mahdi, il Messia che appare alla fine del mondo secondo le profezie, il Redentore che stabilirà un regno di pace e giustizia. »

Paddy e Nastja fissarono Hector, con un'espressione inquieta e allarmata. Fu Paddy a parlare per entrambi. « Per l'amor del cielo, Heck, non crederai a queste stronzate, vero? »

« Non importa quello che credo io, mio caro Padraig. La cosa cruciale è quello che credono milioni di persone. La venuta del Messia è un credo comune per Ebraismo, Islam e Cristianesimo. La sola divergenza riguarda chi e quando verrà, sempre che non lo abbia già fatto. In questo caso particolare, Azim Mukhtar si è ritirato nella città sacra ai musulmani, nientemeno che il luogo in cui è nato il Profeta Maometto. La Mecca è punto di riferimento per una grande moltitudine di fedeli e devoti. Solo i veri credenti sono autorizzati a entrare, sotto pena di morte. Sembra ora che molti di costoro siano convinti, come veri fanatici, che Azim Mukhtar sia il Mahdi. Lo proteggeranno con la loro stessa vita e strapperanno a mani nude braccia e gambe a chiunque alzi un dito su di lui. »

Fece una pausa e bevve dal proprio bicchiere, mentre raccoglieva le idee. « Avevo in mente di andare alla Mecca travestito da pellegrino e nascondermi tra la folla di fedeli per guardare e ascoltare Azim. Così, da quello che avessi visto e sentito, avrei potuto giudicare le probabilità che sia lui la Bestia che sta continuando la faida. In caso di evidente innocenza, l'avrei lasciato stare e sarei andato in cerca del vero nemico. Se avessi avuto il minimo dubbio sulla sua innocenza, lo avremmo sequestrato e interrogato. Ora però portarlo fuori mi sembra troppo rischioso. La città è una trappola mortale per gli infedeli. Devo valutare le probabilità che sia colpevole e, se la bilancia è a suo sfavore, giustiziarlo sul posto e lasciare il suo corpo a marcire alla Mecca.»

«Se fossi in te, Hector, punterei dritto a cancellarlo dalla faccia della terra senza tante storie o scrupoli di coscienza che, fammelo dire, non ci appartengono» fu il giudizio di Nastja. «Ma ora ti chiedo: perché rischiare? Se lo uccidi e poi salta fuori che era la persona sbagliata ed era innocente, vorrà dire che abbiamo commesso un peccato e potremo piangere per lui o accendere un cero, ma almeno non ci sarà più nessun Tippu Tip al mondo. Non è poi una grande perdita, ti pare?»

«Sono pienamente d'accordo con te, cuore mio» disse Paddy sorridendole con tenerezza. «Ma lo sai che certe volte Hector ha la testa dura.»

«È un uomo» replicò Nastja, alzando le spalle con un sospiro. «Avete tutti la testa dura.»

«Nazzy, conosci il profondo affetto... anzi, la profonda venerazione che nutro per te, ma...» cominciò Hector.

Lei lo interruppe con un gemito. «Risparmiami le cazzate, Hector Cross. Okay, vuoi andarci con i piedi di piombo? Bene. Paddy e io rispetteremo la tua decisione, come sempre. Ma non dare la colpa a noi se poi il Grande Redentore si gira e ti morde le palle.»

Trascorsero altre quarantott'ore prima che Hector decidesse che erano pronti per trasferirsi ad Abu Zara. Quando scese la sera, la carovana, comprendente due grossi furgoni a noleggio, partì dalla casa di Belgravia per l'aeroporto di Farnborough, dove il Boeing della Bannock Oil era in attesa.

Hector e i suoi ospiti cenarono a casa tranquilli e solo dopo indossarono i comodi vestiti da viaggio. Hector tornò nella stanza segreta dietro la libreria dello studio. Recuperò la 9mm con due caricatori di scorta e le munizioni di riserva. Infilò l'arma nella fondina ascellare, la tastò e sorrise. Gli dava una sensazione rassicurante. Poi prese la scatola con la scritta PASSAPORTI e ne scelse tre: uno saudita, uno iracheno e uno di Abu Zara. Richiuse la camera segreta e scese in garage, dove l'autista aspettava sulla Rolls con il motore acceso.

Ci fu una breve discussione tra Hector e Nastja su chi dovesse stare accanto a Catherine per il breve tragitto fino all'aeroporto. Fu Nastja a spuntarla, che la tenne accanto a sé, cantandole sottovoce ninne nanne in russo. Catherine non emise un gridolino per tutto il percorso. Bonnie e le bambinaie seguivano la Rolls a bordo di un'altra macchina.

Il convoglio arrivò sulla pista e si fermò sotto l'ala del Boeing. Sull'aereo li attendeva una donna anglo-indiana della UK Border Agency, che svolse le formalità per l'espatrio con rapida efficienza. In pochi minuti stavano rullando verso la pista principale. Appena furono in volo, Catherine fu messa a dormire nella culla da Nastja, circondata dalle altre donne a bordo.

Quando Nastja tornò nella cabina per unirsi agli uomini per il bicchiere della staffa, si accoccolò sul sedile accanto a Paddy e gli parlò con fare seducente. « Lo sai quanto detesto stare in coda all'aeroporto, marito adorato? » gli sussurrò all'orecchio. « Se mi ami davvero, comprami uno di questi Boeing Business. Altrimenti portami in camera da letto e dimostrami il tuo amore in altro modo. »

Poco più di sette ore dopo, atterrarono ad Abu Zara, dove un veicolo dell'aeroporto li incrociò sulla pista e con i lampeggianti accesi li condusse all'hangar reale. Si fermarono accanto al nuovo 747-8 dell'emiro, dietro al quale erano allineati i Boeing più piccoli, appartenenti alle sue mogli. La Bannock Oil e chiunque vi avesse a che fare godeva di uno status privilegiato nel paese.

Ad accoglierli ai piedi della scaletta c'era un piccolo comitato di benvenuto della Cross Bow Security, capitanato da Dave Imbiss e Tariq Hakam, nelle loro nuove ed eleganti uniformi beige disegnate da Nastja. Tariq stentava a nascondere la sua felicità quando vide Hector scendere agile i gradini.

Molto tempo prima, quando Hector era ancora un maggiore dei SAS britannici, Tariq Hakam faceva parte della sua unità in Iraq come interprete e guida locale. Erano diventati amici sin dal primo giorno, quando erano caduti in un'imboscata e avevano dovuto combattere per uscirne. In seguito Tariq era stato al fianco del maggiore nel terribile giorno dell'esplosione sul ciglio della strada. Quando Hector aveva fatto fuoco sui tre ribelli arabi che avevano piazzato la bomba e che sembravano essere sul punto di farsi esplodere, Tariq lo aveva coperto, abbattendo uno dei nemici. Dopo che Hector aveva lasciato il suo incarico presso i SAS, Tariq era andato da lui e gli aveva detto: « Tu sei mio padre. Dove vai tu, vado anch'io ».

Ora, sull'attenti davanti a Hector, gli rivolse un profondo inchino, con le mani giunte sul cuore. « Possa Allah amarti e proteggerti da ogni pericolo, padre mio » mormorò in arabo.

Contravvenendo a ogni protocollo, Hector lo strinse in un forte abbraccio. La voce gli cedette per un istante, mentre gli rispondeva in inglese: « Tariq, vecchia canaglia! Dio, quanto mi sei mancato ».

Negli anni, Tariq aveva sentito quel « vecchia canaglia » in molte occasioni e aveva capito che per l'amico era un'espressione di grande stima. Sorrise e ricambiò l'abbraccio di Hector, poi fece un passo indietro per lasciare che gli altri membri della Cross Bow si facessero avanti per salutare Hector, che conosceva tutti molto bene. Aveva accompagnato alcuni di loro nel Puntland per recuperare la figlia maggiore di Hazel e nell'inferno della lotta si erano formati legami molto saldi.

Ora Dave Imbiss era il secondo nella gerarchia dopo Paddy O'Quinn. Benché desse un'impressione di giovinezza e innocenza, aveva servito due volte negli US Marines e aveva sul petto una fila di medaglie che lo testimoniavano. Ai vecchi tempi della Cross Bow, Hector, che aveva sempre buon occhio per i migliori, lo aveva selezionato fra molti. Dave era scaltro e aveva la pelle dura. Quello che poteva sembrare grasso era in realtà una solida muscolatura. Aveva visto uomini morire e ne aveva spediti parecchi di persona nel lungo viaggio di sola andata. Hector e lui si dovevano molte delle loro nove vite.

Mentre si stringevano la mano, Hector gli chiese: « Allora, Dave, questa tua casa sicura è davvero sicura? »

« Blindata, capo. »

« Dimostramelo. »

Salirono tutti a bordo dell'Humvee mimetico di Dave, il quale si mise al volante e li portò fuori dal complesso dell'aeroporto, verso il deserto, seguito da due camion con i bagagli. La strada era a quattro corsie, un rettilineo dalla superficie rilucente come vetro. Come l'eterea città che si intravedeva in lontananza nella foschia lattiginosa, era stata costruita con il petrolio che giaceva oltre le sabbie del deserto, il petrolio su cui Hazel aveva realizzato la sua fortuna e la sua reputazione quando era al timone della Bannock Oil.

Dave guidava ad alta velocità lungo la costa del Golfo. La spiaggia era candida come neve e le acque un ventaglio stupefacente di blu e verde, a seconda della profondità del fondale. Il cielo era limpido e di una sfumatura di azzurro così luminoso da fare quasi male agli occhi.

Quanto più si avvicinavano ad Abu Zara, tanto più gli edifici sembravano innalzarsi verso il cielo: torri di vetro e di cemento color crema. Dave Imbiss ne indicò uno che sorgeva isolato dagli altri. « Eccolo là! Il Seascape Mansions. Il nuovo castello delle fate della piccola Catherine » disse a Hector. Lasciò l'autostrada alla prima uscita.

« Accosta e parcheggia per un minuto, per favore » disse Hector. Nel cruscotto c'era un binocolo. « Posso prenderlo? »

« Fai pure, Heck. »

Appena l'Humvee si fermò, Hector scese e si protese sopra il vano motore, mettendo a fuoco con il binocolo l'alto edificio. Ne studiò la disposizione esterna, poi scandagliò i dintorni. L'edificio principale era circondato da estesi giardini progettati con attenzione, prati curatissimi e fontane, file di palme da dattero e altre piante esotiche. Il perimetro era delimitato da una doppia recinzione di filo spinato. Oltre i giardini c'era un complesso di edifici di servizio e alloggi del personale, separati da una recinzione con cancello e guardie.

« Da qui sembra okay » ammise Hector, prima di risalire sull'Humvee.

Raggiunsero il cancello principale del Seascape Mansions. Le guardie al posto di controllo erano cortesi ma inflessibili, e studiarono con attenzione anche il passaporto della piccola. Quando furono ammessi nel recinto, Dave si fermò di nuovo in mezzo ai giardini e tutti allungarono il collo per guardare l'edificio. Dave indicò a Hector i discreti pannelli d'acciaio che i suoi operai avevano installato alle finestre dell'ultimo piano, progettati per deflettere razzi o altri ordigni esplosivi che fossero stati sparati da terra o dalla spiaggia sottostante. Hector aveva avvisato Dave delle granate incendiarie che la Bestia aveva impiegato a Brandon Hall e non voleva correre il rischio di repliche.

All'ingresso del parcheggio sotterraneo trovarono un'altra guardia, che controllò la targa dell'Humvee, comunicatagli via telefono dal cancello principale. Dal garage salirono sull'ascensore riservato all'ultimo piano. Quando Hector uscì dalla cabina e si trovò nell'ingresso dell'appartamento, capì subito perché il principe Mohammed avesse fatto una richiesta così alta per l'affitto e si rese conto che non era stata gonfiata per capriccio.

C'era una decina di camerieri in tunica bianca e fez scarlatto con fiocco nero, allineati davanti alle porte dell'ascensore. Salutarono Hector con un rispettoso inchino e poi scomparvero silenziosi nell'appartamento.

« So che cosa stai per chiedere, capo » disse Dave Imbiss. « Sono stati tutti controllati a fondo prima dell'assunzione. Garantisco personalmente per ciascuno di loro. »

Gli interni dell'appartamento erano stati progettati da un prestigioso studio italiano. C'erano dodici camere da letto, due sale da pranzo – ognuna dotata di cucina propria – tre saloni, una palestra. In un'area separata c'erano alloggi per un numero di camerieri che poteva arrivare a venticinque.

Catherine aveva la propria spaziosa nursery, con le camere separate per le bambinaie. Sul tetto c'erano un'elipista, una piscina, un solarium e un'area con bar e barbecue. Da lì si vedeva il centro della città, oltre la baia; sull'altro lato si estendevano le acque aperte del Golfo, con i triangoli bianchi delle vele dei sambuchi, sparse come margherite in fiore sulla distesa azzurra.

« Sarà una vita da reclusi, ma il carcere non sembra male » fu il commento di Hector. E convocò subito un consiglio di guerra nella saletta cinematografica.

Hector stabilì il piano di azione per Paddy e Nastja, Dave Imbiss e Tariq. Si sarebbe proceduto sulla base di ciò che per ognuno era necessario sapere: le informazioni erano limitate solo agli elementi coinvolti in modo diretto. Nemmeno gli operativi più anziani e fidati della Cross Bow sarebbero stati messi al corrente.

La prima fase dell'operazione era affidata a Hector e a Tariq. Travestiti da pellegrini, sarebbero partiti per la Mecca a bordo di uno dei numerosi voli turistici. Tariq aveva già provveduto a prenotare, in forma assolutamente anonima; aveva pagato in contanti con riyal sauditi, per non lasciare tracce di carte di credito. Avrebbero viaggiato da Dubai a Jedda e da lì avrebbero preso un autobus fino alla Città Santa. La Mecca sarebbe stata affollata da centinaia di migliaia di fedeli, visto che si avvicinava la stagione del pellegrinaggio. Hector e Tariq si sarebbero confusi nella moltitudine.

Tariq aveva preso inoltre la precauzione di prenotare l'alloggio in uno dei caravanserragli più a buon mercato della città, dove per venti dollari a notte avrebbero diviso un dormitorio con altri pellegrini. La Bestia non avrebbe mai sospettato che Hector Cross si rintanasse in una simile topaia.

Avevano poco meno di tre settimane per prepararsi, prima di partire per la Mecca. Hector sapeva che il suo arabo non sarebbe stato convincente in un interrogatorio condotto con perizia. L'abbronzatura del viso e delle braccia si era scolorita e l'uso della tintura non avrebbe retto a un esame ravvicinato. Ma soprattutto non era nella forma migliore per una battaglia. Era essenziale che si rimettesse in riga, ma ci avrebbero pensato Dave e Tariq.

Hector trascorse una notte nel lusso inebriante e rarefatto del Seascape Mansions. Il mattino dopo diede l'arrivederci a Catherine con un bacio, poi lui e Tariq andarono a unirsi alla manovalanza di un appaltatore saudita la cui compagnia stava costruendo un altro grattacielo sulla spiaggia.

Il governo di Abu Zara non gradiva la formazione di sindacati nel regno. L'emiro dettava le proprie condizioni, senza accettare vincoli dai suoi dipendenti. Con questo illustre esempio, i capisquadra della Khidash Constructions non erano molto preoccupati dei diritti dei loro lavoratori, così come dei diritti umani o di qualsiasi altro genere.

La sistemazione era spartana, il lavoro brutale: dalle sedici alle diciotto ore al giorno, sette giorni alla settimana, sotto il sole cocente, a trascinare sacchi di cemento o pietrisco su per decine e decine di metri di impalcature scoscese; o lavorare di piccone e di vanga giù nelle fondamenta, fino a quando i muscoli bruciavano, mentre il viso e le braccia di Hector diventavano di un color bronzo scuro. I compagni di lavoro erano dei reietti, che si esprimevano in modo colorito. Hector non tardò a recuperare il suo arabo fluente. Resistette stoicamente dieci giorni al cantiere della Khidash, prima che lui e Tariq si trasferissero centosessanta chilometri a sud, nel deserto, alla piattaforma petrolifera principale della Bannock. Qui trascorrevano tre o quattro ore al giorno al poligono di tiro, per affinare la loro precisione con pistola e fucile.

Grazie ai suoi contatti con l'esercito degli Stati Uniti e il suo genio nel procurarsi le armi, Dave Imbiss aveva messo le mani su un fucile M110 Semi-Automatic Sniper System. Hector aveva fatto pressione per mandare il jet della Bannock Oil a prendere l'arma presso la base militare dei marine in Afghanistan. Dopo poche ore di pratica, dispose sei palle da tennis gialle in cima a una duna; secondo lui, una palla da tennis, molto più piccola di un cervello umano, tutto sommato era un buon bersaglio. Da una distanza di trecentocinquanta metri, riuscì a farle esplodere tutte, con sei colpi in rapida successione.

L'arma, compresa la sua ottica straordinariamente accurata, non pesava nemmeno cinque chili. Una volta smontata, poteva essere nascosta con facilità e trasportata da due uomini. Dall'altro lato della strada in cui si trovava la moschea dove predicava Azim Mukhtar c'era un piccolo giardino pubblico, di circa un ettaro. Nella sua ricognizione, Tariq lo aveva giudicato una posizione ideale, di fronte al tragitto compiuto ogni giorno dal mullah per andare da casa alla moschea e ritorno; misurata a passi, la distanza doveva essere di duecentodieci metri. Anche con un bersaglio in movimento, Hector non avrebbe sbagliato il colpo.

Naturalmente la parte più difficile era introdurre l'M110 SASS alla Mecca. Tariq aveva coltivato un contatto presso una compagnia di trasporti che, durante la stagione dei pellegrinaggi, trasportava migliaia di tonnellate di carico ogni giorno dall'aeroporto di Jedda alla città. Si trattava in prevalenza di alimentari deperibili, ma Tariq confidava che sarebbe riuscito a far passare il fucile smontato, per esempio etichettandolo come pezzi di ricambio per macchinari più grossi, tipo condizionatori d'aria o ascensori. Aveva molti altri contatti in Arabia Saudita che potevano essere corrotti o convinti a collaborare. Era comunque un progetto a lungo termine: c'era ancora tempo per elaborare uno schema a prova di errore. Al piano finale si sarebbero dedicati solo dopo che Hector avesse preso la decisione di uccidere Mukhtar.

Gli ultimi dieci giorni prima della partenza furono dedicati all'allenamento che Hector si era imposto. Dave Imbiss mandò alla base uno dei suoi allenatori di karate, una creatura più simile a una macchina che a un uomo. Il maestro portò Hector al limite, quindi lo spinse oltre, senza mostrare alcun rispetto per il suo grado, la posizione o il fatto che avesse il doppio dei suoi anni. Alla fine Hector si guadagnò il suo rispetto con le cattive, insegnando al giovane lupo a stare alla larga dal capobranco.

Negli ultimi sei giorni, Hector si fece portare con Tariq in elicottero nel deserto, in assetto da battaglia. Si paracadutavano a bassa quota e poi correvano per quarantadue chilometri fino alla base, sempre con l'equipaggiamento completo e trascinando i paracadute.

Al principio l'allenamento fu più duro per Hector che per gli uomini più giovani. Tuttavia, man mano che recuperava la forma, ritrovò il gusto di quella brutale routine. Dormiva profondamente, senza sogni. Il vuoto, doloroso e terribile, lasciato da Hazel cominciava a colmarsi. Quantomeno, riusciva a ricordarla con gioia anziché con disperazione. Sapeva che stava per vendicare la sua morte e che forse, dopo, lei avrebbe potuto riposare in pace.

Mentre il suo corpo riguadagnava forza, si rinsaldava anche l'amicizia con Tariq. Si sentivano vicini come in passato. Avevano condiviso molte esperienze e insieme avevano affrontato situazioni difficili. Erano stati fianco a fianco sul campo di battaglia. Tutti e due avevano perso l'amata moglie a causa dell'insensata crudeltà della Bestia. La moglie di Tariq, Daliyah, era bruciata viva con il suo bambino tra le ceneri della loro casa. Una tragedia che, se possibile, ora li univa ancora di più.

Hector scoprì di poter parlare con Tariq della morte di Hazel come non riusciva a fare con nessuno, neppure con Paddy e Nastja. Hazel era stata con loro nella spedizione nel Puntland, per fare uscire la figlia Cayla dalla fortezza di Tippu Tip. Tariq era stato testimone del suo coraggio e della sua resistenza, degna del più duro tra gli uomini della Cross Bow. Volle conoscere ogni dettaglio dell'agguato che la Bestia le aveva teso e ascoltò il racconto di Hector. Alla fine chinò la testa e rimase in silenzio per un po', guardando verso il deserto dalla cima della duna su cui si erano fermati a riposare. Poi chiese: « Ma come facevano a sapere che stavate arrivando? »

La domanda colse Hector di sorpresa. « I due porci in moto devono averci seguito quando abbiamo lasciato Harley Street. Probabilmente hanno avvisato il guidatore mascherato del furgone che li aspettava più avanti. »

« Sì, capisco. Ma come facevano a sapere che tu e Hazel eravate dal ginecologo quel mattino? Chi altri sapeva che avevate un appuntamento da lui? »

Hector lo guardò per qualche secondo e imprecò sottovoce. « Merda, hai ragione! Non lo sapeva nessuno, a parte Hazel, la sua segretaria e me. »

« Ti puoi fidare della segretaria? »

« Ha lavorato con Hazel per anni. Non può essere stata lei. Ci scommetto la testa. »

« Qualcuno lo sapeva » disse Tariq, con fermezza. « È l'unica spiegazione a quanto è successo. »

Hector si incupì. « Hai proprio ragione: qualcuno doveva saperlo. Avrei dovuto pensarci subito. Sto invecchiando, amico mio? »

« No, Hector. La morte di Hazel è stata un brutto colpo. Quando hanno ucciso la mia Daliyah e il nostro bambino, per un anno sembravo un cane rabbioso da quanto ero fuori di me. Per cui ti capisco. L'ho vissuto prima di te. »

« Quando torno a Londra qualcuno farà una brutta fine » mormorò Hector.

« Prima però noi due dobbiamo andare alla Mecca per seguire la pista di sangue che ci porta laggiù. » Tariq appoggiò una mano sul braccio dell'amico. « Una cosa per volta. Ma alla fine troverai il colpevole. Lo so, nel profondo del mio cuore. Spero di essere con te quando succederà. »

Rimasero seduti in silenzio per un po'. Hector pensò al filo che li legava, e rammentò che l'amicizia virile era una delle esperienze più nobili in assoluto. Questa è un'altra persona alla quale posso affidare la mia vita, pensò. Ne era assolutamente certo, e quell'idea lo aiutava a resistere.

Alla fine di quei sei giorni, quando salirono sull'affollato aereo da Dubai a Jedda, erano entrambi in ottima forma. La pelle di Hector si era scurita al sole e la sua barba era cresciuta nera e riccia. Viaggiavano leggeri, senza armi né attrezzature elettroniche, nemmeno i cellulari. Avevano solo i biglietti per il ritorno, i passaporti e una manciata di banconote spiegazzate nella cintura che portavano in vita, sotto i vestiti. Gli abiti di ricambio e gli articoli di igiene personale erano raccolti in fagotti di tela.

L'aereo, un volo speciale per i pellegrini, era un vecchio Fokker a elica che partiva da un aeroporto secondario riservato ai voli nazionali. L'aria condizionata lasciava a desiderare e il puzzo di sudore faceva venire le lacrime agli occhi. I sedili erano stretti e rigidi. Lo spazio per le gambe era così limitato che Hector si ritrovò con le ginocchia sotto il mento. Il bambino della fila di fronte alla sua se la fece addosso durante il decollo, e il torrentello gli colò sotto i piedi. Il volo durò tre ore, ma sembrarono trenta.

Passati i controlli e le formalità dell'aeroporto a Jedda, attesero sette ore prima di poter trovare posto in piedi a bordo di un autobus diretto alla Mecca. Il mezzo si bloccò due volte per un guasto, e raggiunse la Città Santa molto dopo la mezzanotte. L'albergo che Tariq aveva prenotato era lontano dagli splendori di marmo del centro della città. Era nascosto in un caos di vicoli contorti. Dividevano un dormitorio comune con altri dodici pellegrini, ma nonostante tutto la stanchezza ebbe la meglio e Hector si addormentò.

Nello stanzone, il movimento ebbe inizio prima dell'alba. Hector attese il suo turno alla turca, poi si lavò con acqua fredda nel catino di latta incatenato alla base dell'unico rubinetto. Indossati vestiti puliti, scesero nei vicoli chiassosi portandosi dietro i fagotti con le loro poche cose.

Per colazione mangiarono *chapati* piccantissimi comprati a un carretto sul ciglio di una strada, poi percorsero a piedi gli oltre sette chilometri che li separavano dal centro.

La famiglia reale saudita investiva milioni di petrodollari nella glorificazione del luogo più sacro dell'Islam, al centro del quale si trovava un possente agglomerato di guglie in marmo decorato in oro, cupole, minareti, edifici e piazze. Tutto questo circondava la moschea più venerata del mondo islamico, l'Al-Masjid al-Haram e il santuario della Kaaba, eretti millequattrocento anni prima. Ogni vero musulmano si rivolgeva a quei monumenti quando pregava, cinque volte al giorno.

In ogni caso, nella sola Mecca sorgevano centinaia di moschee meno famose, alcune delle quali risalivano a un'epoca precedente all'Islam. Azim Mukhtar predicava in una di queste moschee minori: il Masjid ibn Baaz, all'estremità occidentale del distretto di Azeeziyyah. Dall'esterno sembrava un edificio moderno, ma Tariq spiegò a Hector che aveva più di mille anni ed era molto venerata per il gran numero di santi uomini che vi avevano pregato e predicato.

Entrarono nel parco sul lato opposto della strada rispetto alla moschea, un ettaro di terreno spoglio e riarso dal sole. Erano già molti i pellegrini che vi si erano radunati in attesa di visitare la moschea per la preghiera del *dhuhr*, a mezzogiorno.

Tariq condusse Hector alla collinetta al centro del parco, su cui cresceva un boschetto di euforbia spinosa. Si accovacciarono sull'erba marrone, tra i gruppi di fedeli in attesa e condivisero un cartoccio di hummus e felafel in rotoli di pane non lievitato, accompagnato da un tè freddo lattiginoso. Tariq, che l'aveva acquistato a un chioschetto, pulì il collo della bottiglia con la manica, prima di passarla all'amico. Nel frattempo gli spiegò la possibile dinamica dell'azione.

Hector la considerò con l'occhio del tiratore scelto.

« Tu e io potremmo appostarci tra quei cespugli. » Tariq si voltò e accennò con il mento alle piante di euforbia. « Sono abbastanza fitti da nascondere noi due e l'arma. Al mattino presto c'è poca gente in questi giardini. Tutti i giorni alle sei Azim Mukhtar esce di casa. » Accennò a un edificio con il tetto piatto. « Cammina lungo il lato opposto della strada circondato da molti dei suoi discepoli. »

« Riuscirò a distinguerlo dai suoi seguaci? Non vorrei sprecare il primo colpo, quello più preciso, sull'uomo sbagliato. »

« Lo vedrai oggi. Dopodiché non te lo scorderai più. Si nota anche in mezzo alla folla » lo rassicurò Tariq.

« Sarà un bersaglio mobile » mormorò Hector, ma l'altro non era d'accordo.

« Se hai pazienza, non è detto. C'è sempre qualcuno che gli si avvicina lungo la strada. Certi si prostrano sul suo cammino e supplicano la sua benedizione, altri gli porgono bambini malati perché li tocchi e li guarisca. Lui non respinge nessuno, si ferma per tutti. Quindi non sarà in movimento. Impossibile mancarlo, per uno come te. » Tariq si guardò alle spalle. « Quando Azim Mukhtar cadrà ci sarà una grande confusione. Dovrai solo posare il fucile e camminare verso l'uscita posteriore del giardino. Fuori dai cancelli c'è una fermata dell'autobus e passano molti taxi a tre ruote. Ne prendi uno e sarai lontano di qui in fretta. »

« D'accordo. Lo sparo dovrebbe echeggiare tra quegli edifici alti sull'altro lato e nessuno riuscirà a capire con precisione la direzione da cui è arrivato il colpo. Questo dovrebbe darmi un buon vantaggio per andarmene. »

« Pensiamo a una cosa per volta. Prima devi vedere e ascoltare Azim Mukhtar, a quel punto capirai se è lui la Bestia che ha dato l'ordine di uccidere Hazel. » Tariq parlava a voce bassissima, c'erano troppi estranei seduti sull'erba, a portata d'orecchio.

« Dove sarà adesso Mukhtar? Hai detto che viene tutti i giorni al mattino presto? »

« Ogni giorno alle sei, puntuale. Ci rimane tutto il giorno. Conduce la preghiera, il secondo pilastro dell'Islam, cinque volte al giorno» spiegò Tariq. «Fa due prediche, una dopo il *dhuhr* di mezzogiorno e poi ancora dopo l'*isha* alla sera. Infine, verso le nove, torna a casa dalla famiglia. Molti dei suoi seguaci vanno con lui.»

«Quindi ora dovrebbe essere nella moschea.»

«Di sicuro.» Tariq guardò l'orologio. «Mancano quaranta minuti a mezzogiorno, siamo in anticipo. Possiamo aspettare qui e riposarci.»

Il sole era caldo e il mormorio delle voci della folla intorno a loro aveva un effetto ipnotico. Hector cedette al sonno, per poi svegliarsi di soprassalto. Non era sicuro di quanto avesse dormito e si guardò intorno. Tariq era sparito. Fu colto da un'ansia improvvisa, ma poi lo rivide: stava tornando verso di lui, facendosi largo tra i gruppi di pellegrini sparpagliati sul terreno polveroso.

«Dove sei stato?» chiese, quando Tariq tornò ad accovacciarsi accanto a lui.

«Laggiù.» Indicò il gabinetto pubblico all'entrata del parco. «A fare acqua.»

«Avresti dovuto dirmelo.» Hector era seccato. Si trovavano nella tana della Bestia, correvano rischi. Avrebbero dovuto coprirsi a vicenda in ogni momento, quello era un principio basilare.

«Scusa. Stavi dormendo.»

Aveva ferito Tariq con quel rimprovero, ma se lo meritava. Hector contenne la propria irritazione. Forse era troppo sensibile. E poi aveva sbagliato anche lui: non avrebbe dovuto addormentarsi. Toccò la spalla di Tariq in un gesto di riconciliazione.

Finalmente il canto acuto del muezzin che recitava l'*ad-*

*han*, l'invito alla preghiera, risuonò dal minareto della moschea, ai piedi della collina.

Tariq si alzò subito. « È ora di andare a pregare » disse. Nella sua voce c'era un entusiasmo che non riuscì a nascondere.

Hector si alzò a sua volta e i due si unirono al flusso di uomini che sciamavano verso la moschea. Lasciarono i sandali fuori dalle porte principali del *masjid* e procedettero alle abluzioni insieme agli altri fedeli. Quindi, a piedi scalzi e purificati secondo il rituale, entrarono insieme alla moltitudine e si inginocchiarono fianco a fianco su un tappeto da preghiere di lana, rivolti verso la Kaaba.

C'era un palpabile senso di attesa che sembrava avvolgere tutti i fedeli. Era come se tutti stessero trattenendo il respiro. Quando il mullah Azim Mukhtar Tippu Tip entrò nel *masjid*, Hector si scoprì a buttar fuori l'aria e a rilassarsi con tutti gli altri.

Tariq aveva detto bene. Hector ne fu subito certo: aveva individuato Azim Mukhtar. La sua presenza sembrava pervadere tutta la grande sala della moschea. Emanava una grande forza interiore. Hector non era sicuro se fosse malvagia o benigna, ma era potente.

Era proprio come gli era stato descritto: alto, magro e bello, con lineamenti forti, quasi feroci. Quell'uomo poteva essere un assassino, giudicò Hector, ma c'erano altri elementi che mettevano in dubbio i suoi preconcetti. La bocca era generosa ma severa, lo sguardo penetrante e diretto, ma non crudele. Quell'uomo era davvero un enigma.

Azim Mukhtar salì sul *minbar*, il pulpito che dominava la congregazione. Si muoveva con grazia, il corpo sotto la tunica svolazzante era flessuoso come quello di un predatore. Quando chiamò i presenti alla preghiera, la sua voce arrivò in ogni angolo della sala ed echeggiò nella cupola sopra di loro. Hector guardò affascinato il mullah che conduceva i fedeli nel rituale di prostrazioni e orazioni. Si sentiva dominato dall'incertezza: un momento era certo di dover uccidere quell'uomo e poco dopo i dubbi lo assalivano, erodendo la sua determinazione. Le ondate di adorazione emanate dai fedeli che circondavano Azim Mukhtar alteravano il giudizio di Hector, facendolo oscillare come una canna di fiume sotto le raffiche di vento.

Sapeva che non era possibile, ma avrebbe desiderato potersi confrontare con quell'uomo faccia a faccia, riuscire a rimuovere gli strati che nascondevano la sua vera identità per arrivare al nocciolo e capire con certezza se fosse un santo oppure un demonio. Si rendeva conto, del resto, che sarebbe stato riduttivo per entrambi se gli avesse teso un agguato abbattendolo a distanza. Avrebbe voluto una prova certa del fatto che si trattava di un nemico degno del suo acciaio, o che invece era un brav'uomo che meritava il suo rispetto.

Le preghiere si conclusero e i fedeli si sollevarono sui calcagni. Come investiti da una marea, erano tutti in attesa, rivolti alla figura imponente che troneggiava su di loro.

Azim Mukhtar si sedette, sollevò la mano destra e cominciò a parlare. Le note tonanti della sua voce immobilizzarono tutti i presenti, compreso Hector Cross, con il suo scetticismo.

«Voglio parlarvi di *al-qisas*, la legge del taglione, come stabilita nell'Esodo 21, 23-27 e poi accolta dal Profeta Maometto nella sura 5 del Corano. *Al-qisas* è il diritto di una parte lesa di reclamare vita per vita, occhio per occhio, dente per dente, mano per mano, piede per piede, ferita per ferita.»

Hector sentì un vento gelido lungo la schiena. L'argomento scelto da Azim suonava troppo vicino alle sue intenzioni per essere casuale. Seduto in fondo, non vedeva bene il volto del mullah. Non riusciva a decifrare né la sua espressione né la luce nei suoi occhi.

« Sappiamo che la sura numero 5 del Corano è stata trasmessa al Profeta dall'Alto. Sappiamo che negli Hadith si riscontra che Maometto abbia posto in pratica questo aspetto della legge della *sharia*. In una circostanza, quando la zia di Anas, uno dei suoi compagni, ruppe un dente a una sua serva e la famiglia di costei ne chiese giustizia, Anas andò dal Profeta e gli chiese di intervenire. Maometto rispose: 'È la legge di Allah'. »

« *Inshallah* » rispose in coro l'uditorio.

« In ogni caso, è volere di Allah e del suo Profeta che nascondiamo la nostra sete di vendetta dietro il mantello della legge divina? » chiese implacabile Azim Mukhtar. « È per questo che Allah l'Onniveggente, l'Onnipotente, ci ha offerto una seconda possibilità. Vale a dire il risarcimento. La parte lesa può scegliere di accettare un pagamento in denaro o in natura per sanare la colpa di chi l'ha offesa. Non è necessario spargere sangue. La morte non ha bisogno di essere pagata con la morte e l'ira di Allah si placa. »

« *Mashallah* » gioì la congregazione.

« Tuttavia, è l'avidità un movente più nobile della vendetta? Alcuni di noi direbbero di no. Una volta di più ci è offerta una terza possibilità. La scelta del perdono. »

« *Allah Akbar!* » gridarono al cielo i fedeli. « Dio è grande. »

« Eppure, se si perdona l'assassino, è giusto che questi non paghi per il suo delitto? Quale nobiltà d'animo è richiesta a un uomo perché lasci sopravvivere l'assassino della sua amata moglie? »

« No! Deve morire! » urlarono rabbiosi.

Azim Mukhtar stava giocando con loro servendosi del metodo socratico: esaminando via via ogni argomento, confutava ogni volta la propria affermazione. Hector non poteva non ammirare la sua sottigliezza.

« Allora, se l'assassino viene ucciso, anche suo fratello avrà il diritto di vendicarlo. Tornerà e ucciderà il figlio della donna morta. Ma tutto questo non farà precipitare l'umanità nel circolo vizioso della morte che genera morte? »

I fedeli presero a confabulare, incerti e confusi.

Azim Mukhtar li lasciò a lottare con la propria coscienza, prima di averne pietà. « È possibile che ogni nuova era trovi la propria moralità? Forse ciò che era giusto millecinquecento anni fa non lo è più oggi. » Alzò entrambe le mani e proseguì in un tono più lieve e gioioso. « Secondo il Sacro Corano, ma anche la Torah ebraica e la Bibbia cristiana, nei giorni finali, prima che il mondo che conosciamo perisca e scompaia per sempre, il Mahdi scenderà tra noi inviato da Dio. Il Corano ci dice che Egli regnerà su di noi per nove anni, in un tempo di pace e di amore e giustizia in cui non ci saranno più crudeltà né male e il torto sparirà dalla faccia della terra. »

« *Inshallah!* »

« Molti credono che questo tempo benedetto di perdono e giustizia sia giunto e che il Mahdi sia già tra noi. »

« *Allah Akbar!* »

Azim si alzò, rivolse un cenno di benedizione all'uditorio, poi scese sul pavimento di marmo e scomparve attraverso la porta dietro il *minbar*.

I fedeli si alzarono e si diressero verso le uscite. L'umore era alle stelle. Erano tutti emozionati e commossi da ciò che avevano sentito.

Più si avvicinavano alle porte, più la marea umana si addensava. L'uomo più vicino a Hector era alto e grosso, ma molti di loro erano alti quanto lui. Sembrava che fossero stati scelti per questi attributi.

Hector si guardò intorno in cerca di Tariq, ma non riuscì a vederlo. Doveva essere stato spinto lontano dal flusso della folla. Poco male: si sarebbero ritrovati nel cortile oltre le porte. Tuttavia, la pressione intorno a lui era costante e riusciva a stento a respirare. La faccia dell'uomo alla sua destra era a pochi centimetri dalla sua e le labbra quasi gli sfioravano un orecchio.

« *Effendi* » disse l'uomo, in tono calmo.

Hector fu sorpreso dall'uso di quel termine rispettoso.

« La prego, non si allarmi. Non intendiamo farle del male e lei non è in pericolo. Tuttavia devo insistere perché lei venga con noi, per favore. » L'uso del plurale chiarì all'istante la situazione. Tutti quelli che circondavano quell'uomo dovevano lavorare per lui. Hector calcolò che fossero almeno una ventina. Era loro prigioniero, né più né meno che se lo avessero incatenato mani e piedi. Cercò di valutare le probabilità. Avrebbe potuto affrontarne due o tre, forse persino dieci, ma alla fine la loro preponderanza numerica sarebbe stata decisiva. Anche se fosse riuscito a liberarsi dal branco, non avrebbe avuto idea di quale via di fuga prendere in quel labirinto sconosciuto. Era disarmato in una strana città, in una terra straniera. Le mani di tutti si sarebbero rivolte contro di lui. Sapeva che non avrebbe fatto molta strada: non era il momento di darsi alla fuga. Avrebbe potuto tentarla solo quando avesse avuto qualche chance in più.

« Dove mi portate? » Era una domanda stupida, ma la fece per guadagnare tempo mentre pensava in fretta: Dove diavolo è Tariq? Solo lui poteva salvarlo. Era coraggioso e pieno di risorse, si trovava su un terreno familiare e, soprattutto, gli era devoto.

«Il mullah Azim Mukhtar Tippu Tip vuole informarla che è di estrema importanza che gli faccia visita come onorato ospite. Desidera parlarle. Ci ha ordinato di portarla a casa sua.»

«Mi avete scambiato per qualcun altro» protestò Hector.

«Non c'è nessun errore, *effendi*. Sappiamo chi è lei.»

Hector si chiuse nel silenzio, in un ultimo, futile tentativo di difesa. Doveva sperare che Tariq capisse cosa stava succedendo e trovasse un modo per aiutarlo. Poi sentì uno degli uomini vicino a lui mettere i compagni sull'avviso, in tono calmo.

«Fate attenzione. Potrebbe essere armato.»

«No, sono disarmati, tutti e due.» La risposta di uno degli altri era sicura, priva di qualsiasi dubbio.

Hector allibì alle implicazioni di quella frase. L'uomo aveva parlato al plurale, riferendosi a lui e a Tariq. Solo il suo amico sapeva che erano entrambi disarmati, quindi era stato lui a dirglielo.

*Tariq!* pensò, un grido silenzioso e disperato che gli salì dal profondo dell'anima. *Tariq ha parlato con loro, li ha aiutati a catturarmi. Tariq è un traditore.* Si bloccò, per poi essere subito spinto in avanti, senza brutalità ma con decisione. I suoi sequestratori gli si strinsero ancora di più intorno.

*Quando è successo? È stato con me tutto il tempo. Quando?* Poi Hector si ricordò. Tariq si era allontanato mentre lui dormiva. *Traditore! Mi ha dato in pasto alla Bestia.*

Sapeva con certezza che avrebbe ucciso quell'uomo che aveva amato come un fratello. Tariq sarebbe morto, e a quel pensiero si sentì rinfrancato da una fredda determinazione. Li avrebbe uccisi entrambi, Tariq e Azim Mukhtar Tippu Tip. E a quel punto, se fosse caduto insieme a loro, la morte sarebbe stata la benvenuta, perché al mondo non gli era rimasto nulla in cui credere.

Lasciarono la moschea passando per l'ingresso principale e svoltarono nella strada, verso il complesso residenziale dove Tariq gli aveva indicato la casa di Azim Mukhtar. Procedevano spediti, con precisione militare, con Hector al centro di quel gruppo compatto. Quando furono alle porte dell'edificio, queste si aprirono dall'interno. Il gruppo marciò in un cortile lastricato, al centro del quale cresceva un grande baniano dai grossi rami. Alla sua ombra sedevano donne velate e bambini, che guardarono Hector con interesse, mentre questi veniva condotto ai gradini che salivano fino alla veranda di una costruzione dal tetto piatto.

Era un edificio modesto, non la casa che ci si poteva aspettare da un religioso di alto rango o da un importante funzionario governativo. Buona parte della scorta di Hector si fermò ai piedi della scala, ma due gli rimasero accanto, uno per lato, e lo presero per le braccia, guidandolo fino alla veranda.

Hector si divincolò, irritato, e gli uomini lo lasciarono stare. Salì i gradini due per volta e si fermò quando raggiunse il portico. La porta davanti a lui era aperta. Vi si avvicinò a passi lunghi e decisi, trattenendosi sulla soglia il tempo necessario ad abituare gli occhi alla penombra dell'interno, dopo la luce brillante del cortile.

La stanza era spaziosa e arredata in stile arabo. I pochi mobili erano addossati alle pareti e il centro era vuoto e spoglio. Azim Mukhtar era l'unica persona presente. Sedeva a gambe incrociate su una pila di cuscini di velluto verde, davanti a un tavolino basso. Si alzò, agile, e fece un inchino toccandosi cuore, labbra e fronte. Poi si raddrizzò e parlò in tono calmo. « Lei è il benvenuto nella mia casa, signor Cross. »

« È molto gentile da parte sua invitarmi, sceicco Tippu Tip. » Hector rispose all'inchino e Azim Mukhtar fece una lieve smorfia cogliendo il suo tono ironico.

« Sarà meglio parlare chiaro, signor Cross. Non intendo trattenerla più di quanto sia strettamente necessario. » Il suo inglese era perfetto, colto e forbito come quello di un autentico gentleman.

« Non mi aspetto di meno da lei, mullah Azim Mukhtar. »

« Prego, si accomodi. » Il religioso indicò una sedia dall'alto schienale che era stata evidentemente preparata per l'ospite.

Hector si sedette senza esitazioni. Era in grave svantaggio, quindi era essenziale mantenere un atteggiamento duro, fermo e risoluto.

Azim Mukhtar si sedette di fronte a lui, incrociando di nuovo le gambe sui cuscini. Si guardarono fissi, finché il mullah non ruppe il silenzio. « Sapeva che ho incontrato sua moglie alcuni anni fa, a un ricevimento nella residenza londinese dell'ambasciatore americano? Hazel Bannock-Cross era una donna eccezionale. L'apprezzavo e l'ammiravo moltissimo. »

Hector inspirò a fondo. Non voleva che la sua voce tremasse della rabbia che riempiva ogni cellula del suo corpo.

La risposta giunse con tono basso e sicuro. « Allora perché l'ha fatta uccidere? »

Gli occhi del mullah erano scuri ed espressivi. Le ciglia erano lunghe e quasi femminee, fuori luogo in quei tratti così maschili. Lentamente, quegli occhi si riempirono di pena e di dolore. Azim Mukhtar si protese verso Hector e per un istante parve che volesse allungare una mano verso di lui, ma si trattenne. Tornò a raddrizzare la schiena e sostenne lo sguardo rabbioso di Hector. « Chiamo a testimoni Allah e il suo Profeta, e le dico che non è vero. Non ho avuto nulla a che fare con l'assassinio di sua moglie, signore. »

« E io le dico che chi semina vento raccoglie tempesta. »

« Come posso convincerla? » chiese il mullah, senza perdere la calma. « Soffro per sua moglie quasi quanto lei. »

« Non riesco a crederle. È l'unico che avesse un movente. Il credo del taglione e dell'assassinio per vendetta è profondamente radicato nella sua religione, nella sua cultura e nella sua psiche. »

« Questo non è vero, signor Cross. C'è anche la levità del perdono a farci da guida. Non ha dato ascolto alla richiesta che ho rivolto a lei personalmente nella moschea, quest'oggi? L'ho pregata di porre fine a questo circolo vizioso di uccisioni. »

« Ho ascoltato il suo discorso » replicò Hector. « Ma non credo a una sola parola. »

« Allora mi rimane solo una risorsa. »

« E quale? Uccidere anche me? »

« No, signore. Non ho ucciso io la sua adorabile moglie e non intendo fare del male a lei. Lei è un ospite in casa mia, è sotto la mia protezione. Le spiace scusarmi per un momento, signor Cross? »

Hector non rispose e Azim Mukhtar si alzò e uscì. Hector scattò in piedi e fece un rapido giro della stanza. I suoi occhi correvano a destra e a sinistra, in cerca di una via di fuga o di un'arma con cui difendersi. Non trovò nulla, a parte libri e pergamene, e quando guardò fuori dalla finestra vide che il cortile era ancora pieno di seguaci del mullah. Era in trappola, senza speranza.

Dopo qualche minuto Azim Mukhtar riapparve. «Mi perdoni, signor Cross, ma dovevo mettere a punto gli ultimi dettagli per portarla fuori dalla città. Lei forse non sa che chiunque non sia di fede islamica ha il divieto di entrare nei luoghi santi di Medina e della Mecca durante il pellegrinaggio. Ho una macchina e un autista in attesa all'ingresso, per accompagnarla all'aeroporto di Jedda. Le ho prenotato un posto in prima classe su un volo della Emirates per Abu Zara che parte stasera alle ventidue, ora locale. Quando lei sarà decollato, gli uomini della Cross Bow saranno informati del suo arrivo. In ogni caso, lei deve lasciare subito la Mecca.»

Hector lo fissò stupefatto e incredulo. Non lo avrebbero certo lasciato libero. Quello era un altro inganno, ne era sicuro. Scrutò oltre lo sguardo aperto e l'espressione sincera del mullah.

«La prego, signor Cross, è una questione di vita o di morte. Deve andarsene subito. Io la seguirò su un'altra macchina. Avremo occasione di parlare nella sala VIP dell'aeroporto di Jedda, che ho fatto riservare per noi.»

Hector chinò lievemente il capo, fingendo di accettare. Era chiaro che l'autista lo avrebbe portato nel deserto, dove ad aspettarlo ci sarebbe stato un plotone di esecuzione di fanatici fondamentalisti. Era probabile che gli avessero già scavato la fossa. Non importa che cosa mi ha preparato questo bastardo, ho più possibilità di cavarmela nel deserto che imbottigliato qui, decise.

« Lei è molto generoso... » cominciò, ma Azim Mukhtar tagliò corto.

« Qui c'è il suo biglietto. » Gli consegnò una busta con il logo della Emirates.

Lui l'aprì e guardò il nome. Era lo stesso del passaporto falso di Abu Zara con cui stava viaggiando. Ma certo, Tariq il Traditore gli aveva passato anche quell'informazione. Hector alzò lo sguardo. « Sembra in ordine. »

« Bene! Ora vada, subito. Ci rivediamo a Jedda. » Il mullah gli tenne aperta la porta e Hector uscì, scendendo veloce i gradini fino al cortile. In quell'istante una Mercedes Saloon nera entrò dal portone. Un autista con barba e turbante neri scese dal lato del volante e gli aprì la portiera posteriore dalla parte opposta. Appena Hector ebbe preso posto, la richiuse con forza e tornò di corsa alla guida. Le file dei discepoli si aprirono per consentire il passaggio alla Mercedes.

Hector si voltò e guardò dal lunotto posteriore. Vide Azim Mukhtar, in piedi sulla veranda, che lo osservava mentre partiva.

Trascorse tutto il tragitto verso Jedda in preda ai dubbi. Sarebbe stato facile protendersi oltre lo schienale, afferrare l'autista alla gola e rompergli il collo, quindi prendere la Mercedes e partire a tutta velocità verso il confine di Abu Zara. Che tuttavia era a più di milleseicento chilometri, e l'indicatore del serbatoio segnava che era solo mezzo pieno. Hector aveva con sé pochi dollari, di certo insufficienti a fare rifornimento. Forse l'autista aveva un po' di contanti, ma c'era da dubitarne: doveva avere una tessera per la benzina o qualche altro tipo di carta di credito. Senza soldi, Hector non ce l'avrebbe potuta fare. Certo, una volta che l'allarme fosse arrivato alla polizia saudita, ci sarebbe stato un posto di blocco su ogni strada. Non avrebbe percorso nemmeno cento chilometri, tanto meno milleseicento, prima che lo prendessero. Abbandonò l'idea.

Poi pensò ad Azim Mukhtar Tippu Tip e soppesò le possibilità che fosse innocente. Poteva credergli e fidarsi di lui? Quando lo aveva sentito parlare nella moschea si era quasi convinto. Ma al contrario, ora che era stato lasciato libero, Hector era certo che fosse un inganno. Sapeva che doveva esserci qualche brutta sorpresa in serbo per lui.

Vide un telefono tra i sedili posteriori della Mercedes. Sollevò il ricevitore e se lo portò all'orecchio. C'era un segnale di linea. Aprì la busta che gli aveva dato il mullah e trovò il numero del check-in della Emirates dell'aeroporto di Jedda. Lo compose e al terzo squillo si sentì rispondere da una voce femminile. Le diede gli estremi del suo biglietto. « Mi può confermare che la mia prenotazione è corretta, per favore? »

« Resti in linea, prego. » Dopo una breve attesa, la donna tornò al telefono. « Sì, signore. La stiamo aspettando. Ha già fatto il check-in online. Il suo volo è puntuale, partenza alle ventidue. »

Hector riagganciò. Tutto quadrava, forse anche troppo. E poi c'era Hazel: doveva alla sua memoria un ultimo confronto con Azim Mukhtar. Sarebbe andato sino in fondo, non importava quali rischi avrebbe dovuto correre. Poteva quasi sentire la sua voce: *Lo devi fare, amore. Lo devi fare, altrimenti tu e io non avremo più pace.*

E dunque si appoggiò allo schienale e lasciò che l'autista lo portasse fino a Jedda.

All'ingresso della prima classe del terminal della Emirates un addetto in abbigliamento tradizionale gli aprì la portiera della Mercedes e con fare cerimonioso lo scortò alla sala privata prenotata a suo nome. Appena solo, Hector abbassò la maniglia e scoprì che non era stata bloccata dall'esterno. L'aprì quanto bastava a sbirciare fuori. Non c'erano guardie. A quel punto era più curioso che spaventato.

Chiuse la porta e si guardò intorno nella sala d'attesa lussuosamente ammobiliata. Sentiva in bocca il gusto rancido del pericolo. Darei la mia verginità per uno scotch decente, si disse, ma in quella roccaforte islamica non c'erano superalcolici. Bevve un bicchiere di acqua Perrier, se ne riempì un altro e si avvicinò a una delle poltrone di pelle della sala. Mentre si sedeva, qualcuno bussò alla porta.

« Avanti. »

Entrò Azim Mukhtar. Doveva avere seguito la Mercedes a breve distanza, fin dalla Mecca. Ma a sorprendere Hector fu la presenza di una donna velata che seguiva il mullah, piangendo sommessamente. Teneva per mano un grazioso bambino dalla pelle scura, di sei o sette anni, con riccioli neri e grandi occhi scuri, che si succhiava il pollice, con aria infelice e perplessa. Azim fece un cenno alla donna, che corse in un angolo della sala e si accovacciò a terra, stringendosi al petto il bambino. Hector notò il luccichio dei suoi occhi che lo studiavano da dietro il burqa. Poi lei riprese a singhiozzare.

Azim le impose il silenzio in tono secco, poi si sedette sulla poltrona di fronte a Hector. « La chiamata per l'imbarco del suo volo è tra quarantacinque minuti » gli disse. « Questo è tutto il tempo che ho per convincerla che non sono responsabile dell'assassinio di sua moglie. Ma prima devo dire che conosco ogni dettaglio della tragica vicenda che riguarda la sua famiglia e la mia. Ci sono state molte morti da entrambe le parti. Capisco che, come ufficiale dell'esercito, in certe occasioni fosse giustificato, essendo obbligato a uccidere. Ma non è sempre stato così. Ci sono state circostanze in cui lei si è fatto giustizia da solo.» Fece una pausa e guardò dritto negli occhi l'interlocutore.

«Continui!» lo invitò Hector, senza tradire emozioni.

«Comprendo che mio padre e la maggior parte dei miei familiari fossero pirati, che agivano contravvenendo alle leggi internazionali. Catturavano mercantili e chiedevano un riscatto per l'equipaggio. Fin da ragazzo ho preso le distanze dai crimini commessi dalla mia famiglia e sono andato in Inghilterra per stare il più lontano possibile da loro. Non ho mai pensato di avere alcun diritto di rappresaglia contro di lei o la sua famiglia. Le ho detto che ho conosciuto sua moglie e che l'ammiravo. Sono rimasto sconvolto quando ho saputo del suo assassinio. Una cosa contro tutte le leggi dell'uomo e di Dio. Tuttavia, sapevo che dopo la sua morte lei mi avrebbe dato la caccia, per farmi pagare le colpe della mia famiglia.»

«Ha la mia completa attenzione.»

«Paventavo il giorno del nostro incontro, ma mi ero preparato.»

«Ne sono sicuro» ribatté Hector con un'espressione cupa.

«Non nel suo modo, perché lei è un rude guerriero, signor Cross, e la sua è la via della spada.»

«Mi dica allora, mullah Tippu Tip, qual è la sua via?»

«La mia è la via di Allah. La mia via è il perdono reciproco. La mia via è *al-qisas*. Le offro una vita per una vita.» Si alzò e andò verso la donna disperata in un angolo della stanza. Prese il bambino per mano e lo portò di fronte a

Hector. « Lui è mio figlio. Ha sei anni. Si chiama Karam, che significa generosità. »

Il bambino si rimise in bocca il pollice e fissò Hector.

« È un bel bambino » disse questi.

« È suo » disse in arabo Azim Mukhtar, spingendo delicatamente il figlio in avanti.

Hector scattò in piedi sconcertato. « In nome di Dio, che cosa dovrei farne? »

« Nel nome di Allah, deve prenderlo con sé e tenerlo in ostaggio a riprova della mia buona fede. Se dovesse trovare prove irrefutabili del fatto che io ho ordinato di uccidere sua moglie, lo dovrà uccidere, come suo diritto nei termini della legge di *al-qisas*, e io la perdonerò. »

La donna strillò e si gettò sul pavimento. « È mio figlio, il mio unico figlio. Uccida me, piuttosto, *effendi*. Ma non uccida mio figlio. » Si strappò il velo e si graffiò la faccia con le unghie. Il sangue le segnò le guance e le gocciolò sul mento. Si trascinò ai piedi di Hector. « Mi uccida, ma lasci vivere mio figlio, la imploro. »

« Taci, moglie » disse il mullah, in tono gentile. Le mise una mano sulla spalla e la spinse via. Poi tornò a guardare Hector. Dalle pieghe della tunica bianca estrasse un portafoglio di pelle e glielo porse. « Questa è la documentazione che le occorre per portare Karam con sé. Il suo biglietto aereo sul volo di stasera con lei, il certificato di nascita, il passaporto e i documenti di adozione che la nominano suo tutore. Qual è la sua decisione, signor Cross? »

Hector era senza parole. Era l'ultima cosa che si sarebbe aspettato. Abbassò gli occhi sul bambino. Allungò una mano e gli accarezzò i capelli. I ricci erano crespi e scattarono come molle sotto le sue dita.

Karam non sfuggì al contatto. Alzò la testa e lo guardò. I

suoi occhi erano scuri e saggi, molto più di quanto la sua età potesse far pensare. « Mio padre dice che devo venire con lei, *effendi*. Mio padre dice che ora sono un uomo e devo comportarmi da uomo. È la volontà di Allah. »

Hector non riusciva a parlare. Aveva la gola secca e il cuore che gli pulsava nelle tempie, riecheggiandogli nel cervello come un tamburo. Si chinò, prese in braccio il bambino e lo sollevò appoggiandolo su un fianco. Il piccolo non si ribellò. Hector gli accarezzò una guancia, poi si voltò e guardò il padre del bambino.

Finalmente fu in grado di vedere dentro di lui e ciò che vide era buono. Seppe finalmente, al di là di ogni dubbio, che quell'uomo non era la Bestia che stava cercando.

Si rivolse al bambino. « Sei il mio ostaggio, Karam. »

A quelle parole, la madre gemette.

Hector la ignorò e continuò a rivolgersi al bambino. « Sai che cosa vuol dire, Karam? »

Questi scosse la testa.

« Vuol dire che sei buono e coraggioso, come tuo padre. » Hector posò a terra il bambino, lo fece voltare verso la madre e gli diede una spintarella gentile. « Torna da tua madre e prenditi cura di lei, perché ora sei un uomo, come tuo padre prima di te. »

La donna allargò le braccia e Karam corse da lei, che lo prese in braccio e si voltò verso la porta. Si fermò prima di uscire e guardò Hector con le lacrime e il sangue dei graffi che le rigavano il viso. « Signore... » cominciò, ma la voce le venne meno.

« Vada » le ordinò Hector. « Prenda suo figlio e vada con Allah. »

Lei obbedì, uscì e chiuse la porta, lasciando i due uomini faccia a faccia nella sala.

«Ne è sicuro?» chiese Azim.

«Assolutamente sì.»

«Non ho parole per esprimerle la mia gratitudine.» Il mullah fece un inchino. «Mi ha fatto un dono immenso. Non potrò mai ripagarla.»

«Sono già stato ripagato. Solo aver conosciuto un sant'uomo come lei ha arricchito la mia vita.»

«Rimango in debito con lei. La vita di mio figlio supera ogni cosa» disse Azim, con sincerità. «So che lei ha visto l'assassino di sua moglie e che aveva il tatuaggio di una banda.»

«Gliel'ha detto Tariq Hakam!» Hector si infuriò di nuovo. «Maledetto traditore. Ha tradito la mia amicizia. Un giorno lo ucciderò.»

«No, signor Cross. Non è suo nemico.»

Hector scosse il capo, categorico, ma il mullah alzò una mano per zittirlo.

«Un giorno lo capirà. Tariq Hakam mi ha chiesto di darle un messaggio. Io ho promesso di farlo. Posso riferirle ciò che ha detto?»

«Se lo desidera.»

«Ha detto che l'unico modo di convincerla che stava cercando il nemico nella direzione sbagliata era farci incontrare affinché potessimo comprenderci a vicenda.»

«Non lo rivorrò mai con me, qualsiasi cosa dica. Non potrò mai più fidarmi di lui.»

«Tariq lo sa.»

«E cosa farà adesso?»

«È deciso a lasciare la via del guerriero. D'ora in avanti seguirà la strada che porta ai piedi di Allah.»

«Allora ha scoperto Dio ed è diventato uno dei suoi discepoli, è così? Buon per lui, vecchia canaglia.»

« Vecchia canaglia. Mi ha detto che lei avrebbe usato queste parole » disse Azim sorridendo. « In ogni caso... »

Si interruppe quando una voce femminile echeggiò dagli altoparlanti. « Ultima chiamata per i passeggeri del volo Emirates EK 805 per Abu Zara. Imbarco alla porta A26. I passeggeri sono pregati di presentarsi alla porta A26 per l'imbarco immediato. »

« Il nostro tempo è finito, signor Cross. Quando vivevo a Londra, ho lavorato con un uomo che ha dedicato la vita alla riabilitazione di ragazzi musulmani che si erano lasciati coinvolgere dalle bande di strada nelle principali città del Regno Unito. Gli manderò un messaggio perché la contatti. Forse sarà in grado di aiutarla a rintracciare l'assassino con il tatuaggio dei Malik. E può darsi che in questo modo lei possa identificare con sicurezza il suo nemico. »

« Come farà a mandare quell'uomo da me, Azim Tippu Tip? Lei non sa dove abito. »

« Da quando Brandon Hall è stata distrutta dall'incendio, lei si è trasferito al numero 11 di Conrad Road, a Belgravia. Il suo indirizzo email è hcross@crossbow.com. Giusto, signor Cross? »

Hector chinò la testa in un amaro cenno di assenso. « Tariq le ha detto molte cose. Non mi sorprenderebbe se sapesse anche il mio numero di scarpe. »

« Undici e mezzo, misura americana » rispose il mullah imperturbabile.

Fu Hector a scoppiare a ridere. « Arrivederci, Azim Tippu Tip. Non la dimenticherò mai. »

« Né io dimenticherò lei, signor Hector Cross. Posso stringerle la mano? »

Hector strinse la destra del mullah. Si guardarono negli occhi.

« Che Allah segua i suoi passi, Hector Cross. »

« Preghi per me, sceicco Tippu Tip. » Hector si girò e, senza più voltarsi, uscì dalla porta, diretto verso la porta A26.

Anche se era mezzanotte passata, quando arrivò all'attico del Seascape Mansions, convocò un consiglio di guerra nella saletta cinematografica privata.

Mentre la squadra si raccoglieva fu salutato con entusiasmo, ma l'assenza di Tariq Hakam non passò inosservata. Hector non si curò di soddisfare la curiosità dei presenti finché non furono tutti seduti.

« Allora, dov'è Tariq? » chiese Nastja, a nome di tutti.

« È una lunga storia » tergiversò Hector, dal palco.

« Okay, allora falla breve » suggerì la donna.

« È ancora alla Mecca. »

Nessuno si mosse, nessuno parlò. Hector si vide costretto a proseguire. Seguendo il consiglio di Nastja, tralasciò ogni dettaglio o commento. La tensione nella stanza crebbe man mano che raccontava. Riferì tutto, a parte il congedo finale all'aeroporto di Jedda, con l'offerta di un ostaggio da parte di Azim. Quando ebbe finito, gli altri lo fissarono in un cupo silenzio.

Fu Nastja a rompere l'incantesimo dello shock collettivo. Era l'unica in sala a non aver paura di Hector Cross. « E così Tariq Hakam è sempre stato un traditore. Ha tradito te e noi. Perché non l'hai ucciso? »

Hector si era preparato a quell'interrogatorio durante il volo di ritorno da Jedda. Lo tempestarono di domande per un'altra mezz'ora e lui riferì nel dettaglio il sermone di Azim alla moschea, parola per parola, o quasi.

« E tu gli hai creduto, Hector? »

«Era molto convincente. Ma non gli ho creduto veramente, non sino in fondo. Non in quel momento. Solo quando mi ha offerto il figlio di sei anni come ostaggio. Allora sì. Ha messo a nudo la sua anima di fronte a me e mi ha consegnato il bambino. A quel punto ho saputo che era dalla parte dei buoni. Ho avuto la certezza che non è lui la mente dietro l'assassinio di Hazel.»

«Se ti ha dato il figlio in ostaggio, dov'è il bambino adesso?»

«L'ho accettato e poi l'ho restituito alla madre.»

«Ma sei fuori di testa, Hector Cross?» chiese Nastja.

«Qualcuno potrebbe pensarlo.» Lui sorrise e continuò. «Ma poi Azim mi ha dato la prova finale della sua innocenza.»

«E quale sarebbe, sciocco che non sei altro?»

«Benché fossi completamente nelle sue mani, mi ha permesso di andarmene, prendere l'aereo e tornare ad Abu Zara sano e salvo.»

Paddy O'Quinn scoppiò in una sonora risata e diede una pacca sul ginocchio della moglie. «Hector ha ragione, mia cara. Non c'è prova migliore. Adesso credo anch'io ad Azim Tippu Tip.»

La tensione nella sala si sciolse e i presenti si scambiarono timidi cenni di assenso e sorrisetti. Solo Nastja, toltasi la mano di Paddy dal ginocchio, provocò Hector un'ultima volta. «E sono sicura che, da vero inglese, hai anche stretto la mano a quel mullah assassino e non hai la minima intenzione di uccidere Tariq Hakam.»

«Non ti posso nascondere nulla, zarina. Ho stretto la mano di Azim Tippu Tip e ho sentito che non era sporca di sangue. E ho permesso a Tariq Hakam di andare con il suo dio» ammise Hector, a testa alta. «A dirvi la verità, mi sento meglio per aver fatto l'una e l'altra cosa. Ora però ho bisogno di qualche ora di sonno. Ci vediamo tutti dopo colazione, per fare il punto. »

« Te lo faccio io, il punto, Hector Cross. Devi ripartire da zero, e ti puoi già considerare fortunato. » Il tono di Nastja voleva essere severo, ma c'era un tenue bagliore nell'azzurro dei suoi occhi.

Hector teneva in grembo Catherine, dandole il biberon. La piccola emetteva borbottii di apprezzamento mentre succhiava con gusto, del tutto ignara dell'interesse del pubblico nella saletta.

« Abbiamo un lavoro da fare » disse Hector. « Non ho voluto discutere con Nastja quando ha detto che dobbiamo ripartire da zero. Non è del tutto vero. Abbiamo ancora una pista su cui lavorare, per quanto debole. Me l'ha suggerita Tariq Hakam e glielo devo riconoscere. Stavamo discutendo su come la Bestia ha preparato l'imboscata a Hazel e Tariq ha fatto una semplice domanda. Ha detto: 'Come facevano a saperlo?' » Hector tacque per un istante e lasciò che il concetto venisse assorbito. Poi ripeté: « Come faceva la Bestia a sapere che Hazel stava andando a Londra quel giorno, per vedere il suo ginecologo? »

Un mormorio d'assenso si diffuse tra i presenti.

« Gli unici a saperlo eravamo Hazel, io... e Agatha, la sua assistente personale, che ha fissato l'appuntamento. Ieri sera le ho telefonato e lei mi ha assicurato che non ne ha parlato con nessuno. Era turbata dal semplice fatto che glielo chiedessi. Ha lavorato quindici anni per Hazel ed è affidabile al cento per cento. »

« E il ginecologo di Hazel? » si fece avanti Nastja.

« Sì, hai ragione. Il dottor Donnovan lo sapeva. Questo pomeriggio torno a Londra per parlare con lui. Ma sarà piuttosto imbarazzante insinuare che uno di loro abbia violato la privacy di una paziente. Voglio che Paddy e Nastja vengano con me. E, sì, okay Dave, ho visto che sei in ansia. Puoi venire anche tu. Ci sono buone probabilità che ci sia bisogno di te. »

Dave Imbiss sorrise sollevato.

Hector continuò. « Per il momento, Catherine sarà al sicuro e in ottime mani qui al Seascape, con Bonnie e il suo staff. » Guardò l'orologio. « Sono le nove e tredici. Alle undici e trenta c'è un volo per Heathrow. Se muovete il culo, ce la possiamo fare. »

Quella sera cenarono tutti e quattro a Londra. A capotavola, Hector levò il bicchiere. « Mi sembra che Hazel mi abbia lasciato solo ieri. Ogni volta che entro in una stanza di questa casa, mi aspetto di vederla. Voglio che vi uniate a me nell'augurarle la pace. »

Dopo che Paddy e Nastja si furono ritirati nella loro camera, la donna si sedette davanti alla specchiera con indosso una sottoveste di satin rosa a spazzolarsi i capelli. Guardò il riflesso del marito, disteso sul letto con il giornale della sera tra le mani. « Lo sai di cos'ha bisogno Hector? »

« Dimmelo » borbottò lui, voltando pagina.

« Di una brava ragazza tra le lenzuola che lo aiuti a dimenticare. »

Paddy scattò a sedere in allarme, accartocciando il giornale. « Non provare a dirglielo. Ti ammazzerebbe, insensibile puttanella russa! »

«Insensibile, non so. Puttanella sì, buona e dolce. Ti posso dare un assaggino, se vuoi.»

Il mattino seguente, di buon'ora, Hector trovò parcheggio in Harley Street e camminò per mezzo isolato fino allo studio di Alan Donnovan. Salì le scale anziché prendere l'ascensore e quando entrò non vide nessuno all'ingresso. Rimase al banco solo per qualche minuto, in attesa che la segretaria uscisse dall'ambulatorio del medico con un fascio di cartelle.

«Mi scusi se l'ho fatta aspettare, signor Cross.»

«Non si preoccupi, Victoria.»

La ragazza sembrava nervosa, ma Hector lo attribuì alla pressione alla quale doveva essere sottoposta, lavorando per un uomo come Alan. «Il dottor Donnovan è un po' in ritardo sulla tabella di marcia. Se ha altro da fare, può ripassare tra un po'.»

«Non importa, non ho fretta. Posso aspettare» le rispose Hector.

Victoria impilò le cartelle sul banco. Con la mano libera teneva un iPhone 4S e quando suonò il telefono interno lo posò accanto ai fascicoli. «Mi scusi, signor Cross. Oggi sembra che succeda tutto nello stesso momento.» Sollevò il ricevitore. «Sì, dottore. Sì, subito.» Riagganciò. «Mi scusi ancora, signor Cross.» E si alzò per tornare nello studio.

Aveva lasciato l'iPhone sul banco, accanto alle cartelle. Hector notò che l'apparecchio era identico al suo. Qualcosa gli scattò nella mente e d'un tratto tutte le tessere del puzzle andarono al loro posto. La risposta era sempre stata lì, come un pezzo dell'arredamento che diventa invisibile, da quanto è in vista. Si stupì di non averlo capito prima.

« Senta, Victoria, mi sono appena ricordato che ho un'altra cosa da fare. In ogni caso non era importante che vedessi il dottor Donnovan proprio oggi. Cancelli il mio appuntamento, per favore, richiamerò la prossima settimana per fissarne un altro. »

« Oh, ne è sicuro? D'accordo, mi spiace per il contrattempo, signor Cross » disse Victoria, dirigendosi verso la porta dello studio.

Appena questa si chiuse, Hector si allungò verso il banco e si impadronì dell'iPhone della ragazza. Nello stesso tempo si sganciò dalla cintura il proprio e lo scambiò con l'altro. Si augurò che lei non se ne accorgesse per un po'. Quel telefono era protetto, e non correva il rischio di lasciarle in mano informazioni cruciali. Uscì dallo studio e scese in strada, raggiungendo la macchina.

Tornò a casa, dove trovò i tre membri della sua squadra in biblioteca.

« Non ci hai messo molto, capo. Non ti aspettavamo di ritorno così presto » gli disse Dave Imbiss.

« Sono andato a prenderti un regalino. Ecco qui. » Gli lanciò il telefono di Victoria.

« Grazie mille » disse Dave, prendendolo al volo. « Ma ne ho già uno. »

« Non come questo » assicurò Hector. « Voglio che tu lo porti in laboratorio e ne tiri fuori ogni informazione possibile. Voglio la lista completa dei contatti, tutti i messaggi ricevuti e spediti, tanto vocali quanto sms. E le copie di tutti i video in memoria. Voglio soprattutto che guardi con attenzione tutto ciò che è datato tra i primi di marzo fino a oggi. »

« Dove l'hai preso, capo? » Dave esaminò l'iPhone con improvviso interesse, rigirandoselo tra le mani.

« L'ho preso in prestito dalla segretaria del dottor Donnovan, il ginecologo di Hazel. Si chiama Victoria Vusamazulu. È una graziosa africana e il suo nome significa 'risveglia la nazione zulu', un grido di guerra politico. È probabile che si sia già accorta che ho scambiato il suo iPhone con il mio, ma posso farla aspettare un giorno. Hai tempo fino a domattina per spremere l'apparecchio. A parte il suo datore di lavoro, Victoria è l'unica che sapesse che Hazel sarebbe venuta a Londra, il giorno dell'agguato. »

Dave sogghignò deliziato di fronte a quella sfida. « Non ci vorrà così tanto. La piccola zulu non avrà segreti per me. Scusatemi, gente. »

Hector resistette alla tentazione di seguire Dave nel laboratorio nel sotterraneo. Imbiss era uno dei migliori nel suo campo, ma avrebbe lavorato meglio se non gli si metteva fretta, evitando di dargli suggerimenti non richiesti. Hector lo lasciò andare e si ritirò nello studio.

Agatha aveva digitalizzato i documenti di Hazel, sin dal giorno in cui aveva cominciato a lavorare per lei. Gli aveva lasciato sulla scrivania i CD che li contenevano.

Ora che la pista del killer della Mecca si era raffreddata, Hector intendeva risalire agli inizi dell'abbagliante carriera della moglie, cercando gli avversari che si era lasciata dietro lungo la strada. Per quanto l'avesse amata, non aveva mai dubitato delle capacità di Hazel di farsi dei nemici. Si era fatta largo con le unghie e con i denti per arrivare dove era arrivata e non si era mai sottratta a un solo scontro. Se si passa la vita intera a scuotere le montagne, smuovere gli oceani e battere le giungle, come aveva fatto lei, era inevitabile stanare creature pericolose. Hector cercava proprio una di queste, un nemico al cui confronto un grande squalo bianco sarebbe sembrato un chihuahua sdentato.

Era al lavoro da un paio d'ore quando Agatha lo chiamò al telefono interno. « Signor Cross. Ho in linea la segretaria del dottor Donnovan. Ho tentato di liberarmene, ma è molto insistente. Posso passargliela? »

« Sì, grazie, Agatha. » Prese un appunto mentale di fare due chiacchiere con lei. Aveva un estremo bisogno di un'assistente personale e lei era perfetta per quel ruolo. Hazel era stata tutta la sua vita e forse ora Agatha avrebbe potuto dimostrarsi altrettanto leale anche con lui. Un aspetto vantaggioso dell'accordo era che non ci sarebbe stato alcun rischio di coinvolgimento emotivo. Hector mise da parte quel pensiero e rispose al ricevitore: « Cross ».

« Mi scusi se la disturbo, signor Cross. Sono Vicky Vusamazulu. Ci dev'essere stato uno scambio di telefoni. Ho notato che lei ha un iPhone 4S, proprio come il mio... »

« Sì, infatti... » rispose Hector. Poi fece: « Oh, accidenti, mi sembrava che non fosse il mio. Adesso capisco cosa dev'essere successo. Ero vicino alla sua scrivania, stamane, quando è uscita dalla stanza; pensavo di fare una chiamata, poi ho cambiato idea e sono andato in bagno. Mi sono accorto di avere lasciato il cellulare alla reception e sono tornato a prenderlo, lei non c'era, ho visto un iPhone sulla scrivania e l'ho preso pensando che fosse il mio. Mi scusi, Vicky, sono stato uno stupido. Non è che lei ha il mio telefono? »

« Era proprio quello che immaginavo. Sul mio ci sono un sacco di informazioni personali. Potrei passare stasera a casa sua dopo il lavoro per riportarglielo e prendere il mio. »

« La prego di scusarmi, Victoria, ma sto per uscire e non tornerò fino a tarda sera. Non voglio lasciare il suo telefono ai miei dipendenti, se ci sono informazioni personali. Ormai non ci si può fidare di nessuno. Passo in studio domattina presto per riportarglielo. »

« Oh, santo cielo, oggi non riesce proprio? Per me è un vero guaio. »

« Mi spiace, Victoria. Domani prima delle dieci, glielo prometto. » Hector era sicuro che avesse messo una password e anche a Dave sarebbe occorso tempo per trovarla. Riagganciò prima che la ragazza potesse protestare ancora.

Pochi minuti dopo le cinque, Dave Imbiss lo chiamò all'interfono. « Scusa, capo, ma ci è voluto più del previsto. La signorina Vusamazulu è furba come una volpe. Ha messo un sacco di trappole nel suo apparecchio. Ma alla fine ho tirato fuori tutto. »

« Bravo. Racconta. »

« È meglio se vieni giù a vedere e sentire di persona. Dovremo usare la saletta delle proiezioni. Ho circa un'ora di video da farti guardare. Prima di scendere, dovresti prenderti un calmante, o magari due. È roba da sballo, capo. »

« Arrivo tra cinque minuti. Chiama Paddy e Nastja, digli che ci raggiungano alla serata di gala. »

La coppia era seduta in seconda fila quando Hector entrò in sala. Dave stava armeggiando con i suoi aggeggi elettronici. Alzò gli occhi quando Hector scavalcò la prima fila con le sue lunghe gambe e si mise a sedere di fianco a Nastja.

« Mi dispiace deludervi, gente, non abbiamo pubblicità, quindi andrò dritto allo spettacolo principale » annunciò Dave. « Per cominciare, conversazioni scelte. La maggior parte dei proprietari di iPhone ignorano che niente va perduto. Per quante volte si possa cancellare qualcosa, può essere sempre recuperato. La signorina Vusamazulu ha fatto due tentativi di eliminare questa particolare conversazione, ma rieccola qui, il giorno in cui Hazel è andata per l'ultima volta dal dottor Alan Donnovan. »

Dave fece partire l'audio. Si udì un singolo trillo di cellulare, seguito subito da un *clic* alla risposta. Ci fu una pausa, poi si sentì una voce femminile.

« *Pronto. Sei tu, Aleutian?* »

La replica arrivò subito.

« *Ti ho detto di non fare nomi, troia.* »

La cadenza era americana, quasi da rapper. Il tono arrogante. Il gemito di contrizione della donna si sentì a malapena. Poi la voce di lei assunse una nota supplicante.

« *Scusa, me n'ero dimenticata.* »

« *Non ti dimenticare di cancellare questa chiamata quando abbiamo chiuso. E adesso dimmi: è lì?* »

« *Sì, è qui. Ma il marito è andato via. È rimasto d'accordo con il dottore che torna a prenderla all'una e mezzo.* »

« *Bene!* » fece la voce maschile e la conversazione finì.

Dave spense l'audio. Rimasero tutti in silenzio per qualche secondo. Poi Hector disse: « Aleutian. È questo il nome che ha usato? »

« Così sembra. In ogni caso è probabile che sia un *nom de guerre*. Non quello sul passaporto, intendo. »

« Faccelo riascoltare. »

Dave tornò indietro e fece ripartire la conversazione. Tutti si protesero in avanti per ascoltare. Alla fine Paddy convenne: « Aleutian, decisamente Aleutian. Almeno adesso abbiamo qualcosa su cui lavorare ».

« L'ora e la data corrispondono » disse Hector. « Ho lasciato Hazel nello studio di Donnovan e sono andato a fare qualche commissione in giro per la città. Cos'altro c'è, Dave? »

« La chiamata successiva è alle nove e quarantacinque della stessa sera. Questo è Aleutian che chiama Victoria. » Dave fece partire il registratore.

Si udirono quattro squilli, poi l'inconfondibile voce e l'intonazione della ragazza.

« *Pronto?* »

« *Passo a prenderti tra dieci minuti. Aspettami sotto, davanti al tabaccaio. Sono su una Volkswagen a noleggio.* »

« *Sei in ritardo, hai detto alle sette.* »

« *Okay, lascia perdere. Per stasera me ne trovo un'altra. Tanto qui la carne fresca non manca.* »

« *No! Non volevo dire questo. Mi spiace. Scusami, ti prego. Mi faccio perdonare, prometto.* »

« *Farai bene. Ce l'ho così duro che nemmeno ti immagini.* »

Victoria ridacchiava.

Hector commentò sottovoce: « Nel momento in cui si svolge questa colta conversazione, Hazel era in coma con una pallottola nel cervello e solo poche ore di vita ».

Paddy abbassò lo sguardo e mosse nervosamente i piedi. Nastja prese la mano di Hector, appoggiata sul bracciolo in mezzo a loro.

Dave tossì e ruppe il silenzio. « Ci sono altre quattro conversazioni tra loro due, ma sono sullo stesso stile: appuntamenti, minacce e vanagloria sessuale da parte di lui, qualche lamentela da parte di lei. In ogni caso non ci sono altre chiamate da Aleutian da sei settimane. »

« O l'ha mollata, oppure ha lasciato il paese sei settimane fa » ipotizzò Hector.

« L'ha mollata e basta » disse Nastja, sicura. « Quelli come Aleutian non rimangono a lungo. Quando hanno assaporato a dovere la puttanella, se ne vanno. » Alzò un sopracciglio ben delineato alla volta di Paddy.

« Niente allusioni personali, per favore » l'ammonì Dave. « Restiamo concentrati. Qui finiscono le telefonate, però ci sono altre cose interessanti. » Guardò Hector. « Se sei pronto, procedo con i video, capo. »

« Procedi Dave, per favore. »

Imbiss abbassò le luci e fece partire la prima registrazione video scaricata dall'iPhone. Si udì subito un sottofondo di altoparlanti, uomini che parlavano a voce alta, risate acute di donne, musica a tutto volume e tintinnio di vetri. Sullo schermo le immagini erano confuse, l'inquadratura oscillava dal soffitto al pavimento, da un tavolo pieno di bicchieri e bottiglie di birra fino al primo piano di gambe e piedi. Poi l'immagine si stabilizzò. Era evidentemente l'interno di uno squallido night. I tavoli erano assiepati intorno a una piccola pista da ballo. La voce inconfondibile di Victoria si levò al di sopra del brusio.

« *Fate i bravi, tutti quanti! Ricordate che questa è la vostra audizione per* X Factor. »

L'obiettivo mise a fuoco un gruppo di giovani seduti intorno a un tavolo ingombro di bicchieri e posacenere traboccanti. Alcuni di loro guardavano verso l'obiettivo, brindando, altri fumavano marijuana come se niente fosse, sbuffando nuvolette di fumo. Uno si infilò un dito in gola e finse un conato di vomito.

La camera zoomò su una bionda carina, seduta in braccio a un ragazzo sul lato opposto del tavolo. La voce di Victoria le diede istruzioni.

« *Dai, Angie, facci qualche magia.* »

Angie si infilò i pollici sotto il top e lo abbassò fino alla vita, scoprendo il suo grosso seno bianco. Si prese un seno in ciascuna mano e puntò i capezzoli verso la camera.

« Bang! Bang! *Sei morto!* » squittì.

L'obiettivo sobbalzò per le risate di Victoria, poi passò a inquadrare la persona che le stava accanto nel gruppo.

«Ci siamo!» annunciò Dave Imbiss, fissando il fotogramma.

Sullo schermo c'era un maschio dalla pelle scura. Aveva i capelli pieni di gel e indossava una giacca con un cappuccio e le maniche rimboccate fino ai gomiti. Gli avambracci erano muscolosi, gonfi di palestra. Aveva una bellezza brutale, una piega cinica e crudele delle labbra. La sua espressione era di studiata noncuranza.

Dave lasciò che il suo pubblico studiasse l'immagine per qualche secondo. «Secondo me qui abbiamo il pezzo mancante del puzzle: l'organizzatore dell'attentato. Questo, signore e signori, è Aleutian.»

Hector si raddrizzò sul sedile e si protese come un segugio che annusi l'odore della preda. «Abbiamo altre riprese di questa bellezza?» chiese con voce gelida.

«Moltissime, capo. È chiaro che Victoria impazzisce per lui. Sembra non averne mai abbastanza.»

«Nemmeno io» mormorò Hector. «Lo voglio, a tutti i costi. Andiamo avanti, Dave.»

Il video ripartì e la voce di Victoria riprese la telecronaca.

«*Signore e signori, al mondo non c'è nessuno più figo di lui. Ecco a voi Mister Cool. Saluta i tuoi fan, Mister Cool.*»

Mister Cool sollevò due dita in segno di vittoria e ci infilò in mezzo il pollice. Senza cambiare espressione le avvicinò all'obiettivo mantenendo quel gesto volgare.

Victoria fischiò e si mise a canticchiare.

«*Fammelo un'altra volta!*»

L'uomo nell'inquadratura si appoggiò allo schienale della sedia e unì le mani dietro la testa, facendo l'occhiolino alla camera.

Dave fissò di nuovo il fotogramma. « Okay, gente, guardate qua. » Zoomò sul dettaglio. « È questo il tatuaggio rosso, capo? »

« È questo, Dave. Il tatuaggio dei Malik. Ma siamo sicuri che sia lui Aleutian? Victoria non ha detto il suo nome. Manda avanti il video. »

Lui si scusò. « In questo non c'è altro. Ma non preoccupatevi. Torna in altri due, forti abbastanza da far vomitare un uomo con le palle. »

« Vediamoli, per favore » ordinò Hector.

Il video successivo era un campo lungo della pista da ballo dello stesso club. Chi aveva fatto la ripresa doveva essere in piedi sul tavolo, per filmare così dall'alto. Sul bordo più vicino della pista si vedeva Victoria che ballava con l'uomo con il tatuaggio dei Malik. Ondeggiava i fianchi, scuoteva la testa da una parte e dall'altra, sferzandosi la faccia con i lunghi capelli posticci. Il partner torreggiava sopra di lei. Si era tolto la giacca, sotto la quale indossava una felpa dalle maniche tagliate, che metteva in mostra tutta la lunghezza delle braccia muscolose. Hector fu in grado di valutare la sua altezza confrontandola con quella di Victoria, che gli arrivava alle spalle.

Era davvero grosso, ma si muoveva bene, con equilibrio e coordinazione. Rapido sui piedi. Doveva essere pericoloso in uno scontro. D'un tratto Mister Cool strappò la parrucca dalla testa di Victoria e le girò intorno, fustigandole schiena e natiche con i capelli posticci, come se fosse la sua schiava. Lei fingeva di soffrire. Lui allungò una mano verso la lampo del vestito e gliela abbassò, fino ai fianchi. Lei reggeva con le mani la parte anteriore del vestito, ma la schiena era nuda, nera e lucida di sudore.

Quelli che erano sulla pista li circondarono battendo le

mani al ritmo della musica e delle loro evoluzioni primitive, incitandoli con strilli acuti e gridolini eccitati.

L'uomo si avvicinò alle spalle di Victoria, la prese per i fianchi e la tirò a sé, nell'esplicita parodia di un rapporto anale. Lei partecipava con vigore, unendosi alle spinte dell'uomo, sfidando i suoi assalti.

D'un tratto lo schermo divenne nero e il rumore lasciò il posto a un assoluto silenzio. Dave riaccese le luci. « Mi dispiace » disse allegro. « Fine del film. Non sapremo mai com'è finita la cosa. »

« Meglio così. Nessuna brava ragazza sarebbe sicura, con un marito che ha appena visto una scena del genere » commentò Nastja, dando una ditata tra le costole di Paddy.

« Se questo ti ha turbata, è meglio che lasci la sala prima del prossimo video » l'avvisò Dave.

Lei scosse la testa e si avvicinò a Paddy, stringendogli il braccio. « Sono sicura che quest'uomo mi proteggerà. È mio dovere restare qui. E un giorno forse sarà mio dovere ammazzare quello schifoso animale di Aleutian. »

« Come facciamo a sapere che è Aleutian? » ribadì Hector. « Avanti, Dave, il nome, per favore. »

« Ogni tuo desiderio è un ordine, capo. Sta per arrivare. » Imbiss fece partire l'ultimo video.

Di nuovo ci fu una serie di immagini confuse e fuori fuoco del pavimento e del soffitto di quella che risultò essere la camera da letto di una donna, con coperte rosa su un letto a una piazza e mezzo e una cassettiera piena di oggetti da toilette e bottigliette di profumo. C'era anche uno zoo di animali di peluche su una sedia accanto al letto. Poi l'inquadratura si stabilizzava, come se la camera fosse stata montata su un treppiede, mettendo a fuoco il letto. L'uomo nelle sequenze del night era steso di schiena, nudo. Guardava nell'obiettivo con la stessa espressione enigmatica. Aveva sollevato un braccio e il tatuaggio era chiaramente visibile. Con l'altra mano si stava toccando.

«*Avanti*» disse alla persona dietro la camera. «*Che aspetti? Hai paura di Mister Big, troia?*»

Vicky Vusamazulu entrò trionfalmente in campo. Anche lei era nuda. Ondeggiava le natiche mentre raggiungeva l'uomo sul letto. Sollevò una gamba sopra di lui, per mettersi a cavalcioni.

Nessuno in sala aprì bocca per un po'. Due volte Victoria si alzò dal letto e tornò alla camera per cambiare angolazione e fuoco, da campo lungo a un primissimo piano, poi si tuffò di nuovo sul materasso e si rimise in azione.

«Non è strano?» chiese finalmente Hector.

«Non è strano cosa?» chiese Paddy, senza togliere gli occhi dallo schermo.

«Non è strano quanto è noioso guardare altra gente che fa certe cose, quando è così divertente farle di persona?»

Nastja rise deliziata. «Ti adoro, Hector Cross! Sai essere così saggio e simpatico!»

«Avanti rapido, per favore, Dave» insistette Hector.

Imbiss alzò le spalle. «Okay, ma guardate che vi perdete un sacco di roba buona.»

I movimenti della coppia sullo schermo accelerarono frenetici, come nelle comiche di Charlie Chaplin degli anni Trenta. Il sonoro era una serie di squittii inintelligibili. Nastja cominciò a ridacchiare e tutti la imitarono. Alla fine Dave riuscì a controllare le risate quanto bastava ad avvisarli. «Okay, per favore, silenzio, gente! Adesso arriva il momento che tutti aspettavamo!»

L'azione tornò in tempo reale e Aleutian parlò chiaramente.

« *Tieniti forte, bellezza nera!* »

« *Oh, sì, Aleutian!* »

« Ci siamo! » disse Dave, compiaciuto. « Chiedi un nome e Imbiss te lo dà. Questo sì che è un servizio. » Allungò una mano e spense il video.

Hector si alzò, andò sotto lo schermo, si mise le mani in tasca e si voltò verso l'uditorio. « Ottimo lavoro, Dave. Non mi deludi mai. Hai appena fatto di Victoria Vusamazulu il soggetto più importante della città. È la nostra unica pista per Aleutian. Dobbiamo tenerla in caldo. » Guardò Nastja. « Temo che tocchi a te, Nazzy. »

« A me? » Lei parve sorpresa. « Non mi sembra che Victoria mostri tendenze lesbiche. »

« Sai quanto me che una donna è molto più aperta a un approccio amichevole con un'altra donna che con un uomo. Non si aspetta che una ci provi. Voglio che tu e Victoria diventiate come sorelle. Così ci avvicineremo ad Aleutian. »

« Okay. » Nastja si strinse nelle spalle. « Che cosa devo fare? »

Hector si rivolse a Dave. « Dammi l'iPhone della ragazza, per favore. » Imbiss glielo passò, lui lo accese e compose un numero. « Sto chiamando il mio cellulare » spiegò. Appena sentì squillare, inserì il vivavoce e invitò gli altri al silenzio.

« Pronto, sono Victoria. »

« Sono Hector Cross, Victoria. Ha ancora bisogno del suo iPhone stasera, anziché domani? Penso di potermi organizzare. »

« Oh, sì, per favore, signor Cross! » esclamò lei, entusiasta. « Sarebbe splendido. Senza sono perduta. »

« Bene, la mia segretaria sta per andarsene. La metto su un taxi e gliela mando. Glielo consegnerà di persona. »

« Grazie mille, signore. »

« Immagino che adesso sia a casa. Può dirmi l'indirizzo? »

« Sono nel mio appartamento a Richmond. Sono appena entrata. È al 47 di Gardens Lane, TW9 LA5. Dica al tassista che è all'angolo con Kew Gardens Road. »

« Molto bene. La mia segretaria si chiama Anastasia Voronova, è una bionda signora russa. Dovrebbe essere da lei fra una mezz'ora. » Tolse la comunicazione e consegnò l'apparecchio a Nastja. « Vai, zarina. Victoria ti aspetta. Prendi il tempo necessario. Ti aspetteremo per cena. » Fece una pausa e riprese. « Senti una cosa: fermati lungo la strada e comprale una bottiglia di vino decente. Dille che è un regalo da parte mia, con le mie scuse per averle rubato il telefono. Può darsi che lei ti inviti a berne un bicchiere. Si sentirà sola, adesso che Aleutian è uscito di scena. Fattela amica, cerca di guadagnare la sua fiducia. È probabile che vorrà lamentarsi di lui e dirti quanto è bastardo. Tu puoi lamentarti di Paddy e dire che lui è un vero bastardo. Vi divertirete un sacco. »

« Mi piace l'idea » convenne Nazzy.

Nastja tornò dalla sua visita a casa di Victoria sessanta minuti dopo l'ora di cena. I tre uomini erano in alta uniforme e l'aspettavano in salotto, già al secondo whisky. Si alzarono quando la videro sulla soglia.

« Allora, com'è andata, mia cara? » chiese Paddy per primo, battendo Hector sul tempo.

« Fatemi andare di sopra a cambiarmi, prima. Scendo in un minuto e vi racconto tutto. Intanto, tieni questo » disse, porgendo a Hector il cellulare.

Quando poco più tardi scese la scala, si resero tutti conto che era valsa la pena di aspettare. Indossava i suoi diamanti ed era stupenda. Da perfetto padrone di casa, Hector le prese la mano e l'accompagnò al tavolo. La prima portata era sogliola di Dover alla griglia con funghi di Provenza coperti di salsa allo zafferano.

Il cibo li mantenne in un deliziato silenzio per qualche minuto, poi Nastja sospirò di piacere e si pulì la bocca con il tovagliolo prima di parlare. « È una cara ragazza, questa Victoria. Mi è simpatica. Sì, è un po' ingenua e affamata di uomini, come ogni donna in salute della sua età. Ma non è cattiva. Dopo due bicchieri, si è convinta che io sia la sua nuova migliore amica. Si sente sola, come diceva Hector. Vuole qualcuno con cui parlare. Alla fine non mi lasciava più andar via. Lei è convinta che questo Aleutian tornerà dall'America per sposarla. »

« Ecco dov'è andato. Quadra con l'accento e il tatuaggio. La ragazza lo sa che è coinvolto nell'assassinio di Hazel? »

Nastja rispose decisa. « Sono sicura di no. Naturalmente non ho potuto farle domande in proposito, ma sapendo che lavoro per Hector è andata lei stessa sull'argomento. Ha saputo di Hazel dalla TV e dai giornali, ma non ha collegato la cosa. Aleutian le ha detto di essere un pezzo grosso nel campo del petrolio in California. Le ha chiesto di aiutarlo a organizzare un incontro con Hazel, perché avrebbe voluto allacciare un rapporto d'affari con lei e la Bannock Oil. Perciò le ha chiesto di fargli sapere quando Hazel usciva dallo studio del dottor Donnovan quel giorno, per inscenare un incontro casuale. Ve l'ho detto, Vicky è molto ingenua e un po' stupida. Ma mi è simpatica. »

« Allora suppongo che non dovremmo rapirla per farla

cantare.» Paddy guardò Hector. «Peccato. Poteva essere divertente.»

Hector sorrise. «Nastja ha ragione, ne sono sicuro. La ragazza è una pedina. Non è molto sveglia e non sa niente. Ma c'è una possibilità che Aleutian possa tornare ad assaggiare il suo piatto preferito. In questo momento lei non serve ad altro, né a lui né a noi. Sai se Vicky ha il suo numero di telefono o altro modo di contattarlo?»

«Gliel'ho chiesto, ma mi ha detto che lui non risponde mai alle sue chiamate. Lei è convinta che sia solo perché non ha il roaming negli Stati Uniti. Sa soltanto che ha promesso di tornare e che poi staranno insieme per sempre. È sicura che manterrà la parola.»

«Resta in contatto con lei, Nazzy, per favore. Potrebbe capitare davvero.»

«E nel frattempo cosa facciamo, capo?» chiese Dave Imbiss. «Siamo in un altro vicolo cieco o cosa?»

Tutti guardarono Hector, ma lui non rispose subito. Bevve un sorso di vino e lo assaporò con calma. «Questo Chablis è perfetto con la sogliola.»

«Sappiamo che sei un conoscitore, ma non hai risposto alla domanda di David» gli fece notare Nastja.

Hector fu salvato dall'apparizione del maggiordomo e si rivolse a lui con un vago sollievo. «Cosa c'è, Stephen?»

«Mi dispiace disturbarla, signore. Ma c'è un gentiluomo alla porta. Be', per essere sincero, signore, mi sembra un ragazzotto trasandato più che un gentiluomo. Ho cercato di mandarlo via, ma è molto insistente. Dice che lo manda un certo Sam Mucker e che lei sa cosa vuol dire. Dice che è questione di vita o di morte, sono le sue parole esatte.»

Hector rifletté un istante. «Sam Mucker? Non ho la minima idea di chi sia. Sono le dieci passate e stiamo cenando. Per favore, Stephen, digli di levarsi gentilmente dai piedi.»

«Sarà un piacere, signor Cross.» Stephen abbozzò un sorriso e tornò all'ingresso con passo deciso.

Mentre il maggiordomo si chiudeva la porta alle spalle, d'un tratto Hector balzò in piedi. «Merda» gridò. «Voleva dire Azim Mukhtar! Stephen, torna subito qui!»

La porta si riaprì e l'uomo riapparve, sull'attenti. «Mi voleva, signore?»

«Proprio così. Cambio di programma. Per favore, accompagna il signore in biblioteca e offrigli da bere. Trattalo da gentiluomo, anche se non lo sembra. Digli che arrivo subito.» Si voltò verso Dave. «No, David, amico mio. Non credo che siamo di nuovo in un vicolo cieco. In realtà, credo che il vero divertimento stia proprio per cominciare.»

Suonò per chiamare il cameriere, e gli disse: «Chiedi allo chef di tenermi in caldo il resto di questa cena eccellente». Poi si rivolse agli altri: «Non aspettatemi, potrei metterci un po'». E uscì dalla sala da pranzo per andare in biblioteca.

Meno persone vedevano l'agente di Azim Mukhtar, meglio era per tutti.

L'ospite era in piedi davanti al fuoco, a scaldarsi la schiena. Aveva in mano una lattina di Coca e Hector capì subito perché Stephen, il maggiordomo, non l'avesse visto di buon occhio. Aveva la barba lunga e i capelli sporchi e arruffati. Portava jeans strappati, che probabilmente non avevano mai visto il cestello di una lavatrice. Era immusonito, con un'aria da cane bastonato. Tutto in lui sembrava indicare che era un reietto, un perdente.

Hector gli si avvicinò e gli porse la mano. « Ciao, sono Hector Cross. »

Il suo ospite aveva gli occhi marrone chiaro, amichevoli e intelligenti, in totale contrasto con il resto del suo aspetto. Gli strinse la mano senza esitazione e gli si rivolse con una voce gradevole e decisa. « Lo so. Ho fatto una ricerca su Google, signor Cross. Lei è una persona importante. Mi chiamano Yaf, ma prima di trovare Allah ero Rupert Marsh. »

« Come devo chiamarti, allora? »

« Faccia lei. »

« Yaf... Ti chiamerò così. Va bene? »

« Okay, con piacere. »

« Accomodati, Yaf. » Hector diede il buon esempio sprofondando in una delle poltrone di pelle.

Yaf declinò l'invito: « Mi piace il calore del fuoco. In scooter ho preso freddo. E comunque preferisco stare in piedi alla presenza di uomini più anziani e più importanti ».

Hector restò sorpreso. Il ragazzo ha classe, pensò, e Yaf sembrò leggergli nel pensiero.

« La prego di scusarmi per i capelli e la barba, e per il mio aspetto in generale. È la mia tenuta da lavoro. »

« Azim Mukhtar mi ha detto che aiuti altri ragazzi a ritrovare la strada che hanno perduto. » Al sentire quel nome, il viso di Yaf si illuminò.

« È quello che Azim Mukhtar ha fatto per me. Quando sono arrivato nella sua moschea ero un relitto umano. Ero stanco della vita, stanco di me stesso e drogato. Lui mi ha mostrato la strada e mi ha salvato. È davvero un grand'uomo. Grande e santo. » Fece un sorriso mite. « Mi scusi, signor Cross, sembrava uno spot pubblicitario. »

« Ti capisco benissimo. Lo ammiro molto anch'io. »

« Azim Mukhtar mi ha detto che lei sta cercando una persona. Non mi ha spiegato perché e io non glielo chiederò. »

« Il nome della persona che sto cercando, sempre che significhi qualcosa, è Aleutian » disse Hector, e Yaf sorrise.

« Nei bassifondi, i nomi significano poco o niente. Non saprebbe descrivermelo? »

« Ho delle foto. »

« Perfetto. Con le foto sarà un lavoretto facile facile. Posso vederle? »

« Vado a prenderle. Forse ci vorrà un po'. » Hector si alzò. « Quando hai mangiato l'ultima volta, Yaf? Mi sembri magrolino. »

« In effetti, non ho molto tempo per mangiare. »

« Be', adesso ce l'hai. Dirò alla cuoca di prepararti qualche sandwich e un piatto di patatine fritte con il ketchup. »

« Grazie, signor Cross. Ottimo. Ma niente carne, per favore. Sono vegetariano. »

« Uova e formaggio? »

« Perfetti entrambi. »

Nel giro di un'ora Dave aveva stampato una decina di fotogrammi dai video di Vicky e Hector li aveva portati nella biblioteca, dove Yaf aveva appena finito di divorare un vassoio di sandwich con formaggio, pomodori e Marmite, e si stava dando da fare con le uova sode e le patatine. Quando Hector si affacciò sulla porta, balzò in piedi.

« Sono i panini migliori che abbia mangiato da quando è morta mia madre, quindici anni fa, e sono finito sulla strada. » Hector gli dava venticinque anni o pochi di più. Quindi viveva in strada da quando ne aveva una decina.

« E tuo padre? » gli chiese.

Yaf fece un sorriso triste. « Non l'ho mai conosciuto. E credo che neanche mia madre ne sapesse molto. Forse sono uno di quei fortunati che hanno una sola madre, ma qualche decina di possibili padri. Non lo so e basta.»

Hector rispose con un sorriso a quella battuta coraggiosa e gli passò le foto. «Dai un'occhiata e vedi se possono esserti utili. Però fammi un favore, Yaf: siediti. Mi stai innervosendo.»

Yaf obbedì e guardò le stampate di Dave una a una, esaminandole con attenzione.

«Lo vedi il tatuaggio?» gli chiese Hector.

«Sì, è il marchio distintivo della banda Malik. Dev'essere uno di loro.» Alla fine guardò Hector e gli disse: «Mi dispiace, signor Cross, non lo conosco, però mi sembra uno che promette male».

Di fronte alla delusione di Hector, si affrettò ad aggiungere: «Comunque non si preoccupi. Se si trova nel raggio di ottanta chilometri da Londra, lo scoverò. Ci saranno molti occhi ben aperti. Può darmi un numero di cellulare per contattarla rapidamente? I tipi come questo si spostano in fretta, come gli squali tigre in caccia».

«Se avrai un contatto, chiamami a questo numero.» Hector andò alla scrivania e scarabocchiò il proprio numero di cellulare su un foglietto. «Mi troverai, ovunque sia. Addebitami pure la chiamata.» Diede il biglietto a Yaf, che si stava alzando.

Hector lo accompagnò alla porta, lo guardò salire sul BW125 e uscire dal cancello scoppiettando.

Non credo che lo rivedrò, ma non si sa mai, si disse Hector. Cercò di togliersi dalla testa il ragazzo, ma per i giorni seguenti Yaf continuò a insinuarsi nei suoi pensieri, anche quando Hector cercava di concentrarsi sulla lettura dei documenti di Hazel.

Viviamo in una società schifosa, dove i banchieri prendono bonus multimilionari e i bravi ragazzi non riescono a trovare lavoro, finiscono sulla strada e si rovinano. Siamo nel mezzo di una tempesta di merda. Non oso pensare a quello che potrebbe succedere.

Il suo pensiero corse a Catherine Cayla e a cosa il mondo avesse in serbo per lei in futuro. Gli mancava da impazzire. Cinque giorni dopo prese Paddy, Nastja e Dave Imbiss, e tutti insieme tornarono ad Abu Zara con un volo Emirates.

« Siamo state bravissime, paparino. Da quando sei partito, abbiamo messo su quasi un chilo e mezzo. » L'infermiera Bonnie gli mise in braccio Catherine non appena fu entrato nell'ingresso dell'attico. « Ma ci è mancato tanto il nostro papà, vero, piccolina? »

All'orecchio di Hector quel linguaggio bambinesco suonava decisamente stonato e non era sicuro di aver capito chi fosse mancato a chi, anzi sperava proprio che Bonnie non intendesse quello che gli era sembrato.

Era arrivato giusto in tempo per dare il biberon a Catherine e farla addormentare. La mattina dopo la infilò in un marsupio high-tec, un bozzolo di nylon fissato a una struttura ergonomica di alluminio, studiata per proteggere e cullare il bambino. Era stato Dave Imbiss a procurarglielo. Assicurandoselo al petto, Hector riusciva a vedere la figlia in viso mentre correva. Oppure poteva portarlo sulla schiena in modo che la piccola potesse guardare sopra la sua spalla.

Andò con lei a fare una corsetta di quindici chilometri sulla spiaggia. Sembrava che il dondolio le piacesse; quanto meno non protestò e dormì per tutto il tempo, svegliandosi solo a casa, con un appetito da leoncina. Aveva saltato la poppata, annunciò l'infermiera Bonnie in tono stentoreo e critico.

Le giornate si succedevano tutte uguali, ma non erano sgradevoli. Ovviamente Paddy e Nastja avevano un appartamento privato in città. Lavoravano entrambi al quartier generale della Cross Bow, nello stesso edificio, ma potevano passare giorni senza che si incontrassero. Tuttavia Paddy telefonava a Hector tutte le sere per discutere degli sviluppi, per quanto fossero pochi e poco significativi.

Almeno due volte alla settimana Nastja invitava Hector a cena nel loro appartamento o in uno dei molti ristoranti a cinque stelle della città. C'era sempre anche un'altra ospite, giovane, attraente e nubile. Era incredibile che Nastja riuscisse a trovarne così tante. Doveva passare al setaccio il personale di cabina di tutte le compagnie aeree, le segretarie di tutti gli uffici delle ambasciate britannica e americana, e le maggiori multinazionali operanti in città. E sebbene Hector schivasse abilmente quelle trappole, Nastja non desisteva. Divenne un giochetto amichevole fra loro due. Paddy si limitava a osservarli divertito.

Dave Imbiss trascorreva svariate ore al giorno nell'attico del Seascape, a controllare e a migliorare le disposizioni per la sicurezza di Catherine Cayla, ad accertarsi che i suoi uomini stessero all'erta e sempre pronti. La piccola Catherine non veniva mai lasciata sola. Una delle tre bambinaie era al suo fianco ogni minuto del giorno e della notte. Fuori dalla porta della nursery c'era una guardia armata, e un altro dipendente della Cross Bow nella stanza in fondo al corridoio teneva d'occhio i monitor collegati alle telecamere a circuito chiuso che controllavano tutti gli ingressi degli appartamenti e l'interno della nursery.

Hector faceva colazione con Catherine tutte le mattine

alle sei. Si avventava sulle uova con il bacon, mentre lei beveva il suo latte. Dopo la portava a fare la solita corsetta sulla spiaggia. Quando tornavano nell'attico, la riconsegnava alle bambinaie e passava il resto della mattinata a studiare la toccante documentazione lasciata da Hazel.

Ad affascinare Hector erano soprattutto i suoi diari, l'unica documentazione che Agatha non aveva digitalizzato. Hazel aveva cominciato a scriverli il giorno del suo quattordicesimo compleanno. Nella sua collezione c'erano più di venti libriccini neri identici, uno per ogni anno della sua vita dopo la pubertà.

Erano scritti in una grafia minuta e disseminati di codici cifrati. Gli ci vollero tutta la sua immaginazione e il suo ingegno per decifrarne alcuni. Hazel aveva registrato ogni particolare della propria vita, dal più banale al più importante. Hector era incantato. Non avrebbe mai immaginato di conoscere così tante cose su di lei. E invece, ecco vanti e confessioni, scritti di suo pugno. Descriveva con gusto perfino la perdita della verginità, il giorno del suo quindicesimo compleanno, con il maestro di tennis, sul sedile posteriore della sua vecchia Ford. Hector provò una fitta di gelosia.

«Quel grandissimo bastardo aveva quasi trent'anni più della mia bambina innocente. Avrebbero dovuto sbatterlo in galera, lurido pedofilo!» mormorò, ma poi si consolò al pensiero che ormai quel lurido pedofilo doveva essere grasso, calvo e impotente, e che Hazel si era senz'ombra di dubbio goduta l'esperienza. Sfogliò i diari saltando gli anni di mezzo finché non arrivò al loro primo incontro.

Era stato uno dei momenti cruciali dell'esistenza di Hector. Non ne avrebbe mai dimenticato un solo particolare. Era accaduto all'impianto della Bannock Oil proprio nel deserto di Abu Zara. Aveva aspettato l'arrivo di Hazel insieme ai pezzi grossi della compagnia petrolifera, nel bel mezzo di una tempesta di sabbia. Il suo elicottero era uscito da una nube marrone. Ricordava ancora che, quando era atterrato e lei era apparsa sulla porta della cabina, era del tutto impreparato alla scarica elettrica che gli aveva percorso la spina dorsale. Lei era assolutamente magnifica.

Quel primo giorno con lui era stata sbrigativa, il che l'aveva reso furioso. Non era abituato a essere trattato con sufficienza. Con odio, forse? Sì, ma mai ignorato con tanta leggerezza.

L'aveva descritto così: « ... un pallone gonfiato, tutto testosterone e muscoli. Prego Dio che un giorno mi perdoni per aver trovato davvero molto sexy quello zotico disgustoso ».

Quella notte, Hector fu svegliato dalla suoneria del cellulare. Si girò nel letto e accese l'abat-jour, quindi guardò la sveglia. Le quattro meno dieci. Prese il telefono.

« Cross » disse.

« Sono io, Yaf. » Hector si mise subito a sedere.

« Dimmi! »

« È qui. Ma si sbrighi a venire. Si sposta parecchio. Non c'è modo di sapere quando sparirà ancora. »

« Che ore sono a Londra? »

« Quasi mezzanotte » rispose Yaf. Hector fece un rapido calcolo.

« Okay » disse. « Arriverò domani. Vai a casa mia e aspettami lì. Dirò al maggiordomo di lasciarti entrare e lo chef ti preparerà qualcosa da leccarti i baffi. » Riagganciò e chiamò Paddy nel suo appartamento. Rispose la voce assonnata di Nastja.

« Chi può essere, se non Hector Cross? »

« Indovinato » le disse. « Aleutian si è fatto vivo a Londra. Di' al latin lover con cui dividi il letto di infilarsi le mutande. Digli di requisire il G5 della Bannock Oil per volare subito a Farnborough. Che buttino giù dal letto i piloti, se necessario. Andiamo a prendere quel bastardo assassino, ora che è uscito allo scoperto. »

L'autista andò a prenderli sulla pista. Dopo un'ora abbondante parcheggiarono nel sotterraneo della casa di Belgravia. Yaf li aspettava nelle cucine, dove aveva stretto amicizia con Cynthia, lo chef, che lo stava rimpinzando con il suo famoso pudding al cioccolato accompagnato da gelato. Sentendo la voce di Hector, lasciò cadere il cucchiaio e si precipitò su per le scale.

Hector gli presentò Paddy e Nastja, poi convocò il consiglio di guerra in biblioteca. Su invito di Hector, Yaf raccontò a grandi linee cos'era accaduto in loro assenza.

« Nelle ultime due settimane Aleutian mi veniva segnalato in continuazione, soprattutto in alcuni locali del centro di Londra. Ma non appena mi mettevo sulle sue tracce, veniva fuori che si era trattato di un falso avvistamento oppure la pista era già fredda. Poi c'è stata l'occasione buona, in un locale che si chiama Fusion Fire. È un postaccio: luci strobo e specchi, spacciatori e puttane in agguato, ma la musica è forte. Sono riuscito ad avvicinarmi parecchio ad Aleutian, al bar. Stava bevendo con altri tre ragazzi di colore e ho guardato bene il tatuaggio. È la persona che cercate, non ci sono dubbi. Però i suoi amici lo chiamavano Oscar, non Aleutian. »

« Quando è successo? » chiese Hector.

« Due venerdì fa. Non ho voluto chiamarla subito. Poteva essere un caso che si trovasse lì. L'ho aspettato al Fusion Fire per altre quattro sere, ma non si è visto. Così ho mandato qualcuno dei miei in tutti i locali della zona. La settimana dopo l'abbiamo trovato in altri due posti e poi si è rifatto vivo al Fusion per due volte di seguito. A quel punto l'ho chiamata. Sospetto che si sposti parecchio, non va mai nello stesso posto gli stessi giorni. Fossi in lei, sorveglierei tutte le discoteche dove è stato avvistato di recente. Secondo me è il modo migliore per beccarlo. »

« Mi sembra logico » concordò Hector. « E tu cosa vuoi fare, Yaf? »

Il ragazzo sembrava a disagio e gli ci volle un po' per trovare il coraggio di parlare.

« L'ho aiutata volentieri a trovare questa persona, ma preferirei non esserci quando andrete a prenderlo. Ho rinunciato a certi metodi tanto tempo fa, quando Allah mi ha preso sotto la sua ala. Non si offenda, signor Cross. È stato un piacere conoscere un uomo come lei, ma adesso è meglio che le nostre strade si separino. »

« Grazie ancora, Yaf. Probabilmente la tua è una decisione saggia. Anche per me è stato un piacere conoscerti. Hai rinsaldato la mia fiducia nei giovani. Se mai avrai bisogno di me, sai dove trovarmi. Nel frattempo, vorrei ripagarti per il tuo tempo e il disturbo. »

Yaf alzò entrambe le mani, allarmato. « No, per favore. Non l'ho fatto per i soldi. L'ho fatto per un uomo grande e santo. »

« Benissimo, Yaf. Ma deve pur esserci un'iniziativa benefica organizzata dalla tua moschea, a cui fare una donazione. »

« In effetti, signor Cross, molti dei nostri fondi vengono dalla Muslim Youthwork Foundation » rispose Yaf con timidezza. « Può fare una donazione online. Non è necessario che compaia il suo nome. »

« La farò a nome tuo » lo rassicurò Hector.

« Grazie. Non è necessario, ma le assicuro che il denaro verrà speso bene. » Yaf infilò la mano nella tasca della felpa col cappuccio e tirò fuori un foglio. « Ecco la lista dei locali dove abbiamo visto Aleutian. Di solito si fa vivo attorno a mezzanotte, ma poi resta fino all'alba. Le auguro di trovare quello che cerca, signor Cross. »

Hector lo accompagnò alla porta e gli disse: « Spero di rivederti, Yaf. Se passi da queste parti, entra pure. Se non ci sono io, Cynthia sarà ben contenta di offrirti una tazza di caffè e un boccone. Lo dirò anche a lei ».

« Molto gentile da parte sua, signor Cross. Arrivederci e *Ma'assalama.* » Si strinsero la mano, poi Hector lo guardò montare in sella allo scooter e partire. Sapeva che non l'avrebbe mai più rivisto. Yaf era indipendente, troppo orgoglioso per andare a chiedere l'elemosina.

« Okay, i tre locali sulla lista di Yaf sono il Fusion Fire, il Rabid Dog e il Portals of Paradise, tutti nel centro di Londra, da Soho a Elephant and Castle. Io non ne conosco neanche uno. Voi? » Hector guardò prima Nastja.

« No, non sono il mio genere » rispose lei, piccata.

« E tu, Paddy? »

« No, ma promettono un gran bel divertimento. »

« Ecco come intendo procedere. Per coprirli tutti e tre dovremo dividerci. Come ci ha detto Yaf, è inutile cominciare la ricerca prima di mezzanotte. Ci tocca il turno delle ore piccole. Se uno di noi individua il soggetto, chiama a raccolta la squadra. Teniamo Aleutian sotto osservazione e lo seguiamo quando esce dal locale. Uno di noi guiderà la Q-Car. A quell'ora del mattino le strade saranno deserte. Appena lo becchiamo da solo, senza che nessuno ci veda, gli facciamo l'Hypnos.»

L'Hypnos era una piccola siringa ipodermica integrata che si poteva nascondere nel palmo della mano o dentro la cucitura della manica di una giacca. Era fabbricata con un tipo di materiale plastico invisibile ai raggi X e a qualunque altro dispositivo di sicurezza. Il corpo cilindrico era di colore verde. L'ago non metallico si innescava levando il cappuccio con il pollice. Era lungo appena due centimetri e bastava che forasse la pelle per iniettare due centilitri di una droga potentissima che paralizzava il soggetto all'istante. Il nome si ispirava alla divinità greca del sonno.

Era impossibile procurarsi un'arma del genere, a meno di avere contatti nella divisione chimica dell'esercito statunitense, come Dave Imbiss.

«Appena Aleutian perde i sensi lo infiliamo nella Q-Car e lo portiamo qui.» Hector continuò a esporre il piano. «A proposito, il seminterrato è insonorizzato e c'è una stanza in cui pulisco l'attrezzatura da pesca, ma sarà ottima per l'interrogatorio. Avremo a portata di mano tutti gli strumenti adatti. Pareti e pavimento sono piastrellati, facili da pulire con un getto. Se la tortura dell'acqua non dovesse convincerlo, forse finiremo per fare un bel disastro prima che Aleutian senta il bisogno di confessare e di darci il nome di chi l'ha assoldato. Una volta finito con lui, impacchettiamo quel che ne rimane in una cassa per il pesce, ermetica e impermeabile, e lo esportiamo ad Abu Zara con il G5. Se scegliamo bene lo slot di decollo non dovremo nemmeno preoccuparci che alla dogana vogliano ispezionare il contenuto. Poi lo passiamo a Dave Imbiss, che lo porta in uno dei punti dove le squadre di sondaggio stanno trivellando il nuovo Zara 9. E Aleutian finisce in fondo a uno dei pozzi di trivellazione, cioè a una profondità di quasi cinquemila metri, e torna su insieme ai liquami, triturato fine fine dalla punta rotante di diamante.»

Fece un sorriso feroce e continuò: «So che è un piano di battaglia abbozzato, ma so anche che voi due siete bravissimi a improvvisare a seconda delle circostanze».

Controllò l'orologio e si alzò. «Abbiamo un'ora per cambiarci prima di cena. So che lo chef ha in programma qualcosa di speciale per noi, ma purtroppo non ci sarà vino ad accompagnarlo. Vi voglio lucidi e precisi per il seguito della serata. Dopo cena ho in mente di fare un sonnellino di un paio d'ore. Ci ritroveremo intorno alle undici. Ci vorrà un'ora o più per arrivare alle nostre postazioni. Nastja andrà al Portals of Paradise, per ovvie ragioni. Paddy prenderà il Rabid Dog, per ragioni altrettanto ovvie. Io mi apposterò al Fusion Fire, anche se una buona ragione non mi viene in mente.»

«Secondo me ci sono un paio di signorine del tuo passato focoso che di ragioni potrebbero darcene a iosa» suggerì Nastja.

Hector salì nel suo studio e aprì la porticina segreta dietro il caminetto. Da una delle mensole prese la scatola che conteneva la sua pistola, già infilata nella fondina da spalla. Indossò un paio di guanti da chirurgo e pulì con cura tutta la pistola, cancellando le proprie impronte. Poi ricaricò l'arma con le munizioni speciali procurate da Dave. Infine pulì la pistola una seconda volta, per sicurezza. Aveva valutato i rischi di portare con sé un'arma quella sera: sarebbe stato un reato grave, se le autorità gliel'avessero trovata addosso. Ma sarebbe stato ancora più pericoloso affrontare a mani nude un individuo del calibro di Aleutian.

Scaricarono Nastja al Portals of Paradise qualche minuto dopo mezzanotte. L'ingresso, discreto, si trovava in una stradina secondaria. Davanti alla porta era radunata una piccola folla di giovani eccitati. Due buttafuori robusti e aggressivi impedivano loro di entrare nel locale, mentre un garbato selezionatore in abito scuro e cravatta nera sceglieva chi, a suo giudizio, era degno del privilegio di varcare la sacra soglia.

Hector parcheggiò la Q-Car all'inizio della stradina; lui e Paddy guardarono Nastja dirigersi verso la discoteca.

Il selezionatore l'adocchiò non appena ebbe imboccato la via. Indossava un tubino scarlatto aderentissimo che si incollava a tutte le sue curve, e tacchi a spillo da dodici centimetri che mettevano in tensione la sottile muscolatura dei polpacci. La sua apparizione placò il clamore della folla che supplicava di essere lasciata entrare. Le fecero spazio e la osservarono in un silenzio attonito mentre passava in mezzo a loro. Il selezionatore si affrettò ad andarle incontro e la prese sotto braccio con un untuoso sorriso di benvenuto. La scortò all'ingresso, l'accompagnò oltre la soglia e disse alla ragazza alla cassa: « La signora è nostra ospite. Assicurati che abbia il tavolo migliore ».

Guardando la scena dal sedile posteriore della Q-Car, Paddy O'Quinn si preoccupò. « Spero che vada tutto liscio. In quella marmaglia ci sono dei tipi a dir poco nauseanti. »

Hector scoppiò a ridere. « Stai scherzando, Paddy! Se c'è qualcuno per cui preoccuparsi, è quello che crede di poter fare il cretino con la tua signora. »

Mise in moto e percorse tre chilometri di strade squallide, fino al Rabid Dog.

« Okay, Paddy, eccoci al canile. Tieni le chiappe strette e non accettare caramelle dagli sconosciuti. » Guardò Paddy passare una banconota al portiere e sparire oltre le tende scure che schermavano l'entrata.

Mancavano un paio di chilometri scarsi al Fusion Fire. La discoteca era su due livelli. La facciata era un unico finestrone che dava sulla strada. Attraverso i vetri, Hector vide che l'interno era illuminato da torri rotanti formate da una miriade di luci stroboscopiche di tutti i colori. I soffitti erano coperti di mattonelle a specchio che riflettevano le luci intermittenti e i ballerini sulle piste. I ballerini, stretti come pesci tropicali in banchi luccicanti, si agitavano mossi dal palpito selvaggio della musica.

Hector passò davanti al Fusion Fire in macchina, a bassa velocità, parcheggiò sull'angolo della traversa successiva e tornò a piedi fino all'ingresso. Indossava occhiali scuri a goccia e un gilè a collo alto di broccato dorato che Nastja aveva scelto per lui, per dargli un'aria un po' ambigua, in tono con il locale. Pagò cento sterline per un tavolo VIP. Si sedette, guardandosi attorno. Riconobbe subito l'ambiente del video di Victoria, e si sentì più sicuro: se Aleutian c'era già stato, c'erano ottime possibilità che tornasse. Nel giro di venti minuti cinque ragazze diverse l'avevano avvicinato per offrirgli tutta la gamma dei servizi, dalla fellatio sotto il tavolo per cinquanta sterline alla notte intera per cinquecento. Offerte che aveva declinato educatamente.

Alle cinque e venti del mattino la folla sulla pista si era diradata, ma ancora non si vedevano segni di qualcuno che assomigliasse pur vagamente ad Aleutian. Così riprese la Q-Car e passò a prendere Paddy al Rabid Dog.

« Com'è andata, vecchio mio? » chiese, quando Paddy gli si sedette accanto.

« Se avessi fumato, sniffato e ingerito tutto quello che mi è stato offerto stanotte, sarei strafatto. »

Proseguirono fino al Portals of Paradise e quando Nastja emerse sembrava appena uscita da un salone di bellezza.

« Non hai avuto fortuna, regina del mio cuore? » le chiese Paddy, ansioso.

« Avrei potuto diventare ricca. Un simpatico vecchietto sulla novantina mi ha offerto diecimila sterline per guardare e non toccare. »

« Avresti dovuto accettare » le disse Paddy e lei lo fissò con uno sguardo talmente glaciale da sembrare il cielo della tundra. Tornarono alla casa di Belgravia e dormirono tutti e tre fino a mezzogiorno.

La notte successiva fu una replica, solo la clientela delle discoteche era cambiata.

La terza notte Hector entrò nella bolgia del Fusion Fire poco dopo mezzanotte. Era sabato e la pista era affollata. Il volume della musica ottundeva i sensi. Le immense sfere riflettenti appese al soffitto dondolavano a tempo con il battito dei piedi dei ballerini.

Per adattarsi all'ambiente, Hector indossava un bolero spagnoleggiante di seta nera, con una camicia bianca a volant e una cravatta americana. I pantaloni da torero tempestati di lustrini erano aderenti come una seconda pelle. Anche stavolta era stata Nastja a preparargli il travestimento. Si sedette al solito tavolo e un attimo dopo una ragazza in minigonna con un bel viso da folletto e labbra pronunciate, che non aveva mai visto, gli si piazzò in braccio.

« Sei così bello che ti vorrei sposare » gli disse. « Sei anche ricco, vero? »

« Multimiliardario » le rispose serio.

« Oh, mio Dio! » disse lei con un filo di voce. « Giuro che mi hai appena fatto venire. »

Hector la trovò divertente. Si mise a ridere e, quando guardò oltre la sua spalla, di fronte a lui vide il viso scuro e cupo che ricordava tanto bene dai video di Victoria Vusamazulu.

Aleutian era in piedi dall'altra parte della pista da ballo, in cima alle scale che conducevano giù, all'ingresso del locale. Era con una ragazza che lo stava guardando, ma Hector non riusciva a vederla in viso. Aleutian la guardava con aria di sufficienza. Benché fossero circondati dal tumulto della folla, lui li sovrastava tutti di una testa buona. Ecco perché Hector l'aveva notato subito. Lo fissò per pochi secondi, per avere la certezza assoluta che fosse l'uomo giusto, ma fu comunque troppo.

Se nella giungla ti fermi a fissare un animale selvaggio, spesso capita che percepisca il tuo sguardo e reagisca. Ecco cos'era Aleutian: un predatore selvaggio nel suo territorio. I suoi occhi si alzarono dal viso della ragazza e incrociarono quelli di Hector. Lo riconobbe all'istante. Si voltò e si precipitò giù per le scale.

Hector balzò in piedi, buttando a terra la ragazza. La scavalcò e corse attraverso la pista, aprendosi la strada a gomitate fra i ballerini, diretto verso la scala su cui era scomparso Aleutian.

I gradini erano affollati quasi quanto la pista. Quando Hector raggiunse la porta d'ingresso e uscì in strada di slancio, di Aleutian non c'era traccia. Tenne a freno l'istinto cieco di cercarlo senza criterio per le strade buie.

Pensò alla ragazza che accompagnava Aleutian. Forse sarebbe riuscito a trovarla. Forse avrebbe potuto indicargli il suo nascondiglio. Ma abbandonò l'idea nell'istante stesso in cui gli era venuta. Il Fusion Fire era pieno zeppo di bamboline identiche. Non l'aveva neppure vista in faccia. Non sarebbe mai stato in grado di riconoscerla in quel marasma. E comunque, era probabile che Aleutian l'avesse rimorchiata quella sera stessa.

Com'è arrivato qui? In auto? In taxi? In questo caso, se n'è andato da un pezzo. Pensava come una furia. In metropolitana? Ma certo!

Sapeva dalle ricerche fatte online che la stazione della metropolitana di Blackfriars era a non più di trecento metri da dove si trovava. Si mise a correre. Raggiunto l'angolo, vide l'ingresso proprio davanti a sé. A quell'ora le strade erano deserte, a parte qualche nottambulo che si dirigeva verso casa. Tra loro vide Aleutian, che s'affrettava verso la metropolitana. Hector si lanciò nella sua direzione, ma l'altro era già sparito sottoterra, come un coniglio nella sua tana. Quando Hector, poco dopo, arrivò all'ingresso, scese i gradini tre alla volta e i suoi passi riecheggiarono nella galleria umida e poco illuminata. Arrivò in fondo. Quale direzione aveva preso Aleutian? A sinistra, per Richmond, o a destra, per Upminster? A caso, prese a destra, ma poi sentì il treno in arrivo sulla linea opposta e si lanciò da quella parte. Tornato sul ballatoio si affacciò a guardare la banchina. Il treno si era fermato e le porte erano aperte. Una piccola folla di pendolari serali e di nottambuli stava salendo a bordo. Hector vide subito che aveva intuito giusto. Aleutian stava spintonando gli altri passeggeri per salire. Hector lo guardò guadagnare il vagone.

Si precipitò giù per l'ultima rampa di scale, ma quando era a metà le porte si chiusero e il treno partì. Mentre le carrozze gli passavano davanti, Hector vide Aleutian in piedi davanti a un finestrino, che lo guardava. Portò la mano alla pistola nella fondina nascosta sotto la giacca, ma subito si trattenne. L'angolazione e la distanza erano al limite. Aleutian era circondato da altri passeggeri. Il rischio di colpire uno di loro mentre il treno accelerava era troppo alto.

Aleutian sapeva di averla scampata e sogghignava. Un ghigno sardonico, minaccioso. A Hector si accapponò la pelle. Stava guardando negli occhi l'assassino di Hazel. L'emozione era talmente forte che gli tremavano le gambe. Gli ci volle qualche secondo, dopo che il treno fu sparito nella bocca del tunnel, per riuscire a costringersi a pensare di nuovo con distacco.

Fece dietro front e tornò nella direzione da cui era venuto, ma sapeva che ci sarebbero voluti almeno dieci minuti per raggiungere la Q-Car. Il treno stava portandosi via Aleutian. Aveva un vantaggio troppo grande. Doveva chiamare Paddy o Nastja perché lo intercettassero. Ma c'erano almeno dieci fermate a cui Aleutian sarebbe potuto scendere prima di raggiungere il capolinea di Richmond. Era impossibile coprirle tutte.

Sentiva che qualcosa gli sfuggiva. Mentre risaliva al livello della strada con la rapidità del fulmine, ne era sempre più sicuro. Rifletti con la testa, maledizione... dove può essere andato?

Uscì dalla metropolitana, sulla strada, e gli venne un sospetto agghiacciante. Si fermò di colpo. Prese il cellulare e fece il numero di Nastja. Squillò all'infinito, ma se lo tenne vicino all'orecchio mentre correva più veloce che poteva.

Vicky Vusamazulu è in pericolo, si disse. Aleutian sapeva che le probabilità di incontrarci per caso al Fusion Fire erano una su un milione. E Vicky è l'unica che ci conosce entrambi. Sta andando da Vicky, mi ci gioco la testa. Dai, Nazzy, tesoro, rispondi a questo telefono di merda!

« Hector, dove sei? » gli chiese all'improvviso Nastja.

« Ho beccato Aleutian, ma è riuscito a sfuggirmi. Scommetto che sta andando da Vicky. Qual è il suo indirizzo? »

« 47 Gardens Lane, TW9 LA5. Saranno trecento metri dall'uscita della metropolitana di Kew Gardens. » La risposta di Nastja fu rapida e precisa. Era una professionista.

« Aleutian sta andando da lei in metropolitana. Tu sei la più vicina di tutti. Puoi raggiungerla molto prima di noi due. Prendi un taxi. Io e Paddy ti raggiungeremo il più in fretta possibile. Ma fai presto, Nazzy. La tua amichetta è un bersaglio facile e quel bastardo è un assassino. » Il telefono tacque. Nastja era sempre di poche parole.

Hector fece il numero di Paddy e gli parlò mentre correva verso la Q-Car.

« Paddy, aspettami fuori dal Rabid Dog. Sarò lì tra venti minuti, forse meno. »

« Cosa succede? »

« Aleutian si è fatto vivo, ma ho combinato un casino coi fiocchi. Se la sta dando a gambe. Ti racconto il resto quando ci vediamo. »

Paddy aprì la portiera del passeggero della Q-Car e saltò dentro senza neanche dare a Hector il tempo di fermarsi. Hector premette di nuovo sull'acceleratore e schizzò via.

« 47 Gardens Lane, TW9 LA5. È l'indirizzo di Vicky. Inseriscilo nel navigatore, Paddy. È lì che sta andando Aleutian, sicuro come l'oro. »

Lo squillo insistente del campanello alla sua porta d'ingresso svegliò Vicky Vusamazulu. Si sedette sul letto, intontita.

Aveva preso un sonnifero. Guardò il quadrante luminoso della sveglia. Erano quasi le due del mattino.

*Meno male che la signora Church è sorda come una campana.* Cercò di sfregarsi via il sonno dagli occhi. La signora Church era la padrona di casa. Viveva al piano di sopra, e Vicky sapeva che si toglieva sempre l'apparecchio acustico quando andava a letto. Era una vecchia megera insopportabile, tanto che Vicky era la sua unica inquilina.

Il campanello suonò un'altra volta. Vicky accese la luce, scostò le coperte, mise i piedi per terra e si alzò. Indossava un pigiamino corto a fiorellini. Barcollò in corridoio e arrivò alla porta, in fondo.

Controllò che le due catenelle di sicurezza fossero agganciate prima di alzarsi sulla punta dei piedi per guardare attraverso lo spioncino. La persona fuori dalla porta le dava le spalle.

« Chi è? » chiese, irritata. Lui si voltò e lei lo riconobbe.

Sussultò per la sorpresa e la gioia, svegliandosi del tutto. Non sapeva nemmeno che fosse in città.

« Apri questa porta, troia. »

« Aleutian! Oddio! Sei proprio tu? Pensavo che non saresti mai tornato. » Era talmente agitata che non riusciva a sganciare le catenelle. « Aspetta! Non te ne andare. Ci metto solo un secondo. Aspetta, Aleutian, tesoro. »

Alla fine riuscì ad aprire e corse fuori per abbracciarlo, ma lui la scostò in malo modo e si infilò nel suo appartamento. Percorse il corridoio fino in camera senza voltarsi a guardarla. Lei chiuse la porta d'ingresso senza perdere tempo a rimettere le catenelle. Gli corse dietro.

« Pensavo che non saresti mai tornato. Non avrei dovuto dubitare di te. Sapevo che avresti mantenuto la parola. Mi sei mancato. Mi sei mancato tantissimo. » Balbettava per l'emozione.

Lui si era seduto sul letto e la guardava con una strana espressione.

« Hai fatto la brava mentre ero via? »

« Sì, sì. Sono rimasta a casa tutte le sere ad aspettarti. Non ho mai guardato nessun altro uomo. Ti amo tanto. »

« Stai mentendo. » Lo disse con quel tono speciale, sottile e pericoloso, che le faceva venire i brividi. « Secondo me sei stata una troietta stronza e ti meriti una punizione. »

Conosceva quel gioco così bene che i suoi capezzoli si rizzarono sotto il tessuto leggero del pigiama.

« Togliti il pigiama! » le ordinò, e lei se lo sfilò da sopra la testa, lo appallottolò e lo lanciò sul letto vicino a dove lui era seduto. Poi si abbassò i pantaloncini sui fianchi e li lasciò cadere alle caviglie. Li scalciò via e restò nuda davanti a lui.

« Vuoi picchiarmi, Aleutian? » gli chiese intimorita, coprendosi il pube con le mani.

« Togli quelle mani e vieni qua. » La chiamò piegando il dito a uncino e lei gli si avvicinò. « Apri le gambe, troia. »

Lei divaricò le cosce e lui ci infilò una mano in mezzo. « Di più! » le ordinò.

Sentiva le sue dita contorcersi dentro di lei e lo voleva da morire. Inclinò il bacino verso di lui.

« Lo sai che devo punirti, sei stata molto cattiva. »

« Sì, lo so. »

« Padrone. Chiamami padrone. Non ti ricordi più? » Mosse un dito in maniera da causarle un dolore tale che gemette. Sembrava che le avesse strappato qualcosa dentro e spalancò gli occhi per il dolore. Ma era talmente piacevole che era sul punto di venire.

« Sì, lo so, padrone. »

Lui sfilò il dito e glielo mise davanti agli occhi. «Adesso guarda cos'hai fatto, puttanella. Mi hai sporcato tutto il dito con il tuo sangue.»

«Mi dispiace, padrone. Non volevo.»

«In ginocchio» le ordinò, e lei cadde ai suoi piedi. Puntò il dito verso di lei. «Succhialo finché non è pulito.» Lei aprì la bocca. Lui glielo spinse in gola, così in fondo che le spalle di Vicky si sollevarono in un conato.

«Ammettilo: non sei stata affatto brava mentre ero via.»

Lei mugolò nel tentativo di negare, con il viso congestionato. Lui si ritrasse e le tolse il dito dalla gola. La ragazza singhiozzò di sollievo e il suo corpo si contorse nello sforzo di riprendere il fiato. Lo guardò con gli occhi iniettati di sangue, e pieni di lacrime.

Lui scoprì la mano che teneva nascosta dietro la schiena mostrando un coltello a serramanico. Lo fece scattare e di colpo la lama si aprì sotto il naso di lei. Era lungo più di una spanna e luccicava come un raggio di sole.

Non le aveva mai mostrato quel coltello. Cercò di indietreggiare sulle ginocchia, ma lui prese il pigiama dal letto e glielo passò intorno al collo, tenendola al guinzaglio come un cagnolino.

«Hai parlato di me con qualcuno, vero, zoccola?»

«No!» sussurrò lei e scosse il capo con veemenza.

«Non mentire, vacca!» Le scalfì la guancia con la punta del coltello e lei strillò per lo shock e il dolore.

«Per favore, non farmi più male. Non mi piacciono più questi giochetti. Non voglio più giocare. Per favore, Aleutian, metti via il coltello.»

«Questo non è un giochetto. Hector Cross è arrivato a me, troia schifosa.»

«Non è possibile...» Benché negasse, lui lesse nei suoi

occhi la consapevolezza di essere in qualche modo responsabile. Il viso della ragazza si contorse per il terrore.

« Invece sì. Gli hai detto dove trovarmi? » Le rise in faccia.

« Per favore. Tu non capisci. »

Ignorò le sue proteste e la sua voce si abbassò a un tono gentile e rassicurante. « Non preoccuparti. Fai quello che ti dico e andrà tutto bene. Prendi l'orecchio sinistro e tiralo, più che puoi. »

Lei lo guardava ammutolita, senza capire.

« Fallo, Victoria. Fallo, se è vero che mi ami » la esortò. Lei, continuando a fissarlo, alzò una mano, afferrando il lobo dell'orecchio con due dita, e lo tirò.

« Perfetto » disse lui, e con un colpo ben assestato della lama argentata le mozzò l'orecchio, vicino al cranio. Vicky inspirò in un rantolo e sussultò, poi gridò.

Nastja sentì quel grido.

Nastja aveva preso il taxi davanti al Portals of Paradise. Stava scaricando quattro ragazze polacche tutte risatine e gridolini.

Ne aveva spinto via una, era saltata sul sedile posteriore e aveva detto al conducente: « Al 47 Gardens Lane, all'angolo con Kew Gardens Road. E cinquanta sterline di mancia per lei se mi ci porta in meno di mezz'ora ».

« So dov'è, tesoro. Allaccia la cintura e prepara i soldi » le aveva detto il tassista. « Si parte. »

Le strade erano quasi deserte e l'auto procedeva spedita. Quando imboccò Gardens Lane non erano trascorsi nemmeno venti minuti. Nastja gli passò due banconote da cinquanta sterline attraverso il divisorio di vetro e gli disse: « Tenga il resto, se l'è meritato ». Saltò giù dal taxi e attraversò la strada di corsa fino al numero 47. Mentre varcava il cancello del minuscolo giardino, sentì il grido di Victoria. Si liberò dei tacchi a spillo con un calcio e buttò la borsetta di paillettes. Sollevò la gonna aderentissima fino in vita e corse verso la porta, prendendo slancio. Dall'ultima visita, ricordava che la serratura era vecchia e malandata. Però si ricordava anche le due robuste catenelle, quindi vi si scagliò a piedi pari e all'ultimo momento scalciò come un mulo.

Con sua sorpresa, la serratura cedette subito e la porta sbatté contro il muro interno. Nastja volò oltre la soglia, piedi in avanti, e atterrò in corridoio. Si rialzò e ricominciò a correre.

Ricordava con esattezza la disposizione dello squallido appartamentino. Il salotto e la cucina erano a destra. Ma si vedeva la luce sotto la porta dell'unica camera da letto. L'aprì con un calcio e si spostò di lato, appiattendosi contro la parete. Diede un'occhiata alla stanza, oltre lo stipite.

Il lenzuolo rosa del letto era macchiato di sangue.

Vicky era in piedi di fronte a lei. Era nuda. Aleutian le aveva mozzato un orecchio e il sangue usciva a fiotti.

Nastja riconobbe subito Aleutian dal video. Era in piedi dietro Vicky e le teneva un braccio intorno al collo, bloccandola. Nell'altro pugno stringeva il coltello insanguinato. Con la punta della lunga lama incrostata di sangue appoggiata sull'ombelico della ragazza, si faceva scudo con il suo corpo e guardava truce Nastja da sopra la sua spalla.

«Ascolta, Aleutian. Lascia andare Vicky e non ci saranno conseguenze» gli disse Nastja in tono calmo.

«Non ho idea di chi sei, biondina, ma non sembri niente male. Ho un piano migliore del tuo. Prima finisco quello che ho cominciato con questa zoccola. Poi vengo a prendere te e quando ti metto le mani addosso ti farai la migliore scopata della tua vita. E poi ammazzo anche te, ma piano piano. Adesso guarda bene, perché lo farò una volta sola.»

Passò il coltello con rapidità da una parte all'altra della pancia nuda di Vicky, tagliando la pelle, i muscoli e l'intestino. Poi cambiò angolazione alla lama e gliela conficcò nello sterno. La spinse in giù tra gli addominali, oltre la fossetta dell'ombelico e ancora più in basso, finché l'acciaio colpì l'osso pubico. Estrasse la lama e rise. «*Et voilà!* Come sventrare un pesce.»

L'addome di Vicky si aprì in un enorme squarcio a forma di croce. Aleutian si mise la lama del coltello fra i denti e affondò il pugno dentro di lei. Afferrò i visceri e li tirò fuori.

Perfino Nastja restò paralizzata da tanta brutalità. In quei pochi, primi secondi aveva capito dal modo in cui Aleutian maneggiava il coltello che era abilissimo nel combattimento, forse l'uomo più pericoloso che avesse mai fronteggiato. In più, lui sapeva di essere bravo e si credeva onnipotente. Si stava divertendo. Era chiaro che l'odore del sangue e il fetore delle budella lo eccitavano. Non doveva sottovalutarlo.

Era disarmata, scalza e impacciata dai vestiti troppo stretti. La stanzetta si rimpiccioliva ulteriormente, con quel letto piazzato al centro. Il suo stile di combattimento richiedeva spazio di manovra, per le ritirate e le finte. Soprattutto, le serviva lo spazio per tenersi alla larga da quel coltello.

Aleutian era giunto alla stessa conclusione e si mosse rapido per limitare ancora di più i suoi movimenti. Tenendo il corpo di Vicky davanti a sé, cercò di chiudere Nastja in un angolo. Ma lei gli sfuggì, aggirandolo a sinistra, lontano dalla lama.

Senza dargli il tempo di voltare il suo scudo umano per

bloccarla, riguadagnò la posizione sulla porta, con gli stipiti che le riparavano i fianchi. Si trovava di nuovo di fronte a lui e si chinò in posizione di combattimento, con le mani alte e rigide come scudi, incrociate ai polsi.

«E brava, biondina! Ti sei guardata i film di Jackie Chan» la prese in giro lui, e sollevò di peso Vicky prima di scagliarsi contro di lei. Stava cercando di spingerla in corridoio, dove avrebbe potuto attaccarla meglio.

Nastja colse l'opportunità quando scorse i piedi di lui sotto le gambe penzolanti di Vicky. Invece di indietreggiare, gli andò incontro. Appena prima dell'impatto, si lanciò sotto le gambe di Vicky, piedi in avanti, e gli sferrò un calcio doppio, la sua mossa preferita. I suoi piedi colpirono forte la caviglia sinistra di Aleutian, esattamente dove aveva mirato.

Sentì con chiarezza l'osso e la cartilagine schioccare e cedere. Provò un senso di trionfo: era certa che sarebbe crollato, e avrebbe avuto modo di prendergli il coltello.

Aleutian grugnì di dolore ma, con disappunto di Nastja, rimase in piedi. Lei si rimise in posizione con una capriola e lo affrontò di nuovo. Tuttavia, prima che Nastja riuscisse a ritrovare del tutto l'equilibrio, lui usò il corpo di Vicky come ariete e glielo spinse contro con tanta forza da farla arretrare nel corridoio e sbattere con violenza contro il muro.

Aleutian le si avvicinò. Zoppicava sulla caviglia dolorante, ma si muoveva con un'agilità sorprendente, tenendo sempre il corpo mutilato di Vicky davanti a sé. Costrinse Nastja contro il muro del corridoio e cercò di pugnalarla al volto. Nastja gli afferrò il polso, ma era viscido di sangue e lui riuscì a liberarsi. Impugnava ancora il coltello. Lei era con le spalle al muro e lui le premeva addosso Vicky, in modo da impedirle di ritrovare l'equilibrio. La testa di Vicky dondolava molle sul collo. I suoi occhi erano vitrei.

Aleutian cercò di colpirla un'altra volta al viso e lei lo schivò, ma lo perse di vista per un istante. Lui lasciò cadere il cadavere e Nastja si ritrovò scoperta. Con la velocità di una vipera, Aleutian mirò al suo ventre. Nastja si piegò di scatto per evitare il colpo, ma il cadavere ai suoi piedi la intralciava nei movimenti. Aleutian la colpì. Sentì l'acciaio che le apriva un lungo taglio superficiale sull'anca. Cercò di saltare oltre il cadavere e guadagnare spazio prima che lui la colpisse di nuovo, ma gli intestini di Vicky le si arrotolarono alla caviglia e inciampò. Cadde su un ginocchio e alzò un braccio per fermare il colpo che di certo sarebbe arrivato, Aleutian però la prese per un polso e la trascinò a faccia in giù sul pavimento di legno. Le mise un ginocchio sui lombi per immobilizzarla mentre riaggiustava rapido la presa. Poi la costrinse a mettersi in ginocchio e si accosciò dietro di lei stringendole la gola con un solo braccio, esercitando sufficiente pressione sulla laringe da impedirle di gridare.

« Non sei niente male, biondina. Te la cavi bene in combattimento. » Ansimava e ridacchiava. « Adesso voglio darti la possibilità di dimostrarmi che sei anche una brava femmina. »

In quel momento Hector e Paddy irruppero insieme nel corridoio. Al vedere la scena si bloccarono.

Aleutian si alzò senza mollare la presa su Nastja. Usando il suo corpo come scudo, li fronteggiò.

« Fermi dove siete » li ammonì. « Se vi avvicinate, questa troia se la vedrà brutta. »

Teneva il coltello al collo di Nastja, con la lama premuta sotto l'orecchio. Poi vide la pistola che Hector impugnava a due mani. Si era messo in assetto classico di tiro: in equilibrio sugli avampiedi, con l'arma puntata alla testa di Aleutian.

Questi abbassò la testa e si strinse a Nastja, offrendo un bersaglio minimo. Cominciò a dondolarla di qua e di là come un cobra per vanificare i tentativi di Hector di tenerlo sotto tiro.

« Benvenuto, signor Cross. Lieto di rivederti. Permettimi di porgerti le più sentite condoglianze per la morte della tua adorabile mogliettina » disse.

Fu come se una saracinesca si chiudesse sugli occhi di Hector, che si fecero incandescenti di furia. Riuscì a stento a controllarsi.

La sua mente lavorava di nuovo come un computer, calcolava la distanza e il punto su cui fare fuoco. Adesso il bersaglio era a sette, forse otto metri. E continuava a muoversi, permettendogli di vedere la sua testa solo a intermittenza.

« Puoi beccarlo, Heck » sussurrò Paddy, dietro la spalla dell'amico. Le sue parole si sentirono appena.

Le labbra di Hector si tesero e si irrigidirono in una riga sottile. Sapeva che le chance di azzeccare il colpo senza colpire Nastja erano minime.

« Facciamo un patto, signor Cross » disse Aleutian. « So che hai una macchina, qui fuori. Non saresti mai arrivato così in fretta altrimenti. Tu mi dai le chiavi e io ti do questa bella biondina. Ti sembra uno scambio equo? »

L'arma nelle mani di Hector non vacillò. « Chi ti ha assoldato per uccidere mia moglie? » gli chiese.

« Non era questo il patto, signor Cross. »

« Non abbiamo stretto nessun patto, Aleutian. »

« Guarda cos'ho fatto alla tua amichetta Victoria. Fossi in te, non mi farei innervosire. »

Gli occhi di Hector non si spostarono affatto sul cadavere mutilato di Vicky.

« Il nome » insistette.

« E io voglio continuare a vivere. Niente nomi. »

« Posso aspettare » rispose Hector.

« Io non credo » disse Aleutian. « Guarda qua. » Passò il coltello dietro la schiena di Nastja e appoggiò la punta sul suo tricipite scoperto, poi spinse piano piano la lunga lama attraverso la carne. Il viso di Nastja si contorse per il dolore quando la punta uscì davanti.

« Sto bene, Hector » disse lei, ma aveva la voce roca e gli occhi offuscati dal dolore.

« È una dura! » Aleutian le sfilò la lama dalla carne. « La prossima è la gamba. » Le conficcò la lama nella coscia. Quando la estrasse, dalla ferita cominciarono a zampillare rossi fiotti di sangue arterioso. Aveva colpito la femorale.

« Spara, Heck » lo incitò Paddy.

« Hazel! » Hector condensò la sua riluttanza a sparare in una sola parola.

« Non puoi più salvare Hazel, ma puoi salvare Nazzy. Ti prego, spara. » Adesso Paddy lo stava supplicando e Hector non l'aveva mai sentito farlo. Ma del resto era la prima volta che si trovava costretto ad assistere, impotente, mentre la donna che adorava veniva fatta a brandelli.

Hector sapeva di dover sparare. Sapeva anche che sarebbe stato il colpo più difficile della sua vita.

Per fortuna la pistola che impugnava era un'arma molto speciale. Dave Imbiss aveva convinto un armaiolo militare a metterla a punto per lui. Anzitutto, aveva cancellato i numeri di matricola in modo che non ci fossero tracce con cui risalire a Hector. Aveva lucidato a mano la camera, così a fondo che non si sarebbe mai inceppata. Aveva passato la canna in una macchina top secret della divisione dei tiratori scelti statunitensi per rendere i vuoti e i pieni della rigatura assolutamente perfetti. Anche le cartucce facevano parte di un lotto preparato appositamente. La balistica era perfetta. Ogni proiettile avrebbe ruotato all'interno della canna e sarebbe volato sul bersaglio lungo una traiettoria identica, senza oscillazioni e con una deviazione standard praticamente pari a zero. Infine, le mire metalliche erano state sostituite con un'ottica della migliore qualità. Il risultato finale era un'accuratezza vicina al millesimo di centimetro. Hector ci si era esercitato per tante ore al poligono di tiro che ormai la pistola era diventata un'estensione del suo corpo.

Inoltre, Aleutian era sull'orlo del panico, come un animale braccato. Non stava più ragionando da killer spietato. Stava commettendo un piccolo errore: aveva cominciato a dondolare la testa sempre allo stesso ritmo, da una parte all'altra con la regolarità di un metronomo. Gli mostrava un occhio e tre centimetri del lato destro del cranio a intervalli di due secondi. La pallottola di Hector avrebbe dovuto sfiorare la guancia di Nastja.

Inspirò a fondo, lentamente, e poi espirò con altrettanta lentezza. Si allineò con lo spazio in cui avrebbe piazzato il colpo. La pressione che esercitava sul grilletto era calibrata in modo che sarebbe bastata una piuma per farlo scattare. Era talmente concentrato che tutto attorno a lui sembrò rallentare, immerso in una calma immobile. La pistola sparò quasi per conto proprio. Hector ebbe l'impressione che fosse intervenuta una forza al di là del suo controllo.

Vide una cioccia dei capelli d'oro di Nastja recisa di netto dal proiettile e il suo orecchio tremolare, nello spostamento d'aria causato dal passaggio del proiettile; poi vide l'occhio destro di Aleutian esplodere in uno sprazzo di gelatina biancastra mentre il proiettile lo attraversava. Il cranio si frantumò all'altezza della nuca. La materia grigia schizzò sul muro del corridoio e lui crollò pesantemente sulla schiena, con i talloni che tamburellavano spasmodici sul pavimento.

« Mettile un laccio emostatico alla gamba, ma non toccare niente su cui possano rimanere le impronte, presto! » gridò Hector a Paddy mentre si lanciava verso Nastja. Lei fece un passo e cadde in avanti, quando la gamba ferita cedette sotto il suo peso. Paddy l'afferrò e l'adagiò a terra.

Hector raggiunse in fretta il punto dove si trovava Aleutian ormai in fin di vita. Non c'era da preoccuparsi delle impronte digitali sui bossoli: quando aveva preso le munizioni dal pacchetto sigillato indossava guanti di gomma. Aveva anche pulito con cura il caricatore asportabile prima di riempirlo. Le uniche impronte che aveva lasciato erano sulla parte esterna dell'arma. Si tolse di tasca una bandana di cotone e le cancellò meticolosamente. Poi si avvicinò al corpo di Aleutian. Aveva notato come teneva il coltello, quindi sapeva che era destrimano. Si inginocchiò accanto a lui, gli prese la destra e ripiegò le dita attorno all'impugnatura, contro l'acciaio brunito. Fece lo stesso con la mano sinistra di Aleutian, sul carrello. Si prese un momento per esaminare il tatuaggio Malik e gli sfuggì una smorfia di rabbia. Inginocchiatosi dietro Aleutian, con un braccio sotto le sue ascelle, si alzò lentamente, sollevando il cadavere in posizione eretta.

« Giù la testa, Paddy » lo avvertì. « Ne faccio partire un altro. » Spinse il dito senza vita di Aleutian sul grilletto. Il proiettile si conficcò nel muro del corridoio, accanto alla porta d'ingresso.

Poi mollò la presa sul corpo inerte e lo lasciò ricadere a terra sotto il suo stesso peso.

Controllò la scena per qualche secondo. Le angolazioni erano corrette. La mano destra di Aleutian adesso era coperta di polvere da sparo. Se la Scientifica avesse fatto il test della paraffina, l'avrebbe trovato positivo. Il corpo era caduto con un'angolatura naturale. Era convincente.

Lasciò perdere il cadavere e si accovacciò accanto a Paddy, che stava occupandosi della gamba di Nastja. Aveva usato un pezzo del cordone della tenda in fondo al corridoio e l'aveva legato in cima alla coscia di Nastja, sopra la ferita pulsante. Ora lo stava stringendo. Man mano che la corda si conficcava nella carne, il flusso del sangue scemava. Hector, accanto a lui, le strinse la bandana sulla ferita al braccio.

Paddy parlò senza alzare gli occhi. « Le hai salvato la vita. Non so come ringraziarti, Heck. »

« Non ringraziarmi, allora. »

« Io invece so fare di meglio del mio stupido marito » gli disse Nastja. « Appena mi rimetto in piedi, ti do un bel bacio con lo schiocco! » Era pallidissima e aveva la voce roca, ma sorrideva.

« Hai finito, con quello? » chiese Paddy.

« Sì, dovremmo avere cancellato le nostre tracce. Non abbiamo lasciato niente che possa condurre la polizia fino a noi. Leviamoci di torno. »

Nastja non disse una parola mentre Paddy la sollevava da terra e l'aiutava a raggiungere la porta.

Hector si avvicinò al corpo di Vicky Vusamazulu. Anche per un uomo come lui, abituato alla morte, era una scena agghiacciante. Le rivolse qualche secondo di silenzioso rispetto. « Eri una piccola stupida, ma non meritavi di finire così. »

Poi si spostò verso Aleutian e, con le mani in tasca, abbassò lo sguardo sulla sua testa sfracellata. Si sentì assalire da ondate alterne di rabbia e desolazione: rabbia per ciò che quell'uomo aveva fatto a Hazel, e desolazione perché la morte di Aleutian aveva cancellato l'unica traccia che avrebbe potuto condurlo al nascondiglio della Bestia. Quella che aveva davanti, lo sapeva, era la madre di tutte le strade senza uscita.

Voltò le spalle ai cadaveri e raggiunse gli altri che lo aspettavano sulla Q-Car. La strada era deserta. Aprì la portiera e si mise al volante. Paddy, seduto dietro, teneva tra le braccia Nastja, pallida e silenziosa. Hector avviò il motore e partì a basso regime.

Non parlò finché non passarono davanti ai Kew Gardens. « Be', siamo stati fortunati. Non fosse stato per Nazzy, ce la saremmo cavata senza problemi. Come ti senti, zarina? »

« Sono stata peggio, ma anche molto meglio », rispose Nastja. « Dove stiamo andando? »

« A trovare un uomo che Paddy e io conosciamo molto bene. » Passò il suo iPhone all'amico, sul sedile posteriore. « Doc Hogan è nella lista dei contatti. Digli che stiamo arrivando. Saremo da lui tra un'ora e mezzo. »

Doc Hogan era il dottore dei Royal Medical Corps assegnato al reggimento SAS in cui Hector aveva prestato servizio. Una volta in pensione, si era ritirato nella fattoria di famiglia nell'Hampshire. Tuttavia, dietro la facciata di gentiluomo di campagna, non aveva abbandonato la pratica della medicina, anche se ora vi si dedicava senza clamore e in modo non ufficiale. La sua clientela ristretta e selezionata era composta da vecchi amici dell'esercito cui capitavano piccole disavventure, come mettere incinta la moglie di qualcun altro, prendersi una coltellata o trovarsi distrattamente sulla traiettoria di un proiettile.

Paddy e Nastja rimasero ospiti di Doc Hogan per dieci giorni, prima che questi desse loro il permesso di tornare ad Abu Zara a bordo del jet della Bannock Oil, perché lei potesse completare la propria convalescenza.

La morte di Vicky e di Aleutian non sollevò grande interesse: un trafiletto nelle ultime pagine di un giornale locale la liquidò come un episodio di violenza domestica e la notizia non arrivò neppure alla televisione e alle radio locali.

Agatha aveva accettato l'offerta di lavorare per lui ed era diventata la sua assistente personale, ma aveva messo a dura prova la pazienza di Hector quando non aveva voluto accettare un aumento di stipendio.

«Non saprei cosa farmene di tutti quei soldi, signor Cross.»

«Lei è una donna intelligente, Agatha. Si farà venire un'idea» la rassicurò lui. «E poi avrò bisogno di lei ad Abu Zara, così potrò contare sul suo aiuto per Catherine Cayla e le questioni amministrative. Potremmo dover tornare a Londra dopo che il Trust avrà messo in vendita la casa di Belgravia, e bisogna cercare un altro posto.»

Oltre a essere una segretaria zelante e di grande esperienza, Agatha era anche la maggiore esperta vivente sul periodo della vita di Hazel precedente all'entrata in scena di Hector.

Ogni giorno che passava, Hector la coinvolgeva sempre più nella ricerca tra i documenti di Hazel, per cercare di identificare il nemico nascosto nel suo passato. Il consiglio esperto di Agatha era inestimabile.

Durante una delle loro lunghe e sfiancanti discussioni

sulla possibile identità dell'assassino, fu Agatha a rammentargli l'esistenza del figliastro di Henry Bannock, il figlio della moglie che aveva preceduto Hazel. « Si chiamava Carl. All'inizio Henry lo ha accolto a braccia aperte, gli ha garantito la migliore istruzione e gli ha dato un posto ben remunerato alla Bannock Oil. Ma poi i loro rapporti si sono incrinati a seguito di un terribile scandalo in famiglia che ha scosso Henry profondamente. »

« Di che si è trattato, Agatha? » volle sapere Hector. « Ho sentito delle voci quando ho cominciato a lavorare per la Bannock Oil, ma non ho mai saputo i dettagli. »

« Non li sa quasi nessuno. È successo prima che cominciassi a lavorare per la compagnia. Qualsiasi cosa fosse successa, il signor Bannock se ne vergognava moltissimo, e non permetteva che se ne parlasse. Non ce n'era traccia neppure negli archivi, doveva aver cancellato ogni cosa. Ho sentito che Carl è uscito di prigione dopo una lunga condanna. Poi è semplicemente scomparso, fino alla morte del signor Bannock, quando Hazel ha assunto il ruolo di CEO. D'un tratto Carl è spuntato dal nulla e ha cominciato a prendersela con lei: non so che cosa volesse, ma credo che cercasse di ricattarla. Sospetto che l'abbia costretta a sborsare una grossa somma, perché poi è sparito di nuovo e non se n'è avuta più notizia. Hazel gliene aveva mai parlato? »

« Mai. Sapevo di un oscuro segreto di famiglia, ma non osavo intromettermi » ammise Hector.

« In ogni caso, che cosa ci avrebbe guadagnato a ucciderla o a farla uccidere? Le aveva già spillato un sacco di soldi... »

« Nemmeno io ci vedo un movente, che non sia un semplice desiderio di vendetta. Se Hazel gli ha dato dei soldi, come suggerisce lei, perché tornare tanti anni dopo per ucciderla? Sono d'accordo, non ha senso. Credo che dovremmo cercare il mandante da qualche altra parte, senza dimenticarci di Carl Bannock.»

Appena tornati al Seascape Mansions, Hector e Agatha cominciarono a stilare una lista di cattivi, ma nella vita di Hazel c'erano state così tante persone ostili che l'elenco si allungò fino a diventare ingestibile. Era impensabile che Hector viaggiasse per tutto il pianeta seguendo ogni indizio, eliminando tutti i possibili colpevoli. Così Agatha dovette trovare un ottimo investigatore privato per ognuno dei paesi in cui erano sparsi gli antichi nemici di Hazel. Hector li assoldò per svolgere le ricerche sul posto. Solo se il loro rapporto fosse stato promettente, lui sarebbe andato a seguire le tracce di sangue di persona.

Il primo viaggio fu in Colombia, dove andò a indagare su un noto re del petrolio e del narcotraffico che in passato era in affari con la Bannock Oil, affari conclusi con recriminazioni reciproche. Agatha ricordava che Bartolo Julio Álvarez aveva minacciato Hazel e l'aveva definita: «Quella puttana yankee e il suo bordello di merda».

«Molto poco lusinghiero» commentò Hector. «Meglio andare a scambiare due parole con lui.»

Arrivato a Bogotá, Hector scoprì che aveva mancato di una settimana l'occasione per assistere al funerale del señor Álvarez. A spedirlo dritto verso la sua ricompensa celeste erano state sei pallottole di una pistola mitragliatrice Scorpion SA VZ 61 sparate alla nuca a bruciapelo da una fidata guardia del corpo che aveva appena deciso di giurare fedeltà al capo di un cartello della cocaina rivale.

Di ritorno ad Abu Zara, Hector ebbe più fortuna. Nastja, quasi pronta a ritornare operativa, era con Paddy ad aspettarlo all'uscita del gate.

«Non indovinerai mai che cosa è successo» gli disse Nastja, mentre lo abbracciava.

«Qualunque cosa sia, dev'essere una buona notizia. Sorridi come una scema.»

«Catherine Cayla gattona.»

«Cosa fa?»

«Gattona! Hai presente? Mano-ginocchio, mano-ginocchio. Se continua così sarà presto pronta per le Olimpiadi» aggiunse lei, orgogliosa.

«I miei complimenti, Heck!» rise Paddy.

«Grazie, Padraig. Mia figlia è una bambina prodigio.» Era gonfio d'orgoglio. «Devo assolutamente vederla.»

«Il comitato di accoglienza ti aspetta con ansia. E ti avviso che i preparativi sono stati considerevoli» disse Paddy.

Salirono con l'ascensore privato e, quando le porte si aprirono, tutti gli ospiti della casa si radunarono nell'ingresso, sotto un elaborato striscione teso da un muro all'altro. La scritta di brillantini dorati diceva: BENTORNATO, PAPÀ!

In fondo all'atrio c'era la servitù. I cuochi erano vestiti di un bianco impeccabile e portavano il cappello tradizionale. La divisa dello staff meno qualificato era pulita e stirata di fresco e le cameriere indossavano grembiulini bianchi increspati sull'abito blu scuro.

Davanti a loro c'erano gli uomini della sicurezza, con l'uniforme delle grandi occasioni, fibbie tirate a specchio e stivali lucidissimi.

In prima fila c'erano le tre bambinaie. L'infermiera Bonnie era davanti a tutti e teneva in braccio Catherine Cayla Cross.

La bambina era vestita con una tutina rosa ricamata con un enorme fiocco attorno alla testa, anch'esso rosa.

Quando Hector uscì dall'ascensore, applaudirono tutti insieme. Catherine ruotò la testa per guardarli, stupita, e poi i suoi occhi si posarono su Hector che si avvicinava.

Hector si accorse che avevano cambiato colore: una sfumatura di azzurro più profonda e più limpida. Gli occhi di Hazel. Il loro sguardo era fermo e attento. Hector si rese conto che lei lo vedeva, forse per la prima volta.

Le si fermò davanti e la bambina si infilò un dito in bocca e lo osservò, serissima.

« Sei molto bella » le disse. « Sei bella come tua madre. »

Le tese le braccia e sorrise.

« Posso prenderti in braccio? »

Pensava che fosse ancora troppo piccola per riconoscerlo, ma continuò a sorriderle e a guardarla negli occhi.

Vide i suoi pensieri affiorare in superficie come pesciolini in un laghetto blu. All'improvviso lei ricambiò il suo sorriso e gli tese entrambe le braccia, sporgendosi in avanti e sobbalzando con tanta energia che per poco Bonnie non la lasciò cadere.

Mi riconosce, eccome, pensò Hector con gioia.

La prese in braccio e lei rimase seduta, dritta, nell'incavo del suo braccio, tenendosi in equilibrio con facilità. Era leggera e morbida e profumava di latte.

La baciò sulla testolina e lei disse chiaramente: « Ba! Ba! »

« Volevamo dire 'papà' » tradusse Bonnie. « Abbiamo provato e riprovato, ma è una parolina piuttosto difficile. »

Portò Catherine nella sua stanza, con le tre bambinaie al seguito. La posò a terra e tornò sulla porta.

« Okay, bellezza » le disse. « Vediamo come gattoni bene. » Batté le mani. « Vieni, Cathy. Vieni da baba, piccolina! »

Lei rotolò sulla pancia, si puntellò sulle mani e sulle ginocchia e si lanciò verso di lui a una velocità incredibile. Quando lo raggiunse, afferrò i suoi pantaloni con entrambe le mani e cercò di alzarsi, ma ricadde sul sedere imbottito dal pannolino e le tre bambinaie scoppiarono in gridolini di eccitazione.

« Ma l'hai vista? »

« Ha cercato di mettersi in piedi! »

« Non l'ha mai fatto prima! »

Era ora di pranzo e Hector fece la sua parte infilandole in bocca cucchiaiate di pollo e zucca frullati. La maggior parte colò sul mento della bambina e imbrattò il bavaglino e la camicia del papà. Mentre Cathy ingoiava l'ultima cucchiaiata, i suoi occhi si chiusero, il mento le ricadde sullo sterno e crollò addormentata sul seggiolone.

Hector si allenò in palestra nelle due ore del sonnellino di Catherine, poi si mise le scarpe da ginnastica, recuperò il marsupio e andò a prenderla. Quando vide il marsupio, la piccola scalciò e gorgogliò contenta.

Corsero sulla spiaggia semideserta, seguiti a distanza discreta da due degli uomini migliori di Dave Imbiss. Hector le cantava canzoncine e faceva smorfie che la facevano ridere. Lei esplorava il suo viso, gli mise il ditino in bocca per capire da dove venissero quegli strani rumori e cercò di imitarli, facendo bolle di saliva e ridacchiando.

Catherine alleviava la sua solitudine. Pensare a Hazel non gli faceva più così tanto male.

Dovette tornare a Londra troppo presto.

Contrariamente alle aspettative, l'agente immobiliare incaricato dal Trust aveva già trovato un acquirente per la casa di Belgravia, e Ronald Bunter chiese a Hector di essere presente per il trasloco.

Si trasferì in una casa adorabile in un *mews* di Mayfair. Appena ristrutturata, era ancora verniciata di fresco. Comprendeva quattro grandi stanze da letto, un garage sotterraneo per tre auto e un alloggio per cinque persone di servizio nel seminterrato.

Mentre firmava i documenti dell'acquisto, aveva già scelto un nome per la casa nuova, sua e di Catherine: The Cross Roads. Al numero 4 di Lowndes Mews. Mayfair. E la metratura era pari al venti per cento o poco più della magione di Belgravia.

Chiamò un architetto d'interni e gli diede sei settimane di tempo per fargliela trovare completamente arredata e pronta per abitarci.

Forse si stava davvero lasciando alle spalle il passato ed era pronto a ricominciare a vivere.

Il processo ai due teppisti che avevano incendiato Brandon Hall era fissato all'Old Bailey per qualche settimana dopo. Durò sei giorni.

Nastja, Paddy e Hector ne passarono due sul banco dei testimoni e la loro deposizione, insieme a quella di Paul Stowe, il guardacaccia, fu schiacciante.

I giurati rientrarono in aula dopo aver deliberato nel giro di appena due ore e mezzo con una sentenza di colpevolezza piena.

Quando fu data lettura delle condanne precedenti, il giudice punì gli accusati con il massimo della pena.

Li condannò entrambi a vent'anni di reclusione, imponendo che ne scontassero un minimo di diciannove.

Avevano cercato di uccidere Catherine Cayla e Hector si sentì solo in parte placato dalla severità della condanna. Si consolò pensando che, in mancanza della pena di morte, era il meglio che si potesse ottenere.

Quando Hector, Nastja e Paddy tornarono ad Abu Zara, Paul Stowe li accompagnò su invito di Hector. Non gli serviva più un guardiano a Brandon Hall, ma Paul era un elemento troppo valido per lasciarselo scappare, così Hector gli trovò un posto alla Cross Bow Security.

Hector riuscì a dedicarsi a Catherine e a seguire le tracce disseminate fra i documenti, che sperava lo conducessero al misterioso assassino.

Tuttavia, cominciava ad avere dei dubbi. La lista dei sospetti si assottigliava rapidamente, man mano che arrivavano i rapporti negativi degli agenti sul campo. Gli capitava di sentirsi, a tratti, impotente e inadeguato, una sensazione a cui non era abituato.

Cercava di contrastare quegli sbalzi d'umore con un intenso esercizio fisico e ore di allenamento al poligono di tiro, e il viaggio in America, per partecipare all'assemblea degli azionisti della Bannock Oil, rappresentò un ulteriore diversivo.

Poi, da Londra, arrivò la notizia che gli arredatori avevano terminato di approntare la casa di Lowndes Mews, appena cinque giorni dopo il termine fissato.

Con grande sollievo, tornò al trambusto e all'animazione di Londra.

L'arredatore e due dei suoi assistenti mostrarono a Hector la casa, Cross Roads, completa in ogni dettaglio. I colori dominanti scelti da Hector erano l'azzurro e il giallo, con sfumature di marrone a fare da contrasto. Era accogliente, funzionale e improntata a un gusto maschile.

Il team di domestici accuratamente selezionati dallo staff di Belgravia e Brandon Hall si era già trasferito negli alloggi della servitù. Cynthia, lo chef, era in cucina indaffarata con pentole e tegami.

Nel garage sotterraneo erano parcheggiate una nuova Bentley Continental e una nuova Range Rover, le carrozzerie scintillanti.

Il bar e la cantina erano riforniti dei suoi vini e liquori preferiti.

Nel suo studio la luce era piacevole e il computer era collegato alla rete anche via satellite.

La stanza matrimoniale era un'opera d'arte, con un letto a due piazze e mezzo. Era stato preparato con la sua trapunta di seta preferita. Aveva accesso diretto ai due bagni, piastrellato di bianco quello di lui e rosa pallido quello di lei. I suoi abiti e le sue camicie erano stirati e appesi nel guardaroba. Le scarpe erano state lucidate.

Di fronte, c'era la nursery di Catherine.

Prima di trasferirsi a Cross Roads, Hector fece venire Dave Imbiss da Abu Zara con la sua dotazione di aggeggi elettronici. Dave ripassò la casa dal seminterrato al solaio e dichiarò che non c'erano cimici né altre diavolerie.

Aveva deciso che d'ora in poi avrebbe vissuto tra Londra e Abu Zara alternando l'atmosfera frizzante della metropoli alla pace del deserto.

La prima sera che Hector passò in casa, invitò a cena tre

vecchi compagni d'armi dei tempi del SAS. Fu una serata molto piacevole e lui andò a letto ben oltre la mezzanotte.

Il mattino dopo, mentre usciva dalla doccia, gli squillò il cellulare. Asciugò la mano destra, scrollò i capelli bagnati e prese il telefono dal lavabo.

« Cross! » rispose, contrariato. I postumi della sbronza della sera prima si facevano sentire.

« Spero di non disturbarla, signor Cross » disse una voce femminile.

« Jo? » chiese, esitando. « Miss Stanley? » L'aveva riconosciuta subito, ovviamente. Era dal loro incontro al Ritz che l'eco musicale di quella voce agitava le acque della sua memoria remota.

« Jo suona molto meglio del secondo tentativo, Hector. »

« Che sorpresa. Dove sei? Non sarai in Inghilterra, per caso? »

« Certo, sono a Londra. Sono arrivata ieri sera, sul tardi. »

« Stai al Ritz, come sempre? »

« Santi numi, no! » Gli piaceva sempre il modo in cui lo diceva. Era talmente antiquato! « Non posso mica permettermelo. »

« E perché no? Mettilo in conto a Ronny Bunter » le suggerì.

« Non lavoro più per il signor Bunter » rispose lei, sorprendendolo.

« E allora per chi lavori? »

« Per usare un eufemismo, sto cercando un posto. »

Anche stavolta, Hector restò sbalordito.

« Quindi cosa ci fai a Londra? »

« Sono venuta per vedere te, Hector. »

« Non ci credo. Perché? »

« È una storia complicata. E poi ci sono modi migliori e più sicuri di parlarne che al telefono. »

« Da te o da me? » le chiese, e lei rise. Hector si sorprese di quanto gli piaceva sentire quel suono.

« Non pensi che sarebbe una mossa azzardata venire da te? »

« Basta che ce la diamo, una mossa, altrimenti non arriviamo da nessuna parte. Dove ti trovo? Dove sei alloggiata? »

« In un alberghetto in fondo a Chelsea Green. »

« E quale sarebbe? »

« Si chiama MyHotel. »

« Okay, so qual è. Passo a prenderti all'ingresso fra tre quarti d'ora. La mia macchina è una... »

« Una Bentley argento targata CRO55. Giusto? »

« Complimenti, signorina Stanley. Ma quello era il vecchio macinino. La nuova carretta è nera, però la targa è la stessa. »

« Santi numi, solo il cielo vi capisce, voi uomini e i vostri motori. »

Hector la trovò davanti all'albergo, con indosso un paio di jeans e un giaccone blu sopra un dolcevita bianco a punto treccia. Portava con sé una valigetta di pelle. Aveva cambiato pettinatura, adesso aveva un caschetto con la frangia che le stava anche meglio, poiché faceva risaltare la lunghezza del collo. Hector si era scordato quanto fosse alta ed elegante.

Quando si allungò sul sedile del passeggero per aprirle la portiera, lei salì e si allacciò la cintura di sicurezza prima di salutarlo. « Non ho bisogno di chiederti come stai. Ti vedo in gran forma. »

« Grazie. Anche tu lo sei, Jo. Bentornata a Londra. »

« E Catherine Cayla? »

« Potrei parlare di lei per ore. Hai presente uno splendore? Di più. »

« Non occorre tutto il pezzo, dammi solo i titoli. »

« Ha gli occhi azzurri, sa già camminare a quattro zampe ed è in grado di dire 'papà', solo che lei lo pronuncia 'baba', il che dimostra oltre ogni dubbio che è assolutamente una bambina prodigio. »

« Pensi che avrò occasione di incontrarla? »

« Questa sì che è un'idea interessante. »

Lasciata la macchina sull'acciottolato di Cross Roads, Hector portò in casa la valigetta di Jo, facendole strada nell'atrio. Lei guardò la scala a chiocciola e le porte aperte che davano sul salotto.

« Bello, ottimo gusto. Quello è un vero Gauguin? » chiese, indicando un quadro a olio sulla parete di fondo del salotto.

« Magari! Hazel ha fatto copie di tutta la sua collezione d'arte, così gli originali rimangono al sicuro e non si deve pagare un'assicurazione spaventosa. Ricorderai che tutti i quadri sono di proprietà del Fondo. Ho tenuto questo come ricordo di Hazel. » Hector si sorprese di quanto gli riuscisse facile parlare della moglie, con più piacere che dolore.

Mise a terra la valigetta e l'aiutò a togliersi il giaccone. Quando le si avvicinò avvertì il suo profumo. Lo ricordava dal loro incontro precedente: Chanel n. 22, che le stava d'incanto. « Se sei d'accordo, potremmo lavorare nel mio studio, invece di ammirare i miei capolavori falsi. »

Lei fece una risatina. « Ottima idea. » Le era piaciuta la

prontezza con cui Hector aveva ammesso che i quadri erano copie. Confermava ciò che lei sospettava dal loro primo incontro: era un uomo sincero e diretto, un uomo di cui una donna si poteva fidare e da cui i cattivi avrebbero fatto bene a tenersi alla larga.

Lui la prese sottobraccio per accompagnarla sulle scale. Lo studio aveva uno stile maschile, ma quello che Jo non si sarebbe mai aspettata era una così vasta collezione di libri. Il pavimento era coperto di tappeti persiani e la stanza era dominata da una grande scrivania di teak intagliato. A una parete era appeso un ritratto di Hazel, in piedi in un campo di grano dorato, con in mano un cappello di paglia a tesa larga. Sorrideva, schermandosi gli occhi con la mano libera. I capelli, mossi dal vento, erano di una sfumatura più scura del grano. Jo abbassò lo sguardo, in preda a un'emozione che non sapeva definire, invidia, forse, oppure ammirazione o pietà.

Hector collocò la valigetta sul tavolo davanti alla libreria antica, poi batté una mano su una poltrona imbottita. «Questo è il posto più comodo.»

«Grazie» rispose lei, ma anziché sedersi si trattenne a osservare la collezione di libri.

«Vuoi qualcosa da bere o da mangiare?» propose Hector.

«Muoio dalla voglia di un caffè.»

«Non c'è bisogno di morire» rispose lui, avvicinandosi a una macchina nascosta in un angolo, dietro un paravento cinese. «Non lo lascio preparare a nessun altro, nemmeno a Cynthia, la mia cuoca.»

Quando lui mise una tazzina di porcellana sul tavolo, Jo si decise ad accomodarsi sulla poltrona che Hector aveva indicato, mentre lui andava a sedersi dietro la scrivania.

« Dobbiamo affrontare temi molto delicati. Siamo sicuri di poterlo fare qui? »

« Non c'è da preoccuparsi di cimici o altri sistemi di sorveglianza, Jo. Ho fatto controllare tutta la casa da una persona fidata. »

« Scusa se te l'ho chiesto, Hector. So che sei un professionista. Ma dovevo esserne certa. » Con un cenno del capo, Hector accettò le scuse di lei, che continuò: « Mi sono chiesta per tutto il viaggio in aereo come affrontare l'argomento, e ho stabilito che l'unico modo è cominciare dal principio ».

« Mi sembra la soluzione più logica » concordò Hector.

« Per questo comincerò dalla fine. »

« Soluzione altrettanto logica, ma solo per una donna. »

Jo ignorò l'ironia. Cambiò espressione e abbandonò l'atteggiamento vivace e spiritoso che aveva avuto fino a quel momento. Gli occhi le si velarono di tristezza.

Hector avrebbe tanto voluto intervenire, ma si rese conto che la cosa migliore era stare zitto e ascoltare che cosa aveva da dirgli. Dopo un momento di silenzio, Jo cominciò il suo racconto.

« Ronald Bunter è un ottimo avvocato, un uomo onesto e di nobili principi ma, in quanto amministratore fiduciario dell'Henry Bannock Family Trust, si è trovato a dover prendere una decisione molto difficile: ha dovuto scegliere se venire meno alla propria etica professionale o tradire vittime innocenti che era suo dovere tutelare. »

Jo si interruppe e Hector intuì che anche lei si era trovata di fronte a una scelta difficile.

Jo sospirò, posò una mano sulla valigia e disse: « Qui c'è una copia digitale dell'atto di costituzione dell'Henry Bannock Family Trust. L'ho sottratto allo studio legale a cui avevo giurato fedeltà. Ronald Bunter mi aveva dato un duplicato delle chiavi e tutti i codici necessari per accedere alla cassaforte quando l'edificio era deserto e mi ha protetto in maniera che non venissi scoperta. È stato mio complice, insomma. Abbiamo fatto tutto questo dopo lunghe e attente riflessioni. Ci siamo fatti un esame di coscienza e abbiamo deciso che era più importante fare giustizia che seguire pedissequamente la legge. Un'eresia per un avvocato. Tuttavia, portato a termine il compito che mi sentivo in dovere di compiere nel rispetto di Dio e della mia coscienza, ho rassegnato le dimissioni dallo studio legale di cui avevo gravemente tradito la fiducia».

Hector l'ascoltava con il fiato sospeso. Trasse un respiro profondo e disse: «Se è per me che pensavi di farlo, sappi che non posso accettare. È un sacrificio troppo grande».

«L'ho già fatto» replicò semplicemente lei. «Non posso più tornare indietro. È troppo tardi, ormai. E comunque è stata la decisione giusta. Ne sono convinta. Perciò, per favore, prendilo come un regalo per te e per Catherine Cayla.»

«Se la metti così, non posso che accettare. E ringraziarti. Ti dimostrerò la mia riconoscenza, Jo, stanne certa.»

«Grazie.» Jo abbassò gli occhi sulle mani, che teneva in grembo. Quando risollevò lo sguardo, aveva ripreso il controllo sulle proprie emozioni.

«L'atto costitutivo del Fondo redatto da Henry Bannock è un mattone di trecentodieci pagine. Impiegheresti un anno a leggerlo e ti addormenteresti ogni due o tre pagine, penso.»

Jo si alzò, aprì la valigetta e ne tolse due chiavette USB, che soppesò sul palmo della mano, come se fosse riluttante a consegnarle. «Ti ho preparato una copia digitale dell'atto costitutivo del Fondo. » Posò sulla scrivania una delle chiavette. « In quest'altra trovi la storia e il retroscena della creazione del Fondo da parte di Henry Bannock e della reazione a catena cui ha dato origine. Con la piena collaborazione di Ronnie Bunter, credo di essere riuscita a mettere tutti i fatti in un ordine logico, coerente e leggibile. Credo di avere sempre avuto il desiderio inconscio di fare la scrittrice, perché mi ci sono appassionata » commentò ridendo. « Per quello che vale, ti offro la mia prima esperienza nel campo della narrativa, anche se non è un romanzo, perché quello che racconta sono fatti reali. » Mise sulla scrivania la seconda chiavetta.

Hector la prese e la osservò.

Lei tornò a sedersi e lo guardò inserire il drive nel computer. « È in Word » lo avvisò.

« Si apre senza problemi. Ma adesso mi chiede una password. »

« È poisonseed7805, tutto minuscolo, tutto attaccato. »

« Fatto. Ecco, si sta aprendo. *Karl Peter Kurtmeyer: il seme avvelenato* » lesse Hector dall'intestazione del documento.

« Spero che troverai il contenuto più interessante di quanto il titolo lasci intendere » disse Jo.

« Comincerò a leggerlo subito, ma penso che ci metterò un po', prima di finirlo. Non hai qualcosa da fare nel frattempo? Vuoi sceglierti un libro, guardare la televisione? O preferisci uscire a fare un giretto per Londra? Magari un po' di shopping... »

« Sono esausta. Sai, il jet-lag. » Sbadigliò, coprendosi educatamente la bocca con la mano. « È stato parecchio stancante, perché ho viaggiato di notte, in classe turistica e non ho chiuso occhio per colpa della turbolenza e della mia vicina di posto. Era talmente grassa che strabordava nel mio sedile e russava come una leonessa.»

«Oh, poverina!» esclamò Hector, alzandosi. «Ma non ti preoccupare: il problema è già risolto. Seguimi.» Prese la valigia e l'accompagnò nella suite per gli ospiti. Quando Jo vide il letto, sorrise.

«Ho visto campi da polo più piccoli» disse. Fu favorevolmente impressionata anche dalla stanza da bagno.

Quando lei tornò in camera, Hector le disse. «Ci sono delle vestaglie, nell'armadio, sceglîne una, chiuditi dentro e dimenticati di questo mondo crudele per un po'.» Quindi tornò nello studio, si mise al computer e cominciò a leggere.

Karl Peter Kurtmeyer nacque a Dusseldorf, in Renania.

Suo padre si chiamava Heinrich Eberhard Kurtmeyer ed era un oscuro personaggio di simpatie naziste.

Era un bell'uomo, dai modi eleganti, gran lavoratore con il fiuto per gli affari. Alla morte del proprietario del nightclub in cui lavorava, rilevò il locale e poco dopo aprì una catena di nightclub in tutta la Germania, diventando molto ricco.

Non più giovanissimo assunse nel locale di Dusseldorf una giovane ballerina, bella e piena di vita, Marlene Imelda Kleinschmidt. Se ne innamorò e la sposò. Lei aveva diciannove anni. Karl Peter Kurtmeyer nacque l'anno successivo. Quando Karl Peter aveva solo diciotto mesi, Heinrich Eberhard Kurtmeyer morì di cancro al colon, fra sofferenze atroci.

Marlene Imelda si ritrovò vedova all'età di ventun anni. Quando il patrimonio fu valutato per motivi fiscali, venne però fuori che Heinrich aveva un vizio segreto: il gioco d'azzardo. Contrariamente all'opinione comune, non era affatto ricco. Aveva sperperato il suo patrimonio e lasciato Marlene Imelda e il piccolo Karl Peter senza un soldo.

Tuttavia Marlene Imelda, che era giovane, bella e piena di risorse, emigrò in cerca di fortuna negli Stati Uniti, dove trovò lavoro come segretaria in una compagnia petrolifera emergente, con sede a Houston.

Il fondatore della compagnia si chiamava Henry Bannock. Era un uomo bello, esuberante e pieno di vita, che assomigliava a John Wayne, ma aveva qualcosa anche di Burt Lancaster. Ex pilota militare, aveva ucciso sei uomini in battaglia. Finita la guerra, aveva fondato in Alaska una compagnia di charter, che aveva chiamato Bannock Air. Lavorava molto con le grandi compagnie petrolifere e aveva conosciuto vari dirigenti, che gli avevano dato qualche dritta per entrare nel mondo dell'esplorazione petrolifera. Ben presto, era riuscito a ottenere diverse concessioni lui stesso. Marlene Imelda venne assunta alla Bannock Oil quando Henry Bannock era già multimilionario, avendo acquistato da qualche tempo il suo primo campo petrolifero in Alaska. Bannock era reduce da due matrimoni, finiti entrambi perché le sue ex mogli non erano riuscite a dargli un erede.

Marlene aveva ventisei anni e forse era ancora più bella di quando aveva conosciuto Heinrich Kurtmeyer; inoltre sapeva come far felice un uomo, sia a letto sia fuori. Henry Bannock era sicuro che lo avrebbe reso molto felice, e come se non bastasse aveva già un figlio maschio.

Karl Peter Kurtmeyer assomigliava alla madre ed era un bambino bellissimo. Biondo, aveva un viso stupendo, un mento volitivo e un lieve eccesso di tessuto palpebrale che conferiva ai suoi occhi un'aria misteriosa. Quella piccola imperfezione non faceva che sottolineare ancor di più la perfezione dei suoi lineamenti.

Inoltre era intelligente, sin da piccolo mostrava una straordinaria inclinazione per le lingue straniere e aveva sempre ottimi voti.

Quando Henry sposò Marlene Imelda, adottò ufficialmente il piccolo Karl, cambiandogli il nome in un meno teutonico Carl Peter Bannock.

Grazie ai suoi contatti, riuscì a iscriverlo alla St Michaels Elementary, una delle scuole più prestigiose del Texas, dove Carl eccelse fin da subito ed entrò a far parte della squadra di basket e di football.

Marlene Imelda dimostrò che Henry non era sterile, come molti maligni vociferavano, partorendo una bella bambina di più di tre chili, poco tempo dopo le nozze.

Sacha Jean era di una bellezza eccezionale, come sua madre. Era anche dolce, sensibile e molto portata per la musica. Cominciò a prendere lezioni di piano a tre anni e a sette era in grado di suonare brani del repertorio classico tecnicamente molto impegnativi, come il concerto per pianoforte n. 3 di Rachmaninov.

Era legatissima al fratello Carl.

Ed era solo una bambina, quando Carl la costrinse a subire un rapporto sessuale completo. Abusava di lei da oltre sei mesi, obbligandola a toccargli i genitali quando erano soli. Lui era un ragazzo assai sviluppato dal punto di vista sessuale. Insegnò a Sacha a portarlo all'orgasmo. Le diceva che l'amava, che era molto graziosa e intelligente e che gli dava molto piacere. Nella sua innocenza, Sacha considerava i momenti passati da sola con il fratello maggiore un prezioso segreto da custodire gelosamente.

Il luogo in cui Carl preferiva appartarsi con la sorellina

era lo spogliatoio della piscina, nel parco della villa di famiglia, quando il padre era in Alaska per lavoro e la madre andava a riposare dopo mangiato. Marlene aveva preso l'abitudine di bere almeno tre gin e lime a pranzo e, quando si ritirava in camera sua, finito di mangiare, aveva sempre il passo malfermo. A quel punto Carl portava Sacha a fare il bagno in piscina.

La prima volta che Carl la costrinse a un rapporto orale, Sacha ne fu sconvolta. Nauseata, scoppiò a piangere dicendo che non voleva più giocare con lui. Carl allora la baciò, le disse che se lei non gli voleva più bene l'avrebbe accettato, ma avrebbe continuato ad amarla per sempre. Poi, però, si comportò come se non gli importasse niente di lei. Per settimane si tenne a distanza e le disse cose spiacevoli e odiose, tanto che alla fine fu Sacha a proporre una nuotata al fratello, dopo pranzo. Ben presto ci fece l'abitudine. L'importante era che il fratello non fosse più arrabbiato con lei.

Una sera, qualche tempo dopo, Sacha sentì entrare in camera da letto Carl, quando tutti ormai si erano addormentati. Il fratello si tolse il pigiama e si mise accanto a lei sotto le lenzuola. Quando la penetrò, Sacha gridò per il dolore, ma nessuno la sentì.

Il giorno dopo, a scuola, si sentiva addosso gli sguardi di tutti. Benché fosse bravissima in matematica, non riuscì a risolvere neppure uno dei problemi della verifica. La maestra la chiamò, dopo la lezione, e la sgridò. «Come mai questo disastro, Sacha?» le disse, gettando il compito sul banco. «Non è da te!»

Sacha non rispose. Andò a casa, rubò dal bagno di suo padre una lametta, si chiuse nel bagno di camera sua e si tagliò i polsi. Poco dopo una delle cameriere vide il sangue uscire da sotto la porta e corse in cucina a chiamare aiuto.

I domestici buttarono giù la porta, trovarono Sacha distesa per terra e chiamarono un'ambulanza. I tagli non erano profondi e i medici riuscirono a salvarla.

Marlene la tenne a casa da scuola tre settimane. Quando tornò in classe, Sacha informò la maestra di musica che non avrebbe mai più suonato il piano. Si rifiutò di partecipare al concerto in programma il venerdì successivo e qualche giorno dopo si tagliò i capelli a zero con un paio di forbici. Si martoriava la faccia fino a sanguinare, convinta di averla coperta di pustole. Imbruttì, divenne sempre più schiva, nervosissima, con gli occhi spiritati. Carl le disse che era brutta e non voleva più giocare con lei.

Il mese successivo, Sacha scappò di casa. La polizia la ritrovò otto giorni dopo ad Albuquerque, nel New Mexico, e la riportò a casa. Qualche mese dopo, Sacha fuggì di nuovo. Questa volta riuscì ad arrivare in California, prima che la polizia la ritrovasse.

La rimandarono a scuola e lei diede fuoco all'aula di musica; l'incendio distrusse un'intera ala dell'edificio, provocando danni per milioni di dollari.

Dopo approfonditi accertamenti, Sacha fu ricoverata nella clinica psichiatrica The Nine Elms di Pasadena per ricevere le cure adeguate. Nessuno sospettò mai che avesse subito abusi. Sembrava che Sacha avesse rimosso completamente quelle violenze.

Cominciò a ingrassare e nel giro di sei mesi era ormai obesa. Portava i capelli cortissimi e si rosicchiava le unghie martoriandosi le dita. Aveva sempre lo sguardo vacuo, perso nel vuoto e si succhiava il pollice. Era sempre agitata, spesso aggressiva: si scagliava contro le infermiere alla minima provocazione e diventava particolarmente violenta quando qualcuno le rivolgeva domande sulla sua famiglia. Soffriva di insonnia e di sonnambulismo.

Quando finalmente permisero ai suoi di andare a trovarla, Sacha rimase chiusa in se stessa e cupa tutto il tempo. Rispose alle loro domande a monosillabi e grugniti e parve non riconoscere neppure il fratello cui prima era tanto affezionata.

« Non saluti Carl Peter, tesoro? » le disse con dolcezza la madre. Sacha si girò dall'altra parte.

« È il tuo fratellone adorato, Sacha » insistette Marlene. A quelle parole, Sacha reagì dicendo, senza alzare gli occhi: « Io non ho fratelli ». Era la prima frase compiuta che pronunciava. « Non voglio fratelli. »

A quel punto Henry Bannock si alzò e disse alla moglie: « Sarà meglio che io e Carl aspettiamo fuori. Sembra che facciamo più danni che altro a stare qui ». Fece un cenno a Carl. « Forza, figliolo. Usciamo. »

Henry mal tollerava dolore e sofferenza e preferiva tenersi alla larga da chi stava male. Smise di pensare a Sacha, rimosse del tutto il problema. Non tornò più alla clinica psichiatrica. Neppure Carl vi mise più piede.

Marlene invece continuò a far visita alla figlia. Ogni domenica mattina si faceva accompagnare a Pasadena dall'autista e restava con Sacha fino a sera, parlandole senza ottenere risposta. Un giorno le portò un nastro con i concerti per pianoforte di Rachmaninov, nella speranza che le tornasse la voglia di suonare. Alle prime note del concerto numero 3 in re minore, però, Sacha balzò in piedi, prese il mangianastri e lo scagliò contro il muro con inaudita violenza. L'apparecchio si spaccò, Sacha si buttò per terra, si rannicchiò con le ginocchia contro il petto, si infilò il dito in bocca e batté ripetutamente la testa per terra. Marlene non prese mai più iniziative del genere.

Da quella volta, si limitò a leggere poesie a Sacha e a parlarle di quel che era successo durante la settimana. Sacha restava chiusa in un ostinato silenzio e guardava il muro dondolandosi sulla sedia.

Alcuni mesi dopo, Marlene Imelda scoprì di essere di nuovo incinta. Aspettò di sapere se il piccolo che portava in grembo era maschio o femmina e poi disse a Sacha: « Tesoro mio, ho una bellissima notizia da darti: aspetto un bambino. Avrai una sorellina! »

Sacha si voltò verso di lei e la guardò in faccia per la prima volta da quando era arrivata.

« Una sorellina? Sicura che non sia un maschio? » chiese, con voce chiara e forte.

« Sì, amore mio. Sei contenta di avere una sorellina? »

« Sì! Una sorellina! Ma non voglio un fratello! »

« Come vorresti chiamarla? C'è un nome che ti piace particolarmente? »

« Bryoni Lee. È un nome che mi piace tantissimo. »

« Conosci qualcuno che si chiama così? »

« Una bambina che veniva a scuola con me. Era la mia migliore amica. » Sorrise. « Poi suo papà ha cambiato lavoro e sono andati a stare a Chicago. » Si era animata e si esprimeva come una ragazzina della sua età.

Settimana dopo settimana, Marlene e Sacha parlavano della sorellina in arrivo. Sacha faceva sempre le stesse domande, sempre nello stesso ordine, e rideva quando la mamma le rispondeva.

Un giorno, quando ormai era all'ottavo mese, Marlene

fece sedere la figlia accanto a sé e Sacha le posò una mano sul pancione. Nel sentire il bimbo muoversi, diede in un grido eccitato, talmente forte che accorse l'infermiera a vedere cos'era successo.

« Cosa c'è, Sacha? » le chiese.

« La mia sorellina! Vieni a sentire come si muove. »

Marlene portò da Sacha la piccola Bryoni Lee quando aveva tre mesi e gliela lasciò tenere in braccio tutto il tempo. Sacha la vezzeggiò, rise e tempestò la madre di domande.

Da allora in poi, Marlene andò sempre a trovare Sacha con la piccola e Sacha la vide crescere. I medici, rendendosi conto che a Sacha faceva bene vedere la sorellina, incoraggiarono attivamente il rapporto con lei.

Passarono gli anni.

Bryoni Lee era molto graziosa, minuta e con i lineamenti delicati. Aveva il viso a forma di cuore e bellissimi occhi scuri. Era vivace e molto espressiva. Tutti le volevano bene e, ogni volta che entrava in una stanza, la gente sorrideva. Era molto intonata e sembrava nata per danzare. Ma era anche una bimba volitiva e, quando si metteva in testa una cosa, era molto difficile farle cambiare idea.

Era una leader nata, come suo padre. Organizzata e decisa, prendeva sempre il comando e gli altri bambini, anche i maschietti più grandi di lei, tendevano a riconoscerla come capo e a seguirla.

Henry non era abituato ad avere a che fare con qualcuno che gli teneva testa; gli sembrava impossibile non riuscire a dominare completamente una figlia femmina. Era un uomo di vecchio stampo e aveva idee piuttosto rigide riguardo al ruolo degli uomini e delle donne, dei genitori e dei figli.

Le pari opportunità non erano contemplate nella sua visione del mondo.

Gli piaceva che Bryoni Lee fosse una bambina graziosa e intelligente, ma lo preoccupava che rispondesse per le rime, che avesse sempre da discutere.

Si infuriava terribilmente con lei. Alzava la voce e minacciava di ricorrere alle maniere forti. Una volta perse la pazienza, si slacciò la cintura dei pantaloni e le diede una cinghiata sulle gambe nude, lasciandole un brutto segno rosso. La bambina non si lasciò intimidire e non versò neppure una lacrima.

« Non è giusto, papà » gli disse solennemente. « Proprio tu, che dici sempre che le donne non si toccano neppure con un fiore. »

Henry, che aveva abbattuto più di un aereo nemico quando pilotava i caccia e aveva riempito di botte diversi sottoposti piantagrane sulle piattaforme petrolifere, rimase sconcertato di fronte alle parole della figlia undicenne.

« Ti chiedo scusa » disse, rimettendo a posto la cintura. « Hai ragione: non avrei dovuto. Non lo farò mai più, te lo prometto. Ma tu devi obbedire a tuo padre! »

Da parte sua, cominciò a dare ascolto alla figlia, cosa che faceva di rado con le donne, e scoprì che Bryoni Lee era piuttosto saggia.

Quell'anno era cominciato in modo memorabile per i Bannock.

A maggio, Henry acquistò il primo pozzo petrolifero offshore e la capitalizzazione di mercato della Bannock Oil Corporation raggiunse i dieci miliardi di dollari. A giugno

Henry comprò un jet privato, un Gulfstream V, che pilotava quasi sempre di persona.

Lo stesso mese, la famiglia Bannock si trasferì a Forest Drive, in una villa progettata da Andrew Moorcroft, dello studio di architettura Moorcroft & Haye, con sei ettari di parco e otto suite, che venne dichiarata casa dell'anno dall'American Institute of Architects.

A giugno Carl Peter Bannock si laureò con il massimo dei voti a Princeton e andò a lavorare nella sede di Houston della Bannock Oil.

A luglio Henry Bannock chiese al vecchio amico nonché avvocato di fiducia, Ronnie Bunter, di mettere a punto l'Henry Bannock Family Trust per proteggere la sua famiglia da qualsiasi avversità. Ne studiarono insieme ogni aspetto, curarono con attenzione la formulazione di ogni frase e in agosto Henry Bannock sottoscrisse finalmente l'atto costitutivo.

Ronald Bunter conservò l'originale dell'atto nella cassaforte del proprio studio e Henry tenne l'unica copia del documento nel suo caveau personale, a Forest Drive.

Nell'agosto dello stesso anno, i medici della clinica psichiatrica The Nine Elms dissero a Henry e Marlene che Sacha Jean non era in grado di vivere al di fuori di una struttura protetta e che sarebbe dovuta restare in clinica tutta la vita. Henry non fece commenti e Marlene si chiuse nella sua nuova e lussuosissima camera da letto con una bottiglia di Bombay Sapphire.

A settembre, Marlene Imelda Bannock entrò in una clinica di Houston per disintossicarsi.

A ottobre Bannock chiese il divorzio e ottenne l'affidamento delle due figlie, Sacha e Bryoni. Essendo maggiorenne, Carl non compariva nelle disposizioni del giudice. Quando uscì dalla clinica, Marlene si trasferì nelle Isole Cayman, in una splendida villa sul mare, assistita da uno stuolo di domestici come da accordi presi al momento del divorzio.

A fine ottobre, Henry si vide rifiutare il rinnovo del brevetto di pilota civile: la visita medica aveva evidenziato un grave scompenso cardiaco. Troppo lavoro, troppi avana e troppi Jack Daniel's. Ma lui continuò la sua vita di sempre. Persino a pilotare il suo Gulfstream, con la copertura di due piloti che pagava profumatamente.

A novembre, Bryoni Lee vinse un concorso nazionale di matematica, battendo ragazzi più grandi di lei di tre o quattro anni, e venne votata dai compagni di classe « candidata al successo e alla Casa Bianca ». Ora che la madre era lontana, andava lei a far visita alla sorella Sacha.

Ogni domenica Bonzo Barnes, l'autista nero che faceva anche da guardia del corpo a Henry, l'accompagnava alla clinica psichiatrica, dove Bryoni passava tutta la giornata in compagnia della sorella. Bonzo era un ex pugile, categoria pesi massimi. Adorava la piccola Bryoni, che si sedeva accanto a lui e chiacchierava amabilmente per tutto il viaggio fino a Pasadena e ritorno.

A dicembre, mentre il padre era ad Abu Zara a rinnovare le concessioni petrolifere della Bannock Oil in quel paese, Carl Peter Bannock riuscì finalmente ad aprire la sua cassaforte, dopo essersi procurato la combinazione.

Aveva trovato un punto della terrazza con piscina da cui riusciva a vedere lo studio del padre senza farsi notare e un sabato mattina, con un binocolo Zeiss 10X, aveva osservato Henry che, seduto alla scrivania, sfilava la fodera di seta dalla sua agenda rilegata in pelle nera e tirava fuori il biglietto da visita che vi teneva nascosto.

Sul retro del biglietto c'era una lunga serie di lettere e

numeri, scritti belli grossi e ben calcati. Con il biglietto in mano, Henry si era avvicinato al suo caveau personale, aveva inserito la combinazione nel sistema di apertura e quindi aveva ruotato in senso antiorario il maniglione per aprire la pesantissima porta di metallo.

Carl aveva dovuto attendere diverse settimane prima che Henry partisse per una trasferta di lavoro, ma a quel punto ebbe dieci giorni e dieci notti per occuparsi della faccenda.

La prima sera, dopo una serie di frustranti tentativi a vuoto, riuscì a disattivare il meccanismo di chiusura della cassaforte attraverso una sequenza complicatissima di operazioni e ad aprire la porta.

La sera successiva fotografò l'interno della cassaforte per memorizzare come era disposto il contenuto: prima di spostare qualsiasi cosa, voleva essere sicuro di poterlo rimettere esattamente al suo posto. Sapeva che suo padre si sarebbe accorto del minimo cambiamento.

Naturalmente, portava sempre guanti da chirurgo per evitare di lasciare impronte e faceva attenzione al più piccolo dettaglio.

La terza sera cominciò a esaminare il contenuto della cassaforte. Sul fondo erano sistemati lingotti d'oro, impilati in corrispondenza delle travi di acciaio delle fondamenta, per non rischiare che il pavimento cedesse sotto il loro peso. Carl calcolò che il valore complessivo doveva aggirarsi intorno ai cinquanta o sessanta milioni di dollari.

Henry era un uomo molto prudente, ma anche capace di gesti avventati, e probabilmente quel tesoro era la sua assicurazione contro gli imprevisti.

Sulle mensole sopra i lingotti c'erano le medaglie e onorificenze che Henry aveva ricevuto ai tempi in cui era nell'esercito, insieme con fotografie e ricordi evidentemente molto importanti per lui. Sopra ancora erano ordinatamente sistemati documenti e titoli: azioni, obbligazioni, atti di compravendita dei numerosi immobili e concessioni di cui Henry era personalmente titolare. Molte delle sue proprietà erano intestate alla Bannock Oil Corporation.

Sulla quarta mensola dall'alto, Carl trovò ciò che cercava. Sapeva dell'esistenza dell'Henry Bannock Family Trust fin dai tempi in cui studiava a Princeton perché aveva manomesso i telefoni del padre in camera da letto e nello studio. Aveva cercato anche di infiltrarsi nelle linee telefoniche della Bannock Oil, ma non c'era riuscito perché i servizi di sicurezza della sede di Houston erano efficientissimi.

Così si era dovuto accontentare di ascoltare le numerose telefonate che Henry faceva dalla camera da letto alle sue amichette e alle ex mogli, ma era anche riuscito a trascrivere importanti conversazioni con avvocati e soci in affari, che Henry effettuava dal telefono nello studio.

Aveva sentito una serie di colloqui fra il padre e Ronald Bunter durante la messa a punto dell'atto costitutivo del Fondo, ma aveva solo una vaga idea dei contenuti e delle disposizioni della versione finale dell'atto.

Ora aveva davanti a sé la copia del prezioso documento conservata da Henry.

Non lo aprì d'impulso: prima lo esaminò con cura, aiutandosi con una lente d'ingrandimento.

Fra pagina 30 e pagina 31 trovò un capello, e intuì che Henry doveva averlo messo lì apposta per accorgersi di eventuali manomissioni. Era chiaramente di Henry, spesso e riccio. Forse, più che un capello, era un pelo che si era strappato dalle basette. Carl lo ripose in una busta bianca e lo rimise fra le pagine quando ebbe finito di leggere il documento.

A quel punto gli restavano tre notti per studiare bene l'atto del nuovo Henry Bannock Family Trust, prima che il padre tornasse dal Medio Oriente.

Ciò che vi trovò gli diede grande sicurezza: le disposizioni prese da Henry Bannock gli conferivano un potere immenso. Era armato contro il mondo, protetto da miliardi di dollari. Si sentiva invincibile.

Sacha Jean era regredita molto, nel corso del tempo, e aveva ormai l'età mentale di una bambina di cinque o sei anni. Il suo mondo si era rimpicciolito, il suo cervello ormai senza più stimoli restava chiuso in se stesso. Non riconosceva più nessuno, a parte alcune infermiere che erano state particolarmente gentili con lei e la sua sorellina, Bryoni.

Quando l'infermiera che si prendeva cura di lei andò in pensione, il mondo già limitato di Sacha si svuotò ulteriormente e la ragazza divenne del tutto dipendente dalla sorella minore. A volte, se il tempo era bello, Sacha e Bryoni passavano la domenica nel parco della clinica. I medici avevano visto che Bryoni era molto matura e affidabile, nonostante l'età, e non avevano remore a lasciarla sola con la sorella per l'intera giornata.

Sacha era obesa e molto più alta della sorellina, ma Bryoni le faceva da mamma e la teneva per mano durante la passeggiata al laghetto, dove andavano spesso per fare un picnic e dare da mangiare alle papere. Sacha non riusciva a concentrarsi abbastanza per leggere un libro, ma le piaceva se Bryoni le recitava le filastrocche di quando era bambina. Le due sorelle giocavano a nascondino. Bryoni era molto paziente: dava da mangiare alla sorella le cose che portava da casa, le asciugava faccia e mani se si sbrodolava e la accompagnava al gabinetto, aiutandola a pulirsi e a sistemarsi i vestiti.

Sacha le chiedeva sempre di grattarle la schiena. Si toglieva la maglietta, si sdraiava a faccia in giù sul plaid e pregava la sorella di cominciare. Appena Bryoni smetteva, Sacha la supplicava di continuare.

Una domenica, mentre Bryoni le grattava la schiena, Sacha mormorò: « Se ti vuole toccare la patatina, non lasciarglielo fare ». Bryoni si fermò, sconcertata da quello che aveva appena sentito.

« Che cos'hai detto? » chiese alla sorella, con la massima dolcezza.

« Quando? »

« Un momento fa. »

« Niente. Non ho detto niente. »

« Sì, invece. »

« No! No! Non ho detto niente! » rispose Sacha, cominciando ad agitarsi. Bryoni conosceva i sintomi: sapeva che, se avesse insistito, la sorella si sarebbe messa in posizione fetale e avrebbe iniziato a succhiarsi il pollice e a sbattere la testa per terra.

« Scusa, Sacha, ho capito male. Non hai detto niente. »

Piano piano Sacha si rilassò e cominciò a parlare del suo cucciolo. Lo voleva indietro. Per il suo compleanno, la mamma le aveva regalato un cagnolino, ma Sacha l'aveva abbracciato tanto stretto che la povera bestia era morta soffocata. Avevano dovuto dirle che il cucciolo faceva la nanna, per riuscire a portare via il cadaverino. Sacha voleva che glielo riportassero, ma i dottori avevano raccomandato di non portarle altri animali.

La domenica successiva il tempo era bellissimo e Sacha e Bryoni andarono di nuovo al laghetto a fare un picnic. Sacha detestava i cambiamenti, la rendevano nervosa e insicura. Finito di mangiare, chiese alla sorella di grattarle la schiena.

« Parola magica? » le chiese Bryoni. Sacha ci pensò su un momento, concentrandosi, ma poi si arrese.

« Me la sono scordata. Dimmela tu. »

« Per favore? »

« Sì, sì! Per favore. » Sacha batté le mani, tutta contenta. « Per favore, Bryoni, mi gratti la schiena, per favore? » Si tolse la maglietta e si stese sul plaid. Dopo un po' Bryoni pensò che la sorella si fosse addormentata. Invece Sacha tutto a un tratto disse: « Se ti lasci toccare la patatina, poi lui te lo infila dentro e ti fa uscire il sangue ».

Bryoni rimase di sasso. Quelle parole le rivoltarono lo stomaco. Si fece forza, tuttavia, e finse di non aver sentito, continuando ad accarezzare la schiena alla sorella. Poi cominciò a recitare una filastrocca e Sacha provò a unirsi a lei, ma non si ricordava le parole e fece un gran pasticcio. Scoppiarono a ridere tutte e due.

Poi Sacha disse: « Se te lo infila nella patatina, ti fa male da morire e poi ti esce il sangue ». Aveva l'abitudine di ripetere sempre le stesse cose.

« Sarà meglio che torniamo, adesso » propose Bryoni dopo un po'.

« Ti prego! Ti prego! Resta ancora un po'. Quando tu te ne vai io divento triste e ho paura. »

« Domenica prossima torno. »

« Promesso? »

« Promesso. »

La domenica successiva Bryoni tornò con il registratore nuovo, che Henry le aveva regalato per il suo compleanno.

Lei e Sacha andarono al laghetto tenendosi per mano. Bryoni aveva sottobraccio il plaid e il cestino con il picnic. Quando arrivarono al loro posticino preferito, Sacha stese il plaid con gran cura, facendo attenzione che non ci fosse neanche una piega. Stendere la coperta era compito suo e lo svolgeva coscienziosamente, fiera della propria bravura. Mentre lei dedicava tutta la sua attenzione alla coperta, Bryoni si tolse il registratore dalla tasca dei jeans, lo accese e se lo rimise in tasca. Sacha non si accorse di nulla.

Fecero tutto come al solito: diedero da mangiare alle papere, parlarono del cucciolo di Sacha, mangiarono e poi Bryoni accompagnò Sacha al gabinetto. Quando tornarono e si stesero sulla coperta, Sacha chiese alla sorella di grattarle la schiena e prima di accontentarla Bryoni le ricordò che bisognava dire « per favore ». Poi cominciò a recitare la stessa filastrocca della domenica prima e Sacha reagì come lei sperava. Disse: « Non mi piaceva, quando mi schizzava in bocca. Mi veniva da vomitare ».

Bryoni aveva la pelle d'oca, ma non disse niente e continuò a recitare la filastrocca a bassa voce. Sacha sembrava a suo agio e continuò a parlare.

« Non riesco a ricordarmi il suo nome. Diceva che era mio fratello, ma io non ho fratelli. Mi ha mostrato come si faceva. Mi piaceva quando mi diceva che ero brava, che mi voleva tanto bene. »

Si zittì e Bryoni continuò a recitare sottovoce la filastrocca, con grande dolcezza. Tutto a un tratto Sacha balzò su a sedere ed esclamò: « M'è venuto in mente! Si chiamava Carl Peter ed era mio fratello per davvero. Poi però se n'è andato. Se ne sono andati via tutti. La mamma, papà, tutti quanti. Solo tu sei rimasta con me, Bryoni ».

« Resterò per sempre con te, Sacha. Staremo sempre insieme, da brave sorelline. » Sacha si placò e tornò a sdraiarsi. Bryoni le accarezzò la schiena riprendendo a canticchiare.

A un certo punto Sacha disse, con voce da adulta: « Sì, adesso m'è tornato in mente. Carl è venuto anche in camera mia, una sera. È entrato nel mio letto. Mi ha allargato le gambe e mi ha infilato dentro il suo coso duro. Io ho urlato, ma non mi ha sentito nessuno. Mi ha fatto malissimo, ma io non ho detto niente a nessuno perché Carl me l'aveva fatto giurare. Secondo te ho fatto bene, Bryoni? »

« Hai fatto benissimo, sorellina. Sei bravissima, fai sempre la cosa giusta. »

« Mi prometti che non mi lascerai mai, Bryoni? »

« Te lo prometto, Sacha. Mai e poi mai. »

Quando Bryoni tornò da Pasadena, quella domenica, vide la nuova Ford Mustang di Carl parcheggiata nel vialetto. Entrando in casa, vide Carl che scendeva le scale di corsa, in giacca e cravatta, scarpe lucidissime e capelli pettinati con il gel.

« Ciao! » la salutò. « Come sta la nostra sorella matta? Sempre fuori di melone? »

« Sta bene. È una ragazza dolcissima » rispose Bryoni senza riuscire a guardare in faccia il fratello.

Carl se ne fregava altamente di Sacha e l'aveva nominata soltanto per far dispetto a Bryoni. Si fermò davanti allo specchio in fondo alla scala per aggiustarsi il nodo alla cravatta. Poi tirò fuori il pettine e si sistemò un ciuffo che si era scompigliato.

« Stasera ne vedremo delle belle! Esco con una che mi sbava dietro da un mese. È la sua serata fortunata, eh? Come sto? » Si voltò verso Bryoni, allargò le braccia ed esclamò: « Non sono bellissimo? »

Bryoni si sforzò di guardarlo in faccia per qualche istante. Le sue amiche dicevano che Carl era il ragazzo più bello che avessero mai visto. Bryoni provò un moto di odio per lui: era un porco, arrogante, sadico e pervertito.

« Sai, Carl, non l'avevo mai notato, però... Ti sei accorto che hai l'occhio destro più grande del sinistro? » Carl si voltò subito a controllare nello specchio, preoccupatissimo. Bryoni lo lasciò dov'era e salì in camera sua. Sapeva che si sarebbe angustiato per settimane al pensiero di quel difetto. L'aveva fatto apposta.

Henry Bannock era via per lavoro. Era partito con il suo jet personale per Abu Zara, in Medio Oriente, e sarebbe tornato dopo una decina di giorni. Bryoni era sola in quella casa enorme. Telefonò in cucina e chiese a Cookie se poteva cenare con la servitù, invece che da sola nella sala da pranzo. Cookie fu contentissima: tutti amavano Bryoni.

« Ho fatto la torta di mele apposta per te, signorina. »

« Grazie, Cookie. Sei un tesoro. È la mia torta preferita, lo sai. »

Dopo cena, Bryoni si chiuse nello studio della sua suite e fece una copia della conversazione con Sacha che aveva registrato quel pomeriggio a Pasadena. Nel risentire la vocetta da bambina di sua sorella che raccontava quelle cose spaventose, andò di nuovo su tutte le furie.

Le venne in mente il fucile calibro 12 che suo padre teneva al piano di sotto. Henry le aveva insegnato a tirare al piattello e aveva buona mira, ma poi ci ripensò. Stava perdendo il controllo, e la cosa poteva costarle cara. Doveva rimanere fedele al suo piano originario.

Quando ebbe finito di copiare la registrazione, chiuse a

chiave il registratore nel cassetto del comodino e tornò alla scrivania per finire i compiti per l'indomani. Spense la luce poco prima delle dieci, ma non riuscì a prendere sonno fin quasi a mezzanotte. La svegliò il rombo della Mustang di Carl che tornava a casa. Quando beveva, andava sempre troppo forte. Bryoni guardò l'ora e vide che erano le tre e dieci.

Il mattino dopo fece colazione in cucina con Cookie e Bonzo la accompagnò a scuola. Carl era ancora in camera sua.

Durante l'intervallo, diede il nastro su cui aveva copiato la confessione di Sacha alla sua migliore amica, Alison Demper, perché lo custodisse con cura. Non poteva tenerlo a casa: Carl lo avrebbe trovato.

« Giurami che non dirai mai a nessuno che te l'ho dato. » Alison era curiosissima. Si fece il segno della croce sul cuore e giurò solennemente.

Alla fine delle lezioni, Bryoni disse di avere un mal di testa feroce e chiese di essere esentata dal corso di disegno. Arrivata a casa, aspettò che il fratello tornasse dal lavoro. Di solito Carl si fermava a bere una birra con i suoi amici al Troubador Inn, ma quella sera tornò rombando sulla Mustang prima delle sette.

Bryoni era seduta accanto alla finestra di camera sua. Appena vide il fratello scendere dall'auto e sbattere la portiera, si affacciò e lo chiamò.

« Carl! Hai un minuto? Ti devo parlare. Puoi salire in camera mia? »

« Arrivo subito, sorellina. »

Bryoni sentì i suoi passi pesanti sulle scale. Dopo un attimo, Carl bussò.

« Avanti! » disse Bryoni. Carl aprì e si fermò sulla porta. « Cosa c'è? »

Bryoni era seduta sul letto. Aveva spostato la poltrona in mezzo alla stanza, perché Carl si sedesse lì.

« Vieni a sederti, Carl. Ti volevo parlare di Sacha. » Il ragazzo sbatté la porta e si andò a stravaccare sulla poltrona, con una gamba sul bracciolo.

« Cosa c'è da dire? Quella vede gli omini verdi di Marte, oppure crede di essere un orso polare rosa » disse, e rise della propria battuta.

« Volevo farti sentire questo. » E gli mostrò il registratore.

« Cos'è? Il tuo brano rap preferito? »

Bryoni non gli rispose nemmeno. Lo odiava con tutto il cuore.

Fece partire la registrazione.

Dopo un attimo di silenzio, si sentì la voce di Sacha. Carl la riconobbe subito e si mise a sedere composto, togliendo la gamba dal bracciolo e posando tutti e due i piedi per terra.

« *Non mi piaceva, quando mi schizzava in bocca. Mi veniva da vomitare* » diceva la voce di Sacha. Bryoni vide che il fratello si irrigidiva e guardava la finestra, come se volesse scappare da lì. La voce di Sacha continuava.

« *Non riesco a ricordarmi il suo nome. Diceva che era mio fratello, ma io non ho fratelli. Mi ha mostrato come si faceva. Mi piaceva quando mi diceva che ero brava, che mi voleva tanto bene.* »

Bryoni prese il registratore, cercò il punto della registrazione che le interessava, e lo posò di nuovo. La voce di Sacha era più ferma e meno infantile, quando diceva: « *Carl è venuto anche in camera mia, una sera. È entrato nel mio letto. Mi ha allargato le gambe e mi ha infilato dentro il suo coso duro. Io ho urlato, ma non mi ha sentito nessuno. Mi ha fatto malissimo, ma io non ho detto niente a nessuno perché Carl me l'aveva fatto giurare. Secondo te ho fatto bene, Bryoni?»*

«*Hai fatto benissimo, sorellina. Sei bravissima, fai sempre la cosa giusta.*»

Bryoni allungò la mano per fermare la registrazione. Nel silenzio che seguì, chiese sottovoce: «E tu, Carl? Pensi di aver fatto la cosa giusta?»

Carl muoveva la bocca senza emettere suono. Si asciugò la faccia sudata nella manica della giacca, guardò le macchie scure che aveva lasciato sul tessuto pregiato, si alzò di scatto, prese il registratore dal comodino e lo scagliò contro la porta del bagno, spaccandolo. Si avvicinò e lo calpestò, frantumandolo definitivamente.

Tremante, si voltò verso Bryoni.

«Quella troia! Quella puttanella schifosa. Vi siete inventate tutto, tu e quella zoccola di tua sorella. Ammettilo: sei matta quanto lei. Siete gelose di me, tutte e due. Tu cerchi sempre di sminuirmi di fronte a mio padre. Ma mio padre mi vuole bene.»

«Tuo padre era un nazista» ribatté calma Bryoni. «Tu sei sangue del suo sangue, Karl Kurtmeyer, il suo seme avvelenato.»

«Non è vero! Ti sei inventata tutto!»

«Non mi sono inventata niente. Me lo ha detto mia madre, un pomeriggio che era ubriaca» rispose lei, calma.

«Bugiarda!» urlò. «Mio padre è Henry Bannock. Sono il suo unico figlio maschio, suo erede. Mi vuole bene e tu e quella puttana di tua sorella siete gelose. Volete mettermelo contro. Ecco perché vi inventate queste bugie schifose.»

«Non ti stiamo mettendo contro nessuno. Tu hai violentato tua sorella, l'hai costretta a fare cose terribili, disgustose. L'hai stuprata. L'hai fatta impazzire!»

« Bugiarda! » gridò lui. « Mio padre non ti crederà mai. »

« Mi crederà, invece. Gli farò sentire la registrazione. » Bryoni si alzò e gli si parò di fronte, calmissima. Carl si voltò e le indicò il registratore rotto. Si inginocchiò per raccoglierne i pezzi e se li mise in tasca.

« Non hai nessuna registrazione » disse. « Non esiste nessuna registrazione. Non è mai esistita. Le tue sono le fantasie di una mente malata. »

« Ne ho una copia » ribatté Bryoni. Carl si rialzò e le si avvicinò minaccioso.

« Dove? »

« Dove tu non riuscirai mai a mettere le mani. »

« Dammela. »

« Mai! » gli rispose Bryoni, sprezzante. Carl le mollò un manrovescio sul volto, che le fece perdere l'equilibrio. Bryoni cadde sul letto, ma si tirò subito su sui gomiti. Le usciva sangue dalla bocca. Come una leonessa ferita, ripeté rabbiosa: « Mai! »

La vista del sangue eccitò Carl: gli faceva questo effetto. Appena vedeva il sangue, Carl non ragionava più. Si buttò sopra di lei, schiacciandola sul letto. Era molto più grande di lei e pesava il doppio: Bryoni non poteva opporre resistenza. Carl le strappò i vestiti di dosso e le disse: « Ti darò una lezione, sfacciata! La stessa che ho già dato a quella psicopatica di tua sorella ».

Bryoni lanciò un grido, ma lui le premette la mano sinistra sul collo, con forza, mentre con l'altra le abbassava i pantaloni. Le aprì le gambe infilandole un ginocchio fra le cosce.

« Non ti sentirà nessuno. Non ti salverà nessuno. Non ti crederà nessuno. » Era eccitato. « Ti insegno io a portare rispetto a quelli più grandi di te, sfacciata! »

Si slacciò la cintura e si aprì la patta con tanta furia che il bottone saltò via. La sua pelle nuda toccò la pelle nuda di lei.

Bryoni era solo una ragazzina, un frutto ancora acerbo. Ma Carl la prese con la forza.

In preda a un dolore lancinante, Bryoni morse la spalla di Carl, che imprecò e spostò la mano che le premeva sul collo per liberarsi dai suoi denti. Sanguinavano tutti e due.

Bryoni abbassò la testa e si mise a urlare.

Cookie, in cucina, sentì le grida e chiamò Bonzo Barnes, l'autista. Salirono di corsa ed entrarono in camera proprio mentre Carl raggiungeva l'orgasmo.

Bonzo lo afferrò con forza e lo allontanò dal corpicino mezzo nudo disteso sul letto, scagliandolo a terra.

« Cos'hai fatto? È una bambina! È tua sorella! Cosa ti è venuto in mente? » gli urlò. Lo prese per la gola, costringendolo ad alzarsi, e lo scosse con violenza.

« Non lo picchiare, Bonzo » disse Cookie. « Chiamiamo la polizia. »

Bonzo lo mollò, lasciandolo cadere per terra. Carl si tirò a sedere.

« No, non chiamate la polizia » supplicò. « Mio padre torna domani. Penserà lui a tutto. Vi darà tutti i soldi che volete e... »

« Sta' zitto, porco! » ringhiò Bonzo.

Bryoni piangeva disperata per lo shock e per il dolore. Cookie la prese fra le braccia e le sussurrò: « Stai tranquilla, bambina mia. Non ti farà più del male. Ti giuro che nessuno ti farà più del male. Sei al sicuro, ormai ».

Prese il telefono sul comodino e chiamò il pronto intervento. L'operatore rispose subito.

« È stata violentata una ragazza. Sanguina e sta male. Abbiamo preso il pervertito che l'ha stuprata. Mandate una pattuglia e un'ambulanza. »

Venti minuti dopo arrivarono due volanti. Gli agenti

ascoltarono il racconto di Cookie e Bonzo e poi si avvicinarono a Bryoni, che si alzò dal letto con gli abiti laceri e sporchi di sangue. Aveva la faccia gonfia e un occhio nero e semichiuso. Tremante, fece un passo verso gli agenti. Con un gemito, la bambina si piegò in due, con le mani sul ventre. Cadde in ginocchio e Cookie l'aiutò a rialzarsi, stringendosela al petto.

« Ossignore! » esclamò il sergente. « Ammanettate quel mostro. Lo portiamo in centrale. »

I suoi uomini presero Carl e gli piegarono le braccia dietro la schiena.

« Fate piano, maledizione » protestò lui. « Non c'è bisogno di farmi del male. »

« Tu però alla bambina hai fatto del male, no? » replicò uno degli agenti, ammanettandolo. Poi si rivolse al sergente: « Il prigioniero oppone resistenza. Sarà meglio incatenargli anche le gambe ».

Il sergente fece un cenno di assenso e si rivolse a Cookie: « La bambina deve essere visitata. Bisogna portarla in ospedale ».

Cookie mise una coperta sulle spalle di Bryoni. Bonzo la prese in braccio e la portò sull'ambulanza.

Ronald Bunter telefonò a Henry Bannock allo stabilimento della Bannock Oil ad Abu Zara. Henry gli rispose con voce assonnata.

« Spero che tu abbia un buon motivo per chiamarmi alle tre del mattino, Ronnie. »

« Scusa se ti ho svegliato, ma devo dirti una cosa. Purtroppo non bella » esordì Ronald. « Anzi, proprio brutta. Sei con qualcuno? »

« Sì, certo. Non sono mica un monaco! »

« Meglio che lei non senta. »

« Va bene. Aspetta, che mi sposto di là. » Henry sussurrò qualcosa alla sua misteriosa compagna, poi ci fu un momento di silenzio prima che Henry riprendesse la conversazione.

« Okay, Ronnie. Sono in bagno con la porta chiusa. Dimmi tutto. »

« Carl Peter è stato arrestato. »

« Oh, no! » esclamò Henry. « Cos'ha fatto stavolta, quello scapestrato? Eccesso di velocità? Guida in stato di ebbrezza? »

« Magari! » disse Ronald. « È molto peggio. »

« Be', dimmi cos'ha fatto senza girarci intorno. »

« Le accuse sono molte. Le più gravi sono stupro, abuso di minore, violenza carnale aggravata, lesioni personali, corruzione di minore e incesto. È stata aperta un'inchiesta e la polizia sta interrogando i testimoni. Ci dobbiamo aspettare che i capi d'imputazione aumentino: pare che le vittime siano due, entrambe d'età inferiore ai quattordici anni al momento dello stupro. Alcuni dei reati di cui è accusato in Texas sono punibili con la pena capitale. »

Seguì un lungo silenzio.

« Pronto, Henry? Ci sei ancora? »

« Sì, sono ancora qui. Sto pensando. » Henry aveva la voce affranta. « Dammi qualche secondo, Ronnie. » Poi chiese: « Chi sarebbero le vittime? »

« Purtroppo questa è la parte peggiore, Henry: è accusato di aver violentato Sacha e Bryoni. »

« No! » esclamò sottovoce Henry. « È un errore. Non può essere vero. Non ci credo. Bryoni è la mia bambina. »

Ronald avrebbe voluto ricordargli che lo era anche Sacha, ma si trattenne, per non infierire sul vecchio amico.

« Ci batteremo, Ronnie. Dobbiamo batterci usando tutte le risorse che abbiamo. Capito? »

« Sì, ho capito. Ma pensaci un attimo, Henry: hanno la testimonianza delle tue figlie, la versione di due testimoni oculari, hanno trovato tracce di liquido seminale di Carl nei genitali di Bryoni, mischiato al suo sangue. Hanno le foto dei lividi che tuo figlio le ha procurato. »

« Oh, Cristo! » esclamò Henry.

Ronald si rese conto che al suo amico stava crollando il mondo addosso. Gli parve persino di sentirlo singhiozzare. Ma non era possibile: Henry non piangeva mai.

« Non è mio figlio! Non lo è mai stato. Mi sono illuso, tutti questi anni, ma non è sangue del mio sangue. È figlio di un nazista bastardo che ho raccolto e cresciuto come mio » disse infine.

« Sarebbe meglio che tornassi a casa, Henry. C'è bisogno di te, qui. Le tue figlie hanno bisogno di te. »

« Parto subito » rispose Henry.

« Guardami bene, Ronnie. » Henry si chinò sulla scrivania e puntò il dito contro Ronald Bunter. « Voglio togliere quello stupratore nazista dai beneficiari del mio Fondo. Non voglio che l'Henry Bannock Family Trust paghi le spese legali a quel bastardo che mi ha violentato tutte e due le figlie. È colpevole e deve finire sulla forca. »

Ronald giunse le mani e guardò il soffitto, quasi cercando aiuto e guida da un essere superiore.

« Ne abbiamo già parlato, Henry. Tuttavia, risponderò alle tue richieste nello stesso ordine in cui tu me le hai esposte. » Drizzò la schiena sulla poltroncina girevole, posò i gomiti sulla scrivania e guardò Henry negli occhi.

« Prima di tutto, tu hai inserito Carl Bannock fra i beneficiari del Fondo e hai fatto in modo che non potesse essere cancellato da quell'elenco. Non si può: non lo puoi fare tu, non lo posso fare io e non lo può fare neppure la Corte Suprema di Washington. Ho le mani legate, Henry, e sei stato tu a volerlo. Seconda cosa: non vuoi che il Trust si accolli le spese legali. Ma il Trust non ha scelta, perché l'atto costitutivo specifica chiaramente che è dovere del Fondo far fronte a tutte le spese necessarie per difendere Carl da qualsiasi azione legale intrapresa da privati, dalla procura, dal dipartimento di Giustizia o dal fisco. Carl ha scelto una squadra di legali e il Trust li deve pagare. »

« Ma ha stuprato le mie figlie! »

« Non esistono deroghe, Henry, non sono previste eccezioni di sorta » rispose Ronald. Poi riprese: « Da ultimo, hai espresso il desiderio che Carl finisca sulla forca. Di nuovo, è impossibile: lo stato del Texas ha abolito l'impiccagione nel 1924. Al massimo, puoi sperare nell'iniezione letale ».

« Quel Fondo è stato l'errore più grosso della mia vita. Purtroppo lo capisco solo adesso. »

« Anche qui, Henry, devo darti torto: il Trust è un ottimo strumento, dettato da nobili sentimenti. Esso assicura che a Marlene, a Sacha, alla piccola Bryoni, ai loro figli, alle tue eventuali future mogli e alla relativa progenie non manchi nulla di tutto ciò che i soldi possono comprare. Sei un uomo responsabile e generoso, Henry. »

« Scommetto che lo dici a tutti i tuoi clienti. »

Il procedimento penale a carico di Carl Peter Bannock durò tre settimane: il Gran Giurì impiegò quattro giorni per deliberare il rinvio a giudizio. Subito dopo, iniziò il processo.

Il giudice era Joshua Chamberlain, un uomo di più di sessant'anni, democratico convinto e noto per essere preciso e scrupoloso. Da vent'anni a quella parte nessuna delle sue sentenze era stata ribaltata in appello: un record notevole. In linea con i suoi principi liberal, aveva condannato a morte l'imputato in meno del tre per cento dei casi. Il pubblico ministero era una donna, Melody Strauss. Non aveva ancora quarant'anni, ma si era occupata di casi molto difficili e aveva fama di essere un'eccellente professionista. Poteva contare su due assistenti. Il team della difesa era composto da cinque degli avvocati più costosi del Texas, accuratamente selezionati. Per saldare le loro parcelle l'Henry Bannock Family Trust sborsava più di due milioni di dollari al giorno.

La prima fase del processo consistette nella scelta dei dodici giurati. Occorse più di una settimana per arrivare alla formazione della giuria, perché la difesa cercava di escludere tutte le donne. Una volta utilizzate le dieci ricusazioni a disposizione per scartare altrettante potenziali giurate, il team di avvocati di Carl Bannock cercò di mettere in difficoltà le altre esponenti di sesso femminile chiedendo loro che opinione avessero sulla pena di morte e sulla responsabilità della vittima in caso di stupro.

Melody Strauss, invece, cercava di ammettere il maggior numero di donne possibile selezionandole fra i nomi dei potenziali giurati. Professionista di grande intelligenza, sapeva essere convincente e combattiva. Interrogò tutti gli uomini con rigore, per valutare se erano maschilisti, e utilizzò le ricusazioni per eliminare i soggetti che sembravano rientrare nella categoria. Alla fine, la giuria era composta da un numero identico di donne e di uomini.

Il decimo giorno, Melody Strauss introdusse il caso per l'accusa e si scontrò con una serie di obiezioni da parte della difesa, che non voleva ammettere come testimone Sacha Jean Bannock per via dei suoi problemi psichiatrici.

Accusa e difesa si avvalsero di periti per dirimere la controversia. Melody Strauss convocò due psichiatri della clinica The Nine Elms, che avevano in cura Sacha da anni. Entrambi testimoniarono che negli ultimi tempi la paziente era molto migliorata e stava recuperando la memoria. Attribuirono i suoi progressi all'influenza positiva di Bryoni Lee e alla catarsi sperimentata dopo aver recuperato il ricordo di alcuni eventi traumatici subiti durante l'infanzia.

Dichiararono che i sintomi di Sacha erano quelli tipici di chi subisce gravi e ripetuti abusi sessuali in tenera età.

Il perito della difesa era un docente di psicologia della UCLA, che affermò di aver visitato Sacha e di averla trovata inabile a testimoniare sotto giuramento in quanto incapace di comprendere le implicazioni di quel gesto. Disse inoltre che le sue affermazioni sarebbero state del tutto inaffidabili e una sua presenza in aula talmente traumatica da rischiare di provocarle danni ulteriori.

Melody Strauss chiese al giudice il permesso di interrogare Sacha a porte chiuse. Giurati e controparte avrebbero potuto seguire la testimonianza nella stanza accanto, mediante un impianto di videoregistrazione a circuito chiuso. Dopo lunghe e dotte discussioni, il giudice Chamberlain espresse parere contrario.

Melody Strauss chiese allora di ascoltare in aula la registrazione effettuata da Bryoni, in cui Sacha accusava esplicitamente il fratellastro di averle usato violenza.

La difesa sollevò una nuova serie di obiezioni e di nuovo il giudice espresse parere contrario.

A Melody Strauss restava un'ultima possibilità: riuscire a portare Sacha Jean sul banco dei testimoni, rischiando il disastro, oppure eliminare il capo di imputazione che la riguardava.

Si consultò con Bryoni Lee, con cui aveva allacciato un bellissimo rapporto. Bryoni si era subito fidata di Melody, che aveva apprezzato sin dalla prima volta la grande maturità, il coraggio e il buonsenso di quella ragazzina straordinaria. Ma soprattutto era rimasta colpita dall'affetto e dalla lealtà che Bryoni dimostrava a Sacha e alla sua capacità di intuire le reazioni della sorella disturbata.

« Secondo te come reagirebbe Sacha, se le chiedessi davanti a tutti che cosa le ha fatto Carl? » chiese a Bryoni. La bambina le rispose senza un attimo di esitazione: « Si butterebbe per terra, si rannicchierebbe con il dito in bocca e batterebbe la testa contro il pavimento ».

Il giorno dopo, Melody Strauss ritirò formalmente i capi di imputazione che riguardavano Sacha, lasciando soltanto quelli relativi alla violenza subita da Bryoni.

Stimolata da quella parziale sconfitta, si buttò anima e corpo nell'agone, decisa a ottenere per Carl Bannock un verdetto di condanna.

Chiamò a testimoniare Bryoni Lee Bannock. La difesa obiettò che Bryoni era minorenne, immatura, incapace di capire appieno il significato delle domande che le venivano poste e di fornire una testimonianza affidabile.

Il giudice Chamberlain si prese due ore per rifletterci, parlò con Bryoni nel proprio studio e, tornato in aula, comunicò ai giurati: « La signorina Bannock mi è parsa più intelligente e matura di molti trentenni e quarantenni con cui ho avuto a che fare qui dentro. L'obiezione della difesa è respinta. La signorina Bryoni Lee Bannock può prendere posto al banco dei testimoni».

John Martius, difensore di Carl Bannock, cercò in tutti i modi di screditarla.

Ma Melody Strauss aveva bene istruito Bryoni, spiegandole come sarebbero andate le cose e come si sarebbe dovuta comportare. Le aveva anche anticipato le domande che riteneva più probabili.

«Mi raccomando: risposte brevi e precise» le aveva detto. «Non lasciarti sviare.»

Bryoni si comportò come se non avesse fatto altro che deporre in vita sua e rispose con garbo e fermezza alle domande che le venivano poste.

«Quando hai avuto i primi sospetti riguardo alle molestie subite da tua sorella?» le chiese Melody Strauss quando Martius ebbe concluso.

«Quando mi ha consigliato di non lasciarmi toccare nelle parti intime, perché mi avrebbe fatto male. Ho pensato che qualcuno doveva averlo fatto a lei.»

«Obiezione! Questa è una supposizione» esclamò John Martius, alzandosi.

«Obiezione respinta» disse il giudice Chamberlain.

«Ti ha detto chi era stato a toccarla?»

«Subito no. Ma, più ne parlava, più dettagli le tornavano in mente. Io credo che fino ad allora avesse cercato di dimenticare quelle brutte cose che le erano capitate.»

«È poi riuscita a ricordare il nome della persona che l'aveva toccata?»

«Sì. Mi ricordo le sue parole esatte: 'Carl è venuto anche in camera mia, una sera. È entrato nel mio letto. Mi ha allargato le gambe e mi ha infilato dentro il suo coso duro. Io ho urlato, ma non mi ha sentito nessuno. Mi ha fatto malissimo, ma io non ho detto niente a nessuno perché Carl me l'aveva fatto giurare'.»

«Obiezione!» saltò subito su John Martius. «Queste sono informazioni di seconda mano!»

«Obiezione respinta» replicò il giudice. «La teste sta riferendo una conversazione cui ha assistito di persona. La giuria può tenere conto della sua ultima risposta.»

Melody Strauss chiese poi a Bryoni di riferire cos'era successo dopo che aveva fatto ascoltare la registrazione del colloquio con Sacha a Carl Bannock.

«Obiezione!» insistette Martius. «La registrazione non è stata ammessa come prova.»

«Procuratore Strauss?» disse il giudice, invitandola a spiegare le proprie intenzioni.

«Vostro onore, non sto chiedendo l'ammissione della registrazione come prova. Vi sto solo facendo riferimento per capire dalla teste lo svolgimento dei fatti avvenuti quella sera.»

«Obiezione respinta. Continui, procuratore Strauss.»

Bryoni descrisse l'aggressione di Carl.

«Voleva sapere che cosa avevo fatto della copia della registrazione e io non glielo volevo dire. Allora lui mi ha mollato uno schiaffone e mi ha fatto cadere sul letto.»

«Ti ha fatto male?»

«Mi si è gonfiato l'occhio, che poi è diventato nero. Mi usciva il sangue dal naso e avevo un labbro spaccato. Avevo la bocca piena di sangue.»

Le donne della giuria rimasero senza fiato scambiandosi occhiate turbate.

Henry Bannock, che era seduto nelle prime file, fulminò con lo sguardo il figlio adottivo. Aveva presenziato a tutte le udienze, perché voleva sostenere e incoraggiare Bryoni.

« E dopo che ti ha colpito e fatto cadere sul letto che cosa è successo, Bryoni? » chiese Melody Strauss.

« Carl mi ha detto che mi voleva dare una lezione, la stessa che aveva dato anche a Sacha. »

« Quando parli di 'Carl', ti riferisci a tuo fratello, Carl Peter Bannock, imputato in questo processo? »

« Sì. »

John Martius fu pronto a intervenire. « Obiezione! Carl Peter Bannock non è fratello della teste. »

« Chiedo scusa » rispose Melody Strauss, altrettanto pronta. « Avrei dovuto dire 'fratellastro'. Ma ai sensi della legge statale, poco cambia: anche i rapporti fra fratellastri sono considerati incestuosi. »

« Obiezione! »

« Ritiro il commento. Lo esporrò nuovamente in sede più opportuna, durante la requisitoria finale. » Si rivolse a Bryoni. « Che cosa ti ha fatto l'imputato a quel punto? »

« Mi è salito sopra e mi ha strappato i vestiti di dosso. »

« Hai opposto resistenza? »

« Ci ho provato, ma lui è molto più grosso e più forte di me. E poi mi girava la testa, dopo lo schiaffo che mi aveva dato. »

« Che cosa è successo, dopo che l'imputato ti ha svestito? »

« Si è aperto la patta e... »

Carl Bannock si coprì il volto con le mani e scoppiò in singhiozzi. John Martius balzò in piedi.

« Vostro onore, il mio assistito non regge a simili accuse. Siate indulgenti e concedetegli un momento di pausa per riprendersi. »

« Avvocato, finora il suo assistito mi è sembrato un ragazzo determinato e pieno di risorse. Sono certo che riuscirà ad ascoltare la testimonianza della signorina Bannock sino alla fine. La teste può rispondere.»

«Si è aperto la patta e poi... è entrato dentro di me.» Bryoni deglutì e si asciugò gli occhi. «Mi ha fatto molto male. È stato il dolore più terribile che avessi mai provato. Ho urlato, ma lui non smetteva. Poi è arrivato Bonzo e me l'ha staccato di dosso. Ma il dolore continuava e perdevo sangue. Cookie mi ha abbracciato e mi ha detto di stare tranquilla, che era finita, che Carl non mi avrebbe mai più fatto niente. Mi ha giurato che non avrebbe mai più permesso a nessuno di farmi del male.»

Bryoni scoppiò in lacrime e si nascose il viso fra le braccia conserte, singhiozzando.

«Io ho concluso, vostro onore» disse a voce bassa Melody Strauss.

John Martius si alzò per procedere al controinterrogatorio, ma il giudice intervenne dicendo: «La seduta è tolta. Riprenderemo domattina alle ore dieci. Per il controinterrogatorio dovrà aspettare fino a domani, avvocato».

Henry Bannock, Ronnie Bunter e Bonzo Barnes aspettavano Bryoni fuori dall'aula. La scortarono in mezzo alla folla di giornalisti e fotografi che si accalcavano sul marciapiede, gridando le loro domande. Bryoni camminava a testa alta guardando dritto davanti a sé, ma era terrea e le tremavano le labbra e si aggrappava al braccio del padre. Bonzo Barnes apriva loro la strada con il suo fisico possente e lo sguardo torvo, guidandoli verso la limousine che li attendeva.

Quella sera Cookie portò la cena in camera a Bryoni. Henry si sedette accanto al letto e le parlò mentre mangiava. Le disse quanto le voleva bene e quanto gli rincresceva non essere riuscito a proteggere lei e Sacha da Carl. Le giurò che avrebbe fatto in modo che non succedesse mai più nulla di brutto né a lei né alla sorella.

Poi rimase ad accarezzarle la testa finché non si addormentò.

Alle dieci della mattina dopo Bryoni era di nuovo al banco dei testimoni. L'aula era gremita e nella sezione riservata alla stampa c'erano solo posti in piedi. Bryoni seguì i consigli che le avevano dato Melody Strauss e Ronnie Bunter e ignorò completamente i giornalisti, guardando soltanto suo padre in prima fila, oltre che Bonzo e Cookie, seduti tre file più indietro tra il pubblico.

John Martius, al tavolo della difesa, si alzò e le si avvicinò.

« Sai che sto per farti delle domande, vero, Bryoni? »

« Sì. »

« Ti dispiace se ti do del tu? »

« No, faccia pure. »

« Vuoi bene a tuo fratello Carl? »

« Obiezione! L'imputato non è fratello della teste! » disse Melody Strauss ripagando Martius con la sua stessa moneta.

« Riformulerò la domanda » disse Martius. « Vuoi bene al tuo fratellastro Carl? »

« Prima forse sì, ma da quando ha violentato me e Sacha non più. » Dal pubblico si levò un brusio di approvazione. Il giudice Chamberlain batté il martelletto e disse, severo: « Silenzio in aula, per cortesia ».

« Gli hai mai chiesto di baciarti? »

« No. »

« Vorresti dire che non hai mai baciato Carl? »

« Ho detto che non gli ho mai chiesto di baciarmi. »

« Lo hai mai baciato? »

«Carl e io ci davamo un bacio sulla guancia quando ci salutavamo, come fanno tutti.»

«Hai mai chiesto a Carl di baciarti sulla bocca, Bryoni?»

«No. Perché mai avrei dovuto?»

«Limitati a rispondere alle mie domande, per piacere. Hai mai messo la lingua in bocca a Carl, quando lui ti dava un bacio?»

«Obiezione! La teste ha già dichiarato sotto giuramento di non aver mai baciato sulla bocca l'imputato» puntualizzò Melody Strauss.

«Obiezione accolta» disse il giudice. «La difesa ritiri la domanda.»

«Ritiro la domanda.» Martius fece un leggero inchino al giudice, poi si rivolse di nuovo a Bryoni.

«Sei mai entrata nel bagno mentre Carl faceva la doccia, Bryoni?»

«No. Ho il mio bagno personale. Non sono mai andata nel bagno di Carl.»

«Sei mai entrata nella camera di Carl quando sapevi che si stava cambiando?»

«No. Ho la mia camera. Non sono mai stata in camera sua.»

«Mai?»

«Mai.»

«Come reagiresti se ti dicessi che Carl sostiene che volevi guardarlo mentre faceva la doccia e che una volta sei andata in camera sua di notte e ti sei infilata nel suo letto?»

«Obiezione! La domanda è già stata fatta e la teste ha già risposto.»

«Obiezione accolta. La difesa ritiri la domanda.»

«Ritiro la domanda, vostro onore.» Ma Martius era soddisfatto: aveva insinuato il tarlo del dubbio nella mente dei giurati. Consultò brevemente i propri appunti, poi rialzò la testa e guardò Bryoni.

« Ti sei mai offerta di mostrare il seno a Carl? »

Per un attimo Melody Strauss parve sul punto di obiettare, ma poi rimase zitta e lasciò che Bryoni desse con grande spontaneità una risposta quanto mai eloquente. « Non ho seno, avvocato. Non mi è ancora cresciuto. » La ragazzina parve sinceramente stupita, quando due membri della giuria scoppiarono a ridere. Due o tre giurate donne si rabbuiarono, piene di disapprovazione per la leggerezza dei loro colleghi maschi, ma in realtà si trattava di risate benevole.

Henry Bannock capì perché Melody Strauss si era trattenuta dal sollevare obiezioni e approvò dentro di sé quell'abile mossa, sperando che la giuria punisse Martius per come tormentava quella bambina così graziosa.

Martius aveva corso un bel rischio, introducendo l'elemento della seduzione. Avendo visto che non funzionava, cambiò tattica.

« Sapevi che tuo padre nutriva grande stima per Carl, tanto che lo ha adottato ufficialmente e, dopo la laurea, gli ha affidato un lavoro di grande responsabilità e molto ben pagato alla Bannock Oil Corporation? »

« Sì, lo sapevo, certo. Lo sapevano tutti. »

« Pensavi che tuo padre volesse più bene a Carl che a te? Eri gelosa? È stato questo a spingere te e tua sorella Sacha a inventarvi delle storie per screditarlo? »

« Mio papà mi vuole molto bene, avvocato. » Bryoni guardò Henry Bannock e sorrise. « E uno dei motivi per cui mi vuole bene è che dico sempre la verità. Non mi vorrebbe così bene, se dicessi le bugie. »

Henry Bannock ricambiò il sorriso della figlia e approvò

con la testa la sua dichiarazione. Il suo viso dai lineamenti rudi, duri, si ammorbidì.

« Non ho altre domande per la teste, vostro onore. » John Martius, rendendosi conto di essere stato battuto da una ragazzina, decise di ritirarsi in buon ordine.

« Grazie, Bryoni » disse il giudice Chamberlain. « Sei stata molto coraggiosa. Ora puoi tornare da tuo padre. »

Henry Bannock andò incontro alla figlia e le mise un braccio sulle spalle con fare protettivo. Lanciò un'ultima occhiata velenosa al figlio adottivo, poi accompagnò Bryoni fuori dall'aula. La ragazzina si strinse a lui e si mise a piangere sommessamente, con grande amarezza.

Melody Strauss chiamò la testimone successiva, Ruth MacMurray, il medico della polizia che aveva visitato Bryoni la sera del fattaccio. Era una donna matura, dai capelli grigi, composta e pacata.

« Dottoressa MacMurray, lei ha visitato Bryoni Lee Bannock al pronto soccorso dello Houston University Hospital la sera del 15 agosto? »

« Sì. »

« Può riferire alla corte che cosa ha constatato durante la visita, dottoressa? »

« Il soggetto era una femmina in età prepubere e presentava superficiali abrasioni al viso coerenti con uno o più schiaffi. Aveva l'occhio sinistro gonfio e contuso e alcune lacerazioni ai tessuti molli del cavo orale. Inoltre l'incisivo sinistro e il primo premolare risultavano vacillanti per cause traumatiche. »

« Presentava ferite o lesioni in altre parti del corpo? »

« Sì. Ho notato vaste ecchimosi alle braccia e al collo. »

« Che cosa ha dedotto da tali lesioni, dottoressa? »

« Che molto probabilmente la ragazzina era stata trattenuta per le braccia con forza e afferrata per il collo, per strangolarla o per impedirle di gridare.»

«Grazie, dottoressa MacMurray. Ha riscontrato altre lesioni?»

«I genitali presentavano tutti i segni caratteristici della penetrazione.»

«È possibile che tali lesioni fossero dovute al fatto che la ragazza, non ancora sviluppata, fosse stata penetrata a forza dal pene eretto di un uomo adulto?»

«È possibile, sì. L'imene era stato lacerato di recente e sanguinava ancora. Il perineo era lacerato al punto da richiedere una sutura. Inoltre, c'erano lacerazioni interne della parete vaginale inferiore che hanno richiesto l'intervento del chirurgo.»

«Secondo lei, il quadro era compatibile con una violenza carnale?»

«Sì. Le ferite erano assolutamente compatibili con una violenza carnale aggravata e una penetrazione forzata a livello genitale.»

«Ha prelevato campioni di liquidi corporei dai genitali della paziente, dottoressa?»

«Ne ho prelevati tredici dalla vagina. E ho prelevato alcuni campioni di sangue dagli indumenti.»

«Che cosa è risultato dall'analisi di tali campioni, dottoressa?»

«Il sangue prelevato dagli indumenti è risultato appartenere a due gruppi diversi: AB negativo e 0 positivo.»

«Corrispondono ai gruppi sanguigni dell'imputato e della vittima?»

«Carl Bannock, l'imputato, è AB negativo e Bryoni Bannock 0 positivo.»

«Il sangue di tipo 0 è raro o comune?»

« È il tipo più comune. Circa il quaranta per cento degli esseri umani ha sangue di tipo 0. »

« E il tipo AB negativo è raro o comune, dottoressa? »

« È il tipo più raro. Lo si trova nell'uno per cento degli esseri umani. »

« Questo significa che c'è una probabilità di quaranta a uno che il sangue di tipo AB negativo appartenga all'accusato Carl Bannock? »

« Non sono un allibratore, per cui non posso fare riferimento alle probabilità che lei propone. Ma posso dire che c'è una probabilità molto più alta che il sangue AB negativo appartenga a Carl Bannock piuttosto che a chiunque altro al mondo. »

« Parliamo dei campioni che ha prelevato dalla vagina di Bryoni Bannock, dottoressa. Che cosa è emerso dalle analisi? »

« In tutti i tamponi, senza eccezione, sono state trovate tracce di sangue e di liquido seminale. »

« Di quale tipo, o tipi, era il sangue, dottoressa? »

« Soltanto di tipo 0 positivo. »

« È il gruppo di Bryoni Bannock, giusto? »

« Sì. »

« C'erano altri fluidi corporei nei campioni prelevati dalla vagina di Bryoni Bannock? »

« Sì, c'erano tracce di liquido seminale. »

« Liquido seminale? E il patologo è riuscito a stabilire se corrisponde ai campioni prelevati dall'accusato, Carl Bannock? »

« Il liquido seminale prelevato dalla vagina di Bryoni Bannock corrisponde per l'ottanta-novanta per cento ai campioni forniti da Carl Bannock al medico della polizia. »

« Come sono stati confrontati questi campioni, dottoressa? »

« Sono state utilizzate tre tecniche. L'RSID strip test, il test del PSA e quello della fosfatasi acida. »

« Grazie dottoressa. Non ho altre domande » disse Melody, voltandosi verso John Martius. « A lei la teste. »

« Non ho domande » rispose Martius senza alzare gli occhi dall'incartamento che aveva davanti. Il giudice Chamberlain guardò l'orologio appeso al muro, poi disse a Melody Strauss: « L'accusa può chiamare il prossimo teste ».

« L'accusa chiama a deporre la signora Martha Honeycomb. » Cookie si alzò dal suo posto fra il pubblico e andò verso il banco dei testimoni. Si era messa in ghingheri per l'occasione: aveva un cappellino di paglia sulle ventitré con una veletta nera. Il vestito, benché fosse scuro, non riusciva a nascondere le ragguardevoli dimensioni del suo didietro; le scarpe, con i tacchi altissimi, le davano un'andatura un po' malferma.

Quando si fu accomodata al banco dei testimoni, Melody Strauss le fece illustrare brevemente i suoi rapporti con la famiglia Bannock.

« Da quanto tempo lavora per il signor Henry Bannock? »

« Da quando ho lasciato la scuola. »

« E da quanto tempo conosce Bryoni Bannock, signora Honeycomb? »

« Mi chiami pure Cookie. Mi chiamano tutti così. »

« Va bene, grazie. Da quanto tempo conosce Bryoni, Cookie? »

« Dal giorno in cui è nata. Era bella che non le dico. »

« E suo fratello Carl? Da quanto tempo lo conosce? »

Cookie si girò di scatto e guardò torva Carl, seduto al tavolo della difesa. « Dal giorno in cui è venuto a stare in casa nostra, ed è stato un triste giorno, anche se all'epoca non lo sapevamo ancora. Pensavamo che fosse un bravo ragazzo.»

«Procuratore, per cortesia, chieda alla teste di limitarsi a rispondere alle domande.»

«Ha sentito che cosa ha detto il giudice, Cookie?»

«Mi scusi, signora. Anche il signor Bannock dice che parlo troppo.»

Il giudice Chamberlain tossì e si coprì la bocca con una mano per nascondere, oltre al colpo di tosse, un gran sorriso. Melody Strauss fece descrivere a Cookie quello che era successo prima che lei e Bonzo intervenissero in difesa di Bryoni.

«Come faceva a sapere che l'imputato era in camera della sorella?»

«Bonzo e io lo abbiamo sentito arrivare con il macchinone che suo padre gli aveva regalato per il compleanno. Poi abbiamo sentito che Bryoni lo chiamava dalla finestra e gli diceva di andare su da lei perché gli voleva parlare.»

«E poi che cosa è successo, Cookie?»

«Abbiamo sentito il signorino Carl che correva su per le scale e una porta che sbatteva. E poi c'è stato silenzio per un po' e dopo io e Bonzo abbiamo sentito Carl che gridava come un ossesso. Ho detto: 'Bonzo, sarà meglio andare a vedere che cosa combinano'. Ma Bonzo mi ha fatto: 'Non ti preoccupare, litigano come al solito. Lasciamoli stare. Io vado a lucidare la Cadillac per il signor Bannock'. E se n'è andato.»

«Dunque lei è rimasta sola in cucina. E poi che cosa è successo, Cookie?»

«C'è stato silenzio per un po', poi di colpo la signorina Bryoni si è messa a strillare come un animale sgozzato. L'ha sentita anche Bonzo dal garage. Gli ho detto: 'Bonzo, vieni su, presto! Mi sa che è successo qualcosa'. Corriamo di sopra, Bonzo entra, io anche, e vediamo il signorino Carl sopra la signorina Bryoni, sul letto. Lei si dibatteva come una pazza e gridava con tutto il fiato che aveva, mentre lui la montava.»

«Da che cosa ha dedotto che Carl 'la montava', Cookie?»

«Ai miei tempi mi è successo abbastanza da capire quando succede a un'altra, signora Strauss.»

«Ci dica che cosa è successo poi, per cortesia.»

«Be', Bonzo non ci ha visto più. Come tutti noi, vuole un gran bene alla signorina Bryoni. Si è messo a gridare a Carl: 'Cos'hai fatto? È una bambina! È tua sorella!' e cose del genere. Poi lo ha preso di peso e lo ha scaraventato dall'altra parte della stanza. Allora ho visto che Carl aveva la bottega aperta e l'arnese duro che sporgeva, tutto bagnato e sporco di sangue della mia bambina, e mi è venuta voglia di ammazzarlo anche a me, ma ho detto a Bonzo di lasciarlo stare, che ci avrebbe pensato la polizia e noi dovevamo occuparci di Bryoni. Poi ho chiamato la polizia, che è venuta subito e ha arrestato Carl. E Bonzo ha portato Bryoni giù di sotto in braccio, perché non riusciva manco a camminare. Dopo l'hanno portata all'ospedale.»

«Grazie, Cookie. Non ho altre domande.»

Il giudice si voltò verso il tavolo della difesa. «Avvocato, desidera controinterrogare la teste?»

Per un attimo parve che John Martius stesse per declinare l'offerta, ma poi si alzò lentamente e chiese: «Signora Honeycomb, ha detto di aver sentito Bryoni che invitava l'imputato a salire in camera sua?»

«Sì, l'ho sentita che gli diceva di andare su da lei, ma di certo non per correre la cavallina con lui. Secondo me voleva fargli sentire la registrazione di Sacha che raccontava che cosa le aveva fatto Carl... »

« Obiezione, vostro onore! La teste ha risposto alla mia domanda confermando che Bryoni Bannock ha invitato il fratello a recarsi nella sua camera. Tutto il resto della testimonianza è una congettura. »

« Obiezione accolta. Invito la giuria a non tener conto del resto della risposta della teste. »

« Grazie, vostro onore. Non ho altre domande. » Martius si sedette.

Il testimone successivo chiamato da Melody Strauss fu Bonzo Barnes, che confermò in tutti i dettagli la testimonianza di Cookie, anche se in modo meno articolato e colorito.

« Signor Barnes, ha sentito Bryoni Bannock invitare Carl in camera sua? » chiese John Martius, iniziando il controinterrogatorio.

« Sì, l'ho sentita. »

« Bryoni intratteneva spesso il fratello nella propria camera, con la porta chiusa? »

« Io non me ne sono mai accorto, signore. »

« Tuttavia non può escludere che lo ricevesse in camera da sola, giusto? »

Bonzo, accigliato, rifletté a lungo prima di rispondere.

« Non è compito mio stare di guardia alla porta della signorina Bryoni. »

« Quindi lei non sa se Bryoni Bannock aveva l'abitudine di ricevere in camera i suoi amichetti? »

« Una cosa la so di sicuro, signore, ed è che se becco uno in camera di Bryoni a cercare di farle quello che le ha fatto Carl, gli torco il collo pure a lui. »

« Grazie, signor Barnes. Non ho altre domande. »

Bonzo si alzò e guardò in cagnesco John Martius. « Ho capito che cosa stava cercando di farmi dire, sa? Be', sappia che la nostra Bryoni è una brava ragazza, e se qualcuno dice che non è vero lo faccio a pezzi! »

« Grazie, signor Barnes. » John Martius indietreggiò velocemente per uscire dalla portata delle sue enormi braccia. « Torni pure al suo posto. »

Melody Strauss chiamò il testimone successivo, il sergente Roger Tarantus del dipartimento di polizia di Houston, che dichiarò di essere intervenuto con la sua squadra al 61 di Forest Drive, residenza di Henry Bannock e della sua famiglia, la sera in questione, a seguito di una richiesta di aiuto. Melody Strauss gli fece descrivere dettagliatamente la scena e gli chiese di riferire i provvedimenti che aveva preso. La testimonianza del sergente confermò quanto già dichiarato da tutti gli altri testimoni, compresi Bryoni Bannock, Bonzo Barnes e Martha Honeycomb.

« Quindi, sergente Tarantus, basandosi su ciò che ha visto e sentito, lei ha tratto in arresto Carl Bannock per violenza carnale e vari altri reati e lo ha portato alla sede della polizia di Houston, dico bene? »

« Esatto. »

La difesa non volle controinterrogare il sergente. I testimoni chiamati dall'accusa dopo di lui erano stati scelti per corroborare la buona reputazione della teste principale, Bryoni Bannock.

Fra questi c'erano gli insegnanti di Bryoni e gli psichiatri della clinica The Nine Elms, i quali avevano avuto modo di conoscerla bene, visto che da anni andava a trovare la sorella Sacha. Tutti la descrissero come una studentessa esemplare e una ragazzina intelligente ed equilibrata.

Durante i controinterrogatori la difesa cercò di indurli a

dire che Bryoni nutriva un interesse morboso per il sesso, eccessivo per la sua giovane età, ma tutti smentirono con decisione.

Alla fine, Melody Strauss disse al giudice Chamberlain: « Non ho altre domande. L'accusa ha terminato la presentazione delle prove. Siamo pronti per l'arringa finale, se vostro onore è d'accordo ».

« Grazie, procuratore. » Il giudice si voltò verso il tavolo della difesa e chiese: « Avvocato Martius, la difesa desidera chiamare a deporre qualche testimone? »

Nell'aula scese il silenzio. Tutti sapevano che a quel punto Martius avrebbe chiamato a testimoniare l'imputato, Carl Peter Bannock. Non farlo equivaleva ad ammettere la sua colpevolezza; farlo era un rischio calcolato.

John Martius si alzò lentamente, quasi con riluttanza.

« La difesa chiama a deporre l'imputato, Carl Peter Bannock » dichiarò. Si udirono alcuni sospiri di sollievo e Melody Strauss sorrise, pregustando la lotta, come una leonessa che senta l'odore di una gazzella.

Carl si alzò dal tavolo della difesa e, nel silenzio più assoluto, andò al banco dei testimoni, con aria profondamente contrita. Restò in piedi con le mani giunte, il capo chino e un'espressione tragica sul viso.

« Si sieda pure, Carl » gli disse John Martius.

« Grazie, ma preferisco restare in piedi » mormorò Carl, affranto.

« Per piacere, ci dica che cosa prova in questo momento. »

« Sono distrutto. Questo processo mi ha tolto completamente la voglia di vivere. Se la corte deciderà di condannarmi a morte, accoglierò il boia a braccia aperte. » Sollevò la testa e guardò il padre adottivo, Henry Bannock, seduto in prima fila, proprio di fronte a lui. « So di aver deluso e tradito mio padre. Riponeva grandi speranze in me e io volevo dimostrarmi all'altezza delle sue aspettative, ma ho fallito miseramente.» Singhiozzò e si asciugò gli occhi nella manica. «Mi dispiace moltissimo, se in qualche modo ho fatto soffrire le mie sorelle. Mi considero colpevole tanto quanto loro che mi hanno indotto in tentazione. Le perdono, e le supplico di perdonarmi a loro volta. Sono profondamente pentito e pieno di rimorso.»

Henry Bannock sbuffò, disgustato, e si voltò ostentatamente dall'altra parte per non assistere a quello spettacolo pietoso.

«Si dichiara colpevole dei reati che le sono stati ascritti, Carl?» chiese John Martius.

«La mia unica colpa è aver ceduto alla tentazione e alla seduzione della femmina, come Adamo cedette alle lusinghe di Eva.» Quella frase era così melodrammatica e artificiosa che fece venire i brividi a più di uno dei presenti.

«Non ho altre domande per il teste, vostro onore.» John Martius si sedette.

Melody Strauss aggredì l'imputato come una leonessa che tende un agguato alla sua preda.

«Signor Bannock, sta insinuando di essere stato indotto dalle sue sorelle a usare loro violenza?»

«Sono confuso e profondamente angosciato. Lo shock è tale che la memoria mi inganna. Sento le accuse che mi vengono rivolte e penso che non possono essere completamente campate in aria, ma non ricordo quasi nulla.»

«Come spiega il fatto che nella vagina di sua sorella ci fosse liquido seminale che le appartiene, signor Bannock? Vuole farci credere che c'è finito da solo?»

«Dio mi è testimone: non lo so. Non ricordo niente, ma

se ho fatto qualcosa di male chiedo umilmente perdono. » Ricominciò a piangere.

« Vuole farci credere che sua sorella si è procurata da sola le ecchimosi e le lesioni che le sono state riscontrate? Pensa che si sia lacerata da sola le parti intime per poterla accusare ingiustamente? Le sembra possibile? »

« Può darsi. Se mai, la perdono come spero lei perdonerà me. »

« Lei pensa che questi dodici onesti cittadini rispettosi della legge siano ingenui e creduloni al punto di bersi simili panzane? È questo, che pensa? »

« No, assolutamente no! Dubito soltanto della mia memoria. »

« E quando ha accusato i primi sintomi di questo strano attacco di amnesia, signor Bannock? Forse quando si è reso conto che avrebbe dovuto pagare per l'umiliazione e le sofferenze che ha causato alle sue sorelle? »

« Non ricordo. Le giuro che non mi ricordo nulla. »

Melody Strauss allargò le braccia, spazientita e indignata. Non le conveniva soffermarsi ulteriormente su quel tema. Inoltre, la difesa aveva già dovuto incassare un brutto colpo con la pubblica dichiarazione di pentimento dell'imputato. Pertanto concluse: « Non ho altre domande, vostro onore ».

« Bene, signore e signori, sono quasi le quattro » disse il giudice Chamberlain guardando l'orologio sulla parete. « La seduta è tolta. Domani mattina alle dieci ascolteremo la requisitoria del pubblico ministero. »

Melody Strauss parlò per quasi tre ore, ricapitolando a beneficio della giuria i fatti, con la logica stringente per la quale era famosa. I giurati e tutti i presenti in aula ascoltarono rapiti la sua impeccabile descrizione dei fatti.

John Martius, da parte sua, non tentò neppure di demolire le prove a carico del suo assistito. Sostenne che Carl era stato sedotto e indotto a commettere reato dalle sorelle, le quali avevano architettato tutto per farlo cadere in disgrazia agli occhi di Henry Bannock e spodestarlo nell'affetto paterno. La sua arringa durò quarantotto minuti soltanto.

Al termine, il giudice Chamberlain invitò i giurati a chiedersi se il pentimento di Carl Bannock per i reati di cui era accusato fosse sincero o una mera sceneggiata e se le gravi ferite riportate da Bryoni Bannock fossero autoinflitte o no.

Subito dopo la pausa pranzo, la giuria entrò in camera di consiglio.

Henry portò Melody Strauss, Ronnie Bunter e Bryoni a pranzo al Burger King in fondo alla strada. Bryoni e Melody mangiarono un doppio cheeseburger in due. Il processo era quasi finito e la ragazzina era di nuovo allegra e vivace, ma non mollava mai la mano del padre e a un certo punto gli bisbigliò: « Se Carl finisce in prigione, si arrabbierà da morire con me. Pensi che mi verrà a cercare, quando lo lasceranno uscire? »

« Carl starà lontano da tutti noi per molto tempo. E faremo in modo che nessuno ti possa mai più dare fastidio, tesoro. »

Quando Henry chiese il conto erano le tre passate. Mentre pagava, un commesso del tribunale entrò di corsa nel locale.

« La giuria ha deliberato, signor Bannock. Sta per essere annunciato il verdetto. Vi conviene sbrigarvi. »

« Santo cielo, meno di tre ore! Vuol dire che è andata molto bene, o molto male » commentò Ronnie Bunter.

« Andiamo » disse Henry, prendendo per mano Bryoni. L'aula era gremita e nell'area riservata alla stampa c'erano giornalisti di ogni parte del paese, da New York all'Alaska.

Hector aveva dato ordine che nessuno lo disturbasse, e fatto trasferire tutte le telefonate in arrivo all'ufficio di Agatha ad Abu Zara. Era così assorbito dalla lettura del *Seme avvelenato* che non si accorse del passare del tempo finché non sentì due colpi discreti alla porta dello studio.

Riportato al presente, per qualche secondo si sentì vagamente disorientato, e vide che fuori si stava facendo scuro. Non aveva più mangiato da colazione e aveva consumato solo un paio di caffè. Si alzò dalla scrivania e si affrettò ad andare alla porta.

Trovò una Jo sorridente, con indosso un accappatoio di spugna bianco. Aveva i capelli umidi, raccolti sopra la testa, e si era tolta ogni traccia di trucco. La pelle era luminosa, sembrava quella di una ragazzina. Doveva avere riposato bene, perché aveva gli occhi brillanti, le iridi verdi come limpida acqua di mare sotto il sole dei tropici.

« Stiamo qui tutta la sera, o mi inviti nella tua tana? »

« Scusami, mi ero scordato quanto sei bella. »

« Non mi vedi da sei o sette ore. »

« Così tanto? » Hector era sinceramente sorpreso e controllò l'orologio. « Hai ragione. Devo imparare a non discutere con te. » La prese per mano e la invitò a entrare. « Scusa se ti ho trascurato, ma temo che sia colpa tua. Mi hai catturato con il tuo scritto, sono rimasto inchiodato alle pagine. »

« Il solito adulatore » fece lei, ma con aria compiaciuta.

« Accomodati » disse Hector, accompagnandola alla poltrona.

Lei si sedette, ripiegando le gambe sotto di sé. Tirò i lembi dell'accappatoio per coprirsi, quando si accorse che lui le stava guardando.

Belle gambe, notò lui. « Che cos'hai fatto per tutto il tempo in cui ti ho trascurato? »

« Ho dormito benissimo per tre o quattro ore. Poi ho approfittato della tua palestra. Ho cambiato la regolazione di tutte le macchine, me ne scuso. »

Lui scosse il capo e rise. « Fa' come se fossi a casa tua. »

« Poi ho fatto una sauna e mi sono lavata i capelli. Ho usato tutti i prodotti per signora di Hermès e Chanel nel bagno degli ospiti; erano tutti nuovi... »

« Sei la mia prima ospite. »

« Sono ingenua quanto basta per crederti. Forse perché lo voglio. »

« Lo giuro sul mio onore. Ma... hai mangiato? »

« Non avevo fame. Ero troppo impegnata a esplorare il territorio. »

« Oh, mio Dio, non voglio certo farti morire di fame. Ci sono due possibilità. Cynthia, la mia chef, è la migliore cuoca di Londra e forse dell'universo. Meglio dell'Ivy Club. »

« Siamo stati tutti e due chiusi in questa casa, per quanto sia bellissima, tutto il giorno. Forse sarebbe il caso di uscire per cena. » Nel dirlo, Jo abbassò lo sguardo. Ormai Hector la conosceva abbastanza da intuire il sottinteso: era ancora troppo presto per passare una serata in intimità.

« E Ivy sia. È piuttosto esigente, quanto a codice di abbigliamento, ma se vuoi possiamo passare dal tuo albergo. »

« Grazie, sì, preferisco. »

« Allora mentre ti rivesti io mi metto qualcosa di adeguato, e quando arriviamo al tuo albergo ti aspetto in macchina mentre ti cambi.»

Hector fu sorpreso dal fatto che le occorsero solo venti minuti per tornare con indosso qualcosa di elegante ma non appariscente. «Perfetto», commentò lui, aprendole la portiera della Bentley. «Sei uno splendore!»

Quando arrivarono, la prese sottobraccio e la condusse attraverso l'entrata, che sembrava il negozio di un fiorista. Salirono con un ascensore vetrato. Le ragazze alla reception accolsero Hector con entusiasmo, presero i loro soprabiti e una di loro li accompagnò a un altro ascensore, che portava alla sala ristorante.

«Ma... sei tu il proprietario?» sussurrò Jo.

«Ovunque si vada in questo triste mondo, una buona mancia fa sempre miracoli.»

«E immagino che il tuo aspetto non guasti.»

Quando arrivarono al tavolo, Hector disse: «Spero che tu non sia allergica allo champagne».

«Mettimi alla prova» lo invitò lei.

Quando ebbero assaggiato e apprezzato il vino quanto la prima portata, lei gli rivolse la domanda che voleva fargli da quando avevano lasciato Cross Roads. «Allora, dimmi: a che punto sei arrivato, con la storia?»

«A quando Henry e Bryoni attendono il verdetto della giuria su quel bastardo di Carl Peter Bannock. Perdona il linguaggio, ma me l'hai fatto odiare.»

«Ne hai tutte le ragioni. Credo che Carl sia una di quelle persone malvagie fino al midollo, senza possibilità di redenzione.»

«E dove si trova adesso, quel mostro?»

«Leggi il resto. E non saltare le pagine per vedere come va a finire. Segui la storia come l'ho scritta e capirai meglio i personaggi in gioco. Ce ne sono parecchi. Ma ti posso assicurare che non hai ancora visto il meglio o, più esattamente, il peggio. »

« Okay, ma rispondi almeno a una domanda. Hazel era al corrente di tutto questo? Non me ne ha mai fatto parola. »

« Hazel non era ancora apparsa in scena. Stava ancora imparando a giocare a tennis in Sudafrica. »

« Ma Henry gliene avrà parlato, dopo che si sono sposati. »

« Non credo che le abbia mai raccontato i dettagli. Ronnie Bunter dice che Henry si vergognava da morire di quello scandalo. Si sentiva terribilmente in colpa per non essere riuscito a proteggere le figlie. D'altra parte, è possibile che ne abbia parlato a Hazel ma che lei non te lo abbia raccontato. È una vicenda drammatica e sordida. Può darsi che lei, come Henry, abbia preferito fingere che non fosse mai successa. »

« Che ne è stato di Bryoni Lee? Quella ragazza è un'eroina. Mi farebbe piacere poterla conoscere. »

« Non ti dico niente. Dovrai continuare a leggere fino alla fine. »

« L'avviso, signorina, la pazienza non è una delle mie molte virtù. Se voglio una cosa, la voglio subito. »

« Ci sono situazioni in cui il piacere è notevolmente amplificato dall'attesa. E una di queste è la lettura. » L'espressione di Jo era a dir poco enigmatica, velata da una nota maliziosa.

« Sono sicuro che è un ottimo consiglio. » Fu tentato di sorridere, ma si trattenne, e cambiò argomento. « Come hai conosciuto Ronald Bunter? »

« Lui e mio padre studiavano insieme alla facoltà di legge. Discendo da una lunga stirpe di avvocati. » Raccogliendo l'invito, durante la cena Jo parlò a lungo di sé.

Quando ebbero finito, Hector la portò in un night, Annabel's, dove di nuovo lui fu accolto con gioia dal personale. Ballarono, scoprendo che si muovevano bene insieme. Poi la musica cambiò, divenne lenta e romantica. Lui la strinse a sé, come se fosse la cosa più naturale del mondo, e lei gli appoggiò la testa al petto.

Dopo, Hector la riaccompagnò in albergo.

« Buonanotte » lo congedò lei. « È stata una splendida serata. Mi chiami domattina, per favore? Abbiamo tante altre cose da dirci. » Poi gli offrì la guancia per un bacio e sparì, facendo vorticare la gonna.

Il mattino dopo Hector si svegliò all'alba, riposato e di buon umore, con la sensazione che qualcosa di buono stesse per accadere. Rimase sdraiato per qualche secondo, chiedendosi quale fosse la ragione di quello stato d'animo. Poi se ne rese conto, ridacchiò divertito e mise le gambe fuori dal letto.

Mentre si lavava in fretta, chiamò Stephen in cucina e gli chiese di portare la colazione nello studio, anziché in sala da pranzo.

Quando scese, dopo essersi fatto la doccia e vestito, Hector incrociò il maggiordomo che usciva dallo studio. « Buongiorno, Stephen. Ti chiedo un altro favore. »

L'uomo lo seguì nella stanza e ascoltò sbigottito le sue istruzioni. « È sicuro di volerlo, signor Cross? »

« Stephen, quando mai ti ho chiesto di fare qualcosa che non volevo? »

« Non credo che sia mai successo, signore. »

« Appunto. Nemmeno questa volta. »

« Provvedo immediatamente, signor Cross. »

« Si può sempre contare su di te, Stephen. »

Hector si mise alla scrivania e avviò il computer. Mentre lo schermo si accendeva, prese il telefono e compose il numero di cellulare che lei gli aveva dato la sera prima. Mentre aspettava la risposta, si mise in bocca una fetta di mango.

La voce di Jo arrivò dopo il quarto squillo. « Buongiorno, Hector. Come hai dormito? »

« Sono sprofondato in un buco nero e mi sono svegliato mezz'ora fa, pronto ad ammazzare draghi. »

« Ce ne sono un sacco, in giro. Ammazzane uno per conto mio. Io sono ancora a letto con una tazza di caffè. »

« Che pigra » la punzecchiò lui. « La vita è fatta per essere vissuta. »

« Colpa tua, che mi hai fatto fare le ore piccole. Ma è stato divertente, no? Dovremmo ripetere. »

« Presto. Questa sera, se non prima. »

« Stamattina devo incontrare alcune persone in città, l'ho promesso a Ronnie Bunter. Niente a che vedere con *Il seme avvelenato*, è tutta un'altra questione. Ma dopo pranzo sono libera. »

« Vieni. Ti aspetto. »

« Continua a leggere. Ti avviso: avrai parecchie domande. »

« Sarò pronto a fartele. »

Riagganciò e dedicò la sua attenzione allo schermo del computer.

Henry Bannock aveva appena preso posto, accanto a Bryoni e a Ronnie Bunter, quando il giudice Chamberlain entrò in aula e l'usciere invitò tutti a fare silenzio. I dodici giurati entrarono in fila indiana, capeggiati dal portavoce, e si accomodarono. Nessuno di loro guardò verso il tavolo della difesa, dove era seduto Carl Bannock.

« Buon segno! » mormorò Ronnie a Henry. « Non guardano mai chi hanno condannato. »

« I membri della giuria sono giunti a un verdetto? » chiese il giudice.

« Sì, vostro onore » rispose il portavoce.

« E qual è il verdetto? »

« In merito all'accusa di violenza carnale, riteniamo l'imputato colpevole. In merito all'accusa di abuso sessuale su minore, riteniamo l'imputato colpevole. In merito all'accusa di violenza carnale aggravata, riteniamo l'imputato colpevole. In merito all'accusa di violenza personale e lesioni personali gravi, riteniamo l'imputato colpevole. In merito all'accusa di incesto, riteniamo l'imputato colpevole. »

« Melody Strauss è stata davvero in gamba » bisbigliò Ronnie Bunter.

Il giudice Chamberlain ringraziò e congedò la giuria, poi chiamò alla cattedra difesa e accusa e infine si rivolse a tutta l'aula dicendo: « La seduta è aggiornata a domani alle dieci per l'irrogazione della pena ».

Quella sera Henry invitò a cena una ventina di parenti e amici intimi per festeggiare. Cookie servì una lombata di manzo texano di prima qualità, con i due filetti ancora attaccati all'osso, cotta al sangue e tenerissima.

Henry stappò una dozzina di bottiglie di Aux Malconsorts riserva, il premier cru Vosne-Romanée, per accompagnare la carne.

Ronnie Bunter scommise con Melody Strauss che Carl sarebbe stato condannato a soli dieci anni di detenzione nel penitenziario statale, perché Joshua Chamberlain era notoriamente moderato. Melody scommise su una condanna ad almeno quindici anni. Entrambi convennero però che il Malconsorts era il miglior vino che avessero mai bevuto.

Bryoni non resse fino al dessert: le si chiudevano gli occhi e dopo poco si addormentò con la testa sulla tavola. Henry la portò in camera, la mise a letto e restò con lei finché non ebbe ripreso sonno. Poi tornò dagli ospiti. Appena lo vide uscire dalla stanza, Cookie preparò una coppa di gelato al cioccolato e, passando dalla scala di servizio, la portò a Bryoni, che trovò le forze per svegliarsi e mangiarsela tutta.

L'indomani alle otto, Bonzo Barnes la accompagnò a scuola. Henry voleva che tornasse al più presto alla normalità. Aveva parlato a lungo con il preside e con gli insegnanti. Era convinto di aver fatto il possibile per aiutarla a superare il trauma. Lo avevano avvertito che ci sarebbe voluto del tempo, ma lui confidava nel carattere forte e nella maturità della figlia.

Il giorno dopo uscì per andare in tribunale di cattivo umore, pieno di rabbia e di brama di vendetta. Alle dieci in punto l'usciere annunciò l'ingresso in aula del giudice.

Henry Bannock era seduto in prima fila come al solito, accanto a Ronnie Bunter.

Carl Peter Bannock arrivò dalla scala del reparto detentivo, scortato da due guardie carcerarie. Aveva le manette ai polsi e le caviglie incatenate, era pallido, spettinato, con un'ombra di barba. Aveva gli occhi rossi e gonfi. Guardò il padre adottivo con aria implorante.

Henry lo fissò, gelido e rabbioso, ma quando Carl accennò un sorriso, con le labbra che tremavano, si voltò deliberatamente dall'altra parte in un gesto di rifiuto totale.

Carl chinò le spalle e, strisciando i piedi, andò a prendere posto al banco degli imputati, di fronte al giudice.

« Signor Bannock, ha sentito il verdetto della giuria. Ha qualche dichiarazione che possa giustificare una riduzione della pena che le verrà comminata? »

Carl abbassò gli occhi sui ferri alle caviglie. « Sono sinceramente dispiaciuto per il dolore che ho causato a mio padre e ai miei familiari. Farò tutto il possibile per farmi perdonare. »

« Non ha altro da dire? »

« No, signor giudice. Mi dispiace molto. »

« La corte prende atto del suo rammarico » dichiarò il giudice. Abbassò gli occhi sui fogli sulla cattedra davanti a sé, poi alzò di nuovo la testa.

« La sentenza di questa corte è la seguente. Per il reato di incesto, la condanno a sei anni di reclusione in un penitenziario federale. Per il reato di violenza personale e lesioni personali gravi, la condanno a sei anni di detenzione in un penitenziario federale. Per il reato di violenza carnale aggravata ai danni di minore, la condanno a dieci anni di reclusione in un penitenziario federale. Per il reato di violenza carnale, la condanno a quindici anni di reclusione in un penitenziario federale. Per il reato di abuso sessuale su minore, la condanno a quindici anni di reclusione in un penitenziario federale. Ordino che si applichi il principio del cumulo delle condanne e che l'imputato sconti la più lunga delle pene di cui sopra, restando in carcere per un minimo di quindici anni. »

Il giudice Chamberlain invitò con lo sguardo John Martius a prendere la parola.

« Vostro onore, chiedo il permesso di ricorrere in appello. »

« Permesso accordato » disse Joshua Chamberlain. « Il

condannato verrà trasferito direttamente da questo tribunale al centro di smistamento Holliday a Huntsville e, da lì, al penitenziario cui verrà assegnato, per cominciare subito a scontare la pena comminata da questa corte.» Poi si voltò verso le guardie carcerarie. «Signori, fate il vostro dovere.»

I due affiancarono Carl Bannock, lo afferrarono per le braccia e lo scortarono in cella. I ferri alle caviglie tintinnarono mentre scendeva le scale.

«In piedi!» ordinò l'usciere.

Henry e Ronnie rimasero in aula fino all'ultimo.

«Se non altro, è finita e ti sei sbarazzato della mela marcia che stava avvelenando la tua famiglia» commentò Ronnie.

«Speriamo» replicò Henry. «Ma è davvero finita? È veramente l'ultima volta che io e le mie figlie vediamo quell'animale pervertito?»

Il cellulare si era fermato davanti all'ingresso di servizio del palazzo di giustizia, nel cortile recintato e sorvegliato. Il portellone posteriore si aprì per far salire Carl Bannock. Sulle fiancate c'era la sigla TDCJ-CID, Texas Division of Criminal Justice-Correctional Institutions Division. Carl fu caricato a bordo e le catene alle caviglie vennero assicurate a due anelli fissati sul fondo del veicolo. Il portellone fu richiuso a chiave e il furgone partì alla volta del centro di smistamento di Huntsville.

Era un cubo di cemento a quattro piani, con finestre protette da pesanti sbarre, torrette di guardia e un triplice anello di recinzione. Il furgone dovette superare severi controlli di sicurezza a ciascuno dei tre cancelli. Quando arrivò davanti all'edificio, Carl venne liberato dai ceppi e, dopo aver superato una serie di porte automatiche, fu portato all'ufficio matricola.

Gli controllarono ancora una volta i documenti e registrarono i suoi dati anagrafici. Poi il sergente dietro il bancone firmò la ricevuta per la presa in consegna da parte del centro e Carl venne affidato a due nuove guardie, che diedero il cambio a quelle che lo avevano accompagnato da Houston. Varcato un ennesimo cancello telecomandato, arrivò all'accettazione vera e propria, dove gli furono confiscati tutti gli oggetti personali, compreso l'anello con il sigillo, il portafoglio, il Rolex d'oro e gli abiti civili. Il tutto fu inventariato e chiuso in appositi sacchi. Insieme al registro da firmare, la guardia gli porse dieci dollari che aveva prelevato dal suo stesso portafoglio.

« Perché me li dà? » chiese Carl.

« Sei condannato per reati sessuali. Ne avrai bisogno per comprare accessori indispensabili. »

« Che cosa c'entra il motivo per cui sono stato condannato? »

« Lo scoprirai presto » rispose la guardia con un sorriso allusivo.

Accompagnò Carl dal barbiere, che gli rasò completamente la testa. Quando ebbe finito, l'uomo si soffermò ad ammirare il risultato del proprio lavoro e commentò: « Bellissimo! Ai ragazzi del Thomas Rusk piacerai da morire, vedrai! »

Le guardie lo portarono a fare la doccia. Poi, nudo e bagnato, lo condussero al vestiario, dove gli consegnarono l'uniforme. Era composta da T-shirt e mutande bianche, giacca e pantaloni larghi, di tela bianca, con un cordone in vita, e un paio di scarpe di tela bianca senza lacci.

Superato un altro cancello automatico, lo condussero in

una cella singola e ce lo chiusero dentro. L'arredamento consisteva in un gabinetto alla turca e un tavolaccio di legno fissato saldamente al pavimento e alla parete. Sopra c'era una coperta, ma niente materasso. Verso sera dallo sportello nella porta gli passarono la cena: un piatto di stufato brodoso con una fetta di pane dentro.

L'indomani lo andarono a prendere e lo portarono in una saletta, dove lo aspettavano tre membri del comitato di smistamento, seduti dietro un tavolo di metallo. Erano funzionari dell'amministrazione penitenziaria, tutti e tre in divisa.

« Carl Peter Bannock? » chiese quello seduto nel mezzo, senza alzare gli occhi.

« Sì » rispose Carl.

« Sissignore! » lo corresse l'uomo.

« Sissignore » ripeté Carl diligentemente.

« Devi scontare minimo quindici anni, giusto? »

« Sissignore. »

« Per reati sessuali e abuso sessuale su minore, giusto? »

« Sissignore » rispose Carl a denti stretti.

« Sarà meglio mandarlo al Thomas Rusk » suggerì un altro.

L'ultimo dei tre funzionari disse: « Potremmo mandarlo al sesto piano, dove gli altri detenuti non potranno fargli niente ».

« L'unico posto in cui nessuno potrà fargli niente è il paradiso, e questo bel fanciullo non arriverà mai così in alto » ribatté divertito quello seduto in mezzo. Risero tutti e tre.

Quel pomeriggio Carl fu portato, a bordo di un altro furgone con l'acronimo del penitenziario, nella zona delle piantagioni di cotone, una trentina di chilometri più a sud del centro di smistamento; in quel panorama monotono e squallido dove un tempo avevano lavorato gli schiavi si trovava il Thomas Rusk Long Term Penitentiary, un enorme edificio di cemento grigio che pareva un monumento all'infamia del genere umano.

Le misure di sicurezza lì erano ancora più severe che al centro di smistamento. Ci vollero venti minuti perché il furgone passasse i controlli alle tre barriere e parcheggiasse davanti all'entrata riservata ai detenuti. Dopo altri venticinque minuti di attesa, Carl si vide finalmente togliere le manette e i ceppi e si preparò a salire al sesto e ultimo piano del carcere, dove si trovava la sua cella.

Dall'ascensore fu scortato in un breve corridoio, fino a una porta verde su cui era scritto SORVEGLIANTE DI PIANO.

Una delle guardie bussò alla porta. Dall'altra parte qualcuno urlò: «Avanti!» L'uomo aprì la porta e fece cenno a Carl di entrare.

Il sorvegliante di piano era seduto dietro la scrivania e, in base alla targhetta di plastica appuntata sulla camicia, si chiamava Lucas Heller. Stava in bilico sulle due gambe posteriori della sedia, con i piedi posati sul tavolo. Lasciò ricadere la sedia in avanti con uno schianto e si alzò. Era alto, magro, con le spalle un po' curve e un ciuffo di capelli biondastri che gli scendeva sulla fronte. Aveva le orecchie enormi rispetto al viso e gli occhi chiari e acquosi. La pelle era molto chiara, ma il naso rosso: doveva essere raffreddato. Con quei denti sporgenti, sembrava un coniglio anemico.

Teneva in mano un frustino. Uscì da dietro la scrivania e girò lentamente intorno a Carl sulle sue gambe lunghissime con un'andatura da cicogna, tirando su con il naso. Allungò la mano con il frustino e gli sfiorò le natiche con l'occhiello di cuoio. Carl trasalì, sorpreso, e Lucas tirò di nuovo su con il naso e fece un risolino.

«Bene» disse. «Molto bene. Ti troverai bene, qui da

noi.» Fece l'occhiolino a una delle guardie. «Avrai un'accoglienza particolare, non so se mi spiego.»

«Si spiega benissimo, capo!» rispose sghignazzando la guardia.

Heller tornò davanti a Carl e si sedette sul bordo della scrivania. «Hai i dieci dollari per quello che ti serve, bello?»

«Sì, signore.»

Heller tese la mano e fece schioccare le dita. «Dammeli.» Carl frugò nella tasca dei pantaloni di tela e tirò fuori la banconota stropicciata. Heller gliela prese di mano, tornò dietro la scrivania, aprì un cassetto e tirò fuori una bottiglietta di plastica. La posò sul tavolo e la spinse verso Carl. «Ecco qua.»

Carl la prese e studiò l'etichetta. «Olio di vaselina di prima qualità. Ideale per le screpolature» lesse ad alta voce, con aria perplessa. «Che cosa me ne faccio, signore?»

«Lo capirai quando sarà il momento» lo rassicurò Heller. «Tienilo a portata di mano.» Poi si rivolse alla guardia: «Hai la bolla di accompagnamento di questo baldo giovane?»

«Ecco qua, capo.» L'uomo posò il registro degli ingressi davanti a Lucas Heller, che lo firmò.

«Okay, ragazzi. Portiamolo in cella.» Condussero Carl nel corridoio, varcarono un'altra porta robusta ed entrarono in una lunga galleria tutta grigio acciaio e cemento. Dal soffitto a volta in vetro corazzato scendevano lame di luce in cui danzava il pulviscolo. Su ogni lato della galleria si affacciava una lunga fila di celle. Sagome scure, aggrappate alle sbarre d'acciaio o accovacciate dietro, li guardarono passare. Alcuni detenuti gridarono saluti beffardi o fischiarono, ridendo, schiamazzando e sporgendo le braccia fra le sbarre per fare gesti osceni.

Heller si fermò davanti all'ultima cella e aprì la porta con una chiave elettronica universale.

« Benvenuto nella 601, la nostra 'suite luna di miele'. » Lucas Heller sorrise e gli fece cenno di entrare. Appena Carl ebbe varcato la soglia, la porta della cella si richiuse alle sue spalle. Heller e la guardia se ne andarono senza nemmeno voltarsi.

Carl si sedette sul tavolaccio e si guardò intorno. La cella era piccola come quella del centro di smistamento. Le uniche dotazioni aggiuntive erano un minuscolo lavabo d'acciaio vicino al gabinetto alla turca e uno sgabello davanti a un tavolino. Tutto quanto era imbullonato alle pareti o al pavimento perché non potesse essere usato come arma impropria.

Al pensiero che quella sarebbe stata la sua casa per i quindici anni successivi Carl fu preso dallo sconforto.

Quella sera alle sei sentì suonare una campana e, seguendo l'esempio degli altri detenuti, si avvicinò alla porta. Le celle del sesto piano vennero aperte contemporaneamente, e i detenuti uscirono nella galleria.

Ubbidendo agli ordini gridati dall'alto dai secondini armati che si trovavano su una passerella di acciaio, i carcerati si disposero in fila indiana e marciarono fino alla mensa, che si trovava all'altro capo della galleria. Passando davanti allo sportello della cucina, ognuno riceveva un vassoio di plastica con la cena, che consisteva in un piatto di minestra, stufato di montone e un panino bianco. Carl prese posto a uno dei tavoli vuoti. Nessuno sedette vicino a lui: gli altri detenuti si sistemarono a gruppetti in base all'etnia. Era chiaro che alcuni parlavano di lui, ma Carl non riusciva a sentire che cosa dicevano e li ignorò, riflettendo amaramente che aveva quindici anni per inserirsi in quell'ambiente malato.

Passati i venti minuti concessi ai prigionieri per consumare il pasto, i secondini, dall'alto della passerella, ordinarono loro di tornare nelle celle.

Alle sette e mezzo tutti dovevano essere rientrati. Carl si sdraiò sul tavolaccio, incrociò i piedi e mise le mani dietro la testa. Era esausto. La giornata era stata piena di incertezze e preoccupazioni, ma la cena era andata meno peggio del previsto. Gli sarebbe piaciuto poter dormire senza le luci che illuminavano a giorno la cella, ma i secondini lo avevano avvertito che non venivano mai spente.

Dopo un po' si rese conto che il vociare nelle altre celle si era attenuato: si sentivano solo mormorii eccitati e risatine sommesse. Si mise a sedere e guardò attraverso le sbarre, ma riusciva a vedere poco o nulla e non capì a che cosa fosse dovuto il cambiamento di umore degli altri detenuti del sesto piano.

Poco dopo sentì uno scalpiccio di passi che si avvicinavano. Lucas Heller, il sorvegliante, apparve davanti alla porta della sua cella con il cappello d'ordinanza e il frustino in mano.

« Detenuto, in piedi! » ordinò. Carl si alzò.

« Come va la prima notte al Thomas Rusk, Bannock? »

« Bene, signore. »

« La cena ti è piaciuta? »

« Non posso lamentarmi, signore. »

« Ti annoi? »

« No, non direi, signore. »

« Peccato, Bannock, perché ho portato qualche vecchio amico a tenerti compagnia. Certi sono qui da vent'anni o anche di più e si annoiano da morire. Non vedono una donna da un secolo e sono arrapati come babbuini. Te ne renderai conto subito. »

Carl si mise sull'attenti e rabbrividì. Aveva sentito le voci e le battutine, ma aveva preferito pensare che non fossero vere, si era illuso che a lui non sarebbe successo niente. Alle spalle di Lucas Heller c'era un gruppetto di uomini.

« Posso presentarti il signor Johnny Congo? » Heller posò una mano sulla spalla dell'energumeno che gli stava accanto. Heller era tutt'altro che basso, ma Johnny Congo lo superava di tutta la testa: era grosso come una montagna e nero come il carbone. Aveva la testa rotonda e liscia come una palla di cannone ed era in maglietta e pantaloncini corti, per cui Carl vide che aveva braccia e gambe possenti, nere come l'ebano, tutte muscoli e ossa, senza un filo di grasso.

« Il signor Congo abita di sotto, nel braccio della morte, in attesa che la Corte Suprema esamini il suo ricorso. È qui al Thomas Rusk da otto anni ed è molto rispettato, quindi ha la precedenza su tutti gli altri. » Lucas Heller tese una mano con il palmo all'insù e Johnny Congo vi mise sopra un biglietto da venti dollari. Heller lo ringraziò con un sorriso e premette un pulsante. La porta scorrevole della cella si aprì.

« Si accomodi, signor Congo. Non abbia fretta. Si diverta: gli altri possono aspettare. » Congo entrò nella cella e gli altri uomini si avvicinarono alle sbarre, pregustando lo spettacolo e spintonandosi per accaparrarsi la posizione migliore.

« Hai l'olio di vaselina, White Boy? » chiese Congo a Carl. « Hai mezzo minuto per spalmartelo e metterti in ginocchio. Altrimenti faccio senza. »

Carl indietreggiò, ammutolito dal terrore, e cominciò a piagnucolare: « No, no! Ti prego, lasciami in pace ». La cella era piccola e con tre passi da gigante Congo mise Carl all'angolo.

Gli uomini in coda pagarono Heller, come spettatori in

attesa di assistere a una partita, ed entrarono nella cella. Si accalcarono intorno a Congo, incitandolo con le loro grida, che coprivano quelle di Carl.

Dopo Johnny Congo altri quattro si divertirono a turno col nuovo prigioniero.

Giunto il turno del quinto, Carl non gridò neppure. Quando l'ultimo si staccò da lui, scosse tristemente la testa e disse: « Mi sa che ha tirato le cuoia ».

L'inserviente dell'infermeria del carcere, che era stato invitato alla festa a titolo sia personale sia professionale, si fece avanti e gli tastò il collo con un dito, per sentirgli il battito.

« Per stasera ne ha avuto abbastanza. Aiutatemi a portarlo di sotto. Fra due o tre settimane sarà pronto per un'altra festicciola. »

All'alba Carl versava in condizioni critiche per lo shock e per il sangue che aveva perso. Fu convocato il medico della sede centrale, che ordinò il trasferimento al penitenziario statale di Huntsville, dove Carl venne portato d'urgenza in sala operatoria.

Durante la convalescenza nell'infermeria di Huntsville Carl poté fare telefonate e ricevere visite. Chiamò la Carson National Bank di Houston e chiese al funzionario che curava i suoi interessi di andarlo a trovare. Siccome era un cliente importante, l'uomo lo accontentò subito.

Carl aveva lavorato due anni e quattro mesi per la Bannock Oil Corporation prima dell'arresto. Suo padre lo aveva assunto con uno stipendio stratosferico, perché credeva fermamente nel metodo del bastone e della carota e perché era convinto che il suo unico figlio maschio meritasse un trattamento principesco.

Carl lo aveva sorpreso, dando prova di uno spiccato senso degli affari per essere un giovane inesperto: si era rivelato un genio della finanza, con doti pari e talvolta addirittura superiori a quelle del padre adottivo. Aveva un gran fiuto per i soldi: individuava le occasioni di guadagno con la stessa prontezza con cui una iena affamata sente l'odore di una carogna sottovento. Poiché portava utili all'azienda, gli erano stati riconosciuti vari aumenti di stipendio e alla fine del secondo anno era stato ufficialmente ammesso a far parte del consiglio di amministrazione della Bannock Oil. Fra stipendio e gettoni di presenza, guadagnava più di duecentocinquantamila dollari al mese. L'Henry Bannock Family Trust, per statuto, aveva l'obbligo di versargli ogni mese una somma pari al triplo dei suoi guadagni. La generosità di suo padre era tale che, anche pagando diligentemente le tasse, Carl era riuscito ad accumulare sul suo conto presso la Carson National più di cinque milioni di dollari. A questo andavano ad aggiungersi gli utili dei suoi fruttuosi investimenti.

Carl si riprese abbastanza velocemente dalle lesioni e dopo sei giorni di degenza a Huntsville fu ritrasferito all'infermeria del Thomas Rusk. Portò con sé il libretto degli assegni che il funzionario di banca gli aveva consegnato e dall'infermeria, tramite l'inserviente, riuscì a far avere a Lucas Heller un messaggio in cui lo invitava ad andarlo a trovare, se voleva sapere una cosa che gli sarebbe potuta tornare molto utile.

Heller acconsentì a scendere in infermeria, più che altro per poterlo sfottere.

Per avviare la conversazione e in segno della propria buona fede, Carl gli porse un assegno da cinquemila dollari. Heller lesse la cifra e restò di stucco: non aveva mai avuto tanti soldi in mano tutti insieme in vita sua e non credeva ai miracoli. Diffidente, andò in città e presentò l'assegno alla filiale della Carson National.

Il cassiere glielo pagò senza batter ciglio. Lucas Heller, da scettico qual era, trovò improvvisamente la fede. Tornò di corsa al Thomas Rusk e andò di nuovo a trovare Carl. Questa volta fu molto più deferente e ossequioso.

Carl gli ordinò di recapitare un messaggio a Johnny Congo, nel braccio della morte. Aveva capito i meccanismi di potere all'interno del Thomas Rusk e aveva intuito che Johnny Congo esercitava una grandissima influenza su tutto il carcere. Come una specie di ragno cannibale, se ne stava al centro della sua tela e manovrava fili che arrivavano fino all'ufficio del direttore del carcere.

Quest'ultimo, da parte sua, faceva grande affidamento su di lui per mantenere l'ordine fra i detenuti. Se Johnny Congo ordinava, con il passaparola, « Pace e spirito di collaborazione », l'amministrazione del carcere riusciva a mantenere una parvenza di ordine in un sistema che sembrava concepito apposta per generare il caos.

Se invece Johnny Congo decretava « Rivolta! » nella prigione scoppiavano incendi, nei laboratori, nelle gallerie o sulle passerelle venivano accoltellati secondini e i detenuti prendevano il controllo delle mense e del cortile, spaccavano mobilio e attrezzature, lanciavano oggetti e insulti. Alcuni approfittavano dei disordini per uccidere compagni di cella, su ordine di Johnny o per pareggiare vecchi conti in sospeso. Alla fine interveniva l'esercito in tenuta antisommossa e il direttore ci perdeva la faccia.

Grazie alla collaborazione con la direzione del carcere, Johnny Congo si era guadagnato numerosi privilegi. Quando arrivavano nuovi detenuti, poteva scegliersi i bocconcini più appetitosi, come aveva fatto con Carl. La sua cella non veniva mai perquisita, quindi le sue riserve di droga e altre leccornie erano al sicuro. La sua condanna a morte si era arenata chissà dove e correva voce che ci fosse lo zampino del governatore del Texas. Molti scommettevano che sarebbe morto di vecchiaia, senza l'aiuto del boia.

Se qualcuno osava fare uno sgarbo a Johnny Congo, era solo questione di giorni: la faccenda veniva invariabilmente e definitivamente risolta con una coltellata, nel cortile della prigione o nella cella dell'incauto che aveva osato contrariarlo, la cui porta veniva aperta nottetempo dal sorvegliante di piano.

Si diceva che la sfera di influenza di Johnny Congo si estendesse ben oltre i confini della prigione. Pareva che intrattenesse rapporti molto stretti con le organizzazioni criminali e le bande di tutto il Texas. Non solo: si vociferava che fosse in grado di operare fino a San Diego e San Francisco. Bastava pagare.

A Lucas Heller occorse quasi una settimana per organizzare l'incontro tra Carl e Johnny Congo, ma alla fine l'ufficio del sorvegliante del braccio della morte fu messo a disposizione dei due detenuti per un colloquio, alle tre del mattino di una domenica, mentre tutto il resto del carcere dormiva.

Il sorvegliante di piano e quattro secondini aspettarono fuori della porta, senza interferire.

Appena furono soli, Carl e Johnny si squadrarono con diffidenza, come due leoni di branchi rivali che si incontrano in un territorio conteso nel veld africano. A quel punto Johnny Congo aveva appreso che Carl Bannock, oltre a essere un bel ragazzo, era anche il figlio di Henry Bannock, e sapeva quanto fosse ricca e potente la Bannock Oil Corporation.

«Volevi parlarmi, White Boy?»

Carl arrivò subito al punto. « Ho bisogno della tua protezione, Congo. »

« Lo so, perché non resterai così carino a lungo, qui dentro. Ma perché dovrei proteggerti? »

« Perché io ti posso pagare. »

« Be', sì, questo potrebbe essere un buon motivo. Fammi due conti, ragazzo. »

« Fammeli tu, Congo. »

Johnny ci pensò un momento, infilandosi un dito nel naso. « Cinquemila dollari al mese, in banconote da uno e da cinque. Consegna qui al Thomas Rusk. Fuori non me ne faccio niente. »

Aveva chiesto una cifra esagerata, aspettandosi che Carl giocasse al ribasso.

« È una somma ridicola, Congo » replicò Carl. Johnny, risentito, strinse i pugni grossi come prosciutti.

« Per un uomo della tua statura e posizione, io avrei detto dieci, quindicimila dollari al mese. »

Johnny Congo sbatté gli occhi e si rilassò. Con un sorriso paterno, disse: « Okay, White Boy. Mi sembra un'ottima idea. Quindicimila mi pare la cifra giusta ».

« Sono certo che riuscirai a farti consegnare l'importo dove e come desideri. Dimmi quello che devo fare, e io lo faccio. Parola d'onore, Congo. »

Congo gli strinse la mano e borbottò: « Non ti ci giochi solo l'onore, ragazzo. Ti ci giochi la vita ».

« Lo so, Congo. Se però vuoi fare il grano per davvero, dovresti metterti in affari con me. »

« Che genere di affari? » Congo si trattenne dal ridergli in faccia. « Spiegati meglio, White Boy. »

Carl parlò per quaranta minuti e Congo lo ascoltò attentissimo, senza interromperlo. Alla fine gli brillavano gli occhi. Sorrise.

« Come faccio a essere sicuro che manterrai le promesse, ragazzo? » chiese.

« Se non le mantengo, tu smetti di proteggermi. »

Fu un incontro decisivo, dal quale nacque un'empia alleanza tra un giovane talento della truffa e un mostro spietato che aveva potere di vita e di morte sul prossimo, due psicopatici, privi di empatia, scrupoli o rimorsi.

Il denaro che ricavarono dalle loro sporche imprese, concepite inizialmente da Carl, ma cui Johnny Congo contribuiva non poco, veniva riciclato con l'aiuto di alcuni volenterosi amici che Johnny aveva fuori dal carcere. Una volta ripulito, il denaro veniva versato a Carl sotto forma di dividendi e gettoni di presenza tramite una società nelle Isole Vergini Britanniche che lui stesso aveva fondato quando era ancora a Princeton.

Le somme così incassate venivano quindi triplicate dall'Henry Bannock Family Trust e infine divise tra Carl e Johnny Congo. Il tutto finiva su conti bancari a Hong Kong, Mosca, Singapore e in altre città del mondo dove neppure il fisco statunitense, con i suoi potenti mezzi, sarebbe mai riuscito ad arrivare.

Per facilitare la gestione delle loro attività sia in carcere sia fuori, Carl e Johnny dovettero coinvolgere Marco Merkowski, il direttore del carcere, come socio occulto. Dopo il primo illecito, Merkowski si ritrovò in completa balia di Carl Bannock e Johnny Congo.

Carl fu trasferito dal sesto piano al primo, dove erano reclusi i detenuti che si erano distinti per buona condotta. La cella che gli fu assegnata era tre volte più grande e dotata di televisore e computer con collegamento internet, essenziale per la gestione dei suoi interessi economici. Per una fortunata combinazione, si trovò a operare in un mercato in forte rialzo. Tutti i suoi contatti erano ancora ai loro posti, il suo fiuto per gli investimenti continuava a essere infallibile e l'Henry Bannock Family Trust triplicava i suoi guadagni a mano a mano che si accumulavano.

Le lunghe giornate in prigione gli lasciavano molto tempo per riflettere sul futuro. A quel punto aveva scontato oltre cinque anni di carcere e, grazie ai buoni uffici del direttore, gli era stato riconosciuto uno sconto di pena per buona condotta. Dai quindici anni stabiliti dal giudice Chamberlain, la condanna gli era stata ridotta a dieci: Carl aveva compiuto il giro di boa. Nel fiore degli anni, multimilionario, astutissimo e smaliziato, non vedeva l'ora di tornare in libertà e affrontare il mondo.

Grazie ai molteplici contatti che lui e Johnny Congo avevano all'esterno, era sempre informato sui movimenti di suo padre e di tutti gli altri beneficiari dell'Henry Bannock Family Trust.

Purtroppo per Carl e per le sue ambizioni economiche, Henry Bannock aveva conosciuto una campionessa di tennis molto più giovane di lui. Si era documentato procurandosi le foto: si chiamava Hazel Nelson ed era bionda, sportiva e molto bella. Pochi mesi dopo essersi conosciuti, Henry e Hazel si erano sposati con una cerimonia sontuosa nella casa di Forest Drive a Houston, e non molto tempo dopo Hazel aveva dato alla luce una bambina che avevano chiamato Cayla. Nemmeno questa volta Henry era riuscito a generare un figlio maschio, quindi. Dal punto di vista di Carl, la malaugurata nuova avventura del padre era servita soltanto ad aggiungere altri due nomi alla lista dei beneficiari dell'Henry Bannock Family Trust.

L'elenco completo comprendeva ormai sette persone, incluso lo stesso Carl: Henry Bannock, la moglie Hazel e la figlia di quest'ultima, Cayla; la madre di Carl, Marlene Imelda Bannock, che aveva mantenuto il cognome del marito anche dopo il divorzio, e le due sorellastre di Carl, Sacha Jean e Bryoni Lee. Sulla base del valore di mercato delle azioni della Bannock Oil Corporation alla Borsa di New York, Carl calcolò che il valore totale del patrimonio gestito dall'Henry Bannock Family Trust doveva aggirarsi sui centoundici miliardi di dollari. L'idea di doverlo dividere con altre sei persone lo irritava moltissimo.

Dal carcere aveva seguito con grande interesse nonché spirito di parte l'azione legale mossa da suo padre per escluderlo dalla rosa dei beneficiari, in quanto non consanguineo e colpevole di gravi reati penali.

Quando seppe che la richiesta era stata respinta senza possibilità di appello, Carl ebbe la certezza che solo la morte avrebbe potuto impedirgli di accedere alla sua parte dei beni del Trust.

Carl e Johnny festeggiarono la bella notizia con un party riservato nel braccio della morte, cui parteciparono Marco Merkowski e alcune giovani escort fatte venire da Huntsville per l'occasione.

Quell'evento indusse Carl a riflettere seriamente su alcune inconsuete condizioni poste da suo padre nell'atto costitutivo dell'Henry Bannock Family Trust.

Quando aveva aperto di nascosto la cassaforte nello studio di Henry, ne aveva fatta una copia. Una delle clausole gli dava molto da pensare. Essa prevedeva che, se fosse rimasto in vita un solo beneficiario del Trust, gli amministratori avrebbero dovuto dividere il patrimonio in parti uguali tra costui, maschio o femmina che fosse, e un ente benefico scelto da Henry.

Henry sembrava invulnerabile, ma gli anni passavano anche per lui e, se avesse continuato a tenere quel ritmo di vita, non avrebbe retto ancora a lungo. Carl aveva saputo che il suo cuore cominciava a dare segni di cedimento. Era solo questione di tempo, e lui ne aveva da vendere.

Finché era vivo Henry, Hazel e la piccola Cayla erano al sicuro, ma dopo la sua morte sarebbero diventate estremamente vulnerabili.

Ben diversa era la situazione di Marlene Imelda, la madre alcolizzata che Carl detestava, e delle odiate sorellastre che l'avevano mandato in galera. Era colpa loro, se si trovava dietro le sbarre.

Sacha, la più grande, era talmente migliorata da quando lui era in prigione che i medici l'avevano dimessa dalla clinica psichiatrica, affidandola alle cure della madre. Sacha era andata a vivere con Marlene alle Isole Cayman e tra madre e figlia era rinato un grande affetto. Marlene non si era del tutto ripresa, ma occuparsi della primogenita l'aiutava molto a ridurre il consumo di alcol. Si dedicava anima e corpo a Sacha, che la gratificava ricambiando ampiamente il suo amore e la sua dedizione. Quando Henry Bannock aveva sposato Hazel ed era nata Cayla, Bryoni aveva deciso di lasciare Forest Drive e andare a vivere alle Cayman insieme alla madre e alla sorella.

Hazel aveva solo qualche anno più di Bryoni. Entrambe avevano una personalità forte, erano competitive e molto possessive. In altre circostanze probabilmente sarebbero potute andare d'accordo, ma la presenza di Cayla aveva mutato gli equilibri. Hazel era diventata la padrona di casa a Forest Drive, aveva cominciato a mostrarsi interessata all'andamento della Bannock Oil Corporation e Henry le aveva affidato il ruolo di amministratore che Carl aveva lasciato vacante. Hazel era entrata nel consiglio di amministrazione ed era diventata il suo braccio destro. Per Henry Bannock era tutto: amante, moglie, madre di sua figlia, socia in affari e amica fidata.

Bryoni, dal canto suo, non nutriva particolare interesse per la Bannock Oil Corporation. Riceveva dal Trust tutti i soldi che le servivano, non era ambiziosa e non aveva tutti quei talenti che rendevano Hazel così preziosa e desiderabile agli occhi di Henry Bannock. Non potendo competere con lei da nessun punto di vista, si trasferì a Grand Cayman, dove Marlene e Sacha la accolsero a braccia aperte. Almeno lì aveva un ruolo tutto suo ed era apprezzata dalle due persone cui voleva più bene.

Per Carl fu una vera e propria manna: a quel punto tre dei beneficiari del Fondo erano lontani da Henry Bannock e dalla sua rete protettiva e fuori della giurisdizione e tutela del governo degli Stati Uniti. Su quell'isola remota, le tre donne erano molto più vulnerabili a un'eventuale incursione degli amici di Johnny Congo.

Carl mise a punto il suo piano attentamente, curando i minimi dettagli. Johnny Congo partecipò con grande entusiasmo. Aveva contatti nell'ambiente dei narcotrafficanti in Honduras e in Colombia, sempre interessati a guadagnare qualche soldo in più.

Il referente di Johnny in Honduras era Alonso Almanza, la cui base operativa era nel porto di La Ceiba, dove aveva due motoscafi da dodici metri, velocissimi e adatti per le traversate oceaniche. Di solito li usava per trasporti notturni di merce in Messico, Texas o Louisiana, ma di recente la guardia costiera USA era diventata un filino più noiosa e i potenti mezzi di Almanza erano sottoutilizzati.

La Ceiba distava dalle Isole Cayman meno di cinquecento miglia nautiche: una passeggiata, per uno dei suoi Chris Craft.

« Alonso è un brav'uomo, assolutamente fidato. Non disdegna qualche lavoretto in più, se il prezzo è interessante. Non possiamo trovare di meglio. »

« Da come lo descrivi, mi piace, e possiamo pagarlo il giusto. Ma come facciamo per il sopralluogo iniziale? Hai qualcuno a Grand Cayman da mandare in ricognizione? »

« Nessun problema, White Boy. » Quel soprannome, usato inizialmente come sfottò, era diventato un vezzeggiativo. « C'è un agente immobiliare a George Town che una volta mi ha fatto un lavoretto. È uno che non fa storie. Gli diciamo che vogliamo presentare una proposta di acquisto per una certa proprietà sull'isola e che ci serve una descrizione particolareggiata dell'immobile, personale di servizio e proprietari compresi. »

« Contattalo subito, Blackbird. » Chiunque altro avesse osato chiamare così Johnny Congo sarebbe andato incontro a morte certa. « Ci servono soprattutto informazioni sulle misure di sicurezza della villa. Se conosco mio padre, e ti assicuro che lo conosco, saranno di alto livello. Ovviamente dobbiamo sapere in quale camera dorme mia madre e in quali le mie sorelle. Scommetto che le loro stanze sono adiacenti. »

Il contatto di Johnny a Grand Cayman era un inglese di nome Trevor Jones. Aveva deciso di godersi gli anni della pensione in un paradiso tropicale per poi scoprire, con sommo rammarico, che i paradisi costano cari e non ce la faceva ad arrivare alla fine del mese. Accettò volentieri la missione propostagli da Carl Bannock. Si procurò all'ufficio del catasto una copia della planimetria di The Moorings, la villa sul mare dei Bannock. Riuscì a scovare una ex cameriera di Marlene Bannock, Gladys, che era stata licenziata per aver rubato un paio di orecchini di perle dal portagioie di Sacha e se n'era andata dalla villa piena di rancore.

Insieme, Gladys e Trevor Jones studiarono la piantina della casa. Lei gli mostrò in quali camere dormivano le tre donne e dove facevano base i guardiani. L'ex cameriera conosceva le loro abitudini e sapeva che facevano il giro della proprietà a orari fissi. Il cambio di turno avveniva allo scadere dell'ora, quindi i movimenti delle guardie erano prevedibili. Gladys fornì l'elenco di tutte le persone di servizio, la maggior parte delle quali aveva la domenica libera e tornava alla villa il lunedì mattina.

Gladys conosceva la posizione esatta dei sensori dell'impianto d'allarme dislocati nella proprietà. Naturalmente le password erano state cambiate dopo che lei era stata licenziata, ma il suo compagno lavorava ancora a The Moorings come aiuto cuoco e non ebbe problemi a fornirle quelle nuove.

Il varco nella barriera corallina era segnalato da boe luminose e anche il canale di accesso al pontile d'ormeggio davanti alla villa era bene indicato. Trevor Jones, sulla sua barchetta da pesca, andò a misurare il fondale di nascosto e predispose alcuni piccoli accorgimenti. Con l'alta marea, nel punto meno profondo, il fondale era di almeno tre metri, più che sufficienti per un grosso Chris Craft.

Tutte quelle informazioni furono mandate a Johnny Congo e costarono a Carl meno di quattromila dollari, un ottimo affare.

Il dossier fu inoltrato ad Alonso Almanza, a La Ceiba,

insieme con una lista di istruzioni precise e un bonifico di settantacinquemila dollari, come anticipo su un totale di duecentocinquantamila, da saldare a lavori ultimati.

« Ti confiderò un segreto, Blackbird » disse Carl a Johnny Congo sorridendo soddisfatto. « Se hai i soldi, puoi fare e avere tutto quello che ti pare: nessuno ti dirà mai di no. »

« Hai ragione, White Boy! » Johnny sollevò la mano destra e gli batté un cinque.

Ventotto giorni dopo, in una notte di luna piena, il *Pluma de Mar*, uno dei due Chris Craft di Almanza, attraversò silenziosamente il varco nella barriera corallina ed entrò nella Old Man Bay, sulla costa settentrionale di Grand Cayman. Lo scafo era nero, opaco, e anche con la luna era praticamente invisibile. Il *Pluma de Mar* era partito da La Ceiba a mezzogiorno del giorno precedente, in modo da arrivare a destinazione esattamente alle tre meno un quarto della notte della domenica, l'ora più buia e triste, quando in giro ci sono solo briganti, pirati e lupi mannari.

Gli uomini dell'equipaggio erano tutti vestiti di nero, con cappucci neri che lasciavano scoperti solo gli occhi e la bocca. Ormeggiarono il *Pluma de Mar* a una delle boe del canale, a circa settanta metri dalla spiaggia antistante The Moorings. Trevor Jones aveva sistemato un piccolo radiofaro sulla boa per guidarli a destinazione. Lasciarono un solo uomo a bordo e salirono su un gommone dotato di un silenziosissimo motore elettrico a batteria alle tre in punto, quando i guardiani notturni stavano prendendo il caffè approfittando del cambio di turno. Due uomini mascherati corsero avanti per aprire la strada agli altri. Quando irruppero nel posto di guardia, colsero del tutto impreparati i quattro sorveglianti. Li legarono, li imbavagliarono con il nastro isolante e disattivarono l'allarme.

Poi, girando intorno alla piscina, arrivarono al portone della villa e lo forzarono con un piede di porco. Sapevano esattamente dove dovevano andare: attraversarono le sale al piano terra, presero le scale e, di sopra, si divisero in tre gruppi ed entrarono nelle tre camere da letto. Sorpresero le donne che dormivano profondamente, le fecero alzare e le trascinarono giù per le scale con le mani legate. Le condussero alla piscina, che era protetta da alti muri e nascosta fra la vegetazione tropicale per permettere alle Bannock di prendere il sole nude.

Uno di loro tirò fuori dallo zaino una telecamera. Era un cineasta di Guadalajara, in Messico, specializzato in pornografia hard core. In un discreto inglese disse alle tre prigioniere che piangevano terrorizzate: « Mi chiamo Amaranthus. Sono stato incaricato di realizzare un documentario su di voi. Per cortesia, non fate caso a me e non guardate verso la macchina a meno che non ve lo chieda io ». Indietreggiò leggermente e cominciò a filmare.

Il capobanda si piazzò davanti alle tre donne. « Mi chiamo Miguel. Fate quello che vi dico, altrimenti ve ne pentirete. *Nombre?* Nome? » gridò, costringendole una per una a dire come si chiamavano rivolte alla telecamera. Sacha Jean era ammutolita per il terrore e fu Bryoni a parlare per lei, dicendo: « Lei è mia sorella, Sacha Jean Bannock. È malata. Vi prego, non fatele del male ».

Sacha cadde in ginocchio e se la fece addosso dalla paura. Miguel scoppiò a ridere e la prese a calci: « Alzati, schifosa! »

Bryoni, con le mani legate, si chinò e l'aiutò a rimettersi in piedi.

Il capobanda si rivolse a Marlene. Tirò fuori un foglietto

da una tasca con la cerniera e disse: « Questi sono gli ordini che ho ricevuto ». Con forte accento ispanico cominciò a leggere: « Marlene Imelda Bannock, stai per essere giustiziata. Le tue figlie, Sacha Jean e Bryoni Lee, devono assistere alla tua esecuzione, che sarà filmata a beneficio di tutti gli interessati. Dopodiché le tue figlie verranno portate all'estero e imprigionate a vita ».

A Sacha cedettero di nuovo le gambe. Bryoni non riuscì a sorreggerla e la ragazza cadde sul bordo di marmo della piscina, si raggomitolò su se stessa e cominciò a lamentarsi a gran voce. Poi si mise a battere la testa sul marmo con tanta forza che si spaccò un sopracciglio, coprendosi la faccia di sangue. Bryoni le si inginocchiò accanto per cercare di impedirle di farsi ancora più male.

Intanto i tre uomini trascinavano Marlene che gridava disperata: « Sii forte, Sacha! Non piangere, tesoro! Bryoni, abbi cura di lei ».

La spogliarono e la costrinsero a scendere i gradini della piscina, che era poco profonda. I faretti sott'acqua illuminavano il set per Amaranthus, che si inginocchiò sul bordo a riprendere la scena.

Due uomini entrarono nell'acqua con Marlene, tenendola per le braccia. Guardarono Miguel, sul bordo della piscina. Questi disse: « *Bueno!* Mettetela sotto! »

I due le spinsero la testa sott'acqua e un terzo l'afferrò per le caviglie, sollevandole le gambe. Marlene, immersa a testa in giù nell'acqua, scalciava e si dibatteva con tanta violenza che gli uomini facevano fatica a tenerla.

« Basta! » gridò Miguel. « Tiratela fuori un minuto. » I tre ubbidirono. Marlene boccheggiava e ansimava. Mentre cercava di prendere fiato, ebbe un conato e rigettò un misto di acqua e vomito.

«*Bueno*, basta così. Ora rimettetela sotto.» Le spinsero giù la testa proprio mentre stava per inspirare e Marlene mandò giù acqua invece di aria. Continuarono per un po' a spingerle la testa sott'acqua per poi lasciarle riprendere fiato, ma ogni volta per meno tempo. Marlene era sempre più debole. Amaranthus, dietro la telecamera, cercava di riprendere al meglio la scena, perché nei patti era specificato che era una delle più importanti e sapeva che i suoi mandanti l'avrebbero apprezzato.

Combattuta fra l'amore per la sorella e quello per la madre, Bryoni si staccò da Sacha e strisciò ai piedi di Miguel per implorarlo. «È mia madre! Vi prego, non fate così.»

L'uomo l'allontanò con un calcio e gridò ai tre scagnozzi nella piscina: «Ora la finiamo. Tenetela sotto».

Un ultimo gorgoglio sulla superficie dell'acqua segnalò che i polmoni di Marlene si erano definitivamente svuotati. La donna rimase immobile.

«*Se murió?*» chiese uno degli uomini. «È morta?»

«*No, esperen un poco más*» ordinò Miguel. «No, aspettate ancora un po'.»

Bryoni capiva un po' lo spagnolo. Si avvicinò di nuovo a Miguel strisciando e gli afferrò le gambe.

«La prego, *señor*, abbia pietà. La supplico.» Questa volta lui le diede un calcio nei denti, facendola cadere all'indietro, con la bocca sanguinante.

«Fra poco arriverà anche il vostro turno» le disse, ridendo. «Prima, però, vogliamo prenderci un piccolo assaggio. Di te e di quella ritardata di tua sorella.» Tirò su la manica per guardare l'orologio, poi disse agli uomini dentro la piscina: «*Bueno!* Dovrebbe bastare. Tiratela fuori, che le diamo un'occhiata».

Uno degli uomini afferrò Marlene per i capelli e le sollevò la testa fuori dell'acqua. Il viso era cereo, gli occhi spalancati, fissi nel vuoto, e i capelli bagnati ricadevano come alghe su uno scoglio durante la bassa marea. Dalla bocca aperta le uscì un rivolo d'acqua.

« Lasciatela lì » ordinò Miguel. Gli uomini uscirono dalla piscina, lasciando il cadavere di Marlene a galleggiare a faccia in giù.

« Ci siamo trattenuti fin troppo. È ora di andare » disse Miguel. « Ripulite la *puta* » aggiunse indicando Sacha. « Il *jefe* ci ammazza, se gli sporchiamo di merda la sua bella barca. »

Tolsero il pigiama sporco a Sacha e la buttarono nella piscina vicino al cadavere della madre, nuda. Nel frattempo uno di loro si avvicinò a Bryoni e le liberò i polsi.

« Entra nell'acqua con quella zozzona di tua sorella e toglile la merda di dosso » le ordinò in spagnolo.

Bryoni raggiunse Sacha, la lavò, le ripulì la ferita al sopracciglio, poi l'aiutò a uscire dalla piscina, sorreggendola con un braccio sulle spalle. Sacha piagnucolava e si voltava continuamente a guardare il cadavere di Marlene. « Che cos'ha la mamma? Perché non mi parla, Bryoni? » Era regredita allo stadio di una bambina di cinque anni.

L'alba fu un trionfo di maestosi cumulonembi illuminati dai primi raggi del sole. Il *Pluma de Mar* viaggiava veloce verso sud. Si trovava duecento miglia marine a sud di Grand Cayman, ma non stava andando direttamente a La Ceiba, in Honduras.

Faceva rotta sul porto di Cartagena in Colombia.

Appena il sole fu sopra l'orizzonte, Miguel ordinò che le prigioniere venissero portate al pozzetto.

Sacha era confusa e disorientata e non capiva che cosa

stava succedendo. Non si rendeva neppure conto di essere nuda. Sbatteva gli occhi, abbagliata dal sole, e continuava a chiedere a Bryoni dov'era la mamma.

«Chi sono questi uomini, Bryoni? Perché mi guardano così? Perché abbiamo lasciato a casa la mamma?» Era sprofondata di nuovo negli abissi della demenza.

Gli uomini dell'equipaggio avevano preso alcuni cuscini colorati dalla cabina e li avevano sistemati nel pozzetto a mo' di materasso. Si erano tolti la tuta e il cappuccio, rimanendo in maglietta e mutande.

Conclusa con successo la loro missione, erano di buon umore e in vena di festeggiamenti. Ridevano, scherzavano e bevevano lattine di birra. Si radunarono intorno alle due ragazze.

Miguel si avvicinò e puntò il dito verso Bryoni. «Spogliatela. Non ci sono segreti a bordo di questa barca. Vediamo che cos'ha da offrire.»

Mentre Amaranthus filmava, separarono Bryoni dalla sorella e le strapparono la camicia da notte. Uno di loro l'appallottolò e la gettò in mare. Le si avvicinarono e cominciarono ad allungare le mani, palpandola dappertutto, mentre Bryoni cercava di divincolarsi e di difendersi.

A quel punto intervenne Miguel, che li spinse indietro gridando: «Non litigate! Un po' per uno non fa male a nessuno. Quando arriveremo a Cartagena ve la sarete scopata tanto che non la vorrete nemmeno più vedere!» Mostrò alcune carte da gioco e disse: «Ognuno peschi una carta, *hermanos*. Vanno dall'asso al jack. Chi prende l'asso va per primo; chi prende il jack per ultimo». Gli uomini si fecero avanti sgomitando per prendere una carta ciascuno. Quello che si trovò in mano l'asso di picche lanciò un grido di esultanza. «Tocca a me, figli di puttana!»

« Indietro! » ordinò Miguel ridacchiando. « Il primo giro tocca a Feliciano. Quale vuoi delle due, *amigo*? »

« Quella grassa. » Sgomitando, Feliciano si diresse verso Sacha e la prese per mano. Lei gli sorrise: continuava a non capire nulla e lo seguì docilmente verso il mucchio di cuscini. Feliciano la spinse giù.

« No, Sacha! Non lasciarti toccare! » Bryoni lottava per liberarsi dalla stretta degli uomini che la trattenevano. « Attenta! Ti vuol fare del male! »

Sacha sorrideva felice: i suoi sbalzi d'umore erano rapidissimi e imprevedibili. « Non ti preoccupare, Bryoni. È simpatico. È così gentile. »

L'uomo le si inginocchiò davanti e si abbassò le mutande. D'un tratto Sacha ricordò quello che le aveva fatto Carl Peter e cercò di scappare, terrorizzata. Dovettero tenerla ferma in quattro.

Bryoni venne trascinata e buttata sui cuscini a fiori, mentre il secondo uomo si faceva avanti voglioso. Anche lei si mise a gridare e a scalciare e gli stessi quattro uomini dovettero immobilizzarla. Amaranthus continuava a filmare.

Verso metà pomeriggio, mentre il *Pluma de Mar* proseguiva sulla sua rotta verso sud, le due sorelle caddero in uno stato di torpore. Nessuna delle due aveva più né la forza né la volontà di opporre resistenza.

Quella sera, a venti miglia dal porto colombiano di Cartagena, nel breve crepuscolo tropicale, il *Pluma de Mar* incontrò la chiatta con cui aveva appuntamento. Le due sorelle vennero nuovamente legate e imbavagliate, trasferite sulla chiatta e nascoste sotto un vecchio telone sporco, a poppa. Amaranthus trasbordò insieme a loro con la telecamera: doveva seguire le ragazze e continuare a filmare tutto, sino alla fine.

Il *Pluma de Mar* ripartì in direzione di La Ceiba alla velocità di trenta nodi, mentre la chiatta si dirigeva lentamente verso il porto di Cartagena.

Ad attendere la chiatta su uno dei moli, in una zona poco frequentata del porto di Cartagena, c'era un vecchissimo camion Ford con una nuova squadra di uomini: un autista, il suo secondo e due scagnozzi. Le ragazze vennero velocemente sbarcate e trasferite sul camion, nascoste sotto un altro telone. Amaranthus e i suoi scagnozzi salirono dietro, mentre l'autista e il secondo prendevano posto nella cabina di guida. L'autista mise in moto e partì verso il varco portuale. Un doganiere uscì dalla guardiola, parlò brevemente con lui sottovoce, accettò una mazzetta e si fece da parte, autorizzandoli a passare. Bryoni e Sacha erano in Colombia.

Il camion viaggiò in direzione sud per sei giorni consecutivi, su strade sempre più dissestate, in mezzo alla giungla e alle montagne. A un certo punto salì su un traghetto per attraversare un fiume ed entrò in Venezuela. Ogni volta che facevano una sosta, l'autista fermava le macchine di passaggio e apriva il telone del camion per mostrare le ragazze ai potenziali clienti. Se Sacha e Bryoni protestavano, le picchiava.

Minas De Ye era una località nel cuore del bacino dell'Amazzonia, lungo le sponde del Río de Oro, un affluente del Río delle Amazzoni, dove un esercito di minatori illegali rischiava la vita per pochi grammi di metallo prezioso.

Il camion si fermò per l'ultima volta davanti a una grande baracca sulla riva del fiume, dove uno dei molti mercanti d'oro provenienti dalla città di Calabozo aveva messo su bottega. Era una canaglia, un ciccione di nome Goyo, che se ne stava sulla veranda, dietro la sua bilancia, a contrattare con i minatori che andavano a offrirgli scagliette e minuscole pepite trovate sui monti della zona.

La sua donna era una bisbetica di nome Dolorita, tanto magra quanto lui era grasso. Vendeva ai clienti del marito marijuana, eroina e tequila distillata in casa e gestiva un bordello nel retro. Sacha e Bryoni vennero scaricate dal camion e consegnate a Dolorita, che sembrava ansiosa di accoglierle. Le costrinse subito a spogliarsi degli stracci che avevano addosso e le esaminò velocemente. « Sono già da buttare. Nelle foto non erano così » protestò, nel vedere che erano piene di lividi. « Ma ormai è troppo tardi. Non posso rimandarle indietro. Le ho già pagate più di cento dollari l'una. Comunque, di ragazze nuove c'è sempre bisogno. » Si rivolse al suo aiutante, un bruto con l'aria truce e un occhio storto che si chiamava Silvestre. Questi sorrideva di rado, ma quando lo faceva metteva in mostra un dente d'oro e uno completamente nero.

« Sarà meglio che ti dai da fare, Silvestre. Devo recuperare un po' dei soldi che ho speso. Hai capito? Mettile subito al lavoro » gli ordinò Dolorita.

Silvestre portò le due sorelle nel retro e le fece entrare nel bugigattolo. Da quel momento vissero lì, accogliendo i clienti su due luridi materassi stesi uno accanto all'altro sul pavimento di terra battuta. Non c'era acqua corrente e per lavarsi e per bere le ragazze avevano soltanto un secchio di acqua di fiume in un angolo della stanza. Accanto c'era un altro secchio, identico, che serviva da bugliolo per loro e per i clienti. Bere quell'acqua contaminata provocava a entrambe frequenti attacchi di dissenteria.

Dolorita le vendeva a un prezzo talmente basso che davanti alla loro porta c'era sempre una fila di gente che aspettava il proprio turno. Erano tutti minatori, puzzavano di sudore e avevano l'alito fetido per i denti marci e la tequila, la pelle e i vestiti erano incrostati del fango rossastro delle miniere.

Bryoni non riuscì mai a scoprire quante altre ragazze lavorassero in quel bordello, ma sapeva che erano parecchie. Molte morivano per malattia, fame, oppure overdose. Il tetto dell'edificio era di rami di palma e con quelle piogge tropicali le ragazze non erano quasi mai all'asciutto. Nel giro di una settimana a Sacha venne una brutta tosse. Siccome si rifiutava di mangiare quel cibo schifoso, cominciò a perdere peso a una velocità preoccupante.

Le pareti della stanza erano così sottili che si sentiva tutto quello che succedeva dall'altra parte. Due o tre volte la settimana Bryoni sentiva Dolorita chiamare Silvestre e dirgli: « Questa è andata. Portala alla fattoria ».

Bryoni non aveva idea di che cosa volesse dire. Ormai era sprofondata in una nebbia fatta di dolore, spossatezza e droga e, come Sacha, stava perdendo il contatto con la realtà.

Ogni due o tre giorni Amaranthus andava alla bottega a bere tequila con Silvestre e a riprendere qualche altra squallida immagine di Bryoni e Sacha. Bryoni faceva a malapena caso a lui, ma era preoccupata per il rapido deteriorarsi delle condizioni di salute di Sacha. Si rendeva conto che la sorella stava per morire.

Nel suo spagnolo stentato, implorò Dolorita e Silvestre di chiamare un dottore, ma quelli le risero in faccia.

« Chi lo paga il dottore, *querida*? » le disse Dolorita in tono sfottente. « Se tua sorella lavorasse un po' di più, potrei anche comprarle qualcosa contro la tosse ma, pelandrona com'è, perché dovrei spendere soldi per lei? »

Il giorno dopo, alle prime luci dell'alba, Sacha morì fra le braccia di Bryoni, che la sentì raffreddarsi a poco a poco. Non aveva quasi più nemmeno la forza di piangere per lei.

Dolorita e Silvestre entrarono nella stanza e osservarono il corpo nudo e scheletrico di Sacha.

« Sì, è andata » decretò Dolorita in tono pragmatico. « Portala alla fattoria, Silvestre. »

Bryoni continuava a non sapere dove fosse né cosa fosse la fattoria, ma non le interessava più scoprirlo. Ora che Sacha era morta, nulla aveva più importanza. Si arrese. Il suo unico desiderio era morire per raggiungerla, dovunque lei fosse.

Amaranthus, il cameraman, arrivò il pomeriggio del giorno dopo e si infuriò nell'apprendere che Sacha era morta.

Bryoni lo sentì che gridava a Silvestre, sulla veranda: « Perché non mi avete mandato a chiamare? Adesso si arrabbieranno con me. Mi costerà un sacco di soldi, sai? Ho il compito di filmare tutto, specie la morte di quelle due stronzette. Adesso mi decurteranno la paga. Dovevate mandarmi a chiamare ».

Mentre Amaranthus diceva queste cose, con Bryoni c'era uno dei minatori. Stava ansimando sopra di lei ed emetteva versi animaleschi, e la ragazza fece fatica a capire. Ma la risposta di Silvestre le arrivò chiarissima. « Non ti preoccupare, amico. L'altra *puta* la seguirà presto. Quando toccherà a lei, ti chiamo. Dai, vieni, offrimi una tequila. » Prese Amaranthus sottobraccio e si sedette con lui a uno dei tavoli e bevettero insieme. Amaranthus si rasserenò e offrì un secondo giro.

« Vorrei vedere la fattoria di cui parlate sempre tu e Dolorita. Magari faccio qualche ripresa. Mi ci porti, Silvestre? »

« Prima offrimi un altro bicchiere. »

Scolò la tequila e si alzò. « *Bueno, amigo.* Vieni con me. Ti porto a vedere la nostra famosa fattoria. »

Condusse Amaranthus al di là della piantagione di banane, verso la riva del fiume, e si infilò in un boschetto di noci. Amaranthus sentì una puzza disgustosa e disse: « Che schifo! Cos'è questo tanfo? »

« Viene dal porcile e dal macello. »

« Avete dei maiali? »

« Cinghiali. Le nostre salsicce sono le migliori di tutto il Sudamerica. Le mandiamo nelle città più grandi. »

Sbucarono in una radura nella giungla. Silvestre lo condusse lungo un sentiero che passava fra due file di recinti, dentro cui c'erano alcuni cinghiali.

Si fermò accanto a un recinto che conteneva otto bestie enormi, che gli arrivavano all'altezza del bacino. Avevano zanne corte e micidiali e setole fitte e ruvide. Respiravano rumorosamente e grugnivano eccitati, guardando Silvestre con occhi lucidi e avidi.

« Ti riconoscono. Sono contenti di vederti » disse Amaranthus.

« Ci sono affezionato » ammise Silvestre. « E loro mi vogliono bene perché gli porto da mangiare. » Indicò il più grosso. « Quello si chiama Hannibal. Quando lo macelleremo per farne salsicce, peserà trecento chili. »

« Che mostro! » esclamò Amaranthus. « Che cosa gli dai da mangiare? Cassava? »

« Sì, certo. » Silvestre si toccò il naso con un dito e assunse un'espressione maliziosa. Sottovoce, aggiunse: « Ma anche carne. Tanta carne ».

« E dove la prendi? » chiese Amaranthus stupito. « Poca gente a Minas De Ye può permettersi di mangiar carne più di una volta al mese. È carissima. »

« Non se gestisci un bordello a Minas De Ye » ribatté Silvestre sorridendo.

Amaranthus lo guardò e, cogliendo il significato di quello che gli stava dicendo, esclamò: « No! » Poi aggiunse: « No, non ci credo ». Sorrise anche lui. « Le ragazze? Davvero? »

« Oh, yes! » replicò Silvestre, grugnendo allegro come uno dei suoi cinghiali. « Quando al bordello non servono più, Dolorita le manda qui alla fattoria. »

« È così che vi siete liberati della prima *yanqui*, quando è morta? » chiese Amaranthus. « L'avete data in pasto ai cinghiali? »

Silvestre rideva talmente che non riuscì a rispondergli. Amaranthus si voltò e si appoggiò al recinto, riflettendo. Si rollò una canna di marijuana con le mani tremanti per l'eccitazione. Poi l'accese e si rivolse di nuovo a Silvestre. « Ti farebbero comodo cento dollari americani? »

Silvestre smise subito di ridere. Pensò a cosa poteva fare con quei soldi e decise che sì, gli facevano comodo. Dolorita lo pagava poco più della metà, per una settimana di duro lavoro.

« Cosa dovrei fare per guadagnarli? »

« Lasciarmi filmare quando porti l'altra *puta* americana alla fattoria, a far visita al tuo caro Hannibal. »

Silvestre tirò un sospiro di sollievo. « Nessun problema, *amigo*. Appena tira le cuoia ti mando a chiamare. Ormai è questione di poco, credo. Le manca la sorella: vedrai che si arrende. Per cento dollari americani ti lascio filmare tutto quello che vuoi. »

« No, non mi hai capito » lo corresse Amaranthus. « Io voglio che la porti qui prima che tiri le cuoia. La voglio filmare alle prese con Hannibal quando ha ancora la forza di scalciare e di gridare. »

Persino Silvestre rimase sconcertato dall'enormità di quella richiesta. Impallidì e lo fissò.

« Vuoi che ce la porti viva? » balbettò. « Vuoi che i miei cinghiali la mangino quando è ancora viva? » Non riusciva a crederci.

« Sì, *amigo*. Proprio così. »

« Cristo santo! Pensavo di averle sentite tutte e invece... Fammi fare un tiro del tuo *porro*, dai. » Silvestre aspirò una lunga boccata e trattenne il fumo nei polmoni. Poi disse: « Cento dollari non bastano. Ne voglio cinquecento ».

« Trecentocinquanta » replicò Amaranthus.

« Quattrocento. »

« Va bene. Siamo d'accordo per quattrocento » disse Amaranthus, soddisfatto. Aveva sentito di uno che aveva guadagnato centomila dollari per un video di sei minuti venduto sul mercato nero. L'aveva visto e non era niente, in confronto a quello che avrebbe messo in giro lui.

Un milione di dollari! pensò. Ci ricaverò un milione di dollari, se non di più!

Era lunedì mattina e Silvestre sapeva che Dolorita e Goyo, suo marito, erano chiusi nell'ufficio sul retro a contare i guadagni della settimana, che Goyo avrebbe poi portato in città per versarli in banca. Silvestre bussò alla porta.

« Chi è? » chiese Dolorita con la sua voce gracchiante. « Cosa volete? Siamo occupati! »

« Sono io, Silvestre. L'altra *puta* americana, quella sfacciata, è morta stanotte. »

« E io cosa ci devo fare? Portala alla fattoria e lasciaci in pace: abbiamo da fare, lo sai. »

« Mi perdoni, *señora*. Non la disturberò più. »

Silvestre andò sul retro. Benché fosse presto, davanti alla porta della stanza di Bryoni c'erano due minatori in fila ad aspettare il loro turno.

La porta era aperta e i due uomini fumavano e guardavano interessati la scena che si svolgeva all'interno. Silvestre li spintonò da una parte e indicò loro la veranda.

« Andate da un'altra ragazza » disse. « Questa per oggi ha finito. »

« Io voglio questa » cominciò a protestare uno dei minatori. « La conosco già. È una che si muove, che si ribella: mica sta ferma come un pesce lesso... »

Silvestre lo fulminò con un'occhiata e l'uomo si allontanò di corsa. Silvestre aveva fama di avere il coltello facile. Una fama brutta quasi quanto la sua faccia.

Silvestre mandò via il minatore che stava con Bryoni a calci nel sedere. L'uomo si scostò, si tirò su le brache e scappò di corsa. Silvestre si inginocchiò accanto a Bryoni.

« Ti porto un po' fuori » le disse.

« Va bene. »

« Dato che sei nuda, ti do una coperta, così non ti vede nessuno. »

« Grazie. »

Silvestre le mise la coperta lercia e infangata addosso, in maniera da coprirle la testa e la faccia. Poi la prese in braccio e la portò fuori dalla porta di servizio, dirigendosi verso la giungla.

Quando arrivò alla fattoria, vide che Amaranthus era già arrivato. Si era arrampicato sul muretto intorno al porcile di Hannibal e aveva sistemato la telecamera sul cavalletto. I cinghiali girellavano sotto di lui grugnendo. Avevano visto Silvestre scendere dalla collina e avevano intuito che stava portando loro del cibo.

« Sei pronto? » chiese Silvestre. « Non dobbiamo perdere tempo. »

« Prontissimo » rispose Amaranthus, eccitato. Hannibal, sotto di lui, era in piedi sulle zampe posteriori, con quelle davanti appoggiate sul muretto, e guardava Silvestre.

« Come procediamo? » chiese Silvestre, mettendo giù Bryoni e togliendole la coperta di dosso. Bryoni si ritrovò davanti la grande testa di Hannibal che la guardava affacciato al muro del porcile e assunse un'espressione confusa. Spaventata, indietreggiò, appoggiandosi a Silvestre. Hannibal soffiava dalle narici, eccitato.

« Io sono pronto. Parti pure quando vuoi » disse Amaranthus.

« Ci vorrà un po' di sangue per stimolare Hannibal » disse Silvestre. Fece un passo indietro. Bryoni era talmente affascinata dal bestione che aveva davanti che non si accorse di quello che Silvestre stava facendo. C'era una pala appoggiata al muro del porcile, che Silvestre aveva lasciato lì apposta quella mattina. La prese in mano e disse: « Bryoni, guardami ».

Lei si voltò e lui la colpì al ginocchio. La lama di acciaio le tagliò la carne e le fratturò la rotula. Dalla ferita cominciò a uscire sangue. Scioccata, Bryoni si accasciò, urlando di dolore.

Silvestre mollò la pala e prese la ragazza al volo prima che cadesse a terra. Poi guardò Amaranthus sul muretto.

« Vado? » domandò.

« Vai! » rispose Amaranthus.

Silvestre lanciò Bryoni nel porcile, gettandola nel fango. La ragazza rimase intontita, ma provò a rialzarsi e, appoggiandosi sui gomiti, cominciò a trascinarsi verso il muretto, sperando di riuscire a salvarsi.

Ma Hannibal e gli altri cinghiali furono più svelti di lei e le si lanciarono addosso. Hannibal le infilzò la gamba con le zanne e cominciò a tirarla di qua e di là, cercando di staccare un pezzo di carne. Bryoni si ritrovò con la schiena nel fango e la faccia lievemente sollevata, dritta davanti all'obiettivo.

« Aiuto! » gridò. « Per favore, aiutatemi! »

Un altro cinghiale le addentò una spalla e cominciò a tirare, mentre Hannibal le strattonava la gamba dalla parte opposta. Poi arrivò un terzo animale, che si avventò su Bryoni, squarciandole il ventre.

Bryoni aprì la bocca e lanciò un'ultima invocazione: « Papà! »

Il grido si spense pian piano, mentre le bestie la divoravano.

Carl Bannock e Johnny Congo erano seduti nella cella di Johnny, a guardare il video. Era la terza sera che lo guardavano, ma la visione li eccitava come la prima volta.

Amaranthus, professionista esperto, aveva montato un video di quaranta minuti dalle ore di riprese che aveva fatto. Il risultato avrebbe fatto venire la pelle d'oca al sadico più perverso del mondo, ma a Carl e Johnny piaceva moltissimo e, in alcuni punti che trovavano entusiasmanti, ridevano a crepapelle.

In realtà erano d'accordo tutti e due che la parte migliore fosse il finale, quando Bryoni, ormai a pezzi, sollevava appena la testa dal letame e invocava suo padre. Le facevano il verso ogni volta: « Papà! »

Johnny chiese: « Quando pensi di mandare il video al tuo *papà*? » Pronunciò « papà » con la stessa intonazione di Bryoni e rise.

Anche Carl sghignazzò. Poi però si fece serio e rispose: «Appena troveremo il modo di farglielo avere senza che lui possa risalire a noi».

«Tuo padre non faceva tutti quei soldi, se era scemo» gli fece notare Johnny. «Appena lo vede, capisce subito che sei stato tu.»

«Questo non è un problema. Sarà la giusta punizione per quello che mi ha fatto. Voglio che sappia che dietro ci sono io, senza però lasciargli la possibilità di dimostrarlo.»

Ronnie Bunter e sua moglie Jennie erano dei veri melomani. Non si perdevano quasi mai una prima alla Grand 1894 Opera House, e la *Bohème* itinerante del Teatro alla Scala era ospite in Texas. Si trattava di una delle loro opere preferite. Dopo lo spettacolo tornarono al parcheggio sotterraneo parlando animatamente. Ronnie aprì la portiera della Porsche 911 aiutando la moglie a sedersi sul sedile del passeggero, poi si diresse al proprio. Mentre si infilava nell'auto gli sfuggì un'esclamazione: «Che avevi lasciato qui, tesoro?»

«Nulla, Ronald.»

Ronnie frugò dietro lo schienale del proprio sedile e tirò fuori una piccola scatola di cartone di forma rettangolare. «E allora questa come ci è arrivata?»

«Attento, Ronald! Potrebbe trattarsi di una bomba» rispose Jennie, allarmata.

«Se lo fosse saremmo già morti tutti e due.» Esaminò l'involucro e lesse l'etichetta scritta a mano sul davanti. PER IL SIGNOR RONALD BUNTER. CONFIDENZIALE. «Sembra una videocassetta.»

«Niente di brutto, spero» osservò Jennie, spaventata.

«Non penso.»

« E allora perché dice 'in privato'? »

« Lo porterò in ufficio domani e gli darò un'occhiata in sala riunioni. »

« Meglio che tu non lo faccia vedere alla tua nuova assistente. Sembra una brava ragazza. »

« Non preoccuparti per Jo Stanley. Ha un'ottima formazione e puoi scommettere quello che vuoi che avrebbe un paio di cosette da insegnare a due bacucchi come noi. »

La mattina seguente, non appena ebbe visto il video, Ronnie telefonò agli uffici della Bannock Oil Corporation ad Anchorage, in Alaska.

« Henry » chiese quando gli passarono Henry Bannock, « quando torni a Houston? »

« Rientro venerdì. » Henry si era accorto che il tono di voce del vecchio amico era teso. « Cosa c'è, Ronnie? È successo qualcosa? La polizia ti ha dato qualche notizia sulle mie figlie? »

« Ascoltami, Henry, devi tornare qui subito. No, non posso dirti il perché finché non ci vediamo di persona. Parti e basta, Henry. Vieni in ufficio da me appena puoi. E non portare Hazel con te, hai capito? Vieni da solo. »

« Resta in linea, Ronnie. » Ronald lo sentì che parlava con qualcuno accanto a lui per poi tornare al telefono.

« Okay, partiremo fra un'ora. Ma ci vorranno più di sette ore. Arriveremo a Houston molto tardi. »

« Non importa a che ora arrivi; vieni subito in ufficio, Henry. Ti aspetto qui. Ci sarà qualcuno all'ingresso per farti entrare. »

« Ti telefono non appena atterriamo » lo rassicurò Henry.

Con indosso la livrea di chauffeur, Bonzo Barnes aspettava Henry Bannock e Hazel all'uscita preferenziale VIP dell'aeroporto di Houston.

« Bentornato, signore. Benvenuta, signora. Ci siete mancati. »

Henry gli strinse la mano. « Come va, Bonzo? » Henry Bannock era un vero gentiluomo. Trattava tutti i suoi dipendenti con rispetto; ma la stretta della sua mano non era più ferma come un tempo.

Bonzo si girò verso Hazel e nella stretta di mano le fece una domanda silenziosa, inclinando leggermente di lato la grossa testa e sollevando un sopracciglio. Non osava nominare le ragazze rapite in presenza del padre.

Era più di un anno che Sacha e Bryoni erano sparite, lasciando disperazione e dolore dietro di sé. Forse, l'aspetto peggiore era l'incertezza, quel mese dopo l'altro di straziante apprensione.

Henry Bannock soffriva più di tutti. I suoi tratti energici e decisi sembravano sul punto di sgretolarsi. I suoi occhi non cercavano più nuovi orizzonti da conquistare, lo sguardo era sfuggente e spento. Le spalle erano chine, la schiena curva. Camminava come un vecchio, trascinando i piedi, aggrappato al braccio di Hazel per trovare consolazione e sostegno. Ma in quel momento raccolse le forze per rivolgere a Bonzo un sorriso stanco.

« L'astuzia non è mai stata una delle tue qualità più spiccate, Bonzo Barnes. La risposta è no. Non abbiamo saputo niente. »

Bonzo trasalì. Lavorava per Bannock da quasi trent'anni. Avrebbe dovuto ricordarselo, che aveva occhi anche dietro la testa.

« Mi scusi, signor Bannock. »

Henry gli batté una mano sulla spalla con una parvenza del suo antico vigore. « Dobbiamo farci forza tutti, amico mio. Adesso accompagnami all'ufficio del signor Bunter, e poi porterai a casa la signora Bannock. Dopo torna in città e aspettami. Non so quanto tempo ci metterò. »

Seduta sui sedili posteriori della Cadillac, Hazel si fece più vicina a Henry e gli strinse il braccio. « Se hai cambiato idea, Henry, vengo con te per sentire quello che ha da dirci Ronnie. »

« Cayla non ti vede da giorni. Vai a casa. »

« Nella mia vita al primo posto ci sei tu, Henry Bannock. Cayla è al secondo. »

Henry si voltò verso di lei e la guardò negli occhi. « Sei una donna straordinaria. La migliore che abbia mai conosciuto. Mi mancherai. »

« Perché mi dici questo? » gli chiese Hazel guardandolo allarmata.

« Non so perché. Mi è uscito così. »

« Non avrai intenzione di fare qualche sciocchezza, vero? »

« No, te lo assicuro. »

« Credi che Ronnie abbia delle brutte notizie, è così? »

« Sì. Ne sono certo. »

Hazel lo accompagnò alla porta d'ingresso dell'imponente palazzo che ospitava la sede dello studio legale Bunter & Theobald Associates Inc.

Nell'atrio spazioso, al di là della porta a vetri, Jo Stanley, la nuova assistente legale di Ronnie, era seduta su uno dei divani di pelle bianca, intenta a leggere una rivista femminile. Alzando gli occhi li vide che attraversavano il marciapiede; posò la rivista e andò loro incontro. Mentre apriva la porta, Hazel si girò ad abbracciare Henry.

« Ricordati le mie parole! » gli sussurrò. « Non sentirai mai la mia mancanza perché camminerò sempre al tuo fianco. » Si alzò in punta di piedi e lo baciò sulle labbra, poi si voltò e tornò in fretta da Bonzo che le teneva aperta la portiera posteriore dell'auto.

Henry rimase a guardarli mentre si allontanavano e poi entrò nell'atrio.

« Mi spiace farti fare così tardi, Jo. »

« Non è un problema, signore. Non ho motivi per correre a casa. »

« Dov'è Ronnie? »

« La sta aspettando al decimo piano nella sala riunioni. L'accompagno, signor Bannock. »

« Conosco la strada meglio di te, Jo Stanley. Vengo qui da prima della tua nascita. E ora vai a casa, da brava! » Henry le sorrise, ma lei si accorse che era tirato e gli occhi erano stanchi.

Quando le porte dell'ascensore si aprirono al decimo piano, Henry trovò Ronnie che lo aspettava sul pianerottolo.

« Scusami se ti costringo ad affrontare tutta questa faccenda... » esordì, ma Henry lo interruppe.

« Piantala con le stronzate, Ronnie. Dimmelo subito. Hanno trovato Bryoni? »

« Non è così semplice, Henry » rispose l'altro prendendolo per il braccio.

Henry gli allontanò la mano. « Dai, Ronnie, so ancora camminare con le mie gambe. » Raddrizzò le spalle e si diresse deciso alla sala riunioni. Si sedette al solito posto al lungo tavolo e lanciò un'occhiata torva all'amico.

« Ti ascolto » gli disse.

Ronnie andò a sedersi di fronte a lui. « Ho ricevuto una videocassetta. »

« Da chi? »

« Non so. Mentre ero all'opera con Jennie, sabato sera, qualcuno l'ha lasciata sul sedile della mia Porsche. »

« L'hai già vista? »

Ronnie annuì.

« Cosa c'è dentro? »

« Non so come dirtelo. È la cosa più disgustosa e straziante che si possa immaginare. Solo una mente malata e crudele potrebbe concepirla. È per questo che ti ho pregato di non portare Hazel con te. »

« Riguarda le mie bambine? »

« Sì, ma adesso che lo sai, vuoi ancora vederla? »

« Se riguarda le mie figlie ho forse altra scelta? Metti su quel dannato film, Ronnie. Piantala di parlare e guardiamolo. »

Ronnie allungò la mano verso la pulsantiera sulla scrivania davanti a lui e le luci si abbassarono mentre lo schermo argentato scendeva dal soffitto a coprire la parete in fondo alla sala. Henry fece ruotare la sedia per averlo di fronte.

« Fatti forza, Henry, amico mio » esclamò Ronnie in tono compassionevole, schiacciando il pulsante PLAY.

La scena si apriva sulla vista stupenda di un cielo estivo, con nuvoloni gonfi di tempesta. Sopra l'immagine apparve, scritta in oro, una citazione: « Gli estremi della gioia sono separati dagli abissi della disperazione dal semplice tremolio di una foglia... »

La vista del cielo passò repentinamente alla scena notturna di una piscina circondata dalle sagome in penombra di alberi di palma.

Tre uomini mascherati tenevano Marlene dentro l'acqua. L'illuminazione della piscina mostrava tutto nei dettagli più crudi e spietati. Marlene era nuda, e sotto gli occhi di Henry l'annegarono, dando mostra di un sadismo inaudito.

Con uno stacco, la videocamera inquadrò Bryoni sul bordo della piscina, che in lacrime implorava pietà per la madre. Era ai piedi di un altro assalitore vestito di nero. Sacha era raggomitolata sul bordo e sbatteva la testa sul marmo con tale forza da farsi sgorgare il sangue a fiotti.

« Gesù santo » sussurrò Henry, con la voce rotta per la disperazione, « non puoi lasciare che questo accada. »

Poi ammutolì e restò immobile come una statua di bronzo davanti al moltiplicarsi di quegli orrori. Incapace di staccare gli occhi dallo schermo, vide gli stupri che seguivano alle percosse, le figlie tenute a terra da creature subumane, e violentate da altre ancora più oscene.

Non meno terribili delle immagini erano i suoni, il colpo della frusta che si abbatteva sulla carne, le grida lascive degli aguzzini, i lamenti e i singhiozzi agonizzanti delle giovani vittime.

Alla fine, quando vide la sua adorata Bryoni accasciata in mezzo al fango e al sudiciume della porcilaia, mentre il branco di cinghiali assatanati la faceva a pezzi, Henry si alzò con un enorme sforzo e restò vacillante davanti al tavolo.

Sullo schermo, Bryoni sollevava la testa, come se lo cercasse con lo sguardo.

« Papà! » gridò.

Henry sollevò la mano destra in un gesto di supplica, come se implorasse il suo perdono per non averla saputa soccorrere in quel momento fatale.

« Bryoni! » rispose a sua volta con un grido, che riecheggiò dell'angoscia più devastante.

Poi, come una sequoia gigante, crollò, dapprima lentamente, schiantandosi a faccia in giù sul lungo tavolo, congelato dalla morte.

Era già passata la mezzanotte, ma Hazel aveva chiesto alla cuoca di tenere in caldo la cena per Henry. Aspettava il marito sulla terrazza: era una sera tiepida e il cielo era pieno di stelle.

Aveva scelto un abito da sera azzurro senza maniche, di una sfumatura in tinta con i suoi occhi, che le lasciava la schiena nuda e metteva in risalto il seno e l'elegante muscolatura delle braccia. Sapeva che a Henry sarebbe piaciuto.

Era bella e slanciata come ai tempi del loro primo incontro.

Non riusciva a stare ferma; passeggiava per la terrazza con la grazia di una pantera, sorseggiando l'unico bicchiere di Pouilly-Fuissé che si concedeva ogni sera, e canticchiava sottovoce sulla melodia diffusa dagli altoparlanti. Pensò di telefonare a Henry per accertarsi che stesse bene, ma poi scosse la testa: a Henry non piaceva essere interrotto durante una riunione d'affari.

Indugiò accanto al tavolo e riallineò le posate d'argento al posto di Henry. Il vino era nel decanter di cristallo. Aveva stappato e versato uno dei Borgogna preferiti del marito perché respirasse e acquistasse corpo. Decise che avrebbe acceso le candele non appena l'auto si fosse fatta sentire su per la collina, e controllò che l'accendino d'epoca Ronson fosse a portata di mano.

Lo so, è successo qualcosa alle ragazze, ma qualunque cosa gli abbia detto Ronnie, io sarò forte, si disse. Non crollerò e non mi metterò a piangere. Sarò forte per Henry.

Aveva ricominciato il suo irrequieto andirivieni. All'improvviso il telefono che aveva appoggiato di fianco al suo posto squillò. Hazel si precipitò ad afferrarlo in un impeto irrefrenabile di sollievo.

« Henry! Tesoro! Dove sei? » La sua voce cantava di gioia.

« No, Hazel, sono io, Ronnie. »

La musica abbandonò la sua voce. « Oh, mio Dio. Henry sta bene? Dov'è? »

« Hazel, se tu fossi una qualsiasi altra donna cercherei di addolcirti la pillola, ma tu sei diversa. Tu sei forte come un uomo. »

Hazel si sentiva rimbombare il cuore dentro le orecchie. Tacque per cinque lenti battiti senza parlare, poi, con un filo di voce, disse: « Ha avuto una premonizione. È morto, vero, Ronnie? »

« Mi dispiace terribilmente, Hazel. »

« Com'è accaduto? »

« Un ictus. È stato folgorante. Non ha sofferto. »

« Dove si trova? » Hazel sentì la morsa del gelo penetrarle fino nel fondo del cuore.

« All'ospedale. St Luke's Episcopal. »

« Ronnie, manda Bonzo a prendermi, ti prego. »

« Sta venendo lì. »

In piedi accanto al letto d'ospedale Hazel guardava il corpo sotto il lenzuolo bianco. Le sembrava di essere una statua di ghiaccio, da quanto sentiva freddo.

Ronnie, che le stava accanto, la prese per mano.

« Grazie, Ronnie. Non offenderti, ma devo farlo da sola. » Lentamente allontanò la mano dalla sua.

« Capisco, Hazel. » Ronnie fece un passo indietro e guardò l'infermiera pronta dall'altro lato del letto.

« Grazie. »

L'infermiera prese il bordo del lenzuolo e lo scostò con delicatezza.

Nella morte Henry Bannock aveva riacquistato l'aura imperiale che il dolore gli aveva strappato.

« Era una persona meravigliosa » sussurrò Ronnie. « La migliore che abbia mai conosciuto. »

« E lo sarà sempre » commentò Hazel. Si sporse sopra Henry e lo baciò. Le sue labbra erano gelide come il suo cuore.

« *Au revoir*, Henry » sussurrò. « Buon viaggio, amore mio. Non avresti dovuto morire così presto. Cayla e io siamo sole ormai. Ci hai lasciato solo polvere e tenebre. »

« No, Hazel » la contraddisse Ronnie con dolcezza. « Henry vi ha lasciato un impero e il faro luminoso del suo esempio che guiderà te e Cayla. »

« Un ictus! » La voce di Carl Peter Bannock era gioiosa. « La sola notizia brutta è che dicono che non ha sofferto. I medici in televisione stanno dichiarando che è stato così rapido che sicuramente non ha sentito niente. Avrei tanto voluto sentire urla e lamenti. »

Johnny sogghignò. « Non l'ho mai conosciuto, ma odio quel vecchio stronzo quanto te. Dovrebbero darlo in pasto ai porci come hai fatto con le sue marmocchie. »

« Sfortunatamente mio padre si è costruito un mausoleo di marmo in cima a una collina, dove andrà a giacere per sempre come Napoleone, impagliato e imbalsamato. »

« Lo sapevi che sarebbe andata così quando gli hai mandato il video? Lo sapevi che ci sarebbe rimasto secco, il vecchio bastardo? » gli chiese Johnny Congo.

« Certo! » Carl gongolava. « E tu non lo sapevi, forse? Ho

poteri soprannaturali. Il mio vero padre aveva ricevuto in dono le ceneri di quegli schifosi ebrei bruciati nei forni crematori a Bergen Belsen, e il giorno che sono nato mi ha strofinato un pizzico di quella roba sulla testa. »

Johnny smise di sogghignare e lo guardò turbato. « Non parlarmi di queste stronzate. Mi fai solo incazzare. »

« È vero, Johnny! Vudù. Il malocchio! Ho il dono del malocchio. » Carl spalancò gli occhi e fissò Johnny Congo: « Io posso trasformarti in un rospo. Vuoi diventare un rospo, Johnny? Devi solo guardarmi in faccia ». Carl contorse il viso in una smorfia orribile e roteò gli occhi.

« Dacci un taglio, amico. Non te lo dico più. Piantala di scherzare con queste cose. » Johnny era balzato fuori dalla sua branda e si era avvicinato alle inferriate. Girava deliberatamente la schiena a Carl e guardava fuori verso quel piccolo spicchio di cielo che al Thomas Rusk sembrava un signor panorama.

« Non te lo dico più! Non tirarmi scemo. »

« Tua madre ti ha tirato scemo, Johnny. Ti ha tirato scemo quando da bambino ti ha fatto cadere di testa. »

Johnny si girò, guardandolo torvo. « Lascia mia madre fuori da questa faccenda, White Boy. » Questa volta non era un'espressione affettuosa e Carl lo sapeva; sapeva anche quanto poteva tirare la corda con lui, e sapeva che la corda si stava spezzando.

« Su, Johnny. » Carl aveva alzato le braccia in segno di resa. « Sono tuo amico, non ricordi? Non ho nessun potere magico. Ci tengo, a te, amico. Era solo uno scherzo. »

« Va bene, ma non scherzare su mia madre. » Johnny aveva perso di vista l'argomento principale della discussione: « Era una santa. Com'è vero Dio ». Si era calmato, ma solo in apparenza.

« E io ti credo, Johnny. Mi hai mostrato la sua fotografia, ti ricordi? Anche a me è sembrata una santa donna. » Carl cambiò rapidamente argomento: « Pensa solo a questo. Tu e io siamo partiti con l'idea di far fuori quelle tre puttane e guarda cosa abbiamo ottenuto? Abbiamo fatto fuori anche il capo. Ho eliminato il mio paparino. È fantastico, non credi? »

« Certo, fantastico davvero. » Johnny si era girato verso l'interno della cella. Aveva ripreso a sorridere.

« Ne abbiamo stesi più di metà con un solo cazzotto. Adesso ne restano due: la nuova moglie del vecchio e la sua bamboccia. Ancora due da far fuori e i soldi saranno tutti miei. »

« Quanti sono, Carl? » Johnny aveva già dimenticato l'affronto alla santa memoria di sua madre. « Prova a dirmi su quanti soldi metterai le mani. »

« Tra non molto riuscirò a tirar fuori cinquanta miliardi di verdoni da quel vecchio Trust, mio caro. »

Johnny roteò drammaticamente gli occhi. « È un tale mucchio di denaro che non riesco neanche a immaginarmelo. Prova a dirmi quanto fa in una maniera che possa capire anch'io. Traducimelo in macchine. »

Carl ci pensò un momento. « Mettiamola così, Johnny. Avrò abbastanza soldi da comprare ogni automobile che circola negli Stati Uniti. »

Johnny sgranò gli occhi. « Fantastico, Carl. Davvero fantastico! » Johnny Congo scrollò la testa e si mise a ridacchiare come una ragazzina. Carl restava sempre sorpreso quando faceva così.

« E ti dico dell'altro. Se un mio caro amico sarà con me quando tutto sarà finito, potrà tenersi una o anche dieci camionate di quegli angioletti verdi. »

«Vicino a te ci sarò io, Carl, fino alla fine» disse Johnny, poi però corrugò il viso in una smorfia da bulldog. «A meno che quelli non mi pungano prima con l'ago che scotta.»

L'umore tra i due cambiò rapidamente. All'inizio di quella settimana l'avvocato di Johnny l'aveva informato che il suo appello contro la sentenza di morte era finalmente arrivato alla Corte Suprema, la quale con ogni probabilità avrebbe emesso il suo verdetto entro diciotto mesi. L'appello sembrava essersi insabbiato nel sistema giudiziario, e col passare del tempo Johnny Congo si stava crogiolando in quel limbo. Era arrivato a credere che la sua comoda esistenza all'interno delle mura del penitenziario Thomas Rusk sarebbe continuata per sempre.

Ma adesso, la figura spettrale del boia con il suo ago mortale era bruscamente ricomparsa all'orizzonte e gli si andava avvicinando lenta, ma inesorabile. Era trascorso tanto tempo da quando l'Alta Corte del Texas l'aveva giudicato colpevole di omicidio plurimo, con tutte le aggravanti del caso. Aveva da scontare dodici condanne capitali. Il pubblico ministero aveva deciso che era sufficiente. Tuttavia, nell'eventualità che non bastasse, e che Johnny in qualche modo riuscisse a sfuggire alle sue colpe, aveva fascicoli aperti per altri ventotto casi di omicidio, con i quali avrebbe potuto incastrare Congo in qualsiasi momento.

La legge del Texas riconosceva nove crimini capitali, e come in più di un'occasione si era vantato con Carl Bannock, Johnny ne aveva commessi cinque su nove.

L'avevano giudicato colpevole di omicidio di primo grado; di omicidio con l'aggravante della violenza sessuale, perché qualche volta a Johnny piaceva rendere più piccante il lavoro, e di omicidio su commissione, che era stato il modo in cui si era guadagnato da vivere dopo che aveva concluso i due periodi di ferma presso i marine.

L'avevano anche riconosciuto colpevole di omicidi plurimi, inevitabili se lavori in quel ramo, e di omicidio nel corso di una fuga dal carcere. Anche se nel suo caso l'evasione non aveva avuto successo.

«Ma come si possono aspettare che uno scappi da qui senza essere costretto a far fuori qualcuno?» si era lamentato con Carl. «È una pretesa assurda, amico mio.»

Ora, le sue azioni gli presentavano il conto, e le azioni di Johnny erano tutte malvagie. Non poteva certo dormire sonni tranquilli.

«Tranquillo, Blackbird» gli raccomandava Carl. «Non devi preoccuparti.»

«Non appena qualcuno mi dice: 'Non preoccuparti', comincio davvero a preoccuparmi, amico.»

«Abbiamo già metà delle guardie che mangiano alla nostra greppia. Quando arriverà il momento di evadere ti stenderanno il tappeto rosso per farti uscire a passo di valzer senza sporcarti le scarpe.»

«Ma quando arriverà il momento?» insisteva Johnny.

«Come dice il tuo avvocato, non ti pungeranno con l'ago per altri due anni. Almeno questo tempo ce l'abbiamo. Tra dieci mesi io sarò fuori. Qui abbiamo già sistemato tutto. Non appena mi rilasciano sistemo tutto anche fuori. Sarà un piano infallibile.»

«E quando saremo fuori continueremo a fare affari noi due, proprio come stiamo facendo qui.»

«Ci puoi scommettere le chiappe.»

«Non so, Carl.» Johnny pareva in dubbio. «Ci ho pensato, a questa cosa. Quando sarò fuori sarò un uomo segnato. Con dodici delitti sulla fedina penale il governo metterà una taglia di un milione di dollari sulla mia testa e attaccherà le mie foto segnaletiche su ogni muro del Texas e di tutti gli Stati Uniti. Con una faccia come la mia faranno alla svelta a riconoscermi e avrò dietro tutti i cacciatori di taglie dell'emisfero boreale. Dove potrò nascondermi? » A questa domanda restarono entrambi in silenzio.

« Di dove sei, Johnny? » gli domandò Carl, ricevendo assieme alla risposta uno sguardo assente: « Che domanda idiota. Non ti ho già detto che sono di Nacogdoches, il posto più pieno di delinquenti di tutto il Texas? »

« Voglio dire, dove sei nato? Non parli come se fossi nato in Texas. »

« Sono nato in Africa. »

« In quale posto? »

« Secondo te che cosa vuol dire il mio nome, White Boy? » rispose Johnny con una smorfia di allegria.

« Johnny. »

« Johnny e poi? »

« Johnny Congo. »

« Giusto, amico! Johnny Congo. Sono io. Il mio nonnino era il padrone di tutto il paese. Era il primo stregone di quel posto del cazzo. »

« Vuoi dire il capo supremo? »

« Quello che vuoi. Era il re. Aveva cinquecento mogli. Più re di così! »

« Parli la lingua di quel posto? » gli chiese Carl.

« Mamma è stata una brava maestra. Ce ne sono due, di lingue. L'inhutu è la lingua del posto da cui vengo io. Lo swahili lo parlano in tutta l'Africa orientale. Ma io me la cavo con tutte e due. »

« Perché tuo padre ha deciso di lasciare l'Africa, Johnny? »

« Mio padre era il ventiseiesimo figlio. Quando mio nonno è morto, è scappato come un razzo prima che il suo fratellone lo mettesse in pentola e se lo cucinasse per cena. Dalle mie parti non si scherza. Siamo dei grandissimi bastardi, capisci? »

« Che Congo è il tuo Congo, Johnny? Per quello che mi ricordo dalle lezioni di geografia, laggiù ci sono una decina di posti diversi che si chiamano Congo. C'è il vecchio Congo. Poi c'è il Congo Belga e c'è la Repubblica Democratica del Congo, e altri posti come il Ruanda, il Burundi e... »

« Il mio paese si chiama Kazundu. »

« Come si scrive? »

« Che cazzo ne so. Ci sono nato e basta, White Boy. Non l'ho mica scoperto io quel posto di merda. »

All'improvviso si sentì un mazzo di chiavi che sbatteva contro le sbarre di acciaio della cella, e Carl si alzò.

« Adesso me ne devo andare » disse con rassegnazione. Grazie al potere che i due esercitavano nel carcere potevano incontrarsi ogni notte. Ogni visita costava loro qualche migliaio di dollari, ma nessuno dei due lesinava il denaro. Da quando si erano alleati, Johnny era diventato milionario grazie all'abilità di Carl in campo finanziario.

Johnny Congo era noto come uno psicopatico da internare prima ancora di finire in prigione. Senza il beneficio della compagnia di Carl, in quegli anni, con ogni probabilità si sarebbe suicidato o avrebbe sviluppato comportamenti devianti ancora più gravi.

Al contrario, la vita di Carl in qualità di detenuto in regime di buona condotta era relativamente più gradevole. Gli erano consentite quattro ore di aria nel cortile, dove il contatto con altri relitti umani non aveva grosse limitazioni.

Poteva ricevere visite due volte alla settimana. Tuttavia

non c'era nessuno che lo venisse a trovare, a parte il direttore della sua banca. Un tempo Carl poteva contare su centinaia di amici, ma adesso aveva solo Johnny Congo. Era come se i suoi crimini fossero marchiati a fuoco sulla fronte. Fuori dal penitenziario Thomas Rusk tutti l'avevano abbandonato.

Malgrado ciò, Carl provava nel suo intimo un estremo bisogno di contatti umani; di adulatori che gli si affollassero intorno per dirgli che era una persona straordinaria. Sapeva che quando avesse lasciato la prigione gli amici se li sarebbe dovuti comprare, oppure cercare in mezzo ai rifiuti della società tra i quali adesso anche lui era annoverato.

All'improvviso, l'idea dell'Africa gli sorrideva. Suo padre l'aveva portato in quella terra per un safari quando aveva sedici anni. Aveva ucciso più di cinquanta animali selvaggi e aveva fatto sesso con un bel po' di ragazze masai e samburu. Gli era piaciuto da impazzire.

Le guardie che avevano prelevato Carl dalla cella di Johnny Congo lo riportarono nella sua, al piano terra, facendolo passare attraverso le porte di sicurezza e gli scanner. Carl fece scivolare una mazzetta di banconote da cento dollari nelle mani di quello col grado più alto, che gli strizzò l'occhio e lo rinchiuse per il resto della notte.

Nonostante l'ora tarda, Carl non riusciva a prendere sonno. Camminava avanti e indietro nella cella. Era agitato e la sua immaginazione galoppava. Non sapeva perché gli fosse venuto in mente di chiedere a Johnny Congo dov'era nato. L'idea gli era saltata in testa come se in un certo senso fosse sempre stata lì, latente, in attesa del momento giusto. A ulteriore riprova del suo genio.

Lui e Johnny avevano bisogno di un rifugio, una fortezza in cui sarebbero stati in salvo dai nemici che li circondavano. Per entrambi, gli Stati Uniti erano diventati un luogo terribilmente ostile. Dovevano trovare un paese più congeniale, un porto sicuro da cui poter operare.

Carl si fermò davanti alla scrivania, che si trovava nascosta dietro una tenda in uno degli angoli più interni della cella. Si sedette e accese il computer. Non appena lo schermo fu acceso digitò il nome « Kazundu » e diede il via alla ricerca.

Nel giro di pochi secondi la pagina si riempì di link. Carl scorse rapidamente lo schermo mentre le informazioni gli saltavano agli occhi. Le descrizioni del paese erano così sfavorevoli da inquietarlo.

Il Kazundu era lo stato sovrano più piccolo del continente africano. Copriva una superficie di circa 11.000 chilometri quadrati, circa la metà del Galles o del New Jersey. La popolazione totale era stimata in duecentocinquantamila abitanti, ma non c'era mai stato un censimento ufficiale.

Era anche il paese più povero del continente, con un prodotto interno lordo pro capite di cento dollari l'anno. Carl si lasciò sfuggire un fischio. « Ognuno di quei poveri imbecilli si porta a casa meno di dieci dollari al mese! Cosa si potrebbe comperare laggiù con dieci milioni di dollari? » si chiese mormorando, quasi con timore. « Probabilmente tutto il paese. »

Facendo scorrere i dati sullo schermo, Carl aveva appreso che il Kazundu si trovava sulla riva nord-occidentale del lago Tanganica, come una minuscola zecca attaccata alla pancia della grande massa elefantiaca della Repubblica Democratica del Congo.

Nei tempi bui dei trafficanti di schiavi, era stato un importante anello di congiunzione nella catena di stazioni commerciali che giungeva fino alle rive dell'oceano Indiano. Gli schiavi catturati nel cuore del Congo venivano tenuti in baracche prima di essere trasportati al di là del lago, a Ujiji, sui sambuchi arabi. E da lì raggiungevano la costa.

Nel 1680, all'apice di quel traffico, il sultano dell'Oman aveva costruito un castello su un alto promontorio roccioso a picco sul lago. Il porto dei negrieri si era annidato nella piccola insenatura sotto la rupe.

Quando i coloni europei e le forze britanniche e francesi che combattevano la schiavitù avevano scacciato gli arabi dai distretti del Grande Lago, il capo supremo della tribù locale, gli inhutu, si era trasferito con tutta la corte e l'harem nel castello abbandonato del Kazundu, dove i suoi eredi tuttora vivevano.

L'attuale sovrano del Kazundu per diritto ereditario era re Justin Kikuu Tembo XII, Grande Elefante in lingua swahili. Il ritratto lo mostrava nella sua stazza impressionante con un'espressione cupa, la barba grigia e incolta e l'enorme pancia afflosciata sopra il gonnellino di code di leopardo. Seduto su un trono di zanne di elefante con in testa un turbante di pelle di leopardo, era circondato da una moltitudine di mogli e da una guardia del corpo di cinque ascari in uniforme, armati di fucili automatici.

Stando alle sue ricerche, si diceva che governasse il proprio staterello come un tiranno, senza rispettare eccentricità moderne come un parlamento o libere elezioni. Chi governava i paesi confinanti lo trattava con benevola indifferenza, e non pareva troppo interessato a strappargli quel piccolo regno insalubre. Suo padre era stato uno dei fidi compari del generale Idi Amin dell'Uganda; quanto a lui, aveva una grande ammirazione per Robert Mugabe, il presidente dello Zimbabwe.

Carl cliccò su una galleria di immagini del regno. Abbondavano i panorami delle rive del lago e del territorio montuoso e fittamente coperto di foreste dell'entroterra. L'ambiente naturale era splendido e i paesaggi lacustri erano magnifici, di una bellezza primitiva. Aquile pescatrici dalla testa bianca volavano in cerchio al di sopra delle spiagge color crema e file di fenicotteri rosa ondeggiavano bassi nelle lucenti acque del lago.

C'erano alcune inquadrature dell'aeroporto costruito dalla South African Airways per i turisti che non sarebbero mai comparsi: gli edifici erano abbandonati e cadenti, ma la pista che correva parallela alla sponda del lago sembrava ancora utilizzabile.

Il castello era costruito in stile indoislamico, con eleganti minareti che si slanciavano al di sopra delle mura massicce. Le porte avevano decorazioni damascate e le finestre erano schermate da griglie intarsiate.

Le fotografie degli interni del castello raffiguravano sale di rappresentanza alte e spaziose. Le pareti erano rivestite di piastrelle di ceramica smaltata nelle tonalità dall'azzurro all'indaco al blu oltremare, sulle quali spiccavano in nero i versi del Corano nella sinuosa grafia araba.

Le sale di rappresentanza creavano uno stridente contrasto con le squallide cantine e le segrete dove un tempo alloggiavano gli schiavi in catene.

Per Carl Bannock fu difficile mantenersi calmo fino al momento in cui poté incontrarsi con Johnny Congo.

Non appena furono di nuovo soli, Carl riprese la conversazione dal punto in cui era stata interrotta.

« Ti ricordi di cosa abbiamo parlato l'ultima volta, Johnny? »

« E come no, mio piccolo Carl » ghignò Johnny. « Ti stavo dicendo che il mio paparino e tutta la famiglia hanno dovuto darsela a gambe dal Kazundu prima che il mio fottutissimo zio ci mangiasse tutti quanti. »

« E lo zio come si chiamava? »

« Justin Kikuu Tembo. »

« E allora Congo non è il tuo vero nome, no? »

« Papà lo ha cambiato in Congo quando siamo arrivati in Texas, ma prima anche lui era Kikuu Tembo. Amico, la gente qui non ce la fa proprio a pronunciare il mio vero nome. »

« E ti piacerebbe tornare a chiamarti re John Kikuu Tembo? »

Johnny sbatté le palpebre e ridacchiò di soddisfazione. « Non mi stai prendendo in giro, vero, White Boy? Dici sul serio? »

« Ti ricordi quando dicevamo che se hai abbastanza soldi puoi prendere quello che vuoi e fare qualunque cosa perché nessuno può fermarti? »

« Sì. »

« Be', tu e io abbiamo abbastanza soldi. Lasciami un po' di tempo e il Kazundu sarà nostro, maestà » esclamò Carl dando il cinque a Johnny Congo.

Tre sere prima del suo rilascio dal penitenziario Thomas Rusk, Carl Bannock andò a trovare per l'ultima volta Johnny Congo nel braccio della morte.

Si scolarono una bottiglia di whisky, una classica bottiglia sagomata di Dimple Haig, portata da Carl. Seduti sulla branda, l'uno accanto all'altro, bevevano dai bicchieri di plastica e parlavano a bassa voce dei particolari dell'evasione di Johnny.

La settimana prima l'avvocato di Johnny era andato a fargli visita e gli aveva detto senza giri di parole che dopo quasi dieci anni di cavilli legali erano arrivati al capolinea.

La Corte Suprema aveva preso in esame il suo ricorso contro la pena capitale e lo aveva respinto in via definitiva. Il governatore dello stato del Texas aveva fissato la data dell'esecuzione per la fine di settembre.

« Molto prima del previsto » esclamò Carl. « È una fortuna che abbiamo cominciato a lavorare al piano con tanto anticipo. Ci resta solo da definire qualche particolare secondario. »

E quando il sovrintendente andò a prendere Carl dalla cella di Johnny e lo scortò di nuovo al piano terra, nella sezione dei detenuti in regime di buona condotta, quei particolari secondari erano tutti definiti.

Lucas Heller, il sovrintendente, era stato la prima persona ad accogliere Carl al Thomas Rusk e in seguito era stato promosso al suo attuale rango nelle alte gerarchie del carcere.

Arrivati al piano terra, Lucas fece entrare Carl nel proprio ufficio e chiuse la porta a chiave per poter discutere i dettagli finali del piano appena concordato con Johnny Congo.

Quando ebbero finito, introdusse con tatto la questione del pagamento per la propria complicità, definita diplomaticamente « istanze motivazionali ».

Carl accettò di effettuare i pagamenti in tranche: metà della somma concordata subito, e il saldo il giorno prima dell'evasione.

Marco Merkowski, il direttore della prigione, avrebbe ricevuto la somma totale di duecentocinquantamila dollari versati su un conto numerato presso una banca di Singapore. I centomila dollari destinati ai capisezione sarebbero stati invece trasferiti su un conto nelle Isole Vergini britanniche. Lucas Heller, il perno di tutta la faccenda, avrebbe ottenuto duecentomila dollari nelle Isole Cayman più altri duecentomila una volta che Johnny fosse stato uccel di bosco. Sarebbe stato Carl a consegnare personalmente questa tranche finale a Lucas, in banconote usate da cento dollari, e a quel punto si sarebbero salutati da buoni amici, con una bella stretta di mano, per non rivedersi mai più.

La procedura tradizionale del rilascio dei detenuti dal penitenziario Thomas Rusk consisteva nel fare scendere il prigioniero nell'area di accoglienza, dove consegnava la sua divisa da carcerato. Poi doveva firmare una richiesta per riottenere la borsa contenente i medesimi capi di abbigliamento indossati quando era entrato nel luogo di detenzione. E infine due agenti di custodia armati lo avrebbero scortato fino al portone del carcere. Lì sarebbe stato spinto fuori con fermezza, ad assaporare l'aria dolce della libertà, e con uguale fermezza il portone si sarebbe richiuso dietro di lui. Nel caso uno degli agenti si fosse trovato in uno stato d'animo particolarmente benevolo, gli avrebbe forse indicato la strada per raggiungere la stazione dei Greyhound, una passeggiata di quasi cinque chilometri.

Il giorno del rilascio di Carl Bannock, il direttore Marco Merkowski si recò nella sua cella per stringergli la mano e augurargli buona fortuna. Lucas Heller lo scortò nel centro di accoglienza, dove Carl consegnò la divisa standard da carcerato e ritirò, controfirmandoli, i grossi pacchi mandati dai suoi sarti personali di Houston. I pacchi contenevano un completo su misura di flanella grigio chiaro, una camicia di cotone Sun Island, gemelli d'oro con monogramma, cravattino nero con pendente di lapislazzuli, un ampio Stetson color crema e un paio di stivali texani.

Lucas salì con Carl sull'autobus della prigione che lo accompagnò all'uscita, dove lo aspettavano una limousine nera a noleggio con chauffeur in uniforme. Nel silenzio e nella frescura dell'aria condizionata della limousine Carl arrivò al Four Seasons di Lamar Street, a Houston.

L'addetta alla reception lo accompagnò nella suite. Dopo averle dato di mancia un biglietto da cinquanta dollari, Carl ordinò una bottiglia di Dom Perignon ghiacciato al servizio in camera. Sorseggiando un calice colmo di champagne telefonò infine al concierge, che si chiamava Hank e si ricordava perfettamente di lui, e della sua generosità, sin dai vecchi tempi.

« Voglio un paio di amichette per questa sera, Hank. »

« Certo, signor Bannock. Una bionda e una nera, come al solito; giusto, signore? »

« Hai buona memoria. Fa' in modo che siano giovanissime, purché non siano minorenni. Digli che voglio controllare quanti anni hanno sulla carta di identità. »

La settimana successiva Carl fu molto impegnato a riprendere le fila della sua vita, ristabilire i vecchi contatti e allacciarne di nuovi dall'elenco di persone che Johnny Congo gli aveva procurato.

Trascorse una mattinata con il suo consulente finanziario alla Carson National Bank, per rivedere e ricalibrare i conti e i portafogli degli investimenti.

Poi trascorse un'ora di gelo assoluto nella sede dello studio legale Bunter & Theobald, insieme all'amministratore fiduciario dell'Henry Bannock Family Trust.

Ronald Bunter lo trattò come una specie di rettile velenoso e rispose alle sue domande solo in base agli obblighi dell'Atto Costitutivo del Trust.

Ronald aveva al fianco la sua assistente legale, una giovane donna di nome Jo Stanley. Era affascinante e sembrava molto efficiente, ma era un po' troppo avanti con gli anni per i gusti di Carl. Tuttavia questi si convinse che forse avrebbe saputo strapparle una panoramica degli affari del Trust più completa rispetto a quello che Bunter era disposto a divulgare.

La mattina seguente Carl telefonò a Jo Stanley dalla suite per invitarla a cenare con lui. Si riprometteva di esplorare l'effetto che il suo fascino irresistibile avrebbe esercitato su di lei. Se quello avesse fallito, la donna sarebbe stata di certo sensibile al fascino del denaro. Carl non aveva ancora incontrato nessuno che si mostrasse insensibile a uno dei due.

Tuttavia Jo Stanley rifiutò la chiamata e, con un certo imbarazzo, Carl si sentì rispondere da Ronald Bunter.

Non appena riconobbe la voce di Ronnie, Carl chiuse la comunicazione, decidendo di posticipare l'attacco al Trust a liberazione di Johnny avvenuta.

E non mancava molto.

Uno dei nomi sull'elenco dei contatti procurati da Johnny era un certo Aleutian Brown.

« Aleutian è intelligente e perfido. Ha dei buoni contatti e non mi ha mai deluso. Praticamente è il migliore in circolazione in tutta la costa occidentale. » Così aveva detto Johnny, fornendogli il suo numero di telefono.

Dopo la loro telefonata, Aleutian Brown arrivò in aereo da Los Angeles: Carl andò a prenderlo all'aeroporto. Durante il breve tragitto all'hotel, Carl capì abbastanza su di lui da confermare il giudizio espresso da Congo.

Aleutian era uno dei principali capi della banda conosciuta come gli Angeli o i Malik. Si trattava di una gang internazionale, con tentacoli che valicavano i confini degli Stati Uniti raggiungendo le principali città di tutto il mondo, dovunque ci fosse un significativo segmento di popolazione musulmana.

In pochi giorni Aleutian si occupò della pianificazione e della logistica dell'operazione, permettendo a Carl di fissare una data definitiva per la liberazione di Johnny.

Il 23 luglio nella lavanderia del Thomas Rusk si era verificata un'esplosione: due detenuti rimasero uccisi e tutte le macchine andarono distrutte. Dal momento che questo rendeva impossibile il regolare funzionamento dell'intera unità, l'amministrazione dovette ricorrere a misure di emergenza. Una delle lavanderie industriali che servivano i principali hotel della città si trovava a meno di trenta chilometri.

La Polar White venne scelta da una lista selezionata, con l'avvallo del direttore del carcere, dietro suggerimento di Johnny Congo e con l'assenso delle « istanze motivazionali » di Carl Bannock.

Quasi metà dei dipendenti della lavanderia Polar White faceva parte dei Malik.

All'alba del 29 luglio un camion bianco da cinque tonnellate si fermò davanti alla principale entrata di servizio del Thomas Rusk. Su entrambi i fianchi del veicolo spiccavano il nome della lavanderia e l'immagine di una sorridente orsa polare con i suoi tre cuccioli sgambettanti che indossavano pannolini di un bianco immacolato. Da una settimana, cioè dal giorno dell'esplosione nella lavanderia del carcere, le sentinelle ai principali accessi vedevano quei veicoli andare avanti e indietro, e ormai non ci facevano più caso.

Quella mattina gli uomini a bordo erano cinque, e tutti indossavano la tuta bianca con il nome e il logo della ditta sulla schiena.

Alla guida del camion c'era Carl Bannock, con Aleutian Brown al fianco. Gli altri tre all'interno del camion erano uomini dei Malik. Prudente, Carl Bannock era consapevole del fattore di rischio che comportava far parte della squadra di salvataggio. E così, mentre guidava verso il portone principale del carcere, non poteva fare a meno di sentirsi nervoso ed eccitato.

Un leggero velo di sudore gli imperlò la fronte mentre le sentinelle di guardia controllavano la sua falsa carta di identità, ma alla fine gli fecero segno di passare.

Dopo i lunghi anni trascorsi al Thomas Rusk Carl conosceva benissimo la planimetria della struttura. Diresse il camion fino alla piattaforma di carico della lavanderia. Una volta spalancato il doppio portellone posteriore, i carrelli vennero spinti fuori dal camion, per essere riempiti di sacchi di biancheria sporca all'interno della lavanderia e poi di nuovo caricati a bordo.

Tutto avvenne con la perfezione e la naturalezza di un gioco di prestigio.

In uno degli ultimi sacchi c'era nascosto Johnny Congo. Il sacco era contrassegnato e venne manovrato con estrema cautela. Aleutian, che sovrintendeva alle operazioni, si accertò che venisse sistemato in modo da essere nascosto dagli altri sacchi ma senza far correre a Johnny il rischio di soffocare.

L'ultimo carrello a transitare dal camion alla lavanderia aveva a bordo un solo sacco: anche questo conteneva un corpo umano, ma si trattava di un morto.

La settimana prima Aleutian aveva fatto un giro nel sobborgo di Gulfton, uno dei più poveri di Houston, abitato soprattutto da ispanici e immigrati. In un bar scalcinato aveva adocchiato un tizio qualunque che recava una vaga somiglianza con Johnny per il solo fatto di essere nero, grosso e di aspetto terribile. Gli aveva pagato da bere e offerto un lavoro ben retribuito. L'uomo aveva accettato con entusiasmo. Aleutian gli aveva dato duecento dollari come garanzia della propria buona fede e si era accordato per incontrarlo nello stesso bar la sera del 28 luglio.

Si erano rivisti, come pattuito, e lui lo aveva riempito di alcol fino a che l'altro non era stato malfermo sulle gambe, poi lo aveva strangolato nel parcheggio dietro il bar e aveva impacchettato il corpo in un sacco della lavanderia, sistemato dentro il baule dell'automobile che aveva noleggiato. Era questo il sacco scaricato per ultimo dal camion della Polar White.

Il cadavere venne trasportato nel braccio della morte e con rapidità buttato sulla branda di Johnny Congo, con la faccia rivolta alla parete, e coperto con un lenzuolo che lasciava vedere solo la nuca: a un osservatore sarebbe sembrato che Johnny Congo se ne stesse tranquillo sotto le lenzuola.

Fu poi la volta di Lucas Heller di entrare in un sacco vuoto e farsi trasportare al camion della lavanderia, vicino a Johnny Congo.

Adesso che il veicolo era al completo, il portellone sul retro si richiuse pesantemente. Carl Bannock salì al posto di guida e avviò il motore. Aleutian era già seduto al suo fianco e Carl ripercorse con calma il tragitto dell'andata passando dai posti di controllo e finalmente fuori sull'interstatale.

Percorsa una quindicina di chilometri, uscirono in un'area

di servizio, e Carl andò a parcheggiare in mezzo ad altri veicoli di grandi dimensioni. Con l'aiuto di Aleutian aprì il portellone. I tre dipendenti della lavanderia scesero con un salto, dirigendosi subito verso il punto in cui la sera prima avevano lasciato una piccola Toyota: ripartirono senza voltarsi a guardare, e nessuno si fece mai più rivedere alla Polar White.

Carl e Aleutian salirono sul retro del camion e richiusero il portellone, quindi liberarono Johnny Congo e Lucas Heller dai rispettivi sacchi.

Sotto gli occhi divertiti di Aleutian e di Lucas, Johnny e Carl si abbracciarono con foga. Poi Johnny si voltò verso Aleutian e lo sollevò da terra con un abbraccio vigoroso.

« Aleutian Brown, sei un pazzo scatenato. Lo avevo detto a Carl che potevamo contare su di te. »

Lucas Heller si avvicinò a Carl, con la mano tesa. Carl gliela prese e la strinse, così forte che lo fece divincolare.

« Okay, Carl » disse a disagio, « se mi dai quello che mi spetta io ti lascio con i tuoi amici a festeggiare e vado per la mia strada. »

« Grazie Lucas » rispose serio Carl, senza lasciargli la mano. « È stato davvero un vero piacere conoscerti. » Poi, sempre tenendolo con fermezza, fece un cenno ad Aleutian. « Okay, diamogli quello che gli spetta. »

Dalla tasca interna della tuta Aleutian estrasse una pistola di piccolo calibro dotata di silenziatore. E sparò una sola pallottola sulla nuca di Lucas Heller.

Carl lasciò la presa e il corpo di Lucas crollò a terra; le gambe scalciarono e il corpo sussultò violentemente. Aleutian si chinò sopra il cadavere e sparò altri due colpi alla tempia destra. Le gambe smisero di scalciare.

« Che cazzo hai fatto? Perché cazzo lo hai fatto? » domandò Johnny Congo.

« Quel bastardo non mi è mai piaciuto » gli spiegò Carl con voce pacata. « E ci siamo risparmiati duecento bigliettoni. »

« Ti amo, Carl Bannock! » Johnny si afferrò la pancia sghignazzando.

Aleutian aveva portato un cambio d'abito per ciascuno, dentro un sacco della lavanderia. Si tolsero le divise e si rivestirono rapidamente. Poi scesero dal camion. Carl chiuse a chiave le portiere e si allontanarono camminando senza fretta fino al lato opposto del parcheggio, dove Aleutian aveva lasciato una Ford Mondeo presa a noleggio.

Salirono a bordo e, imboccata la Route 45, la percorsero per una sessantina di chilometri in direzione nord, poi deviarono su una strada nazionale prendendo a ovest per Waco. Nel tardo pomeriggio raggiunsero una pista di atterraggio per gli aerei che irrigavano i campi al centro di una vasta zona coltivata a sorgo, dove li aspettava un Baron G58 a elica, un velivolo capace di decollare e di atterrare in spazi limitati, l'ideale per le loro esigenze. Era di proprietà di uno dei narcotrafficanti che lavoravano con Aleutian. Lo avevano avvisato del loro arrivo e il pilota era pronto al decollo. Carl e Aleutian strinsero la mano a Johnny Congo e questi infilò la propria enorme stazza nella cabina. Il secondo pilota chiuse il portellone.

Poi il pilota diede gas ai motori e l'aereo rombò lungo la pista, diretto a La Ceiba, Honduras, dove Alonso Almanza era impaziente di godere della compagnia di Johnny.

Johnny e Carl si incontrarono di nuovo quattordici giorni dopo in una suite al Four Seasons Hotel di Buenos Aires. Carl era in possesso di una Gold Rewards Card emessa dalla direzione dell'hotel. Adorava l'atmosfera e il servizio forniti da quella catena.

Dopo aver fatto sesso fecero insieme la doccia e poi presero un taxi fino a Puerto Madero, dove mangiarono enormi e succulente bistecche al Cabaña Las Lilas, innaffiate con una bottiglia di Catena Alba Malbec. Poi ritornarono alla suite.

Il concierge era stato preavvertito e al loro arrivo aveva mandato in camera due giovani, un maschio e una femmina. Carl controllò attentamente i documenti di identità dei due nuovi venuti.

« Sei una meraviglia, angelo mio » le disse.

Il maschio era molto carino, ma un po' troppo effeminato. Quando Johnny gli rivolse un sorriso dal divano, attraversò la stanza sculettando per andare a sederglisi in grembo.

La sera dopo Carl e Johnny prendevano posto in prima classe sul volo Air Malaysia per Città del Capo. Dalla suite presidenziale dello One and Only Hotel Carl telefonò a un numero riservato e parlò con il generale Horatio Mukambera a Harare, la capitale dello Zimbabwe.

Il generale informò Carl che il presidente Mugabe era stato messo al corrente della loro proposta nei dettagli e aveva ordinato che l'esercito fornisse la collaborazione richiesta. Confermò anche che i fondi erano pervenuti alla Banca di Singapore, e che li avrebbe incontrati di persona al loro arrivo all'aeroporto di Harare.

Carl passò il telefono a Johnny Congo. Johnny aveva completato due periodi di ferma nel corpo dei marine dove aveva maturato una vasta esperienza di combattimento. Era arrivato al grado di sergente maggiore ed era stato nel cuore dell'azione in numerose occasioni.

Nel giro di pochi minuti le sue credenziali vennero accettate, e il generale capì di parlare con un uomo che sapeva il fatto suo. La loro conversazione si fece più rilassata e cordiale, mentre discutevano della logistica dell'operazione.

« Posso mettere a vostra disposizione due compagnie di parà, truppe d'assalto di prima linea » gli disse il generale.

« Quanti uomini ci sono in ognuna delle compagnie, generale? »

« Centoventi. »

« Vogliamo un buon numero di effettivi. Avremo bisogno di tutte e due le compagnie » gli disse Johnny. « Ha una località sicura dove io possa incontrare gli uomini e lavorare con loro prima di partire per il Nord? » Johnny era passato allo swahili tagliando fuori Carl dalla conversazione. Il generale lo prese ancora di più in simpatia e si mise a rispondere nella stessa lingua.

« Sì. Abbiamo una zona sicura che posso mettere a vostra disposizione. Ma come fa a parlare così bene una delle nostre lingue? Pensavo che lei fosse americano. »

« Sono nato in Africa orientale. Sono della tribù inhutu. »

« Ah, capisco! Questo spiega molte cose. Bentornato in patria, signor Kikuu Tembo. »

« Grazie, generale Mukambera. » Johnny tornò all'inglese e inserì il vivavoce. « Vi abbiamo detto, vero, che abbiamo bisogno di trasporto aereo? »

« Posso mettere a vostra disposizione un Douglas Dakota C-47 Skytrain. »

« Ma è un modello della seconda guerra mondiale » protestò Johnny.

« Le assicuro che la manutenzione è sempre stata meticolosa. »

Johnny lanciò un'occhiata a Carl in cerca di aiuto.

« Qual è il suo raggio di azione, generale? » chiese Carl.

« Quindicimila miglia nautiche a pieno carico, ma l'aereo dispone di serbatoi di carburante di riserva che allargano questo raggio di altre cinquecento miglia. Ho fatto personalmente parecchi viaggi da Harare a Nairobi su quello stesso aeroplano. »

« Qual è la capacità di carico? »

« Lo Skytrain è in grado di trasportare settanta uomini in equipaggiamento da battaglia completo. »

« Credo che basteranno tre voli » calcolò Johnny.

« Quanto prevede che durerà un viaggio andata e ritorno, generale? »

« Possiamo far partire l'operazione da Kariba, sul nostro confine settentrionale. Kariba-Kazundu andata e ritorno dovrebbe rimanere sotto le sette ore. »

« Il trasporto non deve atterrare nel Kazundu. Gli uomini potranno paracadutarsi. Questo significa che il primo giorno saremo in grado di avere a terra già centoquaranta soldati. La seconda ondata può arrivare dopo. »

« Ho ricevuto un rapporto sulla consistenza attuale delle forze del Kazundu. Non ce la faranno a resistere a lungo contro questi numeri. Penso che, dopo il primo colpo, i sopravvissuti saranno felici di cambiare bandiera. »

Quattro giorni dopo, all'aeroporto di Harare, nello Zimbabwe, Carl e Johnny si separavano.

Johnny venne preso a bordo da un trasporto truppe che lo condusse dopo trecento chilometri di viaggio in un campo di addestramento militare nella savana più remota della valle dello Zambesi.

Ad aspettarlo per porgergli il benvenuto e scortarlo nel suo alloggiamento in una delle casette prefabbricate c'era il tenente Samuel Ngewenyama. Qui Johnny si cambiò, indossando l'uniforme mimetica e gli stivali da paracadutista, allineati in bell'ordine sulla branda. Poi Sam Ngewenyama schierò gli uomini per l'ispezione.

Johnny Congo era soddisfatto del risultato. Si aspettava qualcosa di peggio. Non erano certo dei marine americani, ma ne apprezzava ugualmente lo spirito combattivo. Con una bella rinfrescata sarebbero andati abbastanza bene per il lavoro che li aspettava.

Ma quello che gli dava maggiore soddisfazione era Sam Ngewenyama. Era un veterano della guerriglia sporca che si era combattuta contro le forze rhodesiane di Ian Smith. Era un uomo duro, con occhi gelidi degni di un cannibale, qualità che Sam ben presto avrebbe riconosciuto in Johnny Congo.

Nei giorni seguenti Sam e i suoi uomini fecero ogni sforzo per stare al passo con la capacità di resistenza di Johnny. Non erano in grado di competere con la sua abilità nell'uso del coltello, della pistola e del fucile, ma nemmeno con la sua esperienza nel combattimento a mani nude e con le sue tecniche di sopravvivenza nella savana. Non ci volle molto perché Sam Ngewenyama accordasse a Johnny il suo incondizionato rispetto e la sua lealtà.

L'addestramento fu durissimo, e dopo tre settimane li trasformò, anche se non del tutto, in marine.

Mentre questo accadeva, Carl volava a nord, a Kinshasa, la capitale della Repubblica Democratica del Congo. Il Cuore di tenebra di Joseph Conrad. Un vero e proprio tesoro di risorse naturali tra le quali la columbite-tantalite, conosciuta sul posto come coltan da cui deriva il tantalio, un metallo essenziale per la fabbricazione di tutta una serie di moderni dispositivi altamente tecnologici.

Il minuscolo regno del Kazundu si trovava sul confine delle pericolose regioni orientali dove la popolazione locale, compresi le donne e i bambini in tenera età, era costretta dalle forze armate delle fazioni criminali a un durissimo lavoro in turni di quarantotto ore in rudimentali miniere, tra colate di fango e gallerie che minacciavano di crollare.

Per un uomo come Carl Bannock questa situazione si poteva riassumere in una parola dolce e melodiosa: « profitto ».

A Kinshasa, Carl si incontrò clandestinamente con tre uomini che avevano legami di sangue con il presidente appena eletto.

La lingua ufficiale del Congo è il francese, ma questo non costituiva un ostacolo alle loro trattative: Carl Bannock lo parlava fluentemente.

In un primo tempo i congolesi si dimostrarono prudenti e guardinghi, malgrado Carl godesse delle referenze di alti esponenti del governo dello Zimbabwe.

Tuttavia cominciarono ad ammorbidirsi man mano che Carl esponeva un piano dettagliato e convincente, nel quale lo stato confinante del Kazundu veniva trasformato da dimenticata appendice senza alcuna utilità né valore in un dinamico canale per l'export, dove potevano passare in tutta sicurezza e con grandi profitti quei minerali insanguinati.

Carl sottolineò il fatto che non sarebbe costato loro nulla in termini di denaro. Al governo della Repubblica Democratica del Congo era solo richiesto di guardare altrove mentre re Justin, un tiranno brutale e odioso, veniva deposto in favore del suo munifico e illuminato nipote, re John Kikuu Tembo, il legittimo erede al trono. Naturalmente, una volta effettuata questa sostituzione, il Congo avrebbe posto il minuscolo vicino sotto la sua protezione, e l'avrebbe difeso nel conclave delle Nazioni Unite e dell'Unione africana nel caso il cambiamento al vertice avesse portato a un'inchiesta.

In questo modo tutti potevano essere sicuri che le forniture di minerali oltre il confine non sarebbero state ostacolate dalla delicata sensibilità dei governi degli Stati Uniti e dell'Europa.

La clausola conclusiva era che il governo del Congo avrebbe fatto pervenire a re Justin una comunicazione ufficiale per informarlo che Carl Bannock e i suoi alleati desideravano incontrarsi con lui per discutere del progetto di costruzione di un lussuoso resort sulle spiagge del Kazundu. Lo avrebbero anche informato che i suoi interlocutori avevano dieci milioni di dollari da investire in quel progetto.

I vari incontri si conclusero tra sorrisi e strette di mano, in un clima di grande cordialità.

Carl e Johnny si ritrovarono nella suite imperiale dell'Hotel Meikles di Harare. Fecero il punto sui progressi compiuti, ne discussero, e apportarono gli ultimi ritocchi al piano principale.

Il giorno seguente Johnny presentò a Carl il tenente Sam Ngewenyama: Carl ne fu entusiasta. Pur non essendo particolarmente incline agli atti eroici, Carl sapeva riconoscere e apprezzare l'istinto di uccidere e non ebbe bisogno dell'investitura di Johnny per capire che Sam era un duro. Comunicò il proprio assenso a Johnny con un cenno della testa e rimase ad ascoltarlo mentre impartiva gli ordini a Sam, che sarebbe entrato nel Kazundu travestito da immigrato in cerca di lavoro e avrebbe effettuato una ricognizione preliminare.

L'unica maniera per entrare nel Kazundu era con un battello a vapore. Sam volò da Harare al porto di Kigoma, sulla riva orientale del lago Tanganica. Nella toilette dell'aeroporto si cambiò, indossando i panni miseri e cenciosi di un immigrato in cerca di lavoro, e da lì si imbarcò sulla motonave *Liemba*, ex cannoniera tedesca della prima guerra mondiale.

A bordo si trovavano altri duecento passeggeri, tutti accampati sul ponte.

Dopo quattro giorni e otto scali, la motonave *Liemba* entrava nel bellissimo porticciolo di Kazundu. Con Sam sbarcarono altri cinque passeggeri, accolti sul molo da due squadre di uomini armati che ordinarono loro di aprire i bagagli. Passarono al vaglio il contenuto dei diversi fagotti e scatoloni per scegliere quello che più gli aggradava. Uno dei passeggeri era una madre adolescente, con il neonato legato sulla schiena. Ridendo, uno dei miliziani consegnò il proprio fucile a Sam perché glielo tenesse e portò la ragazza nei bagni pubblici, in fondo al molo.

Al suo ritorno Sam restituì il fucile al miliziano, non senza averlo ispezionato durante la sua assenza. Era un VZ 58, una copia cecoslovacca del Kalashnikov russo della fine degli anni Cinquanta. Il metallo della canna non aveva più tracce di brunitura e nel caricatore non c'erano munizioni. Sam sogghignò pensando al tipo di resistenza che si sarebbero potuti aspettare una volta tornati a Kazundu facendo sul serio.

Sam lasciò il porto e si diresse al villaggio, fermandosi a chiedere a tutti quelli che incontrava se c'era modo di trovare un lavoro. Erano tutti vestiti di stracci, con visi scarni e l'espressione spaventata o vuota. Molti sembravano avere raggiunto uno stadio avanzato di inedia e quasi tutti scappavano senza rispondergli.

Diretto al castello, Sam attraversò la pista di atterraggio abbandonata, e stimò che il Dakota Skytrain non avrebbe incontrato difficoltà ad atterrare una volta che le macerie più voluminose, che rendevano inservibile la pista, fossero state rimosse. Fra le rovine dell'edificio che doveva essere il terminal era accampato un pugno di miliziani insieme alle proprie donne. A differenza degli abitanti di Kazundu che aveva incontrato, questi sembravano ben in carne.

Salì il sentiero che portava al castello, in cima alla collina, e si accovacciò con gli altri manovali e i mendicanti nel cortile, dove poté studiare la struttura dell'edificio. C'era solo un'entrata che dava sul lago. Il portone si era imbarcato sui cardini e dava l'idea di essere inservibile ormai da molti anni.

Nonostante il magnifico panorama del lago e delle verdi colline, un'aria di avvilimento incombeva su tutto, come un miasma mefitico.

Infine una delle porte interne del castello si spalancò, lasciando uscire quattro uomini armati che gridarono loro di disperdersi, dando forza al loro ordine con il calcio dei fucili. Uno degli uomini colpì Sam in volto, e al suo gesto istintivo di reazione fece un passo indietro e gli puntò il fucile, infilando contemporaneamente un colpo in canna.

« Dai, fatti sotto » lo incoraggiò sghignazzando.

Sam trattenne la rabbia: lo guardò brevemente negli occhi toccandosi il labbro sanguinante. « Tornerò e mi ricorderò della tua faccia » sussurrò. Poi gli girò le spalle e uscì dal portone aperto fra le insolenze della guardia.

Tre giorni più tardi, Sam era di nuovo a bordo della *Liemba* per tornare a Kigoma. Mentre la motonave si avvicinava rapidamente al molo passeggeri, Sam notò una grossa lancia a motore ormeggiata nella baia. Uno dei compiti che Johnny Congo gli aveva affidato era quello di stare attento a quell'imbarcazione e raccogliere il maggior numero di informazioni possibile su di essa. Quando era passato da lì, diretto nel Kazundu, la lancia non si trovava nella baia.

Indossati di nuovo i suoi abiti eleganti, Sam si recò nell'ufficio del capitano del porto in fondo al molo per parlare con l'impiegato seduto in veranda. Questi gli spiegò che la lancia apparteneva all'amministrazione del distretto di Kigoma e che serviva principalmente al governatore della provincia per gli eventi ufficiali, ma che di tanto in tanto veniva affittata ad altri.

L'uomo gli assicurò che si trattava di un'ottima imbarcazione, in grado di attraversare il lago nelle peggiori condizioni.

Johnny Congo gli aveva affidato un'altra incombenza. Kigoma era un importante centro per la distribuzione del cibo su tutta la sponda orientale del lago. Sam ottenne la piena attenzione del responsabile di zona con un biglietto da cinquanta dollari – utile per far fronte alle sue « spese personali » – e poi discusse con lui della fornitura di grossi quantitativi di farina di mais, l'alimento principale in quella zona dell'Africa. Il responsabile gli garantì che sarebbe stato possibile mettere a sua disposizione quell'alimento in breve tempo e in qualsiasi quantitativo.

Sam tornò a Harare nel tardo pomeriggio e si presentò a Carl e a Johnny Congo. La conversazione si svolse in swahili, e Carl non fu in grado di seguirla. Johnny ascoltò con grande interesse, fece qualche domanda e poi si sistemò comodo in poltrona, a braccia conserte.

« Bene, mio piccolo Carl. È tutto a posto. Abbiamo ricevuto il caloroso invito di zio Justin a fargli visita portandoci dietro i nostri dieci milioni di dollari. E così siamo in partenza per la nostra nuova casetta.»

Carl ascoltò accarezzandosi il mento, pensieroso. «Penso che farò andare avanti te» disse con una certa cautela. «Io ti seguirò non appena mi chiami.» Se conosceva bene Johnny Congo, al suo arrivo nel Kazundu sarebbero volate le pallottole.

«Ma io ti sto chiamando adesso, piccolo mio. Non voglio che ti perda il divertimento!» esclamò Johnny con trasporto.

Carl si strinse nelle spalle, rassegnato.

Sul molo passeggeri del porto di Kigoma Carl fece un ultimo tentativo di allontanarsi dalla zona dell'incombente pericolo. Schermandosi gli occhi, guardò il lago in lontananza. Il sole nascente non aveva ancora dissipato i banchi della foschia mattutina.

«Mi sembra molto agitato là in fondo. Mi sa che si sta preparando una tempesta. Non sono granché come marinaio. Penso che sarebbe meglio se...»

«Sì, amico, hai ragione» gli rispose Johnny. «Sono trenta miglia all'altra sponda. Sarebbe meglio muovere i nostri culi pelosi e darci una bella mossa. Subito.» Così dicendo prese lo zaino di Carl e lo gettò al di là del parapetto della lancia, sul ponte. Poi afferrò Carl per un braccio e lo spinse sulla passerella.

Quando ebbero avvistato il castello e il porto di Kazundu, Johnny fece una chiamata con il telefono satellitare. Mentre aspettava che il pilota del Dakota Skytrain gli rispondesse, scrutò il cielo a sud, anche se sapeva che era troppo presto per distinguere la sagoma dell'aereo in avvicinamento fra i nuvoloni che si addensavano.

« Siamo alla resa dei conti, White Boy. Se qualcuno ha fatto casino o ha parlato troppo, quei bastardi là... » e con il mento indicò il piccolo comitato di ricevimento sul molo del porto di Kazundu, « ci fanno saltare le budella prima che riusciamo a mettere a terra un solo piede. »

Carl non disse nulla, ma il suo bel viso sembrò prendere una sfumatura verde.

In quel preciso momento il pilota del Dakota rispose alla chiamata.

« Qui Brodo di Pollo. »

« Qui Mamma Chioccia. Come sei messo? »

« Quarantadue minuti al lancio. »

« Ricevuto. Continua l'avvicinamento » disse Johnny. « Passo e chiudo. »

All'improvviso gli uomini che li aspettavano sul molo di Kazundu si misero a gesticolare e le loro grida li raggiunsero al di là del tratto che ancora li separava. Carl si sporse dal parapetto e vomitò nell'acqua.

Sua maestà li aveva mandati a prendere con la sua vecchissima Land Rover, il solo veicolo a motore in grado di muoversi nel regno. Quando Johnny, Sam e Carl furono a bordo, quattro miliziani si misero a spingerla per metterla in moto, e una volta che il motore fu acceso si aggrapparono alle fiancate.

Mentre si avvicinava alla cima della collina la vecchia Landy cominciò a cedere: avvolti dalle nuvole di fumo azzurro che uscivano dal tubo di scappamento i miliziani balzarono a terra e la spinsero per gli ultimi cinquanta metri fin dentro le porte del castello.

La plebaglia era stata sgomberata e il cortile era deserto;

il motore del veicolo, dopo un ultimo rantolo, si ridusse al silenzio. A quel punto, dall'ingresso principale, emerse il ciambellano di corte con un piccolo seguito, per dar loro il benvenuto. Si trattava di un individuo ben pasciuto, con un paio di mammelle penzolanti, rivestito di un gonnellino di code di scimmia bianca.

Fece loro segno dall'ingresso e i tre uomini smontarono dalla Land Rover e salirono le scale. Johnny e Sam trasportavano le loro valigette di pelle, con Carl dietro che avanzava di malavoglia. Seguirono il ciambellano che danzava davanti a loro e attraversarono una serie di sale di rappresentanza prive di qualunque ornamento o arredo, attenti a evitare gruppi di donne accovacciate che cucinavano su fuochi approntati sulle piastrelle di ceramica dagli splendidi decori. Le pareti e gli alti soffitti erano anneriti dalla fuliggine; sporcizia ed escrementi ricoprivano il pavimento dove dormivano numerosi cani. Bambini piccolissimi, nudi e con il muco secco che gli incrostava il naso, strillavano e piangevano, rotolandosi gli uni sugli altri sulle piastrelle sudice come cuccioli di cane. Al comparire dei forestieri ammutolirono, seguendo il loro passaggio con gli occhi neri sgranati. I cani, che nel frattempo si erano svegliati, si avventarono su di loro abbaiando furiosamente, ma Johnny Congo sferrò un calcio nella pancia del capobranco con tale forza da mandarlo a rotolare a zampe all'aria sulle piastrelle, tra ululati di spavento e di dolore. Gli altri animali si dispersero, impauriti.

L'aria aveva il fetore di corpi sporchi, di fumo di legna e di fogna.

Mentre si avvicinavano alla porta in fondo alla sala il ciambellano, in un acuto falsetto, intonò una cantilena, mettendosi a saltellare in una grottesca danza da reumatico.

« Cosa dice? » chiese Carl preoccupato.

« Canta le lodi del re » tradusse Johnny.

Entrarono nella sala del trono. Su una piattaforma rialzata, contro la parete opposta all'ingresso, sedeva re Justin, sul suo trono di zanne di elefante. Come nel ritratto ufficiale, era un uomo corpulento rivestito di un gonnellino di code di leopardo, con in testa un turbante. La folta barba era grigia e riccia, gli occhi erano iniettati di sangue e la bocca emanava un forte odore di birra di miglio. A riprova, teneva in equilibrio sul grembo una grossa pentola di terracotta di quella bevanda.

Ai piedi del re erano sedute due ragazze giovani, con il seno nudo. Ai lati del trono erano schierate le guardie del corpo.

Ce n'erano sei, in uniformi assortite, dalla tela di jeans scolorita ai gonnellini di pelle di capra. Erano tutti a piedi nudi, tra cui un ragazzo di non più di tredici anni, appoggiato a un fucile automatico russo che gli arrivava all'altezza della spalla.

« Buon Dio » sussurrò Carl, « ma quello è ancora un bambino! »

« Probabile che abbia ammazzato più uomini lui di quante mosche tu abbia schiacciato in vita tua » lo rimbeccò Johnny Congo. Poi, in inglese, si rivolse a Sam Ngewenyama: « Saluta quel vecchio bastardo con la solita formula e digli che la sua fama è nota fino in America. Gli uomini bisbigliano il suo nome con paura e grande rispetto ».

Sam salutò in swahili e re Justin annuì. Mentre parlava con il ciambellano in inhutu l'espressione cupa del suo volto si schiarì visibilmente: « Di' che sono contento di ricevere questa gente a Kazundu. Mi dicono che è un uomo ricco che ha molte migliaia di vacche. Queste due giovani... »

continuò toccandole con le dita dei piedi nudi, « saranno le sue mogli fintanto che sarà mio ospite ».

Il ciambellano fece una profonda genuflessione e poi si voltò verso gli ospiti, ripetendo il tutto in swahili. Sam Ngewenyama lo tradusse poi in inglese.

Carl sorrise a Johnny. « La pollastrella alla sua sinistra ha una sifilide galoppante, e quella a destra ha l'aids. A te la scelta, tesoro. »

L'assurda e tediosa conversazione con sua maestà si dilungava, e Johnny lanciava ogni tanto un'occhiata all'orologio.

« Il Dakota ha quattro minuti di ritardo » bofonchiò all'orecchio di Carl. « Spero solo che il pilota non si sia perso. » Ma un attimo dopo si rallegrò. « Eccolo che arriva! »

Carl drizzò il capo e colse il pulsare attutito dei motori di un aereo. Il suono era un semplice tremito nell'aria, ma aumentava rapidamente di volume. Johnny si allontanò e con poche falcate raggiunse le porte aperte che davano sui bastioni e sugli spalti del castello. Uscì allo scoperto e alzò gli occhi verso il cielo, in direzione sud.

Il gigantesco aereo cominciò a puntare verso la pista di atterraggio dell'aeroporto abbandonato. Quando si trovò a un'altezza di centocinquanta metri, il primo uomo saltò fuori dal portellone, librandosi in caduta libera per qualche secondo prima che il paracadute si aprisse, rallentando bruscamente la discesa. A quello seguirono, a brevi intervalli, gli altri uomini del gruppo che saltavano fuori dai portelloni su entrambi i fianchi della fusoliera. All'improvviso il cielo si riempì di bianchi sbuffi di seta come un campo di margherite allo sbocciare della primavera.

Johnny si precipitò dentro, nella sala del trono, gridando istericamente in inhutu: « Correte! Correte! Il nemico è qui. Ci ucciderà tutti ».

Né il re né nessuno fra i suoi sudditi sembrò chiedersi ragione dell'improvvisa dimestichezza di Johnny con la loro lingua.

Le ragazze balzarono in piedi e corsero alla porta dell'harem gridando di terrore.

Re Justin raddrizzò il corpaccione e arringò gli uomini della guardia del corpo indicando la porta che dava sugli spalti, mentre gli schizzi di saliva si posavano come gocce di rugiada sulla barba grigia. I suoi uomini corsero verso la porta, sollevando i fucili e caricandoli in uno schioccare di otturatori. Tutti davano le spalle a Johnny e a Sam.

« Okay, Sam » disse Johnny a mezza bocca, « apriamo le danze. »

Carl Bannock si gettò a terra, una guancia schiacciata contro le piastrelle sudice e le mani allacciate sopra la testa per proteggersi: tremava già di paura.

Johnny e Sam estrassero le armi: erano entrambi dotati di mitragliette CZ-75 calibro 9mm, nascoste nelle valigie che si erano portati dietro. Avevano già applicato i lunghi caricatori maggiorati da trenta colpi. Le corte canne erano precise solo fino a 25 metri, ma a loro bastava la metà. I selettori di fuoco erano sulla posizione di colpo singolo invece che automatica. I due uomini presero a sparare.

Johnny puntò prima a suo zio, colpendolo due volte alla base della colonna vertebrale. Il vecchio crollò sulle ginocchia, ondeggiando nel tentativo di mantenere l'equilibrio, per poi accartocciarsi a faccia in avanti. Johnny si girò con calma verso il bambino soldato. Era pericoloso né più né meno di un adulto. Mirò al suo viso e lo vide stramazzare, mentre il fucile sbatteva sulle mattonelle, accanto al corpo.

Nel frattempo, anche Sam aveva abbattuto due dei suoi

bersagli e gli altri miliziani si stavano ancora girando, sbalorditi. Johnny e Sam fecero di nuovo fuoco simultaneamente e ne caddero altri due. Uno dei sopravvissuti sparò una breve raffica che colpì il ciambellano reale e lo mandò a gambe all'aria.

Johnny e Sam lo presero di mira insieme. Sam lo colpì alla spalla destra, ma la pallottola di Johnny gli si infilò nella bocca che aveva aperto nell'atto di gridare. I due incisivi inferiori si staccarono dalle gengive e la pallottola proseguì la traiettoria, trapassandogli il cranio. Il miliziano si ribaltò sulla schiena. Dietro di lui l'ultimo uomo ancora in piedi aveva buttato a terra il fucile e se la stava dando a gambe verso gli spalti. Sam lo mancò, ma Johnny lo colpì appena sopra al ginocchio sinistro, mandandogli in frantumi il femore. L'uomo cadde scompostamente e strisciò al di là della soglia, lasciando una scia luccicante di sangue sulle lastre di pietra. Johnny alzò il fucile per finirlo, ma Sam lo fermò: «È mio. Lo conosco. Gli devo un favore».

Johnny abbassò l'arma e la puntò verso il pavimento.

«Okay, Sam, è tutto tuo» acconsentì.

Sam uscì sugli spalti, cambiando il serbatoio della CZ-75 con uno carico. Si piazzò davanti al miliziano azzoppato e gli parlò a voce bassa, minacciosa, in swahili.

«Guardami, camerata. Mi riconosci?»

L'uomo lo guardò in viso, con gli occhi che annegavano nelle lacrime di paura e terrore.

«Sono quello che hai colpito con il calcio del fucile. Ti avevo promesso che sarei tornato e adesso eccomi qui.»

Negli occhi del miliziano brillò una scintilla di riconoscimento e l'uomo lesse nel volto di Sam la promessa di morte.

«Bene, vedo che ti ricordi di me.» Sam gli girò intorno lentamente. Gli sparò un colpo dietro al ginocchio ancora sano, frantumandoglielo, e poi lo colpì altre due volte, in fondo alla schiena, per essere sicuro che la colonna vertebrale fosse fratturata. Le ferite erano letali, ma sarebbe stata una morte lenta.

Nella sala del trono, Johnny raggiunse l'angolo dove Carl era ancora rannicchiato con la testa coperta dalle braccia. Non aveva ancora smesso di piagnucolare. Johnny lo smosse con il piede.

« Mio piccolo Carl, è tutto a posto. Papà ha cacciato l'uomo nero. Adesso puoi uscire da sotto le coperte a guardarmi mentre saluto lo zio Justin. »

Carl abbassò le braccia e si guardò attorno intimorito. Quando ebbe visto che tutti i nemici erano a terra, sfoderò un ghigno di sollievo e si alzò.

« È che non volevo intralciarti, Johnny. Non avevo paura, credimi. »

« Ma certo. Lo so che sei un eroe. È solo che non ti piace troppo il rumore » gli diede corda Johnny, come a giustificarlo.

Carl lo seguì mentre si avvicinava al punto in cui re Justin giaceva a terra. Calpestando il corpo di suo zio, Johnny ricaricò la mitraglietta.

« Respira ancora » esclamò allegro. « Hai mai ucciso un uomo, mio piccolo Carl? » gli chiese battendogli una mano sulla spalla.

Carl scosse la testa, cupo. « Non ne ho mai avuto occasione. C'è sempre qualcuno che lo fa per me. »

« Be', ora ce l'hai. Puoi finire zio Justin. Ti va, White Boy? »

Carl si illuminò. « Grandioso! » esclamò. « Grazie, Blackbird. Ho sempre voluto provare. »

Johnny gli consegnò la mitraglietta, impostando la modalità automatica, e Carl la prese goffamente fra le mani.

« E ora che cosa devo fare? »

« La punti sul vecchio bastardo e premi il grilletto. »

Carl inquadrò nel mirino il corpo del re, voltò la faccia e chiuse gli occhi. Poi premette il grilletto fino a sbiancare l'indice da quanto schiacciava. Infine riaprì gli occhi e si rivolse a Johnny. « Non funziona » disse in tono lamentoso.

« Non puntare quell'aggeggio verso di me. » Con delicatezza, Johnny spostò di lato la canna della mitraglietta. « Per prima cosa devi togliere la sicura. Adesso riprova. Ma questa volta cerca di tenere gli occhi aperti. »

Carl prese di nuovo la mira, si fece coraggio e abbassò il grilletto. Il serbatoio si svuotò con un crepitio e le pallottole squarciarono la schiena del vecchio come una motosega. Poi l'arma tacque.

« Ecco, ha smesso di nuovo di sparare » piagnucolò Carl.

« Perché hai usato tutti i colpi. »

« Adesso è morto? »

« Dovrebbe. L'hai quasi tagliato in due, il vecchio bastardo. Ma dimmi, ti è piaciuto, piccolo mio? »

« Sì, cazzo! È stata una figata. Grazie, Johnny. »

« Figurati, piccolo Carl. Tutte le volte che vuoi. »

Gironzolarono un po' sugli spalti, guardando gli ultimi paracadutisti dello Zimbabwe che atterravano sulla pista sotto la collina e occupavano la zona. In lontananza si udiva rumore di fuoco intermittente. Il Dakota girò intorno alla collina a bassa quota e Johnny chiamò il pilota con il satellitare.

« Ottimo lavoro, Brodo di Pollo! Al tuo ritorno troverai il campo di aviazione in perfette condizioni. Ti segnaleremo la pista con la seta dei paracadute. »

Il Dakota virò allontanandosi in direzione sud. Johnny si rivolse a Sam: «Vai giù a prendere il comando dei tuoi uomini. Raduna il maggior numero di locali prima che spariscano nella foresta. Mettili sotto e fagli pulire la pista di atterraggio. Niente festeggiamenti fino a che non avremo sbarcato le ultime truppe e preso pieno controllo del paese».

Al ritorno del Dakota, quella sera, Sam e i suoi avevano sgomberato un tratto della pista. L'aereo atterrò per sbarcare altri sessanta uomini e razioni per dieci giorni; a quel punto restava ancora abbastanza luce per decollare e tornare a Harare per il carico successivo.

Nei giorni seguenti trasportarono le rimanenti truppe, insieme alle razioni necessarie a sfamarle per alcuni mesi. Poi dal deposito di Kigoma, sulla sponda opposta del lago, la lancia a motore consegnò un pieno carico di sacchi di farina di mais.

Ai primi spari il piccolo esercito di miliziani di re Justin si era dileguato come fumo in una giornata di vento, insieme all'intera popolazione di Kazundu.

La cosa non aveva certo preoccupato Carl e Johnny: con il lago davanti e la giungla alle spalle gli sventurati avevano ben poca scelta. Sapevano che cosa li aspettava dall'altro lato della frontiera con il Congo: li avrebbero catturati e messi a lavorare nei cunicoli delle miniere fino a che non fossero morti di fame o annegati o soffocati da una delle inevitabili colate di fango o da un crollo.

Esauriti i preparativi, Johnny fu portato a sorvolare a bassa quota la sponda del lago e la giungla dietro al porto.

Sotto la fusoliera del Dakota era montato un sistema di altoparlanti da 700 watt per lanciare annunci, e con questo re John Kikuu Tembo si rivolse ai propri sudditi in inhutu. La sua voce riecheggiò fra le colline.

« Re Justin è morto! Sono il vostro nuovo re. Sono re Johnny. Mi dovrete piena fedeltà e obbedienza. In cambio vi proteggerò e vi sfamerò. Venite al vecchio aeroporto sotto il castello. Non abbiate paura. Non vi farò del male. L'aereo venuto da sud ha portato una montagna di farina di mais per sfamarvi. Il vostro nuovo re Johnny vi vuole bene. Non vi farà del male. Vi darà da mangiare. Vi darà lavoro e vi pagherà con molti scellini d'argento. »

Nel giro di qualche ora i primi sudditi di Johnny misero timorosamente la testa fuori. Solo un pazzo avrebbe accettato spontaneamente un invito così pericoloso. Qualcuno li aveva costretti a farlo: si trattava di tre ragazzine pelle e ossa, di età inferiore ai dieci anni, con indosso un perizoma cencioso e nient'altro. Si tenevano per mano e piangevano terrorizzate.

Alla vista di Johnny Congo che le aspettava sulla pista di atterraggio, fecero dietro front e scapparono strillando nella giungla. Poco tempo dopo vennero di nuovo spinte fuori dai genitori, sempre in lacrime e avvinghiate l'una all'altra. Sua maestà diede loro un buffetto sulla testa e consegnò a ciascuna una manciata di caramelle dure di pessima qualità, un pezzetto di stoffa di cotone dai motivi vivaci e una bella dose di farina di mais avvolta in una foglia di banano. Il trio tornò di corsa trasportando i tesori che furono subito presi dai genitori.

Dopo un altro breve intervallo, le tre piccole eroine fecero una nuova comparsa, guidando le madri e praticamente tutte le altre parenti di sesso femminile. I guerrieri della tribù stavano tastando il terreno. Le signore ricevettero la propria razione e corsero dagli uomini ululando di felicità. Poi fu la volta dei bambini maschi: e anche quelli sopravvissero al primo abboccamento con il nuovo re John. A quel punto, finalmente, comparvero gli uomini.

Ben presto il campo di aviazione si riempì di una calca ululante che festeggiava la morte del vecchio re e l'ascesa al trono d'avorio del munifico nuovo monarca del Kazundu.

Sam Ngewenyama e i suoi soldati si aggiravano in mezzo a loro, per dividere uomini e donne in squadre di lavoro. Il primo incarico che li attendeva era quello di riparare il campo di aviazione e allungare la pista per accogliere i pesanti aerei da trasporto moderni. Dopo di ciò poterono concentrarsi sull'ampliamento del minuscolo porto, per prepararlo allo sbarco dei carichi di materiali da costruzione e dell'equipaggiamento pesante.

Il primo aereo ad atterrare sulla pista rimessa a nuovo fu un Antonov An-124 Condor del 1985, con migliaia di ore di volo nell'esercito russo prima di essere venduto. Era un quadrimotore da trasporto con una enorme capacità di carico, uno dei più grandi in servizio. Carl Bannock era il sesto proprietario registrato e l'aveva acquistato in Bulgaria presso un mercante di residuati bellici. Lo guidavano due piloti che l'aeronautica russa aveva congedato per raggiunti limiti di età; erano alla disperata ricerca di un lavoro, e così Carl si era assicurato loro e l'aereo a un prezzo decisamente favorevole.

Con i nuovi motori che Carl aveva fatto installare a Dubai, il Condor aveva un raggio di azione sufficiente per un volo non-stop dal Kazundu a Hong Kong o a Teheran.

Carl e Johnny adesso erano in grado di fornire ai loro migliori clienti un servizio diretto di consegna fin sulla porta di casa.

Col suo primo carico il Condor trasferì nel Kazundu il pesantissimo generatore diesel che avrebbe fornito energia al castello, oltre all'antenna satellitare e la serie completa dei dispositivi elettronici di cui Carl aveva bisogno per rimanere in contatto con i mercati finanziari di tutto il mondo. Lo stesso volo trasportava anche una squadra di sette esperti profumatamente retribuiti, che dovevano installare e far funzionare tutte quelle apparecchiature.

A bordo dell'Antonov c'era anche un medico, assunto a tempo pieno dal nuovo governo del Kazundu per essere sempre pronto a intervenire, data la leggera ipocondria della quale Carl era affetto.

Dallo stesso mercante bulgaro che aveva venduto il Condor, Carl aveva procurato due mezzi da sbarco appartenuti alla marina russa. Aveva equipaggiato anche questi con nuovi motori e li aveva spediti per mezzo di una nave da carico dal porto bulgaro di Varna, sul mar Nero, a Dar-es-Salaam, il principale porto della Tanzania. Il Condor era andato a prelevarli e li aveva portati nel Kazundu, uno alla volta. Erano in grado di attraversare il lago fino a Kigoma in poco più di due ore e di consegnare con ogni viaggio cinquanta tonnellate di cemento o altri materiali da costruzione.

Mentre era in corso quella febbrile attività Johnny Congo individuava tra i sudditi quelli che avevano servito il suo defunto zio. Gli uomini selezionati erano sorpresi dalla facilità con la quale riusciva a identificarli; Johnny si era così guadagnato la fama di possedere poteri soprannaturali e questo accrebbe il timore reverenziale che ispirava nei sudditi. Nessuno di loro si rendeva conto che, essendo la parte meglio nutrita di tutta la popolazione del Kazundu, con la loro pancia e le loro chiappe spiccavano in mezzo a tutti.

Johnny li affidò a Sam Ngewenyama perché li trasformasse in veri soldati e sorveglianti capaci di imporsi sui fratelli e le sorelle della loro tribù. Rompere teste e sferrare calci diventò presto la loro occupazione preferita, che svolgevano con entusiasmo al servizio di re John e del suo primo ministro bianco, sua eccellenza Carl Bannock.

Una volta che le infrastrutture del nuovo governo del Kazundu furono installate, Johnny costituì un nuovo reparto di guardie del corpo, forte di trenta uomini con equipaggiamento pesante. Facendosi precedere da inviati che annunciavano ai signori della guerra locali il suo imminente arrivo nella Repubblica Democratica del Congo, Johnny attraversò il confine accompagnato da Sam Ngewenyama e dal corpo di guardia. Carl aveva deciso di non partecipare alla spedizione: si sentiva inadatto a quel compito, visto che non parlava le lingue indigene e la sua priorità era mantenersi in contatto con i mercati finanziari globali.

Questa volta Johnny aveva accettato le sue giustificazioni e l'aveva lasciato a casa.

Il viaggio di Johnny nelle province del Congo orientale – ognuna governata da un signore della guerra locale e dal suo esercito privato – fu un trionfo assoluto. Lo ascoltavano con gioia a stento trattenuta mentre spiegava loro che avrebbe pagato in dollari sonanti per ogni oncia di concentrato di coltan, per ogni grammo d'oro, per ogni carato di diamanti e ogni quintale di cassiterite o wolframite che gli fosse consegnata sul confine del Kazundu, dove alcuni esperti avrebbero testato la purezza del materiale grezzo e dei minerali.

Johnny ci tenne a sottolineare che non avrebbero corso alcun rischio: quei preziosi prodotti sarebbero rimasti sotto il loro controllo finché non avessero avuto in mano il denaro.

Fu così che, alcune settimane dopo il ritorno di Johnny, cominciarono ad arrivare sul confine lunghe colonne di portatori, incitati e spinti dalle grida, dai calci e dalle fruste degli uomini armati che li scortavano. Si trattava per lo più di donne che camminavano barcollando sotto sacchi di materiale grezzo tenuti in equilibrio sulla testa. Gli uomini e i bambini erano più utili in miniera.

Il carico di ogni portatrice era attentamente calibrato sulla sua forza e resistenza. Se una di loro cadeva, veniva frustata finché non si rimetteva in piedi, per essere poi spinta avanti. Alla fine, quando era ormai incapace di rialzarsi, il suo carico veniva suddiviso tra le altre donne della colonna. La donna caduta a quel punto veniva uccisa e il suo corpo abbandonato lungo la pista, come monito per le altre.

La strada per il Kazundu, in mezzo a colline boscose, divenne così riconoscibile non solo per il passaggio di migliaia di piedi umani, ma anche per il fetore dei cadaveri in putrefazione allineati lungo il ciglio.

Ben presto il primo carico completo di coltan fu pronto per essere trasportato a Hong Kong dall'Antonov Condor. Nel viaggio di ritorno, il Condor fece scalo in Thailandia per fare rifornimento e per prendere a bordo parecchie giovani prostitute, oltre ad alcuni travestiti.

Nei primi due anni di governo di re John, i consiglieri dell'Henry Bannock Family Trust avevano triplicato, loro malgrado, i profitti del commercio di quei minerali tanto ricercati, ottenuti dal genio finanziario di Carl; solo a quel punto Carl e Johnny dedicarono le loro energie e il loro enorme patrimonio a trasformare il castello in cima alla collina da topaia puzzolente in gioiello luccicante, incastonato sullo sfondo meraviglioso del lago, delle montagne e della giungla.

Fecero arrivare architetti, ingegneri idraulici, capomastri e artigiani specializzati per realizzare il loro sogno. Si fecero mandare per nave materiali da costruzione di alta qualità. Raccolsero oggetti di rara bellezza, diverse varietà di legnami esotici, dipinti, sete, ceramiche e altre opere d'arte e di artigianato da tutto il mondo. Pomparono l'acqua dal lago per irrigare i giardini pensili sulla collina, e poi, attraverso caverne e pozze sotterranee, farla ricadere ad arte sotto forma di cascate scenografiche nel grande bacino da cui aveva avuto origine.

Per la realizzazione di quel capolavoro Carl Bannock aveva scelto il celebre architetto americano Andrew Moorcroft, di Moorcroft e Haye, lo stesso progettista della dimora di Forest Drive che Henry Bannock aveva fatto costruire per la sua famiglia.

Carl traeva un piacere malvagio dal fatto di impiegare l'uomo originariamente scelto da Henry, suo padre adottivo e benefattore, che lui aveva portato alla morte dopo averne decimato la famiglia.

Carl aveva conservato con cura alcune copie del documentario commissionato ad Amaranthus, il regista messicano di film porno. Lui e Johnny non si stancavano mai di guardarlo. Un paio di volte al mese passavano un'intera serata in estasi davanti al filmato guardandolo in continuazione. E ogni volta ridevano di gusto agli spasimi finali di Bryoni nella porcilaia davanti all'enorme cinghiale Hannibal.

Alla fine, quasi in coro, facevano il verso al grido rivolto al padre, l'invocazione che aveva ucciso Henry Bannock.

« Papà! »

Fu Johnny ad avere l'idea. « Perché non ci facciamo anche noi il nostro recinto di morte? » suggerì. Carl accettò l'idea con entusiasmo.

« Blackbird, sei un genio. È un'idea splendida. Potremmo avere il nostro show dal vivo tutte le volte che vogliamo. »

« E sarebbe l'ideale per far rigare dritto questa gente » osservò Johnny. « Se qualcuno ci fa incazzare, basta darlo in pasto ai cinghiali davanti agli altri che guardano lo spettacolo. » Carl si mise a ridacchiare come una ragazzina eccitata.

« Potremmo costruire un Colosseo, come a Roma; in quel posto gli imperatori romani facevano combattere i gladiatori fino alla morte e davano le belle donne in pasto ai leoni. »

« Non ho mai sentito parlare di questi imperatori, ma mi piace quello che mi racconti. Devono essere dei pazzi scatenati! Dovremmo andarli a trovare, una volta o l'altra! »

« Siamo in ritardo di duemila anni, temo. Ma noi siamo grandi quanto un romano con una corona di foglie in testa. Come diceva quel tale, possiamo avere tutto quello che vogliamo, con i nostri soldi. »

« E i cinghiali? Secondo te sono grandi anche loro, White Boy? » lo schernì Johnny. « Noi possiamo fare molto meglio di un branco di cinghiali. Che ne dici invece di qualche leone? Siamo in Africa, perdio! I leoni sono più tosti dei cinghiali, cento volte di più. »

Carl restò assorto per un momento, riflettendo. « I leoni non mi piacciono, amico » disse scuotendo la testa. « Quelli non scherzano. »

« Che cosa c'è di pericoloso in un branco di leoni in gabbia? » domandò Johnny.

« Se scappano dalla gabbia corrono più veloci dei cinghiali. Che cosa succede se uno scappa? Che mi dici? Non vorrei essere lì se succedesse. »

« Okay. Ma quale può essere l'animale che non corre forte e mangia la gente? » si mise a riflettere Johnny ad alta voce.

« Un coccodrillo, quanto corre, Johnny? Lo sai? »

« Li ho visti in fotografia. Hanno le zampe corte. Immagino che non corrano veloci come i leoni. »

« Dove li andiamo a trovare un paio di grossi coccodrilli mangiatori di uomini? »

« Basta che giri piano piano la testa e guardi dietro di te, amico, e vedrai il più grande fottuto lago del mondo. » Carl ruotò nella poltrona. Erano seduti all'aperto sugli spalti del castello, da dove si godeva una vista stupenda sulla distesa d'acqua.

Carl però lo corresse con pignoleria: « Non è il più grande; è solo il secondo lago del mondo ».

« Per me è il primo » tagliò corto Johnny in risposta all'obiezione dell'amico. « Scommetto che là dentro ci sono dei mostri di coccodrilli, White Boy. »

« Ora mi collego e lo scopro subito. » Carl si alzò per rientrare nella sala del trono che aveva trasformato in una centrale di comunicazioni. Qualche minuto dopo era di ritorno con un'espressione compiaciuta.

« Versami un'altra Tusker, Blackbird » gli disse sedendosi di fronte a lui. « E serviti anche tu. Lo meriti. Avevi ragione su tutto. I coccodrilli non hanno la stessa velocità degli uomini, e comunque non ti correrebbero mai dietro. Non sono cacciatori, ma uccidono stando nascosti. Non li vedi arrivare, specialmente si ti trovi vicino all'acqua. Ecco il primo punto a tuo favore. » Carl prese un sorso dalla lattina. « Secondo punto a tuo favore è che il lago Tanganica e i suoi affluenti... » e intanto indicava il lago interno con un ampio gesto del braccio, « sono senza ombra di dubbio la culla del *Crocodylus Niloticus*. »

« Che cazzo sarebbe? »

« È il coccodrillo del Nilo, mio adorato Johnny. In quel lago ce n'è uno che dicono sia lungo quasi otto metri. Lo chiamano Gustave. Dicono che sia in grado di inghiottire perfino un bestione come te senza masticare. »

« Lascia solo che uno di quei bastardi pieni di scaglie ci provi » disse Johnny con fare bellicoso, poi piegò indietro la testa e con una specie di barrito chiamò: « Sam! Samuel! Porta qui il tuo culone nero, scansafatiche che non sei altro! »

Sam li raggiunse con tutto comodo sulla terrazza, indifferente agli insulti del re. Johnny aveva cominciato a rivolgersi a Sam con quei toni volgari solo dopo che erano diventati veri compagni d'armi. Sam aveva sottoscritto un contratto come comandante in seconda di Johnny dopo la presa del Kazundu, quando il resto delle truppe dello Zimbabwe era stato rimpatriato. Johnny l'aveva promosso subito al grado di colonnello. Lo stipendio era parecchio più alto di quello che gli passava l'esercito dello Zimbabwe e inoltre, tra benefit ed extra, gli era concesso di essere terzo, in coda dopo Johnny e Carl, nel godimento dei giovani prelevati in Thailandia. Samuel Ngewenyama era un uomo felice.

« Salve, signor re. Mi hai chiamato? »

« Lo sai bene, bastardo » gli disse Johnny porgendogli una lattina di Tusker. « Sam, ci servono dei coccodrilli. »

« Quanti, capo? »

« A dire il vero non lo so. Facciamo due, per cominciare, ma guarda che siano veramente grossi, vivi e affamati. »

« Metto in giro la voce, ma forse ci vorrà un po' di tempo. Non faranno la fila per andare a disturbare i coccodrilli. »

« Fa lo stesso, Sam. Dobbiamo ancora costruirgli un recinto. »

Nei mesi successivi investirono tempo ed energia nella

progettazione e nella costruzione dell'arena per i coccodrilli. Le squadre ai lavori forzati scavarono con grande fatica una fossa circolare a metà collina, davanti al castello. Non doveva essere spaziosa, ma Carl aveva insistito che fosse abbastanza profonda da impedire che uno degli ospiti scappasse e lo sfidasse in una gara di velocità.

Le pareti dell'arena furono rivestite di blocchi di pietra con una pendenza tale da impedire di uscirne. Fu deviata una delle cascate artificiali, dirottando l'acqua in un vasto stagno grande quasi metà dell'area dell'arena. Il terreno rimanente fu cosparso di uno spesso strato di sabbia dorata proveniente dalle rive del lago. Avrebbe formato una spiaggia dove quei rettili assetati di sangue potessero crogiolarsi al sole, accanto allo stagno in cui sguazzare e rinfrescarsi. Sul bordo superiore del rivestimento di pietra che circondava la fossa c'era posto per un centinaio di spettatori, accanto al palco per re John e il suo primo ministro, con una visuale completa su tutto quello che accadeva in basso. C'era anche una piattaforma per le telecamere che avrebbero ripreso lo spettacolo.

Un cunicolo sotterraneo permetteva di raggiungere il livello della fossa, protetto da un solido cancello di ferro a prova di coccodrillo. Sull'architrave di pietra al di sopra del cancello era scolpita questa terribile ammonizione: LASCIATE OGNI SPERANZA VOI CHE ENTRATE.

Quando Johnny la lesse per la prima volta domandò: « Voi chi? »

« 'Voi' sono tutti quelli che attraversano quel cancello » gli rispose Carl, paziente.

« L'hai inventata tu questa stronzata? »

« Che domanda idiota, Blackbird. Certo » lo rassicurò Carl, e Johnny scosse la testa, ammirato.

« Sei davvero intelligente per essere un bianco; lo sai, mio piccolo Carl? »

Sentirono i tamburi e gli ululati fin sugli spalti del castello.

« Meglio scendere a vedere cosa diavolo stanno combinando laggiù! » suggerì Johnny. Salirono sulla Range Rover nuova di zecca che Carl aveva fatto arrivare come regalo di compleanno per l'amico. Johnny si mise alla guida e i due si lanciarono giù dalla collina fino al porto, parcheggiando sul molo. La folla venne allontanata dal calcio dei fucili della guardia del corpo reale.

Carl e Johnny rimasero sul molo, schermandosi gli occhi per guardare in mezzo al lago. Una flottiglia di canoe indigene scavate nei tronchi scendeva da nord: era impossibile contarle da quella distanza, ma Carl stimò che ci fossero almeno venti imbarcazioni più piccole che circondavano e scortavano due canoe da guerra molto più grandi.

Seduti al centro delle canoe più piccole, i battitori di tamburo ottenevano dagli strumenti un ritmo primordiale, mentre, in piedi a poppa e a prua, i rematori intingevano le lunghe pagaie nell'acqua e le facevano oscillare seguendo la cadenza dei tamburi. Erano alti e slanciati, e i loro corpi nudi luccicavano alla luce del sole come antracite bagnata dalla pioggia. Mentre remavano intonavano i loro canti.

Le due grandi canoe da guerra al centro della formazione erano talmente cariche che uscivano dall'acqua di pochi centimetri. C'erano una decina o più di rematori. Arrivavano di traverso al porto, ma a un certo punto viravano dirigendosi alla spiaggia. La gente che affollava la riva si mise a correre lungo il molo saltando sulla spiaggia per andare ad accoglierle. Johnny e Carl seguirono la massa, mentre Sam e i suoi uomini andavano ad aprire loro un varco fermando la gente a suon di bastonate sulle teste lanuginose e le nude spalle nere con le pesanti canne di bambù che portavano sempre dietro.

Giunsero sulla battigia mentre la canoa da guerra più grande appoggiava la prua a riva. Gli spettatori si buttarono in acqua fino alla cintola per aiutare a tirare le due lunghe canoe in secca. Poi si accalcarono attorno alle imbarcazioni, ridendo e farfugliando per l'eccitazione e la meraviglia davanti al carico che queste trasportavano. Le guardie del corpo li scacciarono per consentire a Carl e a Johnny di avvicinarsi e di guardare le bestie enormi che giacevano sul fondo delle canoe. La mascella e la mandibola erano state legate strette con canne di papiro intrecciate, e gli occhi erano coperti con vecchi sacchi di granoturco per tenere le bestie tranquille.

Johnny misurò con i passi la lunghezza del coccodrillo più grosso, fischiando di ammirazione. « Questo bestione è lungo quasi cinque metri. Come diavolo hanno fatto a catturarlo? »

« Hanno costruito una trappola di pali, molto lunga, e ci hanno messo dentro una capra come esca » gli spiegò Sam Ngewenyama.

Ci volle una squadra di venti uomini per trascinare il mostro sulla rampa di carico di uno dei mezzi da sbarco di fabbricazione russa, e a quel punto riuscirono a trasportarlo all'arena dei coccodrilli, dove un'altra squadra, di cinquanta uomini, lo calò nella fossa con l'aiuto di alcune funi.

Il secondo coccodrillo era lungo solo tre metri e mezzo, probabilmente una femmina. Li posarono l'uno accanto all'altro sulle sabbie dell'arena, dove potevano crogiolarsi accanto allo stagno. Anche Carl e Johnny erano fianco a fianco: si sporgevano dal parapetto che circondava la sommità dell'arena, gridando le istruzioni.

« Toglietegli i sacchi dagli occhi, adesso! » Johnny diede l'ordine in swahili e due dei più ardimentosi ubbidirono, mentre gli altri se la davano a gambe in ordine sparso, incastrandosi nel cunicolo di uscita nella fretta di mettersi in salvo.

I due mostruosi rettili si svegliarono pigramente, poi, sulle tozze zampe, si avviarono dondolando verso lo stagno verde e scivolarono nell'acqua tiepida, dove rimasero immersi con solo gli occhi e le narici che affioravano in superficie.

Johnny ordinò a Sam di pagare ai cacciatori di coccodrilli il premio pattuito. Contandole una a una, Sam mise le spesse mazzette di scellini della Tanzania nelle mani del capo tribù che aveva coordinato le operazioni di cattura: il contante era sufficiente ad acquistare una grossa mandria di bestiame. L'uomo si allontanò fiero giù per la collina, seguito dai suoi che cantavano e battevano il tamburo pieni di esultanza.

Carl e Johnny rimasero soli sui sedili di pietra del palco reale a carezzare con gli occhi i loro nuovi animaletti.

« Come li chiamiamo? » osservò Carl pensoso. « Hai qualche idea? »

Johnny corrugò la fronte, concentrato: « E se li chiamassimo Bestione e Piccolina? »

« Non è una brutta idea! Molto poetico! » annuì Carl meditabondo. « Ma mi piace anche Hannibal come il cinghiale del video di 'Papà'. » Scoppiarono a ridere entrambi a quell'accenno e Johnny gli diede un pugno affettuoso sul braccio.

« Grande, mio piccolo Carl. Mi fa piacere che ci hai pensato. Il bestione lo chiamiamo Hannibal, e la piccola Aline. »

Carl lo guardò meravigliato. « Aline chi? »

« Aline, amico, la moglie di Hannibal Gheddafi. Era una tipa tosta. Si divertiva a versare acqua bollente sulle teste dei servitori quando la facevano incazzare. »

« Pensavo che stessimo parlando di Annibale, il figlio di Amilcare Barca, nonché flagello di Roma, non del figlio di Muammar Gheddafi » ridacchiò Carl. « Ma non badare a me, tutti possono sbagliare. E così sia, Aline, la signora coccodrillo. »

« Ne sono già innamorato » confessò Johnny.

« Mettiamo alla prova il tuo amore. Hai in mente con chi potrebbe cenare la nostra Aline? C'è nessuno che di recente ti ha fatto incazzare? La gente ti fa sempre incazzare, non è vero, piccolo Johnny? »

« Giustissimo, White Boy. Non lo so perché, ma tutti si approfittano sempre di me. Mi sa che sono troppo buono con questi imbecilli. »

« Scegline uno, uno qualsiasi. »

« Sam ne ha beccata una nel deposito delle granaglie, ieri notte. Rubava da un secchio di farina di mais. Quella stupida vacca ha detto che i suoi mocciosi stavano morendo di fame. »

« Davvero imperdonabile » concordò Carl. « Chiunque abbia un minimo di sale in zucca dovrebbe incazzarsi davanti a un comportamento del genere. Di' a Sam di portarla qui. »

La donna era talmente paralizzata dalla paura che non riusciva a camminare; due degli uomini di Sam la trascinarono fino al cospetto di re John.

« Lo sai cosa c'è in quel buco? » le chiese Johnny indicando la fossa. La donna scosse la testa.

« Ebbene, ti metterò lì dentro, così lo scoprirai per me. » La donna lo fissava inebetita, senza capire.

« Ha un'espressione meravigliosamente comica » osservò Carl. « Lo sa che cosa sta per succederle? »

« No. Sam l'ha fatta incatenare in una delle segrete del castello subito dopo il furto. Non ha ancora visto i coccodrilli. Avrà una bella sorpresa. Spogliatela » disse Johnny rivolgendosi agli uomini che la tenevano. « Portatela giù dagli scalini e mettetela nel buco. »

Le strapparono via i pochi stracci di cotone e la trascinarono fino alle sbarre d'acciaio del cancello. Mentre Carl e Johnny si sporgevano dal parapetto a guardare, quelli aprirono il cancello e la infilarono dentro, poi lo richiusero rumorosamente alle sue spalle.

La donna batté i pugni nudi sulle sbarre di ferro fino a farsi sanguinare le nocche; poi alzò gli occhi verso gli uomini che stavano sopra di lei, gemendo e implorando pietà.

« Vieni qui » le disse Johnny in swahili. « Vieni che ti tiro su. » La donna si staccò dal cancello e avanzò esitante verso il punto in cui Johnny si sporgeva sopra la cornice del muro di pietra, facendole segno. Rasentò il bordo dello stagno senza guardare l'acqua.

All'improvviso la superficie verde esplose con tale violenza che i due uomini in cima, appoggiati al parapetto, vennero colpiti dagli schizzi. Era Hannibal, che balzava fuori dallo stagno come un gigantesco siluro grigio.

Non aveva aperto le fauci per afferrare la vittima, anzi le teneva sigillate, di modo che le zanne sporgenti della mascella si sovrapponevano al labbro inferiore in un sardonico ghigno. Le si lanciò addosso con tutta la testa; le squame che rivestivano il cranio erano dure come una cotta di maglia. La colpì all'altezza della gabbia toracica mentre lei tentava di alzare le braccia verso Johnny Congo. Il colpo la scagliò contro il rivestimento di pietra della parete e le costole scoppiettarono come legna sul fuoco. La donna si afflosciò contro la parete della fossa.

Portandosi sopra di lei, Hannibal aprì le fauci alla loro massima estensione e poi serrò le zanne giallastre conficcandogliele nel corpo: la mandibola e la mascella sbatterono fra loro con lo stesso fragore del cancello che si era richiuso poco prima. Hannibal sollevò il corpo in alto, tenendolo di traverso nelle fauci, mentre lo portava verso lo stagno, le dita dei piedi e delle mani della donna che si trascinavano nella sabbia.

Poi l'acqua esplose una seconda volta.

« Ecco che arriva la bellissima Aline per unirsi alla festa » gridò Carl eccitato. La femmina si precipitò fuori dallo stagno verso Hannibal, ma quest'ultimo non fece alcuna mossa per evitarla: anzi, si fermò e girò la testa nella sua direzione, quasi volesse offrirle il corpo nudo che teneva fra le fauci.

Poi, con uno scrollone della testa mostruosa, lanciò la donna in aria e la riprese mentre cadeva, ma questa volta afferrandola soltanto per un braccio.

Mentre la poveretta emetteva stridule grida, Aline spalancò le fauci per poi richiuderle di scatto sulle gambe della vittima. Quando entrambi i giganteschi rettili ebbero la presa su di lei, compirono una manovra ormai collaudata. Fecero entrambi il giro della morte. Hannibal ruotò verso destra. La pancia giallo burro luccicò al sole per un momento, poi Hannibal si assestò di nuovo sulle zampe. Contemporaneamente Aline ruotò su se stessa, verso sinistra. In quel momento, nessuno dei due aveva mollato la presa sulla donna.

« Ma guardali » urlò Johnny. « Che diavolo fanno? »

« Non possono staccare la carne con i denti appuntiti che si ritrovano. Devono strapparla. » Carl si era documentato online sul comportamento dei coccodrilli ed era ansioso di fare sfoggio delle proprie conoscenze.

« Guarda! » esclamò Johnny. « Quei due bestioni fanno proprio come hai detto tu. » L'erudizione di Carl lo aveva sinceramente impressionato.

Mentre il corpo veniva smembrato, gli spruzzi di sangue arterioso colpirono persino Carl. Ma era talmente affascinato dallo spettacolo che non sembrò accorgersene.

Entrambi i coccodrilli indietreggiarono, triturando carne e ossa nelle fauci e inghiottendole.

Poi Hannibal tornò a quello che restava del cadavere e, sollevatolo tra le fauci, si immerse con esso nello stagno.

« Mio piccolo Carl, hai il suo sangue su tutta la faccia. »

Carl si pulì la guancia e osservò le dita imbrattate.

« Dio santo, questa roba mi eccita alla grande. » Si leccò le dita. « Ne amo addirittura il sapore. Lo ripeterò all'infinito. Solo un vero, autentico genio avrebbe potuto escogitare uno spettacolo dal vivo con dei coccodrilli. È una delle cose più eccezionali che abbia mai visto. Dobbiamo farlo più spesso. »

« Dormi tranquillo, White Boy. Ci penserò io: Hannibal e Aline avranno sempre da mangiare. »

Una settimana dopo l'inaugurazione del fossato dei coccodrilli e il primo sacrificio umano, nella sala del trono del castello si tenne la consueta riunione conviviale di famiglia che precedeva la cena.

Samuel Ngewenyama ballava con il travestito thailandese che gli era stato passato da Carl e Johnny. Il re stava giocando a strip-mahjong con un altro travestito e una donna il cui ricco equipaggiamento era merito della natura e non della chirurgia.

Carl e un'altra giovane ospite dalla Thailandia, opportunamente ribattezzata Am-Porn, guardavano la CNN via satellite. Carl, in particolare, stava aspettando la chiusura della Borsa di New York. Am-Porn gli era seduta in grembo; indossava con modestia un *cheongsam* di seta a collo alto la cui stretta gonnellina, sollevata fino all'ombelico, non lasciava dubbi sul fatto che non fosse un travestito.

Sullo schermo tv lo speaker della CNN cominciò a leggere le notizie. D'un tratto Carl balzò in piedi, depositando Am-Porn sul tappeto persiano, mentre afferrava il telecomando e lo puntava sul televisore per alzare al massimo il volume.

La voce dello speaker rimbombò in tutta la sala del trono. « Il brutale assassinio di Cayla Bannock ricorda il film horror del 1974 *Non aprite quella porta*. L'assassino ha decapitato la ragazza e ha spedito la testa alla madre. » Alcune fotografie della bella e bionda Cayla apparvero sullo schermo in rapida successione. In una di esse la si vedeva a cavallo di un purosangue arabo, in un'altra indossava un vestito da sera in occasione del ballo del liceo. « La madre della ragazza è la signora Hazel Bannock, vedova del magnate del petrolio Henry Bannock, succeduta al marito alla testa della Bannock Oil Corporation. La signora Bannock è ritenuta una delle dieci donne più ricche del mondo. »

Johnny balzò in piedi dal tavolo del mahjong e raggiunse Carl davanti al televisore. Cambiarono i canali e constatarono che la notizia stava correndo da un lato all'altro del continente americano, ma i dettagli erano scarsi e le stazioni televisive li rimpolpavano con materiale d'archivio.

« Una cosa è certa » disse Carl, spegnendo l'apparecchio, « ed è l'unica importante. »

« E qual è, White Boy? »

« Che la puttana è morta. »

« Hanno la testa come prova. » Johnny sghignazzò e passò un braccio robusto sulle spalle dell'altro. « Congratulazioni, piccolo Carl. Manca solo un'altra puttana e poi tutta quella dolce lattuga verde è tua. »

« È ora di richiamare il tuo amico, Aleutian Brown. »

« Chissà che effetto fa scopare con un miliardario » considerò Johnny.

Hector arrivò in fondo all'ultima pagina del *Seme avvelenato* sullo schermo del computer. Si appoggiò allo schienale e scosse la testa, come per schiarirsi le idee. La strada dalle sale bizzarre e pullulanti di violenza del castello di Kazundu fino al suo civilizzato studio urbano di Cross Roads era lunga.

Guardò l'orologio e gli sfuggì una smorfia sorpresa. Ricontrollò l'ora sullo schermo del computer. « Buon Dio, tutte queste ore... » Erano le quattro del pomeriggio. Prese il telefono e compose il numero di Jo, che rispose al secondo squillo.

« Allora, finalmente ti sei ricordato che esisto. Gentile da parte tua, Hector Cross. Ero seduta sull'orlo della sedia ad aspettare la tua chiamata. »

« Sono imperdonabile. »

« Farò rapporto al tuo superiore » ribatté lei, ridendo sommessamente. « È successo qualcosa di interessante da quando ci siamo visti, tanto tempo fa? »

« Ho letto un libro. »

« La prima volta che ti capita, di sicuro. »

« Adesso sei ingiusta. Dichiariamo una tregua? »

« Okay » accettò Jo. « Com'era il libro? »

« Stupefacente. Devo assolutamente vederti. Prima possibile, per discuterne con te. Dove sei? »

« Sola e abbandonata nell'atrio del Dorchester Hotel. Il mio appuntamento a pranzo si è risolto più in fretta del previsto. »

« Perché non sei saltata su un taxi e non sei venuta qui? »

« Perché non so l'indirizzo. Avevo altro per la testa quando mi ci hai portato ieri. »

« Non ti muovere, vengo a prenderti. Sarò lì tra una decina di minuti. »

Mentre Hector accostava con la Bentley, lei scese i gradini a passo di danza, con indosso un tailleur scuro e una giacca di visone. Lui girò intorno all'auto per aprirle la portiera, ma lei gli porse una guancia per un bacio. La sua pelle era calda e liscia. Hector sentì di nuovo il suo profumo: Chanel n. 22. Sembrava quasi che Coco l'avesse creato apposta per lei.

Jo salì sul sedile del passeggero, e la gonna le salì al di sopra delle ginocchia. Quando notò la direzione dello sguardo di Hector, se la lisciò con un'espressione imperscrutabile.

Lui imboccò Park Lane. « Se ti dicessi che mi sei mancata, mentirei, perché sei stata con me da stamattina » dichiarò.

« Ho catturato la tua attenzione, allora? »

« Santo cielo, Jo, quella è roba che scotta. Ce n'è abbastanza da sconvolgere gli stomaci più forti. »

« È per questo che non potevo anticiparti niente. Era già difficile scriverne, figurati raccontartelo. »

« Ho un po' di domande da farti » disse Hector.

Lei si voltò verso di lui. « Sarei preoccupata del contrario. »

« Quando dico un po', intendo dire un sacco. »

« Non vado da nessuna parte. Sono a tua disposizione finché avrai bisogno di me. »

« Potrebbe essere più di quanto immagini. »

« Devi per forza leggere un doppio senso in tutto quello che dico? Fai le tue domande e cerca di essere serio. »

« La prima: quello che hai scritto è la pura verità? »

« Sì, la verità assoluta. »

« E come hai fatto a scoprire tutti quei dettagli? »

« Sia Henry Bannock sia Bryoni tenevano un diario. Suppongo che lei avesse preso l'abitudine dal padre. »

« Ma come sei arrivata ai diari? »

« Quando Henry e Bryoni sono morti, Hazel ha esaminato i loro oggetti personali. Ha selezionato tutte le cose di valore, diari compresi, e ha chiesto a Ronnie Bunter di mettere tutto sotto chiave, negli archivi della Bunter and Theobald. E quando io e Ronnie abbiamo aperto i sigilli... Leggerli è stato come parlare direttamente con i morti, un'esperienza toccante. »

Hector scosse la testa, sorpreso.

« Naturalmente non sono stati la mia unica fonte. Avevo accesso a tutti i documenti accumulati dal Fondo. Tutte le lettere e le email di Henry, per non parlare della corrispondenza con i beneficiari » proseguì Jo.

« Carl Bannock? »

« Certo. L'ho persino incontrato. »

Hector distolse lo sguardo dalla strada, stupefatto. « Come? Quando? »

« Attento. C'è un autobus, lì avanti. »

Lui premette il freno e rallentò appena in tempo. « Come l'hai conosciuto? »

« Si è presentato alla Bunter and Theobald cercando di mungere un po' di soldi dal Fondo. Ho partecipato alla riunione con Ronnie come sua assistente. È stato molto garbato e persuasivo, ma come puoi immaginare non c'è voluto molto perché Ronnie lo liquidasse. »

« È stata l'ultima volta che l'hai visto? »

« Più o meno. Mi ha chiamato il giorno dopo sul mio diretto. »

« E com'è andata? »

« Ho trasferito la chiamata direttamente a Ronnie. »

Hector rise. « Quindi la descrizione che dai di lui è di prima mano. »

« Ho anche un assortimento di fotografie, dalle elementari fino a oggi. Conosco la cifra esatta di ogni pagamento che ha ricevuto dal Fondo. Ho copie di tutta la sua corrispondenza, i verbali delle riunioni con i consiglieri del Fondo, le trascrizioni del processo... e altro ancora. »

« Cosa mi dici di Johnny Congo? »

« Che è così nella vita reale, proprio come l'ho descritto. Ho il dossier della sua carriera militare, così come i verbali del processo e della condanna per omicidio plurimo. La maggior parte del materiale è sulle chiavette che ti ho dato ieri. »

Una Maserati rossa con targa saudita cambiò corsia bruscamente davanti a loro, costringendo Hector a inchiodare.

« Ti suggerisco di concentrarti sul traffico, finché non siamo a casa tua » suggerì Jo.

« Consiglio eccellente » ammise Hector.

Parcheggiò nel suo posto riservato e aprì con la propria chiave prima che Stephen potesse farlo.

« Saremo nello studio per un po' » disse Hector al maggiordomo. « Assicurati che nessuno ci interrompa. Nemmeno una telefonata, per favore. »

Appena Hector l'ebbe accompagnata nello studio, gli occhi di Jo corsero alla parete di fronte alla scrivania. Si fermò a guardare e lui dovette appoggiarle le mani sui fianchi per non urtarla.

« Che cosa c'è? » le chiese.

« Hai cambiato il quadro » disse lei a bassa voce.

Il ritratto di Hazel non c'era più. Al suo posto, un colorato paesaggio della campagna inglese, firmato da David Hockney.

« Non ti piace? » chiese lui. « A differenza del Gauguin che hai notato sotto, questo è un originale. »

« Hazel non c'è più. »

« Sì, Hazel non c'è più. C'è stata una forte resistenza da parte di Stephen. Non voleva farlo. »

« Ma perché? Perché l'hai cambiato? »

« Lascia che ti tolga la giacca. » Le sfilò il visone dalle spalle, mentre la guidava verso la poltrona. « Mettiti comoda. Adesso preparo un caffè e ti spiego tutto. »

Poco dopo, Hector le mise davanti il caffè, ma Jo non lo toccò nemmeno. Lui le si sedette di fronte. Fece per portarsi alla bocca la tazzina, ma si fermò a metà strada e la rimise sul piattino. Intrecciò le mani e se le portò al mento, appoggiandosi allo schienale. « Come sai, Hazel se n'è andata da diverso tempo. »

Jo annuì, senza distogliere gli occhi da quelli di lui.

« Mi ha lasciato una lettera. Una lunga lettera, che terminava in modo particolarmente toccante. » La voce s'incrinò per un istante, ed Hector tossì per schiarirsi la gola. « Mi ricordo ogni parola. Te lo voglio dire perché ci riguarda direttamente. Posso recitartela, Jo? »

Lei assentì. « Se te la senti. »

« Ecco cos'ha scritto Hazel: 'Non struggerti troppo a lungo per la mia dipartita. Ricordami con gioia, ma trovati un'altra compagna. Un uomo come te non è fatto per vivere come un frate. Accertati però che sia una donna in gamba, altrimenti verrò a tormentarla.' »

Lei non disse nulla e continuò a fissarlo. Poi la sua espressione si addolcì e si mise a piangere sommessamente. « Mio povero Hector », sussurrò. Senza abbassare gli occhi, aprì la borsetta, prese un kleenex e li asciugò.

« Per favore, Jo, non mi compatire » le chiese lui. « L'ho già fatto abbastanza da solo. Sono passato attraverso la valle delle ombre e ora sto tornando alla luce del sole, nella terra felice delle risate e dell'amore. Ho Catherine Cayla e adesso ho trovato... »

Lei alzò una mano per interromperlo. « Per favore, Hector, ho bisogno di stare da sola per qualche minuto. Quando piango divento un disastro. Ho bisogno di un bagno per rifarmi il trucco. »

Lui scattò in piedi sollecito, ma lei gli sorrise tra le lacrime.

« Conosco la strada. Bevi il tuo caffè. Io torno tra un attimo. »

Quando riapparve, Jo aveva recuperato il controllo. « Mi spiace per la scena, Hector. È l'ultima cosa di cui hai bisogno. Prometto che non succederà più. »

« Non devi scusarti. È la prova che sei la persona dolce e affettuosa che credevo tu fossi. »

«Fermati, adesso... Stavamo parlando di Johnny Congo. Del resto possiamo discutere dopo.»

«D'accordo. Sì, dobbiamo calmarci un po', prima che uno dei due dica qualcosa di cui potrebbe pentirsi. Va bene: parliamo di Johnny Congo. L'ultima domanda era: come fai a sapere tante cose su di lui?»

«E la mia risposta è stata: ho molta documentazione dall'esercito, dal tribunale e dal carcere.»

«Capisco. Ma qui nel *Seme avvelenato* riporti il suo discorso diretto. Sto facendo l'avvocato del diavolo, ma... Il linguaggio che gli metti in bocca sembra persino troppo forbito per un personaggio del genere.»

«Sei molto perspicace, Hector.» Jo abbassò gli occhi. «È la persona più scurrile che si possa immaginare. Quasi ogni frase che pronuncia contiene riferimenti sessuali. Naturalmente l'abuso di un linguaggio del genere denota un vocabolario limitato e un'intelligenza poco sviluppata. Ronnie e io abbiamo ore di nastri di conversazioni tra Johnny e Carl. È così che parlano tra loro. Dopo poco il linguaggio perde l'effetto shock e diventa solo volgare e noioso. Ma non me la sono sentita di riportarlo testualmente, nemmeno per ritrarre il carattere di Johnny Congo in modo più verosimile. Ho dovuto usare qualche eufemismo.»

«Sì, ma mi è difficile accettare che... Tu e Ronnie dove avete trovato queste registrazioni?»

«È per questo che ho voluto scrivere tutto in ordine cronologico. La storia è così complicata che non volevo tagliarla o saltare avanti e indietro, cercando di dare giustificazioni o chiarimenti. Avrebbe confuso le cose. Vorrei presentare tutto con una sequenza logica.»

«Okay, vedrò di trattenermi.»

«Prima di parlare della provenienza delle registrazioni,

voglio dirti che cos'altro ho in serbo per te. Ho in mano tutti i progetti dell'interno del castello sulla collina di Kazundu. Credo che li troverai interessanti, per orientarti nel caso tu riesca a entrarci.»

Hector la fissò incredulo. «Buon Dio, ma come hai fatto a...» Si interruppe a metà della frase. «Lo hai spiegato nella tua storia: quell'architetto di Houston, come si chiama? Andrew Moorcroft, giusto? Dovevi avere una ragione per far apparire il suo nome nella vicenda.»

«Dieci e lode!» esclamò lei, in tono di approvazione. «Sei il primo della classe. Andrew è amico di Ronnie Bunter. Erano compagni di studi alla Harvard. Si erano persi di vista, ma si sono incontrati di nuovo alla cerimonia commemorativa per la tua adorata Hazel alla Presbyterian Church di Houston.

«Lì hanno cominciato a raccontarsi cos'era successo nel frattempo. Andrew sapeva che Ronnie amministra l'Henry Bannock Family Trust e ha accennato casualmente al lavoro fatto per Carl in Africa, dando per scontato che lui sapesse tutto. Naturalmente Ronnie è partito alla carica e ha chiesto tutti i dettagli. Così Andrew gli ha fornito le copie di tutti i progetti del Kazundu.»

«Ora la cosa comincia ad avere senso» concesse Hector. «Questo spiega come fai ad avere i disegni dell'architetto. Ma le registrazioni di Carl e Johnny di cui mi hai parlato?»

«Anche quelle con l'aiuto di Andrew Moorcroft» spiegò Jo. «A quanto pare Carl gli aveva chiesto di raccomandargli qualcuno per le installazioni elettroniche. Andrew gli ha parlato di Emma Purdom, un vero talento dell'elettronica, e della sua squadra, con sede nel Texas. Carl ha seguito il consiglio e ha assunto Emma, che ha portato il personale specializzato nel Kazundu per installare tutti i sistemi di comunicazione e sorveglianza del castello. Solo che Carl l'ha trattata male e non le ha pagato parecchie centinaia di migliaia di dollari. Come molti geni riconosciuti, a volte Carl è proprio stupido: Emma non è una persona da prendere in giro. Quando Ronnie e io l'abbiamo contattata, è stata felicissima di darci una mano. Per lei è uno scherzo, dal suo laboratorio di Houston, infiltrarsi nella rete che aveva allestito nel Kazundu. Ci ha scaricato tutte le registrazioni di Carl, dalla prima all'ultima.»

«I conti tornano.» Hector riempì il bicchiere di Jo. «Tranne che per un piccolo dettaglio. L'arena dei coccodrilli. Carl l'ha aggiunta dopo che Andrew ed Emma erano tornati nel Texas. Come fai a esserne informata?»

«Anche questo grazie a Emma. Mentre era nel Kazundu, ha fatto amicizia con il missionario locale che si occupa della chiesetta e della scuola di Kigoma, dall'altra parte del lago. Emma ha preparato un programma per la scuola e anche dopo aver lasciato l'Africa è sempre rimasta in contatto con il prete e i ragazzi. È sempre in chat con loro. La tengono informata di tutto quello che succede in riva al lago. La cattura dei coccodrilli giganti è stata una grande notizia, da quelle parti. Poi hanno cominciato a diffondersi brutte voci su cosa Carl e Johnny dessero da mangiare alle loro bestiole. Hanno riferito tutto a Emma. Sapevo quale destino avessero riservato a Bryoni e non ci voleva molta immaginazione per fare due più due.»

«Okay, adesso è tutto chiaro. Credo che tu abbia un grande futuro come scrittrice. Sei una meraviglia. Anzi, sei un dono degli dei.»

«Penso la stessa cosa di te», replicò Jo. «Però faresti bene a lasciarmi continuare con la mia storia.»

«Non c'è fretta» la rassicurò Hector. «Si avvicina l'ora di

cena e so che Cynthia aveva in mente uno dei suoi capolavori. Ti fermi, vero? »

« Sarà un piacere. »

Hector chiamò la cucina per avvisare Cynthia.

« Va benissimo, signor Cross. Avevo già pensato anche alla signorina Stanley » rispose la chef.

« Mi precedono sempre di un passo » mormorò Hector, riagganciando il citofono interno. « Be', abbiamo tutta la sera davanti. »

« Molto bene, allora. Non sprecheremo neanche un minuto » garantì lei. « L'altra notizia è che anche l'FBI si interessa agli affari di Carl e Johnny. »

« Maledizione! C'è il rischio che arrivino prima di me? È compito mio, non dovrebbero impicciarsi. »

« Al momento le cose stanno così: Congo è uno dei maggiori ricercati negli USA. Oltre agli omicidi per cui lo hanno condannato, c'è l'assassinio di Lucas Heller durante l'evasione. Lucas era pur sempre una specie di poliziotto e quelli non la prendono bene se uccidi uno di loro. Quando a tutti è stato chiaro che Johnny aveva lasciato il paese, hanno chiamato in causa l'FBI. L'indagine è stata lunga e difficile. All'inizio nessuno sospettava che ci fosse di mezzo Carl Bannock. Congo era sparito e nessuno aveva idea di dove fosse. L'FBI non si è mai arresa. Poi, a seguito di una vicenda che in apparenza non c'entrava nulla, il fisco ha cominciato a indagare su Marco Merkowski, il direttore del penitenziario Thomas Rusk. Non è stato in grado di spiegare la provenienza di grosse somme di denaro sui suoi conti bancari offshore. È stato processato per evasione fiscale e condannato a cinque anni. L'FBI ha scoperto che la data della fuga di Johnny coincideva con l'improvvisa pioggia di contanti nelle casse di Merkowski. Gli hanno offerto uno sconto della pena se avesse collaborato all'indagine sull'evasione di Congo dal carcere.»

«Scommetto che Merkowski ha colto al volo la possibilità di uscire gratis di prigione.»

«Non stava più nella pelle» confermò lei. «Così gli agenti dell'FBI hanno potuto collegare Carl, Congo e l'Henry Bannock Family Trust. Si sono presentati da Ronnie, che ne è stato amministratore. Ronnie era sempre rimasto in contatto con Carl, ma non aveva idea di dove si nascondesse. Dal momento che conduce una doppia vita e protegge Johnny Congo, Carl è bravissimo a coprire le proprie tracce. Nondimeno Ronnie ha dovuto dire all'FBI che i suoi rapporti con lui erano di carattere professionale e non poteva divulgare alcuna informazione sul Trust o i suoi beneficiari senza violarne l'ordinamento.»

Suonò l'interfono e Jo si interruppe per consentire a Hector di rispondere. «Grazie, Cynthia. Sì, puoi mandare la portata principale. Stephen può servirla quando vuole.» Quindi si rivolse di nuovo a Jo. «Se vuoi andare a lavarti le mani... Cynthia ha il temperamento di una grande artista. Se dice che è ora, è ora!»

Quando furono a tavola, lei riprese il racconto. «Così l'FBI ha richiesto alla Corte Suprema un mandato per indagare sull'Henry Bannock Family Trust e i suoi membri. Ronnie, com'era suo dovere, si è assunto la difesa e, quando l'FBI l'ha avuta vinta, ha fatto appello. Ma abbiamo perso anche l'appello e alla fine Ronnie ha dovuto ammettere la sconfitta e fare ciò che i suoi principi etici gli avevano imposto fin dal principio: consegnare tutto ciò che avevamo su Carl e Johnny Congo. Questo accadeva prima che Ronnie ritrovasse Andrew Moorcroft. Ma neanche con tutte le informazioni che le abbiamo fornito all'epoca la potente FBI è riuscita a localizzare Carl e Johnny. »

« E adesso tu e Ronnie siete obbligati a consegnare tutto il materiale avuto di recente da Andrew e da Emma, indicando dove si trova Carl? » chiese Hector.

Jo emise un sospiro. « La questione è controversa. Ronnie e io ci siamo convinti che il mandato valesse solo per le informazioni di cui disponevamo a quella data e stiamo scommettendo su questo. Anche se l'FBI venisse a conoscenza del resto e chiedesse un aggiornamento, siamo pronti ad appellarci. »

« Che cosa devo fare secondo te, Jo Stanley? »

« Ho la gola secca a forza di parlare. » Gli sorrise dolcemente. « Non posso dire altro. Ma sei maggiorenne e vaccinato, Hector Cross. Sai tu cosa devi fare, non hai bisogno che te lo dica io. »

« Su quest'ultimo punto sono d'accordo con te, Jo Stanley. So che cosa devo fare adesso: preoccuparmi che tu ti goda la cena e faccia onore al vino che ho scelto. Credo che per oggi ne abbiamo avuto abbastanza di Carl e Johnny. Stasera ci occupiamo di argomenti più sani; torneremo a occuparci di loro domattina. »

Per il resto della serata parlarono solo di questioni personali. Se lei conosceva quasi tutto sul conto di Hector, lui sapeva ben poco di Jo. L'ascoltò con attenzione, trovando conferma dell'alta opinione che si era fatto di lei. Al termine della portata principale, tra loro si era formata un'intensa corrente sotterranea. Hector si rese conto che l'aver tolto il ritratto di Hazel dallo studio aveva indirizzato il loro rapporto in una nuova direzione. Potevano guardarsi negli occhi con fiducia e sincerità.

Quando Stephen portò via i piatti, Hector le chiese: « Dessert? Formaggio? Sigaro? »

Lei rise e scosse la testa. « La cena è stata ottima, ma credo che per i sigari passerò la mano, grazie. »

« Potremmo andare in salotto a bere il caffè, allora? » Hector si alzò e le scostò la sedia. Quindi le porse il braccio e l'accompagnò.

« Oh, che bello », fece Jo, vedendo le fiamme nel caminetto. Rimase lì davanti per un po', quindi si avvicinò a Hector e alzò gli occhi verso quelli di lui.

Lui chinò la testa e Jo dischiuse appena le labbra, mentre il suo respiro accelerava.

Fu il loro primo bacio: una dichiarazione e una promessa. Rimasero stretti a lungo.

Con le labbra che sfioravano quelle di lei, Hector le disse: « Faccio sul serio, Jo ».

« Anch'io » rispose lei.

« Rimani con me, stanotte. »

Lei esitò prima di rispondere.

« Hector, sarò sincera con te. Sapevo molte cose sul tuo conto prima ancora di incontrarti e immaginavo che fossi un uomo affascinante. Poi ci siamo visti e ho scoperto che eri esattamente come speravo che fossi. » Alzò lo sguardo e un fuoco verde le brillò negli occhi. « È da quel giorno che ti voglio, ma sapevo che per te era troppo presto. Ero pronta ad aspettare. E credo di avere atteso abbastanza. Hai tolto quel ritratto, e per me questo significa molto. Questo è un punto di non ritorno. »

Lui aprì la bocca per risponderle, ma lei allungò rapida una mano e gli appoggiò l'indice sulle labbra.

« Aspetta. Lasciami finire, per favore. Non sono una verginella leziosa, ma nemmeno una che salta da un letto all'altro. Sono stata sposata, tempo fa, anche se devo ammettere che non è durata a lungo. In ogni caso... »

Lui le prese la mano, togliendosela dalla bocca. « Non dire altro, le parole non farebbero che rovinare questo momento. E credo di sapere quello che è giusto. Amare qualcuno è una cosa bellissima. Permettiamoci di viverla, amore mio. »

« È la prima volta che mi chiami così. »

« Posso accompagnarti di sopra? »

« Forza. Fammi vedere da che parte è 'di sopra'. »

Si fermarono ai piedi della scala.

« La strada è lunga » disse lei. « Non credo di potercela fare senza un po' di incoraggiamento. » Si voltò verso di lui, lo prese per i risvolti della giacca, alzò la testa e si mise in punta di piedi. Lui la tirò a sé e si chinò per baciarla. Jo gli mise le braccia al collo e i loro corpi si unirono. La bocca di lei era calda e Hector percepì il profumo di Jo insieme alla sua eccitazione. La voleva, era sopraffatto dal desiderio. La sollevò da terra e lei gli tenne le braccia al collo e le labbra incollate alla bocca.

Hector salì di corsa le scale tenendola in braccio e Jo rise con le labbra ancora incollate a quelle di lui. « Sei pazzo! Se cadi ci ammazziamo tutti e due. »

« Sono già caduto eppure siamo ancora qui. »

Hector spinse la porta della camera da letto con una spalla e, varcata la soglia, la richiuse con un piede. Attraversò la stanza e rimise Jo a terra davanti a uno specchio che andava dal pavimento al soffitto. Rimase dietro di lei, stringendola a sé e guardando il riflesso al di sopra della spalla di Jo. « Non riesco a capacitarmi di quanto sei bella. »

Lei gli prese le mani e se le portò sul seno. « Così sto meglio. Di sicuro mi sento meglio» disse, guardando gli occhi di lui nello specchio.

Hector le aprì i bottoni e Jo abbassò le braccia per permettergli di farle scivolare la camicetta giù dalle spalle. Poi lui le riprese il seno tra le mani e lo strinse con delicatezza.

Lei rabbrividì. «Mi fai venire la pelle d'oca. Dentro e fuori.»

Hector le sganciò il reggiseno e lo gettò sul letto, sopra la camicetta. Le prese i capezzoli tra pollice e indice, premendoli dolcemente. Li sentì indurirsi mentre il sangue li riempiva rendendoli del colore delle more mature.

«Ti stai divertendo, spero» fece lei, fingendosi severa, ma il suo respiro era accelerato.

«Non ricordo l'ultima volta che mi sono divertito così tanto.» Le baciò una spalla. «Hai la pelle così bianca e liscia.» Le dita di Hector scesero fino all'ombelico. Il ventre di Jo era concavo, bianco e caldo come marmo al sole.

Le sbottonò i jeans e li fece scendere lungo le anche. Quando le arrivarono alle caviglie, Jo scalciò sui tacchi alti e scavalcò i pantaloni. Le mutandine erano di satin bianco, con un cuore di pizzo sulla parte anteriore. Nello specchio si vedeva in trasparenza l'ombra scura del pube. Le dita di Hector sfiorarono il satin.

«Più che eccitarmi, mi stai torturando» sussurrò lei, ansimando.

«Basta torture» promise lui, infilando la mano sotto l'elastico delle mutandine. Le allargò le gambe per aprirsi la strada.

Jo si girò tra le sue braccia e lo baciò, mentre gli abbassava la cerniera lampo. «Santi numi!» esclamò d'un tratto.

«C'è qualcosa che non va?»

«Era approvazione, non costernazione. Immaginavo che

fosse grosso, ma non così tanto. Il mio problema al momento è che hai troppi vestiti addosso, ma intendo rimediare.» Con una mano dentro i pantaloni di Hector e l'altra sul suo petto, lo spinse sul letto, facendolo sdraiare. «Resta così» ordinò. «Non ti muovere.» Si inginocchiò per slacciargli le scarpe e togliergli i calzini. Poi afferrò il fondo dei pantaloni. «Su le chiappe.»

Quando lui obbedì, lei gli sfilò i pantaloni con un movimento fluido, poi fece lo stesso con i boxer. Li sventolò sopra la propria testa, ridacchiando come una ragazzina.

Jo saltò sul letto e si mise a cavalcioni su di lui. Dopo aver armeggiato per qualche istante, si lasciò sfuggire un gemito. «Oddio, non mi sembra vero.»

Fecero l'amore con foga, soddisfacendosi a vicenda dopo la lunga astinenza. Poi rimasero stretti l'uno all'altra, mescolando il respiro e il sudore. Poco dopo rifecero l'amore. Erano ancora abbracciati quando si addormentarono, molto dopo mezzanotte.

All'alba fu lei a svegliarsi per prima, ma Hector sentì il suo sguardo su di sé e aprì gli occhi a sua volta.

«Ho avuto tanta paura» disse Jo, stringendosi a lui con forza. «Ho sognato che te n'eri andato di nuovo.»

«Non succederà, te lo prometto.»

Era metà mattina quando Cynthia mandò su la colazione, che Hector e Jo consumarono con indosso gli accappatoi. Avevano fatto il bagno insieme e i loro corpi erano ancora tiepidi di passione.

«Che cosa facciamo adesso?» chiese Jo, mentre versava il caffè. Il plurale le era venuto spontaneo.

«Il tempo delle parole è finito. Ora passiamo ai fatti.»

«Dove?»

« Ad Abu Zara, per cominciare. Devo radunare la squadra e istruirla. E tu devi conoscere Catherine Cayla. »

« Ottimo piano! Quando si parte? »

« Tra quanto puoi essere pronta? »

« Sono già pronta. Viaggio leggera, ricordi? »

« Sei una ragazza dalle molte virtù. »

Agatha riuscì a prenotare gli ultimi due posti disponibili in prima classe su un volo Emirates in partenza da Heathrow quella sera stessa. Paddy e Nastja, tornata in ottima forma, li accolsero il mattino dopo all'aeroporto di Abu Zara. Cercarono di dissimulare la loro enorme curiosità quando videro Jo al fianco di Hector.

« Vi presento Jo Stanley » disse lui.

« Ah, ecco! » fece Nastja, stringendole la mano. « Era tanto che non vedevo Hector con questa faccia. Fai attenzione, Jo Stanley: Hector ha un pesce grosso. »

« Credo che mia moglie volesse dire che Hector *è* un pesce grosso » spiegò Paddy.

« Be', che differenza fa? » chiese Nastja.

Paddy li accompagnò in macchina al Seascape Mansions e quando salirono in ascensore fino all'attico tenne lui la pesante valigia di Jo. Il consueto comitato di benvenuto era radunato nell'ingresso per accogliere Hector. Catherine Cayla riconobbe il padre quando uscì dall'ascensore e quasi si lanciò dalle braccia di Bonnie gridando allegra: « Baba! »

« La metta giù, Bonnie » ordinò lui, poi si rivolse a Jo. « Adesso guarda. »

Catherine si mise a correre sul pavimento e cercò di arrampicarglisi su una gamba. Hector la sollevò e l'appoggiò sull'anca. « Impressionante, vero? » disse a Jo.

« È un amore. Posso prenderla in braccio? »

« Può darsi che ti faccia la pipì addosso. Prendila come una manifestazione di affetto. A me lo fa di continuo. »

« Correrò il rischio. » Jo tese le braccia.

Catherine la guardò solenne per un momento, poi prese una decisione. « Uomo! » disse, lasciandosi prendere in braccio.

« Uomo? » ripeté Hector, incredulo. « Sta facendo confusione! »

Bonnie accorse in difesa della bambina. « È la sua nuova parola. Chiama 'uomo' tutte le persone che le sono simpatiche. »

Dave Imbiss si fece avanti per salutare Hector.

Mentre si stringevano la mano, Hector gli disse: « Ci sono novità, Dave. Riuniamoci subito con Paddy e Nazzy ».

Jo prese Catherine con sé e la bambina colse l'occasione per esplorarle le narici con un dito. Hector condusse la squadra nella saletta cinematografica. Quando furono pronti inserì una chiavetta nel computer e sullo schermo apparve la prima pagina dello scritto di Jo.

Nastja lesse il titolo ad alta voce: « *Karl Peter Kurtmeyer: il seme avvelenato*. Che diavolo è, Hector? »

« Leggilo, Nazzy. Leggetelo tutti. Jo e io portiamo Catherine in spiaggia. Torneremo prima di sera per rispondere alle vostre domande e prepararci all'azione. »

Quando tornarono, Hector e Jo andarono direttamente nella saletta. Hector aprì piano la porta. Gli altri erano così assorti che tardarono ad accorgersi di Hector e Jo in piedi sulla soglia.

« Paddy, leggi più in fretta, voglio arrivare alla fine » disse

Nastja. Poi, sentendosi osservata, si voltò. « Hector, è andata proprio così? »

« Sì, Nazzy. »

« La nostra bambina! La nostra piccola Cathy! Dobbiamo ammazzarli subito questi pervertiti, tutti e due, prima che le si possano avvicinare. »

« Adesso ne parliamo » disse Hector.

Paddy e Dave lo stavano guardando, entrambi con un'espressione dura e fredda. « Dicci di questo castello nel Kazundu » intervenne il primo. « Carl e Johnny Congo sono ancora arroccati là dentro? »

Hector eluse la domanda. « Avete finito di leggere la storia di Jo? »

« Non ancora, ci manca qualche pagina » ammise Paddy.

« Finitela. Jo e io andiamo a farci una doccia per toglierci il sale e la sabbia di dosso. Torniamo tra poco. Intanto chiamate la cucina e fate preparare qualcosa da mangiare e litri di caffè. Stanotte tireremo tardi. »

Quando tornarono mezz'ora più tardi, il tavolo sulla pedana era occupato da enormi vassoi d'argento traboccanti di sandwich. Nella sala aleggiava l'odore del caffè contenuto in una brocca argentata.

« Avete letto tutta la storia? » chiese Hector.

I tre erano intorno al tavolo ad abbuffarsi di sandwich e a bere il caffè. « Terrificante » fu il commento di Paddy.

Appena ebbero finito di mangiare, misero da parte i piatti e Paddy chiuse la porta a chiave. I tre occuparono i sedili mentre Jo collegava il proiettore al suo computer portatile e lo orientava verso lo schermo.

Hector camminava avanti e indietro sul palco. « Okay, gente. Ora sappiamo tutti perché entreremo in azione. »

Ci fu un mormorio di assenso.

« Questa è una missione 'toccata e fuga'. Non si fanno domande, non si prendono prigionieri. Andiamo a cancellare dalla faccia della terra Carl Bannock e Johnny Congo. Entriamo come razzi e usciamo altrettanto veloci. È chiaro per tutti? »

Di nuovo ci fu un tacito consenso.

« Paddy ha già fatto la prima domanda: i bersagli sono ancora nel castello? La risposta è: fino a quaranta minuti fa erano ancora lì. »

I tre sembravano dubbiosi e Paddy parlò a nome di tutti. « Quaranta minuti? Che velocità. Il castello è a quasi cinquemila chilometri da dove siamo ora, quindi come fai a saperlo? Andiamo, Hector, non ti aspetterai che crediamo ai tuoi nuovi poteri soprannaturali? »

« Jo ha dei contatti in zona. Ha chiamato quaranta minuti fa mentre tornavamo dalla spiaggia e ha chiesto conferma. Carl e Johnny sono ancora là. »

Tutti si voltarono verso Jo e la guardarono con crescente rispetto.

« È stata lei a installare il sistema? » chiese Nastja.

« È come se lo avesse fatto » rispose Hector.

« La nuova signora non è soltanto decorativa » commentò Nastja. « Benvenuta nella squadra, Jo. »

Jo alzò gli occhi dal proiettore e sorrise in segno di ringraziamento.

« Ehi, sei riuscita a impressionare Nazzy. Non è da tutti » le disse Hector. « Pronta per farci vedere lo spettacolo? »

« Pronta » rispose lei. « Al tuo via. »

« Un attimo solo. » Hector si rivolse agli altri. « Per prima cosa, dovete essere in grado di identificare i bersagli a vista e riconoscere le loro voci. Cominceremo da Carl Bannock. Dalla storia di Jo sapete un sacco di cose sul suo conto. Ricapitolando: Carl ha studiato, è il prodotto di un buon liceo e di un'ottima università. È intelligente e subdolo. È un genio della finanza. È un bell'uomo, elegante, dai modi raffinati. È bisessuale e ha gusti particolari. Nella fattispecie è un sadico patologico e un pedofilo. È uno psicopatico privo di coscienza, non conosce la pietà né il rimorso. È un megalomane. A Carl Bannock importa solo di una cosa: Carl Bannock. Non scordatevi mai cos'ha fatto alla madre e alle sorelle. E sapete quali sono i suoi piani su Catherine Cayla.»

La tensione crebbe quando Hector menzionò la bambina. Gli occhi di Nastja erano due gelide fessure azzurre.

Hector guardò Jo. «Grazie, puoi cominciare.»

Lei abbassò le luci e avviò il proiettore. La registrazione che aveva preparato durò poco meno di dieci minuti. Cominciava con alcune riprese dagli archivi della famiglia Bannock, che Ronnie Bunter aveva recuperato dai propri file: Carl laureando a Princeton, Carl che correva, camminava, giocava a golf e a tennis, in modo che fosse possibile studiare i suoi movimenti. Poi qualche brano di un suo discorso alla riunione annuale degli azionisti della Bannock Oil Corporation, di un'intervista televisiva e di una conversazione con gli amici. Da qui si passava al processo, in cui lo si vedeva piangere e chiedere perdono. Infine alcune inquadrature delle videocamere di sorveglianza al castello, procurate da Emma Purdom: più che altro conversazioni tra Carl e Johnny, ma anche alcune scene brevi ed esplicite di un incontro sessuale tra i due, in compagnia di altri maschi, femmine e travestiti.

Al termine della registrazione, Jo riaccese le luci.

« Bene » disse Hector. « Ora dovreste essere in grado di riconoscere Carl Bannock anche a distanza, con indosso un travestimento o senza pantaloni. Ci sono domande? »

« È un serpente » disse Nastja. « Un serpente velenoso. Fa schifo, è la cosa più repellente che abbia mai visto. »

« Questa non è una domanda, Nazzy. »

« Okay, la mia domanda è: lo facciamo fuori appena è nel mirino, o lo prendiamo vivo, così prima gli puoi dire un paio di cosette? »

« A vostra discrezione, Nazzy. Se c'è una minima probabilità che possa scappare, abbattetelo. Sparate per uccidere. Tuttavia, casomai lo catturaste, vi sarei molto grato se riusciste a portarmelo per una chiacchierata di addio. »

« Hazel era una signora e sua figlia è adorabile. Voglio esserci quando spieghi a Carl Bannock in cosa ha sbagliato » disse Paddy, senza sorridere.

« Altre domande o commenti? » Hector si guardò intorno. « Allora, passiamo a Johnny Congo. Un altro soggetto interessante e insolito. »

« Lo voglio proprio vedere » disse Nastja. « Devo decidere quale dei due odio di più. Gli farò passare la voglia di fare del male alla nostra bambina. »

« Jo, hai sentito la signora. Puoi farci vedere Johnny Congo, per favore? »

La sequenza di apertura mostrava Johnny nei panni di sergente dei marine, decorato con la Silver Star al valore dal suo generale, mentre la compagnia sfilava in parata alle loro spalle.

« Non c'è dubbio, Congo non conosce la paura » commentò Hector. « Ha fatto due turni con i marine e, come potete vedere, ha ricevuto una medaglia al valore ed è stato congedato con il grado di sergente maggiore. Una volta tornato alla vita civile, si è dedicato all'unica attività per cui è effettivamente qualificato e che gli procura piacere: uccidere la gente. È diventato un mercenario, un killer professionista. Come Carl, è uno psicopatico e un sadico. A differenza di Carl è volgare e brutale, ma non sottovalutatelo neppure per un istante. Ha un'astuzia animalesca innata. Dalla descrizione di Jo sapete molto di lui. Ma vi faccio presente una delle cose più importanti da ricordare: Johnny è sessualmente onnivoro. Carl è da tempo il suo compagno di letto, ma entrambi copulano con chiunque, indipendentemente dal sesso e dall'età, anzi, più i partner sono giovani, meglio è. Johnny Congo ha un'immensa forza fisica ed è un avversario temibile, oltre che indomito. Come un cane rabbioso, dovrebbe essere abbattuto a distanza, piuttosto che coinvolto in uno scontro diretto. »

La registrazione di Johnny si concluse con alcune sequenze raccolte da Emma Purdom grazie alle videocamere nascoste. Jo riaccese le luci e Hector riprese a parlare.

« Okay, avete visto tutti le nostre prede. Ora Jo vi mostrerà il terreno di caccia. Ci aspettiamo di trovare Carl e Johnny nel castello o nelle immediate vicinanze. Potremmo doverli braccare all'interno delle mura. Il castello è un grande edificio dalla struttura irregolare, vecchio di tre secoli, costruito da architetti arabi per il sultano dell'Oman. Dalle segrete fino alle torri e ai minareti, è un labirinto con decine di stanze, se non centinaia, in cui un estraneo non tarderebbe a perdersi. Jo comincerà con le fotografie dell'esterno. »

Le immagini, scattate da professionisti, erano impressionanti. Lo scenario del lago e delle montagne coperte di foreste era magnifico. Jo passò in rassegna rapidamente le fotografie.

« Okay, questo era il dépliant per i turisti, ma adesso vedremo qualcosa di molto più prezioso. Jo è riuscita a mettere le mani sui progetti dell'interno.»

Sullo schermo apparve il primo disegno. Mostrava i sotterranei del castello.

Paddy si batté un pugno sul ginocchio dall'entusiasmo. «Meglio del primo premio alla lotteria. Devo ammettere che non mi andava l'idea di muovermi alla cieca in un labirinto, con il rischio di un'imboscata a ogni angolo.»

«Dove diavolo li hai trovati, Jo?» Dave Imbiss non era meno deliziato di Paddy. «Probabilmente ci hai salvato la vita. Nel senso letterale del termine.»

Nastja si unì al coro di lodi. «Ricordatevi cosa diceva Maggie Thatcher: quando le cose diventano difficili, è il lavoro giusto per una donna. Siete fortunati ad averne un'altra in squadra.»

Hector alzò la voce per riguadagnare l'attenzione dei presenti. «Jo ha preparato una copia dei progetti per ciascuno di voi.» Diede un'occhiata al taccuino che teneva aperto nella mano sinistra. «Okay, adesso conosciamo i bersagli e sappiamo dove trovarli. A questo punto dobbiamo decidere come entrare nel Kazundu. Non sarà uno scherzo, è un paese difficile da raggiungere.»

Fece un cenno a Jo, che proiettò sullo schermo una carta geografica su larga scala.

Hector continuò. «A est, come un fossato gigantesco, si trova il lago Tanganika, che si estende per quasi cinquanta chilometri. Attraversarlo con un'imbarcazione di fortuna specie arrivando dalla Tanzania non è affatto un'opzione. Ricordate il detto: 'L'Africa è una terra deserta con occhi che ti guardano da dietro ogni cespuglio'. Di sicuro Johnny Congo ha delle spie in riva al lago, in Tanzania. Saprebbe del nostro arrivo prima che lasciassimo la sponda orientale, e al momento di sbarcare nel Kazundu saremmo già sotto il fuoco nemico.»

«Non possiamo arrivare da ovest, passando dalla Repubblica Democratica del Congo?» chiese Dave.

Hector scosse il capo. «Vorrebbe dire una marcia di avvicinamento di almeno ottocento chilometri all'interno di una fitta giungla, con grandi fiumi da attraversare. E non ci sono strade. I signori della guerra che controllano quella parte del territorio sono tutti grandi amici e soci in affari di Johnny, che rappresenta lo sbocco per la vendita dei loro minerali. Non faremmo molta strada. L'unico accesso è via aria. Ci dovremo paracadutare.»

Paddy alzò le spalle. «Nessun problema.»

«Pragmatismo irlandese» apprezzò Hector. «Ottimo, ma come facciamo a uscire, una volta fatto il lavoro? Come abbiamo visto, è impossibile andarsene a piedi dal Kazundu.»

Paddy difese la propria idea. «L'aereo da cui ci paracadutiamo ripassa a prenderci. Come ha fatto Johnny all'inizio.»

«Ma Johnny non era impegnato in un raid 'toccata e fuga', noi sì. Non doveva assumere il controllo di un aeroporto per garantirsi una via di fuga. Era lì per eliminare Justin e stabilircisi definitivamente» sottolineò Hector. «Questa è una situazione diversa. L'esercito di re Justin era da operetta, una banda di sfigati senza munizioni che non sapevano nemmeno usare i fucili. Le truppe di Johnny invece sono composte di uomini con un buon equipaggiamento, selezionati e addestrati da Sam Ngewenyama. Tanto lui quanto Johnny sono veterani di guerra. Noi possiamo mettere sul terreno solo quaranta o cinquanta uomini per volta. Andrew Moorcroft, che è stato sul posto, valuta che Johnny abbia circa duecento militari ben preparati. Abbiamo di fronte dei professionisti, senza neanche uno sfigato. È una forza soverchiante.»

« Merda » imprecò Dave Imbiss, a bassa voce ma con veemenza.

« Infatti » concordò Hector. « Un mucchio grosso e fetente. Andrew ci ha detto anche che Johnny sa benissimo che il campo di aviazione è il suo tallone d'Achille. Se n'è servito per far arrivare i suoi uomini, poi ha organizzato una postazione difensiva a ciascuna delle estremità della pista, e dalle feritoie spuntano mitragliatrici pesanti calibro 50. Nessun aereo sconosciuto può atterrare o decollare senza essere crivellato da poppa a prua prima che il carrello tocchi o si stacchi dal suolo. »

I presenti valutarono la situazione con espressioni di gelida perplessità. Poi Jo Stanley ruppe il silenzio. « A meno che non si tratti dell'Antonov Condor di Carl, naturalmente » disse calma.

« Naturalmente! » convenne Hector, ironico. « Ma noi non saremo a bordo del Condor, giusto? »

« No » ammise Jo, con noncuranza. « A meno che tu non lo dirotti. »

Un silenzio solenne seguì quell'affermazione. Nastja scoppiò a ridere. « Guarda che facce, Jo. I *machos* sono rimasti senza parole. Forza, ragazzi, cos'avete da dire alla signora? »

« Santi numi, Jo Stanley! » Hector scosse la testa, fingendosi sorpreso. « Sapevo che eri brillante, ma non mi aspettavo che lo fossi tanto da illuminare il cielo. »

« Hector Cross! » disse Jo cercando di restare seria. « Non rubare le mie espressioni. Pensa piuttosto a rubare un aereo. »

Ci vollero altri due giorni di intensa preparazione prima che Hector fosse soddisfatto della logistica dell'assalto.

« Il Condor non potrà trasportare più di ottanta uomini

con equipaggiamento completo e carburante sufficiente per l'andata e il ritorno da Abu Zara» decise. «Avremo bisogno di tutti. Qual è la forza attuale della Cross Bow Security, Paddy? Quanti uomini possiamo mettere sul campo, al momento?»

«Ce ne mancano una quindicina» ammise Paddy. Lanciò un'occhiata a Imbiss. «Giusto, Dave?»

«Qui ad Abu Zara ce ne mancano sedici. Ma posso chiedere rinforzi dai pozzi in Sudamerica e in Asia. Dammi cinque o sei giorni e posso averli pronti sulla pista dello Zara 8.»

«Datti da fare, Dave» ordinò Hector. Poi si rivolse agli altri. «Una volta sopraffatti gli uomini di guardia ai due fortini, avremo il controllo del campo di aviazione. Lasceremo il Condor sotto la protezione delle mitragliatrici all'estremità nord, quella più vicina al castello sulla collina.»

«Non è una buona idea lasciarlo allo scoperto» obiettò Paddy. «Voleranno un sacco di proiettili incendiari e di shrapnel. Basta che uno colpisca il Condor e... *bum!*»

«No.» Hector alzò una mano. «Non abbiamo le foto, ma Emma Purdom ha registrato una conversazione tra Carl e Johnny: parlavano di costruire un hangar sotterraneo per proteggere il Condor quando è a terra, un bunker con rampe su due lati e le pareti esterne protette da sacchi di sabbia. Una volta che l'aereo scende la rampa, è al riparo dal fuoco di armi leggere e lanciagranate. L'unico problema è che l'hangar è lontano dagli edifici principali. Il pilota sarà in grado di portare il Condor al riparo solo quando saremo fuori.» Si guardò intorno. «Altre domande?»

Tutti scossero la testa.

Hector proseguì. «Do per scontato che dovremo stanare i bersagli nel castello. Lascerò dodici uomini a tenere i fortini sul campo di aviazione. La loro potenza di fuoco sarà incrementata dalle mitragliatrici montate da Johnny Congo. Dave sarà al comando dei due contingenti per coprire e proteggere la pista da un contrattacco.»

A quel punto Hector si trovò di fronte a un problema imprevisto. Non aveva mai pensato che Jo Stanley dovesse far parte della squadra di attacco. Non aveva un addestramento militare come gli altri. Nella mente di Hector, Jo doveva restare al sicuro ad Abu Zara, magari ad aiutare Bonnie a prendersi cura di Catherine Cayla. Ma d'un tratto Jo parlò in termini più forti e decisi del solito. «Il fortino a nord è anche il posto migliore per installare la mia postazione per le comunicazioni.»

Nella sala calò un silenzio improvviso. Gli occhi di tutti si rivolsero a Jo, per poi portarsi su Hector.

Nastja stava riempiendo un bicchiere al distributore dell'acqua. Non era meno sorpresa degli altri per l'uscita di Jo, ma si riprese subito e le si mise accanto prima che Hector decidesse che cosa rispondere. Non c'era dubbio su quale posizione avrebbe sostenuto Nastja.

«Non pensavo di includerti nella squadra d'attacco» disse Hector, con cautela.

«Be', dovresti pensarci adesso.» Nella voce di Jo c'era un tono che lui non aveva mai sentito prima. «Mi sto organizzando con Emma Purdom per allestire un contatto con lei. In questo modo, mentre sarà in corso il raid, lei sarà in grado di tenerci informati su qualsiasi cosa accada nel castello. Mi spedirà l'attrezzatura qui ad Abu Zara nei prossimi giorni. Il mio compito sarà mantenere un contatto costante con Emma a Houston. Lei è l'unica ad avere occhi all'interno del castello. Se Johnny Congo o Carl Bannock si nascondono là dentro, avrai bisogno di Emma e di me per conoscere i loro movimenti.»

« Oltre alla laurea in legge, Jo ha un diploma in comunicazioni elettroniche » sottolineò Nastja, nella pausa che seguì alle parole di Jo.

« Come fai a saperlo? » l'apostrofò Hector, sentendosi sotto attacco su due fronti.

« Me l'ha detto poco fa nella nursery. E conosce il castello meglio di chiunque altro in questa sala. » Nastja parlava come se dovesse dare spiegazioni a un bambino. « E se vuoi chiedermi come faccio a sapere anche questo, be'... chi ci ha portato i progetti? »

« Hanno ragione » disse Paddy, unendosi al coro. « Se uno di quei bastardi o entrambi si nascondono da qualche parte, avremo bisogno di ogni vantaggio. Io per esempio sarei ben felice di avere Jo che mi sussurra nell'orecchio da che parte dirigermi in quel labirinto. »

« Hanno preso il sopravvento, Heck » disse Dave, unendosi alla discussione. « Un uomo saggio si arrenderebbe con eleganza. »

« Un uomo saggio? » fece Nastja. « Credevo che stessimo parlando di Hector Cross. »

« Okay » riprese Hector, fingendo di non aver sentito quello scambio di battute. « Allora siamo d'accordo all'unanimità che Jo venga con noi come direttore delle comunicazioni sul campo? Andiamo avanti. » Prese una pausa per riempirsi una tazza di caffè e recuperare il contegno. Poi rivolse a Jo un sorriso conciliatorio prima di riprendere la parola. « Useremo due squadre di eliminazione, ciascuna di quindici elementi. Io comando la prima, Paddy la seconda. Carl Bannock sarà il mio obiettivo primario e il mio segnale di chiamata sarà 'White Boy'. Paddy, il tuo sarà Johnny Congo e ovviamente il tuo segnale di chiamata sarà 'Blackbird'. Puoi scegliere il tuo numero due. »

« Prendo Nastja » rispose lui.

« Perché mi sorprende? L'avrei presa io, se tu avessi passato » ragionò Hector a voce alta. « Mi accontenterò di Paul Stowe. » La guardia di Brandon Hall aveva avuto una rapida ascesa all'interno della Cross Bow, da quando Hector gli aveva offerto il posto. Si era rivelato un combattente ben addestrato, dai riflessi pronti, intelligente e fidato, un buon elemento da avere al proprio fianco in ogni situazione. « A proposito, dove diavolo è Paul? » Hector guardò Paddy.

« Giù al vecchio Zara 8, per un controllo di routine. »

« Richiamalo appena puoi. Dev'essere aggiornato sul nostro piano. »

Paddy emise un monosillabo affermativo e prese un appunto.

« Riesamineremo i dettagli in un secondo tempo. C'è tutto, a grandi linee, con un'unica eccezione di rilievo » riprese Hector. « Come impadronirci dell'Antonov Condor e chi lo porterà nel Kazundu con cinquanta uomini a bordo, senza che Johnny Congo e Carl Bannock sappiano che cosa stiamo combinando. » Fece una pausa perché soppesassero la domanda, poi rispose: « Io so chi voglio come pilota ».

Ci fu un mormorio di approvazione da parte dei presenti, tranne Jo, che lo guardò perplessa.

« Scusa, Jo » le disse lui. « Mi riferisco a Bernie e Nella Vosloo. Sono una coppia di piloti commerciali, marito e moglie, che possiedono e gestiscono una piccola compagnia di charter che opera in tutta l'Africa. Sanno far volare qualsiasi cosa abbia le ali e non si preoccupano troppo di leggi o regolamenti, riguardo all'aviazione o altro. Hanno fatto un ottimo lavoro per noi qualche anno fa. »

« So dei Vosloo, Hector » lo corresse lei, con pari cortesia. « Sono le persone che hanno portato te e la tua squadra in Somalia per salvare la figlia di Hazel dai pirati che l'avevano sequestrata. »

Lui la fissò. « E tu come fai a saperlo? »

« Hazel ne aveva parlato a Ronnie e a me. È stato l'Henry Bannock Family Trust a pagare il conto, ricordi? »

« Sei al traguardo prima che io cominci a correre! » ammise Hector. « Be', allora saprai che i Vosloo hanno un solo aereo, un vecchio Hercules C-130. Non è proprio la stessa cosa, ma Bernie e Nella non hanno bisogno del manuale per pilotare un aereo, qualunque sia. »

« Siamo sicuri, Heck? Accetteranno l'incarico? » volle sapere Nastja.

« Siamo sicuri dell'una e dell'altra cosa, Nazzy. Ho mandato a Nella una email. La mia domanda era: 'Sai pilotare un Antonov Condor? Con affetto, Hector'. Qualche ora fa ho ricevuto la risposta. » Sollevò l'iPhone perché tutti leggessero la risposta: « Nel suo stile tipico: 'A occhi chiusi. Dove? Come? Quanto? Con affetto, Nella' ».

Tutti risero.

Hector si rivolse a Jo, serio. « La tua amica Emma può inserirsi nel sistema di comunicazione del Condor? »

« Te l'ho detto, è un talento dell'elettronica. Non preoccuparti. »

« Può trasmettere un messaggio ai piloti come se provenisse da Carl Bannock e intercettare la loro risposta, in modo che lui non si accorga dello scambio? »

« Certo. Ha messo una cimice anche sul Condor e può suonarlo come faceva Little Walter con l'armonica. »

« Chi diavolo è Little...? Cancella la domanda. Eccone un'altra. Non è che Emma può usare la sua cimice per localizzare il Condor in volo e darcene la posizione quando glielo chiediamo? »

« Senz'altro. Non ci sono segreti per la nostra ragazza » rispose Jo, senza esitazioni. « Può leggere il pannello di controllo del Condor a una distanza di cinquemila chilometri come se fosse seduta al posto del pilota. »

« Puoi chiederle una lista dei voli recenti dell'aereo, completa delle destinazioni, negli ultimi sei mesi? » Rifletté un istante, poi aggiunse: « E per favore chiedile anche i dettagli personali dei piloti russi. Se possibile, vorrei avere le foto dei documenti, magari anche le copie delle loro licenze ».

« Sono sicura che riuscirà a procurartele. »

« Quanto le ci vorrà, secondo te? Falle presente che siamo di fretta. »

« Non ci vorrà molto. Emma è una ragazza sveglia » rispose Jo. « Anche considerando i fusi orari, ci vorrà un giorno o poco più. Emma dorme con il computer su un cuscino e la testa del suo ragazzo sull'altro. Dovendo scegliere, credo che preferirebbe il computer. »

« Okay. » Hector si alzò, si stiracchiò e guardò l'ora. « Sono già quasi le sette. Possiamo fare una pausa. Corre voce che il cuoco abbia preparato un banchetto per stasera, quindi siete tutti invitati per le otto. Avete un'ora per farvi belli. A dopo. »

La cena prevedeva mitili neozelandesi, aragosta del Maine, tonno pinna blu, dentice del Golfo e Chablis. Hector fu l'unico a bere il suo Borgogna. Prima che finissero di mangiare ebbero la conferma che Jo aveva sottovalutato l'efficienza di Emma Purdom: quando fu servito il dessert, uno degli operatori della Cross Bow portò le risposte alle loro richieste. Hector aprì la busta ed esaminò rapidamente i documenti, prima di rivolgersi ai commensali.

« Signore e signori, ecco il Vangelo secondo Emma. Il Condor è partito stamane da Kazundu alle otto, ora di

Greenwich, diretto in Iran con un carico imprecisato. L'ora stimata di arrivo a Teheran è tra circa novanta minuti. In tutte le tre visite precedenti a quella città nel corso degli ultimi sei mesi, l'aereo è rimasto fermo per ventiquattr'ore, in accordo con i regolamenti dell'aeronautica per concedere ai piloti il tempo convenuto per riposarsi. Dopodiché è ripartito alla volta di Hong Kong o della Russia. In un caso o nell'altro, torna sempre nel Kazundu via Bangkok, dove carica dei passeggeri. Scommetto che seguirà lo stesso percorso anche stavolta. Carl e Johnny staranno attendendo una fornitura di carne fresca dai mercati thailandesi. Secondo santa Emma, nella Città del Peccato i piloti russi si fermano al Mandarin Oriental Hotel per le previste ventiquattr'ore di riposo. Il che dà a Nastja e a Nella Vosloo sei giorni pieni per arrivare a Bangkok prima di loro e accoglierli al Mandarin. Emma manderà a nome di Carl un messaggio al comandante, chiedendogli di caricare a bordo le due signore e portarle nel Kazundu.»

Il mattino dopo Hector e Jo si svegliarono presto, l'uno nelle braccia dell'altra. Era stata una nottata intensa ed erano entrambi di ottimo umore.

«Ti spiace se chiedo a Catherine Cayla di raggiungerci?» propose Hector.

«Oh, divertente! Grande idea» approvò Jo.

Dopo una breve chiamata all'interfono alla nursery, si sentì bussare alla porta con discrezione.

«Chi è?» domandò Hector.

«Siamo noi» fece la voce cantilenante di Bonnie.

«La porta è aperta. Faccia passare la parte più piccola di *noi*, per favore.»

La porta si aprì quanto bastava perché Catherine fosse messa a sedere sulla soglia. Aveva indosso un pagliaccetto rosa, con un fiocco dello stesso colore tra i capelli. Si guardò intorno in quella stanza sconosciuta con un'espressione perplessa.

« Da questa parte, piccola Cathy! » la chiamò il padre.

Le ci volle un momento per mettere a fuoco una delle due teste nel letto sfatto. Poi lanciò un gioioso gridolino diretto a « baba » e si mise in piedi. Barcollò fino a metà della stanza prima di avvistare anche Jo. Ridacchiò allegra. « Uomo! » la salutò distintamente. « Uomo buono! »

« Oh, mio Dio! » esclamò Jo. « 'Buono' è una parola nuova? »

« E l'ha usata per te, non per me » borbottò Hector. « Sono geloso. »

Nella fretta di arrivare al letto, Catherine abbandonò la posizione eretta e si mise gattoni, percorrendo l'ultimo tratto al galoppo. Hector si abbassò per prenderla in braccio. Era calda, morbida e odorava di talco. Fecero a turno per coccolarla mentre parlavano.

« Ragazze, potete fare le serie per un momento? » disse Hector a un certo punto.

« Certo che possiamo, ma su cosa dobbiamo essere serie? »

« Dal momento che ho deciso che farai parte della squadra di attacco nel Kazundu... » cominciò lui.

Jo gli fece una pernacchia, che Cathy trovò molto buffa: si mise a ridere e cercò di imitarla, spruzzando entrambi di saliva.

« Ora che avete detto la vostra, posso andare avanti. Jo, tu ed Emma dovrete preparare un sistema di comunicazioni mobile in sicurezza, in modo da mantenervi in contatto durante l'operazione. E dovrete farlo in fretta. Potremmo dover agire tra sei o sette giorni.»

«Hai perfettamente ragione, tesoro. Ho parlato con Emma appena ho deciso che dovevo accompagnarvi a far visita a Carl e Johnny. Lei sapeva esattamente di cosa avessimo bisogno. Lavora su contratto per i marine e ha sviluppato un geniale apparecchietto che fa al caso nostro. Naturalmente è top secret, ma ieri sera me ne ha spedito uno via corriere. Dovrebbe arrivare oggi, o domani al più tardi.»

Il gadget in questione fu consegnato dalla DHL al Seascape Mansions nelle prime ore del pomeriggio. Nelle dimensioni e nell'aspetto ricordava una borsetta Hermès Birkin, da cui l'idea di Emma di chiamarlo «il Birkin». Pesava all'incirca quattro chili.

Hector e Jo andarono nel deserto con il Birkin e fermarono la Range Rover poco lontano dall'autostrada principale, ben nascosta dietro una roccia ferrosa nera e frastagliata.

Mentre accendeva l'apparecchio, lei spiegò: «La batteria ricaricabile ha una vita di settantadue ore con funzionamento ininterrotto. L'antenna è incorporata. Eccoci, sta prendendo contatto con il satellite». Tacque per qualche secondo. «Bingo! Ora contatterà automaticamente la stazione di Emma come prima opzione.»

D'un tratto, una dolce e giovane voce femminile pronunciò distintamente: «Echo Quebec Sette Nove in attesa».

«Sono le iniziali e l'anno di nascita di Emma, ma non dirle che te l'ho detto, se no mi ammazza.» Jo premette il pulsante di trasmissione. «Qui Juliette Sierra. Ciao, Emma. È solo un test per farti sapere che ho ricevuto il tuo regalo e sono online.»

«Mi fa piacere sentirti, cara Jo.»

«Stai sempre coprendo Little Boy e Big Boy?»

Hector immaginò che si riferisse a Carl e Johnny Congo.

« Affermativo, Jo. »

« Saremo operativi nel giro di sei giorni. Ti darò un segnale appena cominciamo. Nel frattempo tienilo in caldo. Passo e chiudo. »

« Lo terrò in caldo. E tu tienilo duro. Portagli i miei saluti » disse Emma, prima di chiudere il collegamento.

« Sa di te » disse Jo, in tono di scusa. « E a volte è un po' troppo esplicita. »

« Lo avevo capito. » Hector sorrise. « Ora dimmi che cos'ha di speciale questo Birkin. A me sembra roba già vista. »

« Per cominciare, le dimensioni e il peso. La portata incredibile e la qualità della ricezione nelle condizioni più avverse. »

« Sì, me l'hai dimostrato. Ma non ho ancora capito cos'abbia di stupefacente. »

« Regge dieci punti di ascolto supplementari, ossia, fintanto che siete in un raggio di sedici chilometri, tu e i tuoi capisquadra potete seguire simultaneamente tutte le trasmissioni tra Emma e me con i vostri auricolari. Così avrete le mani libere per mettervi le dita nel naso o fare tutto ciò che volete. »

« Bene. Cos'altro lo rende unico? »

« È assolutamente sicuro. Nessuno può intercettare le nostre trasmissioni. »

Hector parve dubbioso. « E come? »

« Hai notato quel *clic* ogni cinque secondi mentre Emma e io stavamo parlando? »

« Ora che mi ci fai pensare, sì. Ma credevo fosse solo un'interferenza statica. »

« Niente statica su questo apparecchio. È modulato per essere pulito come la cucina di mia madre. »

Hector sorrise al paragone.

« Quella che hai sentito » riprese Jo, « era la radio di Emma che passava da una frequenza all'altra. Le cambia in modo casuale ogni cinque secondi e il mio apparecchio la segue nello stesso istante e sulla stessa frequenza. Ce ne sono circa cinquemila tra cui scegliere. Nessun apparecchio che non sia collegato al sistema può starci dietro. »

« Adesso sì, che mi hai impressionato. Ma che altro ha di speciale, ammesso che lo sia? »

« Nel raggio di sedici chilometri non c'è virtualmente nulla che possa interferire nelle trasmissioni dal Birkin ai vostri auricolari. Hai idea di quanto siano spessi i muri del castello? »

« Non lo so con esattezza, ma suppongo che siano molto spessi » rispose Hector.

« In certi punti, specie nei sotterranei, arrivano a cinque o sei metri... di solida roccia! »

« Accidenti. Prova a impressionarmi ancora un po'. »

« Okay, supponiamo che tu sia nei sotterranei a dare la caccia a Carl e a Johnny. A Houston, Emma li può vedere grazie alle videocamere nascoste. Ma non ti può dire che cosa vede, perché a causa dello spessore dei muri le sue comunicazioni non ti arrivano. »

« Okay », convenne Hector. « Comincio a capire come c'entri tu. »

« Sentiamo: è il tuo turno di impressionarmi con il tuo acume. »

« Sono nel sotterraneo. Non posso parlare con Emma, ma posso parlare con te, che sei al campo d'aviazione ai piedi della collina, o addirittura sulle mura del castello. Emma vede cosa combinano Carl e Johnny, lo dice a te e tu lo dici a noi.»

«Sei proprio intelligente come speravo» ammise lei. «Adesso capisci perché c'è bisogno di me laggiù e non posso restarmene ad Abu Zara a far girare i pollici?»

«Sei astuta come una volpe, Jo Stanley. Ci serviranno auricolari per ciascuno dei nostri capisquadra. Ci servono le mani libere per usare le armi.»

«Emma me ne ha spediti una decina insieme al Birkin» replicò Jo, aprendo l'imballaggio per mostrare gli auricolari.

«Decisamente una ragazza sveglia» convenne lui. «E mi piace la sua voce. Dev'essere carina.»

«Scordatelo, bello» lo rimproverò lei. «Emma è brutta come il peccato. E poi, ogni volta che ne senti il bisogno, la piccola Birkin accanto a te è pronta a soddisfarlo.»

Come previsto, Nastja e Nella Vosloo sarebbero partite per Bangkok. I piloti russi sarebbero stati più rilassati con due donne a bordo, specie se una di loro era una bella connazionale.

Viaggiarono su due diversi voli di linea. Nastja fu la prima ad arrivare, Nella la raggiunse otto ore più tardi a bordo di un aereo da Nairobi. Si ritrovarono nella suite di Nastja, nella Author's Wing del Mandarin Oriental Hotel, con vista sul fiume Chao Phraya.

Si erano cambiate entrambe per la cena e mentre si stringevano la mano si esaminarono a vicenda.

«Sei splendida, Nella. Sembra che ci siamo salutate solo ieri» disse Nastja.

«Anche tu. Adoro il tuo vestito, il colore ti sta benissimo. Cos'è, Prada?» chiese Nella.

« Sì, Prada. Vogliamo bere qualcosa per festeggiare l'incontro? Ho trovato una buona bottiglia di vodka nel minibar » disse Nastja.

Preparò un paio di cocktail e la tensione si allentò quando ebbero i due bicchieri ghiacciati in mano. Nastja prese Nella per un braccio e la condusse sul balcone.

« Ho controllato la stanza » disse sottovoce. « Mi sembra pulita. Ma è meglio non correre rischi, parliamo qui fuori. Ti hanno detto cosa dobbiamo fare? »

« Sì, Hector l'ha fatto... » Nella si corresse subito. « Hector mi ha detto tutto. Anche che hai le foto delle persone che dobbiamo rilevare » disse in termini diplomatici.

L'altra rientrò in salotto a prendere la borsetta e quando tornò fuori chiuse la porta-finestra dietro di sé. Studiarono insieme le fotografie. « Questo è il comandante » spiegò Nastja. « Si chiama Jurij Volkov, che in russo significa 'Lupo'. Con un nome del genere, i suoi antenati dovevano essere aristocratici, prima della rivoluzione. Da giovane pilotava i Mig 29 Fulcrum nell'aviazione sovietica. »

« Gran bell'aereo. Li davano in mano solo ai migliori piloti *russkie.* »

« *Da*. Ma adesso tra l'età e l'alcol non è più uno dei migliori. Il suo copilota è Roman Spartak. Anche lui è vecchio, ma non quanto Jurij. »

Nella decise di non chiedere a Nastja cosa intendesse per « vecchio ». Aveva lo spiacevole sospetto che sarebbe rientrata anche lei nella categoria. Chiese invece: « Dove li incontriamo? »

« Si sono registrati in albergo stamattina. Nel pomeriggio ho sentito al telefono Jurij Volkov, poco dopo il tuo arrivo. Ha ricevuto le istruzioni e pensa che a mandargliele sia stato Carl Bannock. Ci sta aspettando. Lui e il secondo pilota sono in questo albergo. Ho preso appuntamento con Jurij al Bamboo Bar alle sette e trenta. Quindi abbiamo un'ora per ripassare il nostro piano e assicurarci di non fare errori.»

All'ora stabilita, le due donne presero l'ascensore e scesero al bar.

«Ricordati che noi non li dobbiamo riconoscere» sottolineò Nastja, mentre entravano nella sala che pulsava al ritmo di una jazz band thailandese.

I due russi erano seduti al lungo bancone del bar su sgabelli in finta pelle di tigre. Quando videro le donne reagirono subito.

«Ci hanno viste» disse Nastja, muovendo appena le labbra. «Emma Purdom ha spedito loro le copie dei nostri passaporti quando ha trasmesso le istruzioni. Ecco che arriva Jurij. Da giovane non doveva essere niente male.»

«Sono Jurij Volkov.» Il russo fece un inchino, poi i suoi occhi si soffermarono sul viso di Nastja. Le si rivolse in inglese. «Lei dev'essere Nastja O'Quinn. Strano nome di battesimo per una ragazza irlandese.» Le tese la mano.

«Una volta mi chiamavo Nastja Voronova» rispose lei in russo. «È mio marito che è irlandese.»

«Ah, ecco! È un piacere incontrare una così graziosa signora del mio paese!» Volkov era passato a sua volta alla lingua natale.

«Può chiamarmi Nastja» disse lei, prima di tornare all'inglese a beneficio dell'altra. «Le presento la mia amica Nella Vosloo, una donna d'affari sudafricana.»

Jurij strinse la mano anche a lei. «Spero che perdonerà il mio pessimo inglese.»

«Il suo inglese è ottimo» lo contraddisse lei, esaminando i lineamenti dell'uomo, che un tempo dovevano essere stati davvero belli, ma ora erano gonfiati dall'alcol.

« Grazie, ma non è vero. » Jurij tornò a rivolgersi a Nastja. « Il mio datore di lavoro mi ha dato istruzioni di portarvi nel Kazundu per incontrarlo. »

« Esatto » confermò lei. « Abbiamo un affare speciale in corso con sua maestà re John. »

« Vi presento il mio collega e copilota Roman Spartak. »

Ordinarono un giro di vodka e fecero un brindisi. Jurij chiese con cortesia alle due donne di mostrargli i documenti, perché potesse confrontarli con le copie inviate dal suo datore di lavoro. Dopo averlo fatto si rilassò e ordinò altra vodka. Un'ora più tardi diedero la buonanotte ai piloti, insieme all'appuntamento per l'indomani nell'atrio dell'albergo, dopo colazione.

Quando si ritrovarono, il giorno seguente, Jurij aveva fatto arrivare due auto di cortesia all'ingresso dell'hotel. Il convoglio si diresse all'aeroporto Don Muang, riservato ai jet privati.

Nella sala d'attesa c'erano altri quattordici passeggeri che attendevano di salire a bordo del Condor, tutte ragazze sorprendentemente belle che chiacchieravano e ridevano di buon umore, eccitate al pensiero dell'avventura africana.

« Non credo che siano tutte femmine » giudicò Nastja. « Carl deve dare libero sfogo ai suoi gusti particolari. Ma non fare quella faccia. »

Jurij raccolse tutti i passeggeri e li guidò attraverso i controlli. Dopodiché ebbero accesso al minibus che li portò al gigantesco Antonov a quattro reattori in attesa sulla pista. Salirono dalla rampa di coda. Ad accoglierli c'era un'unica hostess, una ragazza africana, che li condusse attraverso l'area di carico, fino al vasto compartimento pressurizzato destinato ai passeggeri, prima della zona catering e della cabina di pilotaggio. Quando tutti furono seduti con le cinture allacciate, la hostess chiuse i portelloni e illustrò le procedure di emergenza. Nel frattempo i piloti avviavano i motori, prima di dirigersi all'estremità della pista.

Il Condor decollò, raggiunse la quota di crociera e fece rotta verso l'aeroporto di Kazundu. I passeggeri si abbandonarono presto al torpore del lungo volo, mentre l'Antonov faceva rotta verso ovest a una velocità di poco inferiore agli ottocento chilometri orari.

Un'ora dopo il decollo, la hostess raggiunse le due donne. « Il comandante vi invita a visitare la cabina di pilotaggio. »

Nastja guardò Nella, che fece un cenno di assenso: entrambe avevano intenzione di cogliere al volo l'opportunità di studiare la disposizione della prua dell'aereo.

Trascorsero una piacevole mezz'ora con i due russi. Jurij fece del suo meglio per impressionarle con le caratteristiche del Condor. Permise addirittura a Nella di sedersi al suo posto e prendere i controlli. Lei rise, fingendosi emozionata, e il comandante si sentì incoraggiato ad appoggiarle una mano su un ginocchio. Lei la tolse con decisione e poco dopo le due donne tornarono ai loro posti.

« Dopo le istruzioni di Jurij, non dovresti avere problemi a pilotarlo » fece Nastja.

« Credevo che volesse farmi il corso completo » ridacchiò Nella, tirando fuori dalla borsetta un romanzo di Stephen King in edizione tascabile.

Cinque ore più tardi, Nastja accese di nascosto il suo GPS portatile ed ebbe conferma della posizione del Condor: sopra l'oceano Indiano, quasi duecentocinquanta chilometri a est di Male, la capitale delle Maldive. Compose un messaggio con una singola parola in codice e lo spedì a un indirizzo di hotmail che non era mai stato usato prima né sarebbe più stato usato dopo. La breve trasmissione era destinata ad avvisare la sede della Cross Bow che stavano per diventare operative.

Quattro minuti dopo ricevette la risposta con l'ordine di procedere.

Nastja si protese verso Nella e le toccò un braccio. L'altra aprì gli occhi, raddrizzò la schiena e rispose con un cenno affermativo. La russa sganciò la cintura di sicurezza e prese la borsa da viaggio dalla cappelliera. Poi si incamminò lungo il corridoio diretta al bagno, vicino alla zona catering. Di là dalla tenda vide la hostess su un sedile pieghevole, intenta a leggere una rivista. Dalla porta aperta della cabina di pilotaggio riusciva a scorgere la nuca dei due piloti. Nastja fece una smorfia notando per la prima volta che Jurij aveva un'ampia zona priva di capelli che cercava di coprire con un riporto di ciocche grigiastre.

Tutti e tre i membri dell'equipaggio erano rilassati, annoiati e con la guardia abbassata. Dovevano aver passato centinaia di ore a percorrere quella rotta e le precauzioni erano minime o nulle.

La hostess alzò gli occhi e sorrise a Nastja, che ricambiò e si chiuse in bagno. Bloccò la porta e appoggiò la borsa sul pavimento. Dal fondo recuperò una scatola di assorbenti e ne tirò fuori quattro applicatori di cartoncino bianco. Diversamente da quanto indicato sulla confezione, ogni tubo conteneva una delle siringhe ipodermiche riempite di Hypnos, procurate da Dave Imbiss. Nella tasca interna della sua giacca di jeans Nastja aveva cucito quattro alloggi su misura per le siringhe, in modo da averle rapidamente a portata di mano.

Rimise in borsa la scatola dei tamponi e chiuse la cerniera lampo, poi si ricompose. Controllò il trucco nello specchio sopra il lavabo e si accigliò: prese mentalmente nota di chiedere un appuntamento al chirurgo plastico appena fosse tornata a Londra, per un'altra serie di iniezioni di Botox. Le piaceva essere al meglio anche quando andava in combattimento. Tirò lo sciacquone e aprì la porta.

La hostess alzò gli occhi e le sorrise di nuovo. « Se ha fame, ci sono degli snack » disse, indicando un vassoio sul tavolino.

« Grazie. » Nastja posò la borsa sul pavimento per avere entrambe le mani libere. Prese un solo acino d'uva matura, se lo mise in bocca e lo schiacciò con la lingua sul palato. Ne assaporò la dolcezza mentre aspettava che la hostess rivolgesse di nuovo la sua attenzione alla rivista. Poi sfilò una delle siringhe dalla tasca interna, tolse il cappuccio che proteggeva l'ago e si voltò verso la ragazza seduta.

La hostess indossava un'uniforme blu con le maniche corte che lasciavano scoperte le braccia dalla lucida pelle nera. Le voltava parzialmente la schiena.

« Mi scusi, signorina » disse Nastja, in tono rassicurante, mentre le appoggiava la mano sinistra su una spalla.

La hostess la guardò con una parvenza di sorpresa mentre lei le affondava l'ago nel tricipite. La punta era così sottile che l'iniezione risultava indolore. Nastja schiacciò il morbido tubicino in PVC e sorrise alla ragazza, che la guardò con aria altrettanto amichevole. Poi gli occhi le si annebbiarono e il corpo cedette all'incoscienza. Nastja la sorresse con un braccio intorno alle spalle, mentre con l'altra mano le allacciava la cintura per evitarle di cadere dal sedile e farsi male.

Poi si scostò e guardò verso la cabina di pilotaggio. I due russi erano sempre ai loro posti. Avevano in testa grosse cuffie radio e indossavano camicie di cotone con le maniche corte. Roman stava parlando al microfono, riferendo la posizione al controllo di Male, che ora si trovava ottanta chilometri a babordo.

Nastja si protese in avanti per guardare oltre la testa di Jurij e controllare sul pannello di controllo la spia del pilota automatico: la luce era di un verde rassicurante. Attese che Roman chiudesse la trasmissione e riagganciasse il microfono.

Nelle mani nascoste dietro la schiena, la donna teneva due siringhe. Liberò gli aghi dalle protezioni ed entrò silenziosa nella cabina. I due russi non si erano nemmeno accorti della sua presenza. Nastja si avvicinò e piantò simultaneamente la siringa nella spalla di ciascuno di loro. Gli aghi sottili trapassarono il tessuto e la pelle, iniettando l'anestetico.

Entrambi ebbero appena il tempo di voltarsi e riconoscerla. Jurij aprì la bocca per parlare, ma prima di riuscirci si afflosciò sul sedile, sorretto dalle cinghie. Roman lo seguì qualche secondo più tardi. Nastja si affrettò a controllare che fossero ben legati al sedile e non avessero impedimenti alla respirazione. Poi si piegò sopra la spalla di Roman per spegnere la radio.

Soddisfatta, tornò all'ingresso della cabina passeggeri e guardò attraverso le tende. I passeggeri thailandesi dormivano, ma Nella Vosloo era protesa in avanti, in attesa del segnale. Nastja le fece un cenno con la testa. La sudafricana si alzò e percorse il corridoio fino a raggiungerla.

Nella cabina di pilotaggio, Nella l'aiutò a sollevare i due russi dai sedili e a distenderli sul pavimento. Nastja prese dalla borsa alcuni cavetti in PVC ad alta resistenza, con cui legarono le braccia e le gambe dei piloti. Quindi li trascinarono uno per volta nella zona catering.

« Quanto dura l'effetto della droga? » si informò Nella, sottovoce.

« Secondo Dave Imbiss, dalle tre alle quattro ore. Dipende dalla resistenza individuale. Ma se dovessero servirci prima, Dave mi ha fornito un antidoto che li sveglierebbe all'istante. Dobbiamo separarli: se li lasciamo insieme, quando si svegliano potrebbero crearci problemi. »

Trascinarono Jurij in uno sgabuzzino tra la zona catering e il bagno e lo misero a sedere con la schiena appoggiata agli scaffali, ai quali lo legarono con altri cavi in PVC. Poi lo imbavagliarono con una striscia di nastro adesivo e chiusero la porta a chiave.

Quindi trascinarono Roman in bagno, lo misero sul pavimento e gli legarono i polsi alle maniglie di appoggio sulle pareti, sopra la sua testa. Tapparono anche a lui la bocca con il nastro adesivo. Nella trovò la chiave del bagno in una tasca della hostess: chiuse dentro il copilota e mise sulla porta il cartello FUORI SERVIZIO.

Lasciarono la hostess sul suo sedile, ma imbavagliarono anche lei e le legarono le mani dietro la schiena, in modo che non potesse sganciarsi la cintura di sicurezza. Quindi tirarono la tendina del suo angolo, per evitare che qualcuno dei passeggeri la trovasse e creasse confusione.

Una volta immobilizzati i tre membri dell'equipaggio, Nastja lasciò che Nella prendesse il comando dell'aeromobile e tornò al proprio posto tra i passeggeri, da dove poteva sorvegliarli e assicurarsi che nessuno si avventurasse a prua per usare la toilette in cui stava dormendo Roman.

Nella occupò il sedile di Jurij e inserì nel SatNav le coordinate della pista della Bannock Oil allo Zara 8. Disattivò il pilota automatico e assunse il controllo manuale del Condor, dirigendolo su una rotta di 325 gradi magnetici. La virata fu così morbida da non mettere in allarme i giovani passeggeri addormentati.

Molto più tardi, quando mancava solo un'ora alla destinazione, Jurij Volkov riprese conoscenza. Si mise a prendere a calci la porta dello sgabuzzino e a muggire sotto il nastro adesivo, come un bufalo intrappolato in una palude.

Nastja si affrettò ad aprire la porta e gli si accovacciò di fronte. « Per favore, comportati bene e non fare baccano, Jurij » gli disse in russo, parlando in tono ragionevole. Gli mostrò una siringa di Hypnos. « Mi sembri un uomo gentile e ragionevole e non voglio essere costretta a farti un'altra iniezione. »

Jurij smise di gridare.

« Grazie. » Nastja gli rivolse un sorriso caloroso. « Ti assicuro che non ce l'ho con te. Il mio capo mi ha detto che se collabori sarai rilasciato incolume. Inoltre ti verrà pagato un anno di stipendio a titolo di risarcimento per il disagio e un altro anno per la perdita dell'impiego. Vale anche per Roman e per la hostess. Glielo puoi dire, quando ne avrai l'occasione. » Fece una pausa, lasciandogli il tempo di riflettere sulle sue parole. « Se prometti di non creare problemi, ti tolgo il bavaglio, così possiamo parlare. Ma sai che cosa succede se ti metti di nuovo a gridare. Fai cenno di sì se hai capito e sei d'accordo. »

Jurij annuì vigorosamente. Quando lei gli tolse il nastro adesivo dalla bocca, lui si sgranchì la mascella e la mandibola. Nel frattempo studiava il volto di Nastja. « Ah, è così! » proruppe finalmente in russo. « Ora capisco che cos'hai in mente. Vuoi prendere quei due stronzi nel Kazundu, vero? » Aveva usato la parola *gavno*, un termine particolarmente volgare.

« La mamma non ti ha detto che non si parla così di fronte a una signora? » lo redarguì lei con fare compito. « In ogni caso non so a cosa ti riferisci. »

« *Čepucha!* Certo che lo sai. » Jurij sogghignò. « Mi riferisco a sua maestà re John e al suo primo ministro Carl Bannock. Fammi un grosso favore: quando li prendi dagliene anche da parte mia, a quei due bastardi. »

Nastja lo ascoltò e lo guardò calma, prima di chiedere: « Ti hanno trattato male, quei due signori? »

« Signori non direi proprio » la corresse Jurij. « Sono criminali della peggior specie. Ci trattano come merde, tutti quanti. Mi sfottono e mi insultano ogni volta che mi rivolgono la parola. E mi fregano sempre sul compenso. » Riprese fiato. « Sono delle bestie pervertite. Se ti dicessi che cosa fanno ai poveretti che gli stiamo portando, ti verrebbe da vomitare. »

« Dimmelo! » lo invitò Nastja.

« Li riempiono di alcol e di droga, poi gli fanno fare ogni sorta di porcheria. E quando sono stanchi se ne liberano e ne fanno arrivare altri di cui abusare. Li odio tutti e due, quei bastardi. Vorrei vederli bruciare vivi, credimi! »

« Perché non hai cercato di fare qualcosa? » chiese lei, ma senza sfumature di rimprovero.

Jurij parve imbarazzato. « Ci ho pensato spesso, ma loro hanno soldi e potere. Cosa può fare un fallito come me? Ho bisogno di mangiare. Loro erano gli unici disposti a prendermi. »

Lei comprese il suo disagio e cambiò tono. « Ora che siamo diventati amici, ci capiamo e ci fidiamo l'uno dell'altra, mi diresti le procedure radio in avvicinamento all'aeroporto di Kazundu? » Gli rivolse uno dei suoi sorrisi più seducenti.

Jurij sghignazzò. « Ti aiuterò in tutto quello che posso, mia cara. Quando attraverso il lago, chiamo il castello sui 121,975 megahertz. Quel viscido bastardo di Bannock mi insulta per un po'. Per lui sono una specie di punching-ball verbale. Quando mi dà via libera, sorvolo il campo di aviazione a centocinquanta metri per controllare la direzione del vento dalla manica, nel caso che quel maiale mi abbia dato volutamente delle informazioni sbagliate. Poi giro sottovento, controvento e atterro.»

«Hai un segnale particolare per identificarti?»

«No, Bannock riconosce la mia voce. Dice che il mio inglese sembra una scoreggia di elefante.»

«Che cosa succederebbe se atterrassi senza autorizzazione?»

«Non lo so. Non ci ho mai provato. Probabilmente mi mitraglierebbero con le calibro 50 che hanno montato alle due estremità della pista.»

«Grazie, Jurij.» Nastja si alzò.

«Adesso che siamo diventati amici, ci capiamo e ci fidiamo l'uno dell'altra, mi toglieresti queste cose dai polsi?» la pregò il pilota.

«Non ci capiamo né fidiamo così tanto» dovette rispondergli lei, con rammarico.

«Be', almeno potresti darmi qualcosa da bere. Non so che droga mi hai dato, ma mi ha fatto venire sete.»

«Ti porto un bicchiere d'acqua.»

«Non stavo pensando all'acqua» ribatté lui, offeso.

Lei rise, andò nella zona catering e tornò con una bottiglia di vodka.

«Sei la donna più bella e gentile che abbia mai conosciuto, ma non posso bere se non mi liberi le mani.»

«Sì, sono bella e gentile, ma non sono stupida.» Nell'altra mano aveva una cannuccia. Gli si accovacciò accanto e gliene mise un'estremità tra le labbra, mentre inseriva l'altra nel collo della bottiglia.

Jurij prese parecchie sorsate prima che lei gli togliesse la cannuccia dalla bocca per fargli prendere fiato. « Dimmi che non sei sposata » fece lui, con voce roca.

« Non l'hai notato? » Nastja gli mise davanti agli occhi l'anello che portava al dito.

« *Da*, l'ho visto, ma speravo che fosse solo un travestimento, per tenere lontani i lupi » replicò Jurij, serio. « Ti prego, dimmi che mi ami quanto io amo te, Nastja cara. »

Lei gettò indietro la testa e rise divertita. « Povero Jurij Volkov. Non hai seguito la tua vocazione. Potevi trovare lavoro al Circo di stato di Mosca. Hanno sempre bisogno di clown. Ecco la tua ricompensa per averci provato. » E gli rimise in bocca la cannuccia.

Per mantenere il silenzio radio, Nella sorvolò a bassa quota lo Zara 8, in modo da annunciare il suo arrivo. Completato il giro, quando fu allineata con la pista ed ebbe fatto uscire il carrello, Paddy O'Quinn aveva già dispiegato l'intero contingente della Cross Bow lungo il perimetro, per dare il benvenuto al Condor.

Nella posò il mostruoso apparecchio sulla pista con la delicatezza di un bacio virginale. Poi tornò indietro e, con la spinta dei motori di babordo e i freni sul lato opposto, fece piroettare il gigantesco Condor leggero come una ballerina, portandolo nell'area di parcheggio. Infine aprì il portellone posteriore e spense i motori.

Nel silenzio improvviso, gli uomini di Paddy esplosero in grida di giubilo, gettando in aria i berretti e sciamando ai piedi della rampa per accogliere le due eroine.

Paddy O'Quinn fu il primo a salire a bordo, in cerca di Nastja, seguito a due passi di distanza da Bernie Vosloo. I due uomini abbracciarono le mogli con gioia e sollievo. I giovani thailandesi confusi e atterriti vennero fatti scendere dall'aereo e salire sul retro di un camion in attesa.

« Sa che cosa deve fare, sergente » disse Hector al sottufficiale incaricato di vigilare sui passeggeri. « Se uno dei suoi uomini tocca qualcuno di loro, lo prendo personalmente a calci nelle palle. »

« Farò in modo che si comportino come si deve, signore. » Il sergente gli rivolse il saluto, ma lanciò un'occhiata malinconica ad alcune delle ragazze prima che i suoi uomini conducessero il gruppo, in lacrime e lamenti, verso l'edificio isolato in cui sarebbe stato tenuto al sicuro dal testosterone della cinquantina di uomini della task force. In combattimento, Hector avrebbe messo la propria vita nelle loro mani, ma in materia di ormoni non si sarebbe fidato di loro nemmeno se avessero indossato una cintura di castità.

Rivolse la sua attenzione a Paddy e Nastja, ancora stretti in un abbraccio. « Nazzy, quando riprendi fiato, vorrei parlare con te. »

Lei lo guardò da sopra la spalla del marito. « Avanti, Hector. Posso fare due cose nello stesso tempo. Parla pure, ti ascolto. »

« Che ne è stato dell'equipaggio del Condor? »

Nastja gli rivolse uno sguardo sofferto. « Perché devi sempre scegliere il momento meno adatto, Hector Cross? Okay, seguimi, ti faccio vedere. Ma prima ti devo dire che, se lo paghiamo il giusto, il comandante Jurij Volkov è disposto a collaborare. Johnny e Carl lo hanno trattato malissimo e disapprova decisamente il loro orientamento sessuale. »

I tre dell'equipaggio promisero di non fare scherzi e Hector ordinò di liberarli dai cavi ai polsi e alle caviglie. Malgrado la scarsità di alloggi dovuti alla presenza della task force, i piloti russi furono sistemati in una tenda separata.

Era improbabile che tentassero la fuga: non avevano idea di dove si trovassero, o in quale direzione e a quale distanza dirigersi in cerca di libertà. Nondimeno, Hector mise un paio di sentinelle a sorvegliarli, per essere sicuro che mantenessero la parola.

Tuttavia non voleva correre rischi con la hostess, che preferiva tenere a distanza di sicurezza dai suoi uomini. Le trovò una stanza nel complesso principale, accanto a quella spartana di Paddy e Nastja, dove le truppe della Cross Bow si sarebbero avventurate solo a proprio rischio e pericolo.

Prima che Volkov fosse scortato alla sua tenda, Hector lo condusse con sé nel deserto e, lontano dagli altri, negoziò l'accordo per la sua collaborazione. Lo riportò alla sala comunicazioni e lo mise di fronte alla radio. Gli consegnò un foglio su cui era scritto esattamente ciò che doveva riferire a Carl nel Kazundu. Poi si mise accanto a lui con la mano sull'interruttore, pronto a interrompere la trasmissione qualora Volkov avesse deviato in qualsiasi dettaglio dal testo che aveva davanti.

Ci vollero quasi venti minuti per avere risposta dal centro di comunicazioni nella sala del trono del castello, e dovette aspettare che l'ufficiale di guardia andasse a chiamare Carl Bannock, ma finalmente questi fu in linea.

« Dove diavolo sei, Volkov? Hai quasi sei ore di ritardo, stronzone. »

« Mi dispiace molto, signore. » Il tono di Jurij era ossequioso e servile. « Abbiamo avuto un blackout radio a cinque ore da Bangkok e ho dovuto deviare sull'aeroporto di Abu Zara per le riparazioni. »

« Ma sei fuori di testa? Gli aeroporti più vicini erano a Male, o anche nello Sri Lanka o a Mumbai. » Bannock schiumava di rabbia. « Perché sei andato così fuori rotta, idiota? »

« Signor Bannock, Abu Zara è il centro più vicino tra l'Asia e il Medio Oriente in cui si trovino i pezzi di ricambio per il nostro Swiss EX12 AYRAN Transistor. » Jurij sapeva di poter ingannare Carl con il gergo tecnico.

« Che ritardo prevedi, coglione? »

« Settantadue ore, se vuole che aspetti che la radio sia riparata, signore. Escluso il tempo effettivo di viaggio. »

« Hai raccolto i passeggeri a Bangkok? » chiese Carl, ansioso.

« Sissignore, signor Bannock! Sono tutti qui con me. »

Hector immaginava Carl, impaziente di mettere le mani sui suoi giocattoli sessuali. Anche Jurij sorrideva, godendosi il momento, ma continuò con lo stesso tono di voce, al tempo stesso contrito e compiacente. « Posso volare senza radio e arrivare nel Kazundu in meno di dieci ore, se lei dà l'ordine. Naturalmente non potrò effettuare la consueta procedura radio al mio arrivo. »

« La torre di controllo non ti farà mai decollare da Abu Zara senza radio, vecchio imbecille! »

« Posso organizzarmi, signore. Ho un contatto qui alla torre di controllo, ma ci vorrà un *bakshish*. Mi chiede mille dollari americani. »

« Okay, Volkov, pagalo e porta qui di corsa il tuo culaccio russo. Mi hai sentito? Ti dovrei licenziare, vecchio deficiente! » La trasmissione radio si interruppe di colpo.

« Ora capisco perché ami e rispetti così tanto il tuo capo, Jurij. » Hector si alzò e gli diede una pacca sulla spalla. « Hai fatto un ottimo lavoro. Voglio che tu e il tuo equipaggio restiate in questa base fino al mio ritorno dalla missione, quando ti pagherò la cifra stabilita. Poi vi farò portare tutti e tre a Dubai per mettervi su un aereo e sparire nella parte di mondo che preferite. Potrei persino pagarvi i biglietti.»

Hector e Paddy avevano pianificato con cura le complesse procedure di carico del Condor. Le truppe e l'equipaggiamento che dovevano uscire per prime sul campo di aviazione nel Kazundu dovevano essere le ultime a salire a bordo dell'aereo allo Zara 8.

Anche così ci vollero quasi due ore dal momento in cui Hector diede il via a quando Bernie e Nella Vosloo decollarono con il Condor a pieno carico, portandolo nel cielo illuminato dalla luna. A quattrocentosessanta metri sopra il deserto, Bernie virò in direzione sudovest per tagliare il Corno d'Africa e da lì puntare verso il lago Tanganika e il regno del Kazundu, a occidente.

Hector aveva calcolato i tempi dal decollo, stimando il loro arrivo a destinazione un'ora dopo l'alba. Era un compromesso. Arrivando molto presto, appena ci fosse stata luce sufficiente per un atterraggio sicuro, c'erano poche probabilità che Johnny e Carl si alzassero dal letto per andare all'aeroporto a salutare i loro ospiti thailandesi. La situazione ideale sarebbe stata trovare i due bersagli sulla pista quando la rampa di coda del Condor si fosse abbassata e gli uomini della Cross Bow fossero usciti allo scoperto.

Se il Condor fosse arrivato più tardi e lo scontro con le truppe di Johnny e Sam Ngewenyama si fosse protratto, c'era il rischio di trovarsi coinvolti in un combattimento notturno. Nell'oscurità la squadra locale sarebbe stata in vantaggio.

Ora le carte erano scoperte e non c'era altro da fare se non volare verso l'alba e il nemico.

Hector non aveva dubbi su come intendeva passare la notte. Tuttavia l'unica area isolata a bordo dell'affollatissimo aereo era lo sgabuzzino tra la zona catering e la cabina di pilotaggio in cui Nastja aveva imprigionato Jurij Volkov. Appena le luci a bordo si furono spente e gli uomini furono sul punto di addormentarsi, prese Jo per mano e la condusse là.

Non c'era una serratura all'interno, ma chiusero la porta con il peso dei loro corpi. Le pareti erano sottili, ma non gli importava che si sentissero i loro gemiti. Il pavimento era duro, ma a loro sembrò soffice come un letto di piume. La notte era lunga, ma a loro sembrò durare un attimo. Erano diretti verso l'inferno, ma sottovoce parlarono solo di una lunga vita insieme e di amore eterno. Al mattino, nonostante la notte in bianco, si sentivano freschi e forti, immortali quanto il loro amore appena sbocciato. Quando la sveglia dell'orologio da polso di Hector suonò, lasciarono il loro nascondiglio e si affacciarono alla porta della cabina di pilotaggio.

Bernie si girò sul sedile di sinistra e li salutò. « Dormito bene? » Fece un sorrisetto.

« Magnificamente » rispose Hector. « Davvero. Quanto manca ancora, Bernie? »

« Non chiederlo a me, io sono solo l'autista. Domandalo al navigatore. »

Hector si rivolse alla copilota. « Come andiamo, Nella? »

« Quarantatré minuti a destinazione. Quella grossa cosa luccicante davanti a noi è il lago Tanganika. »

Hector e Jo si appoggiarono agli schienali dei sedili dei piloti per guardare avanti. Il sole aveva quasi schiarito l'orizzonte a babordo e il Condor stava scendendo in una profonda vallata di cumulonembi, le cui vette superavano ampiamente i quattromilacinquecento metri di altezza indicati dagli strumenti. Le montagne di nubi sembravano solide come ghiaccio, con sfumature d'argento e di un livido azzurro.

Il sole nascente proiettava sulle pareti luminescenti delle nuvole l'ombra del Condor che, ingrandita, distorta e circondata da bagliori iridati, teneva il passo con loro.

« Oh, guarda! » gridò Jo, indicando il muso. Alla loro stessa altezza la sagoma scura di un'aquila pescatrice era illuminata dal riflesso delle nubi. Era sospesa sulle ali spiegate, in apparenza immobile, ma quando l'aereo arrivò a tutta velocità l'uccello piegò un'ala e si tuffò in picchiata, passando così vicino da poterne vedere gli occhi color agata nella maschera gialla del becco e distinguere le penne bianche schiacciate sul capo dalla rapidità del tuffo.

« Oddio, che creatura magnifica! » esclamò Jo, mentre l'aquila spariva, inghiottita dall'immensità del cielo.

Lontano, sotto di loro, la savana e le foreste africane erano screziate dalle ombre delle nuvole e dai raggi del sole. Davanti a loro la superficie di argento brunito del lago riluceva abbagliante.

Bernie ridusse la velocità per diminuire la quota e iniziarono la discesa tra i brillanti strati di nuvole. Gli aghi dell'altimetro ruotavano in senso antiorario mentre l'aereo sorvolava la riva orientale del lago a duemilasettecento metri.

« Ventuno minuti a destinazione » li avvisò Nella.

Hector prese il radiomicrofono che lei gli porgeva e se lo portò alle labbra. La sua voce rimbombò attraverso gli altoparlanti del Condor. « Sveglia! Sveglia, signori. Venti minuti al bersaglio. »

Sotto di loro il lago era striato di sottili tentacoli di nebbia. Stormi di centinaia di fenicotteri volavano bassi, l'uno dietro l'altro. Correnti ascensionali di aria calda sollevavano l'aereo, alternandosi a correnti più fredde che gli facevano perdere quota e creavano onde rosate sulla superficie del Tanganika. Dalla cabina Hector e Jo contemplavano lo scenario in rispettoso silenzio.

Nella ruppe l'incantesimo. « Quindici minuti a destinazione. »

Subito dopo, Jo annunciò: « Eccolo! Davanti a noi! Il castello sulla collina! »

Hector riprese il microfono. « Okay. A tutti i capisquadra: accendete i vostri auricolari Birkin. Andiamo in diretta con Emma da Houston. » Fece cenno a Jo di prendere contatto.

« Emma, mi ricevi? » disse lei parlando nel Birkin.

La risposta arrivò quasi subito. « Ti ricevo, Jo. Ho la posizione di entrambi i bersagli. Big Boy e Little Boy sono nella camera da letto principale del castello. In compagnia, come al solito. Sembra che dormano tutti. » Il tono di Emma cambiò all'improvviso. « Un momento. Big Boy si muove. Sta scendendo dal letto. Attraversa la stanza verso le portefinestre. L'ho perso di vista, dev'essere sul terrazzo. »

« Pensi che abbia sentito il nostro aereo e sia andato a vedere? » suggerì Jo.

« Sì, quasi certamente » convenne Emma. « Anche gli altri si stanno svegliando. Sì, ricevo in cuffia il rumore dei motori. Adesso scendono tutti dal letto. Non vedevo così tanta gente nuda dall'ultima volta che sono stata a Las Vegas. »

Carl Bannock aprì gli occhi, intuendo che Johnny Congo non era più a letto con lui. Negli anni che avevano passato insieme, si era abituato al brontolio smorzato e al sibilo del suo russare. Gli dava un confortante senso di sicurezza e di protezione. Si sedette sul grande letto sfatto e si guardò attorno, intontito. La stanza era grande come una sala da ballo. Contando quello su cui si trovava Carl, c'erano ventiquattro letti disposti al centro. Su tutti, tranne uno, corpi nudi di entrambi i sessi erano adagiati con la selvaggia profusione dei caduti nelle battaglie epiche.

Gettysburg e Alamo messe insieme, pensò Carl, e l'immagine lo fece sentire meglio. Aveva una ragazza sdraiata sulle gambe e per un breve momento il suo smilzo posteriore ravvivò in lui l'interesse ma, quando si toccò i genitali, li sentì gonfi e infiammati per i bagordi della nottata precedente.

« Levati di dosso, zoccoletta. » L'allontanò con un calcio e lei rotolò sulla schiena senza nemmeno svegliarsi, ancora persa in una nebbia di droga e alcol.

Carl si alzò lentamente a sedere e si massaggiò le tempie, che sentiva pulsare di un dolore sordo; si guardò attorno. La sua attenzione si concentrò sull'unico letto vuoto.

Poi a poco a poco gli tornò in mente come se l'erano spassata la notte prima.

Solo più tardi Carl si era reso conto, nonostante l'annebbiamento causatogli dalla droga, di quali terribili lesioni avesse subito la ragazza.

« Blackbird, l'hai fatta a pezzi. »

« Allora lo sai che fine dovrà fare, vero, White Boy? » aveva grugnito Johnny. Senza aspettare la risposta, l'aveva presa in braccio e l'aveva portata fuori, sui bastioni. Carl li aveva seguiti. Degli altri presenti, nessuno era nella condizione mentale di accorgersi di cosa stava succedendo.

Nel cielo notturno la luna piena faceva impallidire le stelle e inondava la terrazza di una luminosità perlata. Mentre seguiva Johnny giù per la scala che portava nei giardini,

Carl si era scoperto attanagliato da un senso di soggezione quasi religiosa. La sagoma nuda di Johnny era lambita dalla luce argentea, quasi fosse il sacerdote di un'arcana setta che stava portando la vittima sacrificale all'altare di un antico dio africano.

Quando Johnny era arrivato al muro di contenimento di pietra del fossato dei coccodrilli, aveva alzato la ragazza al di là della propria testa. Era una scena talmente intensa che Carl si era commosso fino alle lacrime, e gli erano venuti alle labbra i versi di una parte che aveva recitato a scuola, a Houston. Era caduto in ginocchio e aveva declamato, con voce stentorea:

*Sarebbe dovuta morire, prima o poi:*
*sarebbe venuto il momento per una parola siffatta.*
*Domani, e domani, e domani,*
*striscia a piccoli passi da un giorno all'altro,*
*fino all'ultima sillaba del tempo prescritto;*
*e tutti i nostri ieri hanno illuminato a degli stolti*
*la via che conduce alla morte polverosa.*

Sempre tenendo la ragazza sopra la testa, Johnny si era girato e aveva guardato Carl stupefatto. Gli si era rivolto in tono reverenziale.

«Porca miseria, Carl! Che figata. Non ti facevo capace di tirar fuori una roba così da paura. Cosa vuol dire?»

«Vuol dire solo che devi buttarla giù, Johnny.»

Avevano ascoltato il tonfo della ragazza che precipitava nell'acqua e poi il dibattersi dei corpi squamosi dei coccodrilli che banchettavano.

Carl era rimasto in ginocchio finché non era tornato il silenzio, quindi si era alzato lentamente in piedi.

« È stato bello, Johnny » aveva detto sottovoce. « Non avevo mai assistito a una scena così commovente. »

Il ricordo perdurava, nonostante cercasse di accantonarlo.

Poi ripensò a Johnny e guardò di nuovo la stanza in disordine. Di lui neanche l'ombra. Carl appoggiò i piedi per terra e si alzò. Si diresse verso le porte della terrazza. Scavalcò con attenzione le siringhe ipodermiche usate e le pozze di vomito, le bottiglie rotte di vino e di vodka, gli abiti e le scarpe abbandonati. A metà del suo percorso sentì Johnny che ululava dai bastioni: « Sta arrivando, svegliatevi! Sta arrivando il Condor! »

La maggior parte delle figure addormentate si svegliò e seguì Carl alla rinfusa, uscendo sui bastioni, dove Johnny si schermava gli occhi con entrambe le mani dai raggi del sole nascente per guardare il cielo. Si radunarono intorno a lui, sfoggiando tutta la gamma dei colori della pelle, dal bianco latteo di Carl al luccicante antracite di Johnny, passando per il giallo pallido e l'oro dei loro ospiti.

« Cominciavo a dubitare che quel babbeo di Volkov trovasse la strada del ritorno senza un contatto radio. E invece...! Andiamo giù a vedere che razza di sostituti ci ha portato per questa manica di troie gialle esauste » disse Carl. Strizzò i capezzoli marroni della minuta ragazza accanto a lui e lei squittì come previsto. Nel breve tempo passato insieme, tutti avevano imparato quale forma prendevano le fantasie di Carl e quanto gli piaceva sentire un lamento di dolore.

« Stavolta Jurij mi sente. Ho pensato un paio di insulti niente male apposta per lui. Venite, scendiamo ad accogliere il nostro ospite e divertiamoci a insultarlo. »

Carl li ricondusse nella stanza da letto, dove recuperarono in tutta fretta gli indumenti sparpagliati sul pavimento e sui mobili. Se li infilarono mentre scendevano rumorosamente le scale e si dirigevano in cortile.

Il rientro a casa del Condor era sempre motivo di festa, carico com'era di doni e lussi, nuovi volti e corpi eccitanti. Per gli ospiti che avevano esaurito il soggiorno in quel luogo strano e pauroso, era la promessa di tornare alla propria casa e alla sicurezza.

Emma, nella lontana Houston, seguì il movimento collettivo dalle telecamere nascoste nelle stanze principali e da quella piazzata sulla cima del minareto più alto, che sovrastava le mura del castello. Riferì a Jo Stanley, a bordo del Condor.

« Ci sono tre veicoli che stanno uscendo dal cancello principale e scendono in fila indiana verso la pista di atterraggio... »

Ad aprire il convoglio era Johnny Congo. Guidava la Rover bianca a velocità folle, come suo solito. Sam Ngewenyama era accanto a lui sul sedile del passeggero. Era ansioso di vedere le recenti importazioni da Bangkok almeno quanto Johnny. Sapeva che a tempo debito gli sarebbero state passate.

Sul sedile posteriore erano stipati cinque dei suoi scagnozzi armati. Indossavano vecchie mimetiche dell'esercito americano e portavano al collo bandoliere di munizioni. Le canne dei loro fucili automatici sporgevano dai finestrini aperti. Ogni volta che Johnny prendeva una buca, venivano sballottati l'uno contro l'altro, mentre gli elmetti e le armi cozzavano e sbattevano sul tettuccio della Rover sussultante.

Carl Bannock seguiva a ruota Johnny, con uno dei mezzi da sbarco russi. Indossava una vestaglia di seta con un motivo cachemire a colori vivaci, i capelli scompigliati dal turbine d'aria spostato dal pesante veicolo. Attorno a lui, ragazze e travestiti thailandesi erano aggrappati a qualunque sostegno riuscissero a trovare, perché il mezzo anfibio sobbalzava e si impennava sulla mulattiera sconnessa.

Erano tutti dell'umore festoso indotto dalla marijuana e dalle sostanze eccitanti che Carl aveva messo a disposizione durante la serata. La maggior parte era nuda. Uno dei trans indossava soltanto un paio dei voluminosi mutandoni di Johnny, che continuavano a calargli sui fianchi e a scoprire la riga fra le natiche dietro. Appena se li tirava su, ricominciavano a scivolare. Una delle ragazze era in piedi dietro a Carl, con indosso una sua camicia smessa, sbottonata, che il vento alzava come un mantello. Gli copriva gli occhi con le mani ogni volta che si avvicinava la curva successiva. Tutti esplodevano in squittii e risolini acuti quando il mezzo da sbarco perdeva aderenza con le ruote esterne, in bilico sullo strapiombo.

L'ultimo veicolo del convoglio era il secondo mezzo anfibio, guidato da uno dei sergenti della milizia. Era rimasto molto indietro rispetto agli altri due. Trasportava un plotone di guardie del castello messo insieme talmente in fretta che molte stavano ancora cercando di infilarsi le uniformi e alcune avevano perfino dimenticato le armi. Johnny fu il primo ad arrivare in fondo alla discesa e si lanciò verso il cancello che dava accesso alla pista d'atterraggio, circondata da un'alta recinzione di rete metallica. Suonava il clacson per avvertire le guardie che stava avvicinandosi. Due di loro uscirono dalla guardiola e corsero ad aprire il cancello. Johnny guidò il convoglio all'interno e si diresse verso l'estremità della pista più lontana dalla sponda del lago.

Parcheggiarono accanto al fortino di sacchi di sabbia che

ospitava le pesanti mitraglie, posizionato di fronte agli altri edifici dell'aeroporto. Uno era la baracca dove alloggiavano gli scagnozzi di Sam Ngewenyama e le loro famiglie. L'altro grande edificio era il magazzino in cui depositavano i carichi portati dal Condor e le merci in attesa di essere esportate: il prezioso coltan e altri minerali estratti nelle miniere congolesi.

Per permettere al Condor di raggiungere il portone sul lato meridionale del magazzino, per caricare o scaricare, era stata tracciata una pista di rullaggio.

Ormai il sole era spuntato sopra la linea dell'orizzonte. Tutti gli occhi erano puntati sul Condor che si avvicinava, basso sopra il lago. Mentre l'immenso velivolo oltrepassava la stretta spiaggia marrone e si allineava con la pista di atterraggio, Bernie Vosloo, che pilotava, fece ondeggiare l'aereo in segno di saluto. La folla radunata intorno ai veicoli, all'estremità occidentale della pista, aveva il sole negli occhi, come nelle intenzioni di Hector quando aveva programmato la missione. Non voleva dar loro modo di vedere chiaramente il Condor finché non fosse atterrato e lui e i suoi uomini si fossero trovati a distanza di tiro ravvicinata.

Ciononostante, il comitato di benvenuto non si lasciò scoraggiare. Gridavano e danzavano per l'eccitazione. Quando il Condor passò radente sopra le loro teste, alcuni si abbassarono istintivamente, ma la maggior parte intravide le donne graziose con lunghi capelli neri che guardavano giù dagli oblò, salutando con la mano. Perfino i mitraglieri di Sam Ngewenyama abbandonarono le armi e si arrampicarono sui sacchi di sabbia per unirsi al tumultuoso benvenuto.

C'era voluto tutto il potere di persuasione di Paddy, che li aveva quasi minacciati di mandarli al plotone di esecuzione, per costringere quindici dei suoi uomini più giovani a indossare parrucche e abiti coloratissimi e per convincere Jo e Nastja a imbellettarsi il viso con cerone e rossetto.

Hector era accucciato in mezzo ai due sedili dei piloti; da terra non avrebbero potuto avvistarlo, e da lì era in grado di impartire rapidi comandi a Bernie e Nella. Per mascherare il proprio aspetto, Nella portava un cappellino da baseball e un paio di occhiali scuri presi a prestito da Jurij Volkov. Sperava che gli spettatori a terra non li riconoscessero.

Sia Bernie sia Nella si stavano divertendo un mondo. Facevano volteggiare l'enorme Condor con il gioioso abbandono degli adolescenti che fanno baldoria al sabato sera. Non avrebbero mai trattato il loro amato Hercules con quella irresponsabile mancanza di rispetto.

«Okay, risaliamo e prepariamoci per l'avvicinamento finale» disse Hector, aggrappato con entrambe le mani ai braccioli dei sedili di pilotaggio. I Vosloo alzarono il muso in un'impennata da far rivoltare le budella e virarono sopra le montagne boscose ai confini del territorio congolese. Tracciarono un ampio cerchio, portandosi di traverso al vento, poi cominciarono la discesa finale sopra gli edifici dell'aeroporto. La pista si allungava per tremila metri verso la riva del lago. All'estremità orientale c'era il secondo fortino di sacchi di sabbia che ospitava una batteria di mitragliatrici pesanti calibro 50.

Bernie abbassò i flap per ridurre la velocità del Condor e Nella fece la sua parte tirando la cloche. Grazie alla loro manovra, il velivolo calò con dolcezza sulla pista e appena toccarono terra invertirono i motori e tirarono i freni delle ruote per stroncare la sua corsa.

La potenza dei motori fece sollevare dalla pista una nube densa e vorticosa di polvere rossa.

«Adesso ascoltami, Dave!» disse Hector nel microfono

collegato agli altoparlanti interni. « Siamo a ottocento metri dal punto in cui scenderemo. » Leggeva le distanze dai cartelli sulla sinistra della pista, man mano che passavano in velocità. « Cinquecento metri, trecento... » Dave Imbiss e il suo Red Team si erano già alzati dai sedili per andare nella stiva. Erano appostati, tesi, all'imbocco della rampa posteriore.

« Appena la rampa scende, non aspettare il mio ordine, Dave, vai e basta! » urlò Hector.

Rullarono per gli ultimi duecento metri verso il fortino, da dove le canne gemelle delle mitraglie li fissavano come gli occhi di un boia. Bernie stava valutando la distanza da percorrere.

Per un attimo Hector pensò che ci fosse qualcosa di sbagliato e che stessero per abbattersi contro il fortino a cento all'ora. Si preparò all'impatto e conficcò le unghie nei braccioli dei sedili.

All'ultimo momento il Condor girò su se stesso con violenza di 180 gradi e si fermò di colpo, con gli scarichi dei quattro motori a reazione puntati verso la postazione dei mitraglieri, a una distanza di soli cento metri.

Per dieci secondi Bernie e Nella li tennero al massimo della potenza, frenando al tempo stesso per impedire al Condor di muoversi.

La fusoliera beccheggiava e sgroppava come un animale selvaggio in trappola, protestando per quel trattamento intollerabile. La velocità dei gas emessi dagli ugelli superava di gran lunga quella di qualsiasi tornado, sfiorando la velocità del suono. Fece volar via la fila più alta di sacchi del fortino. I gas di scarico sollevarono la sabbia e la ghiaia dalla superficie della pista e le scagliarono come minuscoli proiettili in faccia ai mitraglieri che spiavano attraverso le feritoie nella parete di sacchi, accecandoli all'istante, graffiando le palpebre e la pelle del volto. Poi i gas scagliarono in faccia alle guardie le pesanti armi, uccidendone o ferendone la maggior parte. I loro corpi inerti vennero spinti verso l'interno del fortino e si schiantarono sulla parete di fondo.

«Spegni!» gridò Hector a Bernie sopra il tuono dei motori, dando una pacca sulla spalla ai due piloti per rafforzare l'ordine. Il tuono si ridusse a un sussurro e il Condor cessò di tremare.

«Aprite la rampa!» La voce di Hector era stentorea nel relativo silenzio che si era creato. «Red Team, via! Via! Via!» Gli ordini erano superflui, ma nella concitazione del momento Hector li gridò comunque.

La pancia del Condor si staccava da terra di un metro e mezzo appena, quindi la rampa di uscita non doveva scendere molto prima di toccare il terreno, e Dave Imbiss guidò i dodici uomini della squadra allo scoperto, oltre lo spazio che li separava dal fortino. Scavalcarono il muro di sacchi e furono dentro con la rapidità e l'agilità di un branco di scimmie affamate che si arrampicano su un banano. Gli ordini di Hector erano di non prendere prigionieri e di non lasciare nemici vivi nelle retrovie, ma di farlo senza troppo chiasso. Incontrarono ben poca resistenza.

I mitraglieri e gli addetti al caricamento erano accecati, incapaci di combattere. Molti erano già fuori combattimento, disseminati nel fortino come bambole di pezza di una bambina cattiva. Qualcuno si rotolava per terra, agonizzante, tenendosi il viso ferito fra le mani. Un colpo di karate sarebbe bastato a zittirli per sempre. L'uomo che doveva essere il capo del plotone di artiglieria era l'unico ancora in piedi. Uscì da dietro le casse impilate di munizioni, dove si era rifugiato dall'ondata di gas di scarico.

Aveva quasi raggiunto la porticina in fondo al fortino, quando Dave Imbiss sollevò il grosso coltello di fossa con la mano destra. Lo fece roteare sopra la spalla e si scagliò verso di lui. La lama compì un giro completo in aria prima di colpire tra le scapole l'uomo in corsa. Questi perse l'orientamento e andò a sbattere sul muro di sacchi. Scivolò lentamente a terra cercando di allungare le mani dietro di sé per afferrare l'impugnatura dell'arma. Tossì, e gli uscì di bocca un fiotto di sangue che andò a macchiare il sacco davanti a lui. Gli caddero le braccia e crollò in ginocchio, con la fronte premuta a terra, come se stesse pregando.

Dave Imbiss gli piantò uno stivale sulla nuca per tenerlo fermo mentre estraeva dalla sua carne la lama sporca di sangue e gliela puliva sulla manica della camicia. Nel frattempo parlava sottovoce nel microfono del Birkin ad attivazione vocale.

«Qui Red Leader. Obiettivo raggiunto.»

Non erano passati nemmeno due minuti da quando erano scesi dal Condor. La pista era lunga tre chilometri. A quella distanza né Johnny Congo né Carl Bannock erano riusciti a vedere nulla attraverso la nuvola di polvere sollevata dagli scarichi, né potevano aver sentito qualcosa a parte il rombo dei motori spinti al massimo.

«Okay! Diamo il via alla fase due» disse Hector. «Dave, metti fuori uso le mitragliatrici e poi venite sulla pista a darci manforte.»

Le mitragliatrici piazzate nelle feritoie erano tutte Browning calibro 50 usate dall'esercito statunitense, armi che Dave conosceva benissimo. Le passò in rassegna rapidamente e smontò gli otturatori scorrevoli di ciascuna. Le consegnò man mano ai suoi uomini, che uscivano dalla porta sul retro e le lanciavano nel lago, al largo. Neutralizzate le armi, dispose i suoi uomini in formazione aperta e li guidò di corsa lungo la pista, verso l'edificio dell'aeroporto, tre chilometri più in là. Avevano percorso meno di un quarto di quella distanza, quando davanti a loro si sentì l'improvviso crepitio di armi di piccolo calibro.

Il Condor rullava senza fretta lungo la pista, in direzione dell'edificio principale vicino al quale aspettavano i tre veicoli parcheggiati e il comitato di benvenuto di Johnny Congo.

Hector era addossato alla paratia posteriore della cabina, accovacciato dietro i piloti, in modo che non potessero vederlo attraverso il parabrezza. Con il binocolo esaminava la disposizione degli edifici e il fortino di sacchi di sabbia.

« Okay, ho individuato Johnny Congo. È il bestione nero sul tetto del mezzo bianco, a destra del fortino. Camicia blu scuro e pantaloni color crema. Impossibile sbagliarsi, con quel porco. » Parlava nel microfono, per farsi sentire da tutti i capisquadra. « Invece Carl Bannock è in piedi in cima al muro di sacchi, sopra le bocche delle mitragliatrici. Sta facendo una danza di guerra e agita un fucile automatico sopra la testa. Il bastardo ha un abito lungo, tutto colorato. Sembra una vestaglia. È a piedi nudi, come se si fosse appena alzato dal letto. Dev'essere fuori di testa, ride come un imbecille. Ricordatevi tutti che lui è mio » aggiunse in tono fiero. « Intorno ai veicoli parcheggiati c'è un mucchio di gente. Difficile dire quanti sono, forse cinquanta o sessanta persone, magari anche cento. Sono le accompagnatrici e gli scagnozzi di Johnny, gente vestita nelle fogge più strane. La maggior parte è quasi nuda e mi pare che qualcuno lo sia del tutto, senza lasciare nulla all'immaginazione. Quando cominceremo a sparare scoppierà il finimondo. Pensate all'obiettivo, e sorvolate sui danni collaterali.»

«Dio santo, Hector, non ti voglio nemmeno sentire» s'intromise Jo.

Hector s'incupì, e tacque quando il Condor si avvicinò alla fine della pista. La distanza si accorciava rapidamente e lui fu in grado di soppesare meglio le possibilità e di prendere le decisioni finali.

«Il fortino sembra identico a quello che Dave ha appena distrutto. Hanno le stesse coppie di mitragliatrici calibro 50 infilate nelle feritoie e puntate contro di noi. La buona notizia è che le feritoie sono troppo profonde per permettere alle armi di sparare in diagonale, sia a destra, sia a sinistra. La cattiva notizia è che qui non è possibile gettare polvere negli occhi dei mitraglieri. Se ci riproviamo, tutti quelli che si trovano al di fuori del getto dei motori ci faranno piovere addosso una valanga di pallottole...»

Hector si interruppe sentendo un tocco leggero sulla spalla. Si voltò rapido.

Dietro di lui c'era Jo. Non si era accorto che lei avesse lasciato il seggiolino ribaltabile nella zona catering.

«Senti, Hector» gli suggerì sottovoce, ma con urgenza, «perché non usi il magazzino laggiù come riparo?» Glielo indicò, davanti a loro, attraverso il parabrezza. «Se Bernie porta il Condor sulla pista di rullaggio a sinistra del magazzino, saremo coperti per tutto il tempo necessario a schierare il resto della squadra d'assalto. Johnny continuerà a credere che siate uno stormo di ochette in calore finché non uscirete per attaccare.»

Hector la fissò per un momento, rimproverandosi fra sé per non aver trovato la soluzione con altrettanta rapidità.

« Brava! » le disse. « Ti sono debitore, anche stavolta. » E poi si rivolse di nuovo ai piloti: « Bernie, hai sentito? Passa accanto al fortino. Avvicinati al magazzino il più possibile. Poi abbassa subito la rampa di carico. Tieni accesi tutti e quattro i motori e stai pronto a fare dietro front per un decollo di emergenza, se la situazione dovesse precipitare ».

Poi parlò piano nell'altoparlante: « Tutti all'erta! Tra pochi minuti entriamo in azione. Porteremo l'aereo dietro l'edificio principale dell'aeroporto. Saremo protetti dal fuoco ostile intanto che sbarchiamo. White Team e Black Team, portarsi alla postazione di uscita, adesso! »

Diede a Bernie e Nella una pacca sulla spalla: « Là c'è l'hangar sicuro per il Condor ». Glielo indicò. « Portate dentro questo scassone appena siamo scesi. Adesso vado. State buoni ad aspettarci! »

« Buona fortuna, Hector » gli rispose Nella mentre lui usciva dalla cabina. Si fermò un attimo nella cambusa per abbracciare Jo e baciarla sulle labbra. Poi le sussurrò: « Ti adoro, ma per una volta, ti prego, fai come ti ho detto. È un posto pericoloso. Ho bisogno di averti con me per altri cinquant'anni almeno ».

La lasciò e corse attraverso la cabina passeggeri, ormai vuota. I suoi uomini erano già in posizione, vicino alla rampa posteriore. Li seguì, oltre la porta pressurizzata, nella stiva immensa e buia. Il Black Team di Paddy si trovava a destra. Paul aveva schierato il White Team a sinistra.

Mentre si affrettava a raggiungere il fondo passando attraverso i due schieramenti, Hector controllò per l'ultima volta il proprio equipaggiamento.

Indossava un giubbotto antiproiettile di kevlar e un casco dello stesso materiale, resistente a parecchi colpi d'arma di piccolo calibro. Nelle sacche attaccate al giubbotto con il velcro aveva due granate stordenti M84 Flashbang e venti caricatori di riserva che contenevano complessivamente quaranta munizioni 9mm parabellum per la sua pistola mitragliatrice. Nell'allacciatura frontale del giubbotto c'era una tasca nascosta, grande appena per contenere una delle siringhe ipodermiche di Hypnos dell'arsenale di giochetti proibiti di Dave Imbiss.

La sua arma principale era una pistola mitragliatrice Brugger&Thomet MP-9. Gli piaceva per le dimensioni contenute, la leggerezza, la maneggevolezza e la superba precisione. Bastava un tocco del pollice per passare dal colpo singolo a novecento proiettili al minuto. Nonostante la canna corta, l'ottica gli dava la certezza di colpire un bersaglio grande come un uovo di gallina quattro volte su cinque da una distanza di quaranta metri, sparando a mano libera.

Hector raggiunse la rampa di carico dove Paddy e Nastja aspettavano alla testa del Black Team e disse a bassa voce: « Bernie ci sta portando dietro il magazzino, nel punto più lontano dell'aeroporto, quindi all'inizio saremo schermati da Johnny Congo e dai suoi scagnozzi. Appena sbarcati, ci separeremo. Io guiderò la mia squadra sulla destra e sbucherò dietro il fortino. Voi prenderete la strada più lunga, passando dietro il magazzino e le baracche per coglierli alle spalle. Io li terrò occupati dalla mia parte finché non arriverete voi dall'altra. Insieme dovremo impedirgli di riparare sulla collina. Ricordate sempre che siamo venuti solo a prendere Johnny e Carl, non per combattere all'ultimo sangue. Appena mettiamo le mani su di loro, ce la filiamo. Se saremo costretti a seguirli dentro il labirinto del castello, avremo sicuramente delle perdite ».

« Speriamo di no » grugnì Paddy.

« La mia squadra esce per prima. Voi sbarcate appena vi

liberiamo il passaggio. » Hector diede un buffetto sul braccio a Paddy. « In bocca al lupo! » Gli sorrise. Paddy ricambiò. Erano euforici: il sangue che gli ribolliva nelle vene per l'eccitazione inebriante del pericolo mortale era come una droga.

Hector li lasciò e andò a raggiungere Paul Stowe a capo del White Team, dall'altra parte della stiva. Il Condor si fermò così bruscamente che per poco non persero l'equilibrio. La rampa di carico posteriore cominciò a scendere, ma con tale lentezza che Hector, impaziente, non riuscì a trattenersi.

« Seguimi! » disse a Paul. Saltò sulla rampa in movimento e si infilò con la testa nella stretta apertura. Spiccò un salto e, durante la caduta, si rigirò per atterrare in piedi, come un gatto. Assorbì l'urto con le gambe e rimbalzò in avanti, verso l'angolo del magazzino. Sentì che i suoi uomini atterravano dietro di lui e lo seguivano, ma non perse tempo per voltarsi a guardarli.

Raggiunto l'obiettivo si appiattì contro il muro. Aveva il respiro lieve, ma sentiva il cuore pompare come il motore di un'auto da corsa. Guardò oltre l'angolo dell'edificio; la sua visione era limpida e precisa come nel mirino di un fucile.

Era cambiato pochissimo nei minuti trascorsi da quando aveva controllato l'ultima volta: Johnny era ancora in piedi sul tetto della Rover, con le mani sui fianchi, e intorno al veicolo si ammassava l'orda multicolore di miliziani e giovani prostitute. La maggior parte fissava perplessa il magazzino dietro il quale avevano visto scomparire il Condor. Qualcuno dei thailandesi stava ancora ballando e battendo le mani, ma una delle ragazze seminude era appoggiata alla Rover e vomitava copiosamente gli alcolici che le erano stati fatti ingerire la notte prima.

I mitraglieri del fortino avevano abbandonato le armi e si erano arrampicati sui sacchi per guardare da quella parte. Tuttavia, ad attirare l'attenzione di Hector fu la bizzarra figura di Carl Bannock, ancora in equilibrio precario sul cumulo di sacchi. Non ballava più, ma, a differenza di tutti gli altri, dava le spalle a Hector e stava gridando qualcosa a Johnny Congo.

«Adesso a che gioco sta giocando, quello stronzo testa di cazzo di Jurij Volkov?»

Non si era affatto accorto che Hector lo stava guardando a meno di quaranta metri. Hector impugnava una delle armi più raffinate con cui avesse mai sparato. Si trovava davanti il bersaglio più pulito che gli incostanti dei della guerra gli avessero mai presentato. L'uomo che era andato a uccidere era alla sua mercé.

C'era un'unica considerazione che lo frenava. Voleva guardare negli occhi Carl mentre moriva. Voleva fiutare nel suo alito agonizzante l'odore rancido del terrore. Voleva che l'ultima parola sentita da Carl fosse il nome della donna che lui aveva amato. Voleva sussurrargli il nome di Hazel all'orecchio nel momento estremo, affinché lo portasse con sé nelle fiamme dell'inferno.

Alzò l'arma con un movimento rapido ma fluido e sparò cinque proiettili. Il contraccolpo fu talmente lieve che attraverso l'ingrandimento della lente riuscì a vederli andare a segno. Aveva mirato alle gambe di Carl per bloccarlo, non per ucciderlo. Due colpi mancarono il bersaglio. Ne vide uno alzare uno sbuffo di polvere vicino alla recinzione perimetrale.

Gli altri tre proiettili colpirono Carl dove Hector aveva mirato. Uno penetrò nell'articolazione della caviglia sinistra, che era nuda. A giudicare dall'angolo di ingresso, Hector dedusse che aveva frantumato le ossa metatarsali. Gli altri due entrarono poco più sopra, a causa del rinculo che aveva sollevato l'arma in mano a Hector. Le gambe di Carl erano una davanti all'altra, così quando i proiettili ebbero trapassato la sinistra si conficcarono nella destra, frantumandogli le ossa di entrambe.

Le gambe di Carl cedettero simultaneamente e lui stramazzò all'indietro. Finì dietro il muro posteriore del fortino, fuori dal campo visivo di Hector.

Con altrettanta rapidità Johnny Congo scomparve dal tetto del veicolo bianco, ma lui si era salvato. Hector ne sentiva la voce che latrava ordini in swahili a Sam Ngewenyama. Hector era cresciuto nell'Africa orientale, perciò conosceva bene la lingua. Capì che Johnny stava ordinando a Sam e ai suoi uomini di radunare i giovani thailandesi per farsi scudo contro gli assalitori.

Al riparo delle pareti del fortino, Johnny corse da Carl che si dibatteva in una pozza di sangue nell'area di stazionamento della pista di atterraggio.

« Le gambe! » gemeva Carl. « Dio, aiutami. Ho le gambe rotte. » Poi la sua voce si tramutò in un ululato di terrore: « Johnny, ti prego, aiutami. Dove sei, Johnny? »

« Sono qui con te, Carl. » Johnny si chinò su di lui e se lo strinse al petto come un neonato. Carl strillò di nuovo quando le sue gambe frantumate si disarticolarono, penzolando libere, con l'osso che impattava contro i suoi frammenti. Johnny lo portò di corsa alla Rover.

Gli scagnozzi di Sam Ngewenyama inseguirono e radunarono la maggior parte dei thailandesi, ma alcuni riuscirono a scappare e corsero via terrorizzati, gridando, tra gli edifici dell'aeroporto. Quelli che erano stati presi vennero trascinati di nuovo ai veicoli. Torcendo loro le braccia dietro la schiena, li costrinsero a disporsi in modo da guardare verso gli uomini di Hector.

Non appena Carl scomparve alla vista dietro il muro del fortino, Hector si scagliò in avanti, seguito da Paul Stowe e dal resto del White Team. Hector girò l'angolo e trovò Johnny con Carl in braccio e la sua banda che lo circondava, in ritirata verso i tre veicoli parcheggiati, trascinandosi dietro gli ostaggi recalcitranti.

Gli uomini di Johnny Congo erano tutti appartenenti alle tribù nilotiche. In virtù di tali origini, avevano una statura davvero notevole e disprezzavano chiunque non raggiungesse il metro e ottanta. Torreggiavano sui minuti ostaggi orientali dietro i quali cercavano di ripararsi e schermavano Johnny Congo e il corpo che stava riportando alla Range Rover.

« Sparate alla testa! » gridò Hector a Paul. « Mirate in alto e cercate di non colpire i ragazzi. »

Sam Ngewenyama, al centro del gruppo in ritirata, era il più alto di tutti. Hector lo guardò negli occhi e Sam vide la piccola pistola mitragliatrice B&T impugnata da Hector alzarsi. Cercò di fare fuoco per primo, sollevando il pesante fucile con una mano sola. L'AK-47 è noto per la sua tendenza a impennare in alto in modalità automatica. È impossibile controllarlo con una mano sola. A peggiorare la difficile situazione di Sam, il travestito nudo che lui stava cercando di tenere fermo con l'altro braccio lo sbilanciò proprio nel momento critico. La prima raffica alzò la polvere attorno ai piedi di Hector senza toccarlo. Una frazione di secondo dopo, Hector rispose con un unico colpo, che prese Sam in fronte, un centimetro sopra l'attaccatura del naso. L'uomo crollò in un groviglio di arti.

Senza abbassare l'arma, Hector passò in rassegna i miliziani in ritirata. Sparò altri tre proiettili in rapida successione, mirando alle teste non protette. A ogni sparo, un miliziano cadeva, scalciando convulsamente.

Il più basso di loro si trovava all'estremità della fila più lontana da Hector. Il suo viso, dai lineamenti piatti e grossolani, era butterato dal vaiolo. La ragazza thailandese che stringeva come scudo umano si divincolò e scappò, lasciandolo con entrambe le mani libere per sparare. Riuscì così a piazzare una raffica del suo AK. Gli uomini della Cross Bow a fianco di Paul Stowe furono colpiti entrambi e caddero.

Hector si voltò e sparò attraverso il vuoto che avevano lasciato. Il miliziano butterato lasciò cadere il fucile e fece qualche passo indietro, stringendosi la gola con entrambe le mani. Poi ricadde sulla schiena, le mani ancora sul collo. Hector spostò di nuovo l'attenzione sui miliziani che aveva davanti. Sparò una breve raffica con cui esaurì il caricatore. Lo sganciò ma, prima che avesse il tempo di inserirne uno nuovo, la fila di miliziani si disperse.

La maggior parte di loro corse dritto verso il Black Team di Paddy che stava caricando dall'angolo più lontano del magazzino. Hector sorrise fra sé per il successo della sua manovra a tenaglia e lasciò che fosse Paddy a occuparsi dei sopravvissuti.

Si concentrò sui due uomini che era andato a stanare. Vide che, con la protezione dei suoi, Johnny era corso con Carl in braccio fino alla Rover e aveva portato il ferito dietro il veicolo. Lo aveva poi adagiato sul sedile posteriore affrettandosi a sedersi al posto di guida.

Hector cercò un punto da cui spararagli un colpo sicuro, ma gli abitanti delle baracche dietro il magazzino, in preda al panico per le grida e gli spari, si stavano riversando fuori come formiche attaccate dalle vespe assassine. Gli uomini di Paddy, che premevano alle loro spalle, li spinsero in una corsa selvaggia, finché si imbatterono nei miliziani e nei thailandesi in fuga dalla squadra di Hector. Quella marmaglia scorrazzava davanti a Hector, impedendogli di mirare al suo bersaglio.

Hector corse in avanti, facendosi largo tra le donne isteriche e i loro marmocchi urlanti, ma si rese conto che non sarebbe riuscito a impedire a Johnny di allontanarsi con la Rover.

Johnny aveva già aperto la portiera e stava abbassando la testa per entrare nell'abitacolo, quando Hector spintonò una donna con un neonato legato alla schiena e fece fuoco con la pistola mitragliatrice. Svuotò un intero caricatore. Vide i proiettili conficcarsi nella fiancata dell'auto, tempestando i finestrini e forando la vernice. Ma la fortuna prese le parti di Johnny: era al volante, incolume, quando l'arma di Hector schioccò a vuoto.

Johnny mandò su di giri il motore, sgommando sulla terra nuda e sollevando una nuvola di polvere. Quando gli pneumatici fecero presa, la Rover schizzò via lungo la strada, verso il cancello dell'aeroporto.

Hector corse al più vicino dei due mezzi anfibi da sbarco abbandonati, si arrampicò sulla scaletta di metallo e salì a bordo del grosso e poco agile veicolo. Si precipitò al posto di guida, nella torretta corazzata di prua. Con sollievo vide che la chiave era ancora inserita nel blocco di accensione. Il potente motore diesel era ancora caldo e si avviò al primo tentativo. Cominciò a pulsare ritmicamente, sbuffando fumo azzurro dal tubo di scappamento verticale.

Paul Stowe l'aveva seguito e aveva guidato i suoi uomini su per la scaletta. Hector vide che ne mancavano quattro, ma sapeva che le perdite sarebbero state inevitabili. Allontanando quel pensiero, agitò le mani e gridò per farsi notare da Paddy e Nastja.

Quando lo videro, corsero verso di lui con tutta la squadra, facendosi largo tra le donne e i bambini sconvolti.

Dietro di loro, quello che restava delle forze di Johnny era in piena ritirata. I più avevano gettato le armi e stavano correndo a ripararsi nella giungla. C'era una sola uscita su quel lato dell'aeroporto e ci si accalcavano tutti, ostruendola. Erano troppo lontani perché la piccola pistola mitragliatrice potesse colpire con precisione, tuttavia Hector sparò un intero caricatore per aiutarsi ad aprire la strada. Mirò in alto per compensare la distanza. Nessuno di loro cadde, ma gli sforzi per scappare e il volume delle urla aumentarono esponenzialmente.

Paddy fu il primo della sua squadra ad arrivare in cima alla scaletta e a entrare nel mezzo da sbarco. Gridò a Hector: « Cos'è successo a Johnny e al suo amichetto? Dove sono andati i bastardi? »

« Eccoli là! » gli gridò Hector in risposta, indicando il cancello nella recinzione perimetrale proprio mentre la Rover bianca usciva a tavoletta. « Sbrigatevi, Cristo! Ci stanno scappando. »

Tre uomini di Paddy erano ancora aggrappati alla scaletta di metallo quando Hector innestò la marcia e partì in direzione del cancello. Aveva visto Dave Imbiss avanzare con passo spedito alla testa della sua squadra, nell'ultimo tratto della pista di atterraggio, diretto al magazzino e alle baracche. Quando li affiancò, accostò, fermò il mezzo da sbarco e si alzò in piedi nella torretta di pilotaggio. Guardando dietro di sé, vide che Bernie stava già spostando il Condor verso l'hangar. Gridò a Dave, dall'altra parte della pista: « Torna indietro e stai di guardia al Condor finché non torniamo. Andiamo a prendere Johnny lassù ». Gli indicò il castello. Dave agitò la mano e gridò che aveva capito.

Hector si risedette e uscì dal cancello accelerando, guidando il mezzo anfibio sulla strada che portava al castello. Davanti a loro vedeva la polvere della Rover bianca: era già oltre la metà della salita.

Paddy, Nastja e Paul avanzavano con cautela, tenendosi stretti ai sostegni sul ponte che si impennava e sobbalzava sotto i loro piedi. Si raccolsero attorno a Hector. Il tachimetro sul cruscotto segnava l'imprudente velocità di sessantacinque chilometri orari, decisamente troppo per quel bestione, soprattutto su una mulattiera stretta e serpeggiante. Ma nessuno protestava, tutti restavano aggrappati saldamente.

« Quanti uomini hai perso, Paddy? » chiese Hector senza togliere gli occhi dalla strada.

« Sono stati colpiti in tre » rispose Paddy. « C'era un bastardo dietro di noi, nelle baracche, con un AK. Ci ha lasciato passare e poi ha aperto il fuoco alle nostre spalle. »

« Ma io l'ho fatto fuori. » L'espressione di Nastja era soddisfatta. « E nessuno ha riportato ferite mortali. Camminavano tutti e li ho rimandati all'aereo. »

« Brava, la mia Nazzy » la lodò Hector, poi lanciò un'occhiata a Paul Stowe oltre la propria spalla. « E tu come stai messo a perdite, Paul? »

« Peggio di Paddy, purtroppo » rispose Paul. « Abbiamo

perso quattro dei nostri ragazzi. Uno di sicuro è morto, forse anche due.»

Hector abbassò la testa quando una raffica di AK-47 sferragliò contro la scocca del veicolo. Gli altri si buttarono sul ponte e si rannicchiarono contro i fianchi corazzati per proteggersi.

«Da dove cazzo arrivava?» chiese Hector.

«C'è un drappello sui bastioni del castello» rispose Paddy. «Questa vecchia carretta dovrebbe essere impenetrabile dai colpi di piccolo calibro, ma pregate che non abbiano un lanciarazzi o qualche cannone calibro 50.»

«Le preghiere le lascio a voi. Preferisco essere sobrio quando guido.» Hector tenne gli occhi sulla strada mentre prendeva la curva successiva sbandando in una nuvola di polvere e ghiaia.

«Se continui a guidare così, Hector Cross, non avranno bisogno di nessun lanciarazzi» lo rimproverò Nastja. Si abbassò il caschetto di kevlar sui riccioli biondi con una mano e con l'altra si afferrò alla spalla di Paddy. Come sempre, scherzavano per esorcizzare la paura.

Il fuoco del fucile d'assalto sui bastioni li investì con l'intensità di una tempesta tropicale. Picchiava sul rivestimento corazzato come su un tamburo percosso all'impazzata, rimbalzando dappertutto, scorticando la superficie della strada davanti a loro, costringendoli a salire in una nebbia di polvere e proiettili traccianti.

Attraverso la feritoia nell'armatura frontale del mezzo, davanti al posto di guida, Hector intravide la Rover di Johnny sparire oltre i cancelli del castello. Imprecò amaramente guardando i battenti che si chiudevano alle spalle del veicolo.

Alla curva successiva i cancelli scomparirono alla vista,

tuttavia il loro mezzo da sbarco era ancora esposto al fuoco ostile dei bastioni, molto più in alto.

Nel cuore della tempesta di proiettili, Hector parlò nel microfono ad attivazione vocale del Birkin.

« Jo! » Dovette alzare la voce fino a gridare perché lei lo sentisse. « Jo Stanley, mi ricevi? »

« Forte e chiaro! » rispose lei subito. « Ma santi numi, cos'è questo fracasso? »

« Solo qualche acino d'uva, come disse una volta Napoleone. La cosa più importante è che tu ed Emma abbiate sott'occhio Johnny e Carl. Ci sono scappati » le disse Hector. « Sono tornati a rintanarsi nel castello. »

« Affermativo » confermò Jo. « Emma li ha localizzati con le sue telecamere. I due obiettivi sono appena entrati nel cortile con un veicolo bianco. Johnny ha tirato fuori Carl dalla portiera posteriore e lo sta portando su per le scale, nell'edificio principale. Carl sembra ferito. Emma lo sente gemere e vede che sta sanguinando. »

« Certo che è ferito » le disse Hector, cupo, « gli ho fatto saltare le gambe. »

« Oh, mio Dio! » La voce di Jo era un sussurro inorridito. Non cercò nemmeno di dissimulare lo shock.

« Pensavi che fossimo venuti a farci una partita a carte? » le rispose, brusco. Era la prima volta che le parlava con durezza, ma lo indisponeva il fatto che facesse la difficile nel mezzo della battaglia, mentre i suoi uomini venivano feriti e uccisi. « Non è un gioco. Qui la gente si fa male davvero. Meglio che ti abitui all'idea. »

Mentre parlava percorse l'ultimo tornante, dietro il quale divenne visibile la mole del castello, appena trecento metri più avanti. I pesanti cancelli di legno erano chiusi.

La strada ora correva quasi parallela al castello, talmente

vicina ai piedi delle mura che erano nascosti al nemico schierato sui bastioni. La pioggia di raffiche cessò di colpo.

Nel relativo silenzio, Hector parlò ancora nel microfono: « Jo, ci sei? »

« Sissignore, ci sono. » Il suo tono era gelido, fragile come un foglio di ghiaccio. Non l'aveva presa bene.

Ci mancavano solo i capricci di una dilettante nel bel mezzo di una missione! pensò Hector, ma lo tenne per sé. Tuttavia mantenne un tono freddo.

« Emma è riuscita a farsi un'idea delle forze nel castello? »

« Signorsì, signore! » rispose Jo. « Emma conferma la presenza di ventitré elementi ostili dentro le mura, oltre a Johnny e a Carl. Quindici di loro sono sui bastioni. Altri cinque difendono l'ingresso principale. E gli ultimi tre sono con Johnny, lo stanno aiutando a portare l'uomo che hai gambizzato. »

« Messaggio ricevuto. » Ignorò il sarcasmo. Il suo tono di voce era neutro, a differenza dei suoi pensieri. Non avrei dovuto portarmela dietro. Non ho ragionato con la testa, ho lasciato che ad avere la meglio fosse un'appendice molto più a sud.

Non rallentò mentre si avvicinavano al portone del castello, anzi, affondò il piede destro sull'acceleratore e il motore muggì.

Era talmente vicino da riuscire a vedere le tre feritoie nei battenti e le altre due nei montanti di pietra ai lati. Da tutte le aperture sbucava la canna nera di un fucile automatico, puntata contro di lui dalle guardie appostate dall'altra parte. La prua del mezzo anfibio ricominciò a essere bersagliata dalle fucilate e Hector si ritrovò a guardare direttamente nelle bocche da fuoco nemiche.

Dovette sostenere la sfida ancora per pochi secondi, prima di far schiantare il veicolo contro il portone di legno sgrossato con l'ascia, alto quattro metri e mezzo. Era stato eretto dal sultano omanita più di trecento anni prima e nei secoli il sole l'aveva essiccato. I cardini di ferro erano stati forgiati a mano e ormai la ruggine li aveva consumati.

L'antico portone non resse alla carica dell'enorme veicolo blindato e implose in una nuvola di assi e schegge, abbattendosi sul selciato del cortile interno. I tre fucilieri che erano in piedi dietro i battenti furono schiacciati dal peso.

Il mezzo anfibio passò sopra alle macerie ed entrò rombando nel cortile. Hector si fermò nel centro del quadrato.

Le due guardie sopravvissute abbandonarono la postazione ai lati della porta demolita e corsero verso la scalinata che portava nella grande sala del corpo principale.

Hector si alzò rapido e sparò due raffiche dalla torretta. Il primo uomo si accasciò ai piedi dei gradini, per non muoversi più. Il secondo raggiunse la cima delle scale prima che Hector lo colpisse con un'altra raffica. Inarcò la schiena quando i proiettili tracciarono una striscia sulla sua giacca mimetica, si afflosciò e rotolò giù per i gradini, andando a fermarsi vicino al suo compagno, immobile come lui.

Hector si augurò che, se anche Emma a Houston aveva avuto modo di assistere a quell'esecuzione sommaria, non avesse modo di mostrarla a Jo, sul Condor. La delicata sensibilità di Jo era già stata messa a dura prova.

« Paddy, hai sentito anche tu quello che mi ha detto Jo? »

« Ogni parola. »

« Io vado a prendere Johnny e Carl. »

« Okay, Heck. »

« Tu sali con la tua squadra a sistemare i quindici sui bastioni. Non ci resteranno ancora per molto. Magari hanno già cominciato a scendere. Ma è più probabile che stiano scappando verso la giungla come i loro compagni in fondo alla collina. »

« Lasciali a me » disse Paddy, e gridò gli ordini ai membri superstiti della sua squadra, accovacciati dietro le fiancate d'acciaio del mezzo anfibio: « Con me, ragazzi! » Balzarono in piedi.

Hector rivolse un sorriso a Nastja: « E tu, mia letale zarina, non essere avida. Lascia qualcosa anche a noi ».

Lei gli lanciò una delle sue occhiate maliziose. « Sei matto, Cross. Sempre dici stupidaggini, come bambina. » Sotto stress, l'inglese di Nastja perdeva colpi. La donna si voltò e saltò oltre il parapetto del mezzo anfibio, atterrando proprio dietro Paddy. I due guidarono il Black Team, di corsa, verso i piedi della scalinata dove giacevano le guardie abbattute.

Hector parlò di nuovo nel microfono del Birkin: « Per favore, Jo, chiedi a Emma se riesce a localizzare Johnny e Carl. Te l'ho chiesto per favore, hai notato? » Era un piccolo segno di pace.

« Per favore, Hector, aspetta un attimo. Hai notato che ti ho risposto per favore? » Nella sua voce c'era una traccia di sorriso, e poi l'aveva chiamato per nome. Un istante dopo gli rispose: « Hector, Emma li vede. Sono scesi al livello B, sotto le cucine e le dispense. Sono nel corridoio BT 05, lo stanno percorrendo in direzione est verso l'ingresso secondario che esce sopra il lago. Sono sempre in cinque ».

« Grazie, Jo. Siamo all'inseguimento. Passo. »

« Di nulla, Hector Cross. Passo. » Almeno era una tregua, se non una rappacificazione. Hector tornò a concentrarsi sulla missione. Saltò giù dal mezzo da sbarco e guidò la sua squadra dentro il castello.

Non appena entrato nella grande sala, notò la traccia di sangue. Erano solo goccioline disseminate sulle piastrelle smaltate. Johnny doveva aver arrestato il flusso con un laccio emostatico.

Bene! pensò Hector, seguendo la traccia. Non voglio che quel porco bastardo muoia dissanguato prima che riesca a mettergli le mani addosso.

Sebbene Emma gli avesse detto che lungo la discesa nelle segrete non c'erano ostacoli, adottarono la procedura di default.

Mentre Hector avanzava con un gruppetto di quattro uomini, Paul e i suoi restavano al riparo e gli coprivano le spalle. Quando Hector conquistava una posizione sicura, segnalava a Paul di avanzare. Saltellarono rapidi attraverso la sala e cominciarono a scendere la scala che portava alle segrete. Quando il primo gruppetto raggiungeva un pianerottolo, si fermava e faceva passare in testa l'altro. Oltrepassarono le cucine e si tennero sulle scale finché giunsero nel labirinto delle segrete.

Quando si fermarono, sentirono un'eco lontana di spari dai bastioni, molto più in alto. Durò poco, poi tornò a calare un pesante silenzio.

« Emma riferisce che Paddy si è scontrato con il nemico sui bastioni » disse Jo a Hector nel Birkin. « Paddy li ha dispersi e ha liberato l'area. I sopravvissuti sono fuggiti in disordine. La vostra retroguardia è sicura, Hector. »

« Grazie, Jo. » Hector soffocò l'ultimo residuo di risentimento verso di lei. « Per favore, riferisci a Paddy: deve seguirci nelle segrete e cercare di raggiungerci prima possibile. Potrei aver bisogno del suo aiuto. »

« Ricevuto, Hector! »

« Adesso, per favore, aggiornami sulla mia posizione. »

Hector aveva memorizzato la mappa dell'edificio, grazie alla piantina che Ronnie Bunter e Jo avevano ricevuto da Andrew Moorcroft. Tuttavia, si trovavano a quindici metri di profondità sotto il livello del terreno e in quel labirinto di pietra non c'era un raggio di luce. Hector non aveva punti di riferimento da confrontare con la sua mappa mentale. Non osava accendere la torcia integrata nel suo casco di kevlar per non segnalare al nemico la sua posizione.

Poteva scrutare il percorso solo tramite la lampada a chemiluminescenza di cui era dotato il mirino ottico della sua arma. Gli permetteva di individuare il bagliore fluorescente della traccia di sangue lasciata da Carl sui ciottoli del pavimento. A un certo punto si assottigliava fino a interrompersi, ma Johnny e gli uomini che lo accompagnavano avevano le suole degli stivali inzuppate dal sangue di Carl e lasciavano impronte sulle lastre di pietra, permettendo a Hector di seguirli.

Nell'oscurità assoluta i suoi uomini avevano serrato i ranghi e si mantenevano in contatto con una mano sulla spalla di chi avevano davanti.

A Houston, davanti al computer, Emma poteva seguirne l'avanzata grazie alle telecamere che aveva piazzato nelle segrete. Erano dotate di un obiettivo a infrarossi che registrava il calore emesso dai corpi umani. Gli stessi strumenti le permettevano di vedere esattamente dove si trovava la banda di Johnny in ogni momento.

Un sussurro di Jo nell'auricolare rivelò con precisione a Hector la sua posizione e gli indicò la direzione da seguire. Guadagnavano terreno su Johnny con tanta rapidità che ormai riuscivano a vedere la luce della sua torcia riflettersi sui muri della galleria.

Poi, all'improvviso, il bagliore scomparve.

« Cattive notizie da Emma » disse sottovoce Jo all'orecchio di Hector. « Mi riferisce che Johnny ha raggiunto il rifugio sotterraneo ed è sparito lì dentro. Sono sfuggiti al suo controllo. »

Hector sapeva dell'esistenza di quel rifugio, quindi si aspettava che potesse accadere una cosa del genere, ma nonostante ciò si sentì sopraffare dallo sgomento.

Non conoscevano affatto la disposizione interna del rifugio sotterraneo. Carl e Johnny l'avevano realizzato solo dopo che Emma aveva lasciato Kazundu, e lei non aveva potuto piazzare le telecamere in quell'area. Aveva però sentito i due discutere del progetto e sapeva il nome che gli avevano dato. Li aveva ascoltati discutere di quell'estremo rifugio, la loro ultima risorsa.

Era anche riuscita a seguire le prime fasi dei lavori. Una delle sue telecamere, per puro caso, era posizionata in modo da guardare il pezzo di muro dove Carl e Johnny avevano fatto scavare l'ingresso del bunker.

A giudicare dal tempo che c'era voluto e dalla quantità di terra che gli operai avevano asportato, era chiaro che doveva essere molto esteso. Completata l'opera, l'accesso era stato accuratamente mascherato e, sebbene Emma avesse assistito anche a questa fase, cosa ci fosse dietro quella porta rimaneva un mistero.

« Okay, Paul » disse Hector, di nuovo con un tono di voce normale, « sono andati a rintanarsi dietro la porta segreta. Adesso possiamo anche accendere le lampadine dei caschi. Non possono vederci. » Con gli occhi che si erano abituati al buio, tutti sbatterono le palpebre a quella luce improvvisa.

Hector si mise di nuovo alla testa del gruppo. Le morbide suole di gomma dei loro stivali da combattimento producevano appena un fruscio sul pavimento di pietra. Quando Hector girò l'angolo successivo della galleria, si trovò in un vicolo cieco. Vide di nuovo le goccioline del sangue di Carl che conducevano alla base di una parete spoglia. Si avvicinò e la esaminò passandoci sopra una mano, con delicatezza.

La voce di Jo nell'auricolare gli riferì le istruzioni da Houston. « Emma vi sta guardando. Vuole che ti sposti di mezzo metro a destra. Vedi un blocco triangolare di pietra, più piccolo degli altri, appena sotto i tuoi occhi? Okay, premilo forte. Usa il palmo della mano. Spingi con tutto il tuo peso, finché non lo senti cedere. Fantastico! Adesso continua a spingere e giralo in senso antiorario. »

Seguendo quelle istruzioni, Hector si rese conto che Emma doveva aver osservato spesso Carl o Johnny mettere in pratica quella procedura.

Sentì il blocco di pietra girare con riluttanza sotto la sua mano. Si udì lo scatto smorzato che si apriva all'interno della parete. Poi un'intera sezione del muro ruotò pesantemente su un cardine nascosto, rivelando una porta dipinta di verde.

Hector si chinò in avanti e la toccò. Era di metallo, non di legno. Ne picchiettò la superficie con la punta delle dita, per sentire come suonava.

Non sembrava neanche lontanamente simile all'acciaio inossidabile a elevato tenore di cromo, il materiale di cui sono fatte le porte delle camere di sicurezza delle banche: era un acciaio dolce, di bassa qualità. La saldatura era grossolana, soprattutto attorno ai cardini. Probabilmente era opera di qualche artigiano di Kigoma, dall'altra parte del lago.

« Stupido Johnny Congo » disse sottovoce, « dovresti essere grande abbastanza da sapere che chi più spende, meglio spende. Questo manufatto da quattro soldi potrebbe addirittura costarti la vita.»

«Non ti sento, Hector. Ripeti» disse Jo.

«Ho detto solo che la fortuna è girata di nuovo dalla nostra parte.» Hector sorrise fra sé. Quindi fece segno a Paul di avvicinarsi.

Due degli uomini di Paul portavano ciascuno una carica esplosiva da dieci chili, per un'evenienza simile. Ci vollero meno di cinque minuti per disporre le cariche intorno ai cardini della porta verde, in modo da garantire il massimo effetto.

Hector ordinò ai suoi uomini di ritirarsi dietro l'angolo della galleria e li seguì, svolgendo man mano il cavo elettrico dalla bobina. Gli uomini erano già in posizione per lo scoppio: in ginocchio, di spalle all'esplosivo e le mani sulle orecchie.

Hector attaccò l'estremità del cavo alla batteria da 12 volt: era tutta la potenza che serviva per innescare la miccia.

«Fuoco» li avvertì, e fece scoccare la scintilla.

La forma conica della carica concentrò la maggior parte della forza esplosiva contro il metallo della porta, e l'onda d'urto che si abbatté su di loro fu relativamente lieve.

Balzarono tutti in piedi e tornarono alla carica verso il rifugio sotterraneo. Attraverso la cappa di polvere videro che la pesante porta metallica era stata scardinata e scagliata contro la parete opposta della galleria.

Hector guardò giù per la rampa di scale dentro il rifugio. Le lampadine elettriche erano ancora accese sul soffitto del primo vano che vide.

Teneva nella mano destra una delle granate stordenti M84 Flashbang e la pistola mitragliatrice nella sinistra.

Con i denti strappò la linguetta della granata e la lanciò all'interno del bunker.

La funzione delle granate stordenti è quella di accecare e assordare temporaneamente la vittima, di confonderla e disorientarla. Lo scoppio comprime i fluidi del canale semicircolare dell'orecchio in modo da far perdere la coordinazione e l'equilibrio.

Hector indietreggiò oltre l'apertura e si accovacciò, la testa voltata, le orecchie coperte e gli occhi serrati.

Anche con le palpebre abbassate vide il flash dell'esplosione, di un'intensità pari a 2,4 milioni di candele, e quando si rialzò aveva le orecchie che fischiavano. Ma lanciandosi giù per le scale del rifugio, con il dito poggiato sul grilletto della pistola mitragliatrice, constatò che la sua coordinazione non aveva subito danni. Sentì Paul che lo seguiva a ruota.

In fondo ai gradini, si trovarono in una grande anticamera dall'arredamento essenziale. C'erano tre uomini, guardie del castello dalle uniformi raffazzonate. Avevano perso le armi e si rotolavano sul pavimento, accecati. Uno di loro stava cercando di mettersi in piedi, ma continuava a cadere in preda alle vertigini.

Hector decise di non sprecare neanche un proiettile per loro. Sapeva che gli sarebbero serviti tutti quando finalmente si sarebbe misurato con Johnny Congo.

« Pensaci tu, Paul » ordinò senza voltarsi. Sul pavimento davanti a sé vide la scia del sangue di Carl Bannock. La traccia conduceva oltre la porta aperta, nella stanza adiacente. Con tre rapide falcate attraversò l'anticamera, si appiattì contro lo stipite e lanciò un'occhiata all'interno.

Carl Bannock era rannicchiato sul pavimento del bunker. Una burrasca di emozioni investì i sensi di Hector, spazzando via ogni traccia di prudenza. Finalmente aveva trovato l'uomo che aveva assassinato Hazel. Il suo campo visivo si restrinse a uno stretto imbuto di luce al termine del quale c'era l'odiata figura di Carl Bannock.

Il suo volto era contorto dal terrore. Fissava Hector con gli occhi spalancati. Cercò di parlare, ma dalla bocca non uscì alcun suono, e un rivolo di saliva gli colò dalle labbra.

Hector varcò la soglia e si diresse lentamente verso Carl che aveva le gambe fracassate piegate sotto di sé. Erano avvolte in bende di fortuna, zuppe di sangue. Sollevò entrambe le mani verso Hector in un gesto di supplica. Hector avrebbe voluto dirgli qualcosa, ma il suo odio si era raggrumato in una pasta densa e amara che gli serrava la gola.

Poi Hector udì un rumore lieve, come un sussurro alle proprie spalle, e recuperò la lucidità. Si rese conto di aver commesso un errore fatale. Si chinò e si voltò, alzò la pistola mitragliatrice e la puntò verso la sorgente del rumore.

Una porta d'acciaio stava scorrendo a chiudere il varco attraverso il quale era passato un attimo prima, isolandolo da Paul e dai suoi uomini nell'anticamera.

Allora seppe che si era girato dalla parte sbagliata, il pericolo era alle sue spalle. Fece per voltarsi a guardarlo in faccia, ma era troppo tardi.

Qualcosa lo colpì con il peso e la forza di una locomotiva lanciata a tutto vapore, lo sollevò da terra e lo catapultò di testa contro la porta d'acciaio.

Sebbene il giubbotto di kevlar avesse assorbito la maggior parte dell'urto, aveva la sensazione di essersi rotto la colonna vertebrale. L'aria gli uscì dai polmoni come da un mantice forato, la pistola mitragliatrice gli scivolò di mano e finì in un angolo sferragliando. Le orecchie gli fischiavano per la forza dell'impatto con la porta d'acciaio; se non avesse avuto l'elmetto da combattimento di kevlar a proteggerlo, il suo cranio si sarebbe frantumato come il guscio di un uovo di piccione.

Nonostante il dolore, riuscì a restare in piedi e a voltarsi per affrontare il successivo attacco.

Johnny Congo era pronto, il viso contorto dall'ira. Fino a quel momento Hector l'aveva visto solo da lontano e si rese conto di averne sottostimato la mole di un buon terzo. Johnny era un gigante. Lo sovrastava. Aveva tronco e arti enormi, eppure era rapido, molto più di quanto Hector si sarebbe aspettato da un uomo di quella stazza. Caricò un'altra volta, facendosi avanti a testa bassa. Hector vide che il suo cranio rasato era ricamato da un disegno di cicatrici. Sapeva che Johnny avrebbe usato la testa come arma letale, ma si rese conto di non avere né il tempo né lo spazio per evitarlo. Così chinò la testa a sua volta e prese in pieno Johnny. Il casco lo salvò di nuovo, assorbendo parte dell'intensità dell'impatto, ma Hector restò comunque intontito. La porta d'acciaio alle sue spalle impedì che finisse a terra.

Hector sapeva che Johnny non avrebbe desistito e che lui non sarebbe sopravvissuto a un altro dei suoi assalti. Era in una situazione di inferiorità per peso, statura e forza. La sua unica speranza era attaccare per primo. Usò la porta d'acciaio come trampolino e si scagliò in avanti.

Condensando tutto il suo peso e il suo impeto nel colpo, piantò il pugno destro sulla faccia di Johnny. Sentì la cartilagine del naso cedere sotto le sue nocche e vide il sangue sgorgare a getto dalle narici.

Pareva che Johnny se ne fosse a malapena accorto, perché scosse la testa e caricò di nuovo. Ma aveva concesso a Hector quell'attimo che gli serviva per sfilare il coltello di fossa dal fodero legato alla coscia destra. Hector cercò di puntare la lunga lama di metallo affilatissimo al petto di Johnny, ma le sue possenti braccia nude lo stritolarono come le spire di un boa gigantesco. I muscoli neri e lucidi si gonfiarono, duri come corde d'acciaio, quando cominciò a stringere.

Il braccio con cui Hector teneva il coltello era bloccato lungo il fianco. La lama era puntata verso il pavimento e Hector sentì di non avere la forza per alzarla. Il braccio era intrappolato.

La forza lo abbandonava rapidamente man mano che Johnny gliela strizzava fuori come acqua sporca da uno straccio. Le dita della sua mano destra si aprirono di volontà propria. Il coltello gli cadde e tintinnò sul pavimento, in mezzo ai suoi piedi. Sentì che Johnny lo alzava da terra come se fosse un bambino. Le grandi braccia gli si stringevano attorno come una pressa che schiacciava la carcassa di una vecchia auto. Sentì che le costole cominciavano a cedere. Non respirava più e la vista gli si annebbiò.

Poi, nel buio di quell'agonia, sentì sotto le dita della propria mano sinistra, schiacciata contro il petto, una piccola massa dura e capì che cosa stava toccando. Raccolse le poche forze che gli rimanevano, e con il pollice intorpidito aprì il velcro della tasca sul davanti del giubbotto e toccò la siringa di Hypnos. Il pollice si mosse quasi spontaneamente: spinse il cappuccio verde contro l'indice e mise a nudo l'ago ipodermico. Ormai non ci vedeva più, ma nella buia disperazione trovò la forza per un ultimo sforzo. Girò il polso della mano sinistra e avvertì la lieve pressione della punta dell'ago che toccava qualcosa. Non sapeva cosa, ma spinse l'ago fino in fondo. Poi perse i sensi.

Quando riaprì gli occhi pensò di essere rimasto incosciente per ore, se non per giorni. Poi le narici gli si riempirono del tanfo animalesco del sudore di Johnny Congo e sentì il suo peso morto che lo schiacciava, bloccandolo a terra.

Inspirò a fondo e si sfilò da sotto il suo corpo. Si sedette, intontito.

Solo allora si rese conto che era stato incosciente solo per qualche secondo.

Guardò il corpo di Johnny e vide la siringa dell'Hypnos, il cui ago era ancora conficcato nel voluminoso muscolo del suo avambraccio. Johnny russava a bocca aperta.

Poi Hector sentì raspare alle proprie spalle. Si voltò e vide Carl Bannock sui gomiti, che trascinava gli arti inferiori sulle lastre di pietra. Nella mano destra stringeva il coltello che Hector era stato costretto a lasciar cadere e aveva un'espressione feroce come quella di un cane rabbioso.

Hector si alzò. Carl si issò sul busto e gli lanciò il coltello. Fu un gesto patetico e inutile. Il coltello colpì il giubbotto di Hector con l'elsa e ricadde ai suoi piedi. Hector lo calpestò. Si diresse lentamente verso Carl, e lo guardò dall'alto in basso.

« Sei Carl Bannock? » chiese a bassa voce, ma il tono era minaccioso. La spavalderia abbandonò Carl, che si rannicchiò davanti a Hector, accigliato e silenzioso. Hector gli diede un calcio su una delle gambe ferite, che si flesse all'altezza dell'articolazione maciullata dagli spari, e Carl gridò.

« Ti ho fatto una domanda » lo incalzò Hector.

« Per favore, non farmi male » piagnucolò Carl. « Sì, sì, lo sai che sono Carl Bannock. »

« Sai chi sono io? »

« Sì, lo so. Per favore, non farmi male. »

« Chi sono? » insistette Hector, e gli diede un altro calcio sulla gamba. Carl gridò di nuovo.

« Mi stai facendo male » farfugliò. « Sei Hector Cross. »

«E sai perché sono qui?»

«Mi dispiace. Cambierei tutto, se potessi. Non volevo farti soffrire. Non sono cattivo. È stato tutto un orribile sbaglio. Ti chiedo perdono.»

«Come si fa ad aprire la porta?» Hector indicò con un cenno del capo le sbarre d'acciaio alle sue spalle.

«Credo che Johnny abbia il telecomando in tasca.» Hector tornò da Johnny, che russava sonoramente, sdraiato sulla schiena. Si chinò sopra di lui e gli tastò le tasche. Trovò il telecomando e, puntandolo verso la porta, premette il bottone. La porta sibilò scorrendo sulle guide.

Dall'altra parte Paddy e Nastja si infilarono dentro non appena l'apertura fu abbastanza larga da permettere il passaggio. La voce di Paddy era roca per la preoccupazione quando gli domandò: «Stai bene, Hector?»

«Mai stato meglio, vecchio mio.»

«Vedo che hai iniettato l'Hypnos al bastardo più grosso» disse Paddy guardando Johnny.

«Funziona proprio come aveva detto Dave. È finito a pancia all'aria mentre stavo ancora spremendo il tubo.» Hector annuì. «Ma adesso dobbiamo muoverci. Dobbiamo uscire da qui prima che arrivi la cavalleria del nemico. Hai portato i lacci scorsoi?»

«Certo che sì.»

«Dalli a Paul, allora. Voglio che lui e i suoi ragazzi leghino Johnny bello stretto.» Hector si toccò il petto ammaccato e dolorante. «È l'uomo più pericoloso che abbia mai incontrato. È forte come un toro. Nelle sue mani mi sentivo un neonato.»

«Perché correre altri rischi? Facciamolo fuori subito.» Nastja posò la mano sulla pistola nella fondina che aveva al fianco.

« Non farti intenerire, Nazzy. Sarebbe troppo facile. » Hector scosse la testa. « Ho in mente un trattamento davvero speciale per lui. Lo butteremo giù dalla rampa posteriore del Condor, a ottomila metri di quota. Avrà due minuti di caduta libera per pentirsi dei suoi peccati prima dell'impatto col suolo. »

« Che bellezza! » Nastja applaudì l'idea. « Questo è il vecchio Hector che parla. Quello che conosciamo e amiamo. »

« Paul, vieni dentro con un paio dei tuoi ragazzi » chiamò Hector, e mentre quelli varcavano la soglia indicò una delle pesanti sedie di tek allineate contro il muro laterale. « Legatelo a quella. La useremo come portantina per trasportarlo alla pista di decollo. Il bastardo deve pesare almeno centoquaranta chili, ma la sedia sembra abbastanza solida da reggerlo. »

Mentre trascinavano la sedia vicino a Johnny e ce lo issavano, Hector rivolse la propria attenzione a Carl.

« Questo è il primo della classifica » disse a Paddy e a Nastja. « È l'unico uomo che conosca che abbia assassinato il padre, la madre, la matrigna ed entrambe le sorelle. Ha eliminato tutta la sua famiglia. »

« Il peggio è che questo bastardo ha ucciso la mia migliore amica, Hazel. » Nastja lo guardò in cagnesco. « E in più ha cercato di far fuori la nostra piccola Cathy. Non mi è piaciuto per niente. »

« Però una cosa dobbiamo concedergliela » puntualizzò Hector. « È un amante degli animali. Soprattutto cinghiali e coccodrilli. Non ho ragione, Carl? Ti piace tanto dargli da mangiare, vero? »

Carl fissava Hector senza fiatare, ma a poco a poco il dolore lasciò il posto al terrore, quando si rese conto di dove stava andando a parare Hector.

« No! » sussurrò, scuotendo la testa. « Per favore, non dire così. Ti darò tutto quello che ho. Denaro? È il denaro che vuoi? Posso darti sessanta milioni di dollari. »

« Non basterebbero tutti i soldi del mondo, Carl » gli disse Hector con amarezza e si voltò mentre Paul Stowe finiva di legare l'immensa mole di Johnny alla sedia.

« Ci vorranno tutti i tuoi uomini per trasportare questo ammasso di lardo fino alla pista. Comunque non si sveglierà prima di tre ore, quindi non dovreste avere troppi problemi con lui. Io, Paddy e Nastja porteremo Carl Bannock a destinazione. È probabile che vi raggiungiamo prima che arriviate al Condor, ma se non sarà così, caricate Johnny e dite ai piloti di aspettarci. Non ci metteremo molto più di voi. » Diede una pacca sulla spalla a Paul. « Andate! »

Attese che gli uomini portassero la portantina improvvisata nell'anticamera, su per le scale e nella galleria. Poi tornò da Carl.

« Come si chiamano i tuoi coccodrillini, Carl? Ricordamelo, per favore. »

« No, non puoi farmi questo. Ascoltami, posso spiegarti tutto. Tu non capisci. Ho dovuto farlo. Sacha e Bryoni mi avevano mandato in prigione. Mio padre mi ha abbandonato, e anche mia madre. » Era un borbottio incoerente, un guazzabuglio di parole, perché piagnucolava e tendeva le mani verso Hector. « Pietà! Ti supplico, abbi pietà. Ho sofferto abbastanza. Guarda le mie gambe. Non camminerò mai più. »

« Ecco! Hannibal! » Hector schioccò le dita fingendo di ricordare. « Hannibal e Aline. Vogliamo andare in giardino a fare la conoscenza di quei due? »

All'improvviso, via radio, sentì la voce di Jo Stanley, stridula per l'indignazione. « Hector, ho sentito ogni parola.

Non puoi fare quello che hai in mente. A prescindere dalle sue colpe, non puoi ucciderlo così, su due piedi. Ti metteresti al suo livello. Commetteresti un crimine contro le leggi di Dio e degli uomini. Quello che stai per fare è un atto selvaggio e barbarico.»

Hector parlò nel microfono con voce decisa e tagliente: «Mi dispiace, tesoro. Qui siamo molto occupati. Adesso non posso parlare. Passo e chiudo!» Spense il Birkin e indicò a Paddy di fare altrettanto. Quando furono entrambi sconnessi, gli disse: «Piantiamola di perdere tempo e finiamo il lavoro». Afferrò Carl per il polso e lo torse all'indietro, fino alle scapole. Paddy fece lo stesso con l'altro braccio. Nastja si accovacciò e gli legò le mani dietro la schiena con un laccio.

Quindi i due uomini lo sollevarono per i gomiti e lo trascinarono su per le scale fino alla galleria, mentre Nastja li seguiva con le armi.

Portarono Carl attraverso il labirinto con le gambe penzoloni. Continuava a farfugliare le sue suppliche, implorando pietà, intervallate a urla di dolore quando il piede si impigliava da qualche parte e una delle gambe si rigirava di colpo facendo stridere i monconi di osso.

Raggiunsero l'ingresso secondario e uscirono. Tornati alla luce del sole, si fermarono a riprendere fiato e a guardarsi intorno. Hector osservò le mura del castello che si innalzavano sopra di loro. La galleria che portava fuori dalle segrete era scavata al di sotto e li aveva condotti ai giardini.

«Tu e Johnny avete fatto un gran bel lavoro» si congratulò con Carl. «Avete trasformato questo posto in un paradiso. Peccato che non potrete godervelo più a lungo.»

In basso, si vedevano Paul e i suoi uomini che portavano

Johnny giù per la strada serpeggiante, verso la pista di atterraggio.

Cominciarono a seguire il profilo della collina, finché aggirarono uno sperone di roccia vulcanica nera e i giardini acquatici si aprirono davanti a loro.

Gli spruzzi delle fontane intessevano morbidi disegni contro l'azzurro infinito del cielo africano. Le cascate rimbalzavano sulla roccia nera, alimentando le pozze e gli imbuti sotterranei sulla via del ritorno al grande lago che si estendeva come un luccicante scudo argenteo in lontananza.

Continuarono a camminare tra felci e sterlizie giganti, in una profusione di fiori esotici che per colore e forma ricordavano gli uccelli del paradiso.

Alla fine arrivarono al parapetto di pietra che circondava il fossato dei coccodrilli. Le grida di dolore di Carl Bannock e i suoi appelli si spensero quando Hector e Paddy lo adagiarono prono, a cavallo del parapetto. Paddy lo teneva per le gambe in modo che non si sbilanciasse, così da precipitare a testa in giù nello stagno verde più in basso. Hector si sporse dal parapetto, accanto a lui.

Sulla mezzaluna sabbiosa, sul lato più lontano dello stagno, i due coccodrilli si crogiolavano al sole. Le enormi fauci di Hannibal erano spalancate per consentire a una piccola garzetta bianca di stare appollaiata sulla mandibola e beccare avidamente le sanguisughe bianche e lucide che gli si erano attaccate alle gengive.

Aline era sdraiata accanto a lui, immobile come se fosse scolpita nella roccia. I suoi occhi erano splendenti, implacabili, del colore dell'onice lucidato dietro le palpebre nittitanti trasparenti.

« Ti sei mai domandato che cosa abbia provato tua sorella mentre veniva mangiata viva dai cinghiali, Carl? » gli chiese

Hector, tranquillo. Carl emise un rantolo. « Direi che stai per scoprirlo, non credi? Sai cosa vuol dire perdere qualcuno che si ama, Carl? » e rispose alla sua stessa domanda: « No, certo che no. Non hai mai amato nessuno, tranne te stesso. Io invece lo so. Ho perso mia moglie. Tu la conoscevi, non è vero, Carl? Certo che la conoscevi. Voglio che tu dica il suo nome ». Carl rimase in silenzio e Hector guardò Paddy.

« Bisognerà rinfrescargli la memoria, Paddy. Proviamo a torcergli la gamba. » Paddy obbedì e Carl gridò.

« Ricominciamo dall'inizio, Carl » disse Hector. « Come si chiamava mia moglie? »

« Hazel. Si chiamava Hazel. »

« Grazie, Carl. Adesso ti prego di non dire più nulla. Voglio che quel nome sia la tua ultima parola. » Hector fece un cenno a Paddy, che prese Carl per le caviglie e lo sollevò in alto, lasciandolo cadere di testa oltre il parapetto. Carl colpì l'acqua e andò sotto. Tornò a galla sputando e annaspando.

Sulla lingua di sabbia, Hannibal chiuse le fauci di scatto: la garzetta si levò in aria con un verso stridulo e volò via sopra le sterlizie. Hannibal issò la sua mole sulle zampette corte e trotterellò fino allo stagno, tuffandosi nell'acqua torbida. Aline lo seguì.

« Ti fa sentire meglio, Hector? » gli chiese Nastja mentre assistevano alla carneficina dall'alto.

« No, Nazzy. Nulla mi farà mai sentire meglio. Nulla potrà lenire il mio dolore. » Si allontanò dal muro e si avviò lungo il sentiero. Gli altri due lo affiancarono e insieme si misero a correre giù per la collina, dove il Condor li aspettava all'inizio della pista, pronto al decollo.

Bernie e Nella li videro arrivare e accesero i motori.

Non appena il terzetto fu al sicuro dentro la stiva del Condor, Bernie la sollevò e dall'altoparlante Nella disse: « Bentornato a bordo, Hector. Cercate il sedile più vicino e allacciate le cinture. Decolliamo subito ».

Hector andò avanti per primo e quando entrò nel corridoio pressurizzato vide che era affollato. A terra erano distesi tre sacchi contenenti i corpi degli uomini che avevano perso. Accanto c'erano le barelle con i feriti. La mole massiccia di Johnny Congo era ancora legata alla sedia di tek, con la testa penzoloni sul petto. Paul Stowe aveva preso la precauzione di coprirlo con una rete da carico di nylon.

« Non volevo correre rischi, signore, nel caso si svegliasse e distruggesse l'aereo con noi dentro. Ma neanche un elefante riuscirebbe a liberarsi da quella rete. »

« Ben fatto! » approvò Hector.

« Vi ho lasciato quei posti davanti. » Glieli indicò.

« Dov'è Jo Stanley? » gli chiese Hector.

« Penso che sia nella zona catering, sul seggiolino ribaltabile dietro la toilette. »

Il Condor decollò e virò, diretto a nord. Salirono oltre le nubi fino alla quota di crociera e Bernie spense il segnale di cinture allacciate. Hector si alzò immediatamente e oltrepassò le tendine. Jo sedeva accanto al finestrino con aria cupa e triste. Lo guardò e lui le sorrise. Lei si voltò di nuovo a guardare fuori dal finestrino. Hector abbassò il seggiolino accanto al suo e si sedette.

« Ciao » le disse. « Non ti va di parlare? »

« Non molto » rispose lei, senza guardarlo.

« Come vuoi » disse Hector, e incrociò le braccia. Restarono seduti per un po'. Fu Jo a rompere il silenzio. « Non voglio che mi racconti cosa gli hai fatto, mai. »

« Di chi stiamo parlando? Dell'uomo che ha assassinato Hazel e che stava per far uccidere Catherine? »

Lei non rispose, continuando a guardare fuori dal finestrino. Hector si accorse che stava piangendo. Le toccò la spalla con dolcezza, ma lei si scostò.

« Per favore, vai via e lasciami in pace » disse fra le lacrime.

« Nel senso che devo andarmene per sempre? »

« Sì! » esclamò, e lui si alzò, diretto alla cabina passeggeri.

« No! » lo trattenne poi. « Non andartene. »

Hector si fermò e si voltò a guardarla: « Sì o no? Che cosa facciamo, Jo? »

« L'hai assassinato. »

« Assassinato o giustiziato? Spesso le nostre vite ruotano intorno al significato di una parola. »

« Non ne avevi il diritto! Sei andato ben oltre la legge. »

« Di che legge stiamo parlando, Jo? Della legge di *al-qisas*, la legge del taglione esposta nella Torah e ripresa dal Profeta Maometto nel Corano? »

« Io ti sto parlando della legge americana, la legge che rispetto. » Stava ancora piangendo e lui dovette farsi forza per mantenere la calma.

« Eppure mi dai dell'assassino. Mi hai già giudicato, ma secondo la legge americana che tu tanto ami sono innocente finché non dimostri la mia colpevolezza. »

« Ti concedo il beneficio del dubbio. Ma adesso hai intenzione di uccidere Johnny Congo. Ti ho sentito, alla radio. Se lo farai, Hector, non riuscirò mai a perdonarti. Non riuscirò mai a stare con te. »

« Vuoi che lo liberi? È questo che mi stai chiedendo? »

« Non l'ho mai detto » negò lei con veemenza. « Voglio che lo consegni alla giustizia. Consegnalo alle autorità americane, che l'hanno già giudicato colpevole e condannato. »

Scattò in piedi e gli prese le mani: « Per favore, Hector! Per favore, tesoro, fallo per me. Anzi, fallo per noi. Così potremo restare insieme ».

Hector la guardò a lungo negli occhi prima di annuire con freddezza. « E va bene » disse a labbra serrate, con la voce segnata dallo sforzo che gli costava pronunciare quelle parole. « Ti consegno Johnny Congo come prova del mio amore. Fanne ciò che vuoi. »

Il dipartimento della Giustizia mandò un jet da Washington D.C. ad Abu Zara. A bordo c'erano quattro ufficiali giudiziari federali con un mandato di arresto e detenzione per Johnny Congo. Per disposizione reale, la consegna avvenne nell'hangar in cui l'emiro teneva la sua flotta personale di velivoli.

Gli ufficiali americani erano tutti e quattro uomini dal fisico atletico, con i capelli a spazzola. Erano in fila davanti alla fusoliera del Grumann, con il portellone aperto. Indossavano abiti civili scuri, ma l'occhio allenato di Hector notò il rigonfiamento sotto l'ascella sinistra, dove tenevano la fondina, e scorse l'inconfondibile forma del rinforzo d'acciaio sulla punta delle scarpe nere lucidate.

« Gente che non scherza » sentenziò, mentre insieme a Paddy e otto operativi della Cross Bow scortava Johnny nell'hangar. Johnny si trascinava in ceppi, le mani bloccate dietro la schiena dalle manette. La consegna avvenne in fretta, e senza cerimonie. Il capo degli americani diede a Hector una ricevuta ufficiale del suo governo, gli strinse la mano e mormorò qualche parola di ringraziamento. Fece un cenno ai suoi uomini, due dei quali si fecero avanti e trascinarono Johnny verso il portellone aperto del jet.

All'improvviso, Johnny si voltò per fronteggiare Hector.

Nonostante le manette e i ceppi, i due robusti ufficiali non furono in grado di trattenerlo e Johnny se li trascinò dietro. Stava vomitando una serie di insulti talmente volgari da impressionare perfino Hector e gli operativi della Cross Bow.

Si scagliò dritto contro Hector. Aveva ancora il naso gonfio e deformato dal suo pugno.

« Sono stato io a ordinare di uccidere quella puttana di tua moglie... » gridò. Si chinò per dargli una testata in viso, proprio quello che Hector si aspettava. In equilibrio sulla punta dei piedi, la dinamica era perfetta. Concentrò tutto il suo peso nel pugno. Sapeva prima di colpire che sarebbe stato il miglior pugno che avesse mai assestato e glielo piazzò in pieno sul mento.

Nemmeno la muscolatura taurina del collo di Johnny riuscì a trattenere la testa, che girò fino al massimo angolo di rotazione. L'uomo si abbatté a terra come una valanga nera e rimase inerte sul pavimento dell'hangar. Calò un silenzio improvviso e totale, interrotto dall'ufficiale americano più alto in grado: « I miei complimenti! Uno dei migliori pugni che abbia mai visto ». Tornò a stringere la mano di Hector, ancora più sentitamente.

« Fategli una bella iniezione » gli disse Hector.

« Può starne certo » confermò l'ufficiale.

Cinque giorni dopo, Hector ricevette una telefonata da Ronnie Bunter, per informarlo che la Corte Suprema aveva fissato la nuova data per l'esecuzione di Johnny Congo tre settimane dopo.

Finalmente la minaccia che incombeva su Catherine Cayla era stata eliminata. Potevano ritornare a un'esistenza normale. Quando Hector e Jo lasciarono Abu Zara per tornare a Londra, portarono con sé la bambina e le sue bambinaie.

La casa si rivelò ideale e Londra era ancora meglio. C'erano ristoranti e locali di cui Jo aveva solo letto, e non vedeva l'ora di andarci. Si era portata pochissimi vestiti, quindi non ci fu nemmeno bisogno di una scusa per andare a fare shopping in Bond Street e Sloane Street. Non aveva mai pescato con la mosca. Aveva sentito parlare del salmone atlantico, certo, ma essendo texana non l'aveva mai visto con i propri occhi.

Hector portò lei e Catherine Cayla in Scozia, dove trascorsero tre giorni ospiti in un castello sul fiume Tay.

Jo e Catherine restarono a guardare dalla riva, mentre Hector si addentrava nel fiume fino alla cintura e lanciava la lenza con una canna lunga quattro metri e mezzo.

Quella sera, prima di cena, Jo gli disse: « È stato molto bello. Sembrava un balletto, ci vogliono grazia e abilità ».

« Allora domani te lo insegno » si offrì Hector.

« No, grazie » declinò lei, « è carino, ma tutto sommato mi sembra una gran perdita di tempo. »

« Cosa vorresti dire? »

« Insomma, non hai preso neanche un pesce, no? »

« Non è il pesce che conta, ma la pesca in sé. »

« A me sembra un po' assurdo » disse Jo. Era un'eresia, ma Hector lasciò correre. Il loro screzio era ormai sanato e dimenticato, e lui era felice. Non voleva riaprire lo scontro.

Il terzo giorno le ragazze avevano ormai perso ogni interesse per quell'attività. Jo si era portata un libro e Catherine le sue bambole. Quando si stancavano di quei passatempi, andavano a fare lunghe passeggiate.

Di ritorno da una di quelle passeggiate, trovarono Hector ancora in mezzo al fiume, ma la canna era piegata quasi a metà. Emetteva strani gemiti che catturarono la loro attenzione. Restarono a guardarlo con curiosità, mano nella mano. Poi il salmone saltò. Eruppe dalla superficie dell'acqua, argenteo sotto i raggi del sole, e ricadde fra gli spruzzi. Le due spettatrici gridarono per l'emozione e la sorpresa.

Un quarto d'ora dopo, Hector raggiunse la riva con un magnifico salmone da dieci chili nel retino. Lo adagiò sul pendio erboso e gli sfilò l'amo dal labbro. Poi lo tolse dal retino e reggendolo delicatamente, con entrambe le mani, lo porse a Catherine perché lo toccasse. Lei si affrettò a togliersi il dito di bocca, portò le mani dietro la schiena e indietreggiò di tre passi. Hector allora si rivolse a Jo: « E tu? Ti va di toccare un vero salmone scozzese? »

Jo scosse la testa: « Magari la prossima volta. »

Hector tornò verso il fiume con il pesce in braccio. Lo baciò sul muso umido e lo immerse nell'acqua, controcorrente. L'animale restò immobile tra le sue mani per un attimo, respirando a fondo dalle branchie, recuperando l'equilibrio e la volontà di vivere. Poi schizzò via nelle acque agitate.

Quella notte, dopo aver fatto l'amore, sul punto di addormentarsi l'uno fra le braccia dell'altra, Jo sussurrò con voce assonnata: « Sei proprio strano, Hector Cross. Sei capace di uccidere un uomo senza il minimo rimorso e poi ti sobbarchi disagi e spese per tirar fuori un pesce dall'acqua e ributtarlo dentro ».

« Uccido solo chi lo merita » rispose Hector. « Quel pesce aveva ventimila uova nella pancia. Non meritava di morire. Lei e i suoi piccoli dovevano vivere. »

Il giorno dopo tornarono a Londra. Arrivarono giusto in tempo per guardare Catherine Cayla divorare la maggior parte della sua cena: pollo tritato e zucca. Quello che non ingoiava, le colava sul mento e sul bavaglino. Dopodiché Bonnie li invitò ad assistere al complicato rituale di metterla a letto, con tutti i suoi coniglietti e i suoi orsacchiotti disposti nel lettino nell'ordine giusto.

« Come facciamo a sapere qual è l'ordine giusto? »

« Ce lo indicherà lei » spiegò Bonnie. « So che state pensando che siano solo versi, invece è un linguaggio segreto. Lo imparerete solo se passerete più tempo con noi. » Era un rimprovero, e Hector sapeva di meritarlo.

Più tardi, quando Jo ebbe finito di prepararsi per la notte e uscì dal suo bagno profumata e splendida come un giardino in primavera, Hector alzò le coperte dalla sua parte del letto e le fece spazio. Lei si accoccolò nel suo abbraccio, con mugolii non dissimili da quelli di Catherine Cayla quando si rilassava nel lettino con il suo biberon.

« Posso chiederti un consulto, prima di dedicarci a questioni più importanti? » le chiese Hector.

« Sai sempre scegliere il momento migliore, tu! » mormorò lei. « Chiedi pure, se non puoi farne a meno. »

« Se Carl Bannock fosse morto, cosa ne sarebbe del patrimonio del Trust? »

Jo rimase in silenzio per un po' e, quando alla fine parlò, lo fece con un tono distante.

« La legge dello stato del Texas è molto chiara in merito. » Si sedette sul letto e si cinse le ginocchia, riflettendo sulla risposta prima di continuare.

« Chiunque desideri affermare che Carl è morto, dev'essere in grado di fornire alla corte una prova irrefutabile del decesso, quale per esempio un certificato di morte firmato da un medico o la testimonianza giurata di un testimone oculare attendibile. Ti viene in mente qualcuno che sarebbe disposto ad andare in tribunale e testimoniare sotto giuramento di aver assistito alla morte di Carl Bannock? »

« Al momento, no » ammise Hector.

« Allora, in mancanza di una prova inconfutabile della sua morte, la legge stabilisce che debbano trascorrere sette anni prima che le parti interessate possano presentare un'istanza alla Corte Suprema del Texas perché dichiari la morte presunta. Bisogna dimostrare che non esistono motivazioni per ritenere che il soggetto sia ancora in vita, per esempio perché nessuno lo ha più visto e non ha avuto contatti con persone che avrebbero potuto ragionevolmente aspettarsi di essere contattate. Nel tuo caso, gli amministratori del Trust potrebbero ragionevolmente aspettarsi che Carl li contatti per ottenere i benefit che gli spettano per statuto, come la triplicazione di eventuali guadagni propri. Se Carl non lo farà, sarà considerata una prova attendibile della sua morte. Adesso hai altre domande o possiamo procedere con il motivo per cui ci siamo qui riuniti, stasera? »

« Non ho altre domande, avvocato, però vorrei concludere con la seguente considerazione: è un mondo crudele, questo, se la mia piccolina dovrà aspettare di avere quasi dieci anni per potersi permettere di comprare la sua prima Ferrari. »

« Ma dai! » esclamò Jo, e gli diede una cuscinata.

Quella sera fecero l'amore con intensità e grande soddisfazione per entrambi. Dopo, Hector sprofondò in un sonno profondo, e non sentì Jo alzarsi.

Quando si svegliò, si accorse che lei era in bagno. Controllò l'ora sulla sveglia: non erano neanche le cinque. Si alzò e andò in bagno anche lui, nel proprio. Mentre tornava a letto, si fermò un attimo davanti alla sua porta e la sentì parlare al telefono. Probabilmente stava chiamando sua madre ad Abilene. A volte si domandava cosa avessero da raccontarsi sempre in quelle telefonate notturne. Si infilò di nuovo a letto e si riaddormentò.

Si svegliò alle sette in punto. Jo era ancora segregata dietro la porta chiusa. Hector si mise la vestaglia e andò nella cameretta di Catherine. Ritornò a letto con lei in braccio, stretta al biberon del mattino. Si sedette con i cuscini dietro la schiena e la tenne sulle ginocchia, lasciandosi incantare dal suo visino mentre succhiava. Sembrava diventare più bella, più simile a Hazel ogni giorno che passava.

Finalmente la porta del bagno di Jo si aprì. Quando lui alzò lo sguardo, sorridente, lei era sulla soglia. Lentamente il sorriso gli morì sulle labbra. Jo era vestita di tutto punto e aveva in mano il suo piccolo bagaglio da viaggio. Aveva un'espressione cupa.

« Dove vai? » le chiese.

« Johnny Congo è evaso » gli disse. Lui sentì il ghiaccio serrargli il cuore in una morsa. Jo inspirò a fondo e poi continuò: « Se l'è filata ».

Hector negò con la testa. « Come fai a saperlo? »

« Me l'ha detto Ronnie Bunter. Sono stata al telefono con lui per metà della notte, a discuterne. » Si interruppe e si schiarì la gola. Poi continuò a bassa voce: « Pensi che sia colpa mia, vero, Hector? »

Lui scosse la testa, ma non riuscì a parlare.

« Gli darai ancora la caccia » disse lei con sicurezza.

Non le rispose subito. « Ho altra scelta? » le chiese infine.

« Devo lasciarti. »

« Se mi ami davvero, resta con me » bisbigliò lui.

« No, è proprio perché ti amo che devo andarmene. »

« Dove andrai? »

« Ronnie Bunter mi ha fatto un'offerta interessante. »

« Tornerai mai? »

« Ne dubito. » Cominciò a piangere, ma continuò a parlare tra le lacrime. « Pensavo che tu fossi unico. Ma stare con te è come vivere sui fianchi di un vulcano. Da una parte c'è il sole. È un luogo tiepido, fertile, bello e sicuro. Pieno di amore e di allegria.» Si interruppe per soffocare un singhiozzo, poi continuò: «Dall'altra parte ci sono ombre e misteri che mi spaventano, come l'odio e la vendetta, la rabbia e la morte. Non posso sapere quando la montagna erutterà, distruggendo se stessa e me. Devo andare».

«Se non posso fermarti, dammi un ultimo bacio.»

Lei scosse la testa un'altra volta. «No, se ti baciassi non riuscirei più ad andarmene. Non può funzionare. Non siamo fatti per stare insieme, Hector. Ci distruggeremmo a vicenda.» Riprese fiato, lo guardò negli occhi e disse: «Io credo nella legge, e tu credi di essere la legge. Devo andare, Hector. Addio, amore mio».

In cuor suo, lui sapeva che aveva ragione.

Lei si girò e uscì. Chiuse delicatamente la porta dietro di sé. Hector tese l'orecchio tentando di cogliere i suoi passi che si allontanavano, ma la casa era silenziosa.

L'unico rumore era quello di Catherine, che stava ancora succhiando dal biberon. Abbassò lo sguardo su di lei e le disse piano: «Adesso siamo solo io e te, piccolina».

Catherine si tolse di bocca la tettarella. Allungò un ditino rosa e paffuto verso il suo viso per toccare l'unica lacrima sulla sua guancia. Non aveva mai visto nulla di simile e aveva gli occhi spalancati, sbalordita. Disse sottovoce, ma con chiarezza: «Bravo, baba». E lui si sentì scoppiare il cuore.

www.tealibri.it

Visitando il sito internet della TEA potrai:

- **Scoprire subito le novità dei tuoi autori e dei tuoi generi preferiti**
- **Esplorare il catalogo on-line trovando descrizioni complete per ogni titolo**
- **Fare ricerche nel catalogo per argomento, genere, ambientazione, personaggi... e trovare il libro che fa per te**
- **Conoscere i tuoi prossimi autori preferiti**
- **Votare i libri che ti sono piaciuti di più**
- **Segnalare agli amici i libri che ti hanno colpito**
- **E molto altro ancora...**

TEA

Questo libro è stampato col sole

Azienda carbon-free

Finito di stampare nel mese di gennaio 2023
per conto della TEA S.r.l.
da Grafica Veneta S.p.A. di Trebaseleghe (PD)
Printed in Italy